KB103115

월든

Walden

월든
Walden

헨리 데이비드 소로 지음 | 정윤희 옮김

다연
DAYEONBOOK

차례

경제
(Economy) ▶6

나는 어디서, 무엇을 위해 살았는가
(Where I lived, and what I lived for) ▶112

독서
(Reading) ▶138

소리들
(Sounds) ▶154

고독
(Solitude) ▶178

방문객들
(Visitors) ▶193

콩밭
(The Bean-Field) ▶214

마을
(The village) ▶231

호숫가
(The Ponds) ▶239

10 베이커 농장
(Baker Farm) ▶ 275

11 더 존귀한 법칙들
(Higher Laws) ▶ 288

12 동물 이웃들
(Brute Neighbors) ▶ 307

13 난방
(House-warming) ▶ 327

14 과거의 거주민들, 그리고 겨울의 방문객들
(Former Inhabitants, and Winter Visitors) ▶ 350

15 겨울 동물들
(Winter Animals) ▶ 371

16 월든 호수의 겨울
(The Pond in Winter) ▶ 387

17 봄
(Spring) ▶ 412

18 맺는말
(Conclusion) ▶ 439

옮긴이의 말 ▶ 460

1
경제
(Economy)

　앞으로 소개할 이야기를 집필할 당시, 나는 이웃들과 1.6킬로미터나 떨어진 매사추세츠 주 콩코드의 월든 호숫가에 손수 지은 오두막에서 홀로 지내고 있었다. 그곳에서 보낸 2년 2개월의 시간 동안 내손으로 직접 의식주를 해결했다. 지금은 다시 문명사회로 돌아와 체류하고 있다.

　마을 사람들이 숲에서 어떤 식으로 살았는지 계속 캐묻지 않았다면, 나의 소소한 개인사를 감히 독자 여러분 앞에 드러낼 엄두를 내지 못했을 것이다. 남의 개인사를 속속들이 알고자 질문하는 것이 결례라고 말하는 사람이 있을지 모르나, 나는 전혀 결례라고 생각하지 않았으며 오히려 여러 사정을 고려해볼 때 자연스럽고 적절한 질문들이라고 생각했다. 어떤 이들은 그동안 무엇을 먹고 살았는지, 외롭거나 무섭지는 않았는지에 대해 질문했다. 또 수입 중 어느 정도를 자선사업에 기부했는지 알고 싶어 한 사람도 있었으며, 대가족을 거느린 사람 중에는 가난한 아이를 몇 명이나 거두었는지 궁금해하는 경우도 있었다. 그 때문에 나에게 별 관심이 없는 독자 여러분에게 이 책 속에서 그러한 질문에 대한 답을 내놓는 것에 관해서 미리 양해를 부탁드리는 바이다. 대부분 사람은 1인칭 대명사 '나'를 생략하고 글을 쓰지만, 이 책에서만큼은 생략하지 않을 것이다. 자기중심적이라는 면에서 이 책은 다른 책들과 다르다고 할 수 있다. 우리는 글을 쓰는 사람이 '나'라는 사실을 쉽게 잊어버린다. 나 자신에 대해 아는 것만큼 속속들이 아는 대상이 있다면 굳이 내 얘기를 하지 않아도 될 것이다. 불행히도 나는 경험이 부족한 탓에 '나'라는 주제에서 벗어나지 못하게 된 셈이다. 한마디 덧붙이자면, 다른 작가들도 남에게 들은 이야기만 하지 말고 자신의 삶에 대해 꾸밈없이 솔직담백하게 이야기할 것을 권하고 싶다. 예컨대 타향에서 부모 형제에게 보냄 직한 그런 솔직한 이야기 말이다. 정말로 진지한 삶을 살았다면 자신의 삶에 관하여 쓴 글이라고 해도 나에게는 타향에 떨어진 피붙이가 보낸 편지처럼 소중히 느껴질 테니까. 이 책은 특별히 가난에 시달리는 학생들을 위해 쓰였다고 보아도 될 것이다. 나머지 독자들의 경우에는 혹여 본인에게 해당하는 부분이 있다면 있는 그대로 받아들이면 될 일이다. 굳이 몸에 맞지 않는 옷을 억지로 늘려가면서 입으려고 애쓰지 않기를 바란다. 옷이란 그 옷이 맞는 사람에게나 쓸모 있는 것이니까. 이제부터 내가 하려는 이야기는 중국인이나 하와이 섬 원주민들에 관한 것이 아니라 이 책을 읽고 있을 뉴잉글랜드에 사는 여러분에 관한 것이다. 여러분의 형편, 그러니까 여러분이 이 세상에서나 이 마을에서 처해 있는 외적 형편이나 상황이 어떠한지, 지금처럼 비참한 상태에서 벗어나기란 정말로 힘든 일인지, 혹시라도 개선될 가능성은 없는지에 대해 말하려는 것이다. 나는 콩코드 지역 곳곳을 안 가본 데 없이 다녀본 사람이다. 그런데 가는 곳마다, 그곳이 가게이건 사무실이건 또는 들판이건, 모든 사람이 온갖 고행을 치르며 고생하는 모습을 보며 놀라지 않을 수 없었다. 브라만의 승려들은 주위에 네 개의 모닥불을 피워놓고 앉아 뜨거운 열기를 참으며 태양을 똑바로 쳐다보기도 하고, 활활 타오르는 불 위에 거꾸로 매달리기도 하고, 고개를 등 뒤로 비틀어 어깨너머로 하늘을 쳐다보다가 '결국 몸이 꼬여버려 제대로 고개를 돌리지도 못하고 목구멍으로 물밖에 넘기지 못하는 자세가 된다'는 이야기를 들은 적이 있다. 혹은 나무 밑동에 고정된 쇠사슬에 묶인 상태로 평생을 보내거나 광활한 인도의 왕국을 송충이처럼 꿈틀거리며 횡단하기도 하며 오랜 세월 높은 돌기둥 위에서 외발로 서 있기도 한다는 것이다. 하지만 이렇게 자발적인 고행조차도 하루가 멀다 하고 내가 목격하는 광경보다 더 놀랍거나 믿기 힘든 것이 아니다. 헤라클레스가 치렀다는 열두 가지의 고역도 이웃들이 겪고 있는 고행에 비할 바가 아니다. 왜냐하면 헤라클레스의 고역은 열두 가지뿐이어서 끝이 있었으나, 내 이웃들은 괴물을 죽이거나 물리친 적이 없을뿐더러 하나의 고행조차 죽을 때까지 끝을 보기가 힘들었기 때문이다. 게다가 그들에게는 헤라클레스가 머리 아홉 개달린 뱀의 머리를 베어내면 불에 달군 쇠로 메두사의 머리를 지져주었던 이올라오스[1] 같은 친구도 없다. 오히려 괴물의 머리를 하나 베어 낼 때마다 머리 두 개가 돋아나는 지경에 처한 것이다.

나는 농장과 주택, 창고와 가축과 농기구들을 유산으로 받음으로써 불행해진 젊은이들을 수없이 보았다. 이러한 유산은 상속받기는 쉽지만 없애기는 쉽지 않다. 차라리 광활한 초원에서 태어나 늑대의 젖을 먹고 자랐더라면 자신이 힘들여 가꾸어야 할 땅을 좀 더 맑은 눈으로 볼 수 있었을 것이다. 누가 이 젊은이들을 토지의 노예로 만들었는가? 인간이 세상을 떠날 때까지 한 덩어리(약 9리터에 해당)의 흙을 먹어야 한다는데 어떠한 이유로 7만 평에 이르는 흙을 먹어야 하는가? 왜 태어나자마자 자신이 묻힐 무덤을 파기 시작하는가? 이처럼 우리 젊은이들은 무거운 짐을 어깨에 짊어진 채로 평생을 죽어라 일만 해야 하는 상황에 처해 있다. 불멸의 영혼을 지녔다는 인간들이 길이 22미터, 폭 12미터의 곡식 창고와 아무리 치워도 깨끗해지지 않는 아우게이아스 왕[2]의 외양간, 12만 평이 넘는 토지와 밭, 목장과 숲을 죽어라 끌고 가면서, 그 어마어마한 무게에 온몸이 짓눌린 채로 가쁜 숨을 쉬며 인생의 길을 힘겹게 걷는 것을 나는 수없이 보아왔다. 유산을 물려받지 않아 그런 불필요한 짐과 싸우지 않아도 되는 사람들조차도 자그마한 육신을 경작하기 위해서 등골이 빠지도록 노력

1 그리스신화에 나오는 이피클레스의 아들이며 헤라클레스의 조카. 헤라클레스를 따라다니며 갖가지 모험을 함께하였다.
2 그리스신화에 나오는 엘리스의 왕

해야 하는 상황이다.

그러나 인간의 고행은 그릇된 생각에서 기인한 것이다. 인간의 육신은 언젠가 땅에 묻혀 한 줌의 거름으로 변한다. 그런데도 사람들은 흔히 필연이라는 거짓 운명의 말에 현혹되어, 고서 속에 언급된 것처럼 언젠가 좀먹고 녹이 슬며 도둑이 들어와서 훔쳐 갈 재물을 모으는 데 급급한 채로 살아가고 있다. 인생을 마무리할 때가 되면 자연히 알게 되겠지만, 이러한 삶은 어리석은 자의 인생에 불과하다. 그리스신화에 따르면 프로메테우스의 아들 데우칼리온과 그의 아내 피르하는 머리 뒤로 돌을 던져서 인간을 창조했다고 전해진다. 월터 롤리경[3]은 이를 장엄한 운율에 따라 다음과 같이 옮겼다.

그때부터 우리 인류는
단단한 심장으로 온갖 고뇌를 견뎠고
인간의 육체가 돌에서 시작되었음을 증명해 보였다.

어이없는 신탁에 무조건 복종하여 머리 뒤로 돌을 던지고서, 그 돌이 어디에 떨어지는지 살피지 않았던 어처구니없는 신화에 관한 이야기는 이쯤에서 줄이자. 비교적 자유로운 이 나라에서조차 대부분의 사람은 무지와 오해 때문에 부질없는 근심과 과도한 노동에 몸과 마음을 빼앗겨 인생의 아름다운 열매를 따보지도 못하고 있다. 지나

---

3 영국의 군인이자 탐험가, 시인이자 산문작가

친 노동으로 열 손가락이 투박해져서 열매를 딸 수 없을 정도로 후들후들 떨리기 때문이다. 사실 노동하는 사람은 하루하루 참다운 인간 본연의 자세를 유지해야 할 이유가 없으며 제대로 대인관계를 유지할 여유도 없다. 그로 말미암아 인간의 노동력은 시장가치를 잃게 되고 결국 노동자들은 한낱 기계에 불과한 신세가 되어버린다. 인간이 발전하기 위해서는 자신의 무지함을 기억해야 하는데, 수시로 지식을 사용해야만 하는 상황에서 어떻게 그런 무지함을 떠올릴 수 있겠는가? 인간을 제대로 평가하려면 먼저 가끔 무상으로 먹을 것과 입을 것을 주고 강장제로 그의 기운을 북돋아줘야 한다. 인간 본성의 가장 훌륭한 부분들은 열매에 맺히는 하얀 가루처럼 아주 세심하게 다뤄야만 보존될 수 있기 때문이다. 하지만 우리는 다른 사람은 물론 자신조차 그렇게 정성스레 대하지 않는다.

우리 모두가 알다시피, 개중에는 가난해서 먹고사는 게 힘들고 때로는 숨 쉬는 것조차 버거운 사람도 있다. 이 책을 읽고 있는 독자 여러분 중 본인이 먹은 저녁값도 제대로 내지 못하고 해진 옷과 구두를 새로 살 돈도 없으며 이 책도 빌리거나 남의 시간을 훔쳐서 혹은 채권자의 시간을 몰래 할애해가면서 겨우 읽고 있는 사람 또한 있을 것이다. 오랜 경험을 가진 내 눈은 여러분 중에서 대부분이 매우 초라하고 비참한 삶을 살아가고 있음을 꿰뚫어 볼 수 있다. 사업을 시작하고 부채에서 벗어나려고 하지만 항상 한계점에 도달하고 만다. 황동으로 동전을 만들었던 로마인들은 남에게 진 부채를 라틴어로 '에스 알리에눔', 즉 '타인의 황동'이라고 불렀다. 이처럼 부채는 오래전부터 존재해오던 것으로, 인간은 타인에게 진 빚 속에서 살아가다가 생을 마감하고 그 속에 묻힌다. 입으로는 오늘내일 갚겠다고 말하지만 끝내 갚지 못하고 오늘 죽어가는 것이다. 그래서 교도소에 갇힐 만한 죄만 제외하고, 온갖 수단과 방법으로 타인의 환심을 사려 애쓰고 고객을 만들고자 노력한다. 거짓말하고 아첨하고 맞장구쳐주고 때로는 예의 있고 속 깊은 사람인 척 행동하고 어느 때는 몸을 부풀려 관대함을 보이며 어떻게든 이웃들을 설득하여 구두와 모자, 외투와 마차를 만드는 일감을 얻어내거나 식료품에 납품 주문을 따내려고 하는 것이다. 그렇게 살다 보면 몸이 쇠약해지게 마련이라, 몸이 아프기 전에 낡은 궤짝이나 벽장 뒤 기다란 양말 속에 혹은 튼튼한 벽돌로 지은 은행에 돈을 모아두기도 한다. 장소가 어디든 돈이 많든 적든 간에 무작정 돈을 모으려고 드는 것이다.

나는 때때로 우리 미국인들이 흑인 노예제도라는 야만적이고 낯선 방식에 빠져들 수 있다는 사실에 적잖이 놀라곤 한다. 남과 북을 막론하고 타인을 노예로 삼으려고 눈에 불을 켜고 있는 사악한 주인이 수두룩하다. 남부의 노예감독관 밑에서 일하기란 힘든 일이지만 북부의 노예감독관 밑에서 일하는 것은 더욱 힘들다. 하지만 무엇보다 최악인 것은 나 스스로 나라는 노예의 주인이 되는 경우이다. 인간에게는 신성이 깃들어 있다고 했던가! 밤낮으로 마차를 끌고 장터를 내달리는 마부들을 보아라! 그 속에 신성이 깃들어 있는가? 마부의 가장 중요한 임무는 말에게 물과 먹이를 먹이는 것이다! 운송업자들에 비교할 때, 마부의 운명이란 무엇일까? 그는 유명한 나리를 위해 일하고 있는 것이 아닐까? 그런 사람을 어떻게 불멸의 존재이고 신성함이 깃든 존재라고 볼 수 있겠는가? 연신 비굴하게 굽실대고 종일 막연한 두려움에 떨며 지내는 모습을 보고 있으면 그 모습이 불멸하지도 신성하지도 않다는 것을 느낄 수 있다. 오히려 세간의 평판이란 우리 스스로에 대한 소소한 평가에 비하면 나약해 빠진 폭군에 지나지 않는다.

나 자신을 어떻게 생각하는지에 따라서 운명이 결정되며, 아니 적어도 운명이 어떻게 흐를지에 대한 암시는 얻을 수 있다. 하물며 서인도 제도에서도 상상과 환상에서 자기 해방이 이루어졌는데, 우리에게는 어떤 윌버포스[4]가 나타나서 자기 해방을 가능하게 해줄 것인가? 자기 운명에 대해 지나친 관심을 보이지 않으려고 묵묵히 화장대 방석이나 짜고 있는 이 땅의 여성들을 생각해보라! 그거야말로 영원을 해하지 않고서 시간을 잡아먹을 법한 모습 아닌가!

대부분의 사람이 고요한 절망의 삶을 살아가고 있다. 절망이 굳어지면 곧 체념이 된다. 우리는 절망의 도시에서 벗어나 절망의 시골로 가, 덫에 걸리면 자기 발을 물어뜯어서라도 도망친다는 밍크와 사향쥐의 용기로부터 마음의 위안을 얻어야 할 것이다. 이렇듯 진부하고도 무의식적인 절망은 우리 인류의 대표적인 오락거리와 놀이 속에도 교묘히 숨어 있다. 어차피 오락거리란 고된 작업 후에나 가능한 것이기에 그로부터 즐거움을 얻기란 힘든 노릇이다. 하지만 절망적

---

4 윌리엄 윌버포스, 1833년 대영제국의 노예폐지법 발의자

인 일을 행하지 않는 것은 지혜로움이 가진 하나의 특징이기도 하다.

교리문답에 따라서 인간이 존재하는 목표가 무엇이고 삶을 사는데 가장 필요한 수단과 필수품이 무엇인지 생각해보면, 다른 것보다는 마음에 들어서 자발적으로 공통적인 생활방식을 선택한 것이 아닌가 싶다. 하지만 솔직히 말하면 다른 선택의 여지가 없다고 생각하는 것이다. 그럼에도 기민하고 건전한 사람들은 밝은 태양이 떠올랐음을 똑똑히 기억하고 있다. 이제라도 우리는 잘못된 편견을 버리는 것이 낫다. 제아무리 오래된 사고방식이나 생활습관일지라도 입증되지 않은 것은 무조건 신뢰할 이유가 없다. 모두가 입을 모아 사실이라고 말하고 또 묵인하던 이야기도 내일이면 거짓으로 판명될 수 있으며, 들판에 촉촉한 단비를 뿌려줄 구름이라고 믿었던 것이 사실은 몇몇의 막연한 의견에 불과한 것으로 밝혀질 수도 있다는 뜻이다. 나이든 사람들이 불가능하다고 말했던 것도 막상 부딪쳐보면 해낼 수 있다는 사실을 깨닫게 된다. 그들에게 옛날의 방식이 있다면 젊은이들에게는 새로운 방식이 존재하는 법이다. 옛날 사람들은 불꽃을 살리기 위해 계속 장작을 넣어야 한다는 사실을 알지 못했겠지만, 요즘 사람들은 '노인을 잡아먹을 기세'로 큰 냄비 아래 마른 장작을 태우면서 새처럼 빠른 속도로 지구를 가로지른다. 나이 들수록 얻는 것보다 잃는 것이 많기에 연륜이 높다고 해서 젊음보다 더 나은 자질을 갖추었다고 할 수도 없다. 그럼에도 현자로 손꼽히는 사람이라면 인생을 살면서 절대적 가치를 배우지 않았겠냐고 반문하는 이도 있을 것이다. 하지만 우리 젊은이들은 나이 든 노인들로부터 소중한 조언을 기대하기 힘들다. 그들이 했던 경험이라는 것은 매우 지엽적이었고 그들이 영위한 삶 또한 처참한 실패에 불과했기 때문이다. 물론 자신이 실패한 원인을 개인적 이유에서 찾으려고 하지만, 이는 각자의 경험 속에 자신만의 신념이 남아 있기 때문이리라. 결국 예전보다 나이만 더 들었을 뿐이다. 지금까지 30년을 이 땅에서 살았지만, 인생의 선배로부터 유익하고 진실한 조언을 들은 적은 한 번도 없었다. 그들은 내게 아무것도 말해주지 않았다. 어쩌면 지금 역시 해줄 적당한 말이 없는지도 모르겠다. 지금 나에게는 아직 실험해보지 못한 삶이 펼쳐져 있다. 연장자들이 시도해본 삶은 나에게 별 도움이 되지 않는다. 만약 내가 소중히 생각할 만한 경험을 한다면 나의 멘토들이 그것에 대해 아무런 말도 해주지 않았다는 사실을 새삼 떠올리게 될 것이다.

한 농부는 이렇게 말한다.

"풀떼기만 먹고 살 수는 없잖소. 풀떼기만 먹어서는 튼튼한 뼈를 만들 영양분을 섭취할 수 없으니까 말이오."

그래서 하루 중 일부를 열심히 할애해가며 뼈에 영양분을 공급하려고 애쓴다. 그러면서도 온갖 장애물을 이겨내고 묵직한 쟁기를 끌고 다니는 황소들을 종일 따라다닌다. 그 황소들도 풀떼기만 먹고 자랐다. 몸이 불편하거나 병이 든 사람에게 꼭 필요한 물건이 누군가에게는 사치품에 불과할 수도 있으며 심지어 그런 물건이 있다는 사실조차 모르는 사람들도 있다.

그럼에도 우리 선조들이 높은 산이나 낮은 언덕을 불문하고 인간이 살아가는 모든 곳을 죄다 거쳐 갔으며 나아가 세상 만물에 지대한 관심을 기울였을 거라고 생각하는 사람들도 있다. 영국의 작가 존 이블린은 말했다.

"현명한 솔로몬은 나무와 나무 사이의 거리를 법으로 정했고, 로마의 집정관들은 무단 침입에 걸리지 않는 선에서 이웃의 토지에 들어가 바닥에 떨어진 도토리를 몇 번이나 주울 수 있는지, 또한 이웃의 몫은 어느 정도인지까지 정해두었다."

의학의 아버지 히포크라테스는 손톱을 어떻게 잘라야 하는지에 대한 지침까지 남겨두었다. 그 지침에 따르면 손톱은 손가락 끝부분에 맞추어 잘라야 하며, 더 길어서도 짧아서도 안 된다. 삶의 다양성과 즐거움을 앗아가는 권태와 지루함은 아담의 시대부터 존재한 것임에 분명하다. 하지만 인간의 능력은 정확히 측정된 적이 없기에 인간의 능력을 선조들에 비추어 판단해서는 안 된다. 지금까지 시도해본 것은 극히 일부에 지나지 않기 때문이다. 따라서 지금까지 어떤 실패를 했건, 아가, 괴로워 말아라. 네가 해내지 못한 일을 두고 누가 너를 질책할 수 있겠느냐?[5]

우리는 간단하고도 다양한 방식으로 삶을 시험해볼 수 있다. 예컨대 저 밭에 심은 콩을 여물게 하는 태양은 지구는 물론이고 여러 곳을 똑같이 비추고 있다는 걸 생각해보자. 그 사실을 기억했더라면 그동안 내가 했던 몇몇 실수를 줄일 수 있었을 것이다. 내가 밭을 갈 때 비추던 빛은 지금 비추는 햇빛이 아니었다. 하늘에 떠 있는 별들은 하나

---

5   힌두교의 경전 《비슈누 푸라나》에서 인용

의 점을 중심으로 얼마나 아름다운 삼각형을 만들며 빛나고 있는가!
우주로부터 한참 멀리 떨어진 수많은 궁궐에서 살아가는 모든 존재
가 같은 시간, 같은 것을 바라보고 있다! 결국 자연과 인간의 삶이란
인간이 가진 다양한 기질만큼이나 다채로운 것이다. 타인의 삶이 어
떻게 펼쳐질지 감히 누가 말할 수 있겠는가? 잠시 잠깐 서로의 눈동
자를 바라보는 것보다 더 엄청난 기적이 벌어질 수 있을까? 우리는
한 시간 동안, 이 세상의 모든 시대, 아니 모든 시대의 모든 세상을 살
아야만 한다. 역사와 시, 그리고 신화! 나는 타인의 경험을 접하는 책
가운데에서 이처럼 놀랍고 유익한 것을 본 적이 없다.

　나는 주변 사람들이 선이라고 부르는 것 대부분이 사실은 악한 거
라고 굳게 믿고 있는 쪽이다. 만약 무언가 후회되는 것이 있다면 그건
내가 했던 선한 행동 때문일 것이다. 도대체 어떤 악마에게 홀려서 그
런 선한 행동을 했을까? 70년을 살아 허울뿐인 명예를 얻은 노인네
라서 가장 현명한 이야기를 들려준 거라고 하지만, 내 귀에는 그 말을
듣지 말라고 속삭이는 거역할 수 없는 목소리가 들린다. 새로운 세대
는 지난 세대의 과업을 좌초된 선박처럼 팽개쳐버린다.

　나는 지금보다 더 많은 것을 마음 편히 믿어도 된다고 생각한다.
스스로에 대한 걱정은 잠시 접어두고 그만큼의 관심을 다른 곳에 쏟
아도 된다. 자연은 강점에 길든 만큼 약점에도 잘 길들게 마련이다.
불치병처럼 끝없는 불안과 긴장에 얽매여 살아가는 사람들이 있다.
우리는 자신이 이룬 일의 중요함을 과장해서 말하는 경향이 있지만,
아직 시도조차 하지 않은 일이 얼마나 많은가! 만약 몸이라도 아프

면 어떻게 할 것인가? 우리는 잠시도 경계를 게을리하지 않으며 최대한 종교에 기대지 않겠다고 마음먹는다. 그런데도 낮이면 경계를 풀지 않고 잘 버티다가도 밤만 되면 내키지 않는 기도를 올리고 불확실한 것에 자신을 내던지고 만다. 우리는 완벽하고도 성실하게 현재의 삶을 존중하며 살아가지 않을 수 없기에 변화의 가능성을 애써 부인해버린다. 그리고 이 방법뿐이라고 말한다. 하지만 하나의 중심에서 수없이 많은 반지름을 그릴 수 있듯이 살아가는 방식 또한 매우 다양한 법이다. 변화를 모색한다는 자체가 경이로운 일이지만 그러한 기적들은 매 순간 벌어지고 있다. 공자는 '아는 것은 아는 것을 안다고 하고 모르는 것을 모른다고 하는 것이 참으로 아는 것이다[6]'라고 말했다. 예상하건대 누구라도 머릿속에 떠오른 상상을 오성(悟性) 속의 사실로 만들어낸다면 인간은 그 토대 위에서 자신의 삶을 꾸려 갈 수 있을 것이다.

  그렇다면 앞서 말했던 불안과 근심의 주된 대상이 무엇인지, 정말로 걱정해야 하는 건지 아니면 어느 정도 신경을 써야 하는지에 대해서 잠시 고민해보자. 우리는 피상적인 문명 세계의 한가운데서 살아가고 있지만, 정말로 필요한 생필품은 무엇인지 또 옛날 사람들은 어떻게 그 생필품을 얻었는지 알기 위해서라도 잠시나마 원시적이고 개척적인 삶을 살아본다면 가치 있는 일일 것이다. 혹은 과거 상인들

---

6 知之爲知之, 不知爲不知, 是知也 _《논어》〈위정편〉 중

이 남긴 장부를 뒤적이면서 일반 사람들이 상점에서 가장 많이 구매한 물건은 무엇이고, 주로 판매하던 상품이 무엇인지 그러니까 가장 잘 팔리는 물건이 무엇이었는지 알아보는 일도 도움 될 것이다. 시대가 발전을 거듭해도 인간의 존재에 필요한 기본적 법칙은 크게 변하지 않는 법이니까. 이는 현대인들의 골격이 과거 선조들의 골격에서 크게 변하지 않은 것과 같은 이치이다.

여기서 '생필품'이란 인간이 수고를 통해 얻는 물건 중에서도 실생활에 가장 중요했거나 혹은 오랜 세월 사용해오다 보니 없어서는 안 될 물건이 된 것을 의미한다. 그래서 야만적인 이유로 혹은 가난이나 철학적 이유로 살아가고자 하는 극소수의 사람도 그 생필품 없이는 살아갈 수 없다. 그러한 의미에서 보면, 수많은 생명체에게 생필품이란 바로 먹이를 뜻하는 것이다. 초원을 거니는 들소에게는 싱싱한 풀과 마실 물이 생필품이 된다. 물론 들소가 숲속이나 산의 그늘진 곳에서 거처를 찾지 않는다는 가정을 한다면 말이다. 이렇듯 야생 동물들은 먹이와 거처 외에는 아무것도 필요로 하지 않는다. 지금과 같은 기후 속에서 살아가는 인간에게 필요한 생필품들은 식량과 집, 의복과 연료를 들 수 있다. 이런 생필품들이 먼저 준비되어야 자유롭게 인생에서 발생하는 진짜 문제들을 해결하고 성공에 이를 수 있기 때문이다. 인간은 집뿐만이 아니라 의복과 음식을 조리하는 방법까지 발명했다. 우연찮게 불이 온기를 내뿜는다는 것을 알게 되었고, 처음에는 온기를 쬐는 것을 사치로 여겼으나 점차 불을 이용하기 시작하면서 이제는 불 쬐기는 당연한 일이 되었다. 고양이와 개의 경우에도 인간과 마찬가지로 제2의 천성, 즉 습관을 자연스럽게 익힌다는 사실을 알 수 있다. 적당한 집과 의복이 있으면 체온을 유지할 수 있다. 하지만 집이나 의복이 너무 지나치거나 연료를 과도하게 사용한다면, 다시 말해 우리의 체온보다 주변 온도가 높아진다면 우리 몸이 요리되고 있는 거라고 말할 수 있지 않을까? 찰스 다윈은 티에라델푸에고 섬[7]의 원주민에 대해 다음과 같이 말했다. 다윈의 일행들은 제대로 옷을 갖추어 입고 불 주변에 앉아 있어도 전혀 덥다고 느끼지 못했지만, 실오라기 하나 걸치지 않은 원주민들은 불에서 저만치 떨어져 있음에도 '뜨거운 열기 때문에 땀을 뻘뻘 흘리는 모습'이라서 깜짝 놀랐다는 것이다. 그리고 신 네덜란드인, 즉 오스트레일리아 원주민들은 발가벗고도 멀쩡히 잘 지내는 데 반해 유럽인들은 옷을 입고도 추워서 벌벌 떤다고도 했다. 이런 미개인들의 강인함과 문명인들의 지적인 면을 하나로 결합할 수는 없을까? 독일의 유기화학자 리비히에 따르면, 인간의 몸은 뜨거운 난로이고 음식은 폐의 내부 연소를 유지해주는 연료와 같다. 우리는 날씨가 추워지면 더 많은 음식을 섭취하고, 날씨가 따뜻해지면 음식을 덜 먹는다. 동물이 뿜어내는 열기는 이런 연소가 천천히 진행됨에 따라 발생하고, 연소가 지나치게 급히 진행되면 병에 걸리거나 죽음에 이르기도 한다. 이런 연료가 고갈되거나 통풍 과정에서 결함이 발생하면 불꽃은 꺼지게 마련이다. 물론 생명을 유지하는 데 필요한 체온과 뜨거운 불을 혼동해서는 안

---

7 현재 아르헨티나에 속한, 남미 대륙 최남단의 군도

될 것이다. 이 정도로 체온과 불에 대한 비교는 마치도록 하자. 따라서 '동물의 생명'이란 바로 '동물의 열기'와 비슷한 의미를 지닌다고 볼 수 있다. 음식은 인체 내의 불을 유지해주는 연료이고, 연료는 음식을 조리하거나 외부로부터 열기를 가해 몸을 더욱 따뜻하게 만들어주는 역할을 한다. 그리고 집과 의복은 그 과정에서 발생한 열기를 오랫동안 유지하는 역할만을 맡는다.

따라서 우리 몸에 가장 필요한 것은 따뜻한 온기를 유지하고, 다시 말해 생명 유지에 필요한 체내의 열을 유지하는 것이다. 그래서 우리는 음식과 의복, 그리고 집을 마련하고 밤에 입는 의복인 잠자리를 마련하기 위해 고생을 마다하지 않는다. 그 잠자리를 마련하기 위해 새와 동물로부터 둥지와 따뜻한 털을 빼앗기도 한다. 마치 두더지가 굴속 깊숙이 풀과 나뭇잎을 모아 잠자리를 만드는 것처럼! 가난한 자들은 세상이 너무 춥다고 불평한다. 우리는 고통 대부분을 사회적 냉기 못지않게 신체적 냉기의 탓으로 치부해버린다. 어떤 기후대에서는 여름이 되면 지상낙원의 삶을 누릴 수 있다. 음식을 조리할 때만 빼면 연료도 필요치 않다. 태양이 곧 불을 대신하고 따뜻한 햇살을 받아 다양한 과일이 무르익기 때문이다. 다른 곳에 비해 음식을 얻기 쉽고 그 종류도 다양하며, 옷과 집도 거의 필요가 없거나 절반만 있으면 된다. 지금까지 내가 경험한 바에 따르면, 현재 미국에서는 몇 가지 생필품과 칼, 도끼, 삽, 손수레 등의 도구가 필요하며, 학구열이 강한 사람의 경우에는 램프와 문구류 및 약간의 책이 필요한데 이 모든 것은 적은 비용으로도 구할 수 있다. 하지만 적지 않은 사람이 어리석게도 지구의 반대편, 그 미개하고 비위생적인 지역으로 이주해 10년이고 20년이고 장사에 몰두하며, 이 모든 게 다시 따뜻하고 안락한 뉴잉글랜드에서 생을 마감하기 위해서라고 말한다. 과도한 부를 얻는 자들은 적당히 따뜻하고 편한 것을 넘어서, 무리하다 싶을 정도로 덥게, 앞서 말한 것처럼 몸이 요리될 지경까지 뜨거운 가운데서 살아간다. 모두 유행을 좇기 위한 것에 불과하다.

이른바 생활을 편리하게 해주는 생활용품과 대부분의 사치품은 살아가는 데 필수적인 것도 아닐뿐더러 오히려 인류의 진보에도 걸림돌이 되고 있다. 사치품과 생활용품에 대해서 조금 더 자세히 설명하자면, 역사상 뛰어난 현자로 꼽히는 이들도 가난한 사람보다 더욱 궁핍하고 소박한 삶을 살았다. 중국, 인도, 페르시아, 그리스의 고대 철학자들은 외적으로는 궁핍했지만 내적으로는 그 누구보다 부유했다. 우리는 그들에 대해 잘 알지 못하며, 어쩌면 이 정도 알고 있는 것도 놀라운 일이다. 그들보다 시대적으로 가까운 개혁자들이나 은인들의 경우에도 마찬가지다. 우리가 자발적인 빈곤이라고 부르는 그들의 방식을 더 우월한 위치에서 보지 않는다면, 그 누구도 인간의 삶을 공정하고 현명하게 관찰할 수 없을 것이다. 농업과 상업, 문학과 예술을 막론하고 사치스러운 삶 속에서 무르익은 열매는 말 그대로 사치일 뿐이다. 요즘 세상에는 철학을 가르치는 학자는 있으나 진정한 철학자는 없다. 한때는 철학자로 사는 것이 칭송받는 일이었기에 철학을 가르친다는 자체만도 칭송받을 일이지만, 철학자가 된다는 것은 단순히 난해한 사상을 만들어 학파를 세운다는 뜻이 아니다. 그저 지혜를 사랑하고 그 가르침에 따라서 소박하고 독립적인 삶, 즉 관용과 신뢰의 삶을 살아가는 것을 뜻한다. 나아가 이론적인 것만이 아니라 실제적으로도 삶의 문제들을 해결한다는 것도 포함된다. 위대한 학자들과 사상가들이 일궈낸 성공은 군주처럼 당당한 것이 아니라 군주를 모시는 신하처럼 적절한 처신을 통한 성공이다. 선조들이 그랬듯 적절히 순응하면서 살아가기 위해 노력할 뿐이기에 가장 고결한 인류의 선조로 보기는 힘들다. 그렇다면 인간은 왜 타락하는 것인가? 한 민족을 파멸로 이끌고 무력하게 만드는 사치의 본질은 무엇일까? 우리 자신의 삶에는 이런 사치스러움이 없다고 확신할 수 있을까? 철학자의 삶은 그 외적인 면에서도 시대를 앞선다. 그들은 동시대를 살아가는 사람들처럼 먹지도 자지도 입지도 몸을 따뜻하게 덥히지도 않는다. 그렇다면 우리는 어떻게 철학자가 될 수 있으며 어떻게 해야 다른 사람보다 더 사치스럽지 않게 생명 유지에 필요한 열기를 유지할 수 있을까?

앞서 설명한 여러 방법으로 체온을 유지한다면, 그다음에 우리는 무엇을 원하게 될까? 더 이상 똑같은 종류의 온기를 원치는 않을 것이다. 더 많은 음식과 더 기름진 음식, 더 크고 화려한 집, 더 멋있는 많은 종류의 옷, 더 활활 타오르는 불을 바라지는 않을 것이다. 삶에 꼭 필요한 것들을 얻고 나면, 여분의 생필품을 구하는 대신 다른 대안을 선택하려 든다. 다시 말해, 힘들고 하찮은 일에서 벗어나 휴가를 얻은 것처럼 새로운 모험을 시작하고 싶어진다. 씨앗이 제대로 뿌리를 내린 걸 보면 토양과 잘 어우러진 모양이다. 이제는 자신 있게 하늘로 싹을 틔워도 될 것 같다. 저 높은 하늘로 올라가기 위한 게 아닌 다음에야 인간이 땅속 깊숙이 뿌리를 내리는 이유가 무엇이겠는가? 고등식물은 땅에서 멀리 떨어진 곳에서 공기를 마시고 햇살을 받아 열매를 맺기에 하찮은 식물과는 달리 귀한 대접을 받는다. 2년생 작물의 경우에는 뿌리를 완전히 내릴 때까지만 재배되고, 그 목적을 달성하고 나면 윗부분이 잘려나가므로 언제 꽃을 피우는지 알 수가 없다. 천국에 있든 지옥에 있든 자기 일을 알아서 처리하고 최고의 부자들보다 더 화려한 집을 짓고 아낌없이 돈을 퍼부어도 가난해지지 않을 강인하고 용기 있는 사람들에게 어떠한 규칙을 가르치려는 것이 아니다. 그런 사람들이 어떤 삶을 영위하는지도 알지 못할뿐더러 그저 꿈속에서나 볼 법한 일이기 때문이다. 또한 현재 상황 속에서 용기를 북돋워줄 자극과 영감을 얻고 사랑하는 이를 대하듯이 현재를 소중히 하는 사람들에게 충고하고 싶은 것도 아니다. 어떤 면에서 보면 나 역시도 그 속에 속해 있기 때문이다. 나아가 어떤 상황에서도 자신에게 맡겨진 일을 완벽하게 처리해내는 사람들에게 이래라저래라 하려는 것도 아니다. 그들 스스로가 일을 잘하고 있는지 여부를 확실히 인지하고 있을 것이기 때문이다. 나는 주어진 상황을 개선하려고 노력하지 않고, 그저 자신이 타고난 운명 혹은 시대가 불만족스럽다며 불평불만을 늘어놓는 사람들에게 말하려는 것이다. 자기들 말로는 제대로 의무를 다하고 있다면서 모든 것에 대해 불만을 품은 채 목소리를 높이는 사람들 말이다. 또한 겉모습은 부유해 보이지만 실제로는 지독하게 궁핍한 삶을 사는 이들, 그러니까 돈을 모으기는 했지만 제대로 쓸 줄을 몰라서 금과 은으로 만든 족쇄에 스스로 발목 잡힌 사람들에게 말하고자 하는 것이다.

지난 세월을 어떻게 살고 싶었는지 솔직히 털어놓으면, 실제 내가 어떻게 살았는지 아는 독자들 또한 꽤 놀랄 것이다. 따라서 내 과거의 삶에 대해 전혀 알지 못하는 독자들은 그보다 더 놀랄 것이 분명하다. 그래서 가슴 속에 품고 있었던 계획들 중 일부만을 넌지시 소개하고자 한다.

날씨가 궂거나 맑거나, 낮이나 밤이나, 그 어느 시간에도 나는 주어진 시간을 적절히 활용하고 이를 로빈슨 크루소처럼 지팡이에 새겨두고 싶었다. 과거와 미래라는 영원이 교차하는 점, 다시 말해 현재라는 순간의 선 위에 서고 싶은 심정이었다. 나라는 사람은 다른 사람에 비해 비밀스러운 일이 많기에, 다소 막연하게 들리더라도 이해해주기를 바란다. 그렇다고 해서 일부러 감추고자 하는 것이 아니라 그저 내 일의 특성상 비밀이 많을 수밖에 없기 때문이다. 그렇지만 나는 아는 것을 전부 소개하고 싶고, 추호도 내 문에 '출입금지'라는 간판을 내걸 생각은 없다.

나는 오래전에 사냥개 한 마리와 갈색 말, 비둘기를 잃어버렸는데 지금도 녀석들을 찾아 헤매고 있다. 그래서 우연히 마주치는 여행객들을 붙잡고, 녀석들이 잘 가던 곳과 어떻게 불러야 대답하는지에 대해서 들려주곤 했다. 사냥개 짖는 소리, 또각또각 말발굽 소리를 들었다는 사람도 있었고, 심지어 비둘기가 구름 너머로 사라지는 걸 보았다는 여행객도 더러 만날 수 있었다. 다들 자신이 잃어버린 당사자라도 되는 양, 녀석들을 애타게 찾고 싶은 모습이었다.

해가 뜨고 지는 것뿐만 아니라 남들보다 먼저 자연의 섭리를 예견할 수 있다면 얼마나 좋을까! 여름과 겨울을 막론하고 나는 아침이 오면 이웃들이 하루를 시작하기도 전에 이미 내 일에 몰두했다! 그렇게 일을 마치고 돌아오는 길에 보스턴으로 떠나는 농부나 장작을 패러 가는 벌목꾼 등과 마주쳤다. 비록 태양이 떠오르는 것을 돕지는 못했어도, 태양이 뜨는 순간을 온전히 지켜보았다는 것만으로도 내게는 무척 의미 있었다.

수많은 가을과 겨울, 나는 마을 밖으로 나가서 바람결에 담긴 소리를 듣고 이를 표현하기 위해 애썼다! 그 바람 소리를 듣기 위해 내가가진 전 재산을 털어 넣었고 숨을 헐떡이며 바람에 맞서 달리기도 했다. 만약 그 바람 속에 정당의 소식이 담겨 있었더라면, 잡지 〈가제트〉에 속보로 실렸을 것이다. 또 언젠가는 절벽이나 나무 위에 망루에 올라가서 새로운 소식을 전보로 알렸고, 밤이면 언덕 위에 올라가 하늘이 무너지기를 기다리기도 했다. 그럼에도 나는 별다른 것들을 포착하지 못했고, 그나마 깨달은 것도 이스라엘 민족이 신에게 받은 음식 만나처럼 햇살에 사르르 녹아버렸다.

나는 오랫동안 한 잡지사의 통신원으로 일했다. 구독자가 별로 많지 않은 데다 편집자는 내가 기고한 글이 잡지에 수록하기에 적절치 않다고 생각했다. 그래서 많은 작가가 그렇듯 나 역시도 별 보람 없이 괜한 고생을 한 꼴이 되고 말았다. 하지만 내 입장에서는 그 고생

26

자체가 값진 보상이었다.

몇 년간, 나는 눈보라와 폭풍우를 관측하는 역할을 자처했고 맡은 바를 훌륭히 수행했다. 비록 간선도로는 아니지만, 측량 기사라도 된 것처럼 숲속 오솔길과 지름길을 샅샅이 찾아내어 누구나 편히 다닐 수 있도록 길을 내고, 발자국이 많이 남아 그 유용성이 높아 보이는 골짜기 사이에는 다리를 놓아 어느 계절이든 편히 오갈 수 있도록 했다.

걸핏하면 울타리를 넘어 다니며 착실한 목동을 애먹이던 길들지 않은 마을 가축들을 돌보고, 사람들의 발길이 닿지 않는 농장 구석구석을 살피기도 했다. 그렇다고 해서 마을 사람들이 어디서 일을 하는지 속속들이 알지는 못했다. 사실 그런 것까지는 내가 상관할 바가 아니었다. 그뿐만 아니라 불그스름한 월귤나무와 벚나무, 팽나무, 적송 그리고 검은 물푸레나무, 백포도나무에 물을 주기도 했다. 만약 물을 주지 않았다면 건조한 시기에 메말라서 시들어버렸을지도 모른다.

굳이 자랑하려는 건 아니지만, 나는 앞서 열거한 모든 일을 오랜 시간 충실히 수행해왔다고 자부한다. 그런데도 마을 사람들은 나를 마을 관리인으로 인정한다거나 적당한 수당을 받는 자리조차 마련해줄 생각이 없었다. 하늘에 맹세코 정직하게 기록했던 장부 역시 그 누구에게도 감사를 받지 못했고, 이를 인정받거나 그에 대한 정산과 지급이 이루어진 적도 없었다. 물론 그런 일이 있을 거라고 기대한 건 아니었지만.

얼마 전에 어느 인디언 행상이 마을에서 유명한 변호사의 집으로 바구니를 팔러 온 적이 있었다. 행상은 "바구니 하나 사실래요?"라고 물었고, 변호사는 "필요 없습니다"라고 대답했다. 그러자 인디언 행상은 "필요가 없다고? 우리를 굶겨 죽일 작정이군!"이라고 소리치며 문을 박차고 나가버렸다. 그는 주변의 백인들이 죽어라 일하여 풍족하게 사는 모습을 보면서, 특히 변호사가 줄줄 변론을 늘어놓고 나서 마법이라도 부린 것처럼 재물과 명예를 얻는 걸 보며 속으로 '나도 사업을 해야겠어. 바구니를 만들어 팔자. 그건 나도 할 수 있잖아'라고 생각했다. 그래서 바구니를 만드는 걸로 자기 일이 끝났으며 당연히 백인들이 바구니를 사줄 거라고 기대했던 것이다. 남들이 살 가치가 있는 바구니를 만든다거나, 아니면 바구니를 사고 싶게 만든다거나, 혹은 바구니 말고 살 만한 물건을 만들어야 한다는 생각은 미처 하지 못했다. 나 역시 얇게 자른 나무로 바구니를 만들어본 적이 있었지만 다른 사람에게 팔 정도로 제대로 만들지는 못했다. 하지만 내 경우에는 바구니를 만드는 일 자체가 충분히 보람 있는 일이라고 생각했기에, 내다 팔 만한 바구니를 만드는 방법을 고민하는 대신 어떻게 하면 바구니를 팔지 않아도 될지를 고민했다. 이른바 성공한 삶이라고 칭송받는 인생은 그저 인생을 살아가는 여러 방식 중 하나일 뿐이다. 우리는 왜 다른 삶의 방식들을 무참히 짓밟으면서 하나의 방식만을 과대평가하려는 걸까?

마을 이웃들이 법원의 일자리나 목사 자리 혹은 먹고살 만한 거리를 제공할 것 같지 않았기에 누구보다 잘 안다고 자부하는 숲속으로 고개를 돌려 전보다 더 열중하게 되었다. 그리고 전처럼 사업자금이 모일 때까지 기다리지 않고, 수중에 가진 다소간의 자금만 가지고 사업을 시작하기로 했다. 내가 월든 호숫가로 간 이유는 빈곤하게 살기 위한 것도 혹은 호화스럽게 살기 위한 것도 아니었고, 그저 누구의 방해도 받지 않으면서 개인 사업을 하기 위함이었다. 상식도 없고 사업을 꾸릴 재능도 없어서 내 목표 달성을 방해받는다면 슬픈 게 아니라 어리석기 짝이 없어 보일 테니까.

나는 사업할 때 무엇이든 정확하고 꼼꼼히 처리하는 습관을 들이려고 애썼다. 이런 습관은 모두에게 필요한 부분이다. 만약 천상의 제국이라 불리는 중국과 무역을 할 생각이라면 세일럼 같은 바닷가의 항구에 조그만 사무실만 마련하면 기본적 준비는 끝났다고 볼 수 있다. 그리고 이 나라에 남아도는 물건들, 다시 말해 얼음과 소나무 목재, 다소간의 화강암을 화물선에 실어 수출하면 될 것이다. 무역은 이윤이 많이 남는 만큼 위험 요소도 많이 따를 것이다. 그 때문에 제아무리 사소한 일이라도 직접 살펴야 한다. 사업가는 도선사이면서 선장이 되고, 선주와 보험업자의 역할까지 도맡아야 하며, 모든 화물을 매매하고, 장부를 기록하고, 편지를 빠짐없이 살피고, 답장을 직접 쓰고 발송해야 한다. 수입한 화물의 하역 작업을 밤낮으로 감독하고, 값비싼 화물은 저지 해안에서 하역되는 일이 잦기에 해안 곳곳을 쉴 새 없이 오가야 한다. 또한 전신(電信)의 역할을 자처하며 해안 쪽으로 다가오는 모든 선박과 무전을 주고받아야 한다. 그뿐만 아니라 멀리 떨어진 대규모 시장에도 상품을 꾸준히 발주해야 한다. 그와 동시에 모든 나라의 시장 상황은 물론이고 전쟁과 평화의 가능성을 꿰뚫어야 하며 이를 통해 무역과 문명의 변화 양상을 예측할 수 있어야 한다. 그러기 위해서는 여러 탐험대의 원정 성과를 활용하고 새로운 항로는 물론 새로 개발된 항해술을 익혀야 한다. 또한 해도를 연구하고 곳곳에 도사리고 있는 암초와 새로 설치된 등대와 부표의 위치를 확인하고 대수표(對數表)를 계속 확인하고 수정하는 작업도 잊지 말아야 한다. 친숙한 항구에 도착해야 할 선박이 계산상의 착오로 암초에 부딪혀 좌초하는 경우가 종종 발생하기 때문이다. 지금까지도 진상이 밝혀지지 않은 라페루즈 백작[8]의 비극적인 운명을 생각해보라. 한노[9]와 고대 셈족 페니키아인의 시대부터 지금까지, 모든 위대한 탐험가와 항해가, 그리고 상인들의 삶을 연구하여 보편적인 과학의 발전 속도에 뒤처지지 않도록 해야 한다. 또한 재고를 정확히 파악하여 본인의 현재 상황을 가늠해보아야 한다. 이처럼 무역이란 한 사람의 능력을 완전히 발휘해야만 가능한 실로 고된 작업이다. 손익계산부터 이자와 중량 계산 그리고 용기 속에 담기는 다양한 물품의 무게 측정까지 여러 분야에 대한 해박한 지식을 갖추어야만 가능하다.

나는 월든 호수가 사업을 하기에 더없이 적합한 곳이라고 생각해왔다. 철도가 깔려 있고 얼음이 거래되고 있는 데다 굳이 세상에 알리고 싶지 않은 여러 이점이 있기 때문이다. 아무튼 월든 호수에는 좋은 항구가 있고 기반도 괜찮은 편이다. 네바 강의 늪지대처럼 매립해

---

8 실종된 18세기 프랑스의 해양탐험가
9 BC 5세기 초 카르타고의 제독, 탐험가

야 할 필요는 없지만 집을 짓기 위해서는 제일 먼저 말뚝부터 박아야 한다. 월든 호수는 서풍을 동반하는 밀물 때 네바 강이 단단히 얼어붙으면 지구상에서 휩쓸려 사라지게 될 거라는 상트페테르부르크와 같은 곳이다.

확실히 자본을 갖추지 못한 채 시작한 사업이므로 사업에 꼭 필요한 수단을 어디서 구해야 할지 가늠하기란 쉽지 않을 것이다. 일단 구체적인 부분부터 살펴보기로 하자. 먼저 '옷'에 대해 생각해보면, 우리는 옷을 구입할 때 실용적인 부분보다는 새로운 옷을 구하고 싶은 마음과 타인의 시선에 어떻게 보일까 하는 부분을 고려하는 일이 잦은 편이다. 작업하는 사람이라면 옷을 구입하는 첫 번째 목적은 체온 유지다. 둘째는 현재 같은 문명사회에서는 알몸으로 살아갈 수 없기 때문이다. 이 두 가지를 기억한다면 새로 옷을 구하지 않고도 얼마든지 필요한 일을 해낼 수 있음을 알 수 있다. 따로 재단사와 재봉사가 정성을 다해 만든 옷도 한 번만 입고 다시 거들떠보지 않는 왕과 왕비라면, 내 몸에 꼭 맞는 옷을 입었을 때의 편안함을 절대로 알지 못할 것이다. 그런 경우 왕과 왕비는 깨끗한 옷을 걸친 목재 마네킹과 다를 바가 없다. 우리가 평소에 입는 옷은 주인의 성격에 영향을 받아 시간이 지날수록 점차 내 몸과 하나가 된다. 그래서 치료를 받기 위해서가 아니라면 좀처럼 옷을 벗으려고 하지 않고 내 몸처럼 소중히 대하게 마련이다. 나는 해진 옷을 기워 입은 사람이라고 해서 얕잡아 본 적이 없다. 하지만 대부분이 사람이 건전한 양심을 가지기보다 한창 유행하는 옷이나 최소한 말끔하고 해지지 않은 옷을 입고 싶어 한다는 건 알고 있다. 설사 찢어진 옷을 깁지 않고 그대로 입고 다닌다고 해도, 그로 말미암아 드러날 최악의 결점이란 조금 부주의한 성격이라는 것 정도밖에 되지 않는다. 가끔 시험 삼아 "무릎이 다 해져서 헝겊으로 덧댄 바지를 입고 다닐 수 있습니까?" 하는 질문을 주변 사람들에게 던져볼 때가 있다. 보통 사람들은 그런 옷을 입고 다니는 건 인생을 완전히 포기한 것이라 생각하는 듯하다. 그래서 헝겊을 덧댄 바지를 입느니 다리가 부러져 절뚝거리며 시내를 걸어 다니는 편이 낫다고 믿는다. 다리가 부러지면 치료를 받으려고 하면서도 정작 바지가 찢어졌을 때는 수선을 받지 않으려고 드는 셈이다. 이는 진정 존경받아야 할 점이 무엇인지 생각하기보다는 남들이 존경하는 것이 무엇인지에만 집착하기 때문이다. 나는 아는 사람은 손에 꼽을 정도지만 외투나 바지에 대해서는 그보다 더 많이 알고 있다. 최근에 입던 옷을 허수아비에게 입히고, 바로 옆에 알몸으로 서 있어보라. 허수아비 대신 당신에게 먼저 인사를 건넬 사람이 있겠는가? 얼마 전에 옥수수밭을 지나가다가 말뚝 위에 모자와 외투가 걸린 것을 보고, 그 옥수수밭의 주인이 누구인지 대번에 알아차릴 수 있었다. 주인은 지난번 만났을 때보다 훨씬 더 지쳐 보였다. 낯선 사람이 옷을 제대로 갖춰 입고 집에 들어오면 미친 듯이 짖어대지만, 벌거벗고 집에 찾아오는 사람을 보면 전혀 짖지 않는 개 이야기도 들은 적이 있다. 우리가 입고 있는 옷을 전부 벗어던지고 나면 자신의 지위를 제대로 유지할 사람이 몇이나 될지 궁금하다. 과연 벌거벗은 사람을 보고도 그들 중에서 진정 존경받을 계급에 속한 문명인이 누구인지 확실히 구분할 수 있을까? 동쪽에서부터 서쪽으로 세계 일주라는 모험을 떠났던 파이퍼 부인은 집에서 그리 멀지 않은 시베리아에 도착해서 당국 관리를 만나러 갈 때, 여행할 때 입던 옷 대신 평상복으로 갈아입어야 할 것 같은 기분을 느꼈다고 한다. 그 이유는 '옷차림만으로 사람을 판단하는 문명국에 들어섰기 때문'이었다. 민주적인 뉴잉글랜드에서도 갑자기 떼돈을 번 사람이 옷과 장신구로 화려하게 치장을 하면 모든 이의 존경을 한 몸에 받을 수 있다. 하지만 제아무리 부자라고 해도 무지하기 짝이 없는 이방인이 대다수라 당장 선교사를 파견해야 할 정도이다. 게다가 옷을 만들기 위해 탄생한 바느질은 좀처럼 끝이 보이지 않는 일이라 특히 여성의 드레스를 만들기 위한 바느질은 아무리 해도 영원히 끝나지 않을 것이다.

어렵사리 할 일을 찾은 사람이 그 일을 위해서 굳이 새 옷을 장만해야 할 필요는 없다. 한참 전부터 다락에 쌓여 먼지를 뒤집어쓴 옷이라도 충분할 테니까. 진정한 영웅은 하인이 신었던 낡은 구두도 기꺼이 신을 것이다. 또한 구두보다 맨발이 더 오래된 것이라 영웅은 맨발로 다녀도 상관없다고 생각할 것이다. 파티나 법원에 드나들어야 하는 사람이라면 새 외투가 필요할 것이다. 때와 장소에 따라 옷을 바꿔 입으면 사람이 다르게 보이기 때문이다. 하지만 예배를 드릴 때 입을 적당한 외투와 바지, 모자와 구두만 있다면 그것만도 내게는 충분하다. 자신이 입던 낡은 옷, 외투가 완전히 해져서 원래 성분으로 분해되는 모습을 본 사람이 있을까? 자선을 베푼답시고 가난한 아이에게 물려주어도 그 아이가 자신보다 더 가난한 아이에게 줘버릴 정도로 완전히 낡아빠진 옷 말이다. 마지막으로 옷을 받은 아이는 아무 가치가 없어 보이는 것만 가지고도 살아갈 수 있으니 우리보다 더욱 부유하다고 말할 수 있지 않을까? 새 옷을 입을 사람보다 새 옷만을 더욱 필요로 하는 사업은 부디 경계하기 바란다. 새 사람이 없는데 어떻게 새 옷이 몸에 맞게 만들어질 수 있을까? 만약 새로운 사업을 계획 중이라면, 지금 입은 옷을 그대로 입고 시작하라. 우리에게 필요한 것은 일할 때 입을 옷이 아니라 일 그 자체이다. 비록 누더기처럼 헌 옷이고 더럽다고 해도, 일단 사업을 시작하고 긴 항해를 마친 후에 나 자신이 헌 옷을 입은 새사람이 되고, 그 옷을 계속 입는 것이 헌 부대에 새 술을 담아두는 것처럼 느껴질 때까지는 절대로 새 옷을 사서는 안 된다. 동물이 털갈이하는 것처럼, 우리가 새 옷을 갈아입을 때는 위기를 맞이했을 경우이다. 아비(阿比, 바닷새)는 외딴 호수에 들어가서 털갈이를 하며 시간을 보낸다. 몸속에서 벌어지는 어떠한 작용과 팽창 때문에 뱀도 허물을 벗어던지고 애벌레도 고치를 뚫고 나온다. 옷이란 우리 몸의 가장 밖에 있는 껍데기이며 얽히고설킨 인생의 혼란스러움에 불과하다. 그 때문에 겉만 번드르르한 옷을 입고 다닌다면, 가짜 깃발을 달고 바다를 항해하다가 붙잡히게 마련이고 결국 우리 자신은 물론이고 인류에게도 버림받고 말 것이다.

우리는 나이테를 더하며 몸집을 키우는 외생(外生) 묘목처럼 옷 위에 또 옷을 껴입는다. 우리 몸 바깥에는 얇고 멋진 표피가 있는데, 이는 가짜 피부와 마찬가지라 생명을 유지하는 데는 아무 상관이 없어서 표피가 여기저기 벗겨진다고 해도 치명적인 상처가 되지는 않는다. 그보다 더 두꺼운 옷은 세포막, 즉 피질이다. 하지만 우리가 입는 셔츠는 식물로 치면 체관부, 즉 나무껍질에 해당되기 때문에 박피 말고는 달리 벗겨낼 방법이 없어 셔츠를 벗기는 것만으로도 치명적인 상처를 입을 수 있다. 어느 인종이든 누구나 각 계절에 맞는 셔츠를 입게 마련이다. 가장 바람직한 것은 최대한 간편한 옷차림을 하는 것이다. 그래야 어둠 속에서도 내 몸을 만질 수 있고, 모든 면에서 간소하고 완벽하게 살아갈 수 있기 때문이다. 게다가 적군에게 도시를 점령당한다고 해도 고대 그리스의 현인처럼 무덤덤하게 빈손으로 성문 밖으로 걸어 나갈 수 있기 때문이다. 두꺼운 겉옷은 얇은 옷을 세 벌 껴입은 거나 다름없고, 저렴한 옷은 적당한 돈만 가지고도 구입할 수 있다. 5달러만 주면 족히 5년은 입을 두툼한 외투를 살 수 있다. 두꺼운 바지는 2달러, 소가죽으로 만든 부츠는 1달러 50센트, 여름용 모자는 25센트, 그리고 겨울용 모자는 62.5센트만 내면 살 수 있다. 아니면 모자 같은 경우에는 집에서 저렴한 비용만 들여서 직접 쓸 만한 것을 만들 수도 있다. 직접 번 돈으로 구입한 옷을 걸치고 있는데도 남들의 존경을 받지 못할 만큼 가난한 사람이 어디 있겠는가?

다소 특이한 형태의 옷을 만들어달라고 부탁할라치면 재단사는 진지한 목소리로 이렇게 말한다.

"요즘 사람들은 이런 옷을 입지 않아요."

마치 운명의 세 여신[10]의 초인적 권위를 인용하는 것처럼, '사람들'이라는 말을 전혀 강조조차 하지 않는다. 게다가 재단사는 내 말을 진심이라고 믿지 않으며 나를 무분별하다고 여기지도 않기에 어차피 내가 원하는 옷을 만들기는 힘들 거라는 사실을 깨닫게 된다. 그래서 마치 신탁처럼 들리는 그 말을 들으면서 잠시 생각에 잠겨, 마음속으로 단어를 하나씩 되뇌며 그 '사람들'이 '나'와 어느 정도 밀접한 관계에 있는지, 그리고 어느 정도 내게 영향을 미칠 수 있는지 가늠해보려고 애쓴다. 결국 나는 재단사처럼 '사람들'이라는 말을 강조하지 않으면서 이렇게 대답하고 싶은 기분을 느낀다.

"맞는 말이에요. 얼마 전까지는 이런 옷을 안 입었는데 요즘은 이렇게도 입는답니다."

내 몸이 옷을 걸어두는 옷걸이라도 되는 양 내 어깨 폭만 재고 나의 성격은 고려치 않는다면 그렇게 만든 옷이 무슨 소용이 있겠는가? 우리가 숭배하는 것은 미의 여신이나 운명의 여신이 아닌 바로 유행의 여신인 것이다. 유행의 여신은 절대적인 권위를 가지고 실을 잣고 천을 짜고 옷을 재단한다. 프랑스 파리에 사는 원숭이가 여행용 모자를 쓰면 미국의 원숭이들도 똑같은 모자를 쓰고 다닌다. 때때로 나는 다른 사람들의 도움을 받아 세상에서 가장 단순하고 정직한 일을 해보겠다는 꿈을 단념하기도 한다. 그런 사람들을 전부 강력한 압착기에 집어넣어 머릿속에 있는 케케묵은 관념을 짜내고, 다시는 그런 쓸데

---

10 밤의 여신 닉스의 딸들로, 운명의 시실을 뽑아내는 클로토, 인생의 길이를 정해 운명의 실을 감거나 짜는 라케시스, 가위로 그 실을 잘라 생명을 거두는 아트로포스를 이른다.

없는 생각이 들지 않도록 하고 싶은 심정이다. 하지만 자기도 모르는 사이 파리가 낳은 알에서 구더기들이 부화할 수 있고, 그 구더기들은 뜨거운 불길로도 태워버릴 수가 없을 테니 결국 헛수고만 하는 셈이다. 하지만 우리는 이집트의 밀 씨앗이 미라를 통해 우리에게 전해졌다는 사실을 절대 잊어서는 안 된다.

이 나라를 비롯해 다른 나라를 통틀어 보아도, 옷이 예술의 경지에 올랐다고 말할 수는 없을 것이다. 요즘에는 누구나 닥치는 대로 옷을 구해서 걸치고 다니니 말이다. 난파선의 선원들은 가까운 곳에서 구할 수 있는 옷을 아무거나 걸치고 다니면서도, 어릿광대처럼 입은 상대를 보며 서로를 비웃는다. 어느 세대나 지나간 유행을 비웃으면서 새로운 유행을 종교처럼 숭배한다. 우리는 헨리 8세나 엘리자베스 여왕 시대의 옷을 보면서, 마치 식인종이 사는 섬나라의 왕과 왕비의 옷이라도 본 것처럼 우스워 난감해한다. 일단 옷이 사람의 몸에서 떠나면 초라하고 기괴하기 짝이 없다. 이처럼 사람의 옷을 신성하게 만들고 비웃음을 받지 않게 만드는 것은 옷을 입은 사람의 진지한 눈빛과 성실한 삶의 태도이다. 광대가 복통으로 고통스러워하면, 그가 입은 광대 복장도 그 분위기를 살리는 데 어느 정도 역할을 할 테고, 군인이 포탄에 맞아서 군복이 찢어져도 그 군복은 임금이 입는 자줏빛 옷만큼이나 그에게 잘 어울릴 것이다.

이렇게 새로운 유행을 좇느라 정신이 없는 남녀들의 유치하고 야만적인 취향 때문에, 얼마나 많은 사람이 요즘 세대가 원하는 특별한 디자인을 찾기 위해서 만화경을 흔들어대고 있는가. 옷을 만드는 제

조업자들은 이러한 취향이 얼마나 변덕스러운지 잘 알고 있다. 고작 몇 가닥의 실만 다를 뿐인데도 하나는 날개 돋친 듯이 팔려나가고 다른 하나는 판매대에 산처럼 쌓여 있다. 반대로 계절이 바뀌면서 좀처럼 팔리지 않던 옷이 갑자기 인기를 끄는 경우도 적지 않다. 이런 유행에 비하면 문신은 그나마 덜 섬뜩한 풍습이라고 볼 수 있다. 단순히 피부 깊숙이 새겨 넣은 문양을 쉽게 지울 수 없다는 이유로 문신을 야만적인 풍습이라고 말할 수는 없을 테니까.

나는 현재의 공장제도가 옷을 구할 수 있는 최적의 방안이라고 생각하지 않는다. 공장에서 옷을 만드는 노동자들의 상황은 날이 갈수록 영국인들이 처한 상황과 닮아가고 있다. 지금까지 듣고 관찰한 바에 따르면, 공장제도의 주된 목적은 정직하고 좋은 옷을 만들어 사람에게 입히는 것이 아니라 기업인들을 배 불리기 위한 것이 확실한 바, 그런 변화는 전혀 놀라운 것이 아니다. 결국 장기적 안목에서 보면, 인간은 자신이 원하는 목표를 정확히 명중시킨다. 따라서 지금 당장 실패를 겪더라도 목표는 높이 잡을수록 좋다.

오늘날에는 집이 생필품 중 하나가 되었다는 사실을 부정할 수 없다. 하지만 이곳보다 추운 지역에서는 오랜 세월 집 없이 지낸 경우를 찾아볼 수 있다. 여행가 새뮤얼 래잉은 "라플란드 사람들은 가죽으로 만든 옷을 입고, 가죽으로 만든 자루를 머리부터 어깨까지 뒤집어쓰고 밤마다 눈밭에서 잠을 청하는데, 그곳은 아무리 두꺼운 털옷을 입어도 생명의 불꽃이 꺼질 만큼 추운 곳이다"라고 말했다. 하지만 그는 "라플란드 사람들이 다른 종족에 비해 특별히 강인한 체력을 가진 것은 아니다"라고 덧붙였다. 아마도 인간은 지구에 산 지 얼마 되지 않아 '가정의 안락함', 즉 집이 얼마나 안락하고 편리한 곳인지 깨달았으리라. '가정의 안락함'이란 가족과 함께 살 때 느끼는 만족감보다는 집이 주는 만족감을 의미하는 것으로 보인다. 하지만 추운 겨울이나 우기에만 집이 필요한 기후대에는, 그러니까 1년 12개월 중에서 8개월 정도는 파라솔만 있어도 되는 더운 나라에서는 집이 주는 만족감이란 지극히 일시적이고 부분적인 것이다. 과거 미국에서도 여름철에는 집이 그저 밤이슬을 피할 차단막에 불과했다. 원주민들이 남긴 그림문자에 따르면, 천막집은 낮 시간 행진의 상징이었고, 나무껍질에 연속으로 새겨지거나 그려진 천막집의 그림으로 볼 때, 원주민들이 무수히 많은 날을 야외에서 보냈음을 추측할 수 있다. 인간은 몸집이 그리 크지도 강인하지도 않아서, 활동 반경을 좁혀 자기 몸에 딱 맞는 공간 주변으로 벽을 쌓아야만 한다. 태초에는 인간도 실오라기 하나 걸치지 않은 채로 야외에서 살았다. 날씨가 따뜻하고 맑을 때는 벌거벗고 살아도 괜찮았을 테지만, 뜨거운 태양이 작열하거나 비가 쏟아지거나 추운 겨울에는 서둘러 집이라는 안식처를 마련해야 했을 테고, 만약 서둘러 몸을 피하지 않았다면 제대로 꽃봉오리를 피워보지도 못하고 인류 초기에 멸망하고 말았을 것이다. 전설에 따르면 아담과 이브도 처음에는 나뭇잎으로 몸을 가렸다고 하지 않는가. 인간은 집을 원했다. 온기와 안락함이 있는 공간, 처음에는 육체를 따뜻하게 감싸줄 온기를 원했고 그다음으로는 가족 간의 애정을 나눌 집을 원했던 것이다.

그렇다면 우리는 인류의 초창기에 어느 용감하고 진취적인 사람이 피신처를 찾아서 바위 틈새로 기어 들어갔을 거라고 상상해볼 수 있을 것이다. 한 명 한 명이 인류사의 새로운 시작인 모든 아이는 아무리 비가 오고 추운 날에도 밖에서 마음껏 뛰놀고 싶어 한다. 그런 본능을 지닌 탓에 소꿉장난을 하고 말타기 놀이를 즐긴다. 어린 시절, 동굴 틈새나 완만하게 기울어진 바위를 보며 호기심 한 번 느껴보지 않은 사람이 있을까? 이는 태초의 원시성을 지닌 선조들이 품었던 자연스러운 열망이 아직도 우리 몸속에 살아 있다는 증거이다. 집은 동굴에서 시작해서 종려나무 잎사귀, 나무껍질과 나뭇가지, 잘 엮어서 펴놓은 아마포, 풀과 찌푸리기, 판자와 널빤지를 거쳐 마침내 돌과 타일로 지붕을 덮는 순서로 발전해왔다. 마침내 현대인들은 야외에서 생활한다는 것이 어떤 것인지조차 알 수 없게 되었고, 이제 우리 인간의 삶은 생각보다 더 많은 부분을 좁은 울타리 속에서 영위하기에 이르렀다. 화덕에서 밭까지의 거리도 한층 멀어졌다. 낮과 밤을 지금보다 확 트인 공간에서, 그러니까 천체들과 우리 사이를 가로막는 방해물이 없는 곳에서 더 오랫동안 보낼 수 있다면, 시인이 지붕 밑에서 시를 읊지 않고 성자가 지붕 아래 오래도록 머물지 않아도 된다면 훨씬 좋을 것이다. 새들도 동굴 안에서는 지저귀지 않고 비둘기도 새장 안에서는 순결을 지키지 않는다.

그럼에도 편히 머물 공간을 마련하고 싶다면, 양키다운 재치를 발휘할 필요가 있다. 그래야만 구빈원, 길잡이용의 실 하나 없는 미로,

박물관 혹은 감옥이나 화려한 영묘에 집을 짓지 않을 테니까. 먼저 볼품없는 집이라도 기본적으로 갖추어야 할 것이 무엇인지 생각해보아야 한다. 나는 퍼노브스컷족 인디언들이 허리까지 눈이 차 있는 가운데에도 얇은 면 재질의 천막 속에서 살아가는 모습을 본 적이 있다. 차라리 눈이 더 높이 쌓인다면 찬바람을 막아주어 더욱 좋아할 것 같았다. 안타깝게도 지금은 다소 무뎌졌지만, 내가 원하는 목표를 추구하며 살 만큼 자유를 누리면서도 어떻게 하면 정직하게 생계를 꾸려갈 것인가에 대해 치열하게 고민하던 때, 나는 철로 옆에 놓인 큼지막한 상자를 물끄러미 바라보곤 했다. 철도 인부들이 저녁이면 사용한 연장을 보관하는 길이 1.8미터에 너비가 90센티미터 정도 되는 상자였다. 먹고살기가 빠듯한 사람이라면 1달러를 내고 그런 상자를 구해서 송곳으로 공기구멍을 뚫고, 비가 오는 날이나 저녁에는 그 속에 들어가서 사랑과 영혼의 자유를 만끽할 수도 있겠다는 생각이 들었다. 그렇다고 최악의 삶이 될 것 같지도 않았고 경멸을 당할 대안도 아닌 것 같았다. 마음 내키는 대로 밤늦게까지 잠들지 않아도 되고 집세를 독촉하는 집주인에게 시달리지 않아도 되며, 눈을 뜨면 언제든 그곳을 떠날 수 있을 테니까. 그런 상자 하나만 있어도 추위에 시달리지 않고 살아갈 수 있을 텐데, 우리는 더 크고 호화로운 상자를 빌려 임대료를 내느라 죽어라 고생하고 있는 것이다. 그냥 농담으로 하는 말이 아니다. 경제 논리는 자칫 가볍게 다루어질 수 있는 경향을 갖지만 실제로는 그리 가볍게 치부해버릴 문제가 아니다. 한때는 주로 야외생활을 한 거칠고 강인한 종족들이 자연에서 손쉽게 구할 수 있는 재료만 가지고 안락한 집을 지어 산 적도 있었다. 매사추세츠 식민지의 감독관이던 대니얼 구킨은 1674년 이렇게 기록했다.

'원주민들이 사는 곳 중에서 가장 좋은 집은, 수액이 올라오는 계절에 푸른 기운이 남아 있는 나무껍질을 벗겨내어 무거운 목재로 눌러 길고 매끈하게 만들어 이를 촘촘하게 덮어 아늑하게 만든 집이다. 그보다 더 초라한 집은 부들을 엮어 만든 덮개로, 그 역시 촘촘하고 아늑하지만 앞서 소개한 곳만큼은 아니다. 심지어 길이가 18~30미터에 폭이 9미터 정도 되는 곳도 있었다. 가끔 원주민들이 사는 집에서 머문 적이 있었는데 영국에 있는 고급 주택 못지않게 따뜻했다.'

또한 대니얼 구킨은 매사추세츠 원주민들이 사는 천막집에는 보통 카펫이 깔려 있으며 정교하게 수놓은 돗자리들이 둘려 있고, 가지각색의 세간이 갖추어져 있다고 덧붙였다. 원주민들은 천장에 난 구멍에 덮어둔 덮개에 줄을 연결해서 바람이 들고 나도록 조절할 만큼 대단히 진보한 종족이었다. 이런 집들은 하루 이틀이면 쉽게 지을 수 있었고, 몇 시간 만에 다시 완전한 해체가 가능했다. 원주민 대부분은 이런 천막집을 하나씩은 가지고 있었고, 아니면 천막으로 만든 방 하나 정도는 갖추고 있었다.

야만적인 종족들이 사는 땅이라도 소박하고 본능적인 욕망을 충분히 채울 만큼 좋은 집 한 채 정도는 누구나 가지고 있다. 하늘을 날아다니는 새들에게도 둥지가 있고 여우에게도 굴이 있고 야만적인 종족에게도 천막집이 있는데, 하물며 현대 문명사회를 살아가는 가정의 절반이 제대로 된 집을 갖지 못하고 있는 셈이다. 특히나 제대로 된 문명이 자리 잡은 커다란 마을이나 도시에서 사는 사람들 중에서 집을 가진 이는 극히 일부밖에 되지 않는 실정이다. 그 외의 사람들은 더운 여름이나 추운 겨울에 없어서는 안 될 필수품이 되어버린 집, 가장 기본적이고 외적인 껍데기를 얻어 매년 집세를 내느라 허덕이고 있다. 원주민의 천막촌을 통째로 사고도 남을 그 집세 때문에 평생을 발이 묶인 채로 살아가는 것이다. 물론 집을 소유하는 것에 비해 집세를 내고 사는 게 손해라는 주장을 하려는 것은 아니다. 다만 미개인들은 아주 적은 비용으로도 집을 가질 수 있지만, 문명인들은 자기 집을 마련할 여력이 부족하기에 집세를 내며 살아간다는 점을 이야기하고 싶은 것이다. 그렇다고 해서 세월이 지나면 사정이 더 나아지는 것도 아니다. 이쯤에서 가난한 문명인도 집세만 내면 미개인들이 사는 천막집에 비해 궁궐처럼 화려한 집을 가질 수 있는 게 아니냐고 반박할 사람이 있을지도 모른다. 요즘 이 나라의 평균 집세는 연간 25달러에서 100달러에 이르고 있다. 이 돈만 내면 수 세기 동안 이뤄진 진보의 혜택, 즉 넓은 방과 깨끗한 페인트칠과 벽지, 벽난로와 회반죽이 칠해진 뒷벽, 블라인드, 구리 펌프, 용수철로 된 자물통, 널찍한 지하실 등을 모두 누릴 수 있다. 하지만 '가난한 문명인'이 이런 진보의 혜택을 누리는 사이, 이를 가지지 못한 미개인들이 오히려 더 풍족하게 살고 있는 이유는 무엇일까? 물론 나 역시 문명이 인간의 환경에 진정한 진보를 가져왔다고 생각하지만, 현명한 사람만이 이를 제대로 활용할 수 있다. 진정한 문명은 더 큰 비용을 지불하지 않고도 더 좋은 집을 마련했음을 입증해야만 한다. 이때 비용이란 어떠한 재화를 소유하기 위해 필요한 것으로, 소유 즉시 혹은 나중에라도 그 재화와 교환해야 하는 일정한 삶의 양을 의미한다. 내가 사는 마을만 해도 제대로 된 집을 갖기 위해 보통 800달러라는 비용을 지불해야 하는데, 부양가족이 없는 노동자가 그 돈을 벌기 위해서는 10년에서 15년이라는 오랜 시간이 걸린다. 사람에 따라 노동의 가치가 다르게 환산되므로 하루 1달러를 번다고 가정했을 때 총 걸리는 시간을 계산한 것이다. 그렇다면 제대로 된 집 한 채를 마련하기 위해 삶의 절반을 투자해야 하는 셈이다. 만약 집을 장만하는 대신 집세를 내고 산다면 그 또한 최악의 수중에서 불안한 선택을 하는 것이다. 야만인들이 이러한 조건으로 자신이 사는 천막집과 호화로운 궁전을 맞바꾸겠다고 한다면 그것을 현명하다고 말할 수 있을까?

개인 기준으로 볼 때, 이런 불필요한 재산을 미래에 대비해 모은 자금으로 보유해 얻는 이익은 고작해야 자신이 사망한 후에 장례식 비용을 충당할 수 있는 정도가 고작이다. 하지만 인간이라고 해서 죽은 뒤에 자기 시신을 매장해야 할 필요는 없다. 그럼에도 미래를 대비하고자 하는 성향은 문명인과 야만인의 중요한 차이점이라고 할 수 있다. 문명인의 삶을 하나의 제도로 만들고, 개개인의 삶을 그 제도에 흡수시키기로 한 것은 인류의 삶을 보존하고 완벽하게 만들기 위함이었다. 하지만 나는 그런 이득을 얻기 위해서 우리가 얼마나 큰 희생을 치르고 있는지를 밝히고, 나아가 그런 희생을 하지 않고도 오로지 이득만을 누리면서 살 수 있는 생활이 가능하다는 점을 소개하고자 한다. '가난한 자들이여, 내가 항상 너희와 함께 있다'[11]거나 '아버지가 시큼한 포도를 먹으면 그 아들의 이도 시큼해진다'[12]는 말이 무슨 뜻이겠는가?

'주 하나님이 말하기를 나의 삶을 두고 맹세하노니 너희가 이스라엘 가운데에서 다시는 이 속담을 쓰지 못하게 되리라.'[13]

'모든 영혼이 다 나에게 속한 것이다. 아버지의 생명이 내 것이듯 그 아들의 생명도 내 것이니 죄를 짓는 그 사람이 죽을 것이다.'[14]

나의 이웃인 콩코드 마을의 농부들만 해도, 그들은 다른 계급들만큼 풍족하게 살고 있지만 실제로 농장을 소유하기 위해서 20년, 30년, 심지어 40년을 죽어라 일만 하면서 살아왔다. 대출이 있는 농장을 물려받았거나, 남에게 돈을 빌려서 농장을 구입했기 때문이다. 그런데도 여전히 그 빚을 다 갚지 못한 경우가 대부분이다. 또한 남에게 빌린 돈이 농장의 가치보다 더 높은 경우가 많아, 농장을 소유한 것 자체가 엄청난 골칫덩어리가 되어버리는 것이다. 그런데도 농장을 상속받는 이유는 그나마 농장의 사정을 제일 잘 알고 있기 때문이라고 말한다. 평가사정인의 말에 따르면, 우리 마을에서 빚이 없는 상태로 온전히 농장을 소유하고 있는 사람들은 10명 남짓밖에 되지 않는다고 하니 정말로 놀라운 일이 아닐 수 없다. 농장의 이력을 알고

---

11 마태복음 제26장 11절

12 에스겔 제18장 2절

13 에스겔 제18장 3절

14 에스겔 제18장 4절

싶은 사람이 있다면, 이를 저당잡고 있는 은행에 가서 물어보면 된다. 농장에서 돈을 벌어 대출받은 돈을 갚은 사람은 극히 드물기에 콩코드 내에도 고작해야 3명 정도도 되지 않을 정도이다. 흔히 상인 100명 중 97명은 망한다고들 하는데, 이는 농부들에게도 그대로 적용된다. 하지만 한 상인이 지적한 바에 따르면, 상인이 실패하는 이유는 주로 재정적인 여유 부족이 아니라 충실히 계약을 이행하지 않은 것에서 비롯한다는 것이다. 다시 말해, 그들은 재정적으로도 파산했고 더불어 도덕적으로도 무너져 내렸다는 의미이다. 그렇다면 문제는 더욱 심각해진다. 게다가 100명 중 성공한 3명도 자신의 영혼을 구원하는 데는 실패했기에 정직하게 실패한 사람보다 더 나쁜 의미에서 파산했다는 뜻이 된다. 파산과 지불거절은 우리 문명이 발판 삼아 뛰어오르는 일종의 받침대 노릇을 한다. 하지만 야만인들은 굶주림이라는 탄성이 없는 받침대 위에 서 있는 셈이다. 그럼에도 농기계의 모든 이음새가 매끄럽게 작동하는 것처럼, 이곳에서는 미들섹스의 소품평회가 매년 성대하게 개최되고 있다.

농부는 생계의 문제를 본래보다 더 복잡한 방식으로 해결하려고 든다. 구두끈을 하나 마련하기 위해서 소 떼에 투자를 한다. 안락함과 자립심을 얻기 위해서 완벽한 기술을 발휘하여 올무로 덫을 놓고도 돌아서면서 자기 발이 덫에 걸리는 셈이다. 이런 이유로 농부들은 가난의 덫에서 벗어나지 못한다. 우리 역시 온갖 사치품에 둘러싸여 살면서도 원시적인 안락함조차 누리지 못한다는 걸로 보면 가난하다는 점에서는 그들과 마찬가지이다. 영국의 시인 조지 채프먼은 다음과 같이 노래했다.

거짓으로 가득한 인간 사회
세속적 허울을 좇느라
온갖 천상의 안락함이 하늘로 흩어져버린다.

자기 집을 마련한 농부는 그로 말미암아 더 부자가 되는 게 아니라 오히려 가난해질 수도 있다. 집이 농부의 주인 노릇을 하기 때문이다. 모모스는 미네르바 여신이 만든 집을 두고, "이동식이 아니라서 나쁜 이웃을 피할 수 없다"고 비난했는데 이는 타당한 비난이었다. 우리네 집은 이동이 불가능하므로 집에 거주한다기보다는 오히려 내 집에 내가 갇혀 있는 경우가 태반이고, 우리가 피해야 할 나쁜 이웃이 어찌 보면 괴혈병에 걸린 우리 자아라고 주장할 수도 있다. 내가 사는 마을에도 외곽에 위치한 집을 팔고 시내로 들어오려는 사람이 몇 있다는데 아직도 자기 뜻대로 하지 못하고 있다. 그들은 아마도 세상을 떠난 후에야 집이라는 감옥에서 해방될 수 있을 것이다.

그렇다면 대부분의 사람이 마침내 편리하게 개조된 현대식 주택을 소유하거나 임대할 수 있게 되었다고 가정해보자. 문명은 우리가 사는 집을 개조하는 데는 성공했을지 몰라도 그 집에서 사는 사람들까지 개조하지는 못했다. 문명은 궁전을 만들었지만, 그 안에 사는 왕과 귀족들을 그 수준으로 만드는 것은 녹록지 않은 일이었다. 문명인이 야만인보다 더 훌륭한 것을 추구하지 못한다면, 또한 천박한 생필품이나 육신의 안락을 구하는 데만 삶의 대부분을 쏟는다면 굳이 야만인보다 더 멋들어진 집에서 살아야 할 이유가 무엇이겠는가?

그렇다면 가난한 소수의 사람은 어떻게 살고 있는가? 외부 환경에서는 야만인보다 조금 나은 사람들이 있는 반면, 오히려 그보다 못한 처지로 살아가는 사람들도 있음이 확인될 것이다. 어느 계급의 호화로운 삶은 다른 계급의 궁핍함으로 말미암아 균형이 맞추어진다. 한쪽에 호화로운 궁전이 있으면 반대편에는 구빈원과 '침묵하는 빈민들'이 있다. 피라미드를 쌓던 수많은 이집트인은 마늘을 먹으며 겨우 목숨을 부지해야 했고, 죽은 후에도 제대로 땅에 묻히지 못했을 것이다. 오늘날에도 궁전의 처마 돌림띠를 마감하는 석공들은 밤이 되면 인디언의 천막집보다 하나 나을 게 없는 오두막으로 가서 잠을 청한다. 문명의 증거로 가득 차 있는 나라라고 해서 국민 대다수가 야만인들만큼 처참하게 살고 있지 않을 거라고 가정하는 것은 매우 잘못된 것이다. 지금 말하고자 하는 대상은 본래 계급에서 하락한 부자들이 아니라 가난하면서도 더 가난해진 사람들에 대한 것이다. 이러한 빈민층의 형편에 대해 더 자세히 알기 위해서는 굳이 멀리 눈을 돌릴 필요도 없다. 문명의 최신 발명품인 철도 주변에 늘어선 판잣집만 봐도 쉽게 알 수 있기 때문이다. 매일 철도 주변을 산책하다 보면, 돼지우리보다 못한 집에서 살아가는 사람들을 만날 수 있다. 어두운 집을 밝히기 위해서 한겨울에도 대문을 열고 산다. 아무리 둘러봐도 땔감은 찾아볼 수도 없고 그런 건 상상조차 할 수 없다. 남녀노소 할 것 없이 모두 추위와 가난에 움츠러들어 온몸이 오그라들었고, 팔다리와 지능의 발달 또한 정지된 상태이다. 그들의 노동력 덕분에 이 시대를 구분 짓는 특징이랄 수 있는 공사들이 달성되었다는 점을 고려해볼 때, 그들의 삶을 눈여겨보는 것은 꼭 필요한 일이 아닐 수 없다. 세계 최고의 공장이라고 꼽히는 영국, 그 노동자들의 형편도 별반 다르지 않다. 그렇다면 세계 지도에서 하얀색으로 표시된 이른바 개화된 지역 중 하나인 아일랜드의 상황을 살펴보자. 아일랜드인의 신체적 조건과 문명인들과 접촉하면서 퇴화한 북아메리카의 인디언이나 남태평양 섬 원주민의 신체적 조건을 비교해보면 어떠한가. 나는 아일랜드의 통치자들이 일반 문명국의 통치자들만큼 지혜롭지 못하다고 보지 않는다. 하지만 현재 아일랜드의 상황을 살펴보면, 끔찍할 만큼 비참한 가난이 문명과 공존 가능하다는 사실을 증명한다는 것을 알 수 있다. 그렇다면 미국의 주요한 수출품을 생산하고, 그들 자체가 미국의 수출품이라고 볼 수 있는 남부의 노동자, 즉 남부 노예들까지 굳이 언급할 필요는 없을 것이다. 나는 '평균치'의 환경 속에서 살아가는 사람들을 살펴볼 예정이므로 굳이 더 깊숙이 들어가지는 않을 참이다.

대부분의 사람은 집이 어떤 의미를 가지는지 제대로 생각해본 적이 없는 것 같다. 그저 이웃들도 집이 있으니 나도 집이 있어야 하지 않나 싶은 생각에 굳이 가난하게 살아도 되지 않는데도 평생을 가난에 발목이 잡혀 살아간다. 재단사가 손수 만든 외투라면 가리지 않고 받아 입으면서도, 평소 종려나무 잎이나 우드척[15] 가죽으로 만든 모

---

15 두더지와 비슷한 북아메리카의 야생동물

자는 벗어던지고 왕관을 살 돈이 없어서 힘들다고 죽는소리를 하는 사람들과 마찬가지 아닌가! 지금보다 더 호화롭고 편리한 집을 짓는 것은 어려운 일이 아니겠지만, 그런 집을 지을 여력이 없다는 사실도 우리 모두 인정해야 한다. 왜 지금보다 더 많은 것을 얻기 위한 노력만 하고, 덜 가진 것에 만족하는 법은 배우려고 하지 않는가? 어찌하여 존경받는 시민은 사뭇 진지한 태도로 여분의 장화와 우산을 마련하고, 언제 올지도 모를 손님을 위해 방을 충분히 마련해두어야 한다고 가르치는가? 왜 우리의 세간은 아랍 사람들이나 원주민의 집처럼 단순하지 못한가? 하늘로부터 온 전령이자, 인류에게 신의 선물을 전해준 존재로 신격화해온 은인들에 대해 생각해보아도, 그들의 뒤를 따랐을 시종들이 최신 유행의 가구를 가득 실은 수레를 끌고 따라왔을 거라고는 도저히 상상되지 않는다. 우리가 아랍 사람들보다 도덕적으로나 지적으로 더 뛰어나다고 믿는다면 우리의 세간이 그들의 것보다 더 다양해져야 하지 않은가? 하지만 현명한 가정주부라면 집 안의 가구 중 대부분을 쓰레기 구멍에 쓸어 넣고 아침에 해야 하는 집안일을 따로 남기지 않을 것이다. 집안일! 붉게 달아오른 오로라의 얼굴과 멤논[16]의 연주가 울려 퍼지는 아침에 우리가 아침에 해야 할 집안일이란 대체 무엇이란 말인가? 예전에는 내 책상에 세 개의 석회암 덩어리가 놓여 있었다. 그런데 매일 그 돌덩어리에 긴 먼지를 털어내야 한다는 사실을 깨닫고는 등골이 서늘해졌다. 내 머릿속에 있

---

16 오로라 여신의 아들

는 가구의 먼지도 전부 털어내지 못했는데, 이게 뭐 하는 짓인가 싶은 생각이 들어 그 돌덩이들을 창문 밖으로 집어 던져버렸다. 그런데 내가 어떻게 가구가 갖추어진 집에서 살 수 있겠는가? 그럴 바에는 차라리 야외에 나가서 살고 싶다. 누군가 땅을 파헤치지 않는 한, 잔디 위에 먼지가 앉는 일은 없을 테니까.

이른바 유행을 만들어내는 사람은 사치와 방탕함에 빠진 자들이고, 나머지는 유행을 따르려고 안간힘을 쓴다. 소위 최고급 여관에 묵는 여행객들은 주인이 그를 아시리아의 마지막 왕인 사르다나팔로스처럼 극진히 대접하는 걸 보며 그런 사실을 금세 알아차린다. 그런 자비로움에 온몸을 내맡겼다가는 마침내 완전히 무력화되고 말 것이다. 하물며 기차의 객실 내부만 봐도 안전과 편의성보다는 사치스러움을 위해 더 많은 돈을 투자한다는 걸 알 수 있다. 길고 푹신한 의자와 발 받침, 차양은 물론 서양으로 건너온 동양식 장식품으로 꾸며진 객실은 현대식 응접실을 방불케 한다. 자세히 알고 보면, 서양에 들여온 동양의 물건들이 하렘의 여인들이나 천상의 제국의 유약한 원주민을 위해 만들어진 것이라는 사실에, 미국인들은 부끄러워서 어쩔 줄 몰라 할 것이다. 나라면 벨벳 쿠션에 옹기종기 불편하게 앉아 있느니 차라리 호박 하나를 독차지하고 앉아 여행하는 쪽을 선택할 것이다. 또 호화로운 유람 열차를 타고 말라리아 기운이 가득한 공기를 들이마시느니, 소달구지에 앉아서 신선한 공기를 마시며 땅 위를 배회하는 쪽을 선택할 것이다.

벌거벗은 채로 단순하게 살아가던 원시 시대의 인간은 적어도 자연 속에 잠시 머물러 간다는 장점을 갖고 있었다. 음식과 수면으로 원기를 회복하고 난 후에는 다시 여행을 준비했다. 다시 말해, 원시 시대의 인간은 하늘을 천막 삼아 살았고, 골짜기를 누비고 넓은 평원을 가로지르고 산꼭대기까지 오르기도 했다. 그런데 어찌 된 영문인지 인간은 자신이 만들어낸 도구의 도구가 되어버렸다. 허기가 지면 열매를 따서 배를 채우던 인간이 이제는 밭 가는 농부가 되었고, 나무 아래 은신처를 마련하고 잠을 청하던 인간이 이제는 집이라는 것을 소유하게 되었다. 이제 우리는 야외에서 밤을 보내지 않는다. 그리고 지구에 자리를 잡으면서 하늘을 완전히 잊어버렸다. 게다가 기독교를 받아들인 것도 그저 경작하는 개선된 방법이었기 때문이다. 이제 우리는 현재의 삶을 위해서 집을 짓고 사후를 위해 묘지를 만든다. 최고의 예술 작품들은 현재의 조건에서 벗어나려는 인간의 고군분투를 표현한 것이지만, 그 예술이 주는 효과라는 것은 현재의 비참한 상황을 편히 받아들이게 하고 더 고결한 경지를 잊게 만든다. 사실 우리가 살아가는 마을에는 '멋들어진' 예술 작품을 둘 장소가 없다. 설사 그런 작품이 우리 손에 들어온다고 해도, 현재 우리 삶과 집그리고 거리 그 어디에도 성인이나 영웅의 흉상이나 예술 작품을 보관할 받침대가 들어설 자리가 없다. 우리가 사는 집이 어떻게 지어지고, 그 비용은 어떻게 지불되는지 또한 비용 지불이 제대로 되고 있는지, 집 안의 살림살이가 어떻게 유지되고 관리되는지 생각해보면, 집에 찾아온 손님이 벽난로 위의 싸구려 장식품을 감상하는 동안 거실 바닥이 꺼져서 지하실의 단단한 바닥 그 자체인 곳으로 떨어지지

52

않는 것이 오히려 이상할 따름이다. 그 때문에 소위 부유하고 세련된 현대인의 삶이 한 번의 도약으로 이뤄진 것이라는 점을 눈치채지 않을 수 없다. 그래서 우리 삶 속에 존재하는 훌륭한 예술 작품을 진심으로 즐길 여유가 없는 것이다. 내가 아는 바로는 인간이 온전히 근육의 힘으로 이루어낸 최고의 도약은 한 아랍 유목민이 평지에서 7.62미터 가까이 뛰어올랐던 기록이다. 별다른 인위적인 지지대가 없다면, 인간은 아무리 높이 뛰어올랐더라도 다시 바닥으로 떨어질 수밖에 없다. 만약 높은 곳에서 떨어지지 않고 버티고 있는 사람을 만난다면 나는 이렇게 묻고 싶다.

"당신이 밟고 서 있는 것은 무엇인가? 당신은 실패한 아흔일곱 명 중 하나인가 아니면 성공한 세 명 중 하나인가?"

그 질문에 대답을 듣고 나면, 그럴싸하게 번쩍거리는 물건들을 살피고 그것이 장식에 불과하다는 것을 밝혀낼 수 있을 것이다. 말 앞에 묶인 수레는 보기에도 좋지 않고 쓸모도 없다. 따라서 집 안을 아름다운 물건으로 장식하기 위해서는 먼저 벽의 더러움부터 닦아내야 하는 법이다. 그래야 그 기초 위에 아름다운 살림살이와 삶이 차곡차곡 쌓일 수가 있다. 이제 그 아름다움을 보는 안목은 집도 가정주부도 없는 야외의 자연에서만 가장 잘 키워낼 수 있는 것이 되었다.

에드워드 존슨은 《기적을 일으키는 신의 섭리》라는 책에서 자신과 같은 시기에 마을에 처음으로 정착한 사람들에 관하여 다음과 같이 묘사하고 있다.

'정착민들은 산비탈에 구멍을 파고 들어가서, 그 위로 나무를 세우고 흙을 덮어 첫 번째 거처를 만들었다. 제일 높은 곳의 흙에는 불을 피웠다. 하느님의 축복을 받아 경작한 땅에서 수확하고 빵을 만들 수 있을 때까지는 집을 짓지 않았다. 또한 첫해의 수확량이 너무 적었던 탓에, 긴 겨울을 견디기 위해서 빵을 아주 얇게 썰어 먹어야만 했다.'

뉴네덜란드 식민지[17]의 장관은 신대륙에 정착하려는 사람들에게 정보를 제공하기 위해 당시 상황을 1650년 네덜란드어로 더욱 자세히 기록해두었다.

'뉴네덜란드, 특히 뉴잉글랜드에 정착하는 이들은 처음에는 농가를 짓기 힘들기 때문에 지하실을 만들 듯이 토굴을 판다. 이때 깊이는 2미터가량으로 파고, 토굴 안쪽에 나무판자로 벽을 세우고, 사이사이에 흙이 새어 나오지 않도록 나무껍질 등을 채운다. 바닥에는 두꺼운 널빤지를 깔아 마루로 만들고, 판자를 걸쳐 천장을 만들고 통나무를 자르고 나무껍질과 잔디로 덮어 지붕을 덮는다. 이런 식으로 만든 지하 거처에서 온 가족이 2~3년, 혹은 4년까지도 습기 걱정 없이 따뜻하게 지낼 수 있으며 가족의 규모에 따라서 칸막이를 세워 개인 공간을 나누기도 했다. 식민지 초기 뉴잉글랜드에 정착한 부유한 인사들도 이처럼 지하에 집을 만들어 살았다. 부자이면서도 지하에 집을 지은 이유는 두 가지로, 첫째는 집을 짓는 데 괜히 시간을 허비해서 다음 해에 먹을거리가 부족해지지 않게 하기 위함이었고 둘째는 고국에서 데려온 가난한 노동자들을 낙담하지 않도록 하기 위함

---

17 1624년 네덜란드 서인도회사가 북아메리카 허드슨 강 하구에 건설한 식민지

이었다. 그로부터 3년, 4년이 지나서 새로운 땅이 농사를 짓기에 적합할 만큼 자리를 잡고 나면, 부유층 사람들도 많은 돈을 투자해 멋진 저택을 지었다.'

이러한 선조들의 정착 과정을 살펴보면 그들이 얼마나 신중하게 행동했는지 알 수 있고 제일 시급한 인간의 욕구부터 먼저 해결해 나아가야 한다는 일종의 원칙을 세워두었던 것으로 보인다. 그렇다면 지금도 이러한 시급한 욕구가 해결되고 있는 것인가? 나 역시 나만을 위한 호화로운 집을 세워볼까 생각해보지만 이내 포기하게 된다. 이 나라가 아직은 인간이 살아가는 데 적합하지 않고, 선조들이 밀가루로 만든 빵을 얇게 썰어 먹었던 때보다 정신적인 빵을 더욱 얇게 썰어야 할 처지에 놓여 있기 때문이다. 아무리 척박한 시대에 살아간다고 해도 건축적 양식까지 완전히 무시해버릴 수는 없다. 마치 조개의 껍데기처럼 우리의 삶과 직접 맞닿은 부분부터 아름답게 꾸미되 과도한 장식은 말자는 뜻이다. 하지만 안타깝게도 지금까지 그런 집을 한두 곳 방문해보았기에 그런 집들이 어떤 식으로 꾸며졌는지 잘 알고 있다.

우리가 완전히 퇴화하지 않았기에 동굴이나 천막집에서 살며 짐승의 가죽을 입을 수는 있을지 몰라도, 비록 비싼 대가를 치렀지만 인류의 발명과 근면함이 주는 편의를 누리는 편이 더 나을 것이다. 내가 사는 마을과 같은 곳에서는 사람이 살 만한 동굴이나 튼튼한 통나무, 충분한 향의 나무껍질 그리고 잘 으깨진 진흙이나 편편한 판석보다는 판자와 지붕널, 석회와 벽돌을 더욱 저렴하고 쉽게 구할 수 있다.

이렇게 말하는 이유는 그에 대해 이론적으로나 실제적으로 잘 알고 있기 때문이다. 조금만 더 머리를 써서 이러한 자재들을 잘 활용한다면, 최고의 부자로 꼽히는 이들보다 더욱 부유하게 살 수 있고 우리 문명을 축복으로 바꿀 수도 있다. 문명인이란 야만인에 비해 상대적으로 많은 경험과 지혜를 겸비한 존재일 뿐이다. 그렇다면 내가 어떤 실험을 했는지에 관하여 조금 더 자세히 설명해보겠다.

1845년 3월 말경, 나는 도끼 한 자루를 빌려서 월든 호숫가의 숲으로 향했다. 최대한 호수 근처에 집을 짓고 싶었기에 곧게 뻗은 백송들을 도끼로 잘라내기 시작했다. 아무것도 빌리지 않고 일을 시작하기는 어렵지만, 이웃에게 뭔가를 빌림으로써 우리 일에 사람들이 관심을 가지도록 하는 것은 매우 친절한 행위라고 볼 수 있다. 도끼 주인은 내게 도끼를 빌려주면서, 자신에게는 매우 소중한 물건이라고 말했다. 나는 도끼날을 더욱 섬세하게 다듬어서 그에게 돌려주었다. 내가 집을 짓기 시작한 장소는 소나무로 뒤덮인 언덕배기였는데 숲 사이로 호수가 보였고, 아담한 공터에는 소나무와 히커리가 막 싹을 틔우고 있었다. 호수를 뒤덮은 얼음은 군데군데 녹아 있었고 아직 다 녹지 않아 전체적으로 시커먼 빛을 띠며 물기를 드리우고 있었다. 며칠인가 낮에 작업하던 중 눈발이 날리기도 했다. 하지만 집으로 돌아가기 위해 철도변으로 나오면 샛노란 모래들이 아지랑이 사이로 끝없이 반짝였고 철길도 봄기운을 받아 환하게 빛이 나곤 했다. 게다가 새해를 맞이하기 위해 벌써 돌아온 종달새와 딱새 들이 지저귀는 소리도 들렸다. 추운 겨울 내내 쌓여 있던 인간의 불만도 상쾌한 봄날과 함께 스르르 녹아내렸고, 겨울잠을 자던 동물들도 하나둘 기지개를 켜기 시작했다. 그러던 어느 날 도끼질을 하다가 자루가 빠지는 바람에 히커리 나뭇가지를 잘라 돌로 때려 쐐기를 박아 넣고, 자루를 물에 불리려고 호수의 얼음 구멍 속에 담갔다. 순간 줄무늬 뱀 한 마리가 호숫가로 스르르 들어가는 것이 아닌가. 그 주변에서 15분은 족히 서성거렸음에도 내 존재가 별로 불편하지 않은지 가만히 버티고 있었던 모양이다. 아마도 겨울잠에서 완전히 깨지 않았기 때문일 것이다. 우리도 그와 비슷한 이유로 현재의 처참하고 원시적인 상태에서 허덕이고 있는 것은 아닌가 싶은 생각이 스쳤다. 하지만 완연한 봄기운이 우리를 깨워준다면 지금보다는 더 고양되고 고결한 삶을 위해 나아갈 수 있을 것이다. 불과 얼마 전까지만 해도 차가운 서리가 내린 아침에 오솔길을 걷다가 여러 번 뱀을 마주친 적이 있었다. 뱀들은 아직 차가운 바닥에 굳어버린 채로 제대로 움직이지 못했고 봄 햇살이 따스하게 비추어 몸이 녹기만을 기다리고 있었다. 4월의 첫날이 되자 봄비가 내리면서 호수의 얼음이 서서히 녹기 시작했다. 이른 아침부터 안개가 자욱하게 끼어 있었는데, 마치 안개의 정령이라도 되는 양 거위 한 마리가 길을 잃고 무리를 찾아 헤매는 것처럼 계속 끼룩끼룩 울어댔다.

그렇게 며칠 동안 달랑 도끼 한 자루만 들고 나무를 베고 다듬어 집의 기둥과 서까래를 준비했다. 다른 사람에게 뭐라고 설명할지도 생각하지 않고 학자로서의 진지한 고민도 없이 혼자 노래만 흥얼거리면서 말이다.

사람들은 많은 걸 안다고 말하지만
글쎄, 잘 봐! 그 모든 게 날개를 펴고 날아가버렸네.
예술과 과학
그리고 수많은 것이.
바람이 불어온다.
그것만이 우리가 아는 전부일 뿐인데.

나는 준비한 목재들을 15센티미터 길이로 잘랐다. 집의 기둥으로 삼을 목재는 양쪽 면을 다듬었고, 서까래와 바닥재는 한쪽만 다듬고 반대편은 거친 나무껍질을 그대로 남겨두었다. 그래야 톱으로 썬 목재만큼 고르면서도 양쪽 면을 다듬은 것보다 튼튼해지기 때문이다. 그 무렵에는 도끼 외의 다른 연장들도 빌려 왔기에, 목재 밑 부분에 장부를 만들고 구멍을 뚫어 서로를 이어 붙일 수 있었다. 비록 오랜 시간을 숲에서 보내지는 않았지만, 매번 새참으로 버터를 바른 빵을 가지고 가서 정오가 되면 베어낸 소나무 둥치에 앉아 빵을 싸 온 신문지를 펴 읽곤 했다. 손바닥에 송진가루가 잔뜩 묻어 있어서 빵에서도 은은한 소나무 향이 풍겼다. 이윽고 집이 완전히 마무리될 무렵, 나는 소나무의 적이 아닌 친구가 되어 있었다. 여러 그루의 소나무를 베어내기는 했어도, 그 과정에서 소나무에 대해서 많이 알게 되었기 때문이다. 때로는 숲속을 어슬렁거리며 돌아다니던 사람들이 도끼질 소리에 이끌려 찾아오기도 했다. 우리는 도끼질을 하다가 남은 지저깨비를 깔고 앉아서 잠시 여유롭게 담소를 나누기도 했다.

크게 서두르지 않았지만 최대한 집중해서 작업한 덕분에 4월 중순 무렵이 되자 집의 뼈대를 완전히 세울 준비를 마칠 수 있었다. 뼈대 위에 덮을 판자를 구하기 위해, 미리 제임스 콜린스라는 피치버그 철도의 인부가 쓰던 판잣집도 구해둔 상태였다. 그 집이 꽤 쓸 만해 보였기 때문이다. 그의 집을 살피기 위해 들렀을 때만 해도 그는 외출한 상태였다. 나는 천천히 판잣집 주변을 둘러보았다. 창문이 워낙 깊고 높은 곳에 있어서 처음에는 집 안에서 나를 보지 못했다. 판잣집의 크기는 아담했고 지붕은 뾰족하게 솟은 너새 지붕과 두엄 더미처럼 키 높이까지 흙을 쌓아둔 것 말고는 별다른 특징이 없어 보였다. 뜨거운 햇볕 때문에 지붕이 비틀리고 낡기는 했어도 그나마 가장 쓸 만해 보였다. 문지방이 없어서 문짝 아래로 닭들이 수시로 드나들었다. 마침내 콜린스의 부인이 밖으로 나오더니 집 안도 둘러보라고 말했다. 문가로 다가가자 닭들이 우르르 집 안으로 도망치듯 들어가버렸다. 집 안은 어두컴컴했고 대부분 흙바닥이라서 습기가 가득하고 우중충하여 금방이라도 학질에 걸릴 것 같은 기분이 들었다. 군데군데 판자가 깔려 있기는 했지만 손만 대면 쉽게 떼어낼 수 있을 것 같았다. 콜린스 부인은 램프를 켜고 지붕과 벽 내부를 보여주고 침대 아래까지 판자가 깔려 있다고 말했지만, 지하실에는 60센티미터가량 먼지가 쌓여 있으니 되도록 들어가지 말라고 신신당부를 했다. 부인의 말처럼 '지붕널과 벽을 두른 판자들, 그리고 창문은 상태가 괜찮은 편'이었다. 창문에는 상태가 온전한 유리 두 장이 끼워져 있었는데, 얼마 전 고양이가 창문 너머로 도망쳤다고 했다. 그 외에는 난로 하나, 침대 하나, 그리고 엉덩이를 붙이고 앉을 만한 의자 하나, 그 집에서 태어났다는 아기와 명주로 만든 양산 하나, 금박 테두리를 입힌 거울 하나, 그리고 떡갈나무에 못질해서 걸어놓은 신형의 커피 가는 기계 하나가 전부였다. 그사이 집주인이 돌아왔고, 그날 저녁에 4달러 25센트를 지불하면, 다른 사람에게 팔지 않고 이튿날 아침 5시까지 집을 비워주겠다는 조건으로 매매 계약이 이루어졌다. 그러니까 다음 날 아침 6시가 되면, 그 집은 내 소유가 될 예정이었다. 제임스는 아침 일찍 찾아오는 게 좋을 거라고 말했다. 토지 이용료와 연료비를 핑계로 부당하고 애매모호한 권리를 주장하는 사람이 있어 그보다 먼저 도착해야 한다는 거였다. 그것 말고는 아무런 문제도 없다고 큰소리를 쳤다. 이튿날 아침 6시, 나는 길에서 제임스의 가족들과 마주쳤다. 커다란 짐 꾸러미 안에는 침대와 커피 가는 기계, 거울과 닭들, 그러니까 숲으로 도망쳐버린 고양이만 빼고 모든 짐이 들어 있었다. 나중에 알게 된 바로는 그 고양이는 우드척을 잡기 위해 놓은 덫에 걸려 결국 죽어버렸다.

그날 아침 나는 못을 뽑아내고 판잣집을 허물었고, 떼어낸 판자들은 손수레에 실어 몇 번에 걸쳐 호숫가로 옮긴 다음 잔디 위에 나란히 늘어놓았다. 따스한 햇살에 말린 후에 소독도 하고 비틀린 부분을 바로 잡기 위한 것이었다. 손수레를 밀며 숲길을 따라가는데, 아침 일찍 눈을 뜬 개똥지빠귀 새 한 마리가 아름다운 노래를 불러주었다. 그런 와중에 패트릭이라는 꼬마 아이가 나타나더니 내가 호숫가로 판자를 옮기는 사이, 이웃에 사는 실라라는 아일랜드 남자가 쓸 만한 못 몇 개와 꺾쇠 그리고 대못을 주머니에 슬쩍 집어넣더라고 귀띔을 해주었다. 손수레를 끌고 돌아가니, 그는 태연하게 아침 인사를 건네고는 그냥 구경차 나왔다고 말했다. 그렇게 구경꾼들의 대표로 그 자리에 서서 지켜본 덕분에, 별 의미도 없는 일을 마치 트로이의 신상을 옮기는 거창한 일이라도 되는 것처럼 만든 격이 되었다.

나는 우드척이 굴을 파고 살던 남쪽 언덕의 비탈진 기슭에 지하 창고를 파기 시작했다. 옻나무와 블랙베리 나무의 뿌리를 걷어내고 더는 뿌리가 보이지 않을 때까지, 그러니까 고운 모래가 나올 때까지 사방으로 1.8미터에 깊이 2미터까지 파 내려갔다. 그 정도면 제아무리 한겨울이라도 감자가 꽁꽁 얼지 않을 터였다. 지하실 측면은 경사진 상태였고 햇볕이 들지 않아서 굳은 면이 무너져 내리지 않아서 달리 돌을 쌓을 필요도 없었다. 그렇게 지하실을 만드는 데는 채 두 시간밖에 걸리지 않았고 나는 땅을 파면서 말할 수 없는 즐거움을 느꼈다. 어떤 위도에서든 땅을 파 내려가면 일정한 온도를 느낄 수 있기 때문이다. 제아무리 호화로워 보이는 도시의 저택에도 여전히 뿌리채소를 저장하기 위한 지하 저장실이 있었고, 지상에 세운 건축물이 사라진 후 오랜 세월이 지나고 나면 후손들은 땅속에 있던 지하실의 흔적을 찾아내게 마련이다. 그렇게 생각하면 집이란 동굴로 들어가는 입구에 세워진 현관에 불과한지도 모르겠다.

마침내 5월이 시작될 무렵에야 나는 몇몇 지인의 도움을 받아 집

골조를 세울 수 있었다. 반드시 도움이 필요한 것은 아니었지만, 이번 기회에 이웃들과 친목을 도모할 요량으로 일부러 도움을 청한 거였다. 아마도 나보다 더 훌륭한 도우미를 거느리고 골조를 세운 사람은 없었을 것이다. 당시 내게 도움을 준 이들은 언젠가 더 고귀한 건물의 상량식에 참여할 운명을 타고난 사람들이었으니까. 7월 4일, 나는 골조에 벽을 세우고 지붕을 올린 후 곧바로 새집에 들어갔다. 벽면을 두른 판자의 모서리를 얇게 잘라 서로 겹치게 이었기에 빗줄기가 하나도 스며들지 않았다. 물론 벽에 판자를 세우기 전에 손수레 두 대 분의 돌을 호숫가에서 가져다가 집 귀퉁이에 굴뚝의 토대를 쌓았다. 그렇게 가을이면 밭일을 마치고 부지런히 굴뚝을 세워 추위가 오기 전에 난방할 수 있도록 준비했다. 굴뚝이 제대로 준비되기 전까지만 해도, 아침 일찍 집 밖의 공터에 나가서 아침 준비를 했는데 생각해보니 야외에서 취사하던 것이 더욱 편리하고 즐거운 방법이었던 것 같다. 빵이 구워지기 전에 비바람이 불 때면 판자를 세워 불길을 살리고, 불 주변에 앉아서 노릇노릇하게 빵이 구워지는 광경을 보며 몇 시간이고 즐거운 한때를 보냈기 때문이다. 당시만 해도 이런저런 일이 바빠서 제대로 책을 읽지 못했다. 하지만 빵을 싸거나 식탁보로 썼던 신문지들은《일리아스》만큼이나 지대한 즐거움을 선사했고, 실제로도《일리아스》와 같은 역할을 했다.

만약 집을 짓는다면 내가 했던 것보다 더 심사숙고하는 편이 나을 것이다. 출입문이나 창문, 지하실이나 다락방이 인간의 본성 중 어떤 면을 근거로 생긴 것인지 고민해보고, 일시적인 필요성보다는 더 타당한 면을 찾기 전에는 아예 만들지 않는 식으로 말이다. 새가 둥지를 만드는 것처럼, 인간이 자신의 거처를 만들기 위해서는 일단 정해진 목적에 부합해야 한다. 만약 사람들이 자기 손으로 집을 지어 단순하고 정직한 노동을 통해서 가족을 부양한다면, 새들이 새끼에게 먹이를 먹이며 노래하듯이 우리에게도 시적인 재능이 생기지 않을까? 하지만 안타깝게도 우리는 다른 새가 만든 둥지에 알을 낳고 여행자들의 귀에 거슬리는 시끄러운 노래를 불러대는 찌르레기나 뻐꾸기처럼 행동하고 있다. 그런데도 집을 짓는 즐거움을 목수에게 무작정 양보할 것인가? 인류의 수많은 경험 중에서 건축은 어떠한 의미를 지니는가? 지금까지 여러 곳을 돌아다녔지만, 자신이 살 집을 짓는 단순하고도 자연스러운 노동에 열중해 있는 사람은 한 번도 본 적이 없었다. 우리는 거대한 공동체의 일원이다. 아홉이 모여야 한 사람 구실을 하는 건 재단사에게만 해당하는 얘기가 아니다. 목사, 상인, 농부 등 누구라도 마찬가지다. 이러한 노동의 분업 현상은 어디까지 계속되는 것인가? 이러한 분업의 궁극적인 목적은 무엇일까? 물론 지금도 누군가가 나를 대신해 고민하고 있을지 모른다. 하지만 내가 할 일을 남에게 미루고 스스로 생각하는 것을 멈추는 것은 결코 바람직한 일이 아니다.

사실상 이 나라에도 건축가라는 사람들이 존재하고 있다. 건축적인 양식에는 진리의 핵심, 다시 말해 반드시 '미'적인 면이 존재해야 한다는 생각에 사로잡힌 건축가가 있다는 이야기도 들었다. 그 건축가는 건축의 미적인 부분을 신의 계시라도 되는 양 받아들이는 모양이다. 그의 관점에서는 어디 하나 틀린 데가 없는 생각일지 몰라도, 내 눈에는 지극히 아마추어적인 서툰 생각에 불과해 보인다. 건축가의 감상적인 개혁가로서 그는 기초가 아닌 처마돌림띠에서 시작하고 있는 거나 다름없다. 건축적 양식 안에 진리의 핵심이 반드시 존재해야 한다는 생각은 모든 사탕에 아몬드나 캐러웨이 씨를 넣어야 한다는 생각과 다를 바 없기 때문이다. 내 생각에 아몬드는 설탕을 바르지 않고 먹는 편이 건강에 제일 좋다. 아무튼 그 건축가는 그 집에서 살게 될 사람, 즉 거주자가 스스로 집의 안과 밖을 진실하게 꾸미도록 하는 것과는 정반대의 방식을 고집하는 것이다. 누가 봐도 합리적인 사람이 장식이란 단지 겉치레, 즉 껍질에 불과하다고 생각한 적이 있었는가? 브로드웨이의 주민들이 트리니티 교회를 지으면서 건축가들에게 이를 맡겼듯이, 거북이 누군가에게 이를 맡겨서 점박이가 찍힌 등껍질을 얻고 조개 역시 다른 누구 덕분에 아름다운 진줏빛 껍질을 가지게 된 것인가? 거북이 점박이가 찍힌 등껍질과 아무 관련이 없듯이 우리는 우리가 사는 집의 건축 양식과 아무런 관계가 없는 셈이다. 제아무리 한가한 병사라고 해도 자신이 생각하는 용기의 색으로 깃발을 물들이지는 않을 것이다. 만약 그렇게 된다면 적군이 이를 알아차리고 말 테니까. 그러면 병사는 하얗게 얼굴이 질리고 말 것이다. 앞서 언급했던 건축가는 처마돌림띠 너머로 몸을 숙이고, 그보다 진실에 대해 더 잘 알고 있는 거주자들을 속이기 위해 겁에 질린 목소리로 절반짜리 진실을 속삭이고 있는 것이다. 지금 내 눈에 보이는 건축의 진정한 아름다움은 그 안에 거주하는 이들의 필요성이나 성격과는 무관하게 진실이나 고결함을 향한 무의식적 반응을 바탕으로 내부에서 외부로 서서히 발전해 나아간 결과물이다. 그 때문에 이런 종류의 아름다움이 우리 앞에 나타나기 전에 무의식적인 아름다운 삶이 먼저 나타날 것이다. 화가라면 누구나 잘 알겠지만, 이 나라에서 가장 흥미로운 집은 바로 가난한 사람들이 사는 꾸밈없고 소박한 통나무집과 오두막집이다. 이런 초라한 집이 오히려 한 폭의 그림처럼 아름답게 보이는 이유는 독특한 외관 때문이 아니라 그 집을 껍데기로 삼아 소박하게 살아가는 거주자들의 삶 때문이다. 따라서 교외에 사는 주민들의 상자처럼 딱딱한 집도, 그저 단순하고 상상력으로 가득한 삶을 살며 억지로 꾸미려고 애쓰지 않을 때만이 더욱 흥미로운 장소가 될 수 있다. 건축적 양식이란, 말 그대로 공허한 것이라 9월의 강풍이 불어오면 옷에 붙은 장식들처럼 본질만 남기고 모두 한순간에 날아가버리고 말 것이다. 지하실에 올리브나 포도주를 보관해두지 않은 사람들은 '건축' 없이도 살아갈 수 있다. 만약 문학에서 문체의 장식과 관련해 이런 논쟁이 벌어진다면, 또 교회를 짓는 건축가들이 처마돌림띠에 신경을 쓰듯이 이른바 고전을 써야 할 작가들이 겉치장에만 시간을 보냈다면 어떻게 되겠는가? 그러한 이유로 미학적 문학과 순수 미술을 가르치는 교수들이 생겨난 것이다. 사람들은 기둥을 머리 위 혹은 아래로 얼마나 기울일지, 상자처럼 소박한 집을 무슨 색으로 칠할지에 지대한 관심을 기울인다. 만약 스스로 기둥을 기울이고 집을 색칠한다면 그 자체로도 큰 의미가 있을 것이다. 하지만 이미 거주자의 혼이 빠져버린 탓에 소위 집을 짓는 것은 자신이 누울

관, 즉 무덤을 만드는 것에 지나지 않게 되었다. 따라서 '목수'는 '관을 짜는 사람'의 또 다른 이름이 되고 만 것이다. 절망 때문인지 아니면 삶에 시들해진 탓인지, 어떤 사람은 발밑에 있는 흙을 한 줌 집어 그걸로 집을 색칠하라고 말한다. 최후의 순간, 자신이 눕게 될 비좁은 집이라고 생각하기 때문인가? 그럴 바에는 동전 던지기로 결정하는 편이 낫지 않나. 그런 걸 고민하다니 정말 시간이 남아도는 사람 아닌가. 하필이면 왜 흙을 집어 들어야 한단 말인가? 차라리 피부색으로 페인트칠을 하는 편이 낫지 않을까? 그렇다면 집이 우리 대신 얼굴이 창백해졌다가 붉어졌다가 할 텐데. 오두막의 건축 양식을 개선하기 위한 사업이라니! 누군가가 나를 위한 건축 양식을 만들어준다면 차라리 그걸 입고 돌아다니는 편이 낫다.

추운 겨울이 오기 전에 굴뚝 세우는 일이 마무리되었다. 빗물이 스며들 걱정은 없었지만 외벽에 지붕널을 덧댔다. 그런데 통나무를 처음 다듬을 때 준비해둔 거친 생나무 조각이라서 군데군데가 튀어나오고 수액이 흘러내려서 그전에 반듯하게 다듬어주어야만 했다. 그렇게 나는 판자를 빈틈없이 대고 회반죽을 칠한 집을 갖게 되었다. 너비 3미터, 기둥 2.5미터, 길이가 4.5미터에 이르는 집이었다. 양쪽으로 커다란 창문이 나 있고, 다락방과 벽장, 그리고 뚜껑 문이 두 개나 있는 집이었다. 한쪽 끝에는 출입문이 맞은편에는 벽돌을 쌓아 만든 벽난로가 놓여 있었다. 이렇게 집을 짓는 데 지출된 비용은 다음과 같다. 따로 일꾼을 쓰지 않았기에 인건비는 계산하지 않았고, 건축 자재에 대해서는 통상적인 시세를 지불했다. 이를 밝히는 이유는 실제 집을 짓는 데 소요되는 비용을 정확히 아는 사람이 거의 없고, 설사 알고 있더라도 건축에 필요한 모든 자재의 세부적인 비용까지 아는 사람은 더더욱 드물기 때문이다.

판자: 8달러 3.5센트(대부분 판잣집의 목재를 사용함)

지붕널과 벽널로 사용한 것들: 4달러

윗가지: 1달러 25센트

유리 달린 중고 창문: 2달러 43센트

헌 벽돌 1,000장: 4달러

회반죽 2통: 2달러 40센트(비싼 편임)

털: 31센트(너무 많이 구매함)

철제 벽난로 가로장: 15센트

못: 3달러 90센트

경첩과 나사못: 14센트

빗장: 10센트

분필: 1센트

운반비: 1달러 40센트(대부분 직접 운반함)

합계: 28달러 12.5센트

위의 항목들이 집 주위에서 무단으로 가져다 사용한 목재와 돌, 모래를 제외하고 집을 짓는 데 사용한 모든 자재를 정리한 것이다. 집 바로 옆에 조그만 헛간도 하나 지었는데 이는 남은 자재들을 활용했다.

나는 콩코드의 중심가에 위치한 그 어떤 집보다 크고 호화로운 집을 지을 계획이다. 물론 현재의 집을 짓는 데 든 비용보다 더 소요되지 않는다는 조건에서 말이다.

이걸로 자기 집을 원하는 학생이 있다면 해마다 지불하는 집세 정도의 비용으로 평생 기거할 집을 마련할 수 있다는 사실을 알게 된 셈이다. 내 말이 허풍처럼 들릴 수도 있겠지만, 이건 나 자신이 아닌 인류를 위한 일이라고 주장하고 싶다. 물론 내 주장에 어느 정도 부족한 부분이나 모순이 있다고 해도 그렇다 해서 내 말에 담긴 진실까지 사라지는 것은 아니다. 가끔 큰소리를 치고 위선적으로 행동할 때는 있더라도 이 부분에서만큼은 편히 숨 쉬고 마음껏 온몸을 펼치고 싶고 그러는 편이 정신적으로나 육체적으로 굉장히 유익할 것으로 사료된다. 이는 나의 단점이기도 하나, 다른 이들이 그러하듯 안타깝게도 나의 좋은 점과 나쁜 점을 명확히 구분하기란 그리 쉬운 일이 아니다. 또한 나는 겸손을 위해 악마의 대변인이 되지 않으려 무던히 노력할 생각이다. 케임브리지에 있는 하버드대학교에서는 지금 내 방보다 조금 더 넓은 방을 사용하는 데 1년에 30달러를 지불해야 한다. 학교 측에서는 한 건물 안에 32개의 좁은 방을 만들어놓고 이득을 챙기지만, 학생 입장에서는 여러 이웃과 더불어 살며 소음과 불편을 감수해야 하며 4층에 방을 배정받기도 한다. 우리가 조금 더 현명하다면, 지금까지 많은 교육을 받았기에 이제는 교육을 받을 필요성도 줄어들고 비용도 어느 정도 줄어들 거라고 예상할 수밖에 없다. 하버드

대학교를 포함해 그 외에도 다른 대학교에서 학생들에게 필요한 편의시설을 조금만 더 신경 써서 관리한다면, 현재 우리 학생들이 치러야 하는 희생에 드는 비용을 10분의 1로 줄일 수 있을 것이다. 학생들이 가장 원하는 걸 제공하기 위해 반드시 큰돈이 필요한 것은 아니다. 가령 학비의 경우, 학생들이 학기당 지불해야 하는 금액 중에서 가장 큰 부분을 차지하지만, 자기 또래의 최고 지성인들과 어울리며 얻을 훨씬 가치 있는 교육을 받는 데는 전혀 비용이 들지 않는다. 대학을 설립하기 위해서는 몇 달러나 몇 센트의 기부금을 거둔 후에, 철저한 분업을 원칙으로 이를 무조건 철저히 따라야 하는 방식으로 진행된다. 그때부터는 더욱 철저한 원칙을 따라야 하지만 대학을 설립하겠다는 목적하에 아무 생각 없이 건축가를 고용하려고 덤벼든다. 건축업자는 대학 설립을 돈벌이의 수단으로 삼기 때문에 아일랜드인 노동자를 고용하여 건물의 기초를 다진다. 그사이 대학 입학을 앞둔 신입생들에게는 대학교에 갈 준비를 하라는 지시가 떨어진다. 이런 주먹구구식의 대학 설립 과정 때문에 후손들이 그 대가를 치르게 된다. 나는 학생들과 대학의 혜택을 원하는 사람들이 직접 기초를 닦는다면 현재 상황보다 더 나아질 거라고 확신하는 바이다. 학생이라고 해서 반드시 해야 할 육체노동을 회피하고 여가 시간을 얻고 나이가 들어 한가한 세월을 맞는다면, 그가 얻는 한가로운 시간 자체가 수치스럽고 아무 이득이 없는 것이며, 나아가 꿀 같은 여가 시간을 더욱 가치 있게 만드는 유일한 수단인 경험을 스스로 멀리하는 셈이 될 것이기 때문이다.

"그럼 학생들이 머리 대신 손을 써서 일해야 한다는 겁니까?"

이렇게 반문할 사람도 있을 것이다. 정확히 말하면 그런 뜻은 아니지만, 상당히 비슷하다고 볼 수 있다. 사회 공동체가 제공하는 돈으로 노는 데만 급급하지 말고 처음부터 마지막까지 진지하게 삶을 '제대로 살아'보라는 의미로 말하는 것이다. 자신의 인생을 제대로 실험해보는 것보다 효과적으로 삶을 배울 방법이 또 있을까? 나는 이런 방식이 수학 공식을 외우는 것보다 젊은이들의 두뇌를 더욱 잘 단련시킬 수 있다고 생각한다. 만약 예술이나 과학에 대해 제대로 가르치고 싶다고 해서 이웃의 학자에게 아이를 보내는 고리타분한 방식을 사용하지는 않을 것이다. 그런 교육방식은 지식을 줄 수는 있어도 정작 삶을 살아가는 기술에 대해서는 가르치지 못할 것이기 때문이다. 망원경과 현미경을 통해 우주를 관찰하는 방법은 가르칠 수 있어도 자신의 눈으로 세상을 바라보는 방법은 배울 수 없다. 화학이나 기계학에 대해서는 배울 수 있겠지만 빵을 굽는 법은 배울 수 없고, 기계학을 배울 수는 있겠지만 어떻게 빵을 얻어야 하는지는 알 수 없다. 해왕성의 새로운 위성을 발견하는 법은 배울 수 있겠지만, 제 눈의 티끌은 볼 수 없으며, 자신이 어떤 악당의 위성 노릇을 하며 사는지는 결코 깨달을 수 없다. 그 때문에 식초 한 방울 안에 든 괴물들은 연구할 수 있을지라도, 내 주위에 어떤 괴물들이 있고 어떻게 이용당하고 있는지는 절대로 알 수 없게 된다. 관련 서적을 직접 읽고 광석을 채굴하고 녹여 잭나이프를 만든 학생과 학교에서 야금학 강의를 들으며 아버지로부터 주머니칼을 선물 받은 학생이 있다고 가정해보자. 그로부터 한 달 후에 더 큰 발전을 보여줄 학생은 누구이겠는 가? 둘 중 누가 더 칼에 손이 잘 베일까? 나는 대학을 졸업할 무렵에 야 '항해학' 강의를 수강했다는 사실을 깨닫고 깜짝 놀랐다! 단 한 번 이라도 직접 배를 몰고 항구로 나갈 수 있었다면 항해술에 관하여 훨 씬 더 많은 걸 익힐 수 있었을 것이다. 가난에 찌든 학생들조차 정치 경제학을 배우고 익히지만, 철학과 마찬가지인 진짜 생활을 위한 경 제학은 우리 대학에서도 진지하게 가르치지 않는다. 그 결과 가난한 학생이 애덤 스미스와 데이비드 리카도, 그리고 장 바티스트 세의 책 을 읽는 동안, 그 아버지는 벗어날 수 없는 빚의 수렁에 빠지고 만다.

대학이나 '현대적 개선'도 마찬가지이며, 이에 대한 일종의 환상 이 있다. 개선이라고 해서 항상 긍정적인 면만 있는 것은 아니다. 악 마는 개선이라는 명목하에 초기 자본을 투자하고 그 몫에 대해서 마 지막까지 엄청난 복리를 취하기 때문이다. 우리가 만든 발명품들은 진지한 것이 아니라 오히려 우리의 관심을 돌리는 예쁘장한 장난감 이 되기 일쑤이기에, 이러한 것들은 개선되지 않은 목표를 이루기 위 한 개선된 수단에 그치게 된다. 철로를 따라가다 보면 어느새 보스턴 이나 뉴욕에 도달하듯이 새로운 발명품이 없던 옛날에도 우리는 어 떻게든 그 목적지에 도달할 수 있었다. 우리는 메인 주에서 텍사스 주 까지 전신을 세우기 위해 너무 급히 서두르고 있다. 하지만 메인 주 와 텍사스 주 사이에 전신으로 연락할 일이 반드시 있으리라는 보장 은 없다. 귀가 들리지 않는 한 유명한 부인을 간절히 만나고 싶어 하 던 사람이 막상 그녀를 만나 나팔 모양의 보청기를 한 손에 쥐자, 아무 말도 하지 못했던 것처럼 전신을 설치했다가 오히려 메인 주와 텍사스 주 사이에 난처한 일이 벌어질지도 모를 일이다. 전신을 설치하는 가장 큰 목적은 조리 있게 말을 전달하는 것이 아니라 그저 빠르게 말을 전달하는 거라고 생각하는 모양이다. 우리는 대서양 아래 해저 터널을 만들어서라도 구세계의 소식을 몇 주나 앞당기고 싶어서 안달을 내고 있다. 하지만 그 해저 터널을 통해 우리 미국인들의 팔랑거리는 귓가에 들릴 첫 소식이라고는 고작해야 영국의 애들레이드 공주가 백일해에 걸렸다는 소식일 것이다. 어쨌거나 1분에 1.6킬로미터를 달리는 말을 타고 온다고 해서 반드시 중요한 소식을 전하는 것은 아닐 테니까. 그는 복음을 전도하는 사람도 아니고 메뚜기와 석청을 먹으며 찾아오는 예언자는 더더욱 아니다. 최고의 명마로 알려진 플라잉 차일더스가 등에 옥수수 한 자루라도 싣고 방앗간까지 날라 본 적이 있는지 궁금하다.

"저축하지 않는다니 정말 놀라운 일이네요. 여행을 좋아하는 것 같으니 당장 기차를 타고 피치버그로 구경 가면 좋을 텐데요."

나에게 이런 말을 하는 사람도 있다. 하지만 나는 겉보기보다 현명한 편이다. 지금까지 경험한 바에 따르면, 도보로 다니는 여행자가 제일 신속하게 움직일 수 있다. 그래서 기차를 타고 여행을 가라고 했던 사람에게 누가 먼저 피치버그에 도착하는지 내기를 하자고 했다. 피치버그까지의 거리는 대략 50킬로미터, 기차 요금은 90센트 정도가 필요하다. 90센트면 일반 노동자의 하루 품삯 정도이다. 나는 그 철도를 건설하던 노동자들이 하루 60센트를 받으며 일하던 때를 똑똑히 기억한다. 지금 당장 걸어서 피치버그로 출발하면 어둑해지기 전에 도착할 수 있다. 언젠가 일주일 내내 그런 속도로 걸어서 여행한 적이 있었다. 내가 열심히 걸어가는 동안, 그는 차비를 벌기 위해 노동을 해야 할 테고 그럼 내일이나 피치버그에 도착할 수 있을 것이다. 운이 좋아서 당장 일자리를 얻는다면 오늘 저녁에 도착할 수도 있다. 하지만 피치버그로 떠나기 전에 온종일 일을 해야만 한다. 철도를 이용해서 세계 어디든 갈 수 있다고 하지만, 나는 그보다 한발 앞설 것이다. 그사이 주변 지역을 구경하고 경험하다 보면 굳이 상대와 친분을 유지하지 않아도 된다고 생각할지도 모르겠다.

이는 그 누구도 거부할 수 없는 보편적인 법칙이다. 철도도 이러한 법칙에서 크게 벗어나지 않는다. 인류 전체가 철도를 이용해 세계 어디든 자유롭게 이동하기 위해서는, 지구 표면을 완전히 깎아내려야만 가능한 일이다. 공동으로 자본을 모으고 삽질을 하다 보면, 결국 누구나 단시간 안에 돈을 들이지 않고도 기차를 타고 어디든 갈 수 있을 거라고 막연하게 생각하는 사람도 있다. 하지만 수많은 사람이 기차역에 구름처럼 몰려들고, 차장이 '출발!'을 외쳐도 정작 뿌연 연기가 걷히고 증기가 촉촉하게 변할 때 즈음이면 정작 기차에 탄 사람은 몇 되지 않을 것이다. 그리고 나머지 사람은 기차에 치여 크게 다치거나 목숨을 잃었을지도 모른다. 이는 '비통한 사건'이라고 불릴 테고 실제로도 비통하기 짝이 없는 일이다. 여비를 마련한 사람, 그러니까 오랫동안 목숨을 부지해온 사람이라면 끝내 기차에 올라탈 수도 있겠지만 그때쯤이면 여행을 하고 싶다는 생각이나 기력조차도 거의 사라져버린 후일 것이다. 이처럼 인생에서 가장 좋은 시절을 돈을 버느라 허비하면서 불확실한 노년의 자유를 부르짖는 사람들을 보면, 훗날 고국에 돌아와 시인의 삶을 살겠다며 인도로 돈을 벌기 위해 떠났던 어느 영국인이 떠오른다. 인도로 돈을 벌기 위해서 떠날 게 아니라 당장 다락방에 올라가서 시를 썼어야 했다.

"뭐라고요? 우리가 만든 철도가 좋은 게 아니라고요?"

백만에 달하는 아일랜드인이 판잣집에서 뛰어나와 이렇게 외칠지도 모른다. 그러면 나는 다음과 같이 대답할 것이다.

"물론 상대적으로는 좋은 것이 맞습니다. 철도 공사를 하지 않았다면 더 힘든 일을 했을지도 모르니까요. 하지만 여러분을 형제로 생각해서 하는 말인데, 땅이나 파면서 살지 않았더라면 더 값진 인생을 살지 않았을까 싶습니다."

집을 짓는 작업을 마무리하기 전, 나는 예상치 못하게 지출하게 된 10~12달러 정도를 정직하고 적절한 방법으로 다시 벌어볼 요량으로 집 근처에 3,000평 정도 되는 모래 위에 강낭콩과 감자, 옥수수와 완두콩 그리고 순무를 심었다. 13,500평에 달하는 집 주변의 공터는 소나무와 히커리가 자라는 곳으로, 작년에 1,200평당 8달러 8센트로 매매된 곳이었다. 한 농부는 "찍찍대는 다람쥐를 키운다면 모를까 다른 데는 아무짝에도 쓸모없는 땅입니다"라고 말했다. 나는 거름을 한 번도 주지 않았다. 어차피 땅 주인도 아닌 데다 잠시 허락 없이 빌려 쓰는 것이었고 그 넓은 땅을 경작할 엄두도 나지 않았기 때문이다. 게다가 제대로 땅을 고르지도 못했다. 쟁기질하다가 우연히 나무 그루터기들을 캐내어 한동안 땔감으로 사용하기도 했다. 그루 터기를 캐낸 자리에는 작고 둥글게 패인 흔적이 남아서 여름 내내 강 낭콩이 다른 곳보다 무럭무럭 자라서 쉽게 구분할 수 있었다. 그 외 에 모자란 땔감은 집 뒤에 시들어서 죽은 나무들과 호수로 떠내려온 부목을 활용했다. 쟁기질할 때마다 소 한 쌍과 인부를 써야 했지만, 쟁기는 내 손으로 직접 끌었다. 첫해에 농사를 지으며 지출한 비용은 연장과 씨앗, 그리고 인부의 품삯으로 사용한 14달러 72.5센트가 전 부였다. 옥수수 씨앗은 공짜로 얻을 수 있었다. 대량으로 경작할 생 각이 아니라면 씨앗을 구하는 데는 거의 비용이 들지 않는다. 그렇게 해서 강낭콩 324킬로그램, 감자 486킬로그램, 그리고 약간의 완두콩 과 옥수수를 수확할 수 있었다. 옥수수와 순무는 시기를 놓치는 바람 에 별 수확을 얻지 못했다. 그리하여 농사로 얻은 총 수익은 총 23달 러 44센트가 되었다.

수입: 23달러 44센트

지출: 14달러 72.5센트

남은 금액: 8달러 71.5센트

당시까지 소비한 농작물을 제외하고도 계산을 할 시점에는 4달러 50센트 상당의 먹을거리가 남아 있었다. 제대로 돌보지 않았는데도 쑥쑥 자란 채소의 가치를 생각하면 그 정도만으로도 상당히 많은 이익을 얻었다고 볼 수 있다. 인간의 영혼과 오늘이라는 시간을 고려해 볼 때, 자급자족을 실험한 시간은 매우 짧았지만 어쩌면 그 실험이 일시적 성격을 가졌기에 그해 콩코드의 어느 농부보다도 좋은 성과를 거둔 것이 아닌가 싶다.

이듬해에는 더 좋은 성과를 이룰 수 있었다. 꼭 필요한 크기의 땅, 즉 400평에 달하는 부분만 정성껏 갈아두었기 때문이다. 그렇게 2년 동안의 경작 경험을 통해 알아낸 바로는 소박하게 살면서 직접 재배한 농작물만 먹고 필요한 양만 경작한다면, 또 수확한 농작물을 쓸데없는 사치품과 교환하려고 하지 않는다면 조금의 땅만 있어도 충분히 먹고살 수 있다는 것이다. 아서 영[18]의 저서를 비롯해 영농법에 대한 유명 서적을 여러 권 살펴보았지만 좀처럼 배울 만한 부분을 찾을 수가 없었다. 또 소로 밭을 가는 것보다 가래로 밭을 가는 것이, 오래된 밭에 거름을 주는 것보다 그때그때 새로 밭을 선택하여 거름을 주는 편이 훨씬 더 비용이 적게 든다는 사실도 알게 되었다. 게다가 농사일은 여름에 틈이 날 때마다 쉬엄쉬엄 할 수 있어서 지금처럼 소나 말, 돼지에게 크게 의지하지 않아도 된다는 사실을 깨달았다. 현재의 경제와 사회적 제도의 성패와 아무런 상관이 없는 사람으로서, 이 점에 대해서 아무런 편견 없이 말하고 싶다. 나는 콩코드의 그 어느 농부보다도 독립적인 사람이다. 집이나 농장에 얽매이며 살지도 않았고 그저 타고난 괴팍한 성격에 따라서 하루하루를 살았기 때문

---

18 18세기 말 영국의 농학자

이다. 게다가 다른 농부들보다 형편이 나은 쪽이었기에 내 집이 화재로 불타거나 농사에 실패했더라도 예전만큼 편하게 생활할 수 있었을 것이다.

나는 사람이 가축의 주인이 아니며 가축이 사람의 주인이고, 가축이 사람보다 훨씬 자유롭게 살고 있다고 생각했다. 사람과 소는 필요한 일을 서로 주고받지만, 우리가 살아가는 데 꼭 필요한 일들만 생각해보면, 오히려 소가 더 유리한 위치에 있는 것 같다. 소들이 사는 농장이 훨씬 더 방대하지 않은가? 사람들은 소가 일해준 대가로 6개월 동안 소가 먹을 여물을 만들어야 하고, 이는 굉장히 힘든 일이다. 모든 부분에서 소박한 삶을 영위하는 나라, 즉 철학자들이 사는 나라에서는 동물의 노동력을 함부로 이용하는 실수를 저지르지 않을 것이 분명하다. 물론 과거에도 그렇고 앞으로도 철학자들만 사는 나라가 생겨날 가능성은 없다. 나로서도 그런 나라가 반드시 생겨야 한다고 생각하지도 않는다. 하지만 나라면 대신 힘든 일을 시킬 요량으로 소나 말을 길들이는 짓은 하지 않을 것이다. 그랬다가는 자칫 내가 말과 소를 돌봐야 하는 입장이 될 수도 있기 때문이다. 소와 말을 길들여 인간 사회가 덕을 보는 것처럼 보일지라도, 한쪽의 이익이 다른 한쪽의 손해가 되지 않는다고 장담할 수 없고, 마구간을 지키는 소년이 주인과 같은 이유로 만족하리라는 보장도 없기 때문이다. 가축의 도움이 없는 상황에서 공공사업이 성공할 수 없었다고, 그리고 우리가 이룬 성과를 소와 말에게도 나누어줘야 한다고 가정해보자. 그렇다고 인간이 혼자 힘으로 그보다 가치 있는 일을 해낼 수 없노라고 장담할 수 있을까? 만약 우리가 가축의 도움을 받아 불필요하거나 예술적인 일뿐만이 아니라 사치스럽고 낭비에 가까운 일까지 하기 시작한다면 우리 중 일부는 소가 할 일을 대신 떠맡아야 할 상황이 올 수도 있다. 다시 말해, 누군가는 강한 자의 노예로 전락할 수밖에 없는 것이다. 그렇다면 인간은 자기 안에 있는 짐승뿐만 아니라 상징적으로나마 외부에 있는 짐승을 위해서도 일해야 하는 꼴이 된다. 주위를 둘러보면 벽돌이나 돌로 지은 멋들어진 집이 많지만, 농부의 재력은 그가 사는 집보다 축사가 얼마나 크냐에 따라서 판단된다. 내가 사는 마을에 근처 지역에서 가장 규모가 큰 축사가 있고, 공공건물의 규모도 다른 마을에 비해 절대 뒤지지 않는다. 하지만 자유롭게 예배를 드리고 발언할 수 있는 회관은 마을에서 찾아보기란 힘들다. 여러 민족은 건축물을 세우는 것으로서 후세에 자신의 이름을 남기려고 하지 말고 추상적인 사고력을 통해 흔적을 남기는 편이 더 낫지 않을까? 인도의 《바가바드기타》[19]는 동양의 그 어떤 유적보다도 경이로움을 보여주고 있다. 거대한 탑과 사원은 군주들의 사치품에 불과하다! 소박하고 자주적인 사고를 하는 사람은 무턱대고 군주의 명령에 따르지 않는다. 천재는 황제에 종속되어 있지 않으며, 그가 지닌 천부적인 재능은 은도 아니고 금도 아니고 대리석도 아니다. 그렇다면 대체 무슨 목적을 위해서 이렇게 수많은 돌이 다듬어지고 있는 것일까? 아르카디아[20]에서 지낼 무렵, 나는 돌을 다듬는 모습을 한 번도 보지 못했다.

---

19 힌두교 경전

수많은 민족이 돌을 매끈하게 다듬어두는 것으로 자신들의 추억을 남겨야겠다는 야망에 사로잡혀 있다. 차라리 자신의 몸가짐을 다듬고 품격을 함양하는 데 그런 노력을 쏟는다면 어떨까? 한 조각의 양식은 달에 닿을 정도로 높이 쌓아 올린 기념비보다 더 오랫동안 회자될 것이다. 나는 대리석이 제자리에 놓인 모습을 보고 싶다. 고대 이집트의 수도 테베의 기념비는 그야말로 천박하기 짝이 없는 웅장함이었다. 삶의 진정한 목표에서 한참 멀리 떨어져 있는 100개의 성문을 가진 테베의 신전보다 차라리 정직한 농부의 밭을 둘러싸고 있는 나지막한 돌담이 더욱 유의미한 것이 아닐까. 야만적이고 미개한 종교와 문명은 호화로운 신전을 짓는다. 하지만 기독교라고 불리는 종교는 그렇지 않다. 한 나라가 다듬는 돌 대부분은 그들의 무덤을 만드는 데 사용될 뿐이다. 그야말로 돌 자체를 생매장하는 것이나 다름없다. 피라미드 자체는 그리 놀라울 일이 없지만, 오히려 어느 야심으로 가득한 얼간이의 무덤을 짓기 위해서 수많은 사람이 평생을 허비했다는 사실이 놀라울 따름이다. 차라리 그 얼간이를 나일 강에 빠뜨리고 그 시체를 개에게 주었더라면 차라리 더 현명하고 명예로웠을 것이다. 피라미드를 짓기 위해 동원된 수많은 인부를 위해서 다른 변명을 생각해내고 싶지만 그럴 시간이 없다. 이처럼 예술과 종교를 향한 건축가들의 사랑은 이집트의 신전을 짓는 일이나 미국의 은행을 짓는 일

---

20 고대 그리스인들의 이상향으로, 아르카디아에서 지냈다는 말은 하나의 문학적 표현이다.

처럼 세계 어디서나 마찬가지인 것으로 보인다. 결과물이 주는 가치에 비해 지나치리만치 큰 비용이 소요되기 때문이다. 그런 건물을 짓는 가장 큰 목적은 허영심이며, 마늘과 버터를 바른 빵에 대한 애착이 이러한 허영심에 부채질하는 것이다. 촉망받는 젊은 건축가 벨컴은 비트루비우스[21]의 책 뒤편에 연필과 자를 이용해 설계도를 그렸다. 그리고 석재를 만드는 회사에 건축을 맡겼다. 3000년의 세월이 그 건물을 내려다보기 시작할 때, 인간은 이를 우러러보기 시작한다. 우리가 흔히 보는 거대한 탑과 기념비 또한 이와 별반 다르지 않다. 오래전 콩코드 마을에 땅굴을 파서 중국까지 가겠다고 허풍을 떨던 미치광이 하나가 있었다. 그는 중국의 냄비와 솥이 덜거덕거리는 소리가 들릴 만큼 깊숙이 땅굴을 파고 들어갔다고 주장했다. 그렇다 해서 그 땅굴을 구경하자고 직접 가고 싶지는 않았다. 많은 이가 동서양의 기념비에 관심을 보이고, 누가 그런 기념비를 세웠는지 궁금해한다. 나는 그 시대에 그런 기념비를 세우지 않은 사람, 그 하찮은 것을 초월한 사람이 누구인지 궁금하다. 하지만 먼저 내가 조사한 통계자료에 대해서 살펴보기로 하자.

열 손가락으로 꼽아야 할 만큼 여러 직업을 가진 덕분에, 그사이 측량과 목공 그리고 다른 일을 도맡아 하면서 13달러 34센트라는 수입을 올렸다. 월든 호숫가에서 기거한 2년이라는 세월 동안, 정확히

---

21 로마 시대의 건축가. 카이사르와 아우구스투스 황제 시대에 건축가로 활동했다. 그의《건축서》(전10권)은 고대 건축 연구에 중요한 자료이다.

7월 4일부터 이듬해 3월 1일까지 8개월간 식비로 소요된 금액은 다음과 같았다. 단, 내가 직접 씨를 뿌리고 거둔 감자와 약간의 옥수수와 완두콩은 계산에 넣지 않았으며, 마지막 날에 남아 있던 식재료도 계산하지 않았다.

쌀: 1달러 73.5센트

당밀: 1달러 73센트(가장 저렴한 감미료)

호밀가루: 1달러 4.75센트

옥수수가루: 99.75센트(호밀가루보다 저렴함)

돼지고기: 22센트

밀가루: 88센트(옥수수가루보다 비싸고 손이 많이 감)

설탕: 80센트

돼지기름: 65센트

사과: 25센트

말린 사과: 22센트

고구마: 10센트

호박 1개: 6센트

수박 1개: 2센트

소금: 3센트

여기는
모두
실패한
실험들이다.

그렇다. 나는 총 8달러 74센트를 먹는 데 소비했다. 얼굴도 붉히지 않고 당당하게 이를 공개하는 이유는 독자 여러분도 나와 비슷한 죄책감을 느낄 것이며, 그간의 행실을 활자로 옮기면 나와 비슷할 거라는 사실을 알고 있기 때문이다. 이듬해에는 물고기를 잡아서 저녁거리로 삼기도 했으며, 한번은 콩밭을 온통 엉망으로 만든 우드척을 잡아 타타르족이 말하는 윤회를 실험해보기도 했다. 살짝 사향 냄새가 나기는 했지만 맛보는 순간만큼은 꽤 즐거움을 선사했다. 마을 푸줏간에 맡기면 먹을 만큼 손질할 수는 있겠지만, 오랫동안 먹을거리로 삼는 건 그리 좋은 방법은 아닌 것 같았다.

위와 같은 시기에 소비한 의복비와 그 외의 비용은 모두 8달러 75센트로 세세히 나열할 항목들은 아니었다.

부대비용: 8달러 75센트 / 석유와 가재도구: 2달러

세탁이나 옷 수선은 외부에 맡겼지만, 아직 청구서를 받지 못했다. 따라서 그 비용을 제외하고 지출한 총액은 다음과 같다. 콩코드 지역에서 거주하기 위해 반드시 지출해야 하는 기타 비용들이다.

집: 28달러 12.5센트
1년 농사비: 14달러 72.5센트
8개월간 식비: 8달러 74센트
8개월간 의복비: 8달러 40.75센트
8개월간 석유비와 기타: 2달러

합계: 61달러 99.75센트

다음으로 스스로 생활비를 벌어야 하는 독자들을 위해 말하자면, 위의 비용을 충당하기 위해서 나는 농작물을 팔아서 23달러 44센트를 벌었다.

농작물 판매 수입: 23달러 44센트

노동하고 받은 품삯: 13달러 34센트

합계: 36달러 78센트

지출 총액에서 수입을 빼면 25달러 21.75센트의 적자가 발생한다. 다행히 숲에 들어가기 전에 내가 가지고 있던 돈과 비슷한 액수다. 위의 계산을 통해 앞으로 지출할 예상 금액을 추정해볼 수 있었다. 그 대신에 나는 여유로움과 독립된 삶, 그리고 건강을 얻었으며 언제든 원할 때까지 마음껏 거주할 수 있는 안전하고 편한 집을 얻었다.

비록 일시적인 통계자료라서 별 도움이 안 될지 몰라도, 나름대로 완벽하게 작성한 것이니 어느 정도 가치는 있을 것이다. 내가 사용한 것은 모두 목록에 넣었기 때문이다. 앞서 계산한 바에 따르면 일주일에 식비로 27센트를 지출했다. 그 후로 2년 동안, 이스트를 넣지 않은 호밀가루와 옥수수가루, 감자, 쌀 소금에 절인 돼지고기, 당밀과 소금 그리고 물만 먹으며 살았다. 인도 철학에 심취해 있던 터라 주식으로 쌀만 먹고 사는 건 당연한 일이었다. 혹시라도 트집을 잡기 좋아하는 사람들이 있을지 모르니, 가끔은 외식했다는 사실을 미리 말해두는 편이 좋을 것 같다. 예전에도 그랬고 앞으로도 그랬지만 외식은 생활비에 타격이 될 때가 많지만, 밖에서 밥을 먹는 것이 거의 생활이 되다시피 했기에 앞서 소개한 생활비 정산서에는 아무 영향을 주지 않는다.

지난 2년 동안의 경험을 통해 내가 살던 지역의 위도에서도 아주 적은 수고만으로 필요한 식량을 충분히 얻을 수 있다는 사실과 동물처럼 소박한 식단으로도 건강과 체력을 충분히 유지할 수 있다는 점을 배웠다. 옥수수밭에서 쇠비름을 캐서 소금을 뿌려 살짝 데친 것만으로도 충분히 한 끼의 식사를 할 수 있었다. 분별이 있는 사람이라면 평일 점심, 더없이 평화로운 시간에 금방 딴 옥수수를 삶아서 소금을 뿌려 먹는 것 말고 무엇을 더 바라겠는가? 그나마 다양한 식사를 했던 이유는 식욕에 굴복했기 때문이지, 건강상 문제 때문은 아니었다. 하지만 사람이 아사 상태에 이르는 이유는 필요한 식량이 없어서가 아니라 사치스러운 음식을 탐하기 때문이다. 지인으로 알고 지내는 한 점잖은 부인은 아들이 물만 마셔서 사망에 이르렀다고 생각했다.

이쯤에서 독자 여러분도 이 문제를 영양학적 관점이 아닌 경제학적 관점에서 다루고 있음을 눈치챘을 것이다. 따라서 식료품 저장고를 가득 채우지 않았다면, 나처럼 절제하는 삶을 감히 시험해볼 수 없을 것이다.

처음에는 옥수수가루와 소금만 넣어 순수한 옥수수 빵을 구웠다. 집을 짓다가 남은 목재를 넓적하게 잘라, 그 위에 올려 불에 구운 것이었다. 나무에서 피어오른 연기가 배어 빵에서 송진 냄새가 진동하곤 했다. 다음에는 밀가루로 빵을 구웠다. 그리고 호밀가루와 옥수수가루를 섞어서 빵을 구우면 제일 맛있고 쉽게 빵을 만들 수 있음을 깨달았다. 날씨가 추울 때면, 이집트인이 달걀을 인공으로 부화시킬 때처럼 빵 덩어리가 부풀어 오르는 모습을 지켜보다가 뒤집는 것도 매우 즐거운 일이었다. 그렇게 만든 빵들은 내 손으로 키운 곡물의 열매였고, 다른 소중한 과일에 버금가는 향긋한 냄새를 풍겨서 최대한 그 향을 오랫동안 유지하기 위해 천으로 잘 싸두었다. 그리고 나는 권위 있는 책자들을 있는 대로 구해서, 유구한 역사를 지닌 우리 삶에서 절대로 빼놓을 수 없는 빵 굽는 법에 관하여 연구했고 발효되지 않은 최초의 빵을 구운 역사를 따라 원시 시대까지 거슬러 올라갔다. 야생에서 나무 열매와 살코기만 먹던 인류는 원시 시대에 처음으로 세련된 빵을 만나게 되었고, 서서히 세월이 지나면서 밀가루 반죽이 시큼하게 발효되는 현상을 우연히 발견하게 된다. 그 후로 하나둘 다양한 발효법을 배우게 되었고 마침내 생명의 양식이라 불리는 '맛있고 달달하고 건강에도 좋은 빵'을 만들 수 있게 된다. '빵의 영혼'으로 불리는 효모는 빵을 이루는 세포조직을 채우고 있는 영혼이며, 신을 모신 제단의 불꽃처럼 보존되었다. 아마도 메이플라워호를 타고 신대륙으로 건너온 한 병의 효모가 자신의 사명을 다한 덕분에 지금도 이 나라에 곡물의 파도를 타고 널리 퍼져 크게 부풀어 오르고 있는 것이 아닐까 싶다. 나는 정기적으로 마을에 나가서 그 효모를 사 왔는데, 어느 날 아침 실수로 후끈한 증기에 효모를 태우고 말았다. 그날 사고 덕분에 효모가 꼭 필요하지 않다는 사실을 깨달았다. 물론 종합적 방식이 아닌 분석적 과정에서 깨달은 사실이었다. 그 후로는 빵을 만들 때 효모를 넣지 않았다. 보통 주부들은 효모가 없으면 몸에 좋은 빵을 만들 수 없다고 말하며, 나이 든 사람들은 효모가 없는 빵을 먹다가는 급속도로 건강이 악화될 거라고도 했다. 하지만 나는 빵을 만들 때 효모가 꼭 필요한 것이 아님을 깨달았고, 1년 동안 효모를 먹지 않았음에도 여전히 건강히 살아 있다. 그뿐만 아니라 효모가 든 병을 주머니에 넣고 다녀야 하는 번거로움을 겪지 않아서 얼마나 만족스러운지 모르겠다. 주머니에 든 병에서 요란한 소리가 나면서 뚜껑이 터지는 사태가 발생하여 곤혹스러웠던 적이 한두 번이 아니기 때문이다. 효모를 넣지 않으면 더욱 간단하게 빵을 만들 수 있다. 인간은 다른 어떤 동물보다도 기후와 환경에 잘 적응한다고 볼 수 있다. 나는 빵을 만들 때 탄산소다는 물론이고 알칼리나 다른 산은 첨가하지 않는다. 그 때문에 내가 만드는 빵이 기원전 2세기경 마르쿠스 카토[22]가 권한 방법에 가까울 수도 있다. 그가 제안한 빵 만드는 법을 번역하면 다음과 같다.

'빵을 반죽할 때는 손과 반죽용 그릇을 깨끗이 씻는다. 그리고 그릇에 밀가루를 넣고 천천히 물을 부으면서 가루를 반죽한다. 반죽이 완성되면 적당히 모양을 잡아 뚜껑을 덮고 굽는다.'

다시 말해, 빵을 솥에 넣고 구우라는 것이다. 효모에 대해서는 아무 언급도 없다. 그렇다고 해서 내가 매일 생명의 양식인 빵을 먹은

---

22 대(大)카토라 불렸으며, 고대 로마의 정치가이자 장군이다. 농업 경영의 실제를 풀이한 저서 《농업론》을 남겼다.

것도 아니다. 경제 사정이 좋지 않아서 한 달 가까이 빵을 먹지 못한 적도 있다.

뉴잉글랜드에 사는 사람이라면 호밀과 옥수수의 고장에 살기 때문에 언제든 빵 재료를 쉽게 마련할 수 있으므로, 멀리 떨어지고 가격 변동이 심한 시장에 가서 재료를 구하지 않아도 된다. 하지만 콩코드에 사는 사람들은 소박하고 독립적인 삶을 멀리하기 때문에, 상점에 가도 신선하고 달달한 옥수수가루를 구하기가 쉽지 않고 거친 옥수수가루를 구하기도 어려우며 옥수수가루나 옥수수를 먹는 사람도 찾아보기 힘들다. 대부분 마을 사람은 손수 키운 농작물을 소와 돼지의 먹이로 쓰고 본인은 상점에서 몸에도 좋지 않고 값비싼 밀가루를 사 먹는다. 나는 한두 부셸[23]의 호밀은 척박한 땅에서도 잘 자라고 옥수수도 거름을 주지 않은 땅에서 재배할 수 있다는 사실을 실험으로 알게 되었다. 게다가 곡물을 재배해서 맷돌에 갈아 먹으면 굳이 쌀과 돼지고기를 먹지 않아도 건강을 유지할 수 있다는 사실을 배웠다. 가끔 당분이 필요할 때는 호박이나 사탕무를 가지고 질이 좋은 당밀을 만들 수 있다는 사실도 실험으로 알게 되었다. 더 쉽게 당분을 구하고 싶다면 단풍나무를 몇 그루만 심으면 되고, 나무가 자라는 사이 앞서 언급한 방법 말고도 다른 대용품을 사용할 수 있음을 깨달았다. 그 이유는 우리 조상들이 노래했던 바에 잘 나타나 있다.

23　무게의 단위로 기호는 bu를 사용한다. 밀의 무게를 나타내는 데 쓰며, 영국식은 62파운드를, 미국식은 60파운드를 각각 1부셸로 정한다.

호박과 설탕 당근과 호두나무 조각만 있으면
달달하게 입술을 적시는 술을 빚을 수 있다.

마지막으로 식료품 가운데 가장 비중이 적은 소금에 대해 말하자
면, 소금을 얻기 위해 가끔 해변을 찾는 것도 좋은 방법이다. 만약 소
금을 전혀 먹지 않는다면 분명히 물도 적게 마시게 될 것이다. 인디
언들이 힘들게 소금을 찾아다녔다는 이야기는 한 번도 들어본 적이
없다.

이러한 이유로 나는 식량을 구하기 위해서 물물교환을 하거나 뭔
가를 구매해본 적이 없다. 이미 집이 마련되어 있었기에 의복과 연료
만 있으면 되는 데다, 지금 입고 있는 바지는 한 농부가 직접 천을 짜
서 만든 것인데 아직 우리에게 이런 능력이 남아 있다는 것이 감사할
따름이다. 인간이 직공으로 전락한 사건은 인간이 농부로 전락한 것
만큼이나 중요하고 잊히지 않을 사건이라고 생각하기 때문이다. 우
리의 새로운 나라에서는 연료 문제도 엄청난 골칫거리이다. 만약 임
시로 거주할 수 없게 된다면, 내가 경작하는 땅 중에서 일부 그러니까
1,200평 정도는 당시 거래되던 매매가 8달러 8센트 정도를 주고 사
서 집을 지을 수도 있었다. 하지만 내가 임시로 거주하면서 오히려 땅
값을 올리게 되었다고 생각한다.

세상에는 남의 말을 잘 믿지 않는 사람들이 있게 마련이다. 그들은
내게 종종 풀만 먹고 어떻게 버틸 수 있느냐고 묻는다. 그런 질문을
받으면 나는 문제의 근원은 믿음이라고 생각하기 때문에 그 문제의

핵심을 찌르기 위해서 커다란 쇠못만 먹고도 충분히 살 수 있다고 대답한다. 그 말을 이해하지 못한다면, 여기서 내가 설명하려는 것도 이해하지 못할 것이다. 그럼에도 나와 비슷한 실험을 하는 이들이 있다는 소식을 들을 때마다 내심 뿌듯함을 느낀다. 가령 한 젊은이가 치아를 절구로 삼아 생옥수수만 먹으면서 보름 동안 버티려고 했다는 소식을 들은 적이 있었다. 다람쥐들도 이와 비슷한 실험을 해서 성공한 바 있다. 인간이란 이러한 실험에 흥미를 느끼고 있음이 분명하다. 물론 이런 실험을 하기에 적합하지 않은 사람들, 가령 나이 든 노파나 먼저 떠난 남편의 유산 중 1/3을 제분소에 투자한 미망인이라면 이런 소리를 듣고 깜짝 놀랄 것이다.

내가 가지고 있는 가구를 살펴보면, 침대 하나, 탁자 하나, 책상 하나, 의자 셋, 지름이 7센티미터쯤 되는 거울 하나, 부젓가락 하나, 장작 받침쇠 하나, 솥 하나, 냄비 하나, 프라이팬 하나, 국자 하나, 세숫대야 하나, 포크와 나이프 두 벌, 접시 셋, 컵 하나, 스푼 하나, 기름 단지 하나, 당밀 단지 하나, 옷 칠을 한 램프 하나가 전부이다. 그중 일부는 손수 만들었고 일부는 돈 한 푼 쓰지 않고 얻은 것이라 그에 대한 설명은 따로 하지 않을 생각이다. 호박에 걸터앉아야 할 만큼 가난한 사람은 없다. 이는 가난이 아닌 게으름의 문제이기 때문이다. 마을에 가면 다락방에 쓸 만한 의자들이 쌓여 있어서 언제든 가서 들고 나오기만 하면 된다. 가구! 다행히도 나는 가구점의 도움을 받지 않고도 앉고 설 수 있다. 철학자를 제외하면, 자신의 가구를 가득 실은 수레가 대낮에 사람들의 눈총을 받으면서 시골길을 올라가는 데 부끄럽지 않을 사람이 어디 있겠는가? 수레에 실린 짐만 보고는 주인이 가난한지 부자인지 구분할 수가 없었다. 그렇게 수레에 짐을 싣고 다니는 사람은 보통 가난에 찌든 사람 같았다. 사실 잡다한 가구가 많을수록 가난한 사람인 경우가 많다. 수레 하나에 열두 채의 판잣집을 채울 만큼 많은 가구가 실린 것처럼 보인다. 판잣집 한 채가 가난하다면 그 안에 사용하던 가구를 가득 실은 수레는 열두 배쯤 가난해 보인다. 그렇다면 그 가구를 버리기 위한 것이 아니라면 무엇 때문에 이사하는 걸까? 이 세상을 떠나 모든 가구가 새롭게 갖추어진 새로운 세상에 가기 위해서는 기존의 것들을 전부 태워버려야 하지 않을까? 온갖 가구를 싣고 돌아다니는 건 그 모든 덫을 허리에 주렁주렁 매달리는 것과 같다. 마치 숙명 때문에 무거운 짐을 싣고 힘들게 걸어가야 하는 것처럼 말이다. 꼬리가 덫에 걸리면 꼬리를 잘라내고 도망치는 여우가 훨씬 더 운이 좋은 법이다. 사향쥐는 덫에 걸리면 세 번째 다리를 물어뜯고서라도 도망쳐버린다. 그러고 보면 인간이 융통성을 잃은 것도 그리 놀라운 일이 아니다.

인간이 얼마나 자주 막다른 길에 몰리는가!

"실례합니다만, 막다른 길에 몰리다니 그게 무슨 뜻입니까?"

당신이 천리안을 가졌다면 누군가를 만날 때마다 그 사람이 가지고 있는 모든 것, 등 뒤에 감추고 자기 것이 아닌 척하는 예를 들어 부엌 가구는 물론이고 절대로 불태우고 싶지 않은 하찮은 물건들까지 한눈에 볼 수 있을 것이다. 온갖 물건을 허리에 매달고는 죽어라 앞서 나아가려고 기를 쓰고 있는 것이다. 자기 몸은 옹이구멍을 가까스로 통과할 수 있겠지만, 온갖 짐이 가득한 수레는 구멍을 빠져나가지 못하기 때문에 이도 저도 할 수 없는 막다른 길에 몰렸다고 말한 것이다. 번드르르하게 차려입고 다부져 보이는 사람, 겉으로는 빈틈도 없고 자유로워 보이는 사람이 자신이 쓰는 가구는 보험에 들어 있다고 떠들어대는 모습을 볼 때마다 나는 동정심을 느끼지 않을 수 없다.

"그렇다면 제 가구들은 어떻게 해야 합니까?"

이런 질문을 던지는 사람은 바로 거미줄에 걸린 나비와 다르지 않다. 오랫동안 가구 없이 지내는 사람들도 자꾸 캐물으면 다른 집 헛간에 자기 가구를 보관하고 있다는 사실을 실토한다. 요즘 영국 사람들은 산더미 같은 짐 가방을 들고 여행에 나선 노신사와 비슷해 보인다. 커다란 가방, 조그만 가방, 끈 달린 가방, 꾸러미까지 도저히 태워버릴 용기가 없어서 거추장스럽게 짐을 끌고 다니는 것이다. 먼저 언급한 가방 중 세 가지는 버려도 아무 상관이 없는데 말이다. 아무리 건강한 사람이라도 침대를 등에 지고 다니기는 어려운 일이다. 만약 몸이 아픈 사람이라면 부디 침대를 내던지고 뛰어가라고 말해주고 싶다. 언젠가 전 재산이 담긴 무거운 짐을 짊어지고 비틀거리면서 걸어가는 이주민을 본 적이 있다. 커다란 짐이 그의 목덜미에 자라난 거대한 혹처럼 보였다. 나는 그 짐이 이주민의 전 재산이어서가 아니라 모든 것을 이고 다니는 모습에 동정심을 느낄 수밖에 없었다. 내가 그런 덫을 짊어지고 다녀야 할 상황이 된다면, 최대한 짐을 줄여 내 소중한 부분에 부딪히지 않도록 할 것이다. 하지만 그보다 더 현명한 것은 애초에 그런 덫에 발을 들이지 않는 것이다.

그건 그렇고 커튼에는 한 푼도 들이지 않았다는 사실을 밝히고자 한다. 해와 달 말고는 내 집을 들여다볼 사람도 없는 데다, 햇살이나 달빛이 비치는 것은 언제든 환영할 일이기 때문이다. 달빛이 비친다고 해서 우유가 상하거나 고기가 썩지는 않을 테니까. 또한 햇빛이 비친다고 해서 가구가 망가지거나 카펫이 상하는 일도 없을 것이다. 만약 햇살이 너무 뜨겁게 내리쬔다고 해도 가계부에 지출을 늘리기보다 차라리 자연이 주는 천연 커튼 뒤로 잠시 몸을 피하는 것이 훨씬 경제적이다. 언젠가 카펫을 주겠다는 부인이 있었지만, 내 집에는 카펫을 깔 만한 공간도 없거니와 먼지를 털어줄 시간도 없어서 정중히 사양했다. 카펫을 까느니 문 앞 받침대의 흙을 털어내는 편이 낫다. 어쨌거나 악은 시작부터 싹을 잘라내는 것이 최선이다.

얼마 전에는 한 교회의 집사가 집 안에서 사용하던 가재도구를 경매하는 장소에 찾아간 적이 있었다. 다음의 말처럼, 그는 생전에 많은 재산을 축적해두었다.

"인간의 죄는 사후에도 그대로 남는다."

대부분 그러하듯, 경매장에 나온 가재도구들은 그의 아버지 대에서부터 하나둘 쌓인 것들이었다. 개중에는 바짝 말라붙은 촌충도 있었다. 다락방이나 먼지 구덩이에 쌓인 채로 반세기를 훌쩍 보낸 물건들이 아직도 불태워지지 않은 채로 그대로 남아 있었다. 그는 모닥불을 피워 물건을 불태우는 대신 이를 경매에 부쳐 몸집을 더욱 키운 것이다. 마을 사람들은 물건을 구경하기 위해서 구름처럼 몰려들었고, 하나도 남김없이 사들여 자기 집 다락방과 먼지 구덩이로 조심스럽게 옮겨두었다. 경매장에서 팔린 가재도구들은 새 주인이 죽을 때까지 그대로 먼지 속에 방치되어 있다가 새 주인이 죽고 나면 똑같은 과정을 반복하게 될 것이다. '인간은 죽을 때 발로 먼지를 일으킨다'는 말도 있지 않은가!

이럴 바에는 미개한 종족의 풍습을 본받는 편이 나을 것이다. 그들은 매년 허물을 벗는 흉내를 내는 의식을 가지기 때문이다. 실제로 허물이 있든 없든 자신의 허물을 벗어야 한다는 생각을 가지고 있다. 바트램[24]이 머클래스족 인디언의 풍습이라고 설명했던 버스크, 즉 '첫 열매의 축제'와 같은 시간을 가진다면 좋지 않겠는가?

'한 마을에서 버스크를 행할 때는 새 옷, 새 냄비, 새 프라이팬 등과 가구를 미리 준비해두고, 옷가지와 기타 잡동사니를 모두 모은다. 그리고 집과 광장뿐만 아니라 곳곳에서 더러움을 말끔히 씻어내고 오물을 치우고 청소를 한 후, 남은 곡식과 묵은 식량을 함께 모아서 불태워 없앤다. 그리고 약을 먹고 사흘 동안 몸과 마음을 정화하는 의미로 금식을 한 후에 마을의 불을 모두 끈다. 금식 기간에는 식욕과 성욕 등 모든 욕구를 자제한다. 그 후 대사면이 내려지면 모든 죄인은 자신의 마을로 돌아갈 수 있다……. 금식이 끝나고 넷째 아침이 되면

---

24 윌리엄 바트램. 미국의 자연주의자, 식물학자

제사장이 광장에서 마른 나뭇가지를 문질러 새로 불을 피운다. 이 불씨를 가져다가 모든 집에 새로 불을 피운다. 그 모든 과정이 끝난 후, 마을 사람들은 새로 수확한 햇옥수수와 과일로 사흘 동안 잔치를 벌이고 춤을 추며 노래한다. 그리고 다시 나흘 동안 이전과 같은 방식으로 몸을 정화하고 새롭게 몸과 마음을 단장한 후에 이웃 마을 사람들과 친구를 불러 함께 즐긴다.'

멕시코 사람들은 52년마다 세상이 새롭게 태어난다고 믿기에 위와 비슷한 정화의식을 가진다.

사전에는 '성사'란 '내적이고 영적인 은총이 외부에 가시적으로 드러나는 증거'라고 되어 있다. 나는 버스크만큼 이런 풀이에 걸맞은 행사를 본 적이 없다. 물론 하늘로부터 계시를 받았다는 기록은 없지만, 머클래스족 인디언들이 신의 영감을 받아 그런 의식을 행하는 것이라고 확신한다.

나는 5년 이상의 시간을 오직 내 손으로 직접 노동을 해서 먹고살았다. 그리고 1년에 6주 정도만 일하면 생계를 유지할 비용을 벌 수 있다는 사실을 깨달았다. 그 덕분에 여름과 겨울 대부분을 돈에 구애받지 않고 연구에만 몰두할 수 있었다. 한때는 학교를 운영하는 데 모든 힘을 쏟아본 적이 있었는데, 당시 내가 깨달은 것은 수입과 지출이 비례하거나 때로는 지출이 더 많다는 것이었다. 교사답게 처신하는 것은 물론이고 상황에 맞추어 옷을 입고 수업을 해야 했으며 어찌하다 보니 개인 시간까지 빼앗길 수밖에 없었다. 나는 어린 학생들의 장래를 위해서가 아니라 단지 생계를 유지하기 위한 수단으로 가르쳤고 바로 그 점이 실패의 원인으로 작용하였다. 언젠가는 사업을 해본 적도 있었다. 하지만 제대로 자리를 잡기 위해서는 10년은 족히 걸리는 데다, 그쯤이면 이미 악마의 경지로 타락했을 것이라는 사실을 깨달았다. 그때쯤이면 누가 봐도 성공한 장사치라는 소리를 들을까 봐 내심 두렵기도 했다. 과거 생계를 이어가기 위해 이런저런 일을 찾던 중, 친구의 요구에 맞추려고 애썼던 안타까운 경험이 떠올라서 오히려 창작 욕구에 방해가 되기도 했다. 차라리 월귤나무를 키워 경작이나 하면서 생계를 이어나가면 어떨까도 생각해보았다. 그 정도 돈이라면 얼마든지 해낼 수 있을 것 같았고, 수입은 적지만 그 정도면 충분히 먹고살 수 있을 것 같았다. 게다가 과일을 경작하는 데는 자본금도 많이 필요치 않았고, 현재의 일상에서 크게 벗어나지도 않을 것 같다는 어리석은 생각을 한 적이 있었다. 주변 친구들은 사업이나 전문직을 선택했지만, 나는 월귤나무를 경작하는 것이 그들이 하는 일과 별 다를 바가 없다고 생각했다. 여름 내내 언덕을 배회하며, 눈에 띄는 익은 월귤 열매를 따서 그저 판매하면 된다고 생각했기 때문이다. 다시 말해 아드메토스²⁵ 왕의 양 떼를 돌보는 것과 비슷할 거라고 생각한 것이다. 그 밖에도 양초를 캐거나 상록수를 잘라 수레에 싣고 나가서 숲의 생활을 그리워하는 마을 사람들에게 판매해볼까도 생각했다. 하지만 그로부터 한참이 지나서야, 어떤 사업이든 그와 관련된

---

25 그리스신화에서 테살리아 페라이의 왕 페레스의 아들

모든 것에는 저주가 걸린다는 사실을 깨닫게 되었다. 비록 하늘의 메시지를 거래하는 사업을 하더라도 언제나 장사에 따르는 저주를 피할 수는 없을 것이다.

나는 호불호가 강한 편이고 특히 자유를 중시하는 사람이라서, 또 조금 쪼들려도 얼마든지 잘 버티는 편이라서 화려한 카펫이나 비싼 가구, 잘 깨지는 그릇이나 그리스 혹은 고딕 양식의 집을 소유하기 위해서 내 소중한 시간을 허비하고 싶지 않았다. 이런 사치품을 소유하는 데 아무 어려움이 없고, 일단 소유한 후에 잘 활용할 수 있는 사람이 있다면 나를 대신해 그들이 사치품을 소유하도록 양보하는 편이 나을 것이다. 때로는 노동 그 자체를 사랑하고 부지런하게 살아가는 것처럼 보이는 사람들도 있다. 그래야만 더 나쁜 길로 빠지지 않을 수 있기 때문인지도 모르겠다. 그런 사람들에게는 특별히 해주고 싶은 말이 없다. 지금 현재 가진 시간보다 더 많은 여가 시간이 생기면 오히려 어쩔 줄 몰라 하는 사람들에게는 지금보다 두 배로 열심히 일하고, 빚을 완전히 탕감하고 비로소 자유를 얻을 때까지 열심히 일하라고 충고하고 싶다. 어쩌다 보니 날품팔이야말로 가장 자유로운 직업이라는 사실을 깨닫게 되었다. 1년에 30~40일만 일을 하면 혼자 먹고사는 데는 아무 지장이 없었기 때문이다. 날품팔이라는 일 자체가 해가 지면 끝나는 것이라 그 이후 시간은 어떤 노동을 하든 자기가 원하는 일에 완전히 몰두할 수 있었다. 반대로 날품팔이를 고용한 사람은 매일 고민을 거듭하느라 1년 365일 한시도 쉴 시간이 없다.

간단히 말해, 우리가 소박하고 현명하게 살기로 마음먹는다면 이 땅에서 내 몸 하나 추스르며 사는 것은 고생이 아니라 오락이라고 경험을 통해 굳게 믿고 있는 바이다. 소박함을 추구하며 사는 종족에게는 일상적인 일들이 상대적으로 인위적인 생활에 비해 기분 전환을 위한 놀이처럼 느껴질 것이다. 나처럼 조금만 움직여도 땀이 줄줄 흐르는 사람이 아니라면, 굳이 이마에 땀방울이 송골송골 맺혀가면서 열심히 일할 필요는 없다.

평소 알고 지내는 청년 하나는 몇천 평의 땅을 물려받았다며, 가능하다면 나처럼 살고 싶다고 말한 적이 있다. 하지만 나는 굳이 나와 같은 생활방식을 선택하는 것을 바라지 않는다. 그가 내 생활방식을 제대로 배우기도 전에 다른 생활방식을 찾아낼지도 모르는 데다, 세상 사람들이 가능하면 다양한 방식으로 살아가기를 바라기 때문이다. 자신의 아버지나 어머니, 혹은 이웃의 생활방식을 그대로 따라가기보다는 자신만의 고유한 길을 찾아내어 꾸준히 그 길을 가라고 말하고 싶다. 그 청년은 집을 짓거나 나무를 심거나 멀리 배를 타고 떠날 수도 있을 것이다. 부디 자신이 원하는 길을 제대로 찾기를 바란다. 항해사와 도망친 노예가 북극성을 바라보며 길을 가듯이 정확한 지표를 정하고 가야만 현명하게 살아갈 수 있다. 그 지표는 우리가 사는 평생 충분한 길잡이가 되어줄 수 있을 것이다. 어쩌면 정해진 시간 내에 항구에 도착할 수 없을지도 모르지만 그렇다고 해서 정해진 항로에서 벗어나지는 않을 것이다.

이런 경우, 한 사람에게 적용되는 지표가 천 명에게는 더욱 확실히 적용된다고 말할 수 있다. 그냥 큰 집을 짓는다고 해서 작은 집보다 크기에 비례해서 더 비용이 많이 든다고 할 수 없는 것과 같다. 그 이유는 큰 집이든 작은 집이든 지붕은 하나면 되고 지하도 하나면 되고, 벽 하나로도 여러 개의 방을 구분할 수 있기 때문이다. 하지만 나는 함께 사는 것보다 홀로 지내는 것을 더 좋아한다. 또한 하나의 담장을 사이에 두고 살아가는 생활의 이점을 가지고 남들을 설득하기보다는 혼자 지낼 집을 가지는 것이 더욱 저렴하리라는 것을 알고 있기 때문이다. 만약 설득에 성공했다고 해도, 공동의 담을 만들다 보면 비용 절감을 위해 벽을 얇게 만들게 될 테고, 나쁜 이웃을 만날 수도 있으며 자기 쪽에 있는 벽을 수리하지 않고 버티는 수도 발생할 수 있기 때문이다. 진정한 의미의 협력은 그야말로 부분적인 것이고 눈에 보이지 않는 것이라, 마치 귀에 들리지 않는 화음이나 마찬가지라고 볼 수 있다. 신념을 가진 사람이라면 어떤 상황에서도 자신의 신념을 가지고 협력하겠지만, 신념이 없는 사람은 누구와 함께하더라도 보통 사람들처럼 대충 살아가려고 할 것이다. 협력이란 가장 저급한 의미에서뿐만 아니라 가장 고결한 의미에서도 '함께 삶을 꾸려간다'는 뜻을 지닌다. 얼마 전, 두 명의 청년이 함께 세계 일주를 떠나기로 했다는 소식을 들었다. 그중 하나는 경비가 없어서 여행 중에 선원 일을 하거나 농장 일꾼으로 일하면서 돈을 충당했고, 다른 청년은 환어음 한 장을 달랑 주머니에 넣고 떠나기로 했다는 것이다. 둘 중 한 사람은 전혀 일을 하지 않을 것이기 때문에, 얼마 지나지 않아 두 사람의 관계가 멀어지리라는 것을 쉽게 예측할 수 있었다. 모험에서 만나는 첫 번째 흥미로운 위기에서 두 사람은 헤어지고 말 것이다. 앞서도 말했듯이 혼자 여행을 다니는 사람은 언제든 마음만 먹으면 떠날 수 있다. 하지만 다른 사람들과 함께 어울려 하는 여행은 상대가 준비할 때까지 기다려야 한다. 따라서 그들이 여행을 떠날 수 있을 때까지 오랜 시간이 걸릴 것이다.

그런데도 이 모든 것이 이기적인 행동이라고 말하는 마을 사람들의 이야기를 들은 적이 있다. 솔직히 말하면 지금까지 나는 자선 활동에는 그다지 신경을 쓰지 않았다. 의무감 때문에 몇 번 희생한 것만 제외하면, 그것도 잠시의 즐거움을 포기한 것뿐이었다. 마을의 가난한 사람들에게 자선을 베풀게 하려고, 온갖 수단을 동원하여 나를 설득한 사람도 있었다. 한가한 사람에게는 악마가 일거리를 준다는 말이 있는 것처럼 정말로 할 일이 없었다면 자선 활동에 뛰어들었을지도 모른다. 하지만 언젠가 자선 활동에 뛰어들기 위해서 가난한 사람 몇을 직접 찾아간 적이 있었다. 실례를 무릅쓰고 그저 내가 사는 정도로만 불편 없이 지낼 수 있도록 해주고 싶다고 제안했지만, 그들은 지금처럼 가난하게 사는 것이 낫다며 거절 의사를 밝혔다. 어차피 우리 마을 남자들과 여자들 모두가 이웃의 행복을 위해 다양한 부분에서 헌신하고 있으니, 한 사람 정도는 인류가 아닌 다른 목표를 추구하며 살도록 내버려둬도 괜찮을 것 같다. 모든 일이 그렇겠지만, 자선 활동에도 천부적인 재능이 있어야 한다. 선행을 위해서는 오롯이 시간을 투자해야 하기 때문이다. 나 역시도 자선 활동을 나름대로 열심히 한 적이 있었다. 하지만 이상하게 들리겠지만 자선 활동이 내 체질에는 도저히 맞지 않는다는 사실을 깨닫고 왠지 모를 만족감을 느꼈다. 사회가 나에게 요구하는 선행을 베풀기 위해서, 나아가 우주를 파멸에서 구하기 위해서, 나에게 주어진 소명을 고의적이고 의식적으로 저버릴 생각은 없다. 나는 어딘가 다른 곳에 이와 유사한 불변의 법칙이 존재한다고 믿고 있으며, 지금 우주는 그런 힘으로 유지되고 있다고 굳게 믿는다. 하지만 천부적으로 재능을 타고난 사람들까지 방해하지는 않을 것이다. 비록 자선 활동 자체는 나와 어울리지 않지만, 몸과 마음 그리고 목숨을 바쳐 자선 활동에 나서는 사람들에게 이렇게 말하고 싶다.

"자선 활동을 나쁜 짓이라고 말하는 사람이 생기더라도 절대로 굽히지 말고 마지막까지 최선을 다하기를 바랍니다."

그렇다고 해서 내 경우가 특별하다고는 전혀 생각지 않는다. 이 글을 읽는 독자 여러분 중에서 비슷한 항변을 내놓을 사람이 많을 것이기 때문이다. 비록 이웃들에게 좋은 평가를 받지 못하더라도, 어떤 일을 할 때는 누구보다 내가 적임자라고 당당하게 말하는 편이다. 다만 누구를 선택할지는 고용주의 마음에 달려 있다. 일반적 기준에서 '좋은 일'이라는 것은 나의 주요한 관심사가 아니며, 대부분 내 의도와는 상관이 없다. 대부분 이렇게 말한다.

"현재 자리에서 지금 모습 그대로 시작하십시오. 더 가치 있는 사람이 되겠다는 목표보다는 처음의 친절한 마음으로 선한 일을 베풀려고 노력하세요."

만약 그와 같은 맥락에서 설교해야 한다면 나는 이렇게 말하겠다.

"먼저 선한 사람이 되세요!"

태양이 본연의 열기와 자애로움을 꾸준히 늘이면서, 그 누구도 감히 쳐다볼 수 없을 정도로 눈부신 빛을 발할 때까지 그러면서도 본래 정해진 궤도에 따라 세상을 돌고, 다시 말해 더 진실한 철학을 밝혀내듯 따스한 온정을 온 세상에 비추는 대신 인간은 장난꾸러기 요정 로빈 굿펠로처럼 곳곳을 누비면서 오두막 창문을 넘보고, 미치광이에게 영감을 주고, 고기를 썩게 만들며, 어둠 속을 비추는 존재 정도에 만족하려고 들어서는 안 된다. 신화 속에 등장하는 파에톤²⁶은 선행을 베푸는 것으로 자신이 신의 아들임을 증명하기 위해서 하루 동안 태양의 전차를 빌렸지만, 전차가 궤도를 벗어나는 바람에 하늘나라 아래쪽 거리에 있던 가옥들을 불태우면서 결국 지구 표면을 까맣게 만들었다. 그로 말미암아 지구에 있던 샘이 모두 말라붙고 거대한 사하라 사막이 생겼다. 결국 참다못한 제우스가 벼락을 내려 파에톤을 지구에 내동댕이쳤고, 태양은 그의 죽음을 애도하며 1년 내내 환한 빛을 뿜어내지 않았다.

빛바랜 선행에서 풍기는 악취만큼 고약한 냄새는 없다. 이는 인간과 신의 썩은 고깃덩어리나 다름없다. 누군가가 선행을 베푼다는 의도적인 목적을 가지고 내 집으로 찾아오고 있다는 사실을 알게 된다면, 나는 목숨을 걸고 도망칠 것이다. 입과 코 그리고 눈과 귀를 먼지로 가득 채워 마침내 질식에 이르게 될지도 모를 아프리카 사막의 뜨

---

26 그리스신화에 나오는 태양신 헬리오스와 클리메네의 아들

거운 모래바람을 굳이 기다릴 필요가 없지 않은가. 그가 베푸는 선행에 조금이라도 은혜를 입는다면, 그 선행에 있는 바이러스가 온몸을 감염시킬까 봐 두렵기만 하다. 아니, 만약 그런 일이 생긴다면 차라리 악행을 참고 견디는 편을 택하겠다. 배를 곯고 있을 때 먹을 것을 주고, 추위에 떨고 있을 때 따뜻하게 해주고, 도랑에 빠진 나를 건져준다고 해서 반드시 좋은 사람인 것은 아니다. 뉴펀들랜드 개도 그 정도는 할 수 있다. 넓은 의미에서 보면 자선은 인간을 향한 사랑이 아니다. 존 하워드는 모두가 인정하는 친절하고 훌륭한 사람이었고 그에 대한 보상도 충분히 받았다. 하지만 가장 절실히 도움이 필요할 때, 상대적으로 상황이 낫다는 이유로 제대로 도움을 받지 못한다면 100명의 하워드가 있다 한들 무슨 소용이겠는가? 나에게 혹은 나와 비슷한 사람에게 도움을 주려는 자선가 모임이 있다는 얘기는 한 번도 들어본 적이 없다.

예수회의 선교사들은 화형대에 올라간 인디언들이 자신을 괴롭힌 선교사들에게 오히려 새로운 고문방식을 제안하는 바람에 몹시 놀랐다고 한다. 인디언들은 육체적 고통에 쉽게 굴복하지 않았기 때문에, 선교사들이 제안하는 어떠한 위안거리에도 쉽사리 현혹되지 않았다. "남에게 대접받고자 하는 대로 남을 대접하라"는 율법도 인디언들의 귀에는 그다지 설득력이 없었다. 그들은 남이 어떻게 대접을 하건 별로 개의치 않았고, 전혀 색다른 방식으로 원수를 사랑했으며 상대가 무슨 짓을 하더라도 너그럽게 용서하는 태도를 보여주었다.

가난한 자를 돕고 싶다면, 당신의 도움 때문에 상대가 한참 뒤떨어지더라도 그들이 가장 필요로 하는 것을 주어야 한다. 돈이 필요한 사람에게는 돈만 주지 말고 나를 같이 내주어야 한다. 우리는 가끔 흥미로운 착각을 할 때가 있다. 가난한 사람들이 겉보기에는 지저분하고 초라하고 힘들어 보이지만 실제로는 그렇게 굶주리고 춥지 않은 경우가 많다. 단순히 자신의 취향 때문에 초라한 행색을 하고 다닐 수도 있고 불행하기에 그런 모습을 하고 다니는 것은 아니다. 그 때문에 무턱대고 돈을 내밀었다가는 그 돈으로 다른 누더기를 여러 벌 살 수도 있다. 나 역시도 허름한 누더기를 입고 호수에서 얼음을 잘라내는 아일랜드 출신의 일꾼들을 볼 때마다 안쓰러운 기분을 느꼈다. 물론 나역시 추위에 떨고 있었지만, 그들보다는 말끔하고 멋진 옷을 입고 있었기 때문이다. 그러다가 혹독한 추위가 엄습했던 어느 날, 얼음에서 미끄러져 물에 빠진 아일랜드 일꾼 하나가 몸을 녹이기 위해 우리 집을 찾아온 적이 있었다. 그는 바지 세 벌과 두 겹의 양말을 벗은 후에야 속살을 드러냈다. 물론 바지와 양말이 더럽고 너덜거리기는 했다. 나는 겉옷을 입으라고 건네주었고, 그는 한사코 거절했다. 속옷까지 여러 겹 껴입고 있었으니 더는 겉옷을 걸칠 수 없었기 때문이다. 그저 흠뻑 젖는 것만이 그에게 필요한 전부였던 것이다. 그때부터 나 자신이 가련하게 느껴지기 시작했다. 그 아일랜드 일꾼에게 싸구려 기성복 가게 하나를 내주는 것보다 나에게 플란넬 셔츠 하나를 선물하는 것이 훨씬 더 나은 자선 활동이라는 사실을 깨달았다. 악의 뿌리를 공격하는 사람이 하나라면, 악의 가지를 잘라내는 사람은 천 명에 가깝다. 가난에서 허우적대는 사람을 위해서 엄청난 시간과 돈을 할애하는 것이 오히려 가난을 조장하고 있는 것은 아닐까? 마치 아홉의 노예에게 일요일 하루 동안의 자유를 주기 위해서 열 번째 노예를 주는 신앙심 깊은 노예상과 마찬가지인 것이다. 차라리 스스로 부엌일을 도맡아 하는 것이 더 큰 자선이라고 볼 수 있지 않을까? 총수입 중에서 10분의 1을 자선 활동에 쓴다고 떠벌리는 사람이 있다. 차라리 수입의 10분의 9를 자선 활동에 투자하면 그걸로 자선 활동을 완전히 끝마칠 수 있지 않을까? 결국 사회는 재산 중에서 10분의 1만을 되찾을 뿐이 아닌가. 이는 재산을 가진 자의 자비로움 때문인가 아니면 정의를 집행하는 공무원의 태만 때문인가?

자선은 우리 인류가 유일하게 가치를 인정하는 미덕이다. 아니, 자선의 가치는 지나치게 과대평가되었다. 우리의 이기심 때문에 과대평가되고 있는 것이다. 콩코드의 어느 화창한 날, 빈곤하지만 몸집이 건장한 한 사내가 마을 사람 하나를 입이 마르도록 칭찬했다. 그 마을 사람이 빈곤한 사람들, 즉 자신에게 친절하게 대해준다는 이유에서였다. 지금 세상에서는 인류의 진실한 영적 부모보다 인류에게 친절을 베푸는 아저씨와 아주머니 들이 더욱 존경받고 있다. 언젠가 한 목사가 영국에 대해서 강연하는 걸 들은 적이 있다. 학식과 지성을 겸비한 그 목사는 셰익스피어, 베이컨, 크롬웰, 밀턴, 뉴턴 등 과학과 문학 그리고 정치계의 위대한 사람들에 대해 줄줄이 읊어대기 시작했다. 그리고 목사라는 직업을 가졌기 때문인지, 기독교계의 영웅들을 다른 분야의 위인들보다도 훨씬 더 높은 위치로 추앙했다. 그가 언급한 기독교계의 위인은 바로 윌리엄 펜[27]과 존 하워드[28] 그리고 프라이 부인[29]이었다. 아마도 그의 말을 들은 사람들 대부분이 목사의 위선적인 태도를 느꼈을 것이다. 그 세 사람은 영국에서 최고로 손꼽히는 위인들이 아니었기 때문이다. 위인이라기보다는 영국에서 이름난 자선가였기 때문이다.

그렇다고 자선 활동이 마땅히 받아야 할 칭찬을 폄하하려는 의도는 전혀 없다. 그저 열심히 살고 일함으로써 나름대로 업적을 이루어 인류에게 축복을 안겨준 모든 사람을 공평히 평가하고 싶을 따름이다. 나는 정직함과 자비심을 높이 평가하는 사람은 아니다. 다시 말하면 우리의 정직함과 자비심은 인간의 줄기와 잎사귀와 같아서, 아픈 사람을 치료하는 데 사용되는 약재도 한 번 시들어버리면 하찮은 풀이 되게 마련이며, 자격 없는 치료사들에게나 사용될 뿐이다. 나는 인간의 꽃과 열매를 원하는 쪽이다. 한 사람의 향기가 내게 풍겨 오기를 바라고, 인간관계 속에서 원숙한 향기가 피어오르기를 원한다. 그 선량함은 일시적이고 불완전한 행위가 아닌, 항상 충만해야 한다. 선행을 베풀기 위해서는 어떠한 희생도 치를 필요가 없으며 스스로 선행을 베푼다는 사실조차 인식하지 못해야 한다. 이러한 선행이야말로 수많은 죄악을 덮어주는 자비로움인 것이다. 자선가들은 자신

---

27   영국의 신대륙 개척자

28   영국의 교도소 개량운동가이자 박애주의자

29   엘리자베스 프라이. 영국의 사회운동가로, 영국의 교도소 개혁을 이끈 기독교 박애주의자이다.

이 이겨낸 슬픔에 대한 기억으로 인류를 공기처럼 감싸며 그것을 동정심이라고 부른다. 우리는 절망이 아닌 용기를 전하고, 질병이 아닌 건강과 안락함을 나누어야 하며, 절망과 질병이 전염병처럼 확산되지 않도록 항상 조심해야 한다. 남부의 어느 평원에서 통곡의 소리가 들려오는가? 우리가 빛을 전해야 할 미개인들은 어느 위도에서 살고 있는가? 우리가 구제해야 하는 저 무절제하고 잔인한 사람은 대체 누구인가? 몸이 아파 제 기능을 하지 못하는 사람이 있는데 동정심의 주요지인 창자의 통증까지 느낀다면, 그는 즉시 세상을 개혁하고자 나설 테고 스스로가 소우주임을 깨닫게 될 것이다. 그 깨달음이야말로 진정한 것이며 이를 통해 이 세상이 채 익지 않은 사과를 먹고 있다는 진리를 깨닫고 그는 깨달음을 이뤄낸 사람이 된다. 바로 이것이 진정한 발견이다. 그의 눈에는 세상이 아직 익지 않은 커다란 사과처럼 보인다. 그래서 인간의 자식들이 익지 않은 사과를 야금야금 물어뜯고 있음을 상상하면 소름이 끼치고 무서워진다. 결국 그는 박애 정신을 발휘하여 에스키모와 파타고니아 사람들을 찾아 나서고, 인구가 많은 인디언 마을과 중국 마을을 품는다. 그렇게 몇 년 동안 박애 활동을 하고 나면, 창자의 통증을 치료할 수 있게 되고 그사이 권력자들은 그를 이용한다. 지구는 막 사과가 여물어갈 때처럼 한쪽 혹은 양쪽 볼이 불그레하게 달아오르기 시작한다. 그렇게 삶은 미숙함을 벗어나 다시금 건강하고 즐거운 것이 된다. 나는 지금까지 내가 했던 사악한 행동보다 더욱 큰 죄가 있을 거라고는 상상해본 적이 없었다. 나보다 사악한 사람은 이전에도 알지 못했고 앞으로도 절대로 만날 수 없을 것이다.

개혁가를 가장 슬프게 하는 것은 고통에 빠진 주변 사람들에 대한 동정심이 아니라 신의 아들인 그로서도 피하지 못하는 개인적 고통일 거라고 생각한다. 그 아픔이 치료되고 마침내 봄이 찾아오면, 그리고 그의 침대 너머로 아침 해가 떠오르면 그는 아무 해명도 하지 않고 자애로운 동지들을 저버리고 말 것이다. 내가 담배를 씹는 것에 대해 반대하는 연설을 하지 않는 이유는 한 번도 담배를 씹어본 적이 없기 때문이다. 담배를 반대하는 연설은 실제로 담배를 씹어본 사람들이 개심한 후에 받게 되는 벌이다. 하지만 담배만 제외하면 씹지 말아야 할 것들을 다수 경험해보았기에 그런 것들에 대한 반대 연설은할 수 있다. 만약 남의 말에 현혹되어 자선 활동에 발을 들이게 되었다면 오른손이 하는 일을 왼손이 모르게 해야 한다. 그 일은 굳이 알아야 할 가치가 없기 때문이다. 물에 빠진 사람을 구했다면 바로 구두끈을 고쳐 묶어라. 자신만의 자유로운 시간을 주고 뭐든 하고 싶은일을 향해 떠나야 한다.

우리는 성인들과 교류하기 시작하면서 점점 문란한 습성을 가지게 되었다. 찬송가 가사에도 신에 대한 저주와 영원한 인내에 대한 내용이 가득하다. 예언자들과 구원자들도 희망을 주기보다는 두려움만 달래주었다고 볼 수 있다. 소중한 생명을 선물 받은 것에 대한 소박한 만족감, 신을 향한 영원히 기억될 만한 찬양은 어디에도 남아 있지않다. 저 멀리 떨어져 마치 숨은 것처럼 보이는 건강과 성공은 결국나에게는 도움 되며 겉으로는 호의적으로 보이는 질병과 실패는 사실상 나를 슬프고 해롭게 만든다. 그 때문에 우리가 인디언적으로 식물적으로 또 자기적이고 자연적인 방식으로 인류를 원래 상태로 되돌리고 싶다면, 먼저 우리 스스로가 자연과 같이 단순하고 건강해져야 한다. 또한 이마에 드리운 먹구름을 걷어내고 온몸의 숨구멍으로 생기를 되찾아야 한다. 가난한 이들을 감시하는 역할에 안주하지 말고 세상에 진정한 가치를 주는 훌륭한 사람이 되기 위해 애써야 한다.

나는 시라즈 출신의 사디[30]가 쓴《굴리스탄》[31]에서 다음과 같은 글을 읽은 적이 있다.

그들은 현자에게 이렇게 물었다.

"전능하신 신께서 창조하신 나무들 중에서 여러 고결한 나무가 있는데 하필 열매를 맺지 않는 삼나무를 제외하면 어떠한 나무도 자유롭다고 말씀하시지 않았습니다. 그 이유는 무엇인가요?"

그러자 현자는 다음과 같이 대답했다.

"모든 나무는 저마다 자신의 열매를 맺고 정해진 계절이 있다. 그 계절이 계속되는 동안에는 생기가 넘치고 꽃을 피우지만, 계절이 지나면 시들고 말라버리게 마련이다. 하지만 삼나무는 계절에 구애받지 않으

---

30 페르시아 시인

31 '장미원(薔薇園)'으로 알려진 페르시아 최고의 문학 작품 중 하나이다. 처세상의 교훈·윤리관 등을 7장 283편에 나누어 전개하고 있는데, 산문과 시가 뒤섞여 있다.

며 열매도 피우지 않으며 사시사철 푸르다. 자유로운 사람들, 즉 종교적으로 독립된 사람들도 이와 같은 속성을 가지고 있다. 그러니 일시적이고 덧없는 것에 마음을 쓰지 말라. 칼리프의 시대가 끝난 후에도 티그리스 강은 여전히 바그다드를 적시며 유유히 흐를 것이다. 가진 재물이 많거든 대추야자처럼 아낌없이 나누어라. 만약 가진 재물이 없거든 삼나무처럼 자유로워져라."

보충하는 시

가난의 허세

가난하고 비열한 불쌍한 자여,

천계의 자리를 주장하는구나.

너의 허름한 오두막, 세탁조가

싸구려 햇볕과 그늘진 샘터에서

풀뿌리와 향미용 채소가 자란다고

너의 오른손은 아름다운 미덕을 꽃피우고

마음의 줄기에서 뜨거운 열정을 걷어내고

본성을 타락시키고 감각을 마비시킨다.

고르곤[32]처럼 날뛰는 자들을 돌덩이로 만든다.

너의 주체 못 할 절제와

기쁨과 슬픔을 모르는 부자연스러운 무지의

따분한 관계는 원하지 않는다.

적극적인 용기를 넘어서

---

32 그리스신화에 등장하는 흉측한 모습의 세 자매로 머리카락은 뱀이며, 멧돼
   지의 어금니를 지녔다. 눈을 마주치면 누구든 온몸이 굳어져 돌로 변하게 하
   는 능력을 지녔다고 전해진다.

거짓된 수동적인 인내를 원하지도 않는다.
비천하고 영락한 무리는
평범함에 쉽게 안주하기에
너의 비굴함과 잘 어울린다.
하지만 우리는 평범함을 넘어선 미덕
관대하고 용감한 행동, 당당한 위엄
만물을 꿰뚫는 신중함, 한계 없는 아량,
비록 이름은 남기지 못했지만
헤라클레스, 아킬레우스, 테세우스처럼
본보기를 남긴 영웅적인 미덕을 원한다.
그 역겨운 오두막으로 돌아가라.
만약 새로 빛을 발하는 하늘이 보이거든
과거 위인들의 업적을 다시 살펴보라.

_토머스 커루[33]

---

33   17세기 영국의 왕당파 시인

2
나는 어디서, 무엇을 위해 살았는가
(Where I lived, and what I lived for)

인생을 어느 정도 살다 보면 어떤 곳에 가든 실제로 내가 살기에
적합한 곳인지를 가늠해보게 된다. 나도 내가 사는 지역에서 20킬로
미터 반경에 있는 시골 마을을 전부 고려 대상에 넣고 상상으로나마
모든 농장을 내 소유라고 가정해보았다. 농장 대부분의 매매 가격을
알고 있었고 돈만 주면 언제든 매입할 수 있었기 때문이다. 나는 모든
농장 부지를 직접 돌아다니면서 야생 사과를 맛보기도 했고 농장 주
인을 붙잡고 농사일에 관한 이야기를 나누기도 했다. 또한 농장 주인
이 부르는 가격이 얼마가 됐건 그 돈을 주고 농장을 사서 다시 그에
게 저당을 잡히는 상상도 해보았다. 때로는 농장 주인이 부른 가격보
다 훨씬 비싼 값을 매긴 적도 있었다. 대화를 좋아한 나는 농장 부지
의 권리만 제외하고 모든 것을 사들여 농지를 경작하고 주인을 교화
시키고 나서 다시 농부가 일을 계속할 수 있도록 넘겨주는 일도 머릿

속으로 그려보았다. 이런 경험 때문인지 친구들은 나를 일종의 부동산 업자처럼 생각할 정도가 되었다. 나는 어디를 가든 자리를 잡고 살 수 있었고, 그 때문에 주변 풍경도 나를 중심으로 펼쳐졌다. 라틴어로 집이란 '세데스(sedes)', 다시 말해 '앉아 쉴 수 있는 곳'이 아닌가? 그렇다면 시골에 앉아 쉬는 것이 더 좋을 것이다. 나는 얼마간은 활용될 가능성이 없는 부지들을 무수히 발굴해냈다. 마을에서 너무 떨어진 곳이라고 생각하는 사람도 있었지만 내가 보기에는 오히려 마을이 집터에서 멀리 떨어져 위치한 것으로 느껴졌다. 이 정도면 살 만하다 싶은 곳이 생기면, 한 시간가량 근처에 머물면서 여름과 겨울을 보낸다고 상상해보고, 어떻게 하면 몇 년의 시간 동안 겨울을 보내고 봄이 오는 것을 볼 수 있을까 고민해보았다. 추후 그곳에 살게 될 사람들은 어디에 집터를 내리든 한참 전에 그 상황이 예견되었다는 점을 믿어도 될 것이다. 과수원과 숲, 목초지로 어떻게 구분할지, 현관문 앞에 어떤 떡갈나무와 소나무를 남길지, 어디에서 보아야 그 오래된 나무들이 가장 멋들어지게 보일지 가늠하는 데는 오후 한나절이면 충분했다. 그러고 나서 그 땅을 그대로 내버려두었다. 손대지 않고 내버려둬도 될 것이 많을수록 부자이기 때문이다.

그렇게 상상력을 발휘하여 몇몇 농장의 경우에는 그토록 그리던 선매권까지 손에 넣는 꿈까지 꾸었지만 실제로 농장을 매입하는 어리석은 짓은 하지 않았다. 딱 한 번 실제로 농장을 소유할 뻔한 적이 있었는데 바로 홀로웰 농장을 구입한 때였다. 나는 곧바로 종자 선별을 시작했고 종자를 운반하는 데 필요한 외바퀴 수레를 만들 재료까지 모아두었다. 하지만 땅의 소유주가 권리를 양도하기 직전, 소유주 아내의 마음이 바뀌어서 거래를 취소하게 되었다. 어떤 남자에게나 그런 아내가 있는 법이다. 땅 주인은 위약금 조로 10달러를 주겠다 며 계약 해지를 제의했다. 솔직히 말하면 당시 내 수중에는 10센트 밖에 없었다. 그 때문에 내가 10센트밖에 없는 사람인지, 농장을 소 유한 사람인지, 10달러를 가진 사람인지 아니면 세 가지를 모두 가 진 사람인지를 도저히 가늠할 수가 없었다. 하지만 나는 농장을 소유 한다는 꿈을 꾸는 것 자체를 충분히 즐겼기에 주인의 위약금은 물론 이고 농장 역시도 그대로 넘겨주겠노라 말했다. 더 정확히 말하자면, 자비심을 베푼다는 기분으로 농장을 주인에게 되팔고 10달러도 선 물로 주었다고 말하는 편이 나을 것이다. 그래도 내 수중에는 10센트 가 그대로 남아 있었고, 선별을 마친 종자와 외바퀴 손수레 제작 재 료가 그대로 남아 있었다. 그 덕분에 나는 가난한 처지에도 아무 손 해 없이 잠시나마 부자 행세를 할 수 있었다. 게다가 그곳의 풍경은 내 기억 속에 그대로 남았고, 그 후 해가 바뀔 때마다 외바퀴 손수레 가 없이도 당시 보았던 기억을 내 머릿속으로 떠올릴 수 있었다. 경 치에 관해 얘기하자면,

나는 내가 측량한 모든 곳의 군주이며
그에 대한 권리에 의구심을 품을 사람은 아무도 없다.[1]

1　영국의 시인 윌리엄 카우퍼의 시

어느 시인이 농장의 가장 가치 있는 곳을 즐기고 다시 떠나는 모습을 자주 본 적이 있었는데, 무뚝뚝한 농장 주인은 그 시인이 야생 사과를 몇 개 따갔을 거라고 생각한 모양이었다. 시인은 자신이 눈에 담은 농장을 하나의 운율로 엮어서, 비록 눈에 보이지는 않지만 멋진 울타리 안에 담아서, 젖을 짜고 나서 둥둥 떠오른 찌꺼기를 걷어내고 크림은 모두 가져가고 찌꺼기만 농장 주인에게 남겨놓았지만 주인은 그런 사실조차 전혀 알지 못하고 있다.

홀로웰 농장이 가진 진정한 매력은 바로 마을에서 한참 떨어진 곳에 자리하고 있다는 것이었다. 약 3킬로미터, 제일 인접한 곳의 이웃과도 1킬로미터 가까이 떨어져 있었고, 그마저도 널찍한 밭과 도로가 그 사이를 가로지르고 있었다. 다음으로는 농장의 경계를 따라 강이 흐르고 있었다는 점인데 농장 주인은 강에서 안개가 피어올라 봄에 서리 걱정을 할 필요가 없다고 말했지만, 나로서는 아무래도 상관이 없었다. 잿빛으로 거의 폐허 직전의 상태로 허물어진 집과 헛간, 그리고 반쯤 무너져 내린 울타리에 관한 생각도 농장 주인과 나의 생각이 전혀 달랐다. 게다가 토끼들이 갉아 먹어서 속이 비고 이끼로 뒤덮인 사과나무를 보면 주위에 어떤 이웃들이 사는지 가늠해볼 수 있었다. 하지만 무엇보다도 나를 사로잡았던 것은 처음 배를 타고 그 강을 거슬러 올라갈 때의 추억이었다. 당시만 해도 울창한 꽃단풍나무에 가려서 그 집이 보이지 않을 정도였고, 나무들 사이로 개가 짖는 소리만 들릴 따름이었다. 그래서 혹시라도 주인이 바위를 걷어내고 속이 빈 사과나무를 베어버리고 목초지 곳곳에 새로 자라난 어린 자작나무를 뿌리째 뽑아버리기 전에, 그러니까 농장 주변을 정비하겠다는 마음으로 손을 대기 전에 그 농장을 손에 넣기 위해서 이를 사들이려고 분주히 움직였다. 앞서 말했던 여러 매력적인 요소를 즐기기 위해서 온 세상의 짐을 어깨에 짊어진 아틀라스처럼 흔쾌히 그 농장을 경영할 각오가 되어 있었다. 물론 아틀라스가 그에 대한 보상으로 무엇을 얻었는지는 들어본 바가 없다. 나는 농장을 소유하는 대신 값을 지불하고 내 것으로 만들어 다른 사람의 방해를 받지 않고 지내야겠다는 생각 말고는 굳이 농장을 소유할 이유나 동기가 없었지만 어쨌든 기꺼이 모든 일을 감당할 마음가짐이 되어 있는 상태였다. 그대로 내버려두기만 해도, 농장에서 내가 원하는 모든 것을 풍성하게 수확할 수 있음을 알았기 때문이다. 하지만 앞서 설명했던 것처럼, 홀로웰 농장을 소유하겠다는 계획은 농장 주인 아내의 변심으로 말미암아 물거품이 되었다.

따라서 조그만 텃밭은 꾸준히 가꿔왔지만, 대규모 농장을 운영한다는 나의 꿈은 씨앗을 준비하는 선에서 마무리되고 말았다. 사람 대부분이 씨앗은 오래 묵힐수록 좋다고 생각하는데, 시간이 씨앗의 품질을 구분해준다는 점만은 분명한 사실이다. 따라서 막상 씨를 뿌릴 때가 되어 실망할 가능성은 매우 줄어들 것이다. 하지만 동시대를 살아가는 사람들에게 최대한 오랫동안 어디에도 구속받지 말고 살아가라 당부하고 싶다. 농장 일에 얽매이든 교도소에 갇혀 살든, 어딘가에 구속된다는 사실은 매한가지이기 때문이다.

평소 나의 경작 안내서의 표본으로 삼고 있는 카토는《농업론》에서 다음과 같이 말했다. 물론 내가 읽었던 번역서에서는 이 구절을 도무지 이해할 수 없게 번역해두기는 했다.

'농장을 소유할 계획이 있다면, 머릿속으로 몇 번이고 다시 고민해보라. 농장을 살피는 데 필요한 수고를 아끼지 말라. 한 번만 둘러보면 모든 걸 알 수 있다고 자만하지 마라. 만약 좋은 농장이라면 보면 볼수록 마음에 들 것이다.'

나 역시도 괜한 욕심 때문에 농장을 사지는 않을 것이고, 살아 있는 동안 계속 그곳을 둘러볼 생각이며, 세상을 떠난 후에도 그곳에 묻히고 싶다. 그러면 그 농장은 더더욱 내 마음에 들 테니까.

이번에 소개하려는 실험은 같은 종류의 두 번째 시도로, 편의상 2년간의 실험을 1년으로 축약하여 자세히 설명하겠다. 앞서 말했던 것처럼, 나는 절망을 달래기 위한 송가를 쓰려는 것이 아니라 내 이웃들을 잠에서 깨우기 위해 이른 아침 횃대에 올라앉은 수탉처럼 최대한 기운차게 허풍을 떨어보려는 것임을 기억해주기 바란다.

처음 숲속에 터를 잡은 날, 그러니까 낮과 밤을 통틀어 숲에서 지내기 시작한 날은 1845년 7월 4일 우연히도 독립기념일이었다. 당시만 해도 집이 완전히 마무리되지 않아서 겨울을 나기에는 역부족이었다. 회벽도 굴뚝도 없이 겨우 비바람만 막아줄 정도였다. 벽에는 비바람에 얼룩이 진 거친 널빤지가 둘려 있었고, 군데군데 틈새가 있어서 밤이 되면 바람이 불어 쌀쌀했다. 하지만 잘 다듬은 하얀 기둥과 새로 대패질을 한 문틀과 창틀 덕분에 집이 말끔하고 바람도 잘 통했다.

특히 아침 이슬을 받아 목재가 촉촉하게 젖기라도 하는 날에는 정오가 되면 목재 사이로 수액이 배어 나올 것 같은 환상이 들 정도였다. 적어도 나의 상상 속에서만큼은 내 집은 온종일 언젠가 방문한 산 위의 외딴집을 떠올리게 했다. 산속의 그 집은 회벽을 칠하지 않은 통풍이 잘되는 오두막으로 잠시 외출을 나온 신이 머물고 여신이 치맛단을 끌며 거닐기에 부족함이 없는 곳이었다. 내 거처로 불어오는 바람 역시도 산등성이에서부터 불어온 것이라 지상에서 들리는 음악 중에서 끊어진 선율, 다시 말해 천상에서 들리는 음악 중 아름다운 부분만을 연주했다. 아침이면 쉴 새 없이 바람이 불어오고 창조의 시구는 끊임이 없었다. 하지만 이를 귀에 담을 수 있는 사람은 드물다. 이처럼 조금만 속세에서 벗어나도 올림포스 산은 어디에서나 만날 수 있다.

배를 소유했던 것만 제외하면 이전에 내가 소유했던 거처는 잠깐씩 사용한 천막이 전부였다. 그 천막은 돌돌 말린 채로 지금도 다락방에 잘 보관되어 있다. 하지만 예전에 소유했던 보트는 이제 몇 사람의 손을 거쳐 시간의 강을 따라 저 멀리 흘러가버렸다. 나로서도 보트보다 더 좋은 거처를 마련했으니 세상 속에 정착한다는 면에서는 꽤 진전을 이룬 셈이었다. 별다른 겉치장이 되지 않은 이 집은 나를 에워싼 일종의 결정체였으며 주인에게 합당한 반응을 보여주었다. 바람을 쐬기 위해서 굳이 집 밖에 나갈 필요도 없었다. 집 안의 공기가 언제나 신선함을 잃지 않았기 때문이다. 마치 집 안이 아니라 문 뒤에 앉은 기분이었고 심지어 비가 내리는 날에도 그랬다. 《하리반사》[2]에서 말하기를 '새가 없는 집은 간이 되지 않은 고기와 같다'고 말했다.

내 집은 그렇지 않았다. 어느새 나는 온갖 새와 이웃이 되어 있었다. 일부러 새들을 잡아서 가둬두었기 때문이 아니라, 그저 새들이 내 주변에 둥지를 틀었기 때문이다. 나는 정원과 과수원을 쉴 새 없이 드나드는 새들뿐만 아니라 마을 사람들에게는 노래를 불러주지 않는 숲속의 새들인 티티새, 개똥지빠귀, 풍금조, 방울새, 쏙독새 등과 가까운 사이가 되었다.

나는 콩코드 마을에서 남쪽으로 1.6킬로미터 정도 떨어진 조그만 호숫가에 자리를 잡았다. 마을보다 지대가 조금 높고, 콩코드 마을과 링컨 마을 사이에 있는 널찍한 숲속의 한가운데로 이른바 '콩코드 전쟁터'로 알려진 들판에서 남쪽으로 3킬로미터 정도 떨어진 곳이었다. 하지만 나의 조그만 집은 숲속에 거의 덮여 있어서, 다른 곳과 마찬가지로 맞은편 호수와는 1킬로미터밖에 떨어져 있지 않았지만 그 호숫가가 제일 멀리 떨어진 지평선이었다. 처음 1주일 동안은 호수를 바라볼 때마다 높은 산허리에 있는 호수가 마치 바닥이 다른 호수의 수면보다 높이 위치한 것처럼 느껴졌다. 아침에 해가 뜨면, 호수는 뿌연 안개 옷을 벗어던지고 은은한 잔물결과 햇살에 반사된 매끄러운 수면을 드러내곤 했다. 뿌연 안개는 어두운 밤의 비밀 회동을 마친 유령처럼 살그머니 숲속으로 모습을 감추었다. 산허리에 위치해서인지 아침 이슬도 다른 곳에 비해 꽤 늦은 시간까지 나뭇잎에 맺혀 있었다.

8월이 되어 폭우가 오락가락하는 사이, 이 조그만 호수는 나의 가

---

2 인도의 옛 시

장 소중한 이웃이 되어주었다. 그동안 공기와 물은 아무 미동이 없었고 하늘에는 구름이 가득했다. 낮에도 밤처럼 고요했고 주위에서 지저귀는 새소리가 들려오는 곳이었다. 이 시간의 호수가 가장 잔잔한 법이다. 호수 위로 드리운 맑은 공기층은 얇고 구름으로 짙어져 있지만, 수면 위에는 따스한 햇살과 그림자가 가득 차 있어 그 자체로 소중하다. 최근에 나무를 베어낸 근처 언덕 위에서 바라보면, 호수 너머 남쪽으로 드넓게 뻗은 언덕들이 시원한 풍경을 자아내고 서로 마주하고 있는 언덕의 경사면은 우거진 골짜기를 지나서 호수 쪽으로 졸졸 물이 흐를 것 같지만 실제로는 그렇지 않았다. 그쪽으로 푸르게 우거진 언덕들 사이로 혹은 언덕들 너머로 고개를 돌리면 한층 더 녹음이 우거진 높은 산들이 멀리 눈에 들어왔다. 또한 까치발을 딛고 서면 북서쪽으로 더욱 푸르고 멀리 솟은 봉우리들을 얼핏 볼 수 있었는데, 마치 천상에서 빛바래지 않는 푸른색 물감으로 찍어낸 동전처럼 보였다. 이곳에서는 마을의 한쪽 귀퉁이도 볼 수 있었다. 하지만 다른 방향에서는 내 집을 둘러싸고 있는 숲만 보일 뿐 아무것도 눈에 들어오지 않았다. 근처에 물이 있으면, 대지에 부력을 주어 땅을 띄워주기 때문에 좋다. 아무리 조그만 샘물이라고 해도 그 안을 들여다보면, 땅이 대륙이 아니라 섬이라는 점을 일깨워주기 때문이다. 이런 사실은 샘물이 버터를 서늘하게 유지해주는 것만큼이나 중요한 부분이다. 언덕마루에 올라서면 호수 너머로 펼쳐진 서드베리 초원이 한눈에 들어오는데, 언젠가 홍수가 났을 당시 신기루 현상에 의해서 대야에 동전이 떠 있는 것처럼 급류 몰아치는 골짜기가 붕 떠 있는 듯한 모습을 볼 수 있었다. 게다가 언덕 꼭대기에서 서드베리 초원을 보면, 호수 너머의 땅이 가운데 긴 얇은 빵조각처럼 보여서 내가 사는 곳이 그저 메마른 대지에 불과하다는 사실을 다시금 깨달을 수 있었다.

집 앞에서 바라보는 풍경은 언덕 위에서 볼 때보다 훨씬 좁지만 그럼에도 갇혀 있는 기분은 들지 않았다. 나의 상상력을 한층 고조시켜 줄 널찍한 초원이 눈앞에 펼쳐져 있기 때문이다. 맞은편 호숫가에는 비탈을 따라 고원까지 이어져서 조그만 참나무들이 우거져 있고, 이는 서부의 대평원과 몽골의 타타르 대초원까지 길게 이어져 있어 떠돌이생활을 하는 모든 인간에게 넉넉한 공간을 제공하고 있었다. 그것 때문일까. 다모다라[3]는 자신이 키우던 가축들에게 더 넓은 목초지가 필요했을 때 다음과 같이 말했다.

"드넓은 지평선을 자유롭게 뛰노는 사람을 제외하고는 세상 그 누구도 진정 행복하지 않다."

시간과 장소가 모두 바뀌면서, 나는 우주에서 가장 매혹적이고 역사에 가까운 공간에 살고 있었다. 밤마다 천문학자들이 관측하는 수많은 별만큼이나 외따로 떨어진 지역에서 지냈다. 우리는 천상에서 멀리 떨어진 한구석, 카시오페이아의 의자 뒤로 세상의 소음과 소란에서 벗어난 즐거운 곳이 있을 거라고 늘 상상하고 있다. 나는 내 집이 우주에서 어느 정도 떨어져 있으면서도 동시에 언제나 새롭고 더럽혀지지 않은 우주의 어느 곳에 자리 잡고 있다는 사실을 깨달았다.

---

3 힌두교 비뉴수 신의 여덟 번째 화신인 크리슈나의 별칭

플레이아데스 성단이나 히아데스 성단 혹은 알데바란 별이나 견우성과 조금 더 가까이 사는 것이 정말로 가치 있는 일이라면, 나는 실제로 그런 곳에서 살고 있었다. 적어도 내가 뒤에 남겨두고 온 삶으로부터 그만큼 멀리 떨어져 있었다. 그 때문에 가장 가까이에 사는 이웃에게도 나는 달빛이 비치지 않는 밤에나 겨우 보일 정도로 조그만 별 같을 뿐이었다. 바로 그런 곳을 나의 거처로 삼았다.

한 목동이 살았다.
양 떼가 주변을 거닐고
때가 되면 풀을 뜯어 먹으며
드높은 산처럼 높은 생각을 품은 채로.

만약 양 떼가 목동이 생각한 것보다 더 높은 목초지를 찾아갔다면 그의 삶은 어떻게 바뀌었을까?

매일 찾아오는 아침은 자연처럼 소박하고 순결하게 삶을 살아가라고 나를 초대했다.

나는 그리스 사람처럼 새벽의 여신 아우로라를 숭배해왔다. 아침 일찍 눈을 떠서 호숫가로 나가 목욕했는데 이는 일종의 종교의식이었고 내가 한 일 중에서 가장 잘한 일이기도 했다. 중국 탕왕의 욕조에는 다음과 같은 글귀가 새겨져 있었다고 한다.

'매일 자신을 새롭게 하라. 이를 반복하고 또 반복하고 평생을 반복하라.'

나는 그 말의 뜻을 이해할 수 있었다. 아침은 영웅의 시대를 되살려내는 법이니까. 이른 새벽, 현관과 창문을 열고 앉아 있으면 눈에 보이지도 상상할 수도 없는 모기 한 마리가 온 집 안을 헤매고 다니는 앵앵 소리를 들을 수 있다. 나는 그 모기 소리에도 예로부터 명성을 칭송했던 어떤 나팔 소리 못지않은 감동을 느낄 수 있었다. 이는 호메로스의 진혼곡이며, 그 자체로 자신의 분노와 방랑을 노래하며 허공을 맴도는《일리아스》이자《오디세이아》이다. 그 소리에는 어딘지 모르게 우주의 기운이 배어 있었다. 또한 이 세상의 영원한 활기와 생식력을 금지당할 때까지 계속 광고하는 것이기도 했다. 아침은 하루 중에서 가장 기억할 만한 시간이자 각성의 시간이다. 아침에는 졸음이 가장 덜하다. 밤낮을 가리지 않고 온종일 잠에 빠진 우리 몸도 적어도 아침에 한 시간 정도는 완전히 깨어 있다. 만약 타고난 기질에 의해 잠에서 깨지 않고 하인의 손이 닿아야만 잠에서 깬다면, 새로운 에너지와 내면의 열망에 의해, 또한 그와 동반되는 천상의 음악과 대기를 가득 채운 향기에 의해 깨어나는 것이 아니라 공장에서 들리는 종소리에 깬다면, 그런 날은 최소한 바로 전날보다 더 고귀한 삶을 살 수 있다고 기대할 수 없을 것이다. 그렇다면 어둠이 비로소 열매를 맺고 환한 빛 못지않게 소중하다는 사실도 자연스럽게 입증된다. 하루하루에 어제보다 더 이르고 신성하며 빛나는 새벽의 한 시간이 포함되어 있다는 사실을 믿지 못하는 사람은 삶에 절망하여 어두운 내리막길을 걷고 있는 것과 같다. 감각적인 삶의 일부라도 이를 중단해버리면, 우리 영혼은 물론이고 신체 기관이 매일 아침 활력을 되찾고,

그로 말미암아 다시 한 번 고결한 삶을 영위하기 위해서 애쓰게 된다. 모든 기억할 만한 사건은 아침의 대기에서 아침 시간에 벌어지는 법이다. 《베다》[4]에서도 '모든 지성은 아침과 함께 잠에서 깬다'고 말했다. 모든 시인과 영웅 들은 멤논처럼 오로라의 자식이고, 해가 뜰 때 비로소 자신의 음악을 토해낸다. 이처럼 태양과 보조를 맞추어 활발하고 기운에 가득 찬 사고를 하는 사람에게 하루는 언제나 아침이다. 시곗바늘이 몇 시를 가리키든, 다른 사람들이 어떤 태도로 일을 하건 중요치 않다. 아침은 내가 온전히 깨어 있으며 내면에 새벽이 깃드는 시간이다. 도덕적 개혁은 잠을 떨치려는 노력과 같다. 잠에 빠져 있었던 것이 아니라면 자신의 하루를 형편없이 보내야 할 이유가 무엇이란 말인가? 그렇다고 해서 계산에 서투른 것도 아니지 않은가? 만약 졸음에 빠져 있지 않았다면 무언가를 이뤄내고도 남았을 것이다. 수많은 사람이 육체노동을 위해 깨어 있지만, 효과적으로 지성을 발휘할 만큼 온전히 깨어 있는 사람은 백만 명에 하나뿐이다. 게다가 시적인 삶이나 신성한 삶을 살아갈 정도로 깨어 있는 사람은 1억 명 중 하나에 불과하다. 온전히 깨어 있다는 것은 진정 살아 있음을 의미한다. 나는 지금까지 제대로 깨어 있는 사람을 만난 적이 없다. 만약 만났다고 한들 내가 그의 얼굴을 어떻게 똑바로 바라볼 수 있었겠는가?

우리는 깊이 잠들어 있다가도 기계적인 도움 없이 무한한 기대감으로 새벽에 잠에서 깨어나고 깨어 있는 상태를 계속 유지하는 방법

---

4 브라만교의 경전

을 배워야 한다. 내가 아는 한 의식적인 노력을 통해 삶의 질을 향상시키는 능력을 지녔다는 사실보다 우리를 고무시키는 일은 없다. 어떤 그림을 그리거나 조각을 해서 대상을 아름답게 표현한다는 것은 매우 대단한 일이다. 하지만 우리를 감싸고 있는 대기를 조각하고 사물 자체를 그릴 수 있다면 이보다 더 영광스러운 일은 없을 것이며, 우리는 분명히 이를 해낼 수 있다. 질적으로 고양된 하루를 만드는 것이야말로 최고의 예술이 아닐까. 누구나 사소한 부분까지 잘 관리하여 하루 중 가장 고결하고 소중한 시간을 깊이 깨닫고 자신의 삶을 가치 있게 만들 의무를 가지고 있다. 만약 우리가 얻는 빈약하기 짝이 없는 정보마저도 거부하고 무시해버린다면 신탁을 통해 우리의 끝이 어떻게 될지 정확히 알게 될 것이다.

나는 내가 바라는 대로 살고 삶의 본질적인 사실에 직접 부딪혀가면서 인생의 가르침을 터득할 수 있는지 알고 싶어서 숲으로 들어갔다. 또한 죽음을 목전에 두었을 때, 헛되이 살아온 것을 후회하고 싶지도 않았다. 나는 삶이 아닌 삶은 살고 싶지 않았다. 삶이란 무엇보다 소중하기에 불가피한 일이 아니라면 이런 목표를 쉽게 체념하고 싶지도 않았다. 나는 깊이 있는 삶을 살고, 삶의 정수를 완전히 내 것으로 만들고 싶었으며 삶이 아닌 것은 모조리 파괴해버리고 스파르타 사람처럼 강인하게 살고 싶었다. 삶을 한구석으로 몰아내어 길을 내려고 낫을 휘둘러 이를 가장 낮은 단계로 전락시킬 때, 그리하여 삶이 천박한 것으로 판명이 난다면, 그 천박함을 낱낱이 세상에 까발리고 싶었다. 반대로 삶이 숭고한 것으로 판명이 난다면 다음 여행에서는 나 자신의 경험을 통해 깨달은 그 숭고함을, 정확하고 충실하게 글로 전하고 싶은 심정이었다. 대부분의 사람은 우리 삶이 악마의 것인지 신의 것인지 제대로 알지 못하면서도, 삶의 가장 큰 목적이 '신을 찬양하고 신으로부터 영원한 즐거움을 얻는 것'이라는 성급한 결론을 내리고 있는 것 같다.

우화에서는 우리가 오래전에 개미에서 인간으로 변했다고 하지만, 여전히 우리는 개미처럼 비천하게 살아가고 있다. 게다가 소인족처럼 두루미들[5]과 싸움을 벌인다. 이는 계속해서 잘못을 거듭하는 것이며 누더기를 겹쳐 입는 꼴이다. 우리가 가진 최고의 미덕은 충분히 피할 수 있는 불행을 계기로 말미암아 발현된다. 우리의 삶은 별것도 아닌 일로 말미암아 서서히 낭비된다. 정직한 사람은 열 손가락으로 셈을 할 필요가 없으며, 부득이한 경우 열 개의 발가락을 더하고 그래도 부족하면 대강 하나로 처리해버리면 된다. 단순하게, 단순하게, 또 단순하게! 일을 백이나 천이 아닌 두세 개로 줄이고, 백만까지 세는 대신 여섯까지만 세라. 계산하고 난 숫자는 엄지에 적어라. 문명화라는 험한 바닷속에서는 구름과 폭풍, 암초 등 온갖 것을 염두에 두어야 하기에 혹시라도 배가 침몰하여 항구로 돌아가지 못하는 사태를 피하려면 추측항법[6]으로 살아가야 한다. 따라서 계산에 능한 사람이 성공하게 되어 있다. 단순하게, 단순하게, 또 단순하게! 하루에 세 끼를

---

5 호메로스는 《일리아스》에서 트로이 사람들을 소인족과 싸우는 두루미로 비유했다.

먹는 대신 반드시 먹어야 한다면 한 끼만 먹어라. 백 가지 요리 대신 다섯 가지 요리로 만족하라. 이외의 것들도 그런 비율로 줄여나가라. 우리의 삶은 독일 연방과 비슷한 양상을 띤다. 여러 군소국으로 이뤄진 독일은 수시로 국경이 변해서 독일인조차 국경이 어디인지 제대로 알지 못한다. 우리도 이른바 내부적 개혁을 이룩했지만 실제로는 외부적이고 피상적인 것에 불과해서 정확한 계산과 가치 있는 목표의 설정이 아직 이뤄지지 못했다. 이로 말미암아 수많은 가구가 여기저기 널려 있고 우리가 쳐놓은 덫에 걸린 격이 되어 사치와 낭비로 말미암아 거의 파산에 이른 상태이다. 이 나라를 이루고 있는 수백만의 가구도 이와 다르지 않다. 이렇게 위기에 처한 국가와 가정을 구할 유일한 해결책은 엄격한 절약을 통해 스파르타 사람보다 더욱 삶을 소박하고 단순하게 살며 목표를 고양시키는 것이다. 우리의 삶은 빠르게 변화하고 있다. 사람들은 반드시 무역해야 하며, 얼음을 수출하고, 전신으로 소식을 주고받아야 하며, 시속 50킬로미터로 달려야 한다고 굳게 믿고 있다. 하지만 우리가 정말로 원숭이처럼 살아야 하는 건지 아니면 인간답게 살아야 하는지에 대해서는 제대로 알지 못한다. 만약 침목을 내리고 철로를 깔고 또 밤낮으로 일에만 매달리지 않으며, 그 대신 납땜을 하듯이 그때그때 삶을 개선한다면 누가 철로

---

6 항공기의 대기 속도, 비행시간, 침로(針路), 풍향, 풍속, 편류(偏流) 중의 어떤 것을 바탕으로 항공기의 위치, 대지(對地) 속도, 도착 시간 따위를 산출하고 추정하여 비행하는 방법이다.

를 만들 것인가? 철로가 없다면 우리가 제시간에 천국에 갈 수 있을까? 그렇다고 해서 집에만 처박혀서 일에만 매달려 있다면, 그런 철로 자체가 무슨 소용이 있겠는가? 이는 우리가 철로 위를 달리는 것이 아니라 철로가 우리를 깔고 지나가는 꼴이다. 철로 밑에 깔린 침목들이 무엇인지 생각해본 적 있는가? 그 침목 하나가 바로 인간, 그러니까 아일랜드 사람들이거나 뉴잉글랜드 사람들이다. 그들 위로 철로가 놓이고 다시 모래로 덮였으며 기차는 그 위를 미끄러지듯 달리고 있다. 장담하건대 그들은 견고한 침목이다. 몇 년을 주기로 새로운 침목이 깔리고 그 위로 기차가 달린다. 따라서 어떠한 사람들은 철도 위를 달리는 즐거움을 누리지만 반대로 다른 사람들은 철로 아래 깔리는 불행을 겪게 되는 것이다. 혹여 잠에 취해서 걷던 사람, 그러니까 엉뚱한 위치에 놓인 침목에 기차가 부딪히기라도 하는 날에는 승객들은 기차를 세우고 큰일이라도 난 것처럼 소리를 지르고 호들갑을 떤다. 나는 침목을 제자리에 평평하게 유지하기 위해서 8킬로미터마다 인부들을 배치해야 한다는 사실을 알고는 매우 다행이다 싶었다. 이는 바닥에 깔린 침목[7]들이 언젠가는 다시 잠에서 깨어날 수 있다는 전조였기 때문이다.

왜 우리는 이렇게 분주히 삶을 허비하며 살아가야 하는가? 배가 고프기도 전에 배를 곯아 죽겠다고 결심이라도 한 것 같다. 우리는 제대로 바느질을 한 땀 해놓으면 나중에 아홉 번의 수고를 덜어낼 수 있

---

7 '잠자는 사람'이라는 의미

다고 말하면서도 내일 아홉 번 바느질해야 하는 수고를 덜기 위해서 천 번의 바느질을 하느라 여념이 없다. 다들 일 때문에 바쁘다고 하는데, 정작 중요한 일은 하나도 없다. 무도병[8]에 걸려서 머리를 가만히 쉬지 못하게 하는 것 같다. 만약 화재가 나서 교회 종을 몇 번 잡아당기기만 하면, 아침까지만 해도 일이 많다고 투덜대던 남자들은 물론이고 저기 외곽에서 일하던 남자들과 어린아이들과 여자들까지 만사를 제쳐놓고 종소리가 들리는 곳으로 몰려들 것이다. 그렇다고 해서 불길에 타들어가는 재산을 구하려는 게 아니라 그저 불구경을 하기 위한 것이다. 솔직히 불이라는 것은 어느 정도는 타야만 꺼지는 데다, 누가 일부러 방화를 저지른 것도 아니기에 그저 진화 작업을 지켜보다가 폼이 난다 싶으면 슬그머니 끼어들 생각인 것이다. 마을 교회에 불이 났을 때도 마찬가지이다. 점심을 먹고 30분가량 눈을 붙이고 일어나서, 다른 사람들이 자신이 자는 사이 보초라도 서준 것 마냥 혹시 무슨 일이 났는지를 묻는 사람도 있다. 30분마다 깨워달라고 부탁하는 사람도 특별히 할 일이 있어서 그런 부탁을 하는 것이 아니다. 그러면서 대가랍시고 자신이 꾼 꿈에 대해서 장황하게 설명을 한다. 하룻밤을 보낸 후에 새롭게 맞이하는 뉴스는 아침 식사만큼이나 빼놓을 수 없는 것이다.

"뭐라도 좋으니 새로운 소식을 말해줘요! 어디에서 일어난 소식이

---

8 舞蹈病. 얼굴·손·발·혀 따위가 뜻대로 되지 않고 저절로 심하게 움직여, 마치 춤을 추는 듯한 모습이 되는 신경병

든 상관없습니다."

그런 심정으로 커피와 빵을 먹으면서 신문에 난 기사를 꼼꼼히 읽어 내려간다. 신문에는 와시토 강에서 한 남자가 눈알을 뽑혔다는 기사가 실려 있지만, 정작 신문을 읽는 당사자는 자신이 어둡고 그 깊이를 알 수 없는 거대한 동굴 속에 살고 있으며, 이미 한쪽 눈이 퇴화하여 이제는 흔적만 남아 있다는 사실을 꿈에도 알지 못하고 있다.

나로 말하면 우체국이 없어도 불편 없이 지낼 수 있다. 굳이 우체국을 통해서까지 연락을 주고받아야 할 일은 별로 없다고 생각한다. 비판적으로 말하면, 평생을 통틀어 우표값을 하는 편지는 고작 한두 통밖에 받지 못했다. 1페니 우편제도[9]란 "일 페니 줄 테니 지금 무슨 생각을 하는지 말해줘" 하는 농담처럼 던지던 말이었는데, 정말로 1페니를 내는 제도로 굳어진 것이다. 신문에서도 꼭 기억해두어야 할 만한 소식을 읽은 적이 없다. 보통은 강도를 당했다거나 살해당했다거나 사고로 죽었다는 소식 아니면 집에 화재가 나고 배가 침몰하고 기선이 폭발했다는 뉴스이거나 소가 철로에서 기차에 치였거나 미친개가 죽었거나 한겨울에 메뚜기 떼가 출몰했다는 등의 뉴스라, 한 번만 읽고 나면 다시 읽을 필요가 없다. 한 번이면 충분하다. 원칙만 제대로 알고 있다면 무수한 사례와 적용법에 신경을 써야 할 이유가 무엇이란 말인가? 철학자에게 일반적인 뉴스는 한낱 가십에 불과하고, 그런 소식을 편집하고 읽는 사람은 차를 마시는 나이 든 아주머니들

---

9 영국의 우편요금 균일제

뿐이다. 하지만 이런 가십에 목숨을 거는 사람들도 적지 않다. 언젠가 들은 바로는, 해외에서 속보가 들어왔는데 외국의 소식을 알려고 사람들이 구름 떼처럼 몰려드는 바람에 그 무게를 이기지 못하고 신문사 건물의 커다란 유리가 몇 장이나 깨진 적도 있다고 했다. 하지만 진지하게 생각해보면, 그런 외국의 속보 정도는 어느 정도 감각을 갖춘 사람이라면 12개월, 아니 12년 전에도 충분히 정확하게 전달할 수 있었다. 스페인을 예로 들면, 돈 카를로스와 인판타 공주, 돈 페드로와 세비야, 그라나다 같은 인명 및 지명들, 물론 내가 신문을 끊은 이후로 이름이 바뀌었을 수도 있지만 아무튼 이런 해외 가십들은 때맞추어 적당한 비율로 집어넣고, 별다른 기삿거리가 없을 때는 투우에 대한 뉴스로 대신하는 방법만 터득하면 문자 그대로 정확한 기사가 될 것이다. 그러면 똑같은 제목으로 간결하고 명료하게 실린 기사만큼이나 스페인의 정확한 상황과 혼란스러운 상태를 모두에게 전달할 수 있을 것이다. 영국의 경우를 보면, 그 나라에서 마지막으로 의미 있던 뉴스는 1649년의 청교도 혁명에 대한 것이었다. 만약 영국의 1년 평균 농산물 수확량의 역사를 알고 있다면, 돈을 벌기 위해서 농산물에 투기하는 게 아니라면, 영국의 평균 수확량에 대해서는 굳이 신경 쓸 필요가 없다. 신문기사에 별 신경을 쓰지 않는 사람이 판단하는 바로는 외국이라고 해서 특별히 새로운 사건이 자주 생기는 것은 아니다. 프랑스 혁명도 예외가 아니다.

　새로운 뉴스! 세월이 지나도 절대 낡지 않는 것을 아는 게 더 중요하지 않을까! 중국 위나라의 대부 거백옥은 공자의 근황을 묻기 위해 사람을 보냈다. 공자는 자신을 찾아온 사자를 옆에 앉히고 이렇게 물었다.

"자네 주인은 요즘 어찌 지내시나?"

그러자 사자가 공손히 답했다.

"주인님은 허물을 줄이려고 노력하고 계시는데 그게 쉽지는 않으신 것 같습니다."

사자가 떠난 후 공자가 말했다.

"훌륭한 사자로다! 정말 훌륭해!"

목사도 일주일의 마지막 날인 휴일 일요일에 지루한 설교로 피곤한 농부들의 귀를 괴롭혀서는 안 된다. 일요일은 용기를 가지고 한 주를 시작하는 날이 아니라 힘들게 보낸 일주일을 잘 마무리하는 날이기 때문이다. 차라리 큰 소리로 "멈춰요! 그만해요! 겉보기에는 몸이 날렵한데 왜 그렇게 행동이 느립니까?"라고 외치는 게 나을 것이다.

요즘 세상은 거짓과 망상이 건전한 진리로 여겨지고 진실은 거짓으로 여겨진다. 만약 인간이 진실만을 추구하고 쓸데없는 허상에 빠져들지 않는다면, 우리의 삶은 기존에 아는 것과 다르게 동화나 《아라비안 나이트》처럼 흥미진진하게 느껴질 것이다. 불가피한 것과 반드시 존재해야 하는 것들만 존중한다면 거리마다 음악과 시가 울려 퍼질 것이다. 너무 서두르지 않으며 여유를 가지고 지혜롭게 산다면, 위대하고 가치 있는 것만이 영원하고 절대적인 존재라는 사실을 깨닫게 될 것이고 사소한 두려움과 소소한 쾌락은 그저 현실의 그림자에 불과하다는 사실을 알게 될 것이다. 바로 이러한 삶은 우리의 기운을 북돋우는 숭고한 것이라고 할 수 있다. 그런데 우리는 두 눈을 감고 잠에 취해 있거나 겉모습에 쉽게 현혹당하며, 판에 박힌 일상과 관습 속에서 벗어나지 못한다. 이는 껍데기뿐인 환상에 불과하다. 아이들은 삶을 하나의 놀이로 보기 때문에 오히려 어른보다 인생의 참된 법칙과 관계를 명확히 분간한다. 어른들은 삶을 가치 있게 살지도 못하면서 그동안 쌓아온 경험 때문에, 그러니까 실패를 통해 뭔가 터득했다고 믿으면서 아이보다 현명하다고 자부한다. 하지만 나는 인도의 경전에서 다음과 같은 글을 읽은 적이 있다.

'어릴 때 왕궁에서 쫓겨나 나무꾼의 손에서 자란 한 왕자가 있었다. 그는 나무꾼과 함께 자랐기 때문에 자신이 미개한 종족의 일원이라고 생각했다. 그러다가 왕궁의 대신이 왕자를 발견하고는 그의 진짜 신분에 대해 알려주었다. 그제야 청년은 자신의 신분에 대한 오해를 풀고 왕자라는 사실을 깨닫게 되었다.'

인도의 철학자는 다음과 같이 덧붙였다.

'인간도 자신이 처한 환경의 영향을 받기 때문에 타고난 본성을 제대로 인지하지 못한다. 그러다 결국에는 고결한 스승을 만나 진실을 알게 되면, 그제야 자신이 브라마, 즉 영적인 존재라는 사실을 깨닫게 된다.'

뉴잉글랜드 사람들이 비천한 삶을 사는 이유는 세상의 본질을 제대로 꿰뚫어 보지 못하기 때문이다. 우리는 존재하는 것처럼 눈에 보이는 것을 실제 존재한다고 믿는다. 누군가 우리 마을을 지나면서 겉모습만 본다면, 마을의 물레방앗간은 어디로 가겠는가? 만약 그가 자신이 본 것을 우리에게 있는 그대로 설명한다고 해도 그곳이 어디인지 절대로 알아차리지 못할 것이다. 회관, 법원, 교도소와 상점 그리고 집을 보라. 진실의 눈으로 그것을 보았을 때, 그것이 정말로 무엇인지 설명해보라. 진실의 눈으로 그것들을 설명하려고 들면, 모두가 산산이 흩어지고 말 것이다. 사람들은 진실이 저만치 멀리 있다고 생각한다. 다시 말해 우주의 저편, 제일 먼 별 뒤쪽에 최후의 인간보다 이후이며 아담보다는 이전에 존재했던 거라고 믿는다. 물론 영원에는 진실하고 숭고한 무언가가 존재하고 있다. 하지만 이 모든 시간과 장소 그리고 다양한 경우의 수는 바로 지금 여기에 있다. 신 역시도 지금 이 순간 궁극에 닿아 있으며, 시간의 흐름 속에서 지금보다 더 신성한 때는 없다. 그러므로 우리를 에워싼 진실을 끝없이 받아들여 완전히 젖어 들어야만 비로소 그 숭고하고 고결함을 이해할 수 있다. 우주는 끊임없이 고분고분 우리의 생각에 답을 보낸다. 조금 빨리 가든 아니면 천천히 가든, 우리 앞에는 인생이라는 여정이 놓여 있다. 그러니 이러한 사실을 마음속에 품고 살아야 한다. 비록 시인이나 예술가가 머릿속에 아름답고 흠집 없는 구상을 떠올리지 못했더라도 그의 후손 중 누군가는 이를 완성해낼 수 있을 것이다.

하루를 자연처럼 유유히 흘러가듯이 살아보자. 철로 위에 떨어지는 견과류 껍데기나 모기 날개 때문에 탈선하는 기차처럼 쉽게 흔들리지 말라. 아침 일찍 잠에서 깨어 식사하고, 마음을 다잡고서 평온하게 시간을 보내라. 친구가 가든 오든 상관하지 말고 종이 울리든 아이가 울든 개의치 않으면서 하루를 지내보자. 왜 거센 물살에 휩쓸려 떠내려가려고 하는가? 해가 중천에 떠 있는 정오의 얕은 여울에 자리한, 점심이라는 무서운 급류와 소용돌이에 휩쓸리고 압도당하지 말자. 이런 위험을 이겨내기만 하면 우리는 안전하다. 이후로는 내리막길만 있을 테니까. 한시도 긴장의 끈을 놓지 말고 아침의 활력을 간직한 채로, 율리시스처럼 돛대에 몸을 고정하고 거센 급류를 피해 다른 항로로 나아가자. 경적이 울리면 목이 쉴 때까지 소리치도록 그냥 내버려둬라. 종이 울린다고 해서 우리가 달려나가야 할 이유는 무엇인가? 종소리를 그저 음악이라고 생각할 수도 있을 텐데 말이다. 지금부터 우리는 마음을 가다듬고, 여론과 편견, 전통과 망상이라는 껍데기를 쓰고 있는 진흙탕, 다시 말해 지구를 덮고 있는 모래톱을 헤치고 나가야 한다. 그렇게 파리와 런던, 뉴욕과 보스턴, 콩코드를 지나서, 다시 교회와 지역을 지나, 시와 철학 그리고 종교를 거쳐 마침내 실체가 있는 단단한 바닥과 바위에 닿을 수 있을 것이다. 그곳이야말로 "바로 여기야, 분명해!"라고 외칠 수 있는 곳, '진실'이 존재하는 곳이다. 그러고 나서 홍수와 서리, 불 아래 성벽과 국가, 그리고 안전한 가로등을 설치할 근거지를 마련하고 나서 위선과 겉모습, 그리고 홍수가 진실을 얼마나 왜곡하고 있는지 미래 세대가 알 수 있도록 측정기를 설치해보자. 나일로미터[10]처럼 유명무실한 측정기가 아닌 진실의 측정기, 즉 리얼로미터를 설치하라. 우리가 현실과 마주한다면, 태

---

10 나일 강의 수위를 측정하기 위해서 861년에 이집트 카이로 남부 로다
    (Rodah) 섬에 지어진 건축물

양이 시미터[11]처럼 양쪽에서 빛난다는 것을 알게 되고 그 칼날이 우리 심장과 골수를 파고드는 것을 느낄 수 있으며, 그로써 우리는 행복하게 삶을 마무리할 수 있게 될 것이다. 만약 우리가 정말로 죽어가고 있는 것이라면, 목구멍에서 가르랑대는 소리를 듣고 머리끝부터 발끝까지 차갑게 식어가는 것을 느껴보자. 그 후에도 살아 있다면 해야 할 일을 열심히 하면 될 일이다.

시간은 가느다란 낚싯줄을 드리운 시냇물일 따름이다. 나는 그 시냇물로 목을 축인다. 하지만 목을 축이면서 모랫바닥을 보며 그 깊이를 가늠한다. 시간은 얕은 냇물처럼 흘러가버리지만 영원은 그대로 남는다. 나는 더욱 깊은 곳의 물을 마시고 싶다. 조약돌처럼 별이 박힌 하늘의 시냇물에서 낚시를 하고 싶다. 나는 숫자도 알파벳의 첫 글자도 알지 못한다. 세상에 태어난 날만큼 현명하지 못한 것을 항상 후회해왔다. 지성이란 커다란 칼과 같다. 커다란 칼날로 세상의 비밀을 날카롭게 파고들기 때문이다. 나는 필요 이상으로 손을 분주히 놀리고 싶지 않다. 내 손과 발도 결국 머리이기 때문이다. 나는 최고의 능력이 모두 머릿속에 집약되어 있음을 느낄 수 있다. 어떤 동물은 주둥이와 앞발로 흙을 파헤치듯이 나는 뭔가를 찾기 위해서 머리를 사용하고 있음을 본능적으로 느낀다. 그래서 동물이 흙을 파헤치듯 머리로 언덕을 파헤쳐서 내 길을 찾을 것이다.

분명히 이 근처에 황금이 묻힌 광맥이 있을 거라고 생각한다. 나

---

11 동양의 일부 국가에서 사용하는 언월도(偃月刀)

는 탐지용 막대기와 아지랑이처럼 피어오르는 증기를 보며 이를 판
단할 것이다. 그리고 바로 이곳에서 나의 길을 찾기 시작할 것이다.

3

독서

(Reading)

　직업을 선택할 때 조금만 더 신중을 기했더라면 대부분의 사람이 근본적으로는 학자나 관찰자가 되었을 것이다. 우리 모두가 인간의 본성과 운명에 지대한 관심을 기울이고 있기 때문이다. 나와 후손을 위해서 부를 축적하고 가정을 이루고 국가를 세우며 명성을 얻는다고 해도 누구나 결국은 죽게 마련이지만, 진실을 다루는 일을 하면 영원히 죽지 않게 되고 변화와 사고를 두려워할 필요가 없어진다. 고대 이집트와 인도의 철학자는 신의 조각상을 덮은 베일의 한쪽 끝을 걷어 올린 바 있다. 지금까지도 그 베일은 여전히 걷어 올린 채이기 때문에, 나는 그 신선하고 찬란한 모습을 바라볼 수 있다. 과거 신의 조각상을 덮은 베일을 들어 올린 그 대담했던 자는 바로 그 철학자 안의 나였고, 지금 과거의 모습을 회상하는 자는 내 안에 있는 그 철학자이기 때문이다. 베일 위에는 티끌 하나도 묻지 않았다. 신의 조각상이 모습을 드러낸 이후로 시간이 전혀 흐르지 않았다. 우리가 개선하고자 하는 그 시간, 개선될 수 있는 그 시간은 과거도 아니고 현재도 아니고 미래도 아니다.

콩코드 호숫가에 있는 나의 집은 사색을 즐기는 것뿐만 아니라 진지하게 독서를 하기에도 일반 대학보다 훨씬 나은 곳이었다. 흔한 순환도서관조차 닿지 않는 외떨어진 위치였지만, 온 세상에 널리 퍼진 책들, 맨 처음에는 나무껍질 위에 적혔고 이제는 때때로 리넨 종이 위에 인쇄되는 책들로부터 어느 때보다 더 지대한 영향을 받았다. 시인 미르 카마르 웃딘 마스트는 이렇게 말했다.

"자리에 가만히 앉아서도 영적인 세계를 여행할 수 있는 이점을 나는 책 속에서 얻었고, 심오한 교리라는 술을 마셨을 때 포도주를 마시고 취하는 것 같은 즐거움을 느낄 수 있었다."

나는 여름 내내 호메로스의 《일리아스》를 책상 위에 올려두고 시간이 날 때마다 책을 읽어보았다. 일단 집 짓는 일을 마무리하고 동시에 콩밭까지 살피느라 도저히 책을 읽을 틈이 나지 않았다. 그럼에도 얼마 후면 독서할 시간이 충분할 거라는 기대를 품은 채로 마음을 다잡고 있었다. 작업하는 틈틈이 한두 권 정도의 가벼운 여행기도 읽었지만, 홀로 호숫가에서 한가히 지내는 나 자신이 부끄러워져 지금 내가 어디 있는 건지 나 스스로를 채근하기도 했다.

학생 입장이었다면 방탕이나 사치에 빠질 위험에 처하지 않고도 그리스어로 적힌 호메로스와 아이스킬로스[1] 작품을 읽을 수 있다. 학생 시절에는 오전의 몇 시간을 할애하여 작품 속에 등장하는 영웅들과 견주어볼 수 있을 테니 말이다. 비록 영웅을 묘사한 책이 우리 모국어로 인쇄되었더라도, 타락한 시대를 살아가는 독자들에게는 사어를 읽는 것처럼 도저히 이해가 되지 않을 것이다. 그러므로 우리는 지혜와 용기, 그리고 관용을 발휘하여 일상적인 해석에서 더욱 확대된 의미를 추측하며 단어 하나하나, 문장 하나하나의 의미를 열심히 탐구해가야 한다. 요즘 같은 시절에는 저렴한 비용으로 수많은 번역서를 만들 수 있지만, 고대 영웅을 그린 책의 작가에게는 쉽사리 다가가기 힘들다. 그들은 언제나 저만치 떨어져 있는 사람처럼 보이는데다 책 속에 적힌 내용들도 낯설고 이상해 보이기 때문이다. 그럼에도 고대의 언어는 시공간을 초월하며 영원히 소멸되지 않는 암시와 자극을 주기에, 당시의 언어를 조금 익히는 것만으로도 청춘의 소중한 시간을 할애할 가치는 충분하다. 한낱 농부가 라틴어로 된 단어 몇 개를 기억했다가 계속 사용한다고 해도 그리 헛된 일이 아니다. 때로는 고전을 연구하는 분야가 결국 현대적이고 실용적인 학문에 자리를 내어주어야 할 시간이 올 거라고 말하는 사람도 있다. 하지만 탐구열이 뛰어난 학생이라면 어떤 언어로 쓰였든 얼마나 오래된 것이든 간에 상관하지 않고 고전을 계속 연구할 것이다. 결국 고전이란 인류의 가장 고귀한 사상을 기록한 것이 아니겠는가? 고전이야말로 영원히 썩지 않는 유일한 신탁이며, 그 속에는 델포이나 도도나[2]도 우리

---

1 고대 그리스의 대비극시인으로 모두 90여 편의 비극을 썼으나 현재는《오레스테이아》,《페르시아인》등 7개의 비극만 남아 있다.

에게 주지 못하는 해답이 오롯이 담겨 있다. 따라서 고전 연구를 그만두겠다는 것은 자연이 오래되었다고 해서 자연에 관한 연구를 멈추겠다고 말하는 것과 같다. 올바른 독서, 즉 참된 정신으로 참다운 책을 읽는 것은 고귀한 운동이자 현대인들이 높이 평가하는 어떤 운동보다도 독자 입장에서는 녹록지 않은 운동이다. 이를 위해서는 운동선수가 참고 이겨내야 하는 고된 훈련이 필요하고, 올바른 독서라는 목적을 반드시 이루겠다는 마음가짐을 평생 유지해가야 하기 때문이다. 책은 그 책이 처음 쓰였을 때처럼 조심스럽고 정성을 들여서 읽어나가야 한다. 책이 쓰인 나라의 언어를 말할 수 있는 능력만으로는 충분치 않다. 구어와 문어, 즉 귀로 듣는 언어와 활자로 적힌 언어 사이에는 굉장한 차이가 있기 때문이다. 구어란 순간적인 소리와 말, 방언에 국한되어 있기에 동물적이고 무의식적이다. 우리는 어머니를 통해서 구어를 익힌다. 반대로 문어는 구어가 계속 사용되면서 끝없이 다듬어진 언어로 구어가 어머니의 말이라면 문어는 아버지의 말이다. 따라서 문어는 귀에만 담기에는 굉장히 중요하고도 깊은 의미를 지녔기에 문어를 구어로 표현하기 위해서는 다시 태어나지 않으면 안 될 정도로 무게감이 깊다. 중세의 그리스어나 라틴어를 사용했던 사람들은 운명에 따라 그 시대에 태어났을 따름이며 그렇다고 해서 모두가 천재적인 작가들이 쓴 작품을 읽을 자격이 있었던 것은 아니다. 그리스어와 라틴어로 된 작품들은 대부분 정선된 문학적 언어

---

2 고대 그리스신화의 주신 제우스의 신탁소가 있던 성역

로 적혀 있었기 때문이다. 그들은 그리스와 로마에서 상대적으로 고결하게 평가되는 언어를 배우지 않았기에 그런 언어로 적힌 책들은 쓸모없는 휴지나 마찬가지였다. 대신 중세 사람들은 저속한 문학 작품을 더욱 높이 평가했다. 하지만 몇몇 유럽의 국가에서 자신만의 새로운 문자를 갖게 되면서 미흡하나마 문학의 발전이 이루어졌고, 그로 말미암아 시간적으로 거리가 먼 과거에 묻혀 있던 보물들을 제대로 식별할 수 있게 되었다. 그 덕분에 그리스와 로마의 민중조차 제대로 듣지 못했던 내용을 오랜 세월이 지난 후 몇몇 학자가 읽을 수 있게 되었고 지금까지도 그 활동이 계속되고 있다.

가끔 웅변가들의 열변을 듣고 감탄을 금치 못한다고 해도 순식간에 사라져버리는 구어를 문어와 감히 비교할 수는 없을 것이다. 마치 구름보다 훨씬 위쪽에 반짝이는 별들이 빛나는 하늘이 있는 것과 같다. 반짝이는 별들은 저만치 높은 곳에 있으며 이를 읽어낼 사람들도 있다. 천문학자들은 끝없이 별들에 관해 이야기하고 관찰한다. 하늘에 떠 있는 별들은 우리가 나누는 일상적인 대화나 수증기처럼 순식간에 증발하는 것이 아니다. 토론장에서 오가는 열정적인 웅변을 학문적으로는 수사학으로 분류한다. 웅변가는 눈앞에 모여든 군중을 바라보며 순간적으로 영감을 받아서 열변을 토해내게 마련이다. 하지만 작가는 그에 비해 평온한 삶을 살기 때문에 웅변가에게 자극이 되는 군중이나 사건을 마주하게 되면 오히려 당황하게 마련이다. 따라서 작가는 인류의 지성과 감성, 다시 말해 시대를 초월해서 자신을 이해할 모든 독자를 상대로 말을 하고 있는 것과 같다.

알렉산드로스 대왕은 멀리 원정을 떠날 때마다 소지품 상자 안에 《일리아스》를 챙겼다고 전해지는데 이는 전혀 놀라운 일이 아니다. 활자로 기록된 문헌은 가장 소중한 유물이기 때문이다. 다른 어떤 예술품보다도 우리에게 친밀하고 보편적이며 인간의 삶에 가장 가까이 다가가기 때문이다. 문헌은 다양한 언어로 번역될 수 있으며, 눈으로 읽는 것에서 나아가 입을 통해서 여러 사람에게 전달된다. 캔버스 위나 대리석으로는 표현하기 힘들지만 생명의 숨결로 새겨질 수 있다. 이처럼 고대 시대를 살던 사람들의 생각을 상징하던 것이 현대를 사는 사람들의 입을 통해서 비로소 구어로 다시 태어나게 된다. 지나간 2천 번의 여름은 과거 그리스의 대리석 조각품이 그랬던 것처럼 그리스 문학의 기념비들에도 한층 성숙해진 황금빛 가을의 색감을 더해주었을 뿐이다. 문학 자체로서 차분하고 신성한 분위기를 지구 전체에 전하면서 스스로를 세월의 부식으로부터 보호한 덕분이다. 책이란 이 세상의 귀한 재산이며, 수많은 세대와 민족을 거쳐 물려받은 유산이다. 바로 그것이 허름한 오두막의 선반 위에도 오래되고 훌륭한 작품들이 당당히 꽂혀 있는 이유이다. 그 책들은 뭔가를 주장하지 않지만 독자를 계몽시켜주고 기운을 북돋워주기 때문에 상식을 갖춘 독자라면 그런 책을 거부할 이유가 없다. 그 책을 쓴 저자들은 모든 사회에서 거부할 수 없는 특권층에 속하며, 왕이나 황제보다도 여러 사람에게 지대한 영향을 미친다. 배움이 짧고 냉소적인 상인이 성실하게 사업에 열중하여 오랫동안 염원하던 여가와 수입을 올려 상류층의 일원이 되고 나면, 다음으로는 필연적으로 더 높은, 그럼에도 아직은 접근이 쉽지 않은 지식인과 천재 들의 세계로 눈길을 돌리게 된다. 하지만 자신의 교양이 턱없이 부족하다는 사실과 엄청난 재산조차 아무 쓸모가 없음을 깨닫는다. 그래서 나름의 식견을 발휘하여 자식들에게만큼은 지적 교양을 쌓게 해주려고 노력하는데, 그로 말미암아 그 사업가는 한 가문의 창시자가 된다.

옛 고전을 원어로 읽는 법을 배우지 않은 사람들은 인류의 역사에 대해서 완벽하게 알 수가 없다. 현대어로 번역된 고전 작품이 없을뿐더러 우리 문명 자체를 고전의 번역이라고 여기지 않는 이유에서이다. 호메로스의 작품은 아직까지 영어로 인쇄되지 않았고[3], 아이스킬로스와 베르길리우스[4]의 작품 역시 마찬가지이다. 이 작품들은 맑은 새벽 공기처럼 내용이 충실하고 신선하며 아름답다. 후세의 작가들이 쓴 작품을 어떻게 평가하든, 옛 고전 작가들의 정교한 미와 높은 완성도는 평생을 문학에 바친 영웅적인 노고와는 감히 견줄 수 없으며 설혹 견줄 작품이 있다고 해도 매우 드물다. 고전을 전혀 모르는 사람들은 그냥 잊어버리라고 말한다. 하지만 고전에 대해 충분한 관심을 주고 제대로 이해할 학식과 재능을 갖추고 난 다음에 잊어도 늦지 않을 것이다. 흔히들 고전이라고 부르는 문화적인 유산, 고전보다 더욱 오랜 역사를 가지고 있으나 좀처럼 알려지지 않은 여러 민족의

---

3 번역된 문장으로는 작품의 의미가 완벽하게 전달되지 않는다는 뜻이다.

4 푸블리우스 베르길리우스 마로. 고대 로마의 시인으로 특히 옥타비아누스의 후대를 받았다. 미완성 작품인 장편 서사시 《아이네이스》 등의 대작을 남겼다.

경전들이 더욱 활발하게 수집되고, 바티칸 궁전이 《베다》와 《아베스타》[5] 그리고 성경과 호메로스와 단체, 셰익스피어의 작품으로 가득 채워지고 또한 미래의 세대들이 차곡차곡 훌륭한 작품들을 세계의 광장에 쌓아 올리고 나면 진정으로 풍요로운 시대라 부를 수 있을 것이다. 그렇게 쌓아 올린 훌륭한 작품들을 바라보며, 우리는 언젠가 천상에 오를 거라는 희망을 품을 수 있다.

위대한 시인들의 작품은 위대한 시인들만 이해할 수 있는 것이라 인류에게 제대로 읽힌 적이 없다. 설사 평범한 사람들이 그 시를 읽었다고 해도 하늘에 뜬 별을 바라보듯, 천문학적인 태도가 아니라 점성술적으로 읽었을 따름이다. 대부분의 사람은 사소한 편의를 위해서 읽기를 배운다. 그저 장사하면서 장부를 작성하기 위해 계산을 배우는 것과 같다. 그 때문에 고귀한 지적 활동으로서의 독서에 대해서는 전혀, 아니 거의 모르는 경우가 태반이다. 하지만 진정한 의미에서의 독서란 한낱 사치품처럼 우리를 달래어 고결한 능력을 잠들게 만드는 것이 아니라, 반대로 온 정신을 집중하도록 만들어두는 것이다.

문자를 배운 후에는 가능하면 최고의 문학 작품을 읽어야 할 것이다. 평생 초등학교 4, 5학년이 배우는 알파벳 단음절만 되풀이하면서 보낼 수는 없지 않은가. 대부분은 다른 사람이 읽어주는 책을 듣는 것에 만족하고, 성경에 담긴 지혜를 통해서 자신의 죄를 깨우치는 것에 그친다. 그리고 남은 인생은 무기력하게 보내면서, 천박한 작품이나

---

5 조로아스터교의 경전

읽으면서 자신의 능력을 헛되이 소진해버린다. 콩코드의 순회도서관에도 '리틀 리딩', 즉 '가벼운 읽을거리'라는 제목으로 짧은 연작 작품이 구비되어 있다. 처음에는 아직 가보지 못한 마을에 대한 이야기인 줄로만 알았다. 낭비를 용납하지 못하는 사람들은 고기와 채소로 배를 채우고도 이런 소소한 책들까지 너끈히 소화해낸다. 그 책의 작가가 소소한 먹을거리를 만들어내는 기계라면 그들은 그 먹을거리를 해치우는 기계인 것이다. 그들은 제블론과 세프로니아에 대한 9천 번째 이야기를 읽기에 바쁘다. 누구보다 격렬한 사랑을 나누지만 순탄하지 못했다는 이야기, 장애에 부딪히고도 다시 일어선다는 이야기, 또 교회 종탑에 올라가지 말았어야 하는 한 불쌍한 사내의 이야기 등 그 남자를 종탑까지 기꺼이 올라가게 만들고 소설가는 요란하게 종을 울려 세상 사람들의 시선을 끌어모으고, 이제 그 사람이 겨우 내려왔다며 다시 쓸데없는 소리를 지껄이기 시작한다. 솔직히 말하면, 과거 하늘에 살던 작품 속 주인공들이 감히 지상의 세계로 내려와서 성실한 사람들을 괴롭히지 못하도록, 고대 작가들이 주인공을 하늘 위 별자리에 고정한 것처럼 인간 풍향계로 만들어 녹슬 때까지 꼭대기 위에서 빙글빙글 돌아가게 만드는 편이 낫다고 본다. 소설가가 다시 한 번 종을 울린다면, 나는 교회가 새카맣게 불에 타서 없어지더라도 꿈쩍하지 않을 작정이다. 《티틀 톨 탄》의 유명 작가가 새롭게 소개한 중세 배경의 로맨스 소설 《팁 토 합의 점프》 출간 임박. 폭발적 주문 사례, 매진에 유의하세요'라는 등의 광고가 나오면, 사람들은 호기심에 차서 눈을 동그랗게 뜨고 작품을 읽기 위해 몰려든다. 그리고 네 살 꼬마가 책상에 앉아 2센트짜리 금박 입힌 책 《신데렐라》를 읽는 것처럼 둔한 위 속으로 꾸역꾸역 작품을 삼킨다. 내가 생각하기로는 그런 저급한 소설책은 아무리 읽어봤자, 발음과 억양 면에서 전혀 진전이 없을 뿐만 아니라 교훈을 끌어내는 능력 또한 키울 수 없다. 오히려 시력이 약화되고 혈액 순환 능력이 떨어지며 지적 능력이 저하되어 서서히 감퇴할 따름이다. 이렇게 말초적인 신경을 자극하는 생강빵은 대부분의 집에서 매일 따뜻하게 구워지고 있으며, 순수한 밀가루와 옥수수가루로 만든 빵보다 훨씬 더 시장에서 잘 팔린다.

최고의 양서는 훌륭한 독서가로 불리는 사람들에게조차 읽히지 않는다. 우리 콩코드 마을의 문화 수준은 어느 정도일까? 지극히 소수를 제외하면, 누구나 읽고 쓸 수 있는 영어로 쓰인 영문학의 걸작이나 상당한 수준의 작품에 관해 관심을 가진 사람들이 거의 없다. 비단 우리 마을뿐만 아니라, 제대로 교육을 받은 사람들조차 영문학의 고전에 대해서 거의 또는 전혀 알지 못한다. 인류의 지혜를 활자로 기록한 옛 고전과 경전 들은 구하려고만 하면 쉽게 구할 수 있음에도 이를 알고자 하는 노력을 하는 경우가 거의 없다. 평소 알고 지내는 중년의 나무꾼 하나는 프랑스어로 된 신문을 구독하고 있는데, 그의 말에 따르면 새로운 소식을 접하기 위해 신문을 보는 것이 아니라 캐나다에서 태어났기 때문에 모국어인 프랑스어를 잊지 않고 공부하려고 신문을 본다고 말했다. 살면서 특별히 하고 싶은 일이 있느냐고 물었더니, 프랑스어 말고도 영어를 계속 공부해서 실력을 키우고 싶다고 대답했다. 이는 대학교를 졸업한 사람들이 일반적으로 하고 있거나 앞으로 하고 싶어 하는 일로, 그 목적을 위해서 영어로 된 신문을 구독하는 것이다. 영어로 쓰인 훌륭한 책을 읽고 나서, 그 책을 가지고 함께 토론할 수 있는 상대를 몇이나 찾아낼 수 있을까? 혹은 이른바 문맹인 사람조차 알고 있을 정도로 명성이 자자한 그리스어 고전이나 라틴어로 된 고전을 원어로 읽어낸 사람이 있다면, 그는 자신이 읽은 고전에 대해서 함께 대화를 나눌 만한 사람을 찾지 못하여 책 내용을 제대로 떠들지도 못한 채로 입을 다물고 살아야 할 것이다. 미국의 대학교수들도 그 어렵다는 그리스어와 라틴어를 정복하고도, 그리스 시인의 지혜와 작품의 까다로운 부분을 제대로 파악하여 고전을 원어로 읽어야 하는 독자의 어려움까지 헤아려줄 사람은 거의 없는 실정이다. 또한 성경이나 경전의 경우에도 그 제목을 제대로 열거할 사람이 우리 마을에 몇이나 될 것인가? 보통은 유대인 외의 민족에게도 경전이 있다는 사실조차 알지 못한다. 바닥에 1달러 은화가 떨어져 있다면 먼 길을 돌아갈 사람들인데도, 고대의 현자들 그 이후 모든 시대의 현자들이 그 가치를 보증해준 황금과 같은 가르침이 책 속에 담겨 있는데도 우리는 기껏해야 초급 독본과 교과서 수준의 가벼운 책만 읽고 있다. 그 때문에 독서 수준뿐만 아니라 우리가 나누는 대화와 사고의 수준 역시 소인족과 난쟁이들이 나눌 정도에 그치지 않는 것이다.

나는 제대로 이름이 알려지지는 않았지만, 콩코드에서 배출한 현명한 사람들과 되도록 가까이 지내고 싶다. 만약 플라톤이라는 이름을 듣고도 내가 그의 저서를 읽지 않을까? 그렇다면 플라톤이 이웃에 사는데도 그를 만나지 않는 것과 같고, 그가 말하는 걸 한 번도 들은 적이 없거나 그의 말에 담긴 지혜에 귀를 기울이지 않는 것과 매한가지이다. 그렇다면 현실은 어떠한가? 영원히 사라지지 않는 지혜가 담긴 플라톤의《대화편》이 내 선반에 꽂혀 있음에도 나는 아직 그 책을 읽지 못했다. 우리는 천박하고 교양이 없으며 무지하기 짝이 없다. 솔직히 말하면 문맹인 마을 사람들의 무지함과 아이들이나 지적 수준이 낮아 단순히 글을 읽기만 하는 사람들의 무지를 제대로 구분하지 않은 것이기는 하다. 우리는 옛 현인들만큼 훌륭해져야 하지만 그러기 위해서는 먼저 과거 현인들이 얼마나 훌륭했는지부터 알아야 한다. 인간은 발육부전인 동물이라, 지적으로는 일간지의 칼럼보다 높이 날아오르지 못하는 신세이다.

그렇다고 해서 모든 책이 독자만큼 지루하기만 한 것은 아니다. 어쩌면 책 속에는 우리의 상황을 정확히 반영하는 말이 있어서, 그 말을 제대로 알아듣고 이해할 수만 있다면 아침과 봄보다 우리 삶에 유익하고 세상의 새로운 면을 우리가 볼 수 있도록 해줄 것이다. 한 권의 책을 읽고서 인생을 새롭게 살기 시작한 사람들은 셀 수 없이 많다. 아마도 우리 인류가 지금껏 일궈낸 기적을 설명하고 새로운 기적을 보여줄 책이 어딘가에 존재하고 있을지도 모른다. 지금 우리를 당혹케 하고 혼란에 빠뜨리는 온갖 문제는 과거 현인들에게도 똑같이 벌어졌던 문제일 것이다. 이 점에서 예외란 없다. 현인들은 각자 능력에 따라서 그 문제들에 대한 해답을 자신의 글과 삶을 통해 보여주었다. 게다가 우리는 과거 현인들의 글을 통해 지혜와 관용까지도 배울 수 있다. 그런데도 옛 현인들에게 배울 것이 없다고 생각하는 사람이 있다. 콩코드 교외의 한 농장에 고용되어 외롭게 살아가는 그 사람은 특이한 종교적 체험을 통해 다시 태어났고, 신앙의 요구로 엄숙하고 배타적인 침묵과 태도를 고수해야 한다고 믿는다. 하지만 자라투스트라[6] 역시도 수천 년 전에 그와 같은 길을 걸었고 같은 경험을 했다. 차이점이라면, 자라투스트라는 현명했기 때문에 자신의 경험이 보편적인 것이라는 사실을 깨달았고 그 깨달음에 따라 이웃들을 대했으며 이를 바탕으로 하나의 종교를 창시하기에 이른 것이다. 그러니 그 농부도 겸손한 자세로 자라투스트라와 대화를 나누고, 여러 훌륭한 위인의 영향을 받아 '우리 교회'라는 편협한 사고에서 벗어나는 편이 나을 것이다.

19세기를 살아가는 우리는 어느 나라보다 큰 발전을 이루었다고 자부하며 살고 있다. 하지만 우리가 사는 마을에서는 자체의 문화를 발전시키기 위해서 별다른 노력을 기울이지 않고 있다. 나는 마을 사람들에게 일부러 아첨하거나 반대로 겉만 번드르르한 칭찬을 받고 싶지도 않다. 이는 서로에게 전혀 도움 되지 않기 때문이다. 우리는 자극을 받을 필요가 있다. 채찍질을 받아야만 움직이는 소처럼 아픔을 감수하고라도 부지런히 움직여야 한다. 어린아이들을 위한 교육, 즉 초등학교제도에 대해 살펴보면 그나마 훌륭한 편이라고 볼 수 있다. 하지만 겨울에만 실시되는 기아 직전 상태의 문화 강습과 주정부

---

6 고대 페르시아의 종교가. 조로아스터교의 창시자이다.

의 제안으로 최근에야 문을 연 열악한 시설의 도서관을 제외하면 성인들을 위한 교육 시설은 좀처럼 찾아보기 힘들다. 우리는 정신적인 부분을 살찌울 영양분에는 별 관심을 보이지 않고 몸을 살찌울 영양분을 얻기 위해서는 아낌없이 지갑을 연다. 이제는 초등학교를 넘어서 성인을 위한 학교를 설립하고, 성인이 됨과 동시에 교육을 그만두는 일이 없도록 해야 할 시기가 왔다. 우리가 사는 마을이 곧 대학이되고, 나이가 들어서도 여유롭게 일반적인 교양을 쌓으면서 특별 연구원으로 여생을 보내야 할 때가 된 것이다. 이 넓은 세상에서 파리 대학 하나, 옥스퍼드 대학 하나에 만족해야 할 이유가 무엇인가? 이곳에서 학생들이 기숙하면서, 콩코드 지역이 하늘 아래서 일반적인 교양 교육을 받으면 어떨까? 아벨라르[7] 같은 뛰어난 학자를 초빙하여 그의 강의를 듣는다면 어떨까? 안타깝게도 우리는 가축에게 먹이를 줘야 한다는 이유로 혹은 가게를 지켜야 한다는 이유로 지나치게 오랜 세월 동안 학교를 멀리하고 교육에 등을 돌린 채 살아왔다. 이 나라에서는 마을이 어떤 부분에서는 유럽의 귀족이 했던 역할을 맡아야 한다. 즉, 마을 자체가 예술의 후원자가 되어야 한다는 뜻이다. 그럴 재력은 충분하다. 그저 아량과 교양이 부족할 뿐이다. 농부나 상인들이 좋다고 떠벌리는 데는 아낌없이 돈을 퍼붓지만, 지적인 사람들이 더욱 가치 있다고 생각하는 쪽에 돈을 쓰자고 제안하면 유토피아적인 소리라며 핀잔을 퍼붓는다. 우리 마을의 경우, 운이 좋았는지

7   프랑스의 스콜라 철학자·신학자

정치 덕분인지 마을 회관을 짓는 데 1만 7천 달러를 사용했다. 하지만 그 껍데기 안에 들어가야 마땅한 속을 채우기 위해서는 다시 말해 지성을 키우기 위한 알맹이를 위해서는 100년이 지나도 그만큼의 돈을 투자하지 않을 것이다. 겨울마다 열리는 강좌를 위해 매년 기부되는 125달러의 돈은 콩코드에서 모인 어떤 기부금보다 유용하게 사용되고 있다. 우리가 진정으로 19세기를 살아가고 있다면, 19세기가 제공하는 혜택을 누리지 못할 이유가 무엇이란 말인가? 왜 우리 삶은 여러 면에서 낙후된 차원에 머물러야 하는가? 만약 신문을 읽고 싶다면, 보스턴에서 벌어지는 가십이나 다루는 쓰레기는 치워버리고 세상에서 최고로 꼽히는 신문을 구독하는 편이 낫지 않을까? 〈중립적인 가정〉을 위한 신문을 우유처럼 빨아 먹거나, 뉴잉글랜드의 〈올리브 가지〉나 뜯어먹는 짓은 이제 그만두기로 하자. 그럴 바에는 모든 학회의 보고서를 받아서 읽으면서 그들이 무엇을 하고 있는지 파악해보자. 하퍼 앤 브라더스 출판사나 레딩 컴퍼니에 우리가 읽어야 할 필독서의 선정을 맡길 이유가 무엇이란 말인가? 세련된 취향을 가진 귀족들이 교양을 쌓기 위해서 도움을 받는 모든 것들, 즉 재능 - 학문 - 지혜 - 책 - 회화 - 조각 - 음악 - 철학적 도구와 같은 것들에 항상 둘러싸여 지내듯 우리도 이를 실천해보자. 메이플라워호를 타고 이곳에 도착한 최초의 청교도 이주민들이 척박한 바위에서 추운 겨울을 이겨낼 때 그렇게 살았다고 하여, 교사 한 명, 목사 한 명, 교회지기 한 명, 교구 도서관 하나, 행정직원 세 명으로 만족해서는 안 된다. 집단행동은 우리 정서와 제도에도 잘 들어맞는다. 그리고 상황이

전보다 계속 나아지고 있기에 여느 유럽의 귀족보다 재력 부분에서도 부족할 것이 없다. 뉴잉글랜드는 이 세상에 내로라하는 현인들을 이곳에 불러 가르침을 받을 수 있으며, 그래야만 지방 도시의 한계에서 벗어날 수 있다. 바로 그것이 우리가 필요로 하는 특별한 학교이다. 귀족이 아닌 보통 사람들이 살아가는 고결한 마을을 만들어보자. 필요하다면 강을 가로지르는 다리를 하나 덜 만들고 조금 돌아가더라도, 차라리 그 돈으로 우리를 둘러싸고 있는 무지의 검은 심연을 건널 구름다리를 하나 더 만들어보자.

4
소리들
(Sounds)

　그렇지만 아무리 신중하게 엄선한 최고의 고전 작품이라고 해도 책에만 지나치게 몰두하여 특정 언어로 쓰인 글만 읽다 보면, 문어 그 자체도 결국은 하나의 방언이자 지방어에 불과하기에 만물과 모든 사건을 비유하지 않고 언어 그 자체로 어휘와 내용이 풍부한 표준적인 언어를 잊을 위험이 있다. 이러한 표준어는 다수가 발표되지만 인쇄까지 되는 경우는 거의 찾아보기 힘들다. 덧문을 없애버리고 나면, 그 틈새로 새어들던 햇살도 어느새 기억에서 사라지는 법이니까. 항상 경계를 늦추지 않는 태도를 취하는 것이 가장 좋은 훈련과 방법이다. 꼭 봐야 하는 것을 놓치지 않고 보는 훈련에 비하면 제아무리 훌륭한 역사나 철학이나 시학에 대한 학회와 바람직한 공동체와 삶의 방식도 그다지 대단한 게 아니다. 한낱 독자나 학자에 그치고 싶은가 아니면 미래를 내다보는 사람이 되고 싶은가? 자신의 운명을 읽고 내 앞에 무엇이 있는지 똑똑히 보라. 그리고 미래를 향해 똑바로 나아가라.

콩코드 숲에서 처음 맞이하던 여름만 해도 나는 책을 읽지 않았고 대신 콩밭을 일구었다. 아니, 때로는 밭을 일구는 것보다 보람찬 일을 하기도 했다. 내 눈앞에 펼쳐진 최고의 아름다운 순간을 머리와 손으로 하는 일에 뺏기고 싶지 않았기 때문이다. 나는 삶 속에 커다란 여백을 남기고 싶었다. 여름날 아침이면 언제나 그렇듯 몸을 씻고 햇살이 비추는 문가에 앉아서 해가 뜰 때부터 해가 질 때까지 조용히 몽상에 잠기기도 했다. 소나무와 히커리, 옻나무로 둘러싸인 상태에서 나지막이 들리는 새소리를 들으면서 그 누구의 방해도 없이 고요함과 적막함을 만끽할 수 있는 시간이었다. 그러다가 해가 서쪽 창문 아래로 떨어지거나 멀리 간선도로에서 여행자가 탄 마차 소리가 들리기라도 하면, 그제야 시간이 꽤 흘렀음을 깨닫는 것이다. 당시 여름만 해도 옥수수가 하루가 다르게 쑥쑥 자랐다. 당시 만끽했던 몽상의 시간들은 손을 써서 일하는 것보다 훨씬 좋았다. 그 시간은 내 삶에서 그저 지워져버리는 것이 아니라 평소 내가 사용할 수 있는 시간을 넘어서는 것이었다. 그제야 동양에서 명상과 묵상을 하는 이유를 깨달았다. 그전까지만 해도 시간이 어떻게 흘러가든지 별로 신경을 쓰지 않았다. 마치 내 일을 덜어주려는 것처럼 하루가 순식간에 지나가버렸다. 좀 전까지만 해도 아침이었는데 어느새 저녁이 되어 있는 거였다. 그 사이에 특별히 기억할 만한 일도 하지 못했는데 말이다. 새들이 온종일 노래를 부르는 것처럼, 나는 내게 주어진 끝없는 행운에 조용히 미소를 지을 따름이었다. 참새가 집 앞 히커리 나뭇가지에 앉아서 소리 높여 지저귀듯이, 나 역시도 깔깔대며 웃거나 흥겨움을 억누르 기는 했지만, 어쩌면 참새도 내 웃음소리를 들었을지도 모를 일이다. 나의 하루하루는 이교도 신들의 이름이 붙은 날도 아니었고, 그렇다 고 해서 24시간으로 촘촘하게 나뉘어 재깍재깍 흘러가는 시계 소리 에 쫓기는 날도 아니었다. 나는 푸리족과 비슷한 삶을 살았다. 푸리족 은 '어제와 오늘 그리고 내일을 하나의 단어로 표현한다. 어제를 말 할 때는 뒤를, 내일은 앞을, 지금 흘러가는 오늘을 말할 때는 머리 위 를 가리켜 다양한 의미를 표현한다'고 알려져 있다. 이러한 나의 삶 이 동네 사람들 눈에는 굉장히 게으른 사람처럼 보였을 것이다. 하지 만 새와 꽃 들이 그들의 기준으로 나를 평가했다면 기준 이하로 치부 되지는 않았을 것이다. 우리는 내면에서 삶의 동기를 찾아내야 한다. 정말로 그렇다! 자연의 하루는 매우 평온한 것이라 인간의 나태한 면 을 결코 탓하지 않는다.

외부에서 즐거움을 찾는 사람들은 사교 모임과 극장으로 가야 하 는 데 반해, 나의 생활방식에는 나름의 장점도 있었다. 내 삶 자체가 내게는 즐거움이었고 언제나 신선함을 느낄 수 있다는 거였다. 이는 끝없이 많은 장면으로 이루어진 한 편의 연극과도 같았다. 만약 우리 가 최근에 배운 최선의 방식으로 삶을 꾸려나간다면, 절대로 권태로 움에 시달리지 않을 것이다. 내가 타고난 재능을 조용히 따라간다면, 매 순간 우리에게 새로운 가능성을 열어줄 것이기 때문이다. 내게 집 안일은 즐거운 소일거리와 같았다. 마룻바닥이 더러워지면 일찍 잠에서 깨어 집 안의 가구들을 전부 잔디로 끌어냈다. 침대와 받침대는 한 번에 들어서 옮겼다. 그런 다음 바닥에 물을 뿌리고 호수에서 건진 하얀 모래를 끼얹은 다음, 바닥에 하얗게 될 때까지 빗자루로 힘껏 문질렀다. 그래서 마을 사람들이 아침 식사를 마칠 무렵이 되면, 아침 햇살을 받은 마룻바닥이 뽀송뽀송하게 말라서 다시 집에 들어가 조용히 명상을 이어갈 수 있었다. 잠시나마 세간들이 잔디에 나와서 집시의 봇짐처럼 조그만 무더기처럼 쌓여 있는 모습을 보는 것도 꽤 재미있는 일이었다. 책들과 펜, 그리고 잉크가 놓인 세 발 탁자가 소나무와 히커리 사이에 놓여 있는 모습도 마찬가지였다. 세간들도 밖에 나온 것이 내심 기쁜지 다시 집 안으로 들어가기 싫은 모습이었다. 때로는 그 위에 차양을 드리우고 세간들 옆에 한가로이 앉아 있고 싶은 충동도 느꼈다. 따스한 햇살이 비추고 부드러운 바람이 불어와 세간들을 스치고 지나가는 소리를 듣는 것도 꽤 즐거운 일이었기 때문이다. 매일 보아 눈에 익숙한 물건들도 막상 밖에서 보면 다르게 보이는 법이다. 새 한 마리가 근처 나뭇가지에 앉아 있고 탁자 아래로 떡쑥이 자라며, 검은딸기 덩굴이 탁자의 다리를 휘감고, 솔방울, 가시 돋친 밤송이, 딸기 잎이 군데군데 흩어져 있다. 가구가 되기 전에 한때는 이런 자연 속에 자랐기 때문인지, 이러한 형상들이 세간들, 탁자와 의자 침대 위에 장식처럼 새겨진 것처럼 보였다.

내가 머물던 집은 언덕 기슭, 어린 소나무와 히커리가 주위를 둘러싸고 있는 가운데 숲의 한쪽 가장자리에 있었다. 좁다란 길을 따라서 언덕을 내려가면 30미터쯤 떨어진 곳에 호수가 있었다. 앞마당에는 딸기와 블랙베리, 떡쑥과 물레나물, 샛노란 미역취와 참나무, 벚나무, 월귤나무와 땅콩이 자라고 있었다. 5월 말이 될 즈음이면 벚나무의 짤막한 줄기에는 동그란 산 모양의 꽃이 만개하며 오솔길 양쪽을 화려하게 장식했다. 가을이 되면 그 짤막한 벚나무 줄기는 큼지막한 버찌의 무게를 이기지 못하고 사방으로 퍼지는 햇살처럼 굽어졌다. 나는 자연에 대한 경의를 표하며 버찌 맛을 보았지만 내 입맛에는 맞지 않았다. 집 주변에 자라던 옻나무도 내가 쌓아두었던 둑을 넘어설 정도로 무성하게 자라, 첫해에만 1.5~1.8미터 가까이 자랐다. 거대한 깃털 모양의 열대나무 잎사귀는 다소 기묘한 모양이었지만 상쾌한 기분을 느끼게 해주었다. 늦봄이 되자 시들어 죽은 줄만 알았던 마른 줄기에서 큼지막한 싹이 돋더니, 마법을 부린 것처럼 지름이 2.5센티미터가량으로 커지면서 푸르고 부드럽게 자라났다. 가끔은 창가에 앉아 있노라면 바람 하나 불지 않는 날에도 갓 자란 여린 가지가 무게를 이기지 못하고 부채가 바닥에 떨어지듯 툭 하고 내려앉는 소리가 들릴 때도 있었다. 꽃을 활짝 피우고 수많은 야생벌을 유혹했던 딸기들은 8월이 되면서 벨벳처럼 진홍빛으로 물들었고, 딸기 역시도 열매의 무게를 이기지 못하고 굽어지면서 여린 줄기가 꺾이곤 했다.

후텁지근한 여름날 오후, 창가에 앉아 있노라면 매들이 집 근처 밭을 배회하며 날아다니는 모습을 볼 수 있었다. 산비둘기는 둘이나 셋씩 짝을 지어서 내 앞으로 날아오르거나, 집 뒤에 자란 백송나무 가지에 앉아서 허공에 대고 요란한 소리를 내기도 했다. 물수리는 거울처럼 잔잔한 호수 위로 물결을 일으키며 물고기를 낚아채고, 밍크는 집 앞 늪에서 슬그머니 나와서 물가에 있던 개구리를 잡는다. 사초는 여기저기 날아다니는 갈대 새의 무게를 이기지 못하고 잔뜩 굽어져 있다. 30분 전부터 보스턴에서 시골로 여행자들을 실어 나르는 덜컹거리는 기차 소리가 요란하게 들리더니, 이내 잠잠해졌다가 다시 자고 새의 펄떡이는 심장 소리처럼 되살아났다. 이렇게 온갖 소리를 들을 수 있는 것은 내 집이 세상에서 완전히 떨어진 곳에 위치하지 않았기 때문이다. 언젠가 마을 동쪽에 위치한 어느 농장에 보내졌던 소년이 향수병을 이기지 못해 몰래 도망쳐서 신발이 온통 닳고 거지꼴을 한 채로 다시 돌아왔다는 소문을 들은 적이 있었다. 소년은 그 농장이 너무나 따분하고 외딴곳인 데다, 사람들이 모두 도시로 떠나버려 기차 소리마저 들리지 않았다고 투덜거렸다고 한다. 물론 지금은 매사추세츠에 그런 외딴곳이 남아 있지 않을 것이다.

진정으로 우리 마을은 철로 위로 달리는
화살의 표적이 되어버렸구나.
평화로운 들판 위로 마음을 달래는 소리가 들리네.
바로 콩코드로구나.

내가 사는 곳에서 남쪽으로 500미터가량 떨어진 곳에서 피치버그 철도가 호수와 맞닿게 된다. 나는 평소에 그 철도 옆으로 길게 난 둑길을 따라서 마을까지 걷곤 했다. 다시 말해, 그 철도 덕분에 그나마 사회와 연을 이으며 살아갈 수 있는 것이다. 화물 열차에 몸을 싣고 그 철도 길을 오가는 사람들은 오래 알고 지낸 사람처럼 다정하게 인사를 건넨다. 워낙 자주 마주치기 때문에 나를 철도 회사 직원으로 생각하는 모양인데 실은 맞는 말이다. 나도 지구라는 궤도의 어딘가에서 선로를 수리하며 살고 싶은 사람이니까.

기관차의 기적 소리는 요란하게 울어대며 농부의 안뜰을 날아다니는 매처럼 여름과 겨울을 가리지 않고 내 숲으로 파고들어, 분주하게 움직이는 수많은 도시 상인이 마을에 들어오거나 대담한 시골 장사꾼이 모여들고 있음을 알린다. 두 대의 기관차가 같은 지평선 아래로 달릴 때는 서로 속도를 늦추라는 신호로 요란하게 기적을 울리는데, 그 소리가 두 마을을 넘어서 저 멀리까지 울려 퍼질 때도 있었다.

"자, 시골 양반들, 여기 식료품이 도착했습니다!"

아무리 농사를 짓는대도 자급자족이 불가능한 사람들이라 감히 거절할 수도 없는 노릇이다. 그래서 시골 사람들이 탄 기차는 "여기 식료품 대금을 드리지요!"라고 말하듯 요란하게 기적을 울린다. 공성 망치처럼 생긴 목재를 싣고 시속 30킬로미터로 달리는 기차에는 성벽 안에 사는 무거운 짐 때문에 지친 사람들이 전부 앉을 수 있는 의자도 있다. 시골은 거대한 목재를 잘라내는 예의를 갖추면서 도시에 의자를 건네는 것이다. 토종 월귤나무로 가득했던 언덕은 온통 벌거숭이가 되고, 초원에서 자라던 월귤 넝쿨은 갈퀴질 당해 도시로 내보내진다. 목화는 도시로 향하고 옷감은 시골로 내려온다. 견직물은 도시로 향하고 모직물은 시골로 내려온다. 책은 도시로 향하지만 반대로 책을 쓰는 현자는 시골로 내려온다.

객차를 매달고 행성처럼 움직이는 기관차-그 궤도는 원래 위치로 되돌아오는 순환 곡선처럼 보이지 않으며, 그 속도와 방향으로 달리다가 마침내 태양계로 돌아올지 알 수 없기에 행성보다는 혜성처럼 움직인다는 표현이 정확할 것이다-가 뿌연 증기를 내뿜으면서 황금빛과 은빛의 소용돌이를 만들면서 달려갈 때, 새털처럼 뽀얀 구름이 햇살을 받아 하늘 높이서 반짝거릴 때, 이리저리 떠도는 반신 그러니까 구름을 지배하는 자가 빨간 석양이 내리는 하늘을 자신의 제복으로 삼는 것처럼, 또한 철마가 불꽃과 연기를 내뿜으며 우르릉 소리를 내며 뜨거운 콧김으로 언덕을 울릴 때면, 나는 지구가 마침내 어느 정도 자격을 갖춘 종족을 품게 되었다는 생각을 하게 된다(다른 신화에서는 날개 달린 말이나 불을 뿜는 용이 등장할 수도 있다). 세상 만물이 눈에 보이고 귀에 들리는 그대로라면, 인간의 고결한 목표를 위해 자연을 하인으로 삼은 것이라면 얼마나 좋을까! 기관차가 내뿜는 뽀얀 증기 구름은 영웅적 행위로 말미암은 땀방울이고, 농부의 밭 위로 떠도는 구름처럼 인간에게 자비를 베푼다면, 대자연의 힘과 그 자체도 기꺼이 즐거운 마음으로 인간을 보호해줄 것이다.

아침에 기차가 지나가는 모습을 바라볼 때면, 매번 같은 시간에 뜨는 해를 바라보는 것 같은 기분을 느꼈다. 보스턴을 향해 달려가는 기차는 멀리 흔적을 남기듯 하늘 높이까지 뿌연 증기를 내뿜었고 그 뿌연 연기구름은 태양을 잠시 가려 내 밭 위에도 어두운 그늘을 드리운다. 그 어두운 그늘이 천국으로 가는 기차라면 땅에 달라붙어 달리는 저 기차는 창끝에 달린 작은 미늘에 지나지 않으리라. 철마를 지휘하는 마부는 산 사이로 비추는 별빛을 받으며 겨울 아침에도 일찍 일어나 말에게 먹이를 먹이고 마구를 씌운다. 철마에 생명을 불어넣어 달리도록 하기 위한 불꽃은 그렇게 일찌감치 켜진다. 이른 새벽에 이뤄지는 그 모든 작업이 순수한 아침과 같다면 얼마나 좋을까! 눈이 쌓인 날이면, 철마에 겨울 신발을 신기고 커다란 쟁기를 들고 산부터 해안까지 깊은 고랑을 판다. 그 기차는 쟁기 뒤에 매달린 파종기처럼, 사방을 떠도는 승객들과 갖가지 상품을 씨앗처럼 시골 땅에 흩뿌린다. 그렇게 화마는 전국을 떠돌고 주인이 쉴 수 있도록 잠깐씩 멈추어 설 따름이다. 한밤중에도 요란한 화마의 발굽 소리와 호전적인 콧김 때문에 잠에서 깰 때가 있다. 화마는 얼음과 눈으로 둘러싸인 거대한 자연의 힘과 맞서며 외딴 골짜기를 달린다. 그렇게 한참을 달리다가 새벽에 별이 뜬 후에야 마구간으로 돌아가지만, 잠시도 눈을 붙이지 못한 채로 다시 떠날 채비를 해야 한다. 가끔 어두운 저녁이면 마구간에 들어간 화마가 그날 쓰고 남은 에너지를 발산하듯 요란하게 콧김을 뿜어내는 소리가 들릴 때도 있다. 잠시나마 눈을 붙이면서 신경을 안정시키고 간과 뇌를 쉬도록 하려는 모양이다. 오랜 시간을 달려도 좀처럼 지치지 않는 화마처럼, 그 화마의 일이라는 것이 영웅적이고 당당한 일이라면 얼마나 좋겠는가!

시커먼 밤이면 기차는 환하게 객실 불을 밝히고, 과거에는 낮에 사냥꾼들만 겨우 드나들었던 마을 근교의 인적이 드문 숲을 헤치고 달리지만 승객들은 그런 사실조차 알지 못한다. 사람들이 많이 모인 읍이나 환한 도시의 역에 멈추었는가 싶다가도 어느새 디즈멀 습지를 달리며 주변의 올빼미와 여우를 소스라치게 놀라게 만들기도 한다. 이제는 기차가 출발하고 도착하는 것이 마을의 중요한 사건이 되었다. 워낙 규칙적이고 정확하게 움직이는 데다 요란한 기적 소리를 멀리서도 들을 수 있으므로 농부들은 기차 소리에 시계를 맞추었다. 결국 잘 돌아가는 기관 하나가 온 나라를 관리하게 된 것이다. 철도가 발명된 이후로 우리의 시간관념이 조금 더 나아지지 않았을까? 예전 역마차에서보다 기차역에서 더욱 빨리 말하고 생각하는 건 아닐까? 기차역은 우리 마음을 들뜨게 만드는 뭔가가 있다. 나 역시도 그 기차역이 자아내는 기적을 보며 여러 번 놀라지 않을 수 없었다. 겉보기에는 기차처럼 빠른 교통수단을 이용할 것 같지 않던 사람들도 막상 기차의 출발을 알리는 소리가 들릴 때면 어느새 바로 옆에 모습을 드러내곤 했다. 작업을 '철도처럼' 하라는 말 역시도 이제는 유행어가 되어버렸다. 엄청난 힘을 가진 자가 자기 앞길을 방해하지 말라고 여러 번 진지하게 경고할 때는 그 말에 귀를 기울이는 것이 좋다. 하지만 기차의 경우에는 아무리 많은 사람이 모여도 소요 단속령을 낭독하기 위해 멈추지 않으며, 머리 위로 발포를 하지도 않는다. 우리는 아트로포스처럼 결코 갓길로 물러서지 않고 돌진하는 운명을 가지게 되었다. 정확히 몇 시 몇 분에 나침반의 어느 방향으로 기차가 향할지는 우리 모두에게 알려져 있다. 하지만 기차는 그 누구의 일도 방해하지 않고 아이들은 기차가 오가지 않는 철로로 학교에 간다. 우리는 철도가 생긴 덕분에 더욱 안정적인 삶을 살 수 있게 되었다. 결국 우리 모두가 빌헬름 텔의 아이가 되는 훈련을 받고 있는 셈이다. 대기는 우리 눈에 보이지 않는 화살들로 가득 차 있다. 우리가 걷는 길을 제외한 다른 모든 길은 운명의 길이나 다름없다. 그러니 여러분이 걷고 있는 길에서 절대로 벗어나서는 안 된다.

나는 상업이 지닌 진취적이고 대담한 기상을 굉장히 좋아한다. 상업은 두 손을 맞잡고 주피터에게 기도를 하지도 않는다. 나는 매일 자신감으로 가득 찬 표정으로 상인들이 자기 일에 만족하며 장사에 나서고 기대보다 더 큰 성과를 올리는 모습을 본다. 의식적으로 계획한 것보다 훨씬 더 큰 성과를 거두는 모양이다. 부에나 비스타의 전투[1]에서 반 시간을 바친 군인들의 영웅적인 행위보다, 한겨울이면 넉가래에서 살다시피 하는 꿋꿋하고 긍정적인 상인들의 용기에 더욱 감동받는다. 그들은 나폴레옹 1세가 '새벽 3시의 용기'라고 말했던 보기 드문 용기의 소유자일 뿐만 아니라, 너무 일찍 쉬지 않고 눈보라가 잠들었거나 철마의 근육이 꽁꽁 얼어붙었을 때만 비로소 잠이 드는 사람들이었다. 모든 이의 피를 얼어붙게 만드는 대폭설이 퍼붓는 오늘 아침에도, 기관차 종소리가 차가운 입김이 만들어낸 두꺼운 연기를 뚫고 나오는 소리가 희미하게 귓가에 들린다. 뉴잉글랜드의 북동부를 강타한 눈보라가 이들을 막고 있는데도 오래 지연하지 않고 제 길을 향하고 있음을 알리는 소리였다. 나는 하얀 눈과 서리로 덮인 인

---

1 멕시코와 미국 간의 전쟁에서 미군이 대포를 사용하여 대규모의 멕시코군을 격퇴한 전투이다.

부들이 기관차 위로 고개를 내밀고 있는 것을 볼 수 있다. 그들은 들국화나 들쥐의 보금자리가 아닌, 우주의 바깥쪽을 차지하고 있는 시에라네바다 산맥의 바윗돌 같은 것을 걷어내고 있다.

상업은 예상과 달리 자신만만하고 침착하며, 조심스럽고 모험적이며 끈질긴 면이 있다. 게다가 상업은 무척 자연스럽게 운영된다. 여러 기상천외한 기획이나 감상적인 실험보다 훨씬 자연스러워서 바로 그러한 이유로 상업이 눈부신 성공을 거둔 것이다. 화물을 실은 열차가 덜컹거리면서 옆으로 지나가면 기분이 뿌듯하고 얼굴에 미소가 번진다. 롱 부두에서 샘플레인 호수까지 화물의 냄새를 풍기며 달려가는 열차의 냄새를 맡을 때면, 이국적인 땅과 산호초, 인도양과 열대기후 그리고 거대한 지구가 머릿속에 떠오른다. 내년 여름이 되면 뉴잉글랜드 사람들의 연한 황갈색 머리카락 위로 드리워질 종려나무 잎사귀와 마닐라삼, 코코넛 껍질과 묵은 잡동사니와 마대 자루, 고철과 녹슨 못을 보고 있노라면 내가 세계의 시민이라도 된 것 같은 기분이 든다. 화물칸에 가득 들어찬 찢어진 돛들이 종이와 책으로 가공되는 것보다 지금 화물칸에 실린 모습이 더욱 흥미롭게 보인다. 그 찢어진 자국보다 돛들이 겪었던 폭풍의 역사를 생생하게 묘사할 수 있는 사람이 어디 있겠는가? 그 찢어진 돛들은 더는 수정할 필요가 없이 그대로 교정쇄에 들어가도 되는 상태인 것이다. 메인 주의 숲에서 벌채한 원목들을 실은 열차가 지나간다. 지난 홍수에 바다로 떠내려가지 않고 남은 것들이다. 낭시 바다로 떠내려가거나 쪼개진 원목이 워낙 많아서, 원목의 가격이 300미터 길이당 4달러씩이나 올랐다. 소나무와 가문비나무, 삼나무의 원목들은 각각 1등급부터 4등급으로 등급이 매겨져 있지만, 불과 얼마 전까지만 해도 모두 같은 등급으로 곰과 사슴, 순록의 머리 위로 드리워져 있던 것들이었다. 그다음으로 토마스턴에서 난 석회를 실은 화물 기차가 지나간다. 최상품이지만 소석회가 되기 전까지는 언덕을 따라 한참을 달려가야 한다. 그다음으로 빛깔과 품질이 제각각인 넝마를 채운 화물차가 지나간다. 무명과 아마포가 닳고 닳아 최하의 상태가 되면 넝마가 되며, 이는 직물로서는 최후의 결말이다. 이제 그 닳고 닳은 넝마들은 밀워키[2]가 아니면 어디서도 대접을 받지 못할 테고, 영국과 프랑스 그리고 미국에서 만든 날염의 천과 깅엄[3]과 모슬린 직물들은 상류층이 입었건 하류층이 입었건 상관없이 하나의 색과 비슷한 명암의 종이로 재생되고, 그 종이에는 상류층의 삶과 하류층의 삶이 사실에 근거한 생생한 이야기들이 기록될 것이다. 굳게 닫힌 열차에서 소금에 절인 생선의 냄새가 풍긴다. 뉴잉글랜드의 주요 수입원인 그 지독한 생선 냄새를 맡으면, 그랜드뱅크스[4]와 어업이 떠오른다. 성자들의 인내심마저 부끄러워질 정도로 절대로 상하지 않도록 굵은 소금에 절인 생선을 한 번도 보지 못한 사람이 있을까? 굵은 소금에 절인 생선으로

---

2 미국 위스콘신 주 동부에 있는 도시

3 면직물의 하나로, 굵은 실로 격자무늬를 넣어서 짠다.

4 캐나다 뉴펀들랜드 섬 남동 일대에 펼쳐진 대륙붕. 래브라도 해류와 멕시코 만류가 만나는 곳으로 세계적인 대어장을 이루며 대구잡이가 유명하다.

우리는 거리를 청소하거나 포장할 수도 있으며, 불쏘시개를 쪼갤 수도 있다. 마부는 절인 생선을 가지고 햇살과 비바람으로부터 자기 몸과 짐꾸러미를 보호할 수도 있다. 언젠가 콩코드의 상인이 그러했듯, 처음 가게를 열 때 소금에 절인 생선을 문 앞에 매달아둘 수도 있다. 그러다 보면 세월이 흘러, 그 생선이 동물인지 식물인지 아니면 광물인지 정확히 분간할 수 없게 되겠지만, 그럼에도 눈송이처럼 깨끗해서 냄비에 넣고 팔팔 끓이면 토요일 저녁을 책임질 훌륭한 생선 요리가 되어줄 것이다. 그다음으로는 스페인산 소가죽을 실은 열차가 지나간다. 한때 스페니시 메인 지역에서 황소의 몸에 매달려 광대한 초원을 달릴 때처럼 잔뜩 구부러진 꼬리는 예전처럼 하늘로 솟구쳐 있다. 이는 완고함의 전형으로 태생적 악덕함이 얼마나 치유하기 힘들고 절망적인지를 그대로 보여준다. 나는 어떤 사람의 타고난 본성을 알게 되면 그 성향이 살면서 좋거나 더 나쁜 쪽으로 바뀔 거라고 기대하지 않는다. 동양에서는 '개의 꼬리를 계속해서 뜨겁게 달구어 끈으로 12년 동안 묶어둔다고 해도, 결국 그 꼬리는 원래 모양으로 돌아가게 마련이다'라는 말이 있지 않는가? 그 타고난 습성을 치유할 효과적인 방법은 꼬리를 아교로 만들어버리는 것뿐이다. 소의 꼬리는 흔히 아교를 만들 때 사용하는데, 일단 아교로 만들어버리면 뭔가에 달라붙어 그 상태로 유지될 것이다. 이번에는 당밀과 브랜디가 든 커다란 통이 지나간다. 이는 버몬트 주 커팅스빌의 존 스미스에게 배달되는 것으로, 존 스미스는 그린 산맥 부근에서 장사하는 상인이며, 개간지 근처에 사는 농부들을 위해 여러 물건을 수입하고 있다. 지금쯤 그는 창고 입구 앞에서 서성거리면서, 최근 해안에 도착한 자신의 상품들이 가격에 어떤 영향을 미칠지 고민하고 있을 것이다. 또한 이번 기차를 타고 도착할 최상급의 물건에 굉장한 기대를 품고 있다며 단골들에게 입에 침이 마르도록 떠들어대고 있을 것이다.

이렇게 위로 올라가는 물건이 있는 반면 내려오는 물건들도 있다. 순간 윙윙 소리가 들려 고개를 들어보니, 저 멀리 북부 산악 지대에서 벌목한 커다란 소나무가 그린 산맥과 코네티컷 강을 넘어 10분도 채 되지 않는 사이 화살처럼 구르더니 누가 보기도 전에 자취를 감추었다. 그렇게 오간 데 없이 사라진 소나무는,

어느 거대한 함정의
돛대가 될 것이다.[5]

귀를 기울여보라! 이번에는 가축을 실은 열차가 들어오고 있다. 언덕을 노닐며 풀을 뜯던 소와 우리에 있던 양, 마구간에 있던 말과 채찍을 든 가축 상인들, 양 떼 사이에 둘러싸인 목동들이 열차에 타고 있다. 산악 지대의 목초지를 제외한 모든 것이 9월에 부는 강풍에 휩쓸려 내려오는 낙엽들처럼 재빠르게 지나간다. 송아지와 양의 울음소리, 황소들이 서로를 밀치는 요란한 소리가 대기를 가득 채워 마치 드넓은 목초지가 바로 옆으로 지나치는 듯하다. 제일 앞에 선 양이 목

---

5 밀턴의 《실낙원》 인용

에 맨 방울을 딸랑거리면, 산들이 숫양처럼 날뛰고 완만한 언덕들은 어린 양처럼 깡충깡충 뛴다. 가운데 객차에는 가축 상인들이 타고 있어서, 가축들과 별다를 것 없는 신세처럼 보이고 크게 할 일이 없는데도 계급장이라도 되는 양 채찍을 손에 꽉 쥐고 있다. 가축 몰이를 하던 개들은 어디에 있을까? 개들 눈에는 가축들의 탈주나 다름없을 텐데 말이다. 개들은 당황하여 우왕좌왕하다가 가축의 냄새를 놓치고 말았다. 피터버러 구릉지나 그린 산맥의 서쪽 기슭에서 헐떡이며 짖어대는 소리가 들리는 것만 같다. 가축 몰이 개들은 가축들이 도살당하는 현장을 볼 수 없을 것이다. 그렇게 일거리를 잃었다. 이제 개들의 충성심과 영특함도 기준치 이하로 떨어지고 말았다. 이제 개들은 면목 없는 모습으로 슬금슬금 집으로 돌아가거나, 아니면 야생으로 가서 늑대나 여우와 동맹을 맺을지도 모른다. 그렇게 목가적인 전원의 삶은 우리 옆을 쏜살같이 스쳐 지나간다. 요란한 종소리가 들린다. 나는 철로에서 비켜서야 한다. 열차들이 무사히 지나갈 수 있도록.

나에게 철로란 무엇인가?
철로의 끝이 어딘지
나는 굳이 보지 않겠다.
철로는 몇 개의 골짜기를 채우고
제비를 위해 둑을 쌓는다.
철로는 뿌연 모래를 휘날리고
검은딸기를 자라게 한다.

하지만 나는 숲속에 있는 수레 길처럼 철로를 건넌다. 요란한 소리와 함께 뿌연 연기와 증기를 뿜는다고 해도 내 눈이 멀거나 귀가 먹지는 않을 것이다.

그렇게 열차가 지나가고, 시끌벅적하던 세상도 사라졌다. 호수에서 노니는 물고기들도 더는 덜컹거리는 기차의 진동을 느낄 수 없다. 나는 그 어느 때보다 외로움을 느꼈다. 이제 남은 긴 오후 동안, 나는 깊은 명상에 잠길 것이고, 나를 방해하는 것이라고는 저 멀리 간선도로를 요란하게 오가는 마차와 마차를 끄는 가축들의 희미한 소리뿐이리라.

이따금 일요일이면 종소리가 들리곤 했다. 링컨, 액턴, 베드퍼드[6], 콩코드에서 바람을 타고 들리는 희미하고 감미로운 종소리. 이것만으로도 야생의 세계에 발을 들일 가치가 충분한 자연의 선율과 같았다. 그 종소리는 숲 너머로 저만치에서 들리기 때문에, 지평선의 솔잎이 하프의 선율을 연주하듯 멀리까지 진동하는 음을 냈다. 저 멀리서 들리는 온갖 소리는 서로 비슷한 효과를 자아내 마치 우주의 수금을 연주하는 것처럼 들린다. 멀리 떨어진 산등성이의 모습이 뿌연 대기층을 통과하면서 더욱 흥미롭게 보이는 것과 마찬가지다. 그 종소리는 대기 중에서 들리는 선율이자, 숲속의 모든 잎사귀와 솔잎이 함께 연주하는 선율이었다. 또한 메아리는 어느 정도 독창적인 소리라 그

---

6 링컨, 액턴, 베드퍼드는 모두 미국 각지의 지명이다.

자체로 메아리의 마력과 매력이 담겨 있었다. 메아리는 종소리 중에서도 다시 되풀이할 만한 가치가 있는 소리의 반복일 뿐만 아니라, 부분적으로 숲이 들려주는 목소리이기도 하다. 다시 말해 메아리는 숲속 요정의 속삭임을 담고 있다는 뜻이다.

저녁이 되면 저만치 숲 너머 지평선에서 음매, 하는 소의 울음소리가 감미롭고 아름답게 들리기도 했다. 처음에는 언덕과 골짜기를 노닐면서 이따금 세레나데를 불러주던 음유시인의 목소리인 줄로만 알았다. 하지만 그 소리가 소들이 내뱉는 자연의 소리라는 것을 알고도 불쾌하거나 크게 실망하지 않았다. 물론 음유시인의 세레나데를 소의 울음소리와 착각했다고 해서 그들을 폄하하려는 것은 아니다. 그저 둘 다 자연의 소리라는 점을 말하고 싶을 따름이다.

여름 중 어느 기간에는 저녁 7시 30분 무렵이 되면 쏙독새들이 집 앞 그루터기나 마룻대 위로 날아와 30분 정도 단조로운 목소리로 저녁 기도를 올리곤 했다. 그 새들은 마치 시계를 맞춰둔 것처럼 정확히 해가 지고 5분이 지나면 곧바로 날아와서 매일 똑같은 노래를 불렀다. 그 덕분에 쏙독새들의 습성을 파악할 좋은 기회를 얻은 셈이다. 때로는 네댓 마리나 되는 새가 숲 곳곳에서 한꺼번에 노래를 부를 때도 있었고, 차례차례 한 소절씩 노래를 부르기도 했다. 쏙독새와 내가 있는 자리가 워낙 가까웠기에 나는 쏙독새의 노랫소리뿐만 아니라 거미줄에 걸린 파리가 윙윙대는 소리까지 똑똑히 들을 수 있었다. 파리보다 훨씬 몸집이 크니 새소리가 훨씬 더 크게 들리기는 했다. 때로는 숲속에서 쏙독새가 바로 주위를 빙글빙글 돌며 날아다닐 때도 있었다. 근처에 자신이 낳은 알이 있었던 게 분명하다. 그렇게 새들은 일정한 간격을 두고 밤새도록 노래를 불렀고, 동이 트기 전과 통틀 무렵이 되면 어김없이 쏙독새의 노랫소리가 들렸다.

다른 새들이 잠잠해지면 가면올빼미들이 순서를 이어받아서 상갓집 여인네처럼 옛 노래를 부르기 시작한다. 그 오싹한 소리는 벤 존슨[7]을 떠올리게 만든다. 교활한 한밤중의 마녀들! 그들의 노랫소리는 퉁명스럽지만 정직한 시인의 노래가 아니라 장난기라고는 찾아볼 수 없는 지극히 엄숙한 무덤의 노래이며, 함께 목숨을 끊은 연인들이 지옥의 숲에서 지난날의 고귀한 사랑의 고통과 기쁨을 추억하며 서로를 위로하는 노래이다. 그런데도 나는 저만치 떨어진 숲속에서 들리는 비탄과 슬픔에 잠긴 올빼미들의 노랫소리를 듣는 것이 좋았다. 그 소리를 들을 때면 음악과 노래하는 새들을 떠올리게 만들며, 음악의 어둡고 슬픈 면, 뼈아픈 회한과 탄식이 간절히 노래로 불리기를 바라는 것처럼 느껴졌기 때문이다. 올빼미들은 정령과 같다. 한때는 인간의 모습을 하고 밤마다 거리를 거닐며 나쁜 짓을 저질렀지만, 이제는 올빼미가 되어 자신이 죄를 저지른 장소에 나타나서 구슬픈 송가와 비가를 부르며 속죄를 구하는 타락한 영혼의 비천한 정령이자 음울한 전조인 것이다. 나는 그런 올빼미를 통해서 인간의 안식처인 자연의 다양성과 포용력을 새삼 느낄 수 있다.

"아아, 세상에 태어나지 말았어야 하는데!"

---

7 영국의 극작가·시인·평론가

호수 이쪽의 올빼미 하나가 탄식조로 외치고는 절망의 날갯짓을 하며 허공을 떠돌다가 회색 떡갈나무에 내려앉는다. 그러자 잠시 후, 호수 반대편 구석에 있던 올빼미가 "……세상에 태어나지 말았어야 하는데!"라고 탄식을 하고, 곧이어 멀리 링컨 숲에서도 "…… 말았어야 하는데!"라는 탄식의 울음소리가 들린다.

큰 부엉이도 나를 위해 세레나데를 불러주었다. 그 소리를 가까이서 듣고 있노라면, 자연에서 들리는 가장 음울한 소리라는 생각이 들고 마치 죽어가는 인간의 신음 소리를 올빼미의 노래로 만들어서 자연의 합창단에 억지로 끼워 넣은 느낌이 들 정도였다. 이는 희망을 잃고 어두운 골짜기로 들어가는 인간의 흐느낌으로 목구멍을 타고 울리는 소리 때문에 더욱 섬뜩하게 들린다. 그 소리를 듣고 있자면, 건전하고 대담한 생각은 억눌리고 끈적이는 아교처럼 곰팡이 냄새가 나는 마음을 표현하는 것 같다. 큰 부엉이의 세레나데를 들을 때마다 무덤을 파헤쳐 시체를 먹는다는 귀신들과 정신이상자의 울음소리가 떠올랐다. 하지만 지금은 워낙 멀리 떨어진 숲에서 들리는 소리라서 그런지, 한 편의 곡조와도 같은 아름다운 선율처럼 느껴졌다. 큰 부엉이의 울음소리는 낮과 밤, 여름과 겨울을 가리지 않고 내게 커다란 즐거움을 선사해주었다.

나는 올빼미가 세상에 존재해서 매우 기쁘다. 그러니 바보처럼 때로는 미치광이처럼 울더라도 그냥 내버려두자. 그 소리는 대낮에 들어도 어두운 늪이나 뿌연 숲에 잘 어울린다. 그 소리를 들으면 인간이 미처 답습하지 못한 광활한 자연을 떠올리게 만든다. 올빼미는 인간이 지닌 외로운 황혼과 미처 채우지 못한 생각을 상징한다. 어떤 늪지대에서는 태양이 한쪽만 비추게 마련이다. 가문비나무 한 그루에 이끼가 잔뜩 긴 채로, 조그만 매들이 머리 위를 빙글빙글 맴돈다. 박새는 상록수 사이에서 재잘재잘 노래를 부르고, 자고새와 토끼는 나무 둥치 아래로 종종거리며 뛰어다닌다. 하지만 지금보다 더 음울하고 그곳에 어울리는 낮이 밝아오면, 다른 종류의 생명체들이 깊은 잠에서 깨어나 자연의 의미를 보여줄 것이다.

늦은 밤이면 덜컹거리며 다리를 건너는 마차 소리(밤에는 덜컹대는 소리가 어느 때보다 멀리까지 들린다)와 컹컹대며 짖는 개들의 소리가 들리고, 때로는 농장의 앞마당에서 홀로 구슬프게 우는 소의 울음소리도 들린다. 그사이 콩코드 호숫가에서는 황소개구리들이 요란하게 우는 소리가 울려 퍼진다. 황소개구리들은 자신의 잘못을 아직도 뉘우치지 않은 옛 술꾼들과 술고래의 완고한 영혼인 모양이다. 그들은 저승의 호수로 불리는 월든의 호수(월든의 호숫가에는 수초가 거의 없는데도 개구리가 많아서 이런 비유를 사용한 것이니 월든의 요정들은 부디 양해해주기 바란다)에서 돌림노래나 부르고 있으니 말이다. 황소개구리들은 오래전 잔칫상에서의 흥에 겨운 규칙을 지키려고 하지만, 예전과 달리 목소리가 잔뜩 거칠어지고 쉬어버려서 도리어 떠들썩한 분위기를 조롱하는 것처럼 들렸고, 포도주도 그 향을 잃어버려 그저 배를 불리는 수단이 되어버렸다. 그 때문에 과거의 기억을 달래줄 정도로 달달하게 취기가 오르지도 않고 그저 물로 배를 채운 것처럼 포만감과 배가 터질 것 같은 팽창감만 느껴질 따름이다. 개구리 중에서 가장 뚱뚱해서 마치 의장처럼 보이는 개구리는 북쪽 호숫가에서 턱받이 대신 수초를 괴고, 수포 위로 턱에서 흐르는 침이 흘러내린다. 개구리는 한때 거들떠도 보지 않았던 물을 꿀꺽 삼키고는 '개굴, 개굴, 개굴' 하고 크게 외치며 잔을 돌린다. 그러면 저 멀리 구석에서 곧바로 똑같은 소리가 이어진다. 서열과 몸집 면에서 둘째 위치인 다른 개구리가 물을 충분히 마셨다고 신호를 보내는 거였다. 이런 의식이 호숫가를 한 바퀴 돌고 나서야 최초로 이를 시작했던 황소개구리가 만족에 가득 차서 '개굴' 하고 외친다. 그러면 배가 제일 홀쭉 들어가고 날씬한 개구리까지 차례대로 그 소리를 따라 한다. 마지막 '개굴' 소리가 들릴 때까지 실수는 없다. 그리고 다시 술잔이 돌아가고 아침 해가 뜨고 안개가 걷힐 때까지 계속된다. 마침내 의장 개구리만 남고 혼자 남아서 이따금 '개굴' 소리를 내보지만 아무도 그 목소리에 응답하지 않는다.

내 개간지에서 수탉의 울음소리를 들었는지는 확실히 기억나지 않는다. 하지만 수탉의 울음소리를 듣기 위해서라도 수평아리를 한번 키워볼 가치는 있을 것 같다. 수탉은 한때 야생 꿩이었기 때문에 다른 새들의 울음소리와 다른 특별한 구석이 있었다. 만약 가축으로 길들여지지 않고 자연으로 돌아가 자라날 수만 있다면, 기러기나 부엉이의 울음소리를 넘어서는 숲에서 가장 유명한 소리가 될 것이다. 게다가 나팔소리와 같은 수탉의 울음소리가 그치면 곧이어 암탉들이 꼬꼬댁거리면서 그 공백을 비워준다고 생각해보라. 굳이 달걀과 닭다리를 이유로 들지 않더라도 인간이 닭을 가축으로 길들인 것은 전혀 이상한 일이 아니다. 추운 겨울 아침, 한때 닭들이 무리를 이루어 살던 숲, 닭의 고향이었던 숲을 거닐다가 야생의 수탉이 나무 위에서 홰치는 소리를 들어보라. 맑고 우렁찬 그 소리는 갖가지 소리로 뒤섞인 땅에서 다른 나약한 새들의 울음소리를 압도하며 수 킬로미터 너머까지 울려 퍼질 것이다. 그러면 그 소리를 들은 인간들도 바짝 긴장할 것이다. 그런 우렁찬 소리를 듣고도 잠에서 깨지 않을 사람이 어디 있을까? 그렇게 하루하루 일찍 잠에서 깨다 보면, 마침내 우리 모두가 더욱 현명하고 건강하고 부자가 되지 않겠는가? 모든 나라의 시인들은 토박이 새들은 물론이고 이 외래종의 새의 울음소리를 찬양하고 있다. 용감무쌍한 수탉은 모든 기후에 잘 적응하고 토박이보다 더 환경에 잘 적응한다. 수탉은 언제나 건강하며 폐활량도 뛰어나다. 어떤 경우에도 용맹함을 잃지 않는다. 대서양과 태평양을 항해하는 선원들도 수탉의 울음소리에 잠에서 깬다. 하지만 나는 수탉의 울음소리를 들으며 잠에서 깨지 못했다. 개와 고양이는 물론이고 소와 돼지, 암탉도 키우지 않았기 때문이다. 그런 이유로 집에서 가정적인 소리가 전멸했다고 말하는 사람도 있을 것이다. 인간에게 위안이 되는 우유 교반기나 물레 소리, 주전자에서 물 끓는 소리, 솥이 김을 뿜어내는 소리, 어린아이들이 우는 소리도 들리지 않았다. 만약 옛날 사고방식에 사로잡힌 사람이라면, 우리 집에서 살다가 정신이 이상해지거나 지루해서 죽어버렸을지도 모른다. 심지어 벽 속에 사는 쥐새끼 한 마리도 없었다. 쥐가 있었어도 굶어 죽었거나, 정확히 말하면 아예 들어오지 않았을 것이다. 다만 지붕 위와 마루 밑에 다람쥐들이 살고 있었으며, 마룻대 위에는 쏙독새가, 창문가에서는 어치가 노래하곤 했다. 집 아래로는 산토끼와 우드척이 드나들었으며, 가면올빼미와 부엉이가 지척에서 울었고, 호숫가에는 기러기와 물총새가 살았고 밤이면 여우의 울음소리가 들렸다. 흔히 농장 근처에서 쉽게 볼 수 있는 온순한 종달새나 꾀꼬리는 내 개간지에 나타나지 않았다. 마당에서 요란하게 홰치는 수탉도 없었고, 꼬꼬댁 우는 암탉도 당연히 없었다. 아니, 마당이라는 자체가 존재하지 않았다! 집 주변으로 울타리를 치지 않아서 바로 코앞에서부터 자연을 접할 수 있었기 때문이다. 창문 아래로는 갓 자라나는 나무들이 있었고, 옻나무와 검은딸기의 덩굴이 지하실까지 길게 뿌리를 드리우고 있었다. 소나무 가지가 어찌나 무성한지 지붕널까지 파고들 정도였고, 세찬 강풍이 불어오면 날아갈 석탄 통이나 차일도 없었다. 그 대신 바람에 부러지거나 뿌리가 뽑힌 소나무는 땔감으로 사용할 수 있었다. 폭설이 내린다고 해도 앞마당까지 길이 막히는 일도 없었다. 내 집에는 대문도 앞마당도 없었으니까. 문명 세계로 향하는 길 자체가 존재하지 않았다!

5

고독

(Solitude)

온몸이 하나의 감각기관이 되어 모든 땀구멍으로 기쁨을 흡수하니, 정말로 즐거운 저녁이 아닐 수 없다. 나는 자연 속에서 기묘한 자유를 얻어 마음껏 오간다. 구름이 끼고 바람이 불어 날은 쌀쌀하지만, 셔츠만 입은 채로 바위들이 가득한 호숫가를 따라서 걸음을 옮긴다. 딱히 눈길을 끄는 건 없지만 참으로 이상하게도 자연의 모든 요소가 나를 사로잡는다. 황소개구리들은 큰 소리로 울어대며 밤이 오는 것을 알리고 쏙독새의 노랫소리는 호수 위로 잔물결을 일으키는 저녁 바람을 타고 귓가에 스친다. 바람결에 살랑살랑 흔들리는 오리나무와 포플러 나뭇잎과 공감하다 보면 숨이 막힐 것만 같다. 하지만 월든의 호수처럼 고요한 내 마음은 잔잔한 물결이 퍼질 뿐 지나치게 넘실거리지는 않는다. 저녁 바람을 따라 살랑대는 잔물결은 거울처럼 잔잔한 수면만큼이나 거센 폭풍우와는 거리가 멀다. 드디어 어둠이 내리고 숲속에서는 요란한 바람이 불어오고 물결은 이리저리 부딪히며 철썩거린다. 가끔 동물들이 노래를 부르며 다른 동물들의 마음을 달랜다. 완벽한 평화란 없는 법. 사나운 짐승들은 휴식 대신 먹잇감을 찾아 슬렁거리며 나선다. 여우와 스컹크, 토끼 들은 두려움마저 잊은 채로 숲을 헤매고 다닌다. 그들은 자연의 파수꾼이자 활기찬 생명이 살아 숨 쉬는 낮 시간을 이어주는 고리와 같다.

집에 돌아오면 손님들이 남기고 간 흔적을 찾아볼 수 있다. 때로는 한 다발의 꽃이거나 상록수로 엮은 화환일 때도 있고, 혹은 노란 호두나무 잎이나 나뭇조각에 연필로 이름을 적어두기도 한다. 좀처럼 숲을 찾지 않는 사람들이 이것저것 가지고 놀다가 깜빡 잊고 혹은 의도적으로 물건을 남기고 가는 것이다. 언젠가는 버드나무 줄기의 껍질을 벗겨서 반지처럼 엮은 채로 탁자에 두고 간 사람도 있었다. 둥글게 구부러진 나뭇가지나 짓눌린 잔디, 발자국을 보면 내가 없는 사이 손님이 다녀갔음을 짐작할 수 있었다. 혹은 꽃송이가 떨어져 있거나 풀이 한 움큼 뽑혀 있기도 했다. 320미터쯤 떨어진 대로변에서 풍기는 파이프 담배 냄새로 누군가 지나가고 있음을 알아차린 적도 있었다.

일반적으로 우리 주변에는 널찍한 공간이 있다. 지평선은 우리 팔이 닿지 않는 거리에 펼쳐져 있고 울창한 숲도 문을 열고 나가자마자 만날 수 있는 것이 아니며 호수도 마찬가지다. 자연은 인간의 발길이 닿는 만큼 개간이 되고, 어느새 울타리가 만들어지면서 서서히 개척된다. 땅 주인으로부터 몇 제곱킬로미터나 되는 이 인적이 드문 숲을 양도받아서 나의 은둔처로 정한 이유가 무엇이겠는가? 제일 가까이 사는 이웃집도 1.6킬로미터는 족히 떨어져 있고 언덕 꼭대기에 올라서지 않으면 주변 1킬로미터 반경에 있는 어떠한 집도 보이지 않는다. 나 혼자서 숲과 경기를 이루는 지평선 모두를 차지하고 있는 셈이다. 한쪽으로는 호숫가와 맞닿은 철로가 보이고 반대쪽에는 숲 길과 이어진 울타리가 시야를 채운다. 하지만 내 은신처는 대초원만 큼이나 적막하다. 분명 뉴잉글랜드에 살고 있는데도 아시아나 아프리카 같은 느낌이 들 정도이다. 말하자면 이곳의 해와 달과 별은 나만의 것이라, 혼자 이 조그만 세상을 차지하고 있는 것이다. 밤이 깊어지면 집 근처를 지나치거나 우연히 노크를 하는 여행자도 나타나지 않는다. 이 세상에 최초의 인간이자 최후의 인간이라도 된 것 같은 기분이었다. 아무리 최후의 인간이라도 이 정도로 고독하지는 않았을 것이다. 봄이 되면 가끔 메기 낚시를 위해서 근처를 찾는 사람들도 있었지만, 그들은 어둠이라는 미끼로 자기 마음속 월든 호수에서 많은 메기를 낚았기에 세상 전체를 나와 어둠에 맡기고 빈 바구니만 들고 돌아갔다. 그 때문에 밤의 어두운 핵심이 인간 손에 더럽혀지는 일은 일어나지 않았다. 마녀들은 모두 교수형에 처해졌고 기독교와 양초가 널리 보급되었지만 대부분의 사람은 여전히 어둠을 두려워하는 모양이다.

하지만 인간을 혐오하고 우울증에 사로잡힌 사람이라고 해도 누구나 자연 속의 사물을 통해 가장 즐겁고 다정하고 순수하며 도움을 주는 벗을 만날 수 있음을 나는 몸소 체험하였다. 자연의 한가운데 살면서 감각을 유지하는 사람에게는 극심한 우울증이란 있을 수 없다. 건강하고 순수한 귀에는 거센 폭풍우조차 바람의 신 아이올로스의 멜로디로 들릴 뿐이다. 그 어떠한 것도 소박하고 용감한 사람을 천박한 슬픔 속으로 억지로 떠밀 수는 없다. 사계절을 벗 삼아서 즐거운 삶을 살아가는 동안은 그 어떤 것도 내 삶에 부담스러운 짐을 지울 수 없다고 나는 굳게 믿고 있다. 콩밭을 촉촉이 적시고 나를 집 밖에 나가지 못하도록 만드는 저 보슬비도 나를 우울하게 만들지 못하며 오히려 유익함을 가져다준다. 비가 와서 밭을 매지는 못하지만 그보다 더한 가치를 주기 때문이다. 물론 비가 오래 머물러 땅속에서 씨가 썩고 저지대에 심은 감자가 못쓰게 된다고 해도 고지대에 자라는 풀에 좋을 테고, 결국 나에게도 좋은 일이 되기 때문이다. 때로는 나 스스로를 다른 사람들과 비교해보면 신들의 은총이 내게만 쏠리는 것 같은 기분이 들 때가 있다. 다른 사람들이 가지지 못한 권한과 보증서까지 가지고 있어서, 왠지 신들의 특별 보호와 인도를 받는 기분이다. 혼자만의 생각이 아니라 정말로 그런 일이 가능해 신들이 나를 특별히 감싸주는 것 같다. 나는 고독함이나 외로움을 느껴본 적이 없다. 딱 한 번, 숲에 들어와 몇 주가 지났을 때 평온하고 건강한 삶을 누리기 위해서 가까운 곳에 이웃 하나는 있어야 하지 않을까 한 시간가량 고민한 적이 있었다. 잠시 혼자라는 사실이 싫었던 것이다. 하지만 그 생각을 함과 동시에 뭔가 이상야릇한 기분에 사로잡혔음을 깨달았고 곧바로 그런 잡념에서 벗어날 수 있음을 직감했다. 보슬비가 세상을 적시는 사이, 나는 이런저런 생각에 잠겼다. 그리고 대자연 속에서 내리는 빗소리와 집 주변의 온갖 소리와 풍경 속에 달콤하고 다정한 벗이 있음을 깨달았고 나를 지탱해주는 대기처럼 무한한 친밀감을 느꼈다. 그 순간 가까이 이웃이 살 때의 이점들이 그저 하찮게 느껴졌고 이후로는 다시는 그런 생각을 하지 않았다. 조그만 솔잎 하나하나가 공감대를 이루면서 크게 부풀어 올라 내 벗이 되었다. 흔히 황량하고 우울하다고 말하는 공간에도 나와 친근함을 나눌 수 있는 무언가 존재한다는 것을 분명히 느꼈다. 나와 혈연적으로 가장 가깝고 친절한 존재는 마을 사람이 아니며, 그때 이후로 어떤 공간도 나에게 완전히 낯선 곳이 될 수 없음을 알았다.

애도는 슬픈 자들을 일찌감치 소모시키는 것이니
살아 있는 자들의 땅에서 그들이 살날은
그리 오래 남지 않았다.
토스카의 아름다운 딸이여.

나는 특히 봄과 가을에 긴 폭풍우가 몰아치는 시기를 좋아했다. 오전은 물론이고 오후에도 집 안에 틀어박힌 채로 끝없이 윙윙 불어오는 바람 소리와 세찬 빗소리를 들으면서 마음을 달랠 수 있었기 때문이다. 일찌감치 황혼이 찾아와 기나긴 저녁 밤을 예고했고 나는 시간에 쫓기지 않고 오랜 시간 마음껏 상상의 나래를 펼칠 여유를 얻게 되었다. 북동풍에 실려 와 거세게 쏟아붓던 빗물은 마을의 집들을 온통 혼란에 빠뜨리고 집 안에서는 행여 빗물이 들이칠까 봐 하녀들이 빗자루와 양동이를 들고 현관 앞에서 만반의 대비를 한다. 하지만 나는 그런 날에도 나를 든든히 보호해주는 조그만 집의 하나뿐인 문 뒤에 조용히 앉아서 여유를 만끽할 수 있었다. 언젠가 천둥 번개에 비까지 억수로 쏟아지던 날, 호수 건너편의 커다란 리기다소나무가 번개에 맞아 꼭대기부터 밑동까지 길이 3센티미터에 너비 10센티미터에 가까운 큼지막한 상처를 남긴 적도 있었다. 워낙 번개 맞은 자국이 또렷해서 누군가가 일부러 홈집을 낸 것처럼 보일 정도였다. 일전에 다시 그 나무 근처를 지나다가, 8년 전 하늘에서 떨어진 무시무시한 번개의 흔적이 전보다 더욱 또렷해진 것을 보면서 엄청난 경외감에 사로잡혔다. 주변 사람들은 가끔 이렇게 말한다.

"그런 곳에 살면 정말 외로울 것 같아요. 특히 비나 눈이 오는 날에는 근처에 사람들이 있는 게 낫다는 생각이 들 테고."

그런 말을 들으면 이렇게 받아치고 싶은 기분이 든다.

"우리가 사는 이 지구는 거대한 우주 속에서 하나의 점에 불과합니다. 저 하늘에 떠 있는 별 위에서 가장 멀리 떨어진 사람들의 거리는 얼마나 될까요? 그렇다면 저 별의 너비는 얼마나 될까요? 아마 우리가 가진 측량 도구로는 그 거리조차 잴 수 없을 겁니다. 그런데 왜 내가 외로워할 거라고 생각하시나요? 우리가 살아가는 행성인 지구도 결국 은하수 안에 있는 게 아닌가요? 당신의 궁금증은 내게 그리 중요치 않습니다. 누군가 주변 사람들과 떨어져서 외로움을 느낀다면, 그 공간은 무엇일까요? 아무리 다리를 바삐 움직인다고 해도 서로의 마음이 가까워지는 것은 아닙니다. 우리는 무엇과 가장 가까이 머물고 싶어 할까요? 수많은 사람, 아마 그건 아닐 겁니다. 기차역이나 우체국, 술집과 교회, 학교, 식료품점, 비컨 힐[1], 파이브 포인츠[2]처럼 사람이 많이 몰려드는 공간이 아니라 삶의 영원한 원천과 가까이 살고 싶을 겁니다. 호숫가에 자라는 버드나무가 물이 흐르는 쪽으로 뿌리를 내리는 것과 마찬가지로 말입니다. 물론 타고난 본성에 따라서 다른 일이지만, 현명한 사람이라면 그쪽으로 지하를 만들 겁니다⋯⋯."

어느 날 저녁, '상당한 양의 재산'을 모은 것으로 소문난 동네 사람이 한 쌍의 소를 끌고 월든 시장으로 향하던 중에 마주치게 되었다. 나는 지나치게 부를 축적했다는 점이 그리 올바르다는 생각이 들지 않았다. 그는 나에게 어떻게 생활을 편하게 해주는 그 많은 것을 포기할 수 있었는지 물었다. 나는 지금의 삶이 충분히 마음에 든다고 대답했다. 농담이 아니었다. 그 후로 나는 집에 돌아와 잠자리에 누웠고, 그는 어둠과 진흙이 뒤덮인 거리를 지나서 브라이턴으로 향했다. 아마도 다음 날 아침이 되어서야 목적지에 도착할 수 있었을 것이다.

만약 차가운 주검이 된 사람이 다시 눈을 뜨고 되살아날 가능성이 있다면, 시간이나 장소는 크게 중요치 않다. 그런 기적이 벌어지는 곳은 언제나 같고, 그곳에서는 우리의 모든 감각이 형언할 수 없을 정도로 즐거움을 느낄 수 있다. 대부분의 경우, 우리는 멀리 동떨어지고 일시적인 상황에서 좋은 기회를 만들려고 한다. 사실은 그런 상황에

---

1 미국 메사추세츠 주 보스턴의 시내
2 뉴욕 최고의 슬럼가이자 위험한 거리로, 아메리칸 드림을 꿈꾸는 이주민들이 몰려들어 북적거렸다.

놓이면 주의력이 산만해지게 마련이다. 온갖 사물과 가까이 있다 보면 그 모든 존재를 가능케 하는 힘이 주위에 존재하기 때문이다. 바로 우리의 눈앞에서 자연의 가장 위대한 법칙들이 끝없이 그 힘을 발휘하고 있다. 우리 주변에는 돈을 주고 고용한 일꾼들 혹은 우리와 함께 대화를 나누고 싶어 하는 이들이 아니라, 우리를 자신의 일거리로 삼으려는 일꾼도 있다.

"하늘과 땅의 오묘한 힘, 그 힘은 얼마나 위대하고 대단한가!"

"그 힘은 보려고 해도 눈에 보이지 않고 들으려고 해도 귀에 들리지 않지만, 만물의 본질과 합치되어 있어서 따로 분리해낼 수가 없다."

"그 엄청난 힘은 우리 마음을 순화하고 성스럽게 하며 복장을 갖춰 조상들에게 예를 보이도록 만든다. 그 힘은 오묘한 지혜의 바다와 같고, 이는 우리 머리 위와 좌우 그리고 어디에나 존재한다. 그 힘은 사방에서 우리를 둘러싸고 있다."

우리는 내가 큰 흥미를 가지고 시도하는 어떠한 실험의 대상이다. 그러니 지금 우리가 놓인 상황에서라도 잠시 쓸데없는 잡담을 그만두고 우리의 기운을 북돋우는 생각만 하며 살 수는 없을까? 공자는 말했다.

"덕을 갖춘 사람은 외롭지 않으며 언제나 이웃이 함께하게 마련이다."[3]

우리는 사색을 통하여 건전한 의미에서 우리 자신으로부터 벗어

---

3 《논어》 제4편

날 수 있다. 정신의 의식적인 노력을 통해서 우리는 행동과 결과로부터 벗어나 초연해질 수 있으며 좋은 일이든 나쁜 일이든 급류처럼 우리 옆으로 지나가버린다. 우리는 완벽하게 자연 속에 들어갈 수는 없다. 우리는 강물을 따라 흘러가는 나뭇조각일 수도 있고, 하늘에서 이를 내려다보는 인드라 신[4]일 수도 있다. 어떤 연극을 보고 지대한 영향을 받을 수도 있지만 반대로 실제 나와 깊숙이 연관된 사건에는 아무런 영향을 받지 않을 수도 있다. 우리는 우리 자신이 생각과 감정을 지닌 존재임을 잘 알고 있다. 또한 나는 타인뿐만 아니라 나 자신에게 조차 초연해질 이중성을 지니고 있음을 잘 안다. 그래서 아무리 강력한 경험을 하더라도 그저 멀리 떨어져 그 경험을 관찰하고 기록하는 나의 일부가 내 존재 안에 있음을 안다. 그 일부는 남도 아니고 나도 아니다. 삶이라는 한 편의 연극은 비극으로 끝날 가능성이 크며 연극이 끝나면 모두가 각자의 길로 떠난다.

관객의 입장에서 삶이란 그저 허구, 즉 상상이 빚어낸 하나의 작품에 불과하다. 이러한 이중성이 우리를 형편없는 이웃이나 별 도움이 되지 않는 친구로 만들기 쉬운 법이다.

나는 최대한 혼자서 시간을 보내는 것이 건강에 좋다고 생각하는 쪽이다. 아무리 좋은 사람이라도 오랫동안 함께 있다 보면 싫증이 나고 지루해지는 법이다. 나는 혼자 있는 시간을 좋아한다. 지금까지 고독만큼 편한 친구를 만난 적이 없다. 우리는 홀로 방에 있을 때보다

---

4 인도신화에서 날씨와 전쟁을 관장하는 신

밖에 나가서 사람들 틈에 껴 있을 때 더욱 외로움을 느낀다. 생각을 하거나 일을 하는 사람들은 어디에 있건 혼자인 셈이다. 그런 사람들은 혼자 있도록 내버려둬야 한다. 고독함이란 다른 사람과 떨어져 있는 거리로 측정되는 것이 아니다. 벌집처럼 북적거리는 케임브리지 대학의 강의실에서도 진정으로 부지런한 학생은 수도승처럼 고독하다. 농부는 종일 밖에 나가서 숲이나 밭에서 일을 하기에 좀처럼 외로움을 느끼지 않는다. 워낙 일에 몰두해 있기 때문이다. 그러다가 저녁이 되어 집에 돌아오면 온갖 잡념에 사로잡혀 가만히 방에 앉아 있지 못하고 다른 사람들을 만나서 기분을 풀려고 나간다. 그래야만 종일 혼자서 고독하게 지낸 것에 대해 보상을 받는 거라고 생각하는 모양이다. 그래서 농부의 입장에서는 학생들이 밤낮을 가리지 않고 대부분 혼자 지내면서도 어떻게 울적해하거나 지루해하지 않는지 의아하게 여긴다. 물론 학생은 농부와 달리 집에 있지만, 농부처럼 그들도 자신 나름의 밭에서 일을 하고 자신의 숲에서 나무를 베고, 또한 농부처럼 다른 사람들과 만나 짧은 시간 안에 나름대로 기분을 풀기 위해서 노력한다는 점을 알지 못하기 때문이다.

타인과 교제한다는 행위 자체가 천박하기 짝이 없는 경우도 많다. 너무 자주 만나다 보면 서로를 통해 새로운 가치를 얻을 여유가 없기 때문이다. 함께 식사한다는 이유로 세 번이나 만나서 퀴퀴한 곰팡이 냄새가 나는 치즈를 내미는데, 그 치즈는 바로 우리 자신과 같다. 그럼에도 지나치리만치 잦은 만남은 견디고 상대와 다투지 않기 위해서 예의범절이라 불리는 일정한 규칙에 따라야 한다. 우리는 우체국에서도 친목 모임에서도 사람들을 만나고 밤이 되면 따뜻한 난롯가에서도 서로를 마주친다. 너무 밀접하게 모여 살다 보니 서로에게 방해가 되기도 하고 상대에게 걸려서 넘어지기도 한다. 그러다 보면 서로에 대한 존경심이 서서히 사라지게 된다. 지금보다 덜 만나도 서로 중요한 대화는 얼마든지 나눌 수 있다. 공장에서 일하는 여직공들을 생각해보라. 그들은 꿈을 꾸는 순간에도 혼자인 여유를 갖지 못한다. 내가 사는 호숫가의 작은 집처럼 1제곱킬로미터당 한 사람만 살 수 있다면 훨씬 좋을 것이다. 인간의 가치는 살갗에 있는 것이 아니기에 꼭 만져봐야만 그 가치를 느낄 수 있는 것은 아니다.

숲에서 길을 잃고 굶주림과 탈진으로 나무 아래서 서서히 죽어가던 한 남자의 이야기를 들은 적이 있다. 극도로 쇠약해진 탓에 온갖 병적인 환영들에 사로잡혔는데, 그는 환영 속 존재들이 실제라고 믿었기에 혼자라는 고독감에서 벗어날 수 있었다. 우리는 육체적으로나 정신적으로나 그보다 더 건강하기에 더욱 정상적이고 자연스러운 교제를 통해 서로에게 힘을 주고 결코 혼자가 아님을 깨달을 수 있다.

우리 집에는 수많은 벗이 있다. 특히나 사람이 거의 찾아오지 않는 아침이면 더더욱 그렇다. 여러분이 내 상황을 이해할 수 있도록 몇 가지 비유를 들어보겠다. 월든 호숫가에서 시끄럽게 울어대는 물새와 월든 호수 그 자체가 외로움을 느끼지 않는 것처럼 나 또한 그렇다. 적막하게만 보이는 월든 호수에게 어떤 친구가 있겠는가? 하지만 파란 호수 안에는 사악한 악마가 아닌 파란 천사들이 존재한다. 하늘에 뜬 태양 역시도 혼자다. 뿌옇게 안개가 낀 날에는 태양이 둘로 보이지만, 하나는 분명히 가짜이다. 신 역시도 혼자다. 하지만 사악한 악마는 혼자가 아니다. 사악한 자들을 거느리고 있기 때문이다. 그렇게 보면 악마는 같은 패거리를 거느린 군대와 같다. 드넓은 목초지에 피어 있는 우단담배풀, 민들레, 콩잎과 괭이밥, 등에와 호박벌이 외로움을 느끼지 않듯이 나 역시도 외롭지 않다. 밀브룩[5]과 풍향계, 북극성과 남쪽에서 불어오는 바람, 4월의 소나기, 정월의 따사로움, 새집에 처음으로 거미줄을 친 거미가 외롭지 않듯 나 역시도 그러하다.

길고 긴 겨울밤, 하늘에서 눈이 펑펑 쏟아지고 매서운 바람이 부는 날이면 가끔 나보다 호숫가에 먼저 정착한 원주민이 외딴집을 찾아올 때가 있다. 그는 월든 호수를 파서 바닥에 돌을 깔고, 호숫가에 소나무를 심었다고 한다. 그는 오래전에 있었던 일과 앞으로 먼 미래에 닥칠 일에 관하여 이야기해준다. 우리에게는 사과도 사과로 만든 술도 없지만, 서로 즐거움을 나누고 의견을 나누면서 재미있는 시간을 보낸다. 나는 지혜롭고 유머 감각이 넘치는 그 원주민 친구를 매우 좋아한다. 그는 청교도 혁명의 지도자이던 휠리나 고프보다도 더 은밀하게 움직이기 때문에 다른 사람의 눈에 잘 띄지 않아 모두 그가 죽었다고 생각하지만, 그의 시신이 어디에 묻혔는지는 아무도 알지 못한다. 다른 사람들의 눈에는 잘 보이지 않지만, 우리 이웃집에는 노부인도 살고 있다. 나는 이따금 노부인이 가꿔놓은 향초 밭을 한가롭게 거닐며 약초를 캐기도 하고, 부인이 들려주는 이야기를 듣기도 한다.

---

5 강 이름. 미들 강(Middle River)과 합해져 블랙스톤 강을 형성한다.

부인은 누구보다 뛰어난 재능을 가진 데다 태생적으로 기억력이 뛰어나 신화보다 더욱 이전까지 거슬러 올라가서, 신화의 기원이 무엇인지까지 세세하게 설명해줄 수 있을 정도다. 꽤 나이 들었음에도 여전히 활기가 넘치고 혈색이 좋아서 모든 날씨와 계절을 즐기며 살기 때문에 자식들보다도 오래 장수할 수 있을 것이다.

태양과 바람 그리고 비, 여름과 겨울 등 자연은 말로는 설명할 수 없을 만큼 순수하고 자애로워서 우리에게 끝없이 건강과 활력을 가져다준다. 자연이란 본디 인류와 교감하는 것이기 때문에, 누군가가 정당한 이유로 말미암아 슬픔에 잠겨 있으면 자연 전체가 영향을 받게 된다. 그러면 태양은 밝은 빛을 잃고 바람은 깊은 한숨을 내쉬며 구름은 눈물을 흘리듯 빗방울을 흘리고 푸른 숲은 한여름에도 잎사귀를 떨어뜨리고 상복을 입을 것이다. 이러니 어떻게 대지와 교감하지 않을 수 있을까? 나 역시도 부분적으로는 나뭇잎과 식물의 부식토가 아닐까?

우리를 건강하게 지켜주고 평온하게 만들어주고 안락하게 살 수 있도록 해주는 묘약은 대체 무엇일까? 나의 증조부도 여러분의 조부도 아니라 인류의 증조모인 자연이 빚어낸 보편적이고도 식물학적인 묘약이다. 자연은 이 묘약으로 젊음을 유지해왔고, 장수한 것으로 유명한 파아 노인[6]보다 오래 살았으며 그들의 썩어가는 지방으로부터 건강을 유지했다. 나의 만병통치약은 돌팔이 의사가 아케론[7]

---

6 152세에 세상을 떠났다고 알려진 영국의 장수 노인

과 사해의 물을 적당히 섞어서 만든 조그만 유리병에 든 물약이 아니다. 그 약은 길고 야트막한 검은 범선 같은 유리병 운반용 마차에 주로 보관되어 있다. 나의 만병통치약은 바로 이른 아침에 맡는 신선한 공기이다! 하루의 원천인 신선한 아침 공기를 맡지 못하는 사람들이 있다면, 이 세상의 아침 시간을 누릴 수 있는 이용권이 없는 사람들을 위해서 아침 공기를 병 속에 담아서 상점에서 팔기라도 해야 할 것이다. 하지만 아침 공기는 제아무리 서늘한 지하 창고에서도 정오까지 유지되지 못하고, 정오가 되기 훨씬 전에 병뚜껑을 열고 아우로라[8]의 발자취를 따라 서쪽으로 사라진다는 점을 반드시 기억해두어야 한다. 나는 약초를 즐겨 썼다는 의술의 신 아스클레피오스[9]의 딸로 한 손에는 뱀을 다른 한 손에는 뱀의 목을 축이는 잔이 든 모습으로 묘사되는 히기에이아[10]를 숭배하지 않는다. 그보다는 주피터[11]에게 술을 올리는 헤베 여신[12]을 숭배한다. 헤베 여신은 우리가 사는 지

7　그리스신화에서 저승을 감싸고 흐르는 강, 혹은 강의 신이다.

8　로마신화에 나오는 새벽의 여신. 그리스신화의 에오스(Eos)에 해당한다.

9　그리스신화에 나오는 의술의 신. 아폴론의 아들로, 죽은 사람을 소생시키는 능력을 가졌다고 한다.

10　그리스신화에 나오는 건강(健康)의 여신. 의술(醫術)의 신인 아스클레피오스의 딸로, 최초의 간호사라고 한다.

11　제우스의 영어 이름

12　그리스신화에 나오는 청춘의 여신. 제우스와 헤라의 딸로, 신들에게 술을 따라 주는 시녀이다. 로마신화의 유벤타스에 해당한다.

구에서 살았던 젊은 여인 중에서도 항상 건강을 유지하고 활발한 삶을 산 유일한 존재였을 것이다. 헤베 여신이 가는 곳에는 언제나 화사한 봄이 꽃피었으니까.

6

방문객들
(Visitors)

　나도 다른 사람들처럼 남들과 교제하는 것을 좋아한다. 또한 나와
잘 맞는 사람을 만나면 찰거머리처럼 오랫동안 찰싹 붙어 있을 각오
도 되어 있다. 솔직히 타고난 천성 자체가 은둔자가 아니라서 일 때문
에 술집을 찾으면 좀처럼 자리를 떠나지 않는 단골손님보다 더욱 오
랫동안 버틸 자신도 있다.

　나의 조그만 집에는 의자가 세 개 있다. 하나는 고독을 즐기기 위한
것이고, 다른 하나는 친구를 위한 것이며 마지막 하나는 교제를 위한
것이다. 예기치 못하게 방문객이 여럿 찾아왔을 때도 의자는 세 개뿐
이지만 나머지는 서 있으면 되니 조그만 방을 효율적으로 사용할 수
있었다. 조그만 방에 얼마나 많은 사람이 들어갈 수 있는지 알게 되
어 오히려 놀라울 지경이었다. 한 번에 25명에서 30명의 영혼과 몸뚱
이까지 한집에 있었던 적도 있었는데, 다들 삼삼오오 몰려 있어서 그

렇게 비좁다는 느낌은 들지 않았다. 공동 주택과 개인 주택을 막론하고 대부분 집에는 셀 수 없을 만큼 방이 많고 거실도 넓으며, 포도주를 비롯해 평화로운 시기의 생활필수품을 저장하기 위한 지하 창고까지 갖추고 있어서 식구에 비해 집이 지나치게 크다 싶은 생각이 든다. 집이 얼마나 넓은지 오히려 그 집에 거주하는 사람들이 해충처럼 보일 정도이다. 트레몬트, 애스터, 미들섹스 하우스 같은 호텔 앞에서 포고꾼이 나팔 소리로 소환을 해도, 마을 사람들을 위한 광장 너머에 나타나는 거라고는 우스꽝스럽게 생긴 생쥐 한 마리뿐이고 그마저도 포장도로 가운데 나 있는 쥐구멍 속으로 슬그머니 도망쳐버리니 얼마나 놀라운 일인지 모른다.

　조그만 집에 살면서 가끔 겪게 되는 불편한 점이라면, 방문객과 함께 진지한 내용을 토론하면서 서로 충분한 거리를 두기 힘들다는 점이다. 하나의 생각이라는 돛을 올리고 항구에 도착하려면 그사이에 한두 바퀴 정도 항해할 충분한 공간이 필요한 법이다. 생각이라는 총알은 듣는 이의 귀에 도달하기 전에 상하좌우의 요동을 극복하고 마침내 안정된 궤도 속으로 들어가야 한다. 안 그러면 듣는 이의 귓속으로 총알이 들어갔다가 반대편으로 그대로 빠져나올 수 있기 때문이다. 우리가 말하는 문장 역시 긴 단락을 형성하기 위해서는 일정한 공간이 필요하다. 하나의 국가와 마찬가지로 개개인 사이에도 적당히 널찍하고 자연스러운 경계선과 충분한 중립 지역이 필요하다. 언젠가 한 친구와 호수를 사이에 두고 대화를 나눈 적이 있었는데 나로서는 굉장히 특별하고도 유쾌한 경험이었다. 우리 집은 대화를 나누는 상대와 거리가 지나치게 좁은 편이라서 그 목소리를 제대로 듣기가 쉽지 않다. 고요한 수면 위로 두 개의 돌멩이가 바짝 붙어서 튕길 때는 양쪽에서 물결이 일어 상대를 방해하기 십상이다. 그저 큰 소리로 떠들어대는 것을 좋아하는 사람이라면 코가 닿을 정도로 바싹 붙어서 상대의 입김까지 느낄 수도 있을 것이다. 하지만 매사 신중하게 말하는 습관을 가진 사람이라면, 동물적인 열기와 습기가 증발할 정도로 상대방과 멀찍이 거리를 두고 싶어 하게 마련이다. 굳이 입 밖으로 꺼내지 않고도 상대와 내면의 소리를 공감하려면, 그리고 친밀함을 유지하기 위해서는 상대방의 목소리가 들리지 않을 정도로 육체적으로도 서로 멀찌감치 떨어져 있는 것이 좋다. 그렇게 생각해보면, 말이란 소리를 제대로 듣지 못하는 사람들을 편리하게 하기 위한 것임에 틀림없다. 하지만 고래고래 소리를 지른다고 해도 완벽하게 표현하기 힘든 미묘한 일이 세상에는 부지기수이다. 상대방과 대화가 서서히 진지해지고 무게를 더함에 따라서, 나와 상대는 조금씩 의자를 뒤로 밀기 시작하고 마침내 서로 반대쪽 벽에 붙어서 서로를 마주 보게 되는 것이었다. 그럴 때마다 상대방과 더욱 충분한 거리를 유지할 수 없다는 점이 못내 아쉬웠다.

그렇지만 나의 '가장 좋은 방', 다시 말해 언제든 방문객을 맞이할 준비가 되어 있는 응접실은 바로 집 뒤에 있는 소나무 숲이었다. 잔디 카펫에는 햇살이 거의 들지 않으며, 뜨거운 여름날 귀한 방문객이 찾아오면 나는 집 뒤 소나무 숲으로 향했다. 그 소나무 응접실은 돈으로도 살 수 없는 하인이 바닥을 말끔히 청소하고 가구의 먼지를 쓸고 닦아 말끔하게 정리되어 있었기 때문이다.

　만약 방문객이 혼자 찾아온다면 가끔은 함께 소박한 식사를 할 때도 있었다. 즉석에서 푸딩을 만들기 위해서 반죽을 젓거나, 까만 숯불 속에서 빵 덩어리가 부풀어 오르는 모습을 지켜보면서도 서로 대화를 끊지 않고 이어나갈 수 있었기 때문이다. 하지만 방문객이 20명가량 찾아와서 집이 가득 차는 날에는 고작해야 두 사람 몫밖에 되지 않는 빵에 대해서는 아무 언급도 하지 않았고, 마치 음식을 먹는 습관을 까맣게 잊은 것처럼 그 누구도 식사에 대해서 일언반구조차 꺼내지 않았다. 그렇게 자연스럽게 금식을 실천하게 되는 것이다. 그렇다고 해서 손님을 홀대하는 거라고 느껴지지 않았으며 오히려 상대를 배려한 사려 깊은 행동이라고 느껴졌다. 평소에는 잦은 식사로 회복시켜줘야 하는 신체적인 소모와 쇠약도 그때만큼은 기적적으로 지연되는 것 같았고 평소보다 활기가 떨어지는 일도 없었다. 이런 식이라면 방문객을 20명이 아니라 1,000명이라도 거뜬히 치를 수 있을 것 같았다. 만약 우리 집을 찾아왔다가 굶주린 채로 실망감만 안고 돌아간 방문객이 있다면 최소한 내가 그 심정은 백번 이해하고 있었다는 점은 알아주기 바란다. 주부들은 내 이야기기 이해되지 않겠지만, 케케묵은 관습을 벗어나 새로운 관습을 받아들이는 것은 그리 어려운 일이 아니다. 손님상에 식사를 내고 그걸로 자신에 대한 평판을 얻으려고 애쓸 필요는 없다. 머리가 셋 달린 채로 지옥을 지키는 케르베로스[1]만큼이나 다른 사람의 집을 방문하기가 꺼려지는 이유는 바로 손님을 대접한다는 명목으로 끝없이 내오는 음식 때문일 것이다. 그런 대접을 받으면 다시는 우리 집을 찾지 말아달라는 정중하고 완곡한 암시를 보내는 것처럼 느껴진다. 앞으로도 그런 대접을 받은 집에는 다시는 방문하지 않을 생각이다. 반대로 지금까지 뿌듯한 기분으로 간직하고 있는 물건이 있는데, 바로 한 방문객이 명함 대신 노란 호두나무 잎사귀에 적어둔 스펜서[2]의 시구이다. 나는 그 시 구절을 우리 집의 표어로 삼았다.

그곳에 도착해, 자그마한 오두막을 채운다.
아무도 없는 곳이니 아무런 대접도 기대하지 않는다.
휴식이 곧 향연이며 모든 게 자유롭게 흘러간다.
가장 고결한 정신은 최고의 만족을 준다.

훗날 플리머스 식민지[3]의 총독으로 부임한 윈슬로[4]가 동행과 함께 매사소이트 추장을 방문했을 때의 일이다. 두 사람은 도보로 숲을 통과해야 했으므로 추장의 거처에 도착했을 때 매우 지치고 허기

---

1 그리스신화에서 죽은 자들이 신이요 저승의 지배자인 하데스의 지하세계를 지키는 개이다.

2 에드먼드 스펜서. 영국의 시인으로, 미완성의 대작인 장편 서사시 《페어리 퀸》을 썼다. 여기 인용한 부분은 《페어리 퀸》의 일부다.

3 신앙의 자유를 찾아 메이플라워호를 타고 영국의 플리머스를 출발했던 필그림들이 정착한 곳으로, 훗날 매사추세츠 식민지에 합병되었다.

4 에드워드 윈슬로. 메이플라워 호에 탑승한 잉글랜드 필그림 지도자이다.

진 상태였다. 추장은 두 사람을 반갑게 맞이했지만 식사에 대한 말은 한마디도 하지 않았다. 윈슬로가 언급한 바에 따르면, '해가 저물자, 추장은 우리를 부부가 사용하던 침실로 안내했다. 그리고 추장 내외는 한쪽 구석에 눕고 우리는 반대쪽 구석에 몸을 뉘었다. 침대라고는 하지만, 바닥에서 30센티미터 정도 높이에 판자를 깔고 담요를 덮어둔 곳에 불과했다. 그런데 추장의 부하 둘이 눈을 붙일 곳이 마땅치 않아 함께 우리 옆으로 파고들었고 그때부터 먼 길을 걸어갔을 때보다 불편한 잠자리 때문에 몸이 더욱 고되게 느껴졌다'고 한다. 이튿날 한 시쯤, 매사소이트 추장은 직접 활을 쏘아 잡은 거라며 생선 두 마리를 가지고 왔다. 잉어보다 세 배는 족히 커 보였다. '생선을 삶아서 40명가량 되는 인원들이 다 함께 나누어 먹었는데 그 약간의 생선 살 조금이 이틀하고도 반나절 동안 우리가 먹은 음식의 전부였다. 함께 길을 나섰던 일행이 자고새 한 마리를 구하지 않았더라면 거의 속이 빈 채로 여행을 하고도 남았을 것이다.' 윈슬로 일행은 제대로 배도 채우지 못한 데다가 '인디언들이 부르는 시끄러운 노랫소리 때문에(인디언들은 노래하면서 잠드는 습관이 있었다)' 잠을 제대로 자지 못해서 머리가 돌아버릴 지경이 되었고, 아직 여행할 기운이 남아 있을 때 서둘러 집에 돌아가기 위해서 급히 인디언의 마을을 떠났다. 물론 잠자리조차 편히 제공받지 못했으니 제대로 대접을 받은 건 아니었지만, 인디언들의 입장에서는 나름대로 최고의 경의를 표현한 것이었다. 게다가 식사에 대해서도 인디언들의 입장에서는 더 이상 해줄 것이 없었을 듯하다. 자기들이 먹을 것도 없는 상태인 데다 미안하다고 사과를 해봤자 허기를 달래줄 수 있는 것도 아니었기 때문이다. 그래서 허리띠를 더욱 졸라매고 음식에 대해서는 다른 언급을 전혀 하지 않았던 것이다. 한참 후에 윈슬로가 다시 추장의 마을을 방문했을 때는 마침 먹을거리가 풍부한 계절이라 부족함 없이 음식을 대접받을 수 있었다.

인간이라면 어디에 살든 다른 사람들을 만나면서 살 수밖에 없다. 나는 월든 숲속에 살면서 그동안 만났던 사람보다 훨씬 많은 방문객을 만났다. 다시 말해, 나를 찾아오는 방문객들이 꽤 있었다는 뜻이다. 다른 어느 공간보다 좋은 상황에서 사람들을 만났지만 사소한 일로 찾아오는 사람은 손에 꼽을 정도였다. 그렇게 생각하면, 외딴곳에 살았기에 의미 없는 방문객들이 어느 정도는 걸러졌다고 볼 수 있다. 나는 타인과의 교제라는 강물이 흐르는 고독의 바다로 저만치 떨어져 있었고, 제일 고운 침전물만이 주변에 차곡차곡 쌓였다. 게다가 반대편 바다에는 미개척지와 문명이 닿지 않은 대륙이 존재한다는 증거들이 내 쪽으로 서서히 떠내려 왔다.

호메로스의 작품에 등장하는 파플라고니아[5] 사람 같은 존재가 아니라면 오늘 아침 내 집을 찾아올 방문객이 어디 있겠는가? 그는 외향과 매우 잘 어울리는 시적인 이름을 가진 자로, 아쉽게도 이름은 밝힐 수 없지만 나무꾼이자 기둥을 만드는 캐나다 사람이었다. 그는 하루 50개가량의 구멍을 뚫고 전날 밤에는 충직한 개가 사냥해 온 마멋

---

5 아나톨리아 북쪽 중앙의 흑해 연안 지역을 말하는 고대의 지명

으로 끼니를 때웠노라고 말했다. 그 역시 호메로스의 작품을 읽은 모양인지, '책이 없으면 비 오는 날에는 달리 할 일을 찾지 못했을 것'이라고 말했다. 하지만 오랫동안 우기가 계속 이어졌음에도 책 한 권을 제대로 읽지 못했을 것이 분명하다. 물론 콩코드에서 한참 떨어진 고향에서 그리스어에 능통한 신부를 통해 성경을 읽는 법을 배웠다고는 하나, 지금으로서는 호메로스를 읽기 위해서는 내가 번역해줘야만 하는 상황이었기 때문이다. 다음은 아킬레우스가 파트로클로스의 구슬픈 표정을 보며 힐난하는 부분이다.

왜 자꾸 눈물을 흘리는 건가?
혹시 프티아에서 소식이 온 걸 듣기라도 한 건가?

악토르의 아들 메노이티오스가 아직 살아 있으며
아이아코스의 아들 펠레우스도 미르미돈인들 사이에 함께 살아 있다고 하더군.
만약 둘 중 하나라도 목숨을 잃었다면 우리가 슬퍼하는 게 당연하겠지.

그는 "괜찮군요"라고 말한다. 일요일 아침인데도 몸이 불편한 환자를 위해서 숲에서 구한 하얀 떡갈나무 껍질 한 다발을 겨드랑이에 끼고 있다.
"일요일에 책을 읽는다고 해서 해로울 건 없겠죠."
그는 호메로스가 어떤 작품을 썼는지는 몰라도 위대한 작가라는 건 알고 있었다. 그 나무꾼처럼 순수하고 순박한 사람은 찾아보기 힘들 것이다. 대부분 사람이 부도덕함과 질병의 우울한 그림자를 드리우고 있지만, 그에게는 우울한 기운을 전혀 찾아볼 수가 없었다. 나이는 스물여덟쯤 되고, 12년 전 캐나다의 고향 집을 떠나 미국에 와 일하는데 언젠가 돈을 모아서 고향으로 돌아가 농장을 사겠다는 꿈을 키우며 살아가고 있다. 투박한 외향에 건장한 체구, 동작은 굼뜬 편이지만 언제나 기품 있게 행동했다. 뜨거운 햇볕에 두꺼운 목이 새카맣게 그을었고 검은 머리칼은 덥수룩하게 자랐으며 푸른 눈동자는 맹하게 보였지만 가끔 눈빛을 반짝이며 자신의 감정을 드러내곤 했다. 납작한 회색의 천 모자를 쓰고 우중충한 색깔의 두꺼운 모직 외투를 걸치고 소가죽으로 만든 장화를 신고 다녔다. 그는 고기를 무척 좋아하는 편이었다. 여름이면 날마다 나무를 하러 다녀야 했기에 매일 도시락이 든 양철통을 들고 우리 집 앞을 지나 작업장으로 향했다. 도시락으로 준비한 건 대개 차가운 우드척의 고기로, 허리에는 돌로 만든 병에 커피를 채워 대롱대롱 매달고 다니면서 가끔 한 모금 마셔보라고 권하기도 했다. 새벽같이 내 콩밭을 지나 일터로 향했지만, 미국인처럼 유난을 떨지 않았고 건강을 해칠 정도로 과로하지도 않았다. 그저 입에 풀칠할 정도만 벌어도 만족하는 눈치였다. 일터로 가다가 개가 우드척을 잡기라도 하면, 도시락이 든 양철통을 덤불에 잠시 집어넣고 다시 집으로 가서 고기를 손질해서 지하실에 넣고 나왔다. 가끔은 호수에 고기를 담가두면 해가 질 때까지 괜찮을지 찬찬히 고민해볼 때도 있었다. 평소에도 사소한 문제로 깊이 고민하는 걸 즐기는 사람이었다. 아침이면 내 집 앞을 지나가면서 이렇게 말하기도 했다.

"비둘기가 살이 통통하게 올랐어요! 매일 일터로 가야 하는 처지만 아니면 비둘기, 우드척, 토끼, 자고새를 잡아서 고기를 많이 챙겨 둘 수 있을 텐데요. 하루만 사냥을 하면 일주일 치 고기를 구할 수 있을 거예요!"

게다가 나무하는 실력이 뛰어나서 가끔 나무를 베는 화려한 기술을 마음껏 과시하곤 했다. 그는 지면에 가까우면서도 수평으로 나무를 잘랐는데 그렇게 하면 나중에 새로 싹이 돋을 때 더욱 무성하게 자란다. 나무 그루터기 위로 썰매 탈 수 있을 정도로 잘라냈다. 잘라낸 나무도 통째로 두지 않고 필요한 사람이 쉽게 부러뜨려 사용할 수 있도록 얄팍하게 잘라두었다.

그 나무꾼에게 흥미를 가진 이유는 고독하고 조용하게 혼자 살면서도 누가 봐도 행복해 보였기 때문이다. 눈빛만 봐도 만족스러움과 활기찬 기운이 그대로 느껴졌다. 그 활달한 모습은 아무 불순물이 섞이지 않은 순수한 것이었다. 가끔 일터에서 숲을 베는 나무꾼의 모습을 지켜보기도 했는데, 그럴 때마다 표현할 수 없을 정도로 기쁘게 웃으면서 캐나다식 프랑스어로 나를 반겨주었다. 물론 영어도 잘하는 편이었다. 내가 가까이 가면 하던 일을 잠시 멈추고 기쁜 마음을 억지로 누르고 막 베어놓은 나무 위에 벌러덩 드러누웠다. 그리고 소나무 속껍질을 벗겨 돌돌 공처럼 말아서 입에 넣고 잘근잘근 씹으면서 대화를 이어나가곤 했다. 그렇게 생기 넘치는 모습을 보이다가 가끔 재미있는 얘기가 떠오르면 껄껄 웃다가 소나무 바닥으로 데굴데굴 구르기도 했다. 그렇게 주위를 둘러보며, "나무 베는 일만큼 재미있는 일도 없다니까요! 다른 일은 바라지도 않아요"라고 말하기도 했다. 가끔 일이 없는 날에는 권총 한 자루를 들고 종일 숲을 쏘다니다가 자신을 위해 하늘로 축포를 쏘아 올리기도 했다. 겨울이면 모닥불을 피우고 정오 무렵 주전자에 커피를 넣고 팔팔 끓였다. 통나무에 걸터앉아 점심 도시락을 먹을 때면 가끔 박새들이 몰려들어 그의 팔에 앉아 손에 쥔 감자를 쪼아 먹기도 했다. 그러면 나무꾼은 "이 조그만 새들이 함께 있으면 기분이 좋아져요"라고 말했다.

나무꾼은 동물적인 면에 월등히 발달한 사람 같았다. 육체적인 인내심과 만족감의 측면에서 볼 때, 그는 소나무와 바위의 사촌 격이었다. 언젠가 온종일 일하고 나면 밤에 너무 피곤하지 않으냐고 물었더니, 그는 정색하면서 심각한 어조로 이렇게 대답했다.

"전혀요. 저는 평생 피곤을 느낀 적이 한 번도 없는걸요!"

하지만 지적인 부분, 그러니까 정신적인 면은 갓난아기의 그것처럼 고요히 잠들어 있었다. 아무래도 가톨릭 신부들이 원주민을 가르치는 비효율적이고 맹목적인 방식으로 교육받은 게 분명해 보였다. 그런 교육을 받은 학생은 스스로 자각하는 단계에 이르지 못하고 단순히 신뢰와 존경을 표현하는 수준에 그치기 때문에 정상적인 어른이 되지 못하고 영원히 아이로 남기 쉽다. 자연은 나무꾼을 창조하면서 건강한 육체와 만족감을 주었고, 사방에서 그에게 존경과 신뢰감을 준 덕분에 그는 순수하고 때 묻지 않은 상태로 칠십 평생을 순수한 아이의 모습으로 살아가야 할 것 같았다. 어찌나 성실하고 순수한

지, 누구에게 소개하려고 해도 쉽지가 않았다. 이웃에게 우드척을 소개하는 것만큼이나 힘든 일이었다. 남을 통해 설명을 듣는 것만으로 상대에 대해 자세히 알 수 없으니, 되도록 스스로 상대를 알아가야 할 것이다. 나무꾼은 스스로 자청해서 일하는 법이 없었다. 마을 사람들은 그에게 작업을 맡기고 품삯을 주는 방식으로 그가 먹고 입을 수 있도록 도왔지만, 그는 다른 사람들과 별다른 의견을 나누지 않았다. 아무것도 바라지 않는 사람을 겸손하다고 말할 수 있다면, 나무꾼은 천성적으로 겸손한 사람이어서 그게 특별한 특징으로 보이지 않았으며 본인도 이를 자각하지 못했다. 그는 자신보다 똑똑한 사람은 신처럼 생각했다. 만약 그런 사람이 뭔가를 말해주면 자기처럼 미미한 존재는 아무런 할 일이 없다고 생각하고 똑똑한 사람이 모든 걸 알아서 해줄 거라고 굳게 믿었다. 게다가 태어나서 지금까지 제대로 칭찬을 들어본 적도 없었다. 특히 작가와 목사를 존경했는데, 그들이 하는 일을 기적이라고 여기는 모양이었다. 나 역시 가끔 글을 쓴다고 말했지만, 그저 글씨를 많이 쓰는 사람이라고 생각한 듯했다. 나무꾼 역시 글씨를 아주 깨끗하게 쓰는 사람으로 가끔 길을 가다가 길가 하얀 눈 위에 그의 고향 이름이 프랑스어 특유의 부호와 함께 멋들어지게 쓰인걸 보고 그가 먼저 길을 지나갔음을 알 수 있었다. 언젠가는 머릿속에 떠오른 생각을 글로 옮기고 싶다고 생각한 적이 있냐 물었는데, 그는 글을 모르는 사람을 위해 편지를 대신 써주거나 읽어준 적은 있지만 자기 생각을 글로 옮겨본 적은 없다고 말했다. 아니, 무엇부터 써야 할지 모르기 때문에 도저히 글을 쓸 엄두가 나지 않으며 그랬다가는 제명을 다하지 못할 것 같다고 대답했다. 정확한 철자법을 신경 쓰는 것도 자신이 없다고 했다.

어느 저명하고 현명한 개혁가 하나가 나무꾼에게 세상이 바뀌는 것을 원치 않느냐고 묻는 것을 들은 적이 있다. 그는 예상치 못한 질문에 놀란 표정을 짓더니 키득키득 웃으면서 대답했다.

"아니요. 저는 지금 이대로도 좋은걸요."

어떤 철학자건 그와 교제를 하면 엄청난 영감을 받을 수 있을 것 같았다. 나무꾼을 처음 보는 사람 눈에는 그가 세상 물정을 전혀 모르는 것처럼 보였다. 하지만 가끔 예상치 못한 모습을 보여줄 때도 있었는데, 그럴 때마다 셰익스피어처럼 뛰어난 재능을 지닌 사람인지 아이처럼 무지한 건지, 그러니까 뛰어난 시적 재능을 지닌 사람인지 아니면 단순히 멍청한 사람인지 도무지 감을 잡을 수가 없었다. 마을 사람 하나는 나무꾼이 머리에 꼭 맞는 작은 모자를 쓰고 휘파람을 불면서 길가를 걸어 다닐 때마다 바보로 위장을 하고 다니는 왕자가 떠오른다고 말한 적도 있었다.

나무꾼이 가지고 있는 책이라고는 연감 한 권과 산수책 하나가 전부였는데 그래서인지 산수를 굉장히 잘했다. 연감은 일종의 백과사전 구실을 했다. 그는 연감 속에 인간의 모든 지식이 집약되어 있다고 생각했는데, 나 역시도 그 사실을 부정할 수는 없었다. 나는 당시 주변에서 벌어지던 온갖 개혁에 대한 나무꾼의 의견을 물었고 그는 실리적이고 단순한 관점에서 자신의 의견을 말했다. 공장이 없이도 살 수 있겠냐는 질문에 그는 버몬트산 모직물로 옷을 만들어 입어봤는데 꽤 입을 만하다고 대답했다. 차와 커피가 없어도 괜찮은지? 물 말고 달리 마실 만한 것이 있는지? 나무꾼은 솔송나무 잎사귀를 물에 담가두었다가 마셔보니 더운 날에는 오히려 물보다 훨씬 낫더라고 대답했다. 게다가 돈이 없이도 살 수 있겠느냐고 물었을 때는 돈이 주는 편리한 부분을 설명했다. 그 설명은 화폐가 생겨난 기원에 대한 철학적인 설명과 일치하는 방식으로 '페쿠니아'라는 라틴어 단어의 유래와도 정확히 들어맞는 것이었다. 예컨대 가진 거라고는 소 한 마리가 전부인데 가게에서 실과 바늘을 사고 싶을 때, 그에 해당하는 소의 일부를 저당 잡히는 것은 불편하고 불가능할 거라는 설명이었다. 그는 다양한 제도에 대해서 어떤 철학자보다 훌륭하게 설명할 수 있었고, 그 제도를 자신의 삶과 연관시켜 설명하면서 그저 추측에 그치는 게 아니라 그런 제도가 널리 확산된 진짜 이유를 제시했다. 한번은 플라톤이 말한 인간에 대한 정의-인간은 깃털이 없는 두 발 달린 짐승이다-와 한 철학자가 털이 뽑힌 수탉을 보며 플라톤이 말했던 인간의 모습이라고 했다는 이야기를 들려주자, 그는 잠시 생각에 잠겼다가 무릎이 서로 다른 쪽으로 굽어지는 것이 인간과 닭의 차이점인 것 같다고 말했다. 가끔은 이렇게 외치기도 했다.

"나는 이야기를 하는 게 정말 좋아요! 온종일 얘기만 하라 해도 할 수 있을 것 같아요."

몇 달 만에 나무꾼을 만났을 때, 이번 여름에 새로 떠오른 생각이 있냐고 묻자 그는 "나처럼 매일 몸을 써서 일하는 사람들은 옛날에 알던 이야기를 잊지 않으면 다행이에요. 선생님과 함께 김을 매던 사람이 누가 먼저 김을 매는지 시합하자고 하면, 거기 온통 정신이 쏠릴 겁니다"라고 말했다. 때로는 오랜만에 만나서 나에게 새로운 생각이 떠오른 게 없는지 먼저 물어볼 때도 있었다. 어느 추운 겨울날, 나는 나무꾼에게 자신의 삶에 만족하느냐고 물었다. 외부의 신부를 대신할 존재를 내면에서 찾아 조금 더 고차원적인 동기를 제시하고 싶은 심정 때문이었다. 나무꾼은 "당연히 만족하지요! 사람마다 만족하는 부분이 다르겠지만 먹고살 만큼 벌어서 따뜻한 난로에 등을 대고 식탁에 배를 대고 종일 앉아 있을 수만 있다면 누구나 만족할 수 있을 거예요"라고 대답했다. 그럼에도 온갖 방법을 동원해보았지만, 나무꾼으로 하여금 주변의 사물을 정신적 관점에서 바라보게 하는 데는 실패했다. 그가 생각하는 가장 고차원적인 개념이란 바로 단순한 편의성-그러니까 짐승도 판단할 수 있을 정도-을 넘어서지 못했고 사실 대부분의 사람이 이러한 기준을 가지고 있었다. 만약 생활방식을 개선해보라고 제의하면, 그는 별로 후회하는 기색도 없이 이제 와 바꾸기에는 늦었다고 대답할 뿐이었다. 그렇지만 그는 정직과 그와 비슷한 미덕들이 옳다는 점에 대해서는 굳게 믿고 있었다.

그리 대단한 것은 아니지만 그에게는 건설적이고 참신한 부분이 있었고 가끔 자신의 의견을 피력하려는 모습도 찾아볼 수 있었다. 하지만 매우 드문 일이라, 만약 그 모습을 다시 볼 수 있다면 몇 킬로미터라도 마다하지 않고 걸어갈 용의가 있다. 나무꾼은 수많은 사회적 제도를 다시 창조해내는 모습을 보여주었다. 물론 머뭇거리기도 했고 자기 생각을 온전히 표현하지도 못했지만, 그럼에도 남들에게 보여줄 만한 자기만의 생각을 품고 있었다. 하지만 나무꾼의 생각은 너무나 원시적인 데다 동물적인 삶에 지나치게 국한되어 있어서 단순히 학식을 쌓은 사람보다 더 훌륭할지라도 남들에게 전할 수 있을 정도로 다듬어지기는 매우 어려워 보였다. 나는 나무꾼을 통해 사회의 가장 낮은 계층에서도 천재성을 가진 인물이 존재할 수 있고, 영원히 바닥의 삶에서 벗어나지 못할지라도 자신만의 관점을 가지고 살아갈 수 있음을 깨달았다. 남들 눈에는 어리석고 흐릿해 보이지만 월든의 호수만큼이나 속을 헤아릴 수 없는 사람, 바로 나무꾼이 그런 사람이었다.

수많은 여행자가 여행 경로를 벗어나 나와 내 집을 둘러보기 위해서 찾아와 물 한 잔만 달라고 청할 때가 많았다. 그러면 나는 호수를 가리키며 저기서 물을 떠 마신다고 대답하고, 필요하면 물을 떠 마실 수 있도록 통을 빌려주겠노라 말한다. 비록 마을에서 멀리 떨어진 곳에 살았지만 매년 4월 초가 되면 연례행사처럼 사람들이 분주히 움직이기에 그때만은 방문객을 피하기가 힘들었다. 물론 이상한 사람들도 있었지만 나름대로 행운을 누리기도 했다. 구빈원 같은 곳에서 지능이 부족한 사람들이 찾아와 이야기를 청할 때도 있었는데, 나는 그들이 지능을 최대한 발휘하여 머릿속 이야기를 꺼내도록 하려고 무던히 애를 썼다. 그럴 때는 지적 능력을 대화의 주제로 삼아 노력에 대한 보상을 받기도 했다. 그들 중 한둘은 빈민 감독관이나 행정위원보다 더욱 현명했고, 그 사실을 깨닫고서야 다시 상황을 반전시킬 때가 되었다는 생각이 들었다. 게다가 지적 능력이 조금 떨어지거나 정상인 사람 사이에 큰 차이점이 없다는 사실도 깨달았다. 그러던 어느 날, 사악함이라고는 찾아볼 수 없이 순진하고 어수룩해 보이는 가난한 남자 하나가 찾아와서 나처럼 살고 싶다고 말했다. 나는 들판을 거닐다가 그 남자가 곡물 부대 위에 앉아서 가축이 다른 길로 엇나가지 않도록 울타리 노릇을 하고 있는 모습을 몇 번인가 본 적이 있었다. 그는 겸손이라고 부르기에는 지나치게 솔직한 태도로, 본인이 '지능이 떨어진다'고 말했다. 그리고 덧붙인 말을 그대로 옮기자면, 그럼에도 주님께서는 지능이 떨어지는 것과 상관없이 다른 사람처럼 본인을 잘 돌봐주고 계신다고 말했다.

"사실 어릴 때부터 머리가 나쁜 편이었어요. 생각하는 능력이 많이 부족했지요. 다른 아이들과는 한참 달랐어요. 머리가 워낙 나빠서요. 하지만 그 역시도 주님의 뜻이었다고 생각해요."

그는 자신의 말이 옳다는 것을 입증해 보이고 싶어 했고, 그 모습이 내게는 난해한 수수께끼 같았다. 그렇게 순수한 희망을 품고 살아가는 사람을 많이 만나보지 못했기 때문이다. 그는 단순하지만 진지했고 입 밖에 내뱉는 모든 말에 진실함이 가득 차 있었다. 고개를 숙일수록 더 높게 느껴지는 사람이었다. 처음에는 미처 알지 못했지만 그런 태도는 현명한 처신의 결과였다. 가난한 데다 지능마저 떨어지는 그와 진실함과 정직을 기반으로 교제를 이어나간다면 현인들과 교제하는 것보다 더 나은 방향으로 발전할 수 있을 것 같은 생각이 들었다.

보통 콩코드 마을에서는 극빈자로 분류되지 않았지만 누가 봐도 가난한 사람 혹은 다른 사람 기준에서도 극빈자로 보이는 사람들도 가끔 나의 집을 찾았다. 그들은 환대까지는 바라지 않았지만 따뜻한 배려를 원했고, 진심으로 도움을 구했지만 스스로 자립할 생각이 없음을 분명히 털어놓았다. 나는 그가 제아무리 엄청난 식욕의 소유자라고 해도, 부디 내 집에 찾아올 때는 당장 굶어 죽을 지경이 아니기를 바랐다. 자선의 대상은 더 이상 평범한 방문객이 될 수 없기 때문이다. 어느 정도 이야기를 마치고 다시 내가 할 일을 시작하는데도 자신의 방문이 이제 끝났다는 사실조차 감지하지 못하는 이도 더러 있었다. 사람들의 이동이 잦은 시기에는 지적 수준이 제각각인 방문객들이 우리 집을 찾았다. 때로는 지능이 너무 뛰어난 사람도 있었지만, 농장에서 도망쳐 나오고도 노예 시절의 습관이 그대로 남아 있는 사람들도 있었다. 그래서 우화 속 여우처럼 귀를 쫑긋 세우고 사냥개들이 자신을 쫓아오지는 않는지 좌우를 두리번거리곤 했다. 그리고는

"오, 선량한 그리스도인이여. 나를 되돌려 보낼 작정인가요?"

라는 눈빛으로 나를 애절하게 바라보는 것이었다.

그중에서도 북극성으로 도망칠 수 있도록 실제로 도움을 주었던 진짜 도망 노예도 한 명 있었다. 자기 새끼도 아닌 오리 새끼를 병아리마냥 데리고 다니는 암탉처럼 단순한 생각을 하는 사람도 있었다. 반대로 병아리 백 마리를 끌고 다니는 사람처럼 오만 가지 생각으로

머릿속이 복잡한 사람도 있었다. 백 마리의 병아리를 끌고 다니다 보면, 아침 이슬이 내릴 즈음 벌레를 쫓다가 길을 잃는 병아리가 스무 마리가 넘기 때문에 온통 애를 태우고 새끼를 찾아다니느라 온몸이 만신창이가 되어버리는 것이다. 두 다리 대신 지네같이 여러 개의 다리를 가진 것처럼 온갖 것에 관심을 보이는 사람도 있었는데, 심지어 화이트 산처럼 우리 집을 찾는 사람들을 위해서 방명록을 준비하는 게 어떠냐는 제안을 하기도 했다. 하지만 나는 기억력이 좋은 편이라 방명록까지 준비해둘 필요가 없었다.

이쯤 되니 방문객들을 보며 몇 가지 특징을 찾아내지 않을 수 없게 되었다. 나이가 어리거나 젊은 여성들의 경우에는 대체로 숲속에 있는 것을 선호했다. 월든 호수를 들여다보고 꽃들을 구경하면서 유용하게 시간을 보냈다. 반대로 사업가들, 심지어 농사를 짓는 농부들조차 나의 고독한 삶과 일거리, 그리고 세상과 동떨어져 사는 것에 대해서만 지대한 관심을 보였다. 입으로는 숲을 산책하는 걸 좋아한다고 말하지만, 실제로는 사실이 아닌 것처럼 보였다. 생활비를 벌고 생계를 유지하는 데 혈안이 되어 모든 시간을 일에 쏟아붓는 사람들, 마치 신이 자신의 것이라도 되는 것처럼 종교 얘기만 하고 자신과 다른 의견을 수용하지 못하는 목사들, 의사와 변호사들, 그리고 내가 집을 비웠을 때 멋대로 들어와서 찬장과 침대를 들춰보는 일부 몰지각한 주부들(그렇지 않고서야 내 침대보가 자기네 침대보보다 깨끗하지 않다는 것을 어찌 알았겠는가?), 젊음마저 포기하고 전문직이라는 잘 포장된 길을 따라가는 것이 안전하다고 결론을 내린 청년들, 이들 모두가 지금 나의 상황에서는 세상을 위해 유익한 일을 할 수 없다고 입 모아 말했다. 아, 정말로 큰 문제가 아닐 수 없다! 나이가 많건 적건, 남자건 여자건 간에 시대에 뒤처지고 유약하고 소심한 사람들은 갑작스러운 질병과 사고, 죽음에 대해 지나치게 집착하고 있다. 하지만 위험이라는 것 자체에 대해서 생각하지 않으면 어떤 위험이 있겠는가? 만약 신중한 사람이라면 언제든 의사가 달려올 수 있는 곳을 선택할 거라고 확신한다. 그들의 견지에서 마을이란 '공동체', 즉 힘을 모아 위험을 방어할 수 있는 하나의 동맹이었다. 구급상자 없이는 월귤나무 열매도 섣불리 따러 가지 않을 사람들이었다. 하지만 나는 다음과 같은 점을 말하고자 한다. 우리가 살아 있는 한, 언제 어디서든 사망할 위험이 도사리고 있다. 물론 죽은 거나 다름없이 살아가고 있다면 사망의 위험은 어느 정도 낮아지겠지만, 가만히 자리에 앉아 있어도 빠르게 달리는 사람처럼 똑같이 위험을 감수해야 한다. 마지막으로 따분하기 짝이 없는 자칭 개혁가들이 있었다. 그들은 내가 다음과 같은 노래를 매일 흥얼거리고 있을 거라고 확신했다.

여기는 내가 지은 집
이 사람은 내가 지은 집에 사는 사람

하지만 그들은 세 번째 행이 있다는 사실을 알지 못했다.

이 사람들은 내가 지은 집에서 사는 사람을

미친 듯이 괴롭히는 사람들

나는 닭을 키우지 않았기 때문에 솔개가 나타날까 봐 두려워하지 않았지만 오히려 사람을 괴롭히는 인간 솔개가 더 두려웠다.

앞서 나열한 인간 군상과는 달리, 언제 봐도 반가운 방문객들도 있었다. 딸기를 따러 오는 아이들과 일요일 아침이면 말끔하게 차려입고 산책을 나선 철도원들, 낚시꾼과 사냥꾼 들, 시인과 철학자 들은 진정한 의미로 자유를 찾아서 마을을 벗어나 숲을 찾은 정직한 순례자들로 이들은 언제든 환영이었다.

"어서 오세요, 영국인 여러분! 두 팔 벌려 환영합니다!"

내가 이들을 환대하는 이유는 오랜 시간 영국인들과 소통하며 지내왔기 때문이다.

7

콩밭
(The Bean-Field)

    그사이, 전체 길이가 10킬로미터에 육박하는 밭이랑에 심은 콩밭에서는 이제나저제나 김을 매주기만 기다리고 있었다. 최근 콩을 심을 때 보니 맨 처음 심은 콩이 꽤 많이 자라 있었다. 사실 콩을 심는 일을 차일피일 미루는 건 쉬운 일이 아니었다. 언제나 한결같고 자존심까지 더해야 하는 농사일, 그러니까 헤라클레스의 노역과 같은 이 일에 무슨 의미가 있는 건지 이해가 되지 않았다. 실제로 심은 콩의 양은 내가 바라던 것보다 훨씬 더 많았지만 언제부터인가 그것들을 사랑하게 되었다. 그 덕분에 흙에 대한 애정이 생겼고 안타이오스[1]처럼 엄청난 힘을 얻었다. 그런데 왜 하필 콩밭을 가꿀 생각을 했을까? 그

---

1 그리스신화에 나오는 거인. 바다의 신 포세이돈과 땅의 여신 가이아 사이에서 태어난 아들이다.

건 하늘만이 알 것이다. 나는 여름 내내 콩밭과 씨름을 했는데 예전에는 양지꽃과 검은딸기, 물레나물 같은 향긋한 야생 열매와 꽃들이 자라던 땅에 콩이 자라도록 하기 위함이었다. 나는 콩으로부터 무엇을 배우고 콩은 나에게서 무엇을 배우게 될까? 나는 정성을 다해 콩을 돌보고 잡초를 뽑아내며 아침 일찍부터 저녁까지 보살핀다. 그것이 나의 하루 일과의 전부였다. 부드럽고 넓적한 콩잎을 바라보면 기분이 좋다. 메마른 땅을 적셔주는 이슬과 빗방울 그리고 척박하고 메마른 땅에 남은 비옥함은 나를 도와주는 조수 격이었다. 반대로 나를 괴롭히는 적이라면 바로 온갖 벌레와 서늘한 날씨, 그리고 무엇보다도 우드척이었다. 특히 우드척은 300평에 가까운 콩밭에 심은 콩들을 깡그리 먹어치웠다. 하지만 내가 무슨 권리로 물레나물과 그 밖의 풀들을 걷어내고 오래전부터 우드척의 땅이던 곳을 뒤집어엎었단 말인가? 하지만 얼마 후면 남은 콩들은 우드척이 씹기에 힘들 정도로 억세질 테고 그러면 새로운 적들이 나타날 것이다.

네 살 무렵 보스턴에서 고향인 콩코드로 돌아왔던 때가 아직도 생생히 기억난다. 그때 나는 이 숲과 밭을 지나서 월든 호수로 향했다. 그때의 모습은 가장 오래된 기억 중 하나이다. 오늘 밤, 나의 피리 소리가 기억 속 월든 호수의 수면 위로 메아리를 퍼뜨린다. 그때 봤던 소나무들은 나보다 더 나이가 든 채로 아직 그대로 살아 있다. 만약 그 나무가 쓰러졌다면 그루터기를 잘라 저녁 땔감으로 사용했을 것이다. 고목이 쓰러진 자리에는 새순이 돋아 앞으로 태어날 아이들을 위한 새로운 풍경을 준비하고 있다. 이 목초지에서는 매년 똑같은 다

년생 뿌리들이 자라났고 항상 똑같은 물레나무들이 싹을 피운다. 이제는 나까지 어린 시절에 꿈꾸던 동화 같은 풍경에 새 옷을 입히는 데 한몫 더하게 되었다. 콩잎과 옥수수 잎 그리고 감자줄기 하나하나에 월든 호숫가에 미친 나의 영향력이 그대로 남겨져 있는 것이다.

나는 3,000평가량의 땅에 콩을 심었다. 개간된 지 15년밖에 되지 않은 데다가 직접 그루터기를 파냈기 때문에 거름은 전혀 쓰지 않았다. 하지만 여름 내내 김을 매면서 발견한 화살촉으로 보아, 백인들이 이곳을 개간하기 전에 지금은 멸종한 어느 원주민 부족들이 이 땅에 옥수수와 콩을 심었고 그래서 콩에 대한 지력을 어느 정도는 낮추는 데 일조한 것으로 보인다.

우드척과 다람쥐가 길을 건너고 태양이 밤나무로 떠오르기 전, 그러니까 아침 이슬이 채 마르기 전 나는 콩밭에 무성하게 자란 오만방자한 잡초들을 걷어내고 그 머리 위로 흙을 뿌렸다. 농부들은 가능한 새벽부터 일하지 말라고 충고했지만 나는 그와 반대로 아침 이슬이 맺힌 동안 모든 일을 마치라고 조언하고 싶다. 나는 조형 미술가처럼 이슬에 촉촉이 젖은 모래밭을 맨발로 밟으며 일을 했다. 뜨거운 햇살 때문인지 해가 떨어질 무렵에는 발바닥에 물집이 가득 잡혔다. 뜨거운 햇살을 그대로 받으면서 자갈이 가득한 고지대의 75미터가량 되는 밭이랑 사이를 오가며 잡초를 뽑았다. 한쪽 끝에 밤나무 숲이 있어서 다행히 그늘 아래서 쉴 수 있었다. 반대쪽에는 검은딸기밭이 있었는데, 김을 매고 한 바퀴 돌아올 때마다 그 색이 점점 더 짙어져 있었다. 잡초를 뽑고 콩 줄기 주위로 새로 흙을 덮어주고 새로 파종한 식물에 기운을 더해주고 황토가 여름에 대한 생각을 쑥이나 개밀, 이삭이 아닌 콩잎과 콩 꽃으로 보여주도록 하며 결국 이 땅이 풀 대신 콩을 외치도록 하는 것이 바로 나의 일과였다. 나는 말이나 소의 도움을 받지 않았고 인부를 쓰지도 않았으며 개량된 농기구의 힘을 구하지도 않았기에 작업 속도는 무척 느렸지만 콩들과는 한층 더 친숙해졌다. 하지만 손을 쓰는 노동이 아무리 지루하고 단조롭다고 해도 이를 나태함의 극치로 표현할 수는 없을 것이다. 이러한 육체노동에는 불멸의 교훈이 담겨 있으며 학자들에게는 최상의 결과를 가져다준다. 행선지는 알 수 없지만 링컨과 웨일랜드를 지나 서쪽으로 가는 여행자들의 눈에는 내가 '아그리콜라 라보리오수스', 즉 열심히 일하는 농부로 보였을 것이다. 여행자들은 팔꿈치를 무릎에 얹고 고삐는 화환처럼 느슨하게 늘어뜨린 채로 이륜마차에 편히 앉아 있었지만, 나는 고향으로 돌아와 열심히 밭을 매는 사람이었다. 하지만 내가 가꾸는 콩밭은 그들의 시야와 생각에서 한참 벗어났다. 길 양쪽으로 저 멀리까지 눈에 보이는 경작지라고는 내가 가꾸는 콩밭이 유일했기 때문이다. 그래서 여행자들이 나누는 이야기와 밭에 대한 평가가 그들의 의도와는 상관없이 내 귀에 들릴 때가 많았다.

"이제야 콩을 심다니! 완두콩을 너무 늦게 심는 것 같은데!"

다른 농부들은 벌써 김을 매느라 분주한데 나는 파종이나 하고 있으니 농사를 잘 아는 신부의 눈에는 한심하게 보였을 것이다.

"이봐, 옥수수! 사료용 옥수수가 최고라니까!"

"저 사람, 정말 여기 사는 걸까요?"

검은 보닛을 쓴 여자가 회색 외투를 입은 남자에게 묻는다. 그러자 우락부락하게 생긴 농부가 고삐를 당겨 마차를 세우고는 밭고랑에 거름이 하나도 없는데 뭘 하고 있는 거냐고 묻는다. 그러고는 지저깨비나 배설물, 재와 벽토를 거름으로 써보라고 참견한다. 하지만 3,000평의 콩밭에 있는 거라고는 수레 대신 사용하는 괭이와 그 괭이를 움직이는 두 손뿐이었다. 그 외에 수레나 말은 사용하고 싶지 않았고 지저깨비를 구하려면 한참 나가야 했다. 마차에 탄 다른 여행자들은 이전에 보았던 다른 밭들과 비교하며 큰 소리로 떠들어댔다. 그 덕분에 내가 농업 쪽에서 어느 정도의 위치를 차지하고 있는지 알게 되었다. 사실 콜먼[2] 씨의 보고서에도 내 밭에 관한 내용을 찾아볼 수가 없었다. 하지만 사람의 손길이 닿지 않아 야생의 상태인 땅에서 대자연이 만들어내는 농작물의 가치를 대체 누가 평가할 수 있단 말인가? 영국산 목초는 세심하게 무게를 재고 습도를 계산하며 규산염과 칼륨의 비율까지 철저히 측정한다. 그런데 숲의 골짜기와 호수, 목초지와 습지에서도 온갖 곡물이 풍성하게 자라고 있고 그저 사람 손으로 수확이 되지 않을 따름이다. 다시 말해, 내 콩밭은 야생의 들판과 인간이 경작한 밭을 하나로 연결하는 고리와 같았다. 어떤 나라는 문명국이고 또 어떤 나라는 반문명국이고 또 다른 나라는 미개하고 야만적이듯, 내 콩밭은 나쁜 의미에서가 아닌 반경작지에 속했다. 내 밭에서 하루하루 자라는 콩들은 원시의 상태로 돌아가고 있었고, 내

---

2   헨리 콜먼. 미국의 목사이자 농경제학자이다.

괭이질은 그 콩들을 위해 〈랑즈 데 바슈〉[3], 즉 목동의 노래를 불렀다.

콩밭 바로 옆 자작나무 우듬지에서는 적갈색 개똥지빠귀 한 마리가 나와서, 나와 함께 하는 것을 기뻐하며 아침 내내 지지배배 노래를 부른다. 만약 여기 콩밭이 없었다면, 그 새는 다른 농부의 밭에서 노래를 부르고 있었을 것이다. 씨를 뿌리는 동안, 개똥지빠귀는 신이 나서 노래를 부른다.

"씨를 뿌려요, 뿌려요. 흙을 덮어요, 덮어요. 잡초를 뽑아요, 뽑아요."

하지만 내가 뿌린 씨는 옥수수가 아니었기 때문에 새들의 공격으로부터 안전했다. 별거 아닌 개똥지빠귀의 노랫소리, 그저 어설픈 연주에 불과한데 파종하는 것과 무슨 상관이냐고 물을 수도 있겠지만, 그 노랫소리는 잿물이나 벽토보다 훨씬 더 듣기에 좋다. 내 입장에서 개똥지빠귀의 노랫소리는 전적으로 신뢰하는 저렴하고도 질이 좋은 거름과 같았다.

괭이질을 하면서 새 흙을 파서 이랑 쪽으로 긁어모으던 중에, 원시 시대에 이곳에 살았지만 역사에 기록되지 않았던 누군가의 유골을 헤집어놓기도 했다. 그로 말미암아 그들이 전쟁이나 수렵에서 사용한 도구들이 현세에 빛을 보게 되었다. 그 도구들은 다른 자연석과 뒤엉켜 있었는데, 어떤 도구에는 인디언들이 불을 피워 그을린 흔적이 있었고 또 햇볕에 탄 흔적도 있었으며, 근래 이곳에서 땅을 개간한 사람들이 남긴 도자기 파편과 유리 조각들도 있었다. 괭이가 돌에

---

3 가축을 목초지로 옮길 때 연주하는 간단한 멜로디

부딪혀 쩽하고 울려 퍼지면, 그 소리는 하나의 음악처럼 숲과 하늘로 울려 퍼져서 엄청난 수확을 해내는 내 노동의 동반자가 되어주었다. 그 순간, 내가 괭이질을 하는 곳은 콩밭이 아니었고 콩밭에서 괭이질 하는 건 내가 아니었다. 만약 그때 내 머릿속에 뭔가가 떠올랐다면, 이는 오라토리오를 감상하기 위해서 도시로 나간 지인들이었을 것이다. 그들이 자랑스럽기도 했지만 한편으로는 안타깝게 느껴졌다. 이따금 날씨가 좋은 날에는 야외로 나가 즐기기도 했지만, 화창한 오후에는 쏙독새가 눈에 티끌처럼, 아니 하늘의 눈에 박힌 티끌처럼 높은 곳에서 원을 그리다가 하늘을 갈기갈기 찢듯 요란한 소리를 내며 급강하하기도 했지만, 하늘은 여전히 매끄럽게 펼쳐져 있었다. 쏙독새들은 조그마한 도깨비처럼 하늘을 가득 메우며 날아다니다가 사람들이 쉽게 찾을 수 없는 외딴 모래밭이나 산꼭대기 바위틈에 알을 낳았다. 쏙독새는 윌든 호숫가에 이는 잔물결처럼 우아하고 또 늘씬해서 마치 바람에 실려 하늘을 나는 나뭇잎처럼 보인다. 이처럼 자연에는 서로 비슷하게 닮은꼴이 많다. 쏙독새는 공중을 날아다니는 파도와 같고 파도를 타고 저 아래를 내려다보는 모습을 띠었다. 바람을 한껏 머금은 쏙독새의 두 날개는 아직 제대로 자라지 못한 소박한 바다의 날개와 같다. 이따금 나는 커다란 매 한 쌍이 하늘 높은 곳에서 원을 그리며 날아다니다가, 하늘 아래로 또 위로 내려왔다가 올라가는 모습을 바라보기도 했는데, 그 모습이 마치 내 머릿속에 떠오른 생각을 그대로 읽어낸 것 같았다. 또한 비둘기들이 몸을 부르르 떨듯 날갯짓을 하면서 이쪽 숲에서 저쪽 숲으로 전령처럼 부리나케 날아가는 모습에 매료되기도 했다. 언젠가는 괭이로 썩은 나무 그루터기 아래를 파헤치다가 이국적인 점박이 도롱뇽을 발견하기도 했는데, 그 도롱뇽은 이집트와 나일 강의 흔적을 그대로 지닌 채 우리와 같은 시대를 살아가고 있었다. 가끔 하던 일을 멈추고 괭이를 괴고 있노라면, 밭이랑 곳곳에서 이런 소리와 광경을 쉽게 찾아볼 수 있었다. 이런 것들이야말로 시골생활에서 느낄 수 있는 무한한 즐거움의 일부일 것이다.

경축일이 되면 마을에서 쏘는 대포 소리가 장난감 딱총 소리처럼 멀리 울려 퍼지고, 때로는 군악대의 연주 소리가 밭까지 들릴 때도 있다. 마을 끝자락에 있는 콩밭에서 작업하다 보면, 대포 소리가 마치 말불버섯 터지는 소리처럼 들렸다. 내가 모르는 군사 훈련이 있을 때는 지평선 사이로 성홍열이나 발진 같은 질병이 퍼질 것 같은 예감이 들었고, 그러다가 부드러운 바람이 들판을 가로질러 웨일랜드로 가는 길로 불어와 민병대의 훈련 소식을 전해주었다. 저 멀리서 윙윙대며 들리는 소리는 베르길리우스의 충고처럼, 가재도구 중에서 가장 소리가 요란한 것들을 두드려 벌들을 집으로 불러들이려고 애쓰는 것 같았다. 이윽고 요란한 소리와 윙윙대는 소리가 잦아들고 은은히 불던 바람마저 조용해지면, 사람들은 이제 마지막 남은 벌까지 미들섹스의 벌집으로 불러들였고 벌집에 쌓인 꿀에만 온통 마음을 쏟는다는 뜻이었다.

나는 매사추세츠 주와 우리 조국에서 자유가 든든히 지켜지고 있다는 사실에 자부심을 느꼈다. 그래서 다시 김을 매러 갔을 때는 형언할 수 없는 자신감을 품고 앞으로 다가올 낙관적 미래를 굳게 믿으며 즐거운 마음으로 노동을 계속할 수 있었다.

여러 개의 악단이 한꺼번에 연주할 때면 마을 전체가 거대한 풀무가 된 것처럼 요란한 소리를 냈다. 그 요란한 소리와 함께 마을의 모든 건물이 늘어났다가 줄어드는 것 같았다. 때로는 매우 고귀하고 영감을 불러오는 곡조와 명성을 찬양하는 트럼펫 소리가 들리기도 했다. 그때마다 멕시코 사람을 꼬챙이에 끼워 양념을 발라 먹을 수도 있을 것 같은 기분이 들었고[4], 그래서 용맹함을 보여주기 위해 우드척이나 스컹크를 찾아 주위를 두리번거리기도 했다. 군악대의 연주 소리는 저 멀리 떨어진 팔레스타인에서 들리는 것 같아, 지평선을 따라 행진하는 십자군이 머릿속에 떠올랐고 마을 위로 길게 뻗은 느릅나무 우듬지가 심하게 전율하기도 했다. 오늘은 위대한 날이었지만, 나의 경작지에서 바라보는 하늘은 언제나 그렇듯 위대한 모습이었고 매일 보는 똑같은 모습이라 별다른 차이를 느낄 수 없었다.

오랜 시간 동안 콩과 교제를 한 것은 매우 색다른 경험이 아닐 수 없었다. 씨를 뿌리고 김을 매고 수확을 하고 도리깨질을 하고, 콩을 선별하며 판매하는 작업-사실 콩을 판매하는 작업이 가장 어려웠다-에다가 콩을 맛보기도 했으니 이 또한 경험에 더할 수 있을 것이다. 나는 콩에 대해 제대로 알아보기로 마음먹었다. 그래서 콩이 자라는 동안 새벽 5시부터 정오까지 쭉 괭이질을 했고, 오후에는 다른 일을 하면서 시간을 보냈다. 누군가가 다양한 종류의 잡초와 기묘하고

---

4 소로가 월든 숲에 들어간 다음 해(1846), 멕시코 전쟁이 일어났다.

도 친밀한 관계를 맺었다고 생각해보라(이 부분에 대해서는 추후 여러 번 되풀이해서 설명할 것이다. 노동에서도 여러 번 반복이 이루어졌기 때문이다). 나는 섬세한 잡초 조직을 무참히 파괴했고 괭이로 불공평한 차별을 가하면서, 어떤 녀석은 완전히 파헤치고 어떤 녀석은 정성을 다해 보살폈다. 저기 쑥과 돼지풀, 괭이밥, 개밀이다. 전부 뿌리째 뽑아서 햇볕에 던져버리고, 털 하나도 그늘에 남기지 말라. 안 그러면 용케 몸을 틀어서 이틀 만에 부추처럼 되살아나 뿌리를 내릴 것이다. 이는 두루미와의 전쟁이 아닌 잡초와의 전쟁과도 같았다. 다시 말해, 태양과 비, 이슬과 한편을 맺은 트로이군과의 한바탕 전투였다. 콩들은 내가 하루가 멀다 하고 괭이로 무장을 하고 나타나 자기들의 적군인 잡초를 걷어내고 밭고랑을 잡초의 시체로 가득 채우는 과정을 전부 지켜보았을 것이다. 주변에 산더미처럼 쌓인 전우들보다 한 팔이나 높이 솟은 기운 넘치는 헥토르[5]들이 내 손에 쥔 괭이라는 무기 앞에서는 힘없이 쓰러져 먼지 속으로 뒹굴기 일쑤였다.

그 여름, 나와 동시대를 살아가는 다른 사람들이 보스턴이나 로마로 가서 미술 작품을 감상하거나 인도로 가서 명상에 몰두하고 런던이나 뉴욕에서 사업에 열을 올리는 사이 나는 뉴잉글랜드의 농부들과 함께 농사일에 온 힘을 다하고 있었다. 그저 콩을 맛보고 싶어서는 아니었다. 나는 태생적으로 피타고라스와 비슷해서, 콩을 먹기보다 쌀과 교환하기 위해 콩을 키웠던 것이다. 게다가 언젠가 우화 작가에

---

5 트로이 왕의 맏아들로, 트로의 최고의 용사였다.

게 도움을 줄 만한 비유적 표현을 배우기 위해서라도 누군가가 콩밭에서 일해야만 했다. 콩밭을 돌보는 일은 대체적으로 쉽게 맛볼 수 없는 즐거움을 주었고, 만약 계속 밭을 가꾸었다면 완전히 기력이 소진되고 말았을지도 모르겠다. 비록 콩밭에 거름을 주거나 밭 전체를 괭이로 파헤친 적도 없지만, 나름대로 정성을 다해서 김을 맨 덕분에 그에 대한 보상을 받을 수 있었다. 존 이블린[6]은 "삽으로 땅을 파고 또 파서 흙을 뒤집는 것과 비교할 만한 퇴비나 거름은 없다"고 했다. 그는 다음과 같이 덧붙였다.

"흙, 특히나 신선한 흙에는 그 자체로 자력이 존재한다. 그 자력으로 힘과 염분을 끌어와 스스로에게 생명력을 공급한다. 우리가 흙을 파헤치면서 땀 흘리는 이유는 바로 그 힘을 통해서 생명을 유지하기 위한 것이다. 모든 짐승의 분변이나 더러운 퇴비는 그 대용물에 불과하다."

게다가 내가 가꾸던 콩밭은 '완전히 녹초가 되고 지쳐서 안식을 즐기는 밭'이었기 때문에 케넬름 딕비 경[7]이 생각했던 것처럼, 공기 중에서 '생명의 힘'을 끌어당겼는지도 모르겠다. 그 결과 나는 12부셸의 콩을 수확할 수 있었다. 하지만 콜먼 씨의 보고서에는 주로 부유한 농장의 실험만을 다루었다는 비판이 있기 때문에 내가 지출한 내역을 자세히 밝히자면 다음과 같다.

---

6 영국의 문인으로, 찰스 2세의 궁정인이었다.

7 17세기 영국의 외교관이자 작가

괭이 구매: 54센트

쟁기, 써레, 고랑: 7달러 50센트(*지나치게 비싸다)

콩 씨앗: 3달러 12.5센트

씨감자: 1달러 33센트

완두콩 씨앗: 40센트

순무 씨앗: 6센트

까마귀 퇴치용 하얀 끈: 2센트

말몰이꾼 품삯: 1달러

곡물 운반용 말과 수레: 75센트

총 합계: 14달러 72.5센트

그중에서 내가 얻은 수입은 다음과 같다(가장은 파는 습관을 가져야 지, 사는 습관을 가지면 안 된다).

콩 9부셸 12쿼트 판매: 16달러 94센트

큰 감자 5부셸: 2달러 50센트

작은 감자 9부셸: 2달러 25센트

풀: 1달러

콩대: 75센트

총 합계: 23달러 44센트

앞서 언급한 것처럼 나는 총 8달러 71.5센트의 순이익을 올렸다.

이렇게 콩을 재배하는 경험으로 얻은 결과는 다음과 같다. 6월 초, 우리가 흔히 볼 수 있는 작고 하얀 강낭콩 중에서 동그랗고 깨끗한 것을 잘 골라서, 두둑과 두둑 사이는 90센티미터 간격으로 콩과 콩 사이는 45센티미터의 거리를 두고 씨를 뿌린다. 처음에는 벌레가 먹지 않도록 주의해야 하고, 만약 중간에 빈 곳이 생기면 다시 콩을 심어야 한다. 울타리를 치지 않았다면 우드척의 습격에 대비해야 한다. 녀석들은 갓 돋아난 콩을 모조리 뜯어 먹기 때문이다. 새로 덩굴이 자라면 우드척은 다람쥐처럼 등을 세우고 앉아서 새순부터 뿌리까지 단번에 뽑아버린다. 무엇보다 서리를 피해 시장에 내다 팔기 위해서는 최대한 일찍 수확해야 한다. 그래야 큰 피해를 줄일 수 있다.

나는 이번 경험을 통해서 여러 교훈도 얻었다. 다음 해 여름에는 콩과 옥수수 대신 성실함과 진리, 소박함과 믿음, 순수와 같은 씨앗이 남아 있다면 이를 땅에 뿌려 조금 덜 일하고 거름을 덜 주더라도 잘 자라서 내게 힘을 줄 수 있는지 지켜보자는 생각이 들었다. 이 땅의 지력은 그런 씨앗들을 키워내지 못할 정도로 완전히 바닥나지는 않았을 테니까. 그렇지만 다음 해 여름은 이미 지나갔고, 또 다른 여름, 그리고 다음 여름도 지나갔다. 그래서 독자 여러분에게 고백하건대, 나는 미덕의 씨앗들을 심기는 했지만 벌레가 먹었거나 생명력을 상실하는 바람에 제대로 싹을 틔우지 못했다. 우리는 선조들처럼 용감해지거나 반대로 비겁해지기 쉽다. 우리 세대는 수백 년 전 인디언들이 최초의 정착민들에게 가르쳐준 방식대로, 그걸 운명처럼 받아들여 매년 콩과 옥수수를 심는다. 언젠가 한 노인이 거의 일흔 번에 가까운 괭이질을 하며 구덩이를 파는 모습을 보고 깜짝 놀라지 않을 수 없었다. 물론 자기가 죽어서 누울 구멍을 파는 것도 아니었다! 왜 뉴잉글랜드 사람은 새로운 모험을 시도하지 않는가? 곡물과 감자, 건초, 과수원은 그토록 강조하면서 다른 작물을 키울 시도조차 하지 않는 이유는 무엇인가? 왜 콩을 싹 틔우기 위한 종자에는 그리 신경을 쓰면서 새로운 세대의 인간에 대해서는 별 관심을 보이지 않는 걸까? 만약 누군가를 만났을 때, 앞서 내가 나열했던 다른 어떤 것보다 중요한 미덕들이 그 안에 뿌리를 내리고 자라는 모습을 볼 수 있다면 매우 만족스럽고 기운이 넘칠 것이다. 예를 들어 진리와 정의처럼 말로는 표현이 힘들 정도로 신비로운 자질이 그 양은 적고 새로운 변종의 모습으로 세상에 모습을 드러냈다고 생각해보자. 대사들은 이런 미덕의 씨앗을 본국으로 보내라는 지시를 받아야 하고, 의회에서는 그 씨앗이 전국에 골고루 퍼질 수 있도록 노력해야 한다. 괜히 격식을 차리느라 급급해하면 안 된다. 만약 그 씨앗 속에 가치와 우정의 본질이 있다면, 서로를 속이고 모욕하고 배척하는 야비한 짓을 하면 안 된다. 그러한 이유로 우리는 성급하게 만나서는 안 된다. 요즘은 다들 시간적으로 여유가 없어서 좀처럼 사람들을 만나지 않는다. 각자 콩 때문에 바쁘다. 나는 그렇게 일에만 매달려서 틈이 나면 괭이나 삽을 지팡이 삼아 몸을 기대고 있는 사람들과는 교제하고 싶지 않다. 그 모습은 버섯은 아니지만, 땅을 걸어 다니는 제비처럼 몸을 똑바로 세우지 못하고 붕 떠 있는 것처럼 보인다.

그리고 말을 하면서도 금방이라도 날아오를 것처럼
날개를 펼쳤다가 접기를 반복했다.

그래서 그들과 대화를 나눌 때면 천사와 이야기를 나누는 것이 아닐까 착각할 정도이다. 어쩌면 빵은 우리에게 언제나 자양분을 공급하는 게 아닐지도 모른다. 하지만 인간과 자연 속에 존재하는 너그러움을 알아채고 순수하고 이타적인 기쁨을 공유하는 것은 언제나 우리에게 도움을 준다. 특히 무엇이 우리를 괴롭히는지 알 수 없을 때도 뻣뻣하게 굳은 관절을 풀어서 유연하게 만들어주며 기운을 북돋워준다.

고대의 시와 신화는 농사일이 한때 신성한 기술이었음을 보여준다. 하지만 요즘 들어 대규모 농장이 들어서고 수확량 올리기에 급급해지면서, 성급하고 무분별하게 농사를 짓고 있다. 농부가 자신에게 주어진 농사라는 소명의 신성함을 표현하고 농업의 신성한 기원을 기리는 축제도 없어졌고, 행렬이나 의식도 사라졌다. 그저 소를 품평하는 자리나 추수감사절만 남아 있을 뿐이다. 농부의 마음을 끄는 것은 비싼 상품이나 흥청망청 떠드는 잔치뿐이다. 농부는 케레스[8]나 주피터에게 제물을 바치지 않으며 오히려 저승의 신 플루토스[9]에게

---

8 로마신화의 대지의 여신이자 농업의 여신으로, 그리스신화의 데메테르와 동일시된다.

9 그리스신화의 재물의 신으로, 곡식의 수확을 주관하였다.

제물을 바친다. 탐욕과 이기심 때문에, 또한 우리 누구도 자유로워질 수 없는 나쁜 습관, 즉 땅을 재산이나 재산 획득의 수단으로 보는 천박한 성향을 가지고 있기에 아름다운 풍경이 훼손되고 농사일의 품위가 떨어지고 농부는 비천한 삶을 살아가게 된다. 이제 농부는 자연을 약탈자로 인식한다. 카토는 농업을 통해 얻는 이익은 그 무엇보다 경건하고 정당한 것이라고 말했다. 바로는 "과거 로마인들은 땅을 어머니 혹은 케레스라고 불렀다. 그리고 땅을 경작하는 농부들이야말로 경건하고 유익한 삶을 살고 있으며, 그들은 사투르누스[10]의 유일한 후손이라고 생각했다"고 말했다.

우리는 태양이 밭과 초원 그리고 숲을 차별 없이 비추고 있다는 사실을 가끔 잊어버린다. 밭과 초원, 그리고 숲은 똑같이 햇빛을 반사하고 흡수한다. 그중에서 인간이 경작하는 밭은 태양이 비추는 한 폭의 그림 같은 풍경 가운데에서 아주 작은 일부에 불과하다. 태양의 눈에는 지구의 어디나 잘 가꾸어진 정원처럼 보이게 마련이다. 따라서 우리는 태양의 빛과 열기가 주는 혜택을 그에 상응하는 믿음과 아량으로 받아들여야 한다. 내가 콩밭을 애지중지 가꾸어 가을에 수확한다고 해서 그게 무슨 큰일이란 말인가? 그렇게 오랫동안 가꾸어온 넓은 밭은 정작 경작을 하는 나에게는 관심을 주지 않고, 눈을 돌려서 자신에게 더 친절한 것, 즉 촉촉하게 비를 내리고 푸르게 만들어주는 자연

10　로마신화에 나오는 농경과 계절의 신으로, 그 이름은 '씨를 뿌리는 자'라는 뜻이다. 그리스신화의 크로노스에 해당한다.

에 한층 더 의지한다. 마침내 콩은 결실을 맺었지만 내가 얻지 못하는 결실도 있다. 그중 일부는 우드척을 위해서 자란 것이 아닐까? 밀의 이삭(라틴어로 spica는 본래 희망을 뜻하는 spe에서 파생된 단어이다)이 농부의 유일한 희망이 되면 안 된다. 그 이삭의 낟알(라틴어 granum은 낳다라는 뜻의 gerendo에서 파생된 단어이다)은 밀이 만들어내는 전부가 아니다. 이런 점을 고려해보면 우리가 수확에 실패한다는 것이 어떻게 가능한 걸까? 만약 잡초가 새들의 먹이가 되어줄 수 있다면 잡초가 무성하게 자라는 것을 오히려 기뻐해야 하지 않을까? 밭에서 수확한 농작물이 농부의 헛간을 가득 채우는지 여부는 그리 중요치 않다. 다람쥐가 올해 숲에 밤이 많이 열릴지를 염려하지 않듯 진정한 농부라면 수확에 대한 걱정은 버리고 자신이 돌보는 밭에서 자라는 작물에 대한 권리를 포기하고, 첫 번째 열매뿐만 아니라 마지막 열매까지도 제물로 바치겠다는 각오로 매일 일을 마칠 것이다.

8

마을
(The village)

오전이 되면 밭일을 하거나 독서와 글쓰기를 했고 아니면 호수에
서 미역을 감기도 했다. 사람들의 눈에 띄지 않는 곳에서 잠시 헤엄을
치면서 노동의 먼지를 씻거나 공부하느라 생긴 주름살을 깨끗이 펴
고 나면 오후에는 아무것도 걸릴 게 없는 자유로운 시간이 주어졌다.
나는 매일 혹은 하루걸러 마을로 걸어가서 세상 돌아가는 이야기를
전해 들었다. 마을에서는 온갖 이야기가 입에서 입을 통해, 신문에서
신문을 통해 전해져 이를 동종요법[1]처럼 적정하게 취할 경우, 나뭇잎
이 흔들리는 소리나 개구리의 울음소리처럼 기분 전환이 되었다. 숲
속을 거닐며 새와 다람쥐를 구경하듯 마을을 걸어 다니며 어른과 아
이들을 살폈고 소나무 사이를 스치고 지나가는 바람 소리 대신 덜컹

---

1 인체에 질병 증상과 비슷한 증상을 유발시켜 치료하는 방법이다.

거리는 마차 소리를 들었다. 내가 살던 월든 호숫가의 집 한쪽으로 가면 사향쥐들이 사는 풀밭이 있었고, 반대쪽 지평선에는 느릅나무와 플라타너스 들이 자라는 아담한 숲 아래로 분주히 살아가는 마을이 하나 있었다. 그 마을에 사는 사람들은 자기 굴 앞에 앉아 있다가 수다를 떨 요량으로 이웃 굴로 달려가는 프레리도그[2]처럼 마냥 신기하게 보였다. 나는 시간이 날 때마다 마을로 가서 그들의 습성을 관찰했고, 내 눈에는 그 마을이 신문사에서나 볼 법한 커다란 뉴스 편집국과 다름없어 보였다. 마을 안 한쪽 길에는 옛날 보스턴의 스테이트 가에 있던 레딩 앤 컴퍼니처럼, 호두와 건포도, 소금과 오트밀 따위의 식료품을 파는 곳이 있었다. 어떤 이들은 앞서 언급한 마을의 상품, 즉 온갖 뉴스에 대해 왕성한 식욕은 물론 소화 능력까지 탁월하게 갖고 있어서 목석처럼 길가에 앉아서 다양한 뉴스를 접할 수 있었다. 뉴스는 에테지안[3]처럼 부글부글 끓고 소곤소곤 흐르기도 했고 에테르를 흡입하듯 무의식중에 머릿속에 스며들어 의식에 아무 영향을 주지 않고 감각과 고통을 느끼지 않도록 했다. 만약 그렇지 않다면 뉴스를 듣는 것만으로도 괴로울 것이다. 어슬렁거리며 마을을 거닐 때마다 언제나 그런 사람들이 줄지어 앉아 있었다. 사다리에 앉아서 햇살을 받으면서 고개를 숙이고 신문기사를 읽으면서 만족스러운 표정을 짓는

---

2 다람쥣과의 포유류로, 초원에 굴을 파고 산다. 울음소리가 개와 비슷하여 도 그라는 이름이 붙었다.

3 여름에서 초가을에 걸쳐 에게 해와 지중해 동부로 부는 건조한 북풍

사람도 있었고 주머니에 손을 넣고 창고에 기대어 서 있는 사람들도 있었는데, 마치 그 모습은 여인의 조각상이 창고를 지탱하고 있는 것처럼 보였다. 마을 사람들은 언제나 대문 밖에 나와 있었으므로 바람결에 실려 오는 온갖 소문을 접할 수 있었다. 게다가 거친 맷돌처럼 처음에는 온갖 소문을 대강 빻은 다음 더 곱게 부수기 위해서 깔때기 속으로 밀어 넣는 것이었다. 나는 그 중심부에 식료품점과 술집, 그리고 우체국과 은행이 있다는 사실을 깨달았다. 게다가 마을이 돌아가는 데 반드시 필요한 부품으로 교회의 종과 대초, 소방펌프가 적시 적소에 배치되어 있었다. 집들은 사람들이 최대한 이용하기 쉽도록 좁은 골목을 사이에 두고 마주 보며 서 있어서, 이곳을 찾는 여행자들은 골목을 지날 때마다 마을 사람들의 시선을 한 몸에 받아야 했고 남녀노소를 가리지 않고 여행자들에게 한 마디씩 뱉을 수 있었다. 물론 맨 앞에 배치된 사람들이 여행자들을 제일 잘 볼 수 있었고 눈에 잘 띄었기 때문에 그 자리를 얻기 위해서는 소정의 대가를 치러야 했다. 몇몇 마을 사람이 뿔뿔이 흩어져 마을 외곽으로 나간 덕분에 대열 사이에 간격이 서서히 멀어지기 시작했고, 여행자들은 마음만 먹으면 소들이 다니는 길로 도망칠 수 있었기 때문에 외곽에 사는 마을 사람들은 땅값이나 창문에 대한 세금을 조금만 내면 됐다. 여행자들을 유혹하는 간판은 사방에 걸려 있었다. 선술집이나 식료품점에서는 배고픈 여행자들을 유혹하기 위해 식욕을 자극했고, 포목점이나 보석상에서는 호화로운 제품을 비치했으며, 이발사와 구둣방, 재봉사는 머리카락이나 발, 치맛단으로 여행자들의 눈길을 사로잡으려 애썼다.

이들은 단지 눈길을 끄는 데 그치지 않고 가게에 찾아와달라며 끝없이 초대장을 보냈는데, 그즈음에는 나와 교제할 수 있을 거라고 기대한 이들도 있었다. 나는 마을 사람들로부터 시련을 겪는 여행자들이 흔히 듣는 충고에 따라서, 괜히 다른 데 한눈팔지 않고 목적지만을 향해 나아갔다. 그리고 '수금을 연주하며 신에 대한 찬가를 부르는 사이렌의 위협적인 목소리에서 벗어난' 오르페우스처럼 고상한 생각에 집중함으로써 그러한 위험에서 벗어날 수 있었다. 나는 체면을 차릴 틈도 없이 울타리 사이로 조그만 틈이 보일 때면 곧바로 몸을 피했기 때문에 내가 어디로 갔는지는 아무도 알지 못했다. 가끔은 불쑥 남의 집에 들어갈 때도 있었다. 그럴 때면 예고도 없이 찾아온 손님이면서도 엄청난 환대를 받았고 떠도는 뉴스의 알짜배기만 정리한 것을 들을 수 있었다. 가령 전쟁과 평화에 대한 전망이나 세상이 지금처럼 오래 유지될 수 있는지에 관한 다양한 소식이었다. 나는 그 소식을 접한 후에 다시 뒷길로 빠져나와 월든 숲으로 부리나케 걸음을 옮겼다.

늦은 시간까지 마을에 머물거나, 특히 칠흑같이 어둡고 비바람이 몰아치는 밤, 호밀 부대나 옥수수가루 부대를 어깨에 둘러메고 환하게 불 밝힌 마을의 강연장을 벗어나 숲속에 있는 아늑한 나의 항구를 향해 돛을 펴고 유유히 순항하는 것은 무척이나 즐거운 일이었다. 그렇게 항해할 때마다 나는 외적 자아에게 키를 맡겼고, 만약 항해가 순조롭다 싶으면 아예 키를 고정하고 외부 세계와 완전히 차단된 채로 즐거운 생각이라는 선원과 함께 선실에 틀어박혀 시간을 보냈다. 때로는 강한 폭풍우를 만나기도 했지만 어떤 경우에도 조난을 당하거나 표류한 적은 없었다. 평소에도 저녁이 되면 숲속은 여러분이 생각하는 것보다 훨씬 어둡고 컴컴하다. 그렇게 어두운 밤이면 연신 나무들 사이로 하늘을 올려다보며 길을 가늠해야 했고, 마차가 다니는 길조차 나지 않은 곳에서는 내가 남긴 발자국을 찾아서 더듬더듬 움직여야 했다. 그러다가 45센티미터가량의 간격을 두고 자란 소나무 두 그루 사이를 지날 때면 손끝으로 익숙한 느낌을 더듬으면서 겨우겨우 발을 떼곤 했다. 이렇게 어둡고 후텁지근한 저녁 길을 걸을 때면 줄곧 꿈을 꾸듯 멍한 상태였고, 그렇게 늦게 집으로 돌아와서 집에 걸린 빗장을 열 때가 되어서야 제정신이 드는 것이었다. 그럴 때면 어떻게 집까지 돌아왔는지 전혀 기억이 나지 않았다. 내 무관심 속에서도 몸이 저절로 집을 찾아오는 걸 보면, 아무 도움 없이 손이 입으로 향하는 것도 당연하다는 생각이 들었다. 언젠가는 손님들이 늦은 시간까지 우리 집에서 머물다 간 적도 있었다. 주위가 하도 깜깜해서 집 뒤에 있는 마차 도로까지 손님을 안내하고 어느 길로 가야 하는지 따로 일러줘야 했다. 제대로 길을 찾아가기 위해서는 눈보다는 발의 감각을 따라가야 한다. 어느 깜깜한 저녁, 호숫가에서 낚시하던 두 청년에게 길을 안내해준 적이 있었다. 그나마 1.6킬로 남짓 떨어진 곳에 사는 청년들이라 주변 지리에 익숙한 편이었다. 그리고 며칠 후에 그중 한 청년을 만났는데, 집을 코앞에 두고도 길을 찾지 못해서 밤새도록 헤매다가 아침 해가 뜨고 나서야 겨우 집으로 돌아갔다고 털어놓는 것이었다. 그렇게 길을 헤매는 사이 몇 차례나 소나기가 퍼붓는 바람에 집에 돌아갔을 때는 물에 빠진 생쥐 꼴이 되었다고 했다. 칼로 베어낼 수 있을 정도로 어두운 밤이면 마을 사람들도 길을 잃는다는 이야기를 들었다. 외곽에 사는 사람들은 마차를 타고서 장을 보러 나왔다가 어두워서 집에 가지 못하고 하룻밤을 지내야 했다. 마을을 처음 찾는 이들은 발끝만 보며 길을 걷다가 도로에서 수맥 미터나 떨어지는 경우가 많았다. 언제든 숲에서 길을 잃고 헤맨다는 것은 놀랍고 소중하며 절대 잊을 수 없는 경험이다. 대낮에 눈보라가 몰아치기라도 하면, 평소 잘 아는 길로 갔다가도 마을로 돌아가는 길을 찾지 못할 때가 있다. 수천 번도 넘게 오가던 길인데도 눈이 쌓여 그 길의 특징을 가늠하지 못하기 때문에 시베리아 벌판에 선 사람처럼 오도 가도 못하게 되는 것인데 특히나 밤에는 더욱 당황하게 마련이다. 가까운 곳을 다닐 때도 우리는 무의식중에 키를 잡은 조타수처럼 눈에 익숙한 등대를 보며 배를 조종하고, 혹여 항로를 벗어나더라도 가장 가까운 이정표를 보며 이동하게 마련이다. 따라서 완전히 길을 잃거나 한 바퀴를 빙그르르 돌기만 해도-한 바퀴만 돌아도 방향감각을 잃기에는 충분하다-자연이 얼마나 광활하고 불가사의한지를 깨닫게 된다. 깊은 잠에서 깬든 멍한 상태에서 정신을 차리든, 일단 정신을 차리면 곧바로 나침반의 바늘부터 확인해야 한다. 우리는 길을 잃고 나서야, 다시 말해 세상을 잃고 나서야 우리가 있는 곳을 찾으려고 하게 마련이다. 우리는 언제든 어디에 있고 우리가 맺고 있는 관계들이 얼마나 무한한지를 항상 염두에 두며 살아가야 한다.

월든 호숫가에 터를 잡고 맞은 첫 번째 여름이 끝나가던 어느 날 오후, 나는 구둣방에 수선을 맡겨둔 구두를 찾으려고 마을에 갔다가 경찰에게 체포를 당해 감옥에 수감되었다. 예전에도 언급했던 것처럼 나는 국회의사당 앞에서 가축처럼 남녀노소를 사고파는 주정부에 세금을 내지 않았기 때문이다. 나는 그런 정부의 권리를 도저히 인정할 수 없었다. 하지만 숲에 들어간 것이 그 때문은 아니었고 내게는 다른 목적이 있었다. 하지만 사람이 어디로 가든 다른 사람들은 끝까지 그 사람을 쫓아가서 비열한 제도를 강요하고 괴롭히며, 강요해서라도 비이성적인 사회제도 속에 편입될 것을 종용한다. 물론 죽을힘을 다했다면, 어느 정도 원하는 성과를 얻고 미친 사람처럼 사회에 맞서 싸울 수도 있었을 것이다. 하지만 나는 내가 맞서 싸우는 대신 사회 쪽에서 미친 듯이 날뛰도록 했다. 결국 미친 건 내가 아닌 사회이니까. 마침내 나는 하루 만에 감옥에서 석방되었고, 구둣방으로 가서 구두를 찾아 숲으로 돌아왔다. 그리고 페어헤이븐 언덕에 올라가서 단맛이 절정에 이른 월귤나무의 열매를 따 점심 식사를 했다. 나는 정부를 대표한다는 족속들 이외에는 누구에게도 괴롭힘을 받은 적이 없었다. 원고지가 든 책상만 제외하면 집 안 어디에도 자물쇠를 채우지 않았고 따로 빗장을 걸거나 창문에 못을 박지도 않았다. 낮이든 밤이든 굳게 문을 걸어두는 적이 없었고, 며칠 동안 집을 비울 때도 마찬가지였다. 언젠가 메인 주의 숲속에서 보름 가까이 지냈을 때도 그랬다. 그런데도 내 집은 호위병들의 빈틈없는 경비를 받을 때보다 더더욱 존경을 받았다. 숲을 거닐다가 지치고 목이 마른 이들은 언제든 우리 집 벽난로에 앉아서 휴식을 취하거나 몸을 녹일 수 있었고, 문학을 좋아하는 이들은 탁자에 놓인 책들을 마음껏 읽을 수 있었으며, 호기심으로 가득한 사람들은 언제든 우리 집 찬장을 열고 내가 점심으로 무엇을 먹었고 또 무슨 음식을 남겼는지 저녁에는 무얼 먹을 참인지 알아볼 수 있었다. 실로 다양한 부류의 사람들이 월든의 호숫가를 찾았지만 나는 그들 때문에 불편을 겪지 않았으며, 금박을 씌운 호메로스의 책 한 권을 제외하고는 전혀 물건을 잃어버린 적도 없었다. 지금쯤이면 우리 편 병사 중 하나가 그 책을 발견했을 것이다. 모두가 그때의 나처럼 단순하고 소박한 삶을 꾸린다면 절도나 강도 같은 건 완전히 사라질 것이다. 절도와 강도 사건은 지나치게 많은 재산을 가진 사람과 근근이 삶을 꾸려가는 사람들이 한데 뒤엉켜 살아가기 때문에 발생하는 것이기 때문이다. 그 때문에 알렉산더 포프가 번역한 호메로스의 작품들이 하루빨리 세상에 배포되어야 할 것이다.

    너도밤나무 그릇 하나로 만족하던 시절에는
    그 누구도 전쟁으로 고통받지 않았다.

    "정치를 한다는 분께서 어쩌자고 형벌을 내리십니까? 백성들에게 덕을 베풀면 덕이 돌아올 것입니다. 군자의 덕은 바람과 같으며, 소인의 덕은 풀과 같아 바람이 불면 풀은 저절로 고개를 숙이게 마련입니다."[4]

---

4 《논어》 제12편 19절 인용

9

호숫가
(The Ponds)

　가끔 사람을 만나는 것에 질리고 지인들과 시시껄렁한 얘기를 나
누는 것도 지칠 때면, 나는 월든 호숫가에서 서쪽으로 한참 떨어진 곳
에 있는 '생기 넘치는 숲과 새로운 목초지'를 향해 산책하곤 했다. 때
때로 해가 떨어지는 사이 페어헤이븐 언덕에서 허클베리와 블루베
리로 저녁을 때우고 며칠 먹을 분량을 준비해두기도 했다. 달콤한 열
매는 사 먹는 사람이나 내다 팔기 위해 재배하는 사람에게는 진짜 맛
을 보여주지 않는다. 그 진정한 맛을 느끼는 방법은 하나뿐이지만 그
걸 시도하는 사람은 극소수에 불과하다. 만약 허클베리의 참맛을 알
고 싶다면 누구보다 목동이나 자고새에게 물어봐야 한다. 직접 허클
베리를 따보지 않고 그 맛을 안다고 생각한다면 그건 큰 오산이다. 그
맛은 보스턴에서는 맛볼 수 없다. 한때 보스턴의 세 언덕에서 허클베
리가 자란 적이 있었지만 어느 순간 사라져버렸다. 허클베리가 수레

위에서 서로 부대끼면서 달콤한 과분(果粉)이 전부 다 떨어져 나가면 그때부터 허클베리는 그저 단순한 열매로 전락해버리고 만다. 영원한 정의가 세상을 지배하는 한, 순수한 허클베리는 절대로 시골 언덕에서 도시까지 온전히 배달될 수 없을 것이다.

아침에 밭일을 마치고 나서 서둘러 호수로 가서 낚시하는 친구를 찾아가기도 했다. 내 친구는 체노비타라는 옛 수도회에 들어가기로 마음이라도 먹은 것처럼, 호숫가에 둥둥 떠 있는 오리나 나뭇잎처럼 꼼짝도 않고 앉아 있었다. 옆에는 그보다 나이가 더 많고 솜씨가 좋은 데다 목공 기술까지 갖춘 낚시꾼 한 사람도 함께 있었는데, 그는 내 집이 낚시꾼들에게 더할 나위 없이 편리한 곳이라며 좋아했다. 때로는 우리 집 현관에 앉아서 낚싯줄을 정리하기도 했는데, 그 모습을 보고 있노라면 나 역시 즐거워졌다. 종종 배를 타고 호수로 나가서 양쪽 끝에 마주 앉아 있기도 했다. 요즘 귀가 많이 먹어서 서로 많은 대화를 나누지는 못했지만, 그는 이따금 찬송가를 콧노래로 흥얼거렸고 그 콧노래 역시 내가 추구하는 철학과도 잘 어울렸다. 우리의 교제는 언어를 통해 이뤄진 것보다 더욱 조화로웠고 그렇게 서로 방해를 받지 않으면서 오래도록 유지해갈 수 있었다. 딱히 대화를 나눌 사람이 없는 날이면 노를 뱃전을 때리면서 메아리가 퍼져나가도록 하기도 했다. 메아리 소리는 원을 그리며 사방으로 퍼져나가서 호숫가를 둘러싸고 있는 숲을 가득 채웠고, 사육사가 맹수를 자극하듯이 숲 전체를 뒤흔들어 결국 모든 골짜기와 언덕에서 온갖 동물이 으르렁거리며 포효하도록 만들었다.

날씨가 따뜻한 저녁 날이면, 배를 띄우고 호숫가에 앉아서 피리를 불기도 했다. 그런 날에는 농어 떼가 주변으로 몰려와 피리 소리에 홀린 듯이 주위를 맴돌았고, 은은한 달빛이 우거진 나무 그림자가 드리워진 호수 바닥을 비춰주었다. 어느 캄캄한 여름날 저녁에는 모험에 나선 기분으로 친구와 함께 호숫가에 와서, 물고기를 유인하기 위해 모닥불을 피우고 실지렁이를 미끼 삼아 메기 낚시를 한 적도 있었다. 그리고 나서 밤늦게야 낚시가 끝나면 불이 붙은 장작들을 공중으로 집어 던졌고, 장작은 호수 한가운데 떨어져 피시식 소리를 내며 꺼졌다. 우리는 불꽃이 사라졌기에 어쩔 수 없이 컴컴한 길을 더듬거리며 걸어가야 했다. 그리고 휘파람을 불면서 숲을 지나서 마을 사람들이 모여 사는 곳으로 돌아갔다. 하지만 이제 나는 월든 호숫가에 거처를 마련하게 되었다.

때로는 마을의 어느 집 거실에서 밤늦게까지 시간을 보내다가 그 집 식구들이 모두 잠자리에 들고 나서야 숲으로 돌아오기도 했다. 그러고는 다음 날 점심거리를 마련할 요량으로 한밤중에 호숫가로 배를 타고 나가 달빛 아래서 몇 시간 동안 낚싯대를 드리우기도 했다. 그럴 때면 올빼미와 여우가 세레나데를 불러주었고 그리 멀지 않은 곳에서 이름 모를 새가 우는 소리도 들렸다. 이 모두가 내게는 영원히 잊히지 않을 소중한 경험들이었다. 호숫가에서 100~150미터 정도 떨어진 곳에 자리를 잡고 앉아, 수심 12미터까지 닻을 내리고 달빛 아래서 호수 위로 잔물결을 일으키는 수천 마리의 농어와 피라미가 유유히 헤엄치는 모습을 바라보면서, 긴 낚싯줄 아래 사는 신비로운 야생 물고기들과 교감을 나누었다. 가끔 살랑거리며 바람이 불어올 때면 18미터 아래까지 내려갔던 낚싯줄이 파르르 떨리는 기분을 느낀 적도 있었다. 이는 바다 생명체가 좀처럼 확신을 내리지 못한 채로 목표물 부근을 빙빙 돌면서 배회하고 있다는 신호였다. 마침내 천천히 손을 당겨 낚싯줄을 잡아당기면 메기가 잔뜩 화가 나서 온몸을 펄떡거리며 물 위로 모습을 드러냈다. 칠흑같이 어두운 밤, 내가 사는 세계 너머 광활하고 우주론적인 주제에 빠져 있다가 물고기의 입질을 느끼며 낚싯대를 당기면서 몽환적인 생각으로부터 벗어나 현실을 자각한다는 것, 다시 자연과 하나가 된다는 것은 참으로 색다른 경험이 아닐 수 없었다. 이번에는 호수 아래로 낚싯줄을 던졌지만 다음에는 허공을 향해 던질 수도 있을 것 같았다. 결국 낚싯바늘 하나로 두 마리의 물고기를 낚은 것이다.

월든 호숫가는 매우 아담한 곳이어서 그 자체로 아름다웠지만 웅장한 아름다움은 찾아볼 수 없었다. 오랫동안 호수를 찾거나 호숫가에서 살아본 적이 없는 사람들은 이런 물가에 별 관심을 보이지 않는다. 하지만 워낙 깊고 물이 맑기에 그 아름다움을 묘사할 가치는 충분하다. 길이가 800미터, 둘레가 2.8킬로미터 그리고 면적이 7만 5천 평에 달하는 월든 호수는 거울처럼 맑고 푸르다. 주위로는 소나무와 떡갈나무가 우거져 있고 숲의 한가운데 위치한 이곳은 구름이나 수증기를 제외하고는 물이 오가는 곳이 전혀 없다. 호수를 둘러싸고 있는 언덕들은 12미터에서 24미터 높이로 솟아 있지만, 남동쪽과 동쪽으로 400~500미터가량 떨어진 곳에 있는 언덕들은 30미터에서 45미터 높이에 달하며 일대가 전부 푸른 숲으로 뒤덮여 있다. 콩코드 주변의 물은 최소한 두 가지 색을 띠고 있다. 하나는 멀리서 보았을 때의 색이고 하나는 가까이서 볼 때의 색인데, 가까이서 볼 때가 본연의 색을 더 잘 나타낸다. 멀리서 월든 호수를 바라보면 그날 하늘의 색에 따라서 혹은 빛이 얼마나 비추느냐에 따라서 그 색깔이 달라진다. 하늘이 맑은 여름날, 멀리 떨어져서 호수를 바라보면 푸른색으로 보인다. 특히 잔물결이 많이 이는 날에는 더욱 그렇다. 하지만 멀리 떨어져서 호수를 보면 거의 비슷한 색으로 보인다. 하지만 거센 폭풍우가 몰아치는 날에는 호수의 물이 짙은 청회색을 띤다. 하지만 바다는 대기 중에 특별한 변화가 없어도 어떤 날에는 맑고 푸른색을 띠고 어떤 날에는 초록색을 띠지 않는가. 온 세상이 하얀 눈으로 뒤덮였던 어느 날에는 호수의 물과 얼음이 모두 푸르게 보일 때도 있었다. 혹자는 푸른색이 '액체와 고체의 순수한 물의 빛깔'이라고 말한다. 하지만 배에 타서 호수를 들여다보면 여러 색으로 보이게 마련이다. 월든 호수는 같은 위치에서 바라보아도 어떤 날에는 푸르고 어떤 날에는 초록색에 가깝다. 하늘과 땅을 가로지르는 곳에 있기에 여러 색을 담고 있는 것이다. 언덕 위에서 바라보면 하늘을 담아 푸르게 보이지만, 호숫가 근처에서 보면 바닥에 깔린 모래의 색을 담아 누렇게 보이거나 때로는 연한 녹색을 띤다. 수심이 깊어질수록 호수의 빛깔은 점점 짙어져서 한가운데로 갈수록 암녹색으로 보인다. 그날 빛이 얼마나 강하냐에 따라서, 호숫가의 물이 더욱 선명한 초록색으로 보일 때도 있다. 어떤 사람은 호수 주변을 둘러싸고 있는 나무들 때문에 그런 거라고 말하지만, 철로의 모래 둑 근처에 있는 물색도 초록색이고 봄에 새순이 돋기도 전에 호숫가의 물이 초록색인 것으로 보아 월든 호수의 물이 초록색으로 보이는 것은 푸른색과 모래의 누런색이 섞여서 그런 걸 수도 있다. 어쨌거나 호수의 홍채는 바로 그런 색이다. 따뜻한 봄이 와서 호수의 바닥이 반사되고, 땅으로 전해진 태양열이 얼음을 녹이기 시작할 때, 이렇게 녹은 호수 한가운데에는 좁은 수로가 생긴다. 콩코드 마을 주변의 다른 곳과 마찬가지로, 월든 호수도 맑은 날에 물결이 일어 하늘과 수면이 서로 직각을 이루고 하늘을 비출 만큼 물살이 세지면 하늘의 빛을 더 많이 흡수해서인지 하늘보다 더 짙은 푸른색을 띤다. 그럴 때 물살이 갈라놓은 수면 위를 바라보고 있노라면, 빛의 각도에 따라 제각각 다른 색을 띠는 비단이나 날카로운 칼날을 비스듬히 들었을 때처럼 연한 푸른색을 띤다. 그 색은 하늘보다 더 파랗고 원래 호수의 색인 암녹색을 서로 다른 면에서 뿜어낸다. 그 옅은 빛깔을 보면 본래의 암녹색은 그저 진흙처럼 우중충하기 짝이 없다. 추운 겨울, 해가 막 떨어지기 전 월든 호수의 빛깔은 뿌연 구름 사이로 보이는 서쪽 하늘처럼 푸르고 유리 같은 색을 띤다. 하지만 호수의 물을 유리로 된 잔에 담아보면 아무런 색을 띠지 않는다. 커다란 유리는 초록색을 띠지만, 유리업자의 말에 따르면 그저 '밀도' 때문에 초록색으로 보일 뿐 유리 조각은 그저 투명한 색일 따름이다. 월든 호수의 물을 얼마나 많이 담아야 초록색을 띨지 제대로 실험해보지는 못했다. 콩코드 마을로 흐르는 물은 바로 위쪽에서 내려다볼 때는 검은색이나 암갈색으로 보이고, 대부분의 호수처럼 강에서 몸을 씻는 사람의 몸에 비출 때는 우중충한 색을 띤다. 하지만 월든 호수의 물은 유리처럼 수정처럼 맑아서, 호수에서 멱을 감는 사람들은 몸이 석고처럼 하얗게 보이는 데다 팔다리가 길게 확대되고 온통 뒤틀려 보여 미켈란젤로와 같은 화가의 피사체로 적합할 정도로 기묘한 효과를 낸다.

월든 호수는 워낙 투명해서 8미터에서 10미터 깊이의 강바닥을 한눈에 볼 수 있다. 배를 타고 가노라면 깊은 물속에서 한가롭게 헤엄치는 새끼 농어들과 피라미들을 쉽게 볼 수 있다. 몸길이는 새끼손가락 절반밖에 되지 않지만 농어는 줄무늬 때문에 쉽게 알아볼 수 있다. 그렇게 맑은 물속에서 살 수 있다니 참으로 금욕적인 물고기가 아닌가 싶다. 오래전 어느 추운 겨울날, 나는 얼어붙은 호수 위에 구멍을 뚫고 호숫가로 올라가면서 얼음 위로 도끼를 던졌다. 그런데 무슨 귀신이라도 쓰인 것처럼 도끼가 20~25미터를 쭉 미끄러지더니 얼음 구멍 속으로 쏙하고 빠지는 것이 아닌가. 수심이 7미터는 족히 넘는 위치였다. 나는 호기심을 이기지 못하고 호수 위 얼음 위로 배를 댄 채 엎드려 구멍 속을 들여다보았다. 구멍에서 한쪽 옆으로 도끼의 머리 부분이 바닥에 박힌 채로 자루가 수심에 이리저리 흔들리고 있었다. 무슨 조치를 취하지 않으면 그대로 손잡이가 썩어서 없어질 때까지 바닥에 박혀 있었을 것이다. 마침 얼음끌을 가지고 있어서 급히 도끼 위쪽으로 구멍을 파고 근처에서 기다란 자작나무를 집어 칼로 얇게 잘랐다. 그러고는 자작나무 끝에 둥근 올가미를 씌운 다음 천천히 물속으로 집어넣었고, 도끼 손잡이 부분에 올가미를 걸고서 조심조심 도끼를 잡아당겼다.

한두 군데 모래톱이 쌓인 곳을 제외하면 월든 호숫가는 포장용 석재처럼 매끈하고 둥근 하얀 자갈이 깔려 있었고, 워낙 가팔라서 물에 뛰어들면 머리까지 쏙 빠지는 경우가 대다수다. 만약 호수가 맑지도 투명하지도 않다면 반대편 호숫가에 닿을 때까지 바닥을 보기 힘들 것이다. 사실은 월든 호숫가에는 바닥이 없다고 생각하는 사람이 많을 정도이다. 탁한 부분이 하나도 없고 얼핏 보면 수초도 거의 보이지 않는다. 얼마 전 작은 초지가 침수된 적이 있기는 하지만, 정확히는 호수에 속하지 않으니 그곳만 제외하면 아무리 눈을 크게 뜨고 찾아봐도 창포는 물론 큰고랭이는 찾아보기 힘들다. 하얗고 노란 수련 역시 찾아보기 힘들고 자세히 보면 조그만 잎사귀와 가래 풀, 순채[1]로 보이는 것들이 가끔 눈에 들어올 뿐이다. 하지만 잠시 몸을 적시러 온 사람들 눈에는 그마저도 잘 보이지 않을 것이다. 호숫가 근처에 자란 꽃도 호수의 물처럼 워낙 맑고 투명하기 때문이다. 조그만 자갈들은 5미터에서 10미터 정도까지 바닥으로 깔려 있고 거기서부터 고운 모래가 덮여 있다. 제일 깊은 곳을 보면 가을에 나무에서 떨어진 낙엽들이 떠내려와서 바닥에 쌓인 퇴적물도 볼 수 있다. 한겨울이면 선명한 색을 띠는 수초가 닻에 걸려서 올라올 때도 있다.

월든 호수와 여러 면에서 꼭 닮은 화이트 호수는 서쪽에서 4킬로

---

1 수련과의 여러해살이 수초

미터쯤 떨어진 나인 에이커 코너에 있다. 월든 호수의 반경 20킬로미터 내에 있는 모든 호수를 잘 아는 내가 장담하는 바로는 월든과 화이트 호수만큼 물이 맑고 깨끗한 호수는 거의 없다고 봐야 한다. 수많은 종족이 월든 호수의 물을 마시고 감탄하면서 수심을 쟀겠지만 여전히 물은 초록빛을 띠며 맑고 깨끗하다. 월든 호수는 물이 말랐다가 다시 차오르는 간헐 샘이 아니다. 아담과 이브가 에덴에서 쫓겨났던 그해 봄날 아침에도 월든 호수는 존재하고 있었을 것이다. 월든 호수는 안개와 남풍을 동반한 부드러운 봄비를 받아 조금씩 녹아내리고, 호수 위를 뒤덮은 오리와 거위 떼는 인간이 타락했다는 소식을 알지 못한 채로 그저 깨끗하고 맑은 호수에 만족하고 있었을 것이다. 그때부터 호수의 수위는 오르내리기 시작하여 지금처럼 맑고 깨끗한 초록빛을 띠었고 이 세상에서 유일한 월든 호수가 되었고, 하늘의 이슬을 증류하는 특허를 천상으로부터 부여받았을 것이다. 지금은 기억 속에서 사라진 수많은 종족의 문학 작품 속에서, 월든 호수는 카스탈리아의 샘[2]과 같은 역할을 했을 것이다. 또한 황금 시대에 어느 요정 무리가 월든 호수를 지배했을지도 모른다. 월든 호수는 콩코드 지역의 왕관에 박힌 가장 빛나는 보석과도 같다.

하지만 제일 먼저 월든 호수에 도착한 이들이 어딘가에 자신의 흔적을 남겼을지도 모르겠다. 언젠가 호수를 한 바퀴 돌면서 산책을 하

2　그리스 델포이에 있는 신성한 샘. 아폴론의 사랑 고백을 거부하고 달아나다가 목숨을 끊으려는 그녀를 아폴론이 샘으로 만들었다고 전해진다.

다가 울창하게 우거진 숲 사이로 가파른 산기슭에 선반처럼 좁은 오솔길이 나 있는 것을 보고 깜짝 놀란 적이 있었다. 오르막과 내리막이 끝도 없이 이어지며 호수와 가까웠다가 멀어지는 그 오솔길은 이곳에 살았던 부족들만큼이나 오래된 것 같았다. 이 길은 원주민 사냥꾼의 발바닥으로 잘 다져졌고, 지금 이 땅에 살고 있는 사람들도 알게 모르게 그 길을 다녔다. 한겨울에 살짝 눈이 내린 후에 호수 한가운데 서서 보면, 그 오솔길이 유난히 뚜렷하게 보인다. 잡초와 나뭇가지에 가려진 곳이 아니라서 그런지, 멀리서 보면 굽이치는 하얀 선처럼 뻗어 있다. 여름에는 가까이서도 잘 보이지 않지만 겨울에는 먼 곳에서도 하얀 눈으로 양각을 새긴 것처럼 뚜렷하게 나타난다. 언젠가 이곳에 별장을 짓는다면, 굽이치는 좁다란 오솔길만큼은 그대로 보존될지도 모르겠다.

월든 호수의 수위는 오르내리기를 반복하고 있지만 그 주기가 규칙적인지 아닌지, 기간은 얼마나 되는지는 아무도 알지 못한다. 물론 늘 그렇듯 아는 척하는 사람은 여럿이다. 보통 겨울에는 수위가 높아지고 여름에는 낮아지는데 그렇다고 해서 일반적인 우기와 건기의 주기에 일치하는 건 아니다. 호숫가에서 살던 때보다 50센티미터 가까이 수위가 낮아졌을 때와 1.5미터까지 올라갔던 때를 지금도 똑똑히 기억할 수 있다. 호수 안쪽으로는 좁은 모래톱이 하나 있는데 한쪽의 수심이 무척 깊다. 1824년 무렵, 호숫가에서 30미터쯤 떨어진 모래톱에 커다란 솥을 걸고 음식 만드는 걸 도운 적은 있으나 그로부터 25년이 지난 지금에는 상상도 하기 힘든 일이다. 그로부터 몇 년이 흘러 숲속의 외딴 지역에서 배를 타고 낚시를 했다고 말하면 주변 사람들은 믿기지 않는다는 표정으로 나를 쳐다보곤 했다. 그 지대는 호수에서 75미터쯤 떨어진 곳인 데다 벌써 오래전에 풀밭으로 변해버렸기 때문이다. 그런데 지난 2년 사이 호수의 수위가 계속 오르더니 1852년 여름인 지금은 내가 호숫가의 집에서 살던 때보다 1.5미터 가까이 수위가 높아졌다. 30년 전의 수위와 엇비슷하게 물이 높아져서 풀밭이던 지대에서 다시 낚시를 즐길 수 있게 되었다. 이런 변화 양상으로 볼 때, 월든 호수의 변동 폭은 기껏해야 2미터 내외라는 걸 알 수 있다. 하지만 호수를 둘러싸고 있는 언덕에서 흘러드는 물의 양이 그리 많지 않으니, 무언가 지하의 원천에 영향을 미치는 요소가 존재한다고 짐작해볼 수 있다. 올해 들어 다시 수위가 내려가기 시작했다. 이러한 수위의 변화가 주기적이든 아니든 오랜 세월 동안 계속되는 것으로 보아, 어느 정도 주목할 만한 부분임을 알 수 있다. 지금까지 내가 관찰한 바로는 한 번의 수위 상승과 두 번의 하락인데, 앞으로 12~15년 후에는 지금까지 내가 보았던 것보다 최고 낮은 수위까지 내려갈 것으로 보인다. 호수에서 동쪽으로 1.6킬로미터 떨어진 곳에 위치한 플린트 호수의 경우, 물이 들고 나는 곳이 있어서 그로 말미암아 수위가 변한다는 점을 고려해야겠지만 어느 정도 월든 호수와 그 등락을 함께하고 있다. 두 호수 사이에 있는 작은 호수들도 마찬가지로 월든 호수의 수위가 상승하던 시기에 똑같이 수위가 최고로 높아졌다. 내가 관찰한 바에 따르면 화이트 호수도 마찬가지였다.

월든 호수가 오랜 세월 동안 수위가 오르고 내리는 현상을 보이는 것은 적어도 다음과 같은 점에서 유익하다. 지금처럼 호수의 수위가 높아지는 현상이 1년 이상 지속될 경우, 주변을 걸어 다니기는 힘들겠지만, 마지막으로 수위가 높아진 후에 호숫가에 자란 여러 나무, 가령 리기다소나무와 자작나무, 오리나무, 사시나무 등을 죽이게 되고 다시 물이 빠지면 주변이 말끔하게 정리될 거라는 사실이다. 매일 밀물과 썰물이 반복되는 수많은 호수, 강과는 달리 월든의 호숫가는 수위가 최저일 때 가장 말끔하다. 내 집 근처 호숫가에 나란히 자라 있던 5미터 높이의 리기다소나무들은 마치 지렛대로 쓰러뜨린 것처럼 죽어서 넘어졌고, 그렇게 소나무의 잠식이 중단되었다. 그 나무의 키로 지난번 수위가 상승했을 때 이후 얼마나 시간이 흘렀는지를 가늠해볼 수 있다. 이런 불규칙한 수위 변화를 통해 월든 호수는 호숫가의 권리까지 주장한다. 호숫가는 '말끔히 잘라낸 곳'이라는 의미이고 나무는 호숫가에 대한 권리를 주장할 수 없다. 호숫가는 호수의 입술이고 수염이 자라지 않는다. 이따금 호수의 물이 입맛을 다시기 때문이다. 호수의 수위가 최고조에 달하면, 오리나무와 버드나무 그리고 단풍나무는 물속으로 뻗은 줄기에서 사방 몇 미터까지 붉은 섬유질의 뿌리를 뻗고 어떻게든 물살 가운데서 살아남으려고 애쓴다. 호숫가 부근에서 자주 볼 수 있는 월귤나무도 평소에는 열매를 맺지 않지만, 이런 환경에서는 수많은 열매를 맺는다는 사실을 확인할 수 있었다.

호숫가에 일정한 크기의 자갈들이 깔린 이유에 대해 궁금해하는 사람도 많다. 마을 사람들은 그 역사에 대해 전부 알고 있었는데, 마을의 나이 지긋한 노인은 어릴 때 들은 이야기를 전해주었다. 그에 따르면, 아주 먼 옛날 인디언들이 언덕에서 의식을 행했는데, 그 언덕은 호수가 땅 아래로 깊이 파인 만큼 하늘로 높이 솟아 있었다고 한다. 인디언들은 신성을 모독하는 발언을 서슴지 않았고 그에 대한 죄책감도 느끼지 않았다. 그러자 의식이 한창 진행 중이던 즈음 갑자기 언덕이 요동치다가 가라앉았다. 그날 '월든'이라는 이름의 노파 하나만 겨우 도망쳐서 목숨을 건졌고, 그 이름을 따서 '월든' 호수라는 이름이 붙었다는 것이다. 당시 언덕이 요동칠 때 자갈들이 비탈 아래로 굴러떨어지면서 지금 호숫가에 자갈들이 깔리게 되었다고 한다. 어쨌거나 예전에는 없던 호수가 이제야 생겼다는 사실 하나만은 분명하다. 월든 호수에 얽힌 전설은 앞서 언급했던 인디언 개척자의 이야기와 잘 맞아떨어진다. 그는 수맥을 찾는 막대기를 들고 이곳에 찾아왔고, 풀밭에서 모락모락 수증기가 피어오르는 것을 보았으며, 개암나무로 만든 막대기로 바닥을 가리키면서 우물을 파기로 했다고 전해진다. 월든 호수 주변을 가득 채우고 있는 자갈에 대해서는 물살이 부딪혀서 만들어졌다는 것만으로는 설명이 부족하다고 볼 수 있다. 내 눈으로 직접 관찰해본 결과, 호수를 둘러싼 언덕에도 그와 비슷한 모습의 자갈이 많다. 그 때문에 호수 주변으로 철도를 만들 때, 그 자갈로 철도 주변에 담을 쌓았을 정도였다. 게다가 호수 주변 비탈에 자갈이 엄청나게 많은 편이다. 그러니 호숫가에 자갈이 많은 이유는 더 이상 불가사의한 일이 아니라고 볼 수 있다. 나는 호숫가에 자갈들을 깐 사람이 누구인지 알게 되었다. 만약 월든이라는 이름이 샤프론 월든이라는 영국의 어느 지역명에서 유래한 것이 아니라면, 본래는 이 호수가 '월드 인 폰드(Walled-in Pond)', 다시 말해 '담으로 둘러싸인 호수'라는 이름에서 유래한 것으로 보아야 옳을 것이다.

월든 호수는 나를 위해 준비된 우물이었다. 항상 맑고 깨끗하지만 1년 중 4개월 정도는 얼음처럼 차갑다. 그럴 때는 마을에서 제일 좋은 물이라고 말하기는 어려워도 어떤 물과도 비길 만한 좋은 물이라고 생각한다. 차가운 겨울 공기에 노출된 호수의 물은 샘물이나 우물물보다 훨씬 차갑다. 1846년 3월 6일 오후 5시부터 이튿날 정오까지, 지붕 위로 내리쬐는 햇볕의 영향까지 더해져 섭씨 18도에서 21도까지 올랐지만, 방에 받아둔 호수 물의 온도는 5도 남짓, 그러니까 마을의 가장 차가운 물에 비해서 1도쯤 더 낮은 수치였다. 같은 날, 보일링 샘물의 온도는 7도로 내가 측정해본 물 중에서 가장 미지근했다. 즉, 월든은 수심이 얕은 곳의 물과 섞이지 않는다면, 여름에는 가장 차가운 온도의 물이라고 할 수 있다. 게다가 월든 호수의 물은 수심이 깊어서 뜨거운 여름 햇볕에 노출된 다른 물처럼 미지근해지는 법이 없다. 아무리 더운 날에도 양동이에 물을 가득 받아서 지하실에 놔두면 밤사이 더 시원해지고 이튿날 낮까지도 그 온도를 유지할 수 있었다. 가끔은 근처 샘물을 길어다가 마실 때도 있었지만, 월든 호수의 물은 일주일이 지나도 처음의 물맛을 유지했고 펌프로 퍼 올린 샘물과는 비교할 수 없었다. 만약 여름에 일주일 동안 호숫가에서 야영할 계획이라면, 물 한 양동이를 길어서 60~90센티미터 깊이에 묻어두면 값비싼 얼음의 신세를 지지 않아도 된다.

월든 호수에서는 예전부터 강꼬치고기가 잡혔다. 언젠가는 3킬로그램짜리가 잡힌 적도 있었고, 엄청난 속도로 릴을 풀고 달아나는 바람에 제대로 확인하지 못했지만 낚시꾼이 8킬로 가까이 되는 놈이라고 주장하는 강꼬치고기도 있었다. 그 외에도 1킬로그램짜리 농어와 메기도 간간이 잡혔고, 은빛 연준모치와 황어, 잉어와 물고기 가끔은 검은 송어도 잡혔다. 언젠가 뱀장어도 한두 마리가 잡힌 적도 있었는데 그중 하나는 2킬로그램짜리였다. 물고기 이름과 무게까지 자세히 설명하는 이유는, 물고기의 경우 무게가 얼마나 나가느냐가 가장 중요했고 그때 잡은 뱀장어 두 마리가 월든 호수에서 잡은 유일한 녀석들이었기 때문이다. 그뿐만 아니라 길이 12센티미터에 옆구리는 은빛, 등은 초록빛인 황어와 비슷하게 생긴 조그만 물고기를 잡은 적도 있었다. 이렇게까지 자세히 소개하는 이유는 내가 잡은 물고기를 전설로 남기고 싶기 때문이다. 하지만 월든 호수에는 물고기가 그리 많은 편은 아니다. 비록 그 수가 많지는 않지만 강꼬치고기가 월든 호수의 가장 큰 자랑거리다. 언젠가 한번은 얼어붙은 강물 위에 엎드려서 물속을 살피다가 강꼬치고기를 본 적도 있었다. 한 마리는 납작하고 길쭉한 푸른색 강꼬치고기로 평소에 강에서 자주 잡히는 녀석이었고, 다른 하나는 화려한 금색과 초록색이 은은하게 섞인 심해어였으며, 마지막 하나는 금색에 앞의 녀석과 비슷하게 생겼지만 옆구리에 자그마한 갈색과 검은색 반점이 박혀 있고 붉은 반점이 뒤섞여 송어와 엇비슷하게 보였다. 정확한 명칭은 '레티큘라투스'였지만 그 이름은 강꼬치고기에게는 어울리지 않아, 오히려 '쿠타쿠스'라고 불리는 편이 더 잘 어울릴 것 같다. 세 종류 모두 살집이 단단하고 크기에 비해 무게가 많이 나가는 편이었고, 다른 곳에 비해 물이 맑고 깨끗하기 때문에 은빛 연준모치나 메기는 물론 호수에 사는 모든 물고기가 다른 곳에 서식하는 물고기에 비해서 더 깨끗하고 잘 생겼으며 살집도 단단해서 다른 곳의 물고기와 쉽게 구별할 수 있다. 어쩌면 월든 호수에 사는 물고기들을 일종의 변종으로 구분하려는 어류학자들도 있을 것이다. 게다가 월든 호수에는 개구리와 거북, 그리고 민물조개도 살고 있다. 사향쥐와 밍크도 종종 호숫가에 흔적을 남겼고, 가끔은 떠돌이 민물거북이 호수를 찾아오기도 한다. 때때로 아침에 배를 물가로 밀다가, 배 아래서 밤새 쉬고 있던 커다란 민물거북의 단잠을 깨우기도 했다. 봄과 가을이면 오리와 기러기가 호수를 찾아왔고, 흰 가슴제비는 수면을 스치듯이 날아올랐으며, 물총새는 구석진 호숫가에서부터 총알처럼 날아오르기도 했다. 가슴에 점박이가 박힌 도요새는 여름 동안 호숫가의 자갈을 따라 뒤뚱거리며 걸어 다니곤 했다. 종종 물 위로 길게 뻗은 백송나무 잔가지 위에 앉은 물수리를 방해한 적도 있었다. 그렇지만 월든 호수가 페어헤이븐 만처럼 갈매기의 날갯짓으로 말미암아 더럽혀진 적이 있는지는 알 수 없다. 이곳에서는 고작해야 1년생 되강오리가 찾아오는 것만을 허락할 뿐이었으니까. 지금까지 소개한 것들이 월든 호수를 자주 찾는 주요 동물들이라고 할 수 있다.

산들바람이 부는 날, 모래로 덮인 동쪽 호숫가에 배를 대고 2.5~3미터 정도 되는 수심 아래를 바라보면 갓난아기 주먹 정도의 조약돌들이 30센티미터 높이에 180센티미터가량 너비로 수북이 쌓여 있고 모래가 덮인 것을 볼 수 있다. 호수 곳곳에 이런 돌무더기들이 쌓여 있어서 처음에는 인디언들이 쌓아둔 돌무더기가 얼음이 녹으면서 바닥으로 가라앉은 것이 아닌가 생각했다. 하지만 그러기에는 워낙 돌들이 가지런히 쌓여 있었고 어떤 것들은 최근에 쌓아둔 것처럼 보였다. 흔히 강바닥에서 볼 수 있는 모습이었지만, 월든 호수에는 빨판잉어나 다묵장어가 살지 않아서 대체 어떤 물고기들이 그런 돌무더기를 만들었는지 짐작조차 되지 않았다. 어쩌면 황어가 보금자리를 만든 건지도 모르겠다. 아무튼 그런 돌무더기 역시도 호수 바닥에 흥미진진한 미스터리를 더해주었다.

들쭉날쭉한 호숫가의 형태 또한 단조로움과 거리가 멀다. 나는 톱니처럼 들쭉날쭉한 서쪽의 호숫가와 다른 곳보다 더욱 가파른 북쪽 호숫가, 그리고 아름다운 가리비 형태의 남쪽 호숫가를 마음의 눈으로 바라보면서 왠지 모르게 그 연이어진 호숫가의 후미진 어딘가에 인간의 손길이 닿지 않은 조그만 만이 숨어 있을 것 같다는 느낌이 들었다. 호숫가 주변으로 솟아오른 언덕 사이에 둘러싸인 조그만 호수 한가운데서 바라보는 숲만큼 아름다운 정경이 또 있을까? 그런 숲이 비치는 호수는 세상에서 가장 아름다울 뿐만 아니라, 들쭉날쭉한 호숫가의 형태와 더불어 최고로 조화로운 경계선을 만들어낸다. 도끼로 숲의 일부를 잘라내거나 숲 근처에 경작지가 있어 불완전하고 투박해 보이는 공간은 적어도 숲 근처에서는 볼 수 없다. 나무들 역시 물가로 가지를 뻗을 충분한 공간을 가지고 있어서 월든 호숫가로 힘차게 팔을 뻗고 있다. 자연의 여신은 가장자리 부분을 자연스럽게 마무리하여, 우리 시선은 호숫가의 나지막한 떨기나무에서부터 제일 높은 나무까지 천천히 이어진다. 아무리 봐도 인간의 손길이 닿은 흔적은 찾아볼 수 없다. 월든 호수의 물은 천 년 전에도 그랬던 것처럼 호숫가로 밀려와 철썩인다.

호숫가의 풍경은 그 어느 곳의 것보다 아름답고 풍부한 감성을 자극한다. 호수는 대지의 눈과 같다. 우리는 그 눈을 바라보면서 내 안의 본성의 깊이를 헤아려본다. 호숫가 근처에 자라난 나무들은 눈동자 가장자리를 수놓은 가느다란 속눈썹이고, 그 주변으로 울창하게 자란 숲과 절벽은 눈두덩이 위로 자란 눈썹이다.

9월의 어느 고요한 오후, 흐릿한 안개가 내려 반대쪽 호숫가의 경계가 흐릿하게 보일 무렵 호수의 동쪽 끝 모래톱 위에 서 있자면, '유리처럼 잔잔한 수면'이라는 표현이 어디서 유래했는지를 백번 이해할 수 있다. 허리를 숙여 가랑이 사이로 호수를 바라보면, 잔잔한 수면이 마치 계속 위로 드리운 가느다란 거미줄처럼 보이고 저 멀리 보이는 소나무 숲을 배경으로 반짝이면서 대기를 두 개의 층으로 나눈다. 그 모습을 보면 반대쪽 언덕까지 물에 젖지 않고 수면 아래로 사뿐사뿐 걸어갈 수 있을 것만 같다. 수면 위를 스치듯 날아가는 제비들도 수면 위로 살포시 내려앉아 쉴 수 있을 것 같다. 실제로도 제비들은 잠시 착각이라도 한 것처럼 수면 위로 내려앉았다가 화들짝 놀라 실수를 깨닫고는 한다. 서쪽에 있는 호수를 보기 위해서는 하늘에 떠 있는 태양과 호수에 비친 태양이 동시에 빛을 뿜어내기 때문에 두 손으로 눈을 가려야만 한다. 두 개의 태양 사이로 보이는 수면을 보면, 일정한 간격을 사이에 두고 있는 소금쟁이들이나 깃털을 가다듬는 오리들 혹은 수면 위를 스치듯이 날아가는 제비만 빼고는 유리처럼 수면이 잔잔하게 뻗은 것을 볼 수 있다. 저 멀리 물고기가 수면 위로 솟구치면서 1미터 높이에서 반원을 그리며 떨어질 때도 있다. 물고기가 뛰어오를 때 섬광이 한 번 반짝이고 다시 물 위로 떨어질 때 섬광이 비춘다. 때로는 수면 위로 뛰어오를 때부터 다시 물로 떨어질 때까지 은빛을 계속해서 반짝일 때도 있다. 엉겅퀴의 깃털이 수면 위 곳곳에 둥둥 떠다닐 때는 물고기들이 주위로 몰려들어 수면 위로 잔물결을 일으키기도 한다. 호수 표면은 비록 차갑게 식어버렸지만 아직 딱딱하게 굳지 않은 액체 상태의 녹은 유리와 비슷하다. 수면 곳곳에 떠 있는 티끌들은 유리 안에 남은 불순물처럼 순수하고 아름답다. 간혹 눈에 보이지 않는 거미줄, 다시 말해 물의 요정들이 수면 위에 올린 활대로 호수를 반으로 나눈 것처럼 유난히 매끄럽고 짙은 색을 띠는 곳을 찾아볼 수 있다. 언덕 위에서 바라보면 호수 이곳저곳에서 튀어 오르는 물고기들을 한눈에 볼 수 있다. 강꼬치고기나 연준모치가 유리처럼 매끈한 수면 위로 벌레를 낚아채기라도 하는 날에는 호수 전체의 균형이 와르르 깨지기 때문이다. 이 단순한 사실이 알려지는 방법은 실로 놀라운 일인데, 물고기의 살생은 결국 밝혀지게 마련이다. 둥근 파문이 지름 30센티미터 크기로 서서히 퍼지면, 저 멀리 떨어진 언덕 꼭대기에서도 한눈에 알아볼 수 있다. 심지어 500미터 정도 떨어진 곳에서도 물방개가 매끄러운 수면 위로 끝없이 발을 움직이며 분주히 나아가는 모습도 볼 수 있다. 물방개는 수면 위에서 조그만 고랑을 만들어 움직이는데, 이때 양쪽으로 조그만 잔물결을 만들어내기 때문이다. 하지만 소금쟁이들은 잔물결을 거의 만들어내지 않으면서 수면 위를 미끄러지듯 움직인다. 수면이 요동칠 때는 물방개도 소금쟁이도 볼 수 없다. 하지만 수면이 잔잔한 날이면, 안식처를 떠나서 실로 대담하게 호숫가를 이쪽에서 저쪽으로 횡단한다. 따스한 햇살이 너무나 감사하게 느껴지는 가을날이면, 이렇게 호수가 한눈에 보이는 언덕 위 그루터기에 앉아서 호수를 바라보며 수면 위로 반사된 하늘과 나무들 사이로 끝없이 보이는 동그란 보조개처럼 파문을 바라본다. 그럴 때면 나도 모르게 마음이 차분해진다. 드넓은 호수 위에는 거칠 것이 하나 없지만, 물이 든 꽃병을 흔들면 물살이 일었다가 다시 잔잔하게 가라앉는 것처럼 잠시 출렁거려도 금세 진정이 된다. 잔잔한 수면 위로 물고기 한 마리가 솟구치거나 벌레 한 마리만 내려앉아도 아름다운 곡선과 잔물결을 이루며 널리 퍼져나간다. 호수의 원천이 끝없이 샘솟고 호수의 맥박이 고동치고 호수의 가슴이 콩닥콩닥 뛰는 것과 같다. 그것이 기쁨의 전율인지 고통의 전율인지는 알 수 없다. 호수 곳곳에서 벌어지는 온갖 현상은 평화롭기만 하다. 인간의 행위 역시 따스한 봄날처럼 다시금 빛난다! 그렇다. 오늘 오후 나뭇잎과 잔가지, 돌과 거미줄 등 모든 것이 촉촉한 이슬이 내린 봄날 아침처럼 반짝이며 빛난다. 노를 저을 때마다, 혹은 벌레가 움직일 때마다 반짝이는 섬광이 비춘다. 노가 물을 때릴 때 찰싹이는 메아리마저 우리 귀에는 더없이 감미롭기만 하다!

9월 혹은 10월의 그러한 날, 월든 호수는 숲을 완벽히 비추는 거울이 된다. 거울 주위로 촘촘히 박힌 돌들은 내 눈에는 진귀한 보석과 같다. 호수만큼 아름답고 순수하고 거대한 것이 지구상에 또 있을까. 하늘의 물. 그건 울타리도 필요 없다. 수많은 종족이 스쳐 갔지만 그 누구도 호수를 더럽히지 못했다. 호수는 그 어떤 돌로도 깰 수 없는 거울이며, 그 거울에 바른 수은은 절대로 닳아 없어지지 않을 테고 거울에 두른 금박은 자연이 영원히 보살펴줄 것이다. 폭풍우가 닥쳐도, 먼지가 쌓여도 유리처럼 맑은 수면은 흐려지지 않는다. 거울처럼 맑은 수면 위로 불순물이 쌓이면 아지랑이처럼 밝은 햇살이 쓸어내고 따스한 햇살이 닦아준다. 호수라는 거울에는 입김을 불어도 뿌연 자국이 남지 않는다. 호수는 입김을 수면 위로 구름처럼 띄워내고 그 구름은 호수 위로 맑게 비친다.

호수의 들판은 대기에 머무는 정령의 존재를 그대로 보여준다. 호수는 태생적으로 땅과 하늘을 중재하는 역할을 맡는다. 땅에서는 풀과 나무만 흔들리지만, 호수에서는 그 자체가 바람에 잔물결을 일으키게 마련이다. 나는 빛줄기나 번쩍이는 섬광만 보고 산들바람이 호수를 어디쯤 가로지르고 있는지 알 수 있다. 이렇게 호수의 수면을 내려다볼 수 있다는 것은 매우 경이로운 일이다. 언젠가 대기의 표면을 내려다보며 대기 중의 정령이 어디쯤을 스치고 가는지 알 수 있을지 모른다.

10월 말이 되어 된서리가 온 세상을 뒤덮으면, 소금쟁이와 물방개는 마침내 자취를 감추어버린다. 그리고 11월이 될 때까지 날이 잔잔한 때는 수면 위로 잔물결을 일으키는 것이 없다. 11월 어느 오후, 며칠 요란하게 불던 비바람이 잔잔해졌지만 하늘은 잔뜩 찌푸려 있었고 공기 중에는 안개가 가득했다. 호수는 유난히 잔잔해서 어디가 수면인지 구분하기 힘들 정도였다. 어느덧 10월의 밝은 모습은 사라지고 호수를 둘러싼 언덕들에 11월의 칙칙한 기운이 가득 덮여 있었다. 나는 최대한 조심스럽게 노를 지었지만, 배가 물살을 일으키면서 호수의 고요한 수면에 이랑을 만들었다. 그렇게 수면을 바라보던 찰나, 저 멀리 희미하게 깜빡이는 무언가가 눈에 들어왔다. 된서리를 피해 소금쟁이들이 몸을 피했거나, 수면이 너무 잔잔해서 호수 바닥에서 물이 솟구치는 곳이 드러난 모양이었다. 나는 가만히 노를 저어서 그리로 다가갔다. 그 순간 배 주위로 셀 수 없이 많은 새끼 농어가 둘러싸고 있는 것을 발견하고 화들짝 놀랐다. 12센티미터 정도 되는 초록색 농어들이 물속에서 바지런히 팔딱이다가 수면 위로 올라와 보조개를 남기거나 뿌연 거품을 남기기도 했다. 너무나 투명하고 바닥이 보이지 않을 정도로 깊은 수면 위로 비친 구름을 보고 있자니 기구를 타고 공중에 붕 뜬 기분이었다. 게다가 지느러미를 돛처럼 활짝 펼치고 바로 아래서 헤엄치며 좌우로 움직이는 것들이 마치 새 떼처럼 느껴졌다. 월든 호수에는 그렇게 떼로 헤엄치는 물고기가 많았다. 추운 겨울이 와서, 드넓은 창문 위에 얼음처럼 딱딱한 덧문을 씌우기 전에 마지막 남은 순간을 만끽하려는 것처럼 물고기 떼는 수면 바로 위까지 올라와서 유유히 헤엄쳐 다녔고, 그 모습은 마치 산들바람이 수면을 스치고 빗방울이 떨어지는 것 같았다. 무심코 다가갈라치면 물고기들은 나뭇가지로 물을 때리기라도 한 것처럼 꼬리를 파드닥 움직이면서 깊숙이 사라져버렸다. 마침내 거센 바람이 불어오고 안개가 더욱 짙어지고 파도가 술렁이기 시작하자, 농어들은 수면 밖으로 몸이 반쯤 보일 정도로 펄떡거렸고 10센티미터쯤 되는 검은 점 수백 개가 동시에 수면 위로 나타났다. 어느 해인가, 12월 5일이 되었는데도 수면 위로 빗방울이 떨어지듯 파문이 일고 안개까지 자욱하게 긴 것을 보고 이러다가 큰비가 쏟아지겠구나 싶어 황급히 집을 향해 노를 저었다. 아직 뺨 위로 빗방울이 떨어지지는 않았지만 금방이라도 소나기가 쏟아져 온몸이 흠뻑 젖을 것 같았다. 그런데 수면 위로 일던 파문들이 한순간 사라져버리는 것이었다. 그제야 농어들이 노 젓는 소리에 놀라서 겁을 먹고 물속으로 달아나느라 파문이 일었다는 것을 깨달았다. 나는 농어 떼가 무리를 지어 도망치는 모습을 볼 수 있었다. 결국 그날 오후에는 비 소식이 없었다.

이곳을 자주 찾았던 한 노인의 말에 따르면, 울창한 숲으로 뒤덮여 월든 호수가 칠흑처럼 어두웠던 60년 전 당시만 해도 물오리뿐만 아니라 갖가지 물새가 많았고 주변에 독수리도 살았다고 한다. 노인은 월든 호수에 낚시하러 올 때마다 호숫가에 세워져 있던 낡은 나룻배를 사용했는데, 그 나룻배는 백송나무의 속을 파내서 양끝을 직사각형으로 연결해서 만든 것이었다. 비록 조잡하게 만든 배였지만 오랜 세월 잘 사용하다가 결국 호수 바닥으로 가라앉아버렸다. 그 배가 누구의 것인지는 알 수 없지만 지금 호수 바닥에 있는 건 분명했다. 노인은 히커리 나무껍질을 하나로 엮어서 닻으로 사용했다. 언젠가는 월든 호수 바닥에 철궤가 가라앉았다는 이야기도 들었다. 미국이 독립하기 전, 월든 호숫가에서 살았던 옹기장이 노인을 통해서였다. 그 철궤는 가끔 호숫가까지 떠밀려오고는 했지만, 사람들이 다가갈라치면 곧바로 물속 깊숙이 가라앉아버렸다고 한다. 나는 똑같은 재료로 만든 것이지만 그 낡은 나룻배가 더 정교하게 만든 인디언의 통나무배의 역할을 대신했다는 이야기를 듣고 너무나 기뻤다. 그 나룻배 역시 예전에는 호숫가에 자라던 나무였을 테고, 그러다가 호수로 쓰러지면서 한 세대 동안 호수를 오가는 배의 역할을 충실히 해냈을 것이기 때문이다. 언젠가 호수 밑바닥을 들여다보았을 때, 커다란 통나무들이 잔뜩 가라앉은 것을 보았던 기억이 떠올랐다. 아마 오래전에 바람에 휩쓸려 호수 바닥으로 쓰러졌거나 목재 가격이 쌀 때 벌목되었다가 얼음판 위에 버려진 나무들일 것이다. 하지만 지금은 그런 나무들조차 거의 다 사라져버렸다.

맨 처음 월든 호수에서 배를 탔을 때, 호수 주변에는 키가 크고 굵은 소나무와 떡갈나무가 가득했다. 게다가 후미진 만 곳곳에는 포도덩굴이 자라 호숫가의 나무들을 완전히 뒤덮었고, 마치 해를 가려주는 차양처럼 뻗어서 배를 타고 그 아래로 지나갈 수 있을 정도였다. 호숫가와 마주한 언덕들은 워낙 가파른 데다 언덕 위에 자란 나무들도 꽤 컸기 때문에 서쪽 끝에서 바라보면 월든 호수의 모습은 마치 목가적인 풍경을 한눈에 감상할 수 있는 원형의 극장처럼 보였다. 지금보다 더 젊을 때는 뜨거운 여름날 아침, 무작정 호수 한가운데 배를 타고 나가 배에 대자로 드러누워서 불어오는 바람에 배를 맡기고 몽상에 잠겨 시간을 보내곤 했다. 그러다가 호숫가 어딘가에 배가 멈추면 운명이 나를 어디로 데려왔는지 살피기 위해서 자리에서 일어났다. 당시만 해도 할 일 없이 지내는 무위가 가장 생산적이고 매력적인 일이었다. 그렇게 한가롭게 소중한 시간을 보내고 싶어서 아침이면 무작정 밖으로 나오기를 반복했다. 비록 금전적인 부분에서는 아니라도 그런 점에서 나는 진정한 부자였다. 당시만 해도 햇볕처럼 반짝이는 시간과 따뜻한 여름날을 마음껏 누렸다는 점에서, 일터나 교단에서 더 많은 시간을 보내지 않았다는 점에 대해 한 치의 후회도 없다. 그런데 내가 월든 호숫가를 떠난 이후로 벌목꾼들이 몰려들어 예전보다 더욱 황폐해져버렸다. 그 때문에 높은 나무들 사이를 한가롭게 거닐면서 자욱한 숲 사이로 호수가 보이는 광경을 감상하는 일은 오랫동안 불가능할 것이다. 이제는 나의 뮤즈가 아무 말을 하지 않더라도 어찌할 수가 없다. 울창한 숲이 전부 사라졌는데 어떻게 새들의 노랫소리를 기대할 수 있겠는가?

호수 저 밑바닥에 가라앉아 있던 통나무와 낡은 나룻배, 그리고 호수를 둘러싸고 있던 무수한 나무가 모두 사라졌다. 마을 사람들은 호수가 어디 있는지도 잘 모르면서 호수에 와서 몸을 씻고 물을 마시려고 하기보다, 갠지스 강만큼 성스럽게 대해야 마땅한 월든 호수 물을 관으로 끌어다가 설거지를 할 때 사용하려는 생각이나 하고 있다. 그 저 수도꼭지를 돌리고 마개를 뽑는 것으로 월든을 단숨에 손에 넣으려고 하는 것이다! 귀청을 찢을 것처럼 시끄럽게 울리는 악마 같은 철도의 울부짖음은 이제 마을 어디서나 들을 수 있고, 그 철마는 보일링 샘을 시꺼먼 구정물로 바꾸어놓았다. 월든 호수의 우거진 숲을 몽땅 먹어치운 것도 바로 저 철마이다. 그렇다면 탐욕에 찌든 그리스 사람들이 트로이 목마 안에 숨겨둔 천만의 장정과 다를 것이 무엇인가? 저 무시무시한 괴물을 계곡에서 마주하여 그것의 갈비뼈 사이에 복수의 창을 쑤셔 넣을 무어 홀의 무어 같은 용맹한 투사는 이 나라 어디에 있는 것일까?

그럼에도 내가 아는 월든 호수의 여러 특성 중에서 가장 특별하다고 할 수 있는 건 바로 순수함이 잘 보존되어 있다는 것이다. 수많은 사람이 월든 호수에 비유되었지만, 사실 그 정도의 명예를 제대로 누릴 만한 사람은 거의 찾아보기 힘들다. 나무꾼들은 호수 기슭의 나무를 베어냈고, 아일랜드인들은 호숫가에 돼지우리와 다름없는 허름한 집을 지었으며, 철로를 놓는다는 빌미로 호수의 경계를 침범했고, 한때는 얼음 장수들이 호수에 얼어붙은 얼음까지 떼어갔지만 아직까지 월든 호수는 하나도 변하지 않았다. 어릴 때 본 호수 모습이 그대로 남아 있다. 만약 달라진 점이 있다면 모두 내 안에서 벌어진 일이다. 호수에 수없이 많은 잔물결이 일었지만 영원히 펴지지 않는 주름은 하나도 없다. 따라서 월든 호수는 영원히 젊다. 지금도 나는 호숫가에서 예전처럼 벌레를 잡아먹기 위해 수면 위로 부리를 담그는 제비의 모습을 볼 수 있다. 거의 20년 이상 월든 호수를 보았음에도 마치 처음 보는 것처럼, '아, 이곳이 바로 월든 호수로구나. 오래전에 보았을 때와 똑같아'라는 생각이 드는 것이다. 지난겨울 여러 그루의 나무가 잘려나갔지만 또다시 그 자리에 나무가 자라 무성한 숲을 이루고 있다. 월든 호수의 수면에서도 똑같은 생각이 솟구쳐 오른다. 호수는 그 자체는 물론 호수를 창조한 이에게도 그리고 나에게도 순수한 기쁨과 행복을 준다. 월든 호수는 교활함이라고는 찾아볼 수 없는 어느 대담한 사람의 작품인 것이다. 그는 손으로 직접 호수 주변을 둥글게 다듬었고, 물을 깊이 파서 맑게 만들어서 콩코드의 소중한 유산으로 남겼다. 나는 월든 호수의 얼굴을 보며, 나와 같은 생각에 잠겼음을 깨닫고 하마터면 이렇게 말할 뻔했다. 월든 호수여, 정말 당신인가요?

시 한 구절을 아름답게 꾸미는 것은
나의 꿈이 아니다.
월든 호숫가에서 사는 것보다
신과 천국에 더욱 가까이 다가갈 방법은 없으니까.
나는 돌투성이의 월든 호숫가이며
그 위로 부는 산들바람이다.
움푹 파인 손바닥 위에
월든의 물과 모래가 있다.
월든의 평온한 휴식처
그곳은 바로 내 생각의 가장 높은 곳에 있다.

월든 호수를 보기 위해서 멈추어 서는 기차는 없지만 기관사와 화부, 그리고 정기권을 가지고 있어서 호수를 자주 보는 승객들은 호수 덕분에 더 나은 사람이 되지 않았을지 감히 상상해본다. 순수하고 평화로운 호수의 모습을 적어도 하루에 한 번은 보았던 기관사는 어두운 밤에도 그 사실을 잊지 않는다. 적어도 그의 본성은 잊지 않을 것이다. 딱 한 번을 보더라도 월든 호수의 풍경 자체는 혼잡한 시내와 증기기관차에서 뿜어내는 '검댕이'를 말끔히 씻어내는 데 도움 될 것이다. 그래서 월든 호수를 '신의 물방울'이라 불러야 한다고 주장하는 사람도 있다.

앞서도 말했던 것처럼, 월든 호수에는 물이 들고 나는 곳을 확실히 볼 수 없다. 하지만 거리상으로도 멀고 상대적으로 높은 위치에 있는 플린트 호수 그리고 조그만 호수 등과 간접적인 관계를 맺고 있으며 콩코드 강과도, 다른 조그만 강들과도 직접적인 관계를 맺고 있다. 어떤 지질학적 시대에는 월든 호수의 물이 다른 호수를 통해서 콩코드 강까지 흘러 들어갔을지 모를 일이다. 물론 불가능하겠지만, 지금이라도 호수의 밑바닥을 파내면 다시 그쪽으로 물이 흐르도록 만들 수 있을 것이다. 만약 월든 호수가 오랜 세월 금욕적인 생활을 버틴 덕분에 그렇게 경이로운 순수성을 얻을 수 있었던 거라면 상대적으로 불순한 플린트 호수의 물이나, 바닷물과 섞여 지금의 그 달달한 맛을 잃는 것을 안타까워하지 않을 사람이 어디 있겠는가?

링컨 마을에 위치한 플린트 호수, 일명 샌디 호수는 지역에서 가장 규모가 큰 호수이자 내해(內海)로, 월든 호수에서 동쪽으로 1.6킬로미터 정도 떨어진 곳에 있다. 플린트 호수의 너비가 24만 평에 달한다니 월든 호수에 비해 면적도 크고 물고기도 많이 산다. 하지만 상대적으로 수심이 얕고 물도 탁한 편이다. 이따금 기분 전환을 위해 숲을 가로질러 그쪽으로 산책을 가곤 했는데, 얼굴을 스치는 바람과 저 멀리 일렁이는 물결을 보면서 뱃사람의 삶을 그려본 것만으로도 굉장한 가치가 있었다. 가을바람이 부는 날이면 밤을 주우러 갔는데, 호수에 떨어진 밤이 물살을 따라 발치까지 밀려오기도 했다. 하루는 시원한 물보라를 맞으면서 사초가 무성한 호숫가를 거닐다가 거의 썩어버린 배의 잔해를 발견한 적도 있었다. 뱃전은 완전히 썩어 없어진 상태였고 그저 평평한 배의 바닥 부분만 수초 사이에 버려져 있었다. 하지만 수련은 썩어도 잎사귀가 남듯이, 배의 원래 형태는 그런대로 알아볼 수가 있었다. 그 모습은 바닷가가 아니면 볼 수 없는 난파선의 잔해처럼 인상적이었고 그만큼 훌륭한 교훈까지 전해주었다. 배의 잔해는 이제 부식토의 일부가 되어 호숫가의 새카만 진흙과 구분이 되지 않을 정도였고, 골풀과 붓꽃이 자라 호수의 일부가 되어 있었다. 플린트 호수의 북쪽 끝으로 모랫바닥 위에 잔물결 자국을 볼 때마다 나도 모르게 감탄이 절로 나오곤 했다. 물의 압력을 받아 단단히 굳어져서 발바닥을 내디딜 때마다 딱딱한 잔물결이 그대로 느껴졌다. 게다가 물결 모양을 따라서 차례대로 자라는 골풀들은 마치 누군가 일부러 심어놓은 것처럼 보였다. 그곳에는 얇은 줄기와 잎, 혹은 뿌리가 둥근 공처럼 뭉쳐진 식물이 많이 자라 있었는데 아마도 별수염풀 같았다. 지름이 4센티미터에서 10센티미터가량 되었고 완전한 원의 형태로 얕은 호수 물을 따라 이리저리 움직이다가 물가로 밀려오기도 했다. 속은 풀이 꽉 차 있거나 약간의 모래가 들어차 있기도 했다. 처음에는 조약돌처럼 물결의 작용으로 그런 모습이 되었다고 생각할 수도 있겠지만, 지름이 1센티미터도 채 되지 않는 조그만 것들도 형태가 똑같았고 1년 중 한 계절에만 만들어진다. 게다가 호수의 물살은 이미 단단한 물질을 더욱 단단하게 만들기보다는 오히려 마모시키는 데 한몫하는 모양이다. 별수염풀은 물 밖에 나온 후에도 한참 동안 본래의 상태를 유지한다.

플린트 호수! 그 이름만 들어도 우리가 얼마나 상상력이 부족한지 알 수 있다. 하늘빛을 그대로 담아내는 호수 옆에 농장을 만들고, 호숫가에 자란 무성한 나무를 모조리 베어낸 어리석고 사악한 농부가 대체 무슨 권리로 호수에 자기 이름을 가져다 붙였단 말인가? 그는 뻔뻔스럽기 짝이 없는 자기 얼굴을 비추어주는 1달러짜리 혹은 1센트짜리 동전의 표면을 호수보다 더 좋아했고, 호수 근처에 모여 앉은 야생 오리조차 침입자로 간주해버리는 탐욕스럽기 짝이 없는 괴물이었다. 그는 탐욕스러운 괴물 하피[3]처럼 뭐든 갈고리처럼 쓸어 담는 습관 탓에 손가락이 완전히 구부러지고 손톱도 독수리처럼 딱딱해졌다. 그러니 플린트 호수라는 이름을 어떻게 좋아할 수 있겠는가? 그럼에도 플린트 호수를 찾는 이유는 그 탐욕스러운 농부를 만나기 위해서라거나 그의 이야기를 듣기 위한 것이 아니다. 그는 진심을 다해 호수를 바라본 적도 없고, 호수에서 헤엄을 친 적도 없으며, 호수를 찬양하고 보호한 적도, 호수를 만들어준 조물주에게 감사한 마음

---

3 그리스·로마신화에 나오는, 새의 날개와 발을 가진 여자 얼굴의 괴물. 인면조 형상을 한 독수리의 정령으로 간주하기도 한다.

을 가진 적도 없다. 차라리 호수 안에서 유유히 헤엄치는 물고기나 그곳에 자주 나타나는 물새나 각종 네발짐승, 호숫가에 자란 야생화 그게 아니면 호수의 역사와 긴밀한 연관을 짓고 있는 삶을 살아간 야만인 혹은 그 자녀의 이름을 따서 호수의 이름을 짓는 편이 훨씬 나았을 것이다. 최소한 탐욕스러운 농부와 비슷한 사고방식을 가진 이웃이나, 주정부가 준 토지대장 외에는 플린트 호수의 소유권을 주장할 그 무엇도 없는 사람의 이름을 대충 호수의 이름으로 붙여서는 안 되는 거였다. 그는 호수의 환금성만을 따지는 인간이라서 그 존재 자체로 저주였고, 호수가 가진 힘을 깎아내리며 돈을 위해서라면 호수의 물까지도 빼서 팔았을 것이다. 그는 호수가 건초나 월귤이 자라는 밭이 아님을 안타까워했고, 그의 시각에서 호수는 그야말로 쓸모없는 곳이었다. 호수 물로 물레방아를 돌려 밀가루를 빻을 수도 없고, 호수를 감상하는 것조차 특권으로 여기지 않았다. 나는 그런 자의 노동에 경의를 표하고 싶지 않다. 모든 물건에 값을 매긴 그의 농장도 마음에 들지 않는다. 그는 이익만 된다면 호수의 아름다운 풍경은 물론 신까지도 시장에 내다 팔고도 남을 인간이다. 더 솔직히 말하면, 그는 돈이라는 신을 숭배하고, 신을 찾기 위해서 시장에 가는 사람이다. 그의 농장에서는 그 어떤 것도 공짜로 자라지 않는다. 그의 밭에서는 곡물이 아닌 돈이 자라고, 풀밭에서는 아름다운 꽃이 아닌 돈이 피고, 나무에서는 과일이 아닌 돈이 열린다. 그는 아름다운 과일을 사랑하지 않는다. 그에게 과일은 돈으로 교환하기 전까지는 아직 제대로 여물지 않은 것이다. 나는 가진 것은 없을지라도 진정한 부를 만끽하고 싶다. 가난한 농부들은 비록 가진 것은 없지만, 나는 가진 것이 없는 그들을 진심으로 존경하고 관심을 가지려 한다. 흔해 빠진 농장! 거름 사이로 버섯처럼 집들이 서 있고, 사람이 사는 방과 말, 소, 돼지가 사는 우리가 서로 나란히 붙어 있다! 깨끗할 때도 있지만 더러울 때도 많다. 인간이 가축처럼 갇혀 사는 곳! 퇴비와 버터밀크 냄새가 코를 찌르는 거대한 기름 얼룩과 같은 곳! 인간의 심장과 뇌를 거름으로 삼아 고도의 경작을 이루는 곳! 이는 교회 묘지에서 감자를 재배하는 것과 다를 바가 없다! 흔해 빠진 농장의 풍경은 바로 그러하다.

아니, 안 될 일이다. 그 어느 곳보다 아름다운 풍경을 가진 곳에 사람의 이름을 붙이려면, 기왕이면 고결하고 존경할 만한 인물의 이름을 붙이도록 하자. 우리 마을에 있는 호수에 최소한 이카로스의 바다[4]와 같은 진실한 이름을 붙여주자. 그 바닷가에서는 '지금도 이카로스의 대담한 도전의 함성이 메아리치고' 있지 않은가?

아담한 크기의 구스 호수는 월든에서 플린트로 가는 길목에 있다. 콩코드 강이 넓어지는 페어헤이븐의 면적은 9만 평 정도로 남서쪽으로 1킬로미터 조금 넘게 떨어진 곳에 있다. 4만 5천 평 규모의 화이트 호수는 페어헤이븐을 따라서 2킬로미터 정도 가면 만날 수 있는데,

---

4 그리스신화 속 이카로스는 최고의 건축가이자 발명가인 다이달로스의 아들이다. 아버지가 만든 날개를 달고 미궁을 탈출해 하늘을 날다 태양에 너무 가까이 가는 바람에 날개를 붙인 밀랍이 녹아 바다로 추락하여 비극적인 최후를 맞았다.

이 호수들이 내가 사는 집 근처에 모여 있다. 나는 콩코드 강은 물론이고 이 호수들의 물을 이용할 수 있는 특권을 가졌으니, 매년 밤낮으로 호수에서 내가 키우는 곡식들을 빨을 수 있다.

　나무꾼과 철도 게다가 나까지도 월든 호수를 어느 정도는 더럽히는 데 일조했기에 이 지역에 있는 호수 중에서 가장 아름답지는 않더라도 가장 큰 매력을 가진 호수, 다시 말해 숲의 보석으로 알려진 곳은 바로 화이트 호수라고 하겠다. 하지만 유난히 맑은 물 덕분인지 아니면 하얀 모래 덕분인지 몰라도 화이트 호수라는 명칭 자체는 워낙 평범해서 그리 좋다고는 할 수 없다. 하지만 그런 면에서도 또 다른 특징에서도 화이트 호수는 월든 호수의 쌍둥이 동생과 같다고 볼 수 있다. 그도 그럴 것이 두 호수는 워낙 닮은 부분이 많아서 지하를 통해 서로 연결되어 있지 않을까 싶은 생각마저 들기 때문이다. 호숫가에 돌멩이가 많은 것도 그렇고 맑고 투명한 물빛도 비슷하다. 더위가 한창일 무렵, 월든에서 그랬던 것처럼 화이트 호수의 물도 밑바닥에서 반사된 색 때문에 청록색이나 황색을 띤다. 아주 오래전, 나는 모래를 가져다가 사포를 만들기 위해서 종종 화이트 호수를 찾았고 그후로도 계속 다녔다. 호수를 자주 찾는 사람 중 하나는 '비리드 호수', 즉 초록 호수라고 부르자고 제안하기도 했다. 그게 아니라면 '옐로 파인 호수', 즉 노란소나무 호수라고 불러도 될 것 같다. 지금으로부터 15년 전, 물가에서 조금 떨어진 자리에 품종은 확실치 않지만 옐로 파인으로 불리는 소나무의 꼭대기 부분이 물가 위로 튀어나와 있었기 때문이다. 그 때문에 사람들은 육지가 아래로 꺼지면서 이 호수가 생겼고, 옐로 파인은 과거 원시림의 흔적 중 일부라고 생각하기도 했다. 내가 확인한 바에 따르면, 1792년《매사추세츠 역사학회 논문집》에 수록된〈콩코드 시의 지형〉이라는 논문에서 콩코드의 한 시민은 월든 호수와 화이트 호수에 대해 다음과 같이 말했다.

'화이트 호수의 수위가 낮아지면 한가운데 나무 한 그루가 자란 것을 볼 수 있다. 나무의 뿌리는 수면에서 15미터가량 아래 있지만, 마치 그 자리에서 자란 것처럼 보이고 우듬지 부분에서 깎여나간 부분의 지름은 35센티미터 정도 된다.'

1849년, 나는 서드베리 마을에서 화이트 호수와 가장 가까운 곳에서 사는 사람과 우연히 대화를 나눈 적이 있다. 그는 10년인가 15년 전에, 호수에서 그 나무를 끌어냈다고 말했다. 그가 회상한 바에 따르면, 그 나무는 호숫가에서 60~75미터가량 떨어진 물속에 서 있었고, 수심은 9~12미터 정도 되었다고 했다. 당시는 추운 겨울로 아침부터 호수의 얼음을 잘라내다가 마을 사람들의 도움을 받아서라도 옐로 파인을 호수 밖으로 꺼내야겠다고 결심했단다. 그는 나무가 서 있는 곳에서 호수 가장자리까지 톱으로 길게 잘라 틈을 만들고 황소에 밧줄을 걸어 나무를 호수 위로 겨우 끌어냈다. 하지만 얼마 지나지 않아, 나무가 거꾸로 서 있는 것을 알고 깜짝 놀랐다. 그러니까 잔가지들이 아래쪽으로 박혀 있고, 제일 가느다란 끝부분이 모랫바닥에 단단히 박혀 있었던 것이다. 지름이 넓은 부분이 30센티미터가량 되었기에 그런대로 괜찮은 목재로 사용할 수 있을 거라고 생각했지만, 막상 꺼내고 나니 온통 물이 배고 썩어서 땔감으로밖에 사용할 수 없을 지경이었다. 그런 대화를 나누던 당시까지도, 그는 나무의 일부를 창고에 보관하고 있었다. 나무 밑동에는 도끼 자국과 딱따구리가 부리로 쫀 자국이 남아 있었다. 그의 주장에 따르면, 호숫가에서 자라던 나무가 물가로 쓰러지면서 물이 닿지 않은 부분이 거꾸로 모랫바닥에 박혔을 거였다. 하지만 그의 부친은 당시 여든 살이었는데도 호수에 박힌 나무를 본 기억이 없다고 했다. 화이트 호수 바닥에는 간간이 꽤 큼지막한 통나무들이 가라앉은 것을 볼 수 있는데, 수면이 찰랑찰랑 움직일 때면 마치 거대한 물뱀들이 살아서 꿈틀거리는 것처럼 보일 정도이다.

화이트 호수에서는 배를 좀처럼 볼 수 없다. 낚시꾼을 유혹할 만한 부분이 거의 없기 때문이다. 진흙 위에서 자라는 하얀 백합이나 창포 대신 붓꽃이 맑은 강물 사이에서 자라고 있다. 6월이 되면 벌새들이 호수를 찾아와 붓꽃의 파란 잎과 꽃, 특히나 수면 위로 비추는 붓꽃의 아름다운 모습이 초록색의 호수 물과 기묘한 조화를 이룬다.

화이트 호수와 월든 호수는 지구의 표면에 있는 거대한 수정이자 빛의 호수이다. 만약 두 호수가 영원히 응결된 상태로 손바닥에 움켜쥘 수 있을 정도로 크기가 작다면, 노예를 전부 동원해서라도 황제의 왕관을 장식하기 위한 보석으로 캐가고도 남았을 것이다. 하지만 호수는 액체 상태인 데다 워낙 방대하고 넓어서 좀처럼 약탈하기 어려웠기에 우리 후손에게 대대로 남을 수 있었다. 그래서인지 우리는 두 호수를 별거 아닌 걸로 치부해버리고 코이누르 다이아몬드[5]에만 열광하고 있다. 이 호수들은 너무나 순수하기에 오히려 시장가치가 없다고 할 수 있다. 호수에는 불순한 요소가 하나도 없다. 우리의 삶보다 더욱 아름답고 훨씬 투명하기 때문이다! 그곳에서는 비열함은 조금도 찾아볼 수 없다.

평범한 농부의 문 앞에서 유유히 헤엄치는 오리들의 물웅덩이와는 비교조차 되지 않을 정도로 깨끗하다! 이곳에는 깨끗한 야생 오리가 호수를 찾아온다. 우리는 자연의 품에 살면서도 자연에 감사할 줄을 모른다. 깃털을 가진 새들은 아름다운 목소리로 노래하면서 꽃들과 조화를 이루지만 자연의 야생적이고 풍요로운 아름다움과 하나가 되려고 노력하는 젊은 남녀는 어디 있는가? 자연은 인간이 사는 도시에서 제일 멀리 떨어진 곳에서 살 때만 가장 아름다운 꽃을 피울 수 있다. 천상에 대해 떠드는 것! 그건 땅을 욕보이는 짓이다.

---

5 영국 빅토리아 여왕의 소유인 커다란 다이아몬드

10
베이커 농장
(Baker Farm)

　나는 가끔 소나무 숲을 거닐었다. 마치 신전처럼 아니, 완전히 장비를 꾸리고 바다에 버티고 있는 함대처럼, 소나무들이 가득했고 바람결에 흔들리는 나뭇가지들은 햇볕을 받아 반짝반짝 빛났다. 소나무 숲은 항상 조용했고 녹음이 우거졌으며 그늘까지 드리워져 있어서, 드루이드교[1]의 신봉자들이 이곳을 볼 수 있었다면 떡갈나무 숲을 버리고 곧바로 고개를 조아렸을 것이다. 때로는 플린트 호수 너머에 있는 삼나무 숲을 찾기도 했다. 푸른 열매가 달린 덩굴이 주렁주렁 매달린 커다란 나무들은 발할라[2] 앞으로 옮겨 놓아서 잘 어울릴 것 같았고, 노간주나무에 달린 열매는 화관처럼 땅을 뒤덮고 있었다. 때로

---

1 고대 갈리아 및 브리튼 섬에 살던 켈트족의 종교로, 애니미즘적 특성이 있다. 나무를 신성하게 여겼으며 로마인의 침략과 그리스도교의 포교로 쇠퇴하였다.

는 습지 쪽으로 산책을 가기도 했는데, 그곳에는 가문비나무 위로 겨우살이 이끼가 장식처럼 매달려 있고 늪의 신의 우두머리인 독버섯이 땅을 완전히 뒤덮고 있었다. 다른 아름다운 버섯들은 나비와 조가비, 혹은 경단고둥처럼 나무 그루터기를 화려하게 장식했다. 그 외에도 패랭이꽃과 산딸나무, 오리나무의 붉은 열매는 꼬마 도깨비의 장난스러운 눈동자처럼 반짝거렸다. 노박덩굴은 제아무리 단단한 나무라도 해도 힘껏 휘감아 홈집을 내고 산산조각을 내어버린다. 야생 호랑가시나무 열매는 어찌나 아름다운지 누구든 그 나무를 본 사람은 아름다움에 정신이 홀려 집으로 돌아가는 길조차 까맣게 잊을 정도이다. 그 외에도 인간이 맛보기에는 너무나 아름다운 금단의 열매들이 우리를 유혹하고 있다. 나는 식물학자를 찾아가는 대신 근방에서 보기 힘든 특이한 나무들을 자주 찾아다녔다. 그 나무들은 목초지의 한복판 혹은 숲이나 늪의 깊숙한 곳 혹은 산꼭대기에서 자라고 있었다. 가령 지름이 60센티미터가량 되는 멋진 모습의 검은자작나무도 있고, 그 사촌 격으로 금색 조끼를 걸치고 검은 자작나무와 비슷한 향기를 내뿜는 황자작나무도 있었다. 너도밤나무는 줄기가 매끈하고 아름다운 이끼가 덮여 있어서 소소한 부분까지 완벽함을 뽐낸다. 그런 너도밤나무는 군데군데 흩어져 자라는 몇 그루만 제외하고는 상당한 크기까지 자란 숲 하나만이 마을 근처에 남아 있다. 한때는 너

---

2 북유럽 및 서유럽의 신화에 나오는 궁전으로, 오딘을 위해 싸우다가 살해된 전사들이 머무는 곳. 유토피아를 의미한다.

도밤나무 열매를 미끼로 산비둘기를 잡은 적이 있었는데, 그때 비둘기가 열매를 물고 가다가 바닥에 떨어뜨려서 숲이 만들어졌다고 말하는 사람들도 있었다. 너도밤나무는 반으로 쪼개면 은빛 나뭇결이 빛을 뿜어내어 대단한 볼거리를 주었다. 그 외에도 참피나무, 서어나무, 개느릅나무 등 다양하지만 제대로 자란 나무는 한 그루밖에 없다. 돛대처럼 솟은 소나무와 지붕널나무, 평균 이상으로 완벽한 솔송나무가 숲 한가운데 탑처럼 우뚝 솟아 있기도 하다. 그 밖에도 여러 나무가 있지만, 앞서 언급한 나무들이야말로 여름과 겨울 언제든 찾아가는 신전과 같았다.

언젠가 우연히 무지개 한쪽 끝에 서 있었던 적이 있다. 무지개는 아래쪽 대기층을 가득 채우고 주변에 있는 풀과 나뭇잎을 물들였고, 나는 색색가지 수정을 통해 세상을 바라보는 것처럼 황홀함을 느꼈다. 순간 온 세상이 무지갯빛 호수처럼 보였고 아주 잠시였지만 나는 호수에 사는 돌고래가 된 기분이었다. 그 시간이 조금 더 계속되었더라면 내 일과 삶까지도 온통 무지갯빛이 되었을 것이다. 가끔 철둑길을 따라 걸을 때면, 내 그림자 주위로 비추는 후광을 보고 놀라 혹시 내가 신에게 선택받은 사람이 아닐까 하는 상상에 잠기곤 했다. 나를 찾아왔던 한 사람은 자기 앞으로 걸어가던 아일랜드 사람의 그림자에서는 그런 후광을 본 적이 없다며, 그 후광은 이 땅에서 태어난 사람에게만 비추는 거라고 말했다. 벤베누토 첼리니[3]는 자신의 회고록에

---

3 16세기 이탈리아의 금속공예가, 조각가, 음악가

서, 잠시 성에 갇혀 지내는 동안 악몽인지 환상인지 모르지만 아침저녁을 가리지 않고 머리의 그림자 주위로 환한 빛이 나타났다고 말했다. 특히 풀이 이슬에 젖을 때, 그런 현상이 도드라졌다고 말이다. 이는 내가 겪었던 현상과 거의 일치하는 것으로, 보통은 아침나절에 자주 나타났지만 다른 때도 심지어 달이 뜬 밤에도 그런 현상이 나타나곤 했다. 매우 빈번한 현상이지만, 눈여겨보지 않으면 쉽게 볼 수 없다. 첼리니처럼 상상력이 극도로 풍부한 경우에는 이런 현상이 자칫 미신으로 발전할 수도 있다. 게다가 그는 자신의 머리에서 비추는 후광을 극소수의 사람에게만 보여주었다고 한다. 본인 스스로 주목받고 있다고 의식하는 사람들이야말로 남들과 구별되는 뭔가를 가진 사람이 아닐까?

어느 오후, 나는 채식 식단만으로 채울 수 없는 영양분을 보충하기 위해서 페어헤이븐 후미로 낚시를 나섰다. 그러다가 우연히 베이커 농장에 딸린 플레전트 초원을 지나게 되었는데, 이후로 한 시인이 그 한적한 은둔처를 다음과 같이 표현했다.

그대의 입구는 유쾌한 들판
이끼 낀 과일나무들이 그 일부를
세차게 흐르는 개울에게 양보하니
그 개울에서는 사향쥐가 미끄러지듯 활주하고
활달한 송어들이 뛰논다.

월든 호숫가에 자리를 잡기 전, 잠시 베이커 농장에서 살면 어떨까 생각해본 적이 있었다. 나는 베이커 농장에서 사과 서리를 하고 개울을 뛰어다니면서 사향쥐와 송어를 깜짝 놀라게 했다. 우리 삶이 그렇듯 마치 하루가 끝없이 펼쳐질 것처럼 그렇게 한가한 날이었고, 그 사이에 여러 사건이 일어날 수도 있었다. 나는 오후가 다 되어서 출발했고 중간에 소나기를 만나 30분 가까이 소나무 아래서 손수건을 쓰고 비를 피해야 했다. 그렇게 낚시터에 도착했을 때, 허리가 잠기는 깊이까지 들어가서 수초 위로 낚싯줄을 던졌고 거의 동시에 머리 위로 시커먼 구름들이 몰려들었다. 곧이어 요란한 천둥 소리가 이어졌고, 나는 멍하니 소리에 귀를 기울였다. 속으로는 '아무 무기도 없는 불쌍한 낚시꾼을 쫓아내자고 저렇게 천둥까지 내리는 걸 보면, 신들도 참 한심하구나'라고 생각하고 있었다. 결국 나는 제일 가까운 오두막으로 달려가 비를 피하기로 했다. 800미터 가까이 떨어진 곳이었지만 그만큼 호수와 인접해 있었고 오랫동안 사람이 살지 않는 곳이었다.

한 시인이 집을 지었다.
아주 오래전
보라, 금방이라도 무너질 듯한
허름한 오두막을.

뮤즈는 저렇게 말했다. 하지만 막상 오두막 안에 들어가 보니 아일랜드인 존 필드가 아내와 아이들 여럿을 데리고 그곳에 살고 있었다.

얼굴이 넙대대한 큰아들은 아버지의 일을 거들었고, 그날도 갑자기 쏟아진 비를 피해서 허겁지겁 달려온 모양이었다. 주름이 가득한 얼굴에 그리스신화의 무녀처럼 원뿔 모양의 머리 모양을 한 막내는 아버지 무르팍이 궁전이라도 되는 것처럼 앉아서, 습기와 허기로 가득한 채로 어린아이의 특권을 자랑하며 빤히 쳐다보았다. 하지만 자신이 존 필드의 불쌍하고 허기진 막내아들이 아니라 사실은 고귀한 집안의 마지막 핏줄이라며 온 세상의 희망이자 주목받는 대상이라는 점은 모르고 있었다. 집 밖에서 요란하게 소나기가 퍼붓는 사이, 우리는 비가 제일 덜 새는 구석 자리에 함께 모여 앉았다. 존 필드의 가족을 미국까지 데려다 준 배가 만들어지기도 전, 그러니까 아주 오래전부터 나는 이곳을 여러 번 찾아온 적이 있었다. 존 필드는 성실하고 열심히 일했지만 주변머리가 없었다. 그의 아내는 높은 화로 구석에서 연신 음식을 만들어냈다. 쟁반처럼 둥글고 기름이 번들거리는 얼굴을 하고 한쪽 가슴을 드러내고 있었지만, 언젠가는 지금보다 형편이 나아질 거라는 희망을 버리지 않고 있었다. 온종일 한 손에 걸레를 들고 다녔지만, 아무리 쓸고 닦아도 전혀 티가 나지 않았다. 갑작스러운 비를 피해서 집 안으로 들어온 닭들도 가족의 일원인 양 여기저기를 쑤시고 다녔다. 그쯤 되면 가족처럼 느껴져서 잡아먹기도 힘들 것 같았다. 닭들은 고개를 세우고 나를 빤히 쳐다보기도 했고, 뭔가 할 말이 있는 것처럼 구두를 쪼아대기도 했다. 그사이 집주인은 자신의 지난 이야기를 시작했고, 이웃 농부를 위해서 죽도록 일했노라고 말했다. 1년 동안 삽과 괭이로 밭을 경작하는 조건으로 1,200평당 10

달러의 임금을 받았고, 1년 동안 퇴비를 써서 그 땅을 경작할 수 있는 조건이었단다. 얼굴이 넙대대한 아들은 자기 아버지가 얼마나 헐값으로 계약한지도 모르면서 흔쾌히 아버지의 일을 돕고 있었다. 나는 그간의 경험으로 그를 돕고 싶은 마음에, 존 필드의 가족이 나와 가장 가까이 사는 이웃이며, 오늘은 낚시하러 이곳에 왔는데 겉으로는 한량처럼 보일지 몰라도 나 역시 열심히 밭을 일구어 먹고사는 사람이라고 밝혔다. 지금은 비가 새지도 않고 밝고 깨끗한 집에 사는데, 현재 존의 가족들이 일 년간 내는 집세만 가지고 그 집을 지었으며, 한두 달만 투자하면 가족들이 함께 지낼 수 있는 궁궐 같은 집을 짓기에 충분하다고 말했다. 그리고 차와 커피, 버터와 우유, 고기를 먹지 않아 그런 것들을 사기 위해서 열심히 일할 필요가 없으며, 또 힘들게 일하지 않으니 많이 먹을 필요도 없고, 결국 식비가 많이 들지 않는다는 점을 설명했다. 하지만 그는 차와 커피, 버터와 우유, 고기를 먹어야만 하기 때문에 이를 위해 죽어라 일을 해야 하고, 그렇게 일하다 보면 체력이 소모되어 그만큼 더 먹어야 하니 결국은 똑같아진다고 지적했다. 게다가 본인이 힘들게 일하면서 불만을 가지고 있는 데다 그로 말미암아 삶을 허비하고 있으니 실제로는 손해를 보고 있는 셈이라는 점도 설명해주었다. 하지만 그는 미국에 와서 차와 커피, 고기를 쉽게 구할 수 있다는 점만으로도 이득이라고 생각했다. 하지만 미국이라는 나라는 애초에 그런 것 없이도 살아갈 수 있고, 누구나 자신만의 삶의 방식을 추구할 수 있고, 나아가 노예제도와 전쟁을 지지하기 위해서 강제로 국민에게 세금을 걷지 않는 나라였다. 바로 그

것이 미국의 본래 모습이었다. 나는 존 필드가 철학자라도 되는 것처럼, 아니 철학자가 되고 싶은 사람이라도 되는 것처럼 이렇게 물었다.

"나는 만약 지구상의 모든 풀밭이 야생의 상태가 되더라도, 인류가 스스로를 구원하기 위해 시도한 결과라면 기꺼이 반길 겁니다. 우리는 교양을 배우기 위해서 굳이 역사를 배우지 않아도 됩니다."

하지만 안타깝게도 아일랜드인을 교화하는 작업은 정신적인 괭이를 동원해서 습지를 개간하는 것만큼이나 힘든 일이다. 나는 늪지에서 일하려면 두툼한 장화와 튼튼한 작업복이 필요한데 그런 건 쉽게 더러워지고 닳는다고, 나는 가벼운 신발에 얇은 옷을 입고 있으니 신사처럼 보일지 몰라도 실제로 그가 입은 옷보다 절반도 안 되는 비용을 지불했다고 말했다. 또한 언제든 내가 원하면 한두 시간만 노동이 아니라 그저 즐기는 기분으로 고기를 잡거나 일주일 동안 생활할 비용을 벌 수 있다고도 설명했다. 그 때문에 그의 가족들이 소박한 삶을 산다면, 여름에는 가족 모두 함께 소풍 가는 기분으로 월귤나무 열매를 따러 갈 수도 있을 거라고 설명했다. 내 말을 들은 존 필드는 한숨을 내쉬었고, 아내는 양쪽 손을 허리춤에 대고 나를 뚫어져라 쳐다보았다. 자신들이 그런 삶을 시작할 정도의 경제적인 자본을 갖추었는지, 앞으로 그 생활을 유지하기 위한 산술적 능력을 갖추었는지 나름대로 따져보는 눈치였다. 그런 삶은 추측항법으로 항해를 하는 것과 같아서, 자신들이 목적한 항구에 도착할 수 있는지는 확신하기 힘들었다. 아마도 존 필드의 가족들은 지금도 자신만의 대담한 방식으로 거친 인생과 맞붙으며 필사적으로 살기 위해 아등바등하고 있을 것이다. 그들은 조그만 쐐기를 박아 거대한 기둥을 쪼개는 세심한 기술이나 능력을 갖추지 못했고, 그저 엉겅퀴를 다루듯 거칠게 잡아 뜯는 법만 알고 있었기 때문이다. 정말로 안타깝게도 존 필드는 산술적인 능력이 전무한 상태로 살아가고 있기 때문에 계속 실패만 거듭하는 것이다.

"낚시는 할 줄 아세요?"

나는 그에게 물었다.

"물론 하지요. 시간이 있을 때마다 낚시를 가곤 해요. 농어가 잘 잡힌답니다."

그래서 다시 물었다.

"미끼는 뭘 쓰십니까?"

"먼저 지렁이를 끼워서 연준모치를 잡고, 그걸 다시 미끼로 써서 농어를 잡습니다."

"여보, 지금 나가서 한 마리 잡아 오는 게 어때요?"

그의 아내가 말했지만 존 필드는 주저하는 표정이었다.

이윽고 소나기가 그쳤고 동쪽 숲 위로 무지개가 뜬 걸 보니, 저녁에는 내내 맑을 듯했다. 나는 자리에서 일어나 오두막 밖으로 나왔다. 그리고 나오기 전에 사발 하나만 빌려달라고 부탁했다. 오두막과 주변 부지에 대한 관찰을 마무리하고 싶었기 때문이다. 하지만 우물이 워낙 얕은 데다 바닥에는 모래들이 쌓여 있었다. 엎친 데 덮친 격으로, 두레박 끈까지 끊어져서 두레박이 우물 아래 빠져 있었다. 그렇게 난감해하는 사이, 그들은 적당한 사발을 골랐고 우물물을 증류하는 듯했다. 부부는 뭔가를 한참 의논하다가 마침내 목마른 자에게 물이 든 접시를 건넸다. 아직 식지도 않은 데다 모래가 뿌옇게 가라앉아 있었다. 여기서는 이런 물로도 생명을 유지하면서 살아가고 있음을 느낄 수 있었다. 나는 눈을 질끈 감고서 사발을 좌우로 흔들어 한쪽으로 모래를 모은 후에, 맑은 부분만을 목구멍으로 넘겼다. 그리고 부부의 진심 어린 접대에 감사함을 표하기 위해서 최대한 물을 끝까지 비웠다. 상대에게 예의를 갖춰야 하는 순간에는 나는 까다롭게 굴지 않으려고 했다.

소나기가 그친 후, 나는 아일랜드인 가족의 오두막을 떠나서 다시 호수 쪽으로 걸음을 옮겼다. 외딴 목초지와 진흙 구덩이, 수렁을 어렵게 통과하여 강꼬치고기를 잡기 위해 서두르는 내 모습을 보니 정식으로 대학 교육까지 받은 게 전부 헛일이구나 싶은 생각이 들었다. 하지만 무지개를 어깨에 올리고 서서히 붉게 물드는 서쪽 하늘을 향해서 언덕을 달려 내려가다 보니, 한층 맑은 공기 사이로 짤랑거리는 방울 소리가 들렸다. 그 소리와 함께 나를 보호하는 신이 이렇게 말하는 것 같았다.

매일 낚시와 사냥을 하러 나가거라. 더욱더 멀리 나가라. 더 멀리까지 돌아다니라. 미래를 걱정하지 말고 시냇가에서 또 난롯가에서 편히 쉬어라. 젊은 시절, 너의 창조주를 기억하라. 새벽이 밝기 전에 근심 걱정을 떨치고 일어나 모험을 찾아 나서라. 낮이면 매번 다른 호숫가로 찾아가고, 밤이 오면 어디에 가든 집처럼 편히 지내라. 여기보다 드넓은 평야는 없고, 여기서 즐길 수 있는 놀이보다 더 가치 있

는 것은 없다. 사초와 고사리처럼 마음 가는 대로 살아라. 결코 영국
산 건초처럼 쉽게 길들지 말라. 천둥이 친다 해서 겁먹지 말라. 아무
리 천둥이 친들, 그래서 농부의 밭이 망가진들 그걸 어찌하겠는가?
어차피 네가 관여할 바가 아니다. 다른 사람들이 수레와 오두막으로
몸을 피한다고 해도, 너는 구름 아래로 몸을 피해라. 생계를 꾸리는
것을 너의 업으로 삼지 말고 그저 재미 삼아 일하라. 땅을 즐기되 절
대 소유하지 마라. 모험심과 믿음이 부족하여 사람들은 현재 위치에
서 좀처럼 벗어나지 못한 채 계속 물건을 사고팔며 헛된 삶을 보내
고 있는 것이다.

아, 베이커 농장이여!

그곳의 풍경 중 가장 소중한 것은
조금씩 새어드는 순수한 햇살이다.
(중략)
울타리가 쳐진 너의 풀밭에서는
아무도 뛰거나 흥청대지 않는다.
(중략)
너는 입씨름을 하지도 않고
어떤 문제를 제기해도 당황하지 않는다.
소박한 갈색 옷을 입고
처음이나 지금이나 똑같이 순수한 모습이구나.
(중략)

이리 오라, 사랑하는 사람들

이리 오라, 미워하는 사람들

성령의 비둘기 자손들도

음모를 꾸민 가이 포크스[4]의 후손들도

반역을 저지른 자는 교수형에 처하라.

절대 부러지지 않는 서까래에 매달라.

저녁이 되면 모두 집으로 돌아간다. 집에서 들리는 작은 소음까지 메아리처럼 들리는 가까운 밭에서 집으로 돌아가는 것이다. 자기가 내뱉은 숨을 다시 들이쉬면서, 그렇게 하루하루 수척해져만 간다. 아침과 저녁, 그들의 그림자는 평소 걸음보다 점점 더 길어진다. 우리는 매일 먼 곳에서, 모험과 위협, 발견으로부터 새로운 경험을 쌓고 새로운 사람이 되어 집으로 돌아가야 한다.

내가 호수에 도착하기 직전, 무슨 충동에 사로잡혔는지 몰라도 존 필드가 내 뒤를 쫓아왔다. 갑자기 마음을 바꿔 먹고, 저녁 늦게까지 늪지를 개간하는 작업을 하겠다는 마음을 접은 모양이었다. 하지만 내가 한 꾸러미의 물고기를 잡아 올릴 동안, 그는 겨우 두 마리만 살짝 찔러보는 데 그쳤다. 그는 자신의 운이 그것뿐이라고 말했다. 그래서 우리는 서로 자리를 바꾸어 앉았는데, 운도 같이 자리를 바꾸었다.

---

4 1605년 가톨릭 탄압에 대항해 영국 국회의사당을 폭파시키고자 '화약 음모 사건'을 일으킨 주동자이다.

가엾은 존 필드! 만약 내 글을 읽고 그의 상황이 조금 더 나아진다면 모를까, 그게 아니라면 차라리 읽지 않기를. 그는 연준모치로 농어를 낚으려고 하면서, 이 원시적이고 새로운 나라 미국에서 늙어빠진 나라의 방식으로 살아가려고 애쓰고 있다. 물론 연준모치가 때로는 좋은 미끼가 될 수도 있다는 점은 인정한다. 그는 나름의 지평선을 갖고 있으나, 태생부터가 빈곤하다. 아담의 할머니로부터 물려받은 아일랜드의 빈곤함과 궁핍, 수렁에서 헤매는 생활방식을 그대로 물려받았기 때문이다. 따라서 늪지를 헤매고 다니는 물갈퀴 달린 발뒤꿈치에 날개가 돋아나지 않는 한, 그는 물론이고 후손들도 결코 이 땅에서 비상하지 못할 것이다.

11

더 존귀한 법칙들
(Higher Laws)

    호수에서 잡은 고기를 꼬치에 꿰고 낚싯대를 바닥에 끌며 숲을 가로질러 집에 도착했을 때는 이미 해가 진 후였다. 바로 그때, 우드척한 마리가 내 앞길을 가로질러 슬슬 도망치는 것이 눈에 들어왔고, 나도 모르게 야만적인 기쁨으로 온몸이 찌릿해지면서 당장 녀석을 잡아 날로 먹고 싶은 심정이 들었다. 그저 배가 헛헛해서 그랬던 게 아니라, 우드척이 상징하는 야생성 때문에 그런 야릇한 기분에 사로잡힌 것이다. 이전에도 호숫가에 살면서, 한동안 배를 곯은 사냥개처럼자포자기하는 심정으로 뭐든 잡아먹을 수 있는 고기를 찾아서 숲속을 헤맨 적이 한두 번쯤 있었다. 그때만 해도 무슨 고기든 다 씹어 삼킬 수 있을 것 같았다. 말로 설명하기는 힘들지만, 나도 모르게 야만적이고 난폭한 장면에 익숙해졌기 때문이리라. 그때도 그렇지만 지금 역시, 나라는 인간은 대부분이 그러하듯 더 고양된 삶을 추구하려는 본능과 원시적이고 야만적인 삶을 살려는 본능이 내 속에 살아 숨쉬는 것을 느낄 수 있다. 나는 두 가지 본능을 모두 존중한다. 선한 본능 못지않게 야생적인 본능도 사랑한다. 지금도 낚시를 종종 다니는 이유는 낚시라는 행위 자체에 야생성과 모험의 요소가 모두 들어 있기 때문이다. 가끔은 나에게 주어진 야생적인 삶의 본능을 있는 그대로 받아들여서, 하루하루를 야생의 짐승처럼 충실히 살고 싶을 때도 있다. 자연과 이만큼 친밀해질 수 있었던 것은 어릴 때부터 사냥과 낚시를 즐겼기 때문이다. 낚시와 사냥은 우리를 일찍부터 자연으로 인도하여 그 안에서 머물도록 해주기 때문이다. 그게 아니었다면 어린 나이에 자연을 속속들이 접한다는 것 자체가 불가능할 테니까. 낚시꾼, 사냥꾼, 나무꾼 외에도 자연 속에서 살아가는 사람들은 어떤 의미에서는 자연의 일부라고 볼 수 있다. 그 때문에 어떠한 기대감을 가지고 자연에 접근하는 철학자나 시인보다 훨씬 호의적인 태도를 취한다. 자연 역시 그들에게 진짜 모습을 드러내는 것을 주저하지 않는다. 대초원을 여행하는 사람은 자연스럽게 사냥꾼이 되고, 미주리 강이나 컬럼비아 강의 상류 지역을 여행하는 사람은 덫을 놓는 데 익숙해지고, 세인트 메리 폭포를 여행하는 사람은 낚시꾼이 된다. 하지만 별생각 없이 여행만 하는 사람은 주변 세상을 간접적이고 불완전하게 배우기 때문에 진짜 모습을 볼 수 없다. 실제 경험을 통해서 본능적으로 이미 깨달은 바를 과학이 보고할 때 우리는 그 어느 때보다 큰 관심을 가지게 된다. 그런 과학이야말로 진정한 인문학, 즉 인간 경험에 관한 이야기인 것이다.

양키, 즉 미국인에게는 영국에서만큼 공휴일이 많지 않으며, 어린 아이들 역시 영국의 아이들처럼 다채로운 놀이문화를 즐기지 못한다고 생각하는 사람이 많은데 이는 굉장히 잘못된 생각이다. 만약 그렇게 생각한다면 이는 미국에서 즐기는 낚시나 사냥 같은 원시적이고 홀로 즐길 수 있는 놀이가 영국의 놀이문화로는 아직까지 자리를 차지하지 못했기 때문이다. 나와 동년배인 뉴잉글랜드 사람들은 열 살에서 열네 살 무렵에 엽총을 어깨에 메고 다녔고, 당시만 해도 사냥터와 낚시터가 영국처럼 귀족의 사유지가 아니었고 크기 면에서도 비교가 되지 않을 정도로 어마어마하게 넓었다. 그 때문에 마을 공터에서 아이들이 뛰놀지 않았던 것도 당연한 일이다. 그런데 요즘 들어 예전과는 확연한 차이가 생기고 있다. 인도주의적인 사상이 널리 퍼져서가 아니라, 사냥감이 눈에 띄게 줄어들었기 때문이다. 그 때문에 굳이 동물보호단체의 이름까지 들먹이지 않아도 될 것이며, 어쩌면 사냥꾼이야말로 동물들의 가장 좋은 친구인지도 모르겠다.

월든 호숫가에 살면서도 가끔은 물고기를 잡아서 식단에 변화를 주고 싶었다. 실제로도 인류 최초의 어부들이 그랬던 것처럼, 그들과 똑같은 필요성 때문에 호수로 가서 직접 물고기를 잡았다. 낚시를 반대하는 인도주의에 대해 어떻게 느끼는지와는 무관하게, 그 인도주의는 그저 허울일 뿐 내 입장에서는 감정이 아닌 철학적인 부분에 연결된 것이었다. 지금 나는 낚시에 대해서만 말하려는 것이다. 사냥에 대해서만큼은 오래전부터 다른 감정을 느낀 바가 있어서 월든 숲으로 들어오기 전에 엽총을 팔아버렸다. 낚시를 즐겼다고 해서 다른 사람보다 인정 없는 사람이었던 건 아니다. 사실 낚시는 내 감정적인 부분에 그다지 큰 영향을 주지 않았다. 솔직히 물고기가 안타깝게 생각된다거나 미끼로 쓰는 벌레를 보고 불쌍하다는 생각이 들지도 않았다. 그만큼 낚시는 특별한 행위가 아닌 그저 일상적인 습관 중 하나였다. 하지만 사냥의 경우는 달랐다. 엽총을 들쳐 메고 다니면서 사냥을 하던 마지막 몇 년 사이, 나는 조류학에 심취해 특이하거나 진귀한 새들만을 찾으러 다녔다. 하지만 이제는 새를 사냥하는 것보다 더 좋은 조류학 연구 방법이 있음을 깨달았다. 이를 위해서는 무엇보다 새의 습성에 대해 자세히 관찰해야 하므로 기꺼이 엽총을 버릴 수 있었다. 그럼에도 인도주의적인 면을 강조하면서 사냥을 금한다는 데 대해 사냥을 대신할 만큼 재미있는 놀이를 찾을 수 있을지를 묻는다면, 그건 장담할 수 없다. 그래서 몇몇 친구가 아들이 사냥하도록 내버려두어야 할지 고민이라고 말하면, 나는 사냥이야말로 내가 받았던 교육 가운데 최고였다는 사실을 떠올리고는 다음과 같이 답했다.

"괜찮아. 자네 아이를 사냥꾼으로 길러보게나. 처음에는 그저 놀이로 사냥을 즐기게 하고 나중에는 여기뿐 아니라 어느 황무지에 가서도 자신이 감당할 커다란 사냥감을 더는 찾아내지 못할 만큼 숙련된 사냥꾼으로 만들어보는 거야. 사람을 낚는 낚시꾼이자, 사람을 낚는 어부로 말일세."

이런 면에서 볼 때, 나는 초서[1]의 《캔터베리 이야기》에 등장하는 수녀의 의견에 전적으로 동의한다.

수녀는 사냥꾼은 성자가 아니라는 말에

털이 뽑힌 암탉만큼의 관심도 주지 않았다.

　사냥으로는 최고로 꼽히는 알곤킨족[2]을 제외하더라도, 인류의 역사에서는 물론 개인의 역사에서도 사냥꾼이 '최고의 인간'으로 꼽히던 때가 있었다. 만약 태어나서 단 한 번도 엽총을 쏘아본 적이 없는 소년이 있다면, 그를 동정하지 않을 수 없다. 그건 남들보다 인정이 많아서가 아니라 안타깝게도 제대로 된 교육을 받지 못했기 때문이다. 바로 이것이 사냥에 매료된 소년들에게 해주고 싶은 대답이다. 언젠가 그들 역시 사냥이라는 습관에서 스스로 벗어날 때가 오리라고 믿기 때문이다. 인간으로서의 도리를 배우고 나면, 자신처럼 분별없는 어린 시절을 보낸 후 똑같은 상황에서 생명을 부지하기 위해 열심히 사는 동물을 함부로 살생하지 못할 것이다. 한낱 산토끼도 궁지에 몰리면 어린애처럼 눈물을 흘린다. 세상의 모든 어머니에게 경고하건대, 나는 동정심의 측면에서 인간과 동물을 서로 다르게 생각하지 않는 사람이다.

　젊은이는 다음과 같은 방식으로 숲과 처음 만나고, 자신의 가장 근

1　제프리 초서. 중세 영국의 대시인으로 근대 영시를 창시해 '영시의 아버지'라 불린다. 《캔터베리 이야기》는 중세 이야기 문학의 집대성이라고 할 대작으로 평가받고 있다.

2　북아메리카에 분포하는 아메리칸 인디언의 한 부족

원적인 부분을 접하게 마련이다. 처음에는 사냥꾼 혹은 낚시꾼으로 숲에 간다. 하지만 내면에 더 나은 삶의 씨앗을 가지고 있다면, 마침내 시인이나 자연주의자로서 진정한 목표를 깨닫고 엽총과 낚싯대를 버리게 된다. 이런 점으로 보아 대부분의 인간은 아직 제대로 성장하지 못했고 앞으로도 쉽사리 젊은 시절에서 탈피하지 못할 것이다. 몇몇 나라에서는 성직자가 사냥에 나서는 경우도 볼 수 있다. 그런 성직자는 훌륭한 목자의 개가 될 수는 있겠지만 선한 목자와는 거리가 멀다고 볼 수 있다. 놀랍게도 나무를 베거나 얼음을 잘라내는 일 외에 우리 마을의 어른과 젊은이를 막론하고 모두를 한나절 꼬박 잡아둘 수 있는 일은 바로 낚시뿐이었다. 언제든 마음만 먹으면 낚시를 올 수 있음에도, 긴 줄에 물고기를 대롱대롱 매달고 갈 만큼 물고기를 잡지 못하는 날에는 그날은 운이 없었다거나 시간만 허비했다고 생각하는 게 보통이다. 진정 순수한 목표를 가지기 위해서는 호수 바닥에 미끼 찌꺼기가 쌓이기 전 천 번이라도 호수에 찾아가야 할지도 모른다. 하지만 그러한 정화 과정 역시 앞으로도 계속 되풀이될 것이다. 콩코드의 주지사와 의회 의원들 역시 어릴 때부터 낚시하러 다녔을 테고, 지금도 어렴풋이 그때의 기억을 가지고 있을 것이다. 하지만 이제는 너무 나이가 들었고 위엄 있는 자리에 올랐기 때문에 낚시 같은 건 까맣게 잊어버렸을 것이다. 하지만 그들 역시도 죽은 후에는 천국에 가고 싶어 한다. 만약 주 의회가 호수에 관심을 보인다고 해도, 기껏해야 낚싯바늘의 크기를 규제하기 위한 것 때문이리라. 하지만 주 의회 자체를 미끼로 사용해 호수를 낚으려는 낚싯바늘 중의 낚싯바늘에 대해서는 하나도 알지 못한다. 이처럼 고도로 문명화된 공동체 속에서 살면서도, 우리는 인류 역사 중 수렵의 단계를 겨우 통과하고 있는 거나 다름없다.

지난 몇 년 동안은 낚시할 때마다 조금씩 자존심이 무너지는 것을 느꼈다. 그동안 수없이 낚시를 했고 나름대로 낚시에 솜씨도 있는 편이었고 동년배들처럼 본능적인 감각이 있어서 그 본능이 가끔 되살아나곤 했지만 그럼에도 아예 낚시를 배우지 않았더라면 어땠을까 싶은 기분을 느낀다. 그런 생각이 틀린 것은 아닐 것이다. 어렴풋한 암시에 불과하지만 아침 햇살 역시도 어렴풋하지 않은가. 내 안에 있는 이러한 본능은 하등동물의 본능인 것이다. 그사이 갑자기 인정이 많아진 것도 지혜로워진 것도 아닌데 해를 거듭할수록 낚시하는 횟수가 줄어들면서 이제는 완전히 낚시에서 손을 떼게 되었다. 하지만 야생의 숲에서 살아야 한다면 다시 본격적으로 낚시와 사냥을 시작할 수밖에 없을 것이다. 그뿐만 아니라 물고기와 동물의 살점에는 근본적으로 불결한 부분이 있다. 나는 집안일을 어디서부터 시작해야 하는지, 언제나 집을 말끔하고 아늑하고 상쾌한 상태로 유지하는 방법, 그리고 온갖 악취와 더러움을 어떻게 없애야 하는지를 서서히 깨닫게 되었다. 나는 잘 차린 요리를 대접받는 손님이자, 푸주한이자 설거지 담당, 그리고 요리사였기 때문에 그간의 경험을 바탕으로 자신 있게 말할 수 있다. 내가 육식을 반대하는 이유는 기본적으로 고기가 불결하기 때문이다. 게다가 직접 낚시를 해서 물고기를 잡아 말끔히 씻어서 요리해 먹고도 제대로 영양을 섭취하지 못한 것 같은 기분이

들었다. 괜히 수고만 들이고 의미도 없는 데다 불필요했으며 결국 얻는 것보다 잃은 것이 더 많았다. 약간의 빵이나 감자를 먹었더라면 수고도 덜 들이고 불결하지도 않았을 것이다. 나는 동년배들과 마찬가지로 오랫동안 육류와 차, 커피 등을 거의 입에 대지 않았다. 그런 음식들이 어떤 방식으로든 내 건강에 해로운 영향을 미친다는 걸 알아내서가 아니라, 내 상상력과 잘 어우러지지 못했기 때문이다. 육식에 대한 거부감은 경험의 결과가 아닌 본능이다. 소박한 식단을 꾸리는 것이 내게는 많은 면에서 더욱 바람직하게 보였다. 물론 완벽하게 해내지는 못했지만 내 상상력을 충족시킬 만큼은 성공했다. 고결하고 시적인 능력을 최상의 상태로 유지하기 위해서 노력해본 사람이라면, 누구라도 육류를 멀리하고 어떤 종류의 음식이든 되도록 과식하지 않으려고 애써본 경험이 있을 것이다. 곤충학자 커비와 스펜스[3]의 책에서 확인한 결과, '곤충이 성장하여 성충이 된 후에는 섭식기관을 제대로 갖추지만 그 기관을 전혀 사용하지 않는다'라는 설명과 함께 '대부분의 곤충이 완전히 성장한 후에는 유충일 때보다 먹이를 현저히 적게 먹는 것이 일반적이다. 먹성이 좋은 배추벌레는 나비가 되고 …… 뭐든 갉아 먹는 구더기는 파리가 되는데' 그 후에는 꿀이나 과즙 한두 방울이면 만족한다는 이야기가 나온다. 나비의 날개 아래를 잘 살펴보면 배 부분에 유충일 때의 흔적이 그대로 남아 있다. 그 배 때문에 나비는 무언가의 한 입 거리 식사가 되어버리기도 한다. 대

---

3 19세기 생물학자들로, 《곤충학 입문》을 공저했다.

식가는 바로 유충 상태에 머무른 인간을 뜻한다. 한 나라의 국민 대부분이 유충 상태인 국가도 있다. 그런 국민은 환상도 상상력도 없으며, 그들의 툭 튀어나온 배는 그러한 현실을 여실히 드러내는 증거이다.

우리의 상상력을 해치지 않는 선에서 소박하고 깨끗한 음식을 만드는 일이 쉽지만은 않다. 하지만 육신에 영양분을 공급할 때는 그와 동시에 상상력까지 배불리 먹여야 한다고 생각한다. 따라서 육신과 상상력이 동시에 한 식탁에 앉아야 한다. 그건 불가능한 일이 아니다. 최대한 절제된 양의 과일을 먹는다면 식욕을 부끄러워할 필요가 없고 가치 있는 일을 추구하는 데 방해가 될 일도 없다. 하지만 지나치게 양념을 써서 음식을 만들면 오히려 우리 몸에 해를 끼친다. 기름기가 가득한 음식에 시간을 투자할 필요가 없다. 고기를 먹든 채소를 먹든 남의 손을 빌려 끼니를 챙기다가 스스로 음식을 준비하는 모습을 남들에게 들키면 대부분의 사람이 부끄러워할 것이다. 하지만 그 생각 자체가 바뀌기 전까지는 우리는 문명화된 것이 아니며, 신사 혹은 숙녀일지는 모르나 진정한 남자나 여자는 아니다. 이쯤에서 어떠한 변화가 있어야 할지 짐작할 수 있을 것이다. 상상력이 살코기나 비계와 조화를 이루지 못하는 이유에 대해서 아무리 궁금해해봤자 소용없다. 나는 그 사실이 오히려 만족스럽다. 그렇다면 인간이 육식동물이라는 사실이 치욕스러운 게 아닐까? 실제로도 인간은 다른 동물을 잡아먹어야만 살 수 있고, 상당수가 그런 식으로 살아가고 있다. 하지만 직접 덫을 놓아 토끼를 잡거나 양을 잡아본 사람은 알겠지만, 산 짐승을 잡아먹고 사는 일은 비참하기 짝이 없는 일이다. 만약 지금보다 무해하고 건강에도 도움 되는 음식을 먹고 사는 방법을 가르쳐줄 사람이 있다면, 모든 인류의 은인으로 추앙받을 것이다. 내 식습관과는 무관하게 인류는 발전을 거듭해가면서 육식의 식습관을 버리게 될 운명이라는 점을 확신하는 바이다. 이는 미개인들이 문명화된 사람들과 접촉하면서 사람을 잡아먹는 관습을 버린 것만큼이나 확실한 일이다.

내면에서 들리는 희미하지만 끊임없는 목소리는 분명히 진실한 것이기에, 그 목소리에 따르다 보면 어떠한 극단과 광기로 향하게 될지는 알 수 없다. 그럼에도 의지와 믿음이 깊어지다 보면 결국 우리가 나아갈 길은 바로 그 방향에 있음을 깨닫게 된다. 건강한 사람이 흐릿하지만 확실한 반감을 감지하고 이를 따르다 보면 마침내 인류의 주장과 관습에 맞서 승리하게 마련이다. 내면에서 들리는 목소리를 따라가다가 잘못되는 사람도 없으며, 그로 말미암아 몸이 약해질지라도 결국 그 결과로 더 높은 법칙에 따른 삶을 사는 것이기에 그에 대해 후회할 사람도 없다. 만약 우리가 낮과 밤을 기쁜 마음으로 받아들이고 꽃이나 향기로운 풀 같은 향기를 발산하는 삶을 산다면, 그리하여 우리 삶이 한층 유연하고 별처럼 반짝이고 영원을 향해 나아간다면, 그런 삶이야말로 성공한 삶일 것이다. 그러면 모든 자연이 우리를 축하하는 선물이 될 테고 매 순간 축복받아야 할 이유를 가지게 될 것이다. 최상의 이득과 가치는 제대로 평가받기 힘들다. 우리는 어느 순간 그런 이득과 가치의 존재 자체를 의심하고, 감사한 마음조차 쉽게 잊어버린다. 하지만 그것들이야말로 최상의 존재가 아닐 수 없다. 아마도 최고로 놀랍거나 현실적인 사실은 우리에게 제대로 전달되지 않는 모양이다. 내가 일상생활에서 얻는 참다운 수확은 아침이나 저녁의 색감처럼 불확실하고 말로 표현하기 힘든 것이다. 이는 내가 움켜쥔 약간의 별 가루이자 무지개 조각과 같다.

그렇지만 나는 식성이 까다로운 편은 아니었다. 만약 필요하다면 사향쥐를 튀긴 것도 맛있게 먹을 수 있었다. 또한 아편 중독자의 천국보다 자연 속에 펼쳐진 하늘을 더 좋아하며, 그와 같은 이유로 오래전부터 물만 마신 것을 천만다행이라고 생각한다. 나는 언제든 맑은 정신 상태를 유지하고 싶다. 취기란 한계가 없는 것이기 때문이다. 현자에게는 물이 유일한 음료이고 포도주도 결코 고상한 음료가 될 수 없다. 아침의 희망을 뜨거운 커피로 날리고 저녁의 희망을 따뜻한 차로 날릴 수 있다고 생각해보라! 그런 음료의 유혹에 쉽사리 현혹되면 밑바닥까지 추락하고 말 것이다. 심지어 음악도 우리를 취하게 만든다. 겉으로는 사소해 보이지만, 이러한 것들이 그리스와 로마를 멸망시켰고 앞으로 영국과 미국을 멸망하게 만드는 요인이 될지도 모른다. 어차피 뭔가에 취해야 한다면 누군들 자신이 들이쉬는 공기에 취하고 싶지 않겠는가? 오랫동안 고된 노동을 하는 것을 반대하게 된 가장 큰 이유는 그렇게 오랜 시간 노동을 하고 나면 엄청나게 먹고 마셔야 하는 상황에 처하기 때문이다.

하지만 솔직히 말하자면, 이제는 그런 부분에 대해서 전보다 덜 까다로워진 편이다. 식탁에 종교적인 색채를 걷어냈고 축복의 기도를 올리지도 않는다. 전보다 지혜로워져서 그런 게 아니라 솔직히 말하면 안타깝게도 세월을 살면서 더 억세고 무관심해졌기 때문이다. 대부분의 사람이 젊은 시절에만 시에 대해 느끼듯 나 역시 소소한 문제들에 대해 젊은 시절에만 크게 관심을 기울였던 것이다. 결국 나의 습관은 사라졌고 이제는 생각만이 남아 있는 상태이다. 〈베다〉 경전에는 '같은 순간 우주 만물에 존재하는 초월자를 진심으로 믿는 사람들은 세상에 존재하는 것이라면 무엇이든 먹어도 된다'는 말이 있다. 이는 초월자를 믿는 자는 자신이 먹는 음식이 무엇인지, 그것을 누가 준비했는지에 대해 의문을 가질 필요가 없다는 뜻이다. 하지만 나는 그런 특별한 혜택을 받은 사람이라고 생각지 않는다. 또한 인도의 한 주석자가 말했듯이, 그 특권 역시도 '엄청난 곤경에 처했을 때'만 그런 특혜를 누릴 수 있다는 사실에 주목해야 한다.

식욕과는 전혀 무관한 상태에서 음식을 먹고도 표현할 수 없을 정도로 엄청난 만족감을 느껴보지 않은 사람이 있을까? 내 경우에는 저급한 미각 덕분에 정신적인 통찰력을 얻었고 입천장을 통해 영감을 얻었으며, 비탈진 언덕에서 따 먹은 산딸기 열매 덕분에 천성을 충족시켰다는 사실을 생각하면 온몸에 전율을 느낀다. 공자의 제자 증자는 "스스로를 다스리지 못하는 자는 보아도 보이지 않고, 들어도 들리지 않으며 먹어도 맛을 느낄 수 없다"고 말했다. 내 입으로 들어가는 음식의 진정한 맛을 아는 사람은 결코 폭식하지 않으며, 음식의 맛을 알지 못하는 사람은 폭식하지 않을 수 없다. 시의원이 거북 요리에 침을 흘리듯, 청교도 역시 흑빵을 보고 눈이 뒤집혀 달려들 수도 있다. 입으로 들어가는 음식이 우리를 더럽히는 것이 아니라 음식을 지나치게 탐하는 것이 우리를 더럽게 만든다. 가장 큰 문제는 음식의 질이나 양이 아니라 감각적인 맛에 탐닉하는 것이다. 우리가 먹는 음식이 동물적인 육신을 유지하고 정신적인 삶에 에너지를 주기 위한 것이 아니라 우리를 지배하는 벌레들의 먹이로 사용될 때 문제가 된다. 사냥꾼이 거북이와 사향쥐 등의 저급한 고기를 좋아하고, 고상한 부인이 소발로 우려낸 젤리와 깊은 바다에서 잡아 온 정어리를 좋아한다면, 그 둘은 크게 다르지 않을 것이다. 사냥꾼은 물방아용 연못을 찾아가고 고상한 부인은 식품 저장용 창고를 찾아간다는 사실만 다를 뿐이다. 비단 사냥꾼과 부인뿐만 아니라 여러분과 내가 음식을 먹고 마시면서 어떻게 이 끔찍한 삶을 살아갈 수 있는지 정말로 놀라울 따름이다.

우리 삶은 놀랄 만큼 도덕적이다. 선과 악 사이에는 잠시 잠깐의 휴전도 없다. 선이야말로 절대로 실패하지 않는 유일한 투자처이다. 온 세상에 울려 퍼지는 선율만 들어도 우리의 몸은 전율한다. 하프는 우주의 보험회사에서 우주의 법칙을 널리 선전하는 외판원이며, 우리가 베푸는 소소한 선행은 바로 그 회사에 납부하는 보험료와 같다. 젊은이는 결국 무관심해지겠지만, 우주의 법칙은 어떠한 경우에도 무관심하지 않고 예민한 사람들 사이에 있다. 산들바람 속에 담긴 질책의 소리에 귀 기울여보라. 그 소리를 듣지 못하는 사람은 불행한 사람이다. 우리가 하프의 현을 건드리거나 조그만 받침대만 건드려도 어김없이 도덕의 선율이 우리를 마술처럼 사로잡는다. 멀리 떨어져서 들으면 아무리 듣기 싫은 소음도 음악처럼 들리고, 우리의 천박한 삶을 풍자하는 자신감 넘치고 감미로운 선율처럼 들리게 마련이다.

우리 내면에는 동물적 속성이 숨겨져 있어서 고결한 본능이 잠들고 나면 그 속성이 깨어나게 된다. 그 동물적 속성은 파충류처럼 비열하고 방종하여 완벽하게 몰아내기란 불가능해 보인다. 이는 건강하게 살아가고 있을 때도 우리 몸속에 기생하는 벌레와 같다. 그 속성을 멀리하는 것은 가능하지만 속성 그 자체를 바꾸기란 불가능하다. 따라서 그 동물적 속성이 그 자체로 활력을 가지고 있기에 우리가 건강해져도 순수해지지 못할까 봐 걱정된다. 언젠가 돼지의 아래턱뼈를 주운 적이 있다. 새하얗고 건강한 엄니가 그대로 박힌 뼈였는데, 그 모습에서 정신적인 건강이나 활력과는 전혀 다른 동물적 건강과 활력이 존재한다는 것을 느낄 수 있었다. 그 돼지는 절제와 순결이 아닌 전혀 다른 수단을 통해 성공적인 삶을 누렸던 것이다. 맹자는 "인간이 금수와 다른 점은 아주 소소한 차이 때문이다. 평범한 자는 그 사실을 금세 잊어버리지만 군자는 그 차이를 조심스럽게 유지한다"[4]라고 했다. 우리가 순수의 경지에 이를 수 있다면 어떤 삶을 살게 될지 누가 알까? 순수함이 무엇인지 가르쳐줄 현자가 존재한다면, 나는 당장이라도 그에게 찾아갈 것이다. 〈베다〉에서는 '신에게 가까이 가기 위해서는 욕망을 억제하고 육체의 외적 감각을 통제하는 힘과 선행을 베푸는 것이 중요하다'고 가르친다. 하지만 정신적인 힘을 통해

---

4 《맹자》〈이루장구 하〉 제19장. 사람이 입으로 먹고 귀로 들으며 눈으로 보는 것은 금수와 다를 바가 없지만, 인의예지를 갖추고 있다는 것이 금수와 다르다.

서 육체의 모든 기능과 부분을 다스려, 천박한 육체적 욕망을 순결과 헌신으로 바꾸어갈 수 있다. 정신적으로 나태할 때, 인간의 생산적인 힘은 우리를 불결하게 만들고 낭비되기 쉽지만 반대로 절제할 때는 우리에게 힘과 영감을 준다. 순결이란 인간을 꽃피우는 힘이다. 천재적인 재능, 영웅적인 용기, 신성함 등은 순결의 꽃이 맺는 열매와 같다. 이러한 순결의 항로가 열릴 때, 우리는 신을 향해 곧바로 나아갈 수 있다. 순수함은 우리에게 영감을 주고 불순함은 우리를 구렁텅이로 몰아넣는다. 이러한 상태를 반복하고, 내면의 동물적 속성은 하루하루 소멸하는 반면 신성한 면은 굳건해진다고 확신하는 사람은 진정 축복받은 사람이다. 자신의 열등하고 동물적인 속성 때문에 수치스러워하지 않을 사람은 하나도 없다. 우리가 그리스·로마신화에 등장하는 파우누스와 사티로스[5]처럼 신 혹은 반신반인, 다시 말해 동물과 신이 결합된 존재이고 욕망의 노예인 피조물이 아닌지 두렵기도 하다. 그 때문에 우리의 삶이 어느 정도까지는 치욕스러운 것이 아닐까 걱정스럽기도 하다.

동물들에게 적당한 공간을 내주고
마음의 숲을 개척한 자는 얼마나 행복한가!

---

5 고대 로마의 목신(牧神)인 파우누스는 그리스신화에 나오는 괴물 사티로스와 동일시되고 있다. 얼굴은 사람을 닮았으나 두 개의 뿔이 달린 데다 염소의 하반신을 가졌다.

(중략)

> 말과 염소, 늑대 등 온갖 동물을 멋대로 부리면서도
> 그 자신은 어떤 짐승의 노새 노릇도 아닌 자는 얼마나 행복한가!
> 그 외의 사람들은 돼지치기일 뿐만 아니라
> 돼지를 흥분하게 만들어 더욱 고약하게 만든 사악한 자들이다.

　욕망은 다양한 형태로 발현되지만 결국 하나이다. 순수함도 하나이다. 육체적 욕망을 충족시키기 위해서, 먹고 마시고 누군가와 가정을 꾸리고 잠을 자지만 결국에는 똑같다. 그 모든 것이 하나의 욕망에 불과하다. 어떤 사람이 어느 정도로 욕망에 사로잡혀 있는지 알기 위해서는, 그 행위 중 하나를 어떻게 하는지 살펴보면 된다. 불순한 자는 순수하게 서지 못하고 앉지도 못한다. 파충류는 굴의 입구를 공격당하면 반대쪽 입구로 달아나버린다. 불순물이 섞이지 않은 상태로 순결함을 유지하기 위해서는 절제하는 법을 배워야 한다. 순결이란 무엇인가? 내가 순결한지 아닌지 어떻게 알 수 있을까? 그 누구도 확언할 수 없다. 우리는 순결이라는 미덕에 대해 오랫동안 들어왔지만, 정확히 그게 무엇인지는 알지 못한다. 그동안 전해 들은 풍월로 이렇다 저렇다 떠들어댈 뿐이다. 우리는 노력을 통해 지혜와 순수를 얻는다. 나태함에서는 무지와 육체적 욕망이 나오게 마련이다. 만약 어떤 학생이 욕망에 이끌리는 대로 행동한다면 그것은 정신적으로 나태하다는 뜻이다. 불결한 사람은 반드시 게으른 사람이고, 따뜻한 난롯가에서 시간을 보내고 해가 중천에 떠도 누워 있고 피곤하지도 않으면

서 휴식을 취하는 자 역시 나태한 사람이다. 불결함을 피하고 죄악에서 벗어나고 싶다면, 비록 마구간을 치우는 것이라도 최선을 다해야 한다. 타고난 천성은 극복하기 어렵지만 그럼에도 반드시 극복해야 한다. 이교도보다 순수하지 못하고, 욕망도 자제하지 못하며, 종교적이지도 못하다면 우리가 기독교인이라고 주장하는 것이 무슨 소용이겠는가? 비록 이단으로 치부해버리지만, 그 가르침을 통해 부끄러움을 느끼고 의식적인 부분에서라도 새로운 노력을 할 수 있도록 자극을 주는 종교가 많다는 사실을 나는 잘 알고 있다.

이런 말을 하는 것이 다소 망설여지는 이유는 그 주제 때문이 아니라, 그 이야기를 꺼내기 위해서 나 자신의 불순한 면을 고백해야 하기 때문이다. 우리는 어떤 감각적인 행위에 대해서 거침없이 이야기를 꺼내면서도, 어떠한 감각적인 행위에 대해서는 입을 꾹 다물어버린다. 우리 본성의 필연적인 역할에 대해서도 말하지 못할 만큼 완전히 타락해버렸다. 과거 일부 국가에서는 인간의 신체적 기능이 경건하게 논의되도록 법률로 규정하기도 했다. 인간의 본성에 대한 언급이 현대인의 눈에는 다소 불쾌할지도 모르지만, 인도의 법전을 제정한 마누는 어느 것 하나도 하찮게 넘기지 않았다. 음식을 먹는 방법, 차를 마시는 방법, 남녀가 함께 가정을 꾸리는 방법, 대소변을 배설하는 방법 등 하찮은 것 하나까지 세세히 가르쳤고 이런 세세한 부분을 하찮게 치부해버림으로써 자신을 높이려고 들지 않았다.

우리는 육체라는 신전을 만드는 건축가와 같다. 육체는 자신이 섬기는 신을 위해서 자기 취향에 따라서 만든 신전이며, 가장자리를 대리석으로 두들겨놓아서 스스로 그곳에서 벗어날 수 없다. 우리는 모두가 조각가이자 화가이며, 우리가 가진 재료는 피와 살 그리고 뼈이다. 따라서 고결함은 우리의 외모를 말끔하게 다듬어놓지만 천박함과 욕망은 인간의 외모를 짐승처럼 바꾸어놓는다.

9월의 어느 저녁, 존 파머는 힘든 하루 일을 마치고 현관 앞에 앉아서 그날 하루의 일을 곱씹고 있었다. 말끔히 몸을 씻고 문가에 앉아서 내면의 지적인 면을 되살리려고 애썼다. 날씨도 서늘했고 이웃들 중에는 서리가 내릴까 봐 걱정하는 사람도 있었다. 그렇게 이런저런 생각을 하던 중에 누군가가 부는 피리 소리가 들렸다. 그 소리가 존 파머의 기분과 제대로 맞아떨어졌다. 하지만 머릿속에 떠오른 생각에서 좀처럼 헤어날 수 없었다. 이런저런 생각이 머릿속에 맴돌다 보니, 자신의 의지와 상관없이 그 일을 계속 떠올리게 하는 것이었다. 하지만 그는 별로 개의치 않았고, 그리 중요한 일도 아니라 그저 피부에서 떨어져 나오는 각질처럼 소소한 일이었다. 하지만 피리 소리는 그가 일하는 공간에서 멀리 떨어진 곳에서부터 끝없이 들려왔고, 그의 내면에 숨겨진 능력을 조용히 자극하기 시작했다. 존 파머는 피리 소리를 듣고 자신이 사는 동네와 도시 그리고 나라까지 까맣게 잊어버리게 되었다. 순간 어떤 목소리가 그의 귓가에 대고 속삭였다.

"영광스러운 삶을 살 수 있는데, 왜 이곳에서 천박하고 고된 삶을 사는가? 저 하늘의 별들은 다른 들판 위에서도 반짝이며 빛나고 있지 않은가."

하지만 현재의 상황에서 벗어나 다른 곳으로 가려면 어떻게 해야 할까? 존 파머가 생각해낸 방법은 검소한 삶을 살면서 정신을 그의 몸속 깊숙이 끌어내려 육체를 구원하고 스스로를 소중히 여기며 살아가겠노라고 다짐하는 것이었다.

12

동물 이웃들
(Brute Neighbors)

나는 가끔 친구와 함께 낚시를 즐기곤 했다. 그 친구는 마을 반대편에 살고 있어서 마을을 거쳐 우리 집까지 왔고, 그 친구와 저녁 식탁에 올릴 물고기를 잡는 것은 식사를 함께하는 것만큼이나 돈독한 교제의 일환이었다.

은둔자: 요즘은 세상이 어떻게 돌아가고 있는지 궁금해. 세 시간 전부터 소귀나무 위를 지나는 메뚜기 소리조차 들리지 않아. 비둘기들은 모두 나뭇가지에 앉아 잠이 든 건지 푸드덕 날개 치는 소리도 안 들리고. 조금 전 숲 너머에서 들린 소리는 정오를 알리는 농부의 나팔 소리였을까? 일꾼들은 삶은 고기와 사과주, 옥수수빵을 먹으러 가고 있겠지. 대체 왜들 그리 바쁘게 일하는 걸까? 먹지 않으면 일할 필요도 없는 법인데. 그건 그렇고 오늘은 수확량이 얼마나 될까? 개 짖는 소

리 때문에 다른 생각조차 할 수 없는 곳이라면, 대체 누가 그런 곳에서 살고 싶겠어? 종일 집안일을 하는 건 어떻고! 오늘처럼 화창한 날에도 문고리에 광을 내고 통을 씻느라 고생해야 하다니. 차라리 집이 없는 게 낫지. 그냥 속이 텅 빈 나무에 들어가서 사는 편이 낫잖아. 그러면 아침부터 찾아오는 손님도 사람들과 어울려 만찬을 즐길 일도 없을 테니까. 노크하는 거라고는 딱따구리뿐일 거야. 마을에는 사람들이 너무 많고 햇볕도 너무 뜨거워서, 나와는 전혀 다른 삶을 사는 사람들 같아. 나는 샘에서 물을 길어다 마시고 선반에는 흑빵 한 덩어리뿐인데. 쉿! 나뭇잎이 바스락대는 소리가 들린 것 같아. 마을을 돌아다니던 배고픈 개가 사냥의 본능을 못 이기고 뛰쳐나온 걸까? 아니면 근처에서 길을 잃고 헤맨다던 돼지인가? 언젠가 비가 내린 후에 녀석의 발자국을 본 적이 있는데. 바스락대는 소리가 빨라지는 것 같아. 옻나무와 찔레꽃이 흔들리는 걸 봐. 아, 시인. 자네구만? 오늘은 세상이 어떻게 돌아가고 있나?

시인: 저 하늘에 구름을 좀 보게. 정말 멋지지 않나? 내가 본 하늘 중에 오늘이 가장 멋지군. 예전에도 저런 구름은 본 적이 없고 외국에 나가서도 못 본 것 같은데. 스페인 해안가가 아니면 저런 구름은 볼 수가 없지. 지중해 하늘을 보는 기분이야. 그나저나 오늘은 아무것도 못 먹어서 낚시하러 갈까 생각 중인데. 낚시야말로 시인에게 가장 어울리는 일이고 내가 배운 유일한 기술이니까. 어때, 함께 낚시하러 가겠나?

은둔자: 거절할 수가 없군. 어차피 흑빵도 곧 없어질 테니. 기꺼이 함께 가겠네만 지금은 명상을 마무리하던 중이라네. 그러니까 잠시만 혼자

있도록 해주게. 하지만 낚시가 지체되지 않도록 그동안 자네는 미끼를 준비해주게나. 이 부근에 거름을 준 적이 없어서 지렁이를 구하는 게 여간 힘들지 않아. 거의 멸종된 상태라고 봐야겠지. 허기가 심하지 않을 때는 지렁이를 잡는 것도 낚시만큼이나 재미있는 일인데. 오늘은 자네 혼자 그 재미를 마음껏 누려보게나. 하나 조언을 하자면, 저기 물레나물이 요동치는 게 보이나? 그쪽 땅콩밭을 삽으로 살살 파보게나. 장담하건대 풀숲을 세 번 뒤적거릴 때마다 지렁이 한 마리는 찾을 수 있을 거야. 내가 장담하겠네. 그게 아니면 더 멀리 가도 괜찮아. 좋은 미끼는 거리의 제곱만큼 늘어난다는 사실을 알게 되었거든.

은둔자: (홀로 남아 혼잣말로) 그나저나 명상을 어디까지 했더라? 아무래도 이런 생각을 했던 것 같은데. 세상은 우리에게 선택하도록 종용하고 있다는 거였지. 천국에 갈 것이냐 아니면 낚시를 할 것이냐. 이 명상을 끝내고 나면 이렇게 좋은 기회가 또다시 올까? 사물의 본질 속으로 완전히 녹아든 기분이었는데. 지금까지 한 번도 경험해보지 못했던 기분. 다시는 이런 기분을 느끼지 못할까 봐 두렵군. 휘파람을 불어서라도 그런 기분을 다시 돌이킬 수 있다면 좋으련만. 만약 여러 생각이 우리에게 어떠한 제안을 할 때, '어떻게 할지 생각 좀 해보겠소'라고 대답하는 것이 현명한 것인가? 내가 했던 생각들은 흔적조차 남지 않고 사라져버리잖아. 이제는 그 생각이 무엇이었는지 전혀 떠오르지 않아. 아까 무슨 생각을 했더라? 안개가 자욱하게 긴 날이었는데. 공자가 말했던 세 가지 가르침을 떠올려봐야겠어. 그럼 조금 전 상태로 돌아갈 수 있을지도 몰라. 내가 우울했는지 무아지경에 빠졌던 건지도

잘 모르겠어. 메모. 한 번 왔던 기회는 다시 오지 않는다.

시인: 은둔자, 이제 다 끝난 건가? 내가 너무 빨리 온 건가? 지렁이를 쓸 만한 놈으로 열세 마리나 잡았고 좀 작고 반 토막이 난 녀석들도 몇 마리 잡았는데. 그래도 조그만 물고기를 잡는 데는 사용할 수 있을 거야. 낚싯바늘에 완전히 감기지는 않겠지만 말이야. 마을에 있는 지렁이들은 너무 커서, 연준모치 한 마리가 삼키고 나면 바늘에 걸리지 않을 정도잖아.

은둔자: 이제 출발하지. 콩코드 강으로 갈까? 수위가 너무 높지 않다면 그쪽이 낚시하기 괜찮을 거야.

이 세상이 우리 눈에 보이는 대상들로 이뤄진 이유는 무엇일까? 왜 이런 동물들과 이웃하며 살아가고 있을까? 마치 생쥐들만이 그 틈새를 메울 수 있는 것처럼 보이지 않는가? 비드파이 같은 우화작가들은 동물을 대상으로 잘 이용한 것 같다. 그들 작품 속에 등장하는 동물은 모두 짐을 나르거나 우리 생각의 일부를 전달하고 있기 때문이다.

내 집에 자유자재로 드나들던 생쥐는 외국에서 들어온 외래종 쥐가 아니라 마을에서는 좀처럼 구경하기 힘든 미국의 토종 생쥐였다. 나는 그 생쥐를 잡아 유명한 박물학자에게 보냈는데 그는 내가 보낸 생쥐에 지극한 관심을 보였다. 내가 집을 지을 때부터 생쥐 한 마리가 우리 집 아래 보금자리를 마련해두고 있었다. 마루를 깔고 대팻밥을 쓸어내리기 전만 해도, 그 생쥐는 점심때가 되면 밖으로 기어 나와 내 발치에 떨어진 빵 부스러기를 열심히 주워 먹곤 했다. 사람을 처음 보는 녀석 같았다. 그렇게 우리는 친해졌고 때로는 구두나 옷 위로 기어오르기도 했다. 움직이는 모습이 다람쥐와 흡사해서 가끔은 방 안의 벽을 성큼성큼 기어 올라가기도 했다. 언젠가 하루는 긴 의자에 팔꿈치를 대고 앉아 있었는데, 그 생쥐 녀석이 옷을 타고 올라와서 소매를 타고 내려가더니 음식이 담긴 봉지 주변을 알짱거렸다. 나는 봉지를 손에 꽉 쥔 채로 요리조리 몸을 숨기면서 숨바꼭질 놀이를 했다. 마침내 내가 치즈 한 조각을 엄지와 검지 사이에 쥐고 기다리자, 녀석이 손바닥 위로 올라오더니 쩝쩝대며 치즈를 뜯어 먹었다. 그리고 파리처럼 얼굴과 앞발을 깨끗하게 닦더니 금세 저만치 가버렸다.

그로부터 얼마 지나지 않아, 딱새 한 마리가 헛간에 둥지를 틀었고, 울새는 집에 기대다시피 자란 소나무에 거처를 마련했다. 6월이 되자, 겁 많은 자고새 한 마리가 집 뒤에 있는 숲에서 나와, 우리 집 앞쪽으로 날아갔다. 자고새는 암탉처럼 울면서 새끼를 불렀고 그런 식으로 자신이 숲의 암탉이라는 것을 보여주었다. 사람이 가까이 갈라치면, 어미 새의 신호에 따라서 회오리바람에 휩쓸린 것처럼 순식간에 새끼들이 사방으로 흩어져버린다. 게다가 새끼들은 나뭇잎이나 메마른 나뭇가지와 워낙 닮아서, 새끼들 한가운데 발을 내딛더라도 눈치채지 못할 정도였다. 그사이 어미가 시끄럽게 울어대고 날개를 끌면서 시선을 끌기에 미처 새끼들에게 신경을 쓸 틈이 없기 때문이다. 어미 자고새는 사람과 마주치기라도 하는 날에는 정신이 나간 것처럼 빙글빙글, 데굴데굴 구르기 때문에 처음에는 그게 뭔지 알아차리지도 못하는 경우가 부지기수다. 새끼들도 나뭇잎 아래 고개를 처박고 웅크리고 앉아서 어미가 신호를 보낼 때까지 가만히 기다리며, 사람이 근처에 다가가도 움직이거나 도망치지 않는다. 그래서 까딱하다가 새끼를 밟거나 눈앞에 두고도 자고새 새끼인지 알아보지 못하는 경우가 많다. 언젠가 바닥에 납작 웅크린 새끼 한 마리를 손바닥 위에 올린 적이 있었는데, 녀석은 어미와 자신의 본능에만 충실한 채로 조금도 떨지 않고 손바닥에 가만히 앉아 있었다. 그 본능이 얼마나 완벽한지, 언젠가 한번은 새끼를 다시 나뭇잎 위에 올리다가 옆으로 쓰러졌는데 10분 후에 보니 다른 녀석들까지 옆으로 쓰러진 새끼처럼 똑같이 한쪽으로 누워 웅크리고 있는 것이었다. 자고새 새끼들은 다른 새의 새끼들과 달리 깃털이 나 있고, 병아리보다 발육이 급속도로 빠른 편이다. 자고새의 크고 맑은 눈동자에서 느껴지는 어른스럽고도 천진한 표정은 쉽사리 잊히지 않는다. 모든 지혜가 그 눈동자 속에 담긴 듯하다. 그 눈빛은 자고새가 태어날 때부터 가지고 난 것이 아니라 그 눈동자 속에 비친 하늘과 함께 생겨난 것이다. 그 보석 같은 눈동자는 숲도 다시는 잉태하지 못할 것이고, 여행자도 그렇게 맑은 샘과 같은 눈동자를 들여다볼 기회를 자주 얻을 수 없다. 이런 와중에도 무지하고 무모한 사냥꾼들이 어미 자고새에게 총구를 겨누는 일이 빈번하다. 어미 자고새가 사냥꾼의 먹잇감이 되어버리면, 새끼들은 다른 동물의 먹이가 되거나 자신과 똑같이 닮은 썩은 낙엽과 하나가 되어 뒹굴게 된다. 암탉이 품어서 자고새의 알을 부화시키는 경우도 있지만, 조금이라도 놀라면 서로 뿔뿔이 흩어져버린다. 너무 일찍 어미를 잃은 새끼들은 자신을 부르는 어미 자고새의 소리를 들은 적이 없기에 한 번 길을 잃으면 다시는 돌아올 수가 없다. 그 자고새들은 내게 암탉이고 또 병아리와 같았다.

정말로 놀라운 것은 사람들의 눈에 띄지 않은 채로 수많은 동물이 숲속에서 야생 상태 그대로의 자유로운 삶을 살아가고 있고, 게다가 마을 근처에서도 다양한 동물이 굳건히 살아가고 있다는 사실이다. 그런 동물들이 있다는 사실을 아는 건 사냥꾼뿐이었다. 수달은 얼마나 한가롭게 살아가고 있는가! 다 자란 수달의 몸이 120센티미터 정도 되는데도 제대로 수달을 본 사람은 손에 꼽을 정도일 것이다. 언젠가 집 뒤 숲에서 너구리를 본 적이 있는데 요즘도 어두운 밤이 되면 너구리들이 우는 소리가 들린다. 콩밭에 씨를 뿌리고 정오 무렵이면 샘 근처 그늘에 앉아서 점심 도시락을 먹고 책을 읽곤 했다. 밭에서 1킬로미터 남짓 떨어진 곳에 있는 브리스터 언덕 아래로 흐르는 샘물은 근처 늪지대와 개울에 상수원이 되어주었다. 그곳에 가기 위해 어린 리기다소나무들이 울창하게 자라고 무성한 풀로 뒤덮인 분지를 따라서 계속 내려가다가 늪 근처에 있는 커다란 숲으로 들어가야 했다. 샘 근처에는 널찍하게 가지를 뻗은 백송나무가 자라 있었는데, 그 아래로는 시원한 그늘이 지고 바닥이 단단해서 잠시 쉬어가기 좋은 자리가 있었다. 나는 그 아래쪽에 샘을 파서 맑은 물이 고이도록 만들었다. 일부러 샘을 휘젓지 않아도 양동이 하나 분량의 물을 퍼낼 수 있었다. 호수의 물 온도가 제일 높아지는 여름이 되면, 나는 그곳으로 물을 길러 갔다. 샘 근처에서는 도요새들이 새끼를 데려와서 진흙 속에 있는 벌레들을 잡아먹는 것을 볼 수 있었다. 어미 도요새가

30센티미터쯤 날아오르면, 새끼들은 어미를 따라서 뒤뚱거리며 달려갔다. 그러다가 어미 도요새가 나를 보면 새끼 주변에서 멀찍이 떨어진 채 내 주변을 빙빙 돌며 조금씩 가까이 다가왔다. 그렇게 1미터 남짓 가까이 다가와서는 다리를 다친 것처럼 절뚝거리면서 내 시선을 끌었고, 그사이 새끼들이 도망칠 수 있도록 했다. 새끼들은 어미가 신호를 보내면 삑삑 소리를 내면서 조그만 몸을 움직여 일렬로 도망쳤다. 가끔은 어미의 모습은 보이지 않고 새끼들이 삑삑대는 소리만 들릴 때도 있었다. 도요새뿐만 아니라 멧비둘기를 만날 때도 있었다. 녀석은 샘 근처 나뭇가지에 앉아 있거나, 내 머리 위에서 퍼덕거리며 날아다니기도 했다. 붉은다람쥐는 바로 옆 나뭇가지를 타고 주르륵 내려와서 처음 보는 사람에게 호기심을 보이기도 했다. 누구라도 숲으로 가서 동물들이 모일 만한 곳에 오랫동안 가만히 앉아 있으면, 숲에 사는 식구들을 차례대로 만날 수 있을 것이다.

언젠가는 그보다 평화롭지 못한 사건을 목격한 적도 있었다. 장작더미, 아니, 정확히는 그루터기를 쌓아놓은 곳에서 커다란 개미 두 마리가 죽을 각오로 싸우는 모습을 목격했다. 하나는 붉은색을 띠고 다른 하나는 시커먼 색을 띠는 데다 1센티미터는 족히 넘는 크기였다. 두 녀석은 서로 뒤엉킨 채로 좀처럼 떨어질 줄을 몰랐고, 나무토막 위에서 서로 밀치고 당기며 죽기 살기로 뒹굴었다. 나는 주위를 둘러보다가 그런 식으로 싸우는 전투원들이 새까맣게 뒤덮인 광경을 보고 소스라치게 놀랐다. 그러니까 그 장면은 두 개미의 결투가 아닌, 서로 다른 두 개미 종족들의 전쟁이었다. 대부분 붉은 개미와 검은 개미의 결투였지만 때로는 붉은 개미 두 마리가 검은 개미에게 달라붙은 경우도 많았다. 그 호전적인 개미 군단은 내 장작더미는 물론이고 언덕과 골짜기까지 새까맣게 뒤덮은 채로 치열하게 싸웠고, 발밑으로 양쪽 개미 군단의 사상자가 셀 수 없이 가득 뒹굴었다. 그 개미 군단들의 전쟁은 지금까지 내가 목격했던 유일한 전투였고, 직접 발을 내디딘 유일한 전장이었다. 붉은 공화주의자 개미들과 검정 제국주의자 개미들이 치열하게 격돌하는 대살육의 전쟁터 말이다. 두 종족은 목숨을 걸고 치열하게 싸웠지만 내 귀에는 어떠한 소리도 들리지 않았다. 전쟁터에 나간 인간 병사들도 그렇게 목숨을 걸고 싸운 적은 없을 것이다. 나는 나무토막 사이로 환하게 햇살이 비추는 계곡에서 서로 얽혀 싸우는 개미들을 가만히 지켜보았다. 때는 정오였지만 이런 기세라면 해가 질 때까지, 아니 상대의 숨이 끊어질 때까지 멈추지 않을 것이었다. 상대적으로 몸집이 작은 붉은 개미 전사는 상대의 가슴팍에 거머리처럼 달라붙어서, 서로 뒹굴면서도 적의 더듬이를 뿌리부터 죽어라 물어뜯고 있었다. 결국 상대 개미의 더듬이 하나가 나무토막 아래로 힘없이 떨어져 나갔다. 몸집이 크고 힘이 더 센 검은 개미는 붉은 개미를 떼어내려고 몸을 사방으로 흔들었고, 가까이 가서 살펴보니 붉은 개미의 다리도 이미 몇 개나 떨어져 나간 후였다. 두 개미 종족은 사냥개보다 끈질기게 혈투를 이어갔고, 어느 쪽도 물러설 기미를 보이지 않았다. 두 개미 군단의 구호는 '목숨을 걸고 싸워라'인 모양이었다. 그러는 사이, 다른 붉은 개미 한 마리가 비탈진 계곡을 따라 내려오고 있었다. 아직 전투에 참전하지 않았거나 방금 적군을 물리친 듯, 아주 기세등등한 걸음이었다. 다리가 멀쩡한 것으로 보아, 전자인 것이 분명해 보였다. 어머니로부터, 방패를 얻어서 돌아오든 방패에 실려 올 각오로 싸우라는 훈계를 들은 모양이었다. 아니면 멀찌감치 떨어져 속으로 분을 삭이고 있다가 친구 파트로클로스를 구하기 위해서 한걸음에 달려온 아킬레우스 같은 개미였을지도 모르겠다. 그는 몸집이 두 배 가까이 차이가 나는 불공평한 대결을 멀찍이서 지켜보다가, 재빨리 달려와 결투가 벌어지는 현장에서 1센티미터 정도 떨어진 곳에 멈추어 서더니 조용히 싸울 태세를 갖추었다. 그리고 기회를 엿보다가 기습적으로 검은 개미에게 달려들어서 오른쪽 앞다리의 뿌리 부분을 맹공격하기 시작했다. 그러자 검은 개미도 녀석의 다리를 붙잡고 늘어졌다. 마침내 세 마리의 개미는 세상의 모든 자물쇠와 시멘트를 능가하는 접착제라도 바른 것처럼 하나로 뭉쳐 싸움을 벌였다. 만약 그 시점에서 양쪽 군대를 응원하는 군악대가 등장했다고 해도 크게 놀라지 않았을 것이다. 나무토막 위에서 서서히 기운이 빠지는 개미 병사를 위해 위로와 응원의 연주를 했대도 말이다. 솔직히 나는 결투를 벌이는 개미들이 사람이라도 되는 것처럼 한껏 흥분한 상태였다. 사실 개미와 인간 사이에는 별 차이가 없었다. 미국의 역사라면 모를까, 콩코드의 역사만 놓고 본다면 전투에 참여한 병사들의 수나 전장에서 보여준 애국심과 용기 측면에서 지금 눈앞에서 보여주는 개미 전사들에게 비할 만한 전투는 전무했기 때문이다. 전투에 참여한 개미 군단의 수와 다치고 사망한 개미들의 사체만 보자면 아우스터리츠전투[1]나 드레스덴전투[2]에 필적하고도 남을 정도였다. 콩코드전투![3] 민병대에서 두 명의 사망자가 나오고 루서 블랜처드가 부상한 그 전투! 하지만 개미들의 전투가 벌어지는 현장에서는 모든 개미가 콩코드전투의 민병대 소령 버트릭[4]처럼 용감무쌍했다.

"공격! 녀석들을 쏴라!"

수천 마리의 개미 떼가 콩코드전투에서 사망한 데이비스와 호스머[5]의 운명을 따랐다. 이곳 현장에는 한 마리의 용병도 없었다. 그 개미 군단들은 우리의 선조들처럼 차(茶)에 부과된 세금을 피하기 위해서가 아니라 대의를 위해 싸우고 있다는 생각이 들었다. 그리고 이번 전투의 결과는 독립전쟁 당시 벌어졌던 벙커힐전투[6]만큼이나 그 개미들에게 오랫동안 잊히지 않을 중차대한 사건이었을 것이다.

---

1 1805년 12월 2일 나폴레옹 1세가 오스트리아와 러시아의 동맹군을 격파한 싸움

2 1813년 독일의 드레스덴에서 나폴레옹이 대프랑스 동맹군을 격파한 전투. 나폴레옹이 독일에서 마지막으로 승리를 거둔 싸움이다. 나폴레옹은 곧이어 벌어진 라이프치히전투에서 동맹군에게 패배하면서 몰락하였다.

3 렉싱턴-콩코드전투. 1775년 미국 독립혁명 때 영국 본국군과 아메리칸 민병대가 싸웠던 최초의 전투로 미국 독립혁명이 도화선이 되었다.

4 존 버트릭. 콩코드전투에서 식민지군을 지휘한 소령

5 헨리 가족의 친구

6 1775년 6월 매사추세츠 주 찰스타운의 벙커힐에서 일어난 미국과 영국의 교전. 렉싱턴-콩코드전투의 승리 뒤 2개월 만에 일어난 전투로, 미국 독립전쟁에 중요한 역할을 하였다.

나는 앞서 묘사했던 개미 세 마리의 전투가 벌어지는 나무토막을 그대로 집으로 가지고 와서 창틀에 올리고 유리잔을 가만히 덮어두었다. 전투의 결과가 무척이나 궁금했기 때문이다. 첫 번째 언급했던 붉은 개미를 현미경으로 살펴보았다. 녀석은 상대의 남은 더듬이마저 끊어내고 이제는 앞다리를 물어뜯고 있었다. 하지만 붉은 개미의 가슴팍이 완전히 찢어져서 검은 개미의 턱 부근에 중요한 내장 부위가 무방비 상태로 드러나 있었다. 반면 검은 개미의 가슴팍은 워낙 두꺼워서 도저히 뜯기지 않았는지 공격을 받고도 멀쩡했다. 붉은 개미의 적갈색 눈동자는 전쟁터에서만 볼 수 있는 잔인함으로 섬뜩하게 빛나고 있었다. 그렇게 세 마리의 개미들은 유리잔 안에 갇힌 채로 반 시간은 족히 더 싸움을 벌였다. 한참이 지나서 다시 살펴보았을 때는, 검은 개미가 두 마리의 붉은 개미 머리를 몸통에서 완전히 끊어버린 후였다. 하지만 몸통에서 끊어져 나온 후에도 붉은 개미 두 마리의 머리통은 여전히 검은 개미의 옆구리에 대롱대롱 매달려 있어, 무시무시한 전리품처럼 보일 정도였다. 검은 개미는 더듬이를 모두 잃은 상태였고, 하나 남은 다리마저 덜렁대는 상태였다. 눈으로 확인할 수 없는 상처들이 가득할 텐데도, 여전히 옆구리에 붙은 적군의 머리를 떼어내기 위해서 온몸을 죽어라 버둥대고 있었다. 마침내 반 시간이 더 흐르고 나서 다시 유리잔 안을 들여다보자 이미 검은 개미는 자신의 목적을 이룬 상태였다. 가만히 유리잔을 들자 검은 개미는 온몸이 만신창이가 되어 비틀거리며 창틀을 넘어서 그대로 사라져버렸다. 치열한 전투에서 살아남은 검은 개미가 앞으로 남은 생을 부상 병사들을 위해 마련된 요양 시설에서 보내고 있을지는 모르겠지만, 그 악바리 같은 근성은 이제 별 소용이 없을 거라는 생각이 들었다. 결국 어느 군단이 승리했는지, 대체 전쟁이 벌어진 이유가 무엇인지는 끝내 알아낼 수 없었다. 하지만 인간 사회에서나 볼 법한 치열하고 흉포한 대살육의 현장을 내 집 앞에서 목격한 후, 그날 온종일 가슴이 두근거리고 마음이 편치 않았다.

커비와 스펜스의 주장에 따르면, 개미들의 전투는 오래전부터 목격되어왔고 그 역사까지도 널리 알려졌지만, 실제로 개미들의 전투를 목격한 현대 학자는 후버뿐이라고 한다. '210대 교황 비오 2세, 즉 아이네아스 실비우스는 배나무 줄기에서 큰 개미 떼와 작은 개미 떼가 벌인 치열한 전투 현장을 자세히 기록했고' 게다가 '그 개미들의 전투는 20대 교황 에우제니오 4세 시대 저명한 법률가였던 니컬러스 피스토리엔시스의 눈앞에서 벌어졌으며, 그는 모든 과정을 상세히 기록해두었다'고 덧붙였다. 그 외에도 큰 개미와 작은 개미가 벌였던 비슷한 양상의 전투 현장을 스웨덴의 가톨릭 성직자였던 올라우스 마그누스의 기록을 통해서도 살펴볼 수 있다. 그에 따르면 작은 개미들은 전우들의 시신을 땅속에 파묻었지만 큰 개미들은 전우들의 시신이 새들의 먹이가 되도록 그냥 내버려두었다고 한다. 그 개미들의 전쟁은 폭군 크리스티안 2세가 스웨덴에서 추방당하기 직전에 벌어졌다. 내가 개미들의 전투를 목격한 것은 포크 대통령이 미국을 통치하던 시기, 즉 도망노예법이 통과되기 5년 전쯤이었다.

식료품을 저장해두는 지하 창고에서 거북을 쫓아다니기 바쁜 마을의 개들은 주인 몰래 어슬렁어슬렁 걸어 다니다가, 오래된 여우굴과 우드척이 숨어 있는 구멍을 찾으러 냄새를 맡았으나, 별다른 성과를 올리지 못했다. 녀석들을 몰고 다니던 깡마른 잡종 개는 민첩하게 숲을 누비고 다니면서 숲에 사는 동물들의 두려움을 불러일으켰다. 안내자를 놓친 마을의 개들은 나무 위에서 그들의 동태를 살피는 다람쥐를 보며 컹컹 짖어댔고, 길을 잃은 쥐를 뒤쫓는 중이었다고 착각한 건지 뒤뚱거리면서 나무 덤불을 밟으며 느릿느릿 달렸다. 언젠가는 돌무더기가 가득한 호숫가에서 고양이가 걸어 다니는 것을 보고 깜짝 놀란 적도 있었다. 인가에서 멀리 떨어진 곳을 배회하는 고양이는 처음 봤기 때문이다. 내가 놀란 만큼 고양이도 놀란 눈치였다. 하지만 사람 손에 길들어서 종일 바닥에 배를 깔고 엎드려 있는 고양이일지라도 일단 숲에 들어오면 제집에 온 듯 편해 보였고, 교활하면서도 은밀한 움직임 때문인지 본래 숲에 사는 토박이 짐승들보다 자연스러워 보였다. 한번은 숲에서 열매를 따다가 새끼들까지 거느리고 다니는 고양이를 본 적이 있었다. 그 고양이는 야생 본능이 그대로 살아 있어서인지, 어미는 물론 새끼들까지 등 뒤의 털을 빳빳이 세우고 나를 보며 으르렁거렸다. 월든 숲에 들어오기 몇 년 전만 해도 호수에서 가장 인접한 링컨 마을에 길리언 베이커라는 농부의 농가에 '날개 달린 고양이'로 불리는 녀석이 살고 있었다. 1842년 6월, 나는 그 고양이를 만나기 위해 베이커 씨의 농가로 찾아갔지만 녀석은 평소처럼 숲으로 사냥감을 구하러 나가고 없었다. 녀석이 암컷이었는지 수컷이었는지는 정확히 알 수 없다. 하지만 베이커 부인의 말로는 그로부터 1년 전인 지난해 4월에 고양이가 농가 부근에 어슬렁거리기 시작했고 결국 베이커 가족의 식구가 되었다고 했다. 짙은 회갈색 털에 목덜미에는 하얀 반점이 하나 있고, 발은 새하얗고 꼬리는 여우처럼 풍성했다. 겨울이면 털이 수북하게 자라서 옆구리를 완전히 덮을 정도로 길고, 길이 30센티미터 정도에 폭이 5센티미터 정도 되는 긴 띠가 만들어졌다. 턱 아래로 위쪽은 털이 군데군데 났지만 아래쪽 털은 펠트처럼 촘촘하게 자랐다. 하지만 봄이 되면 겨우내 길었던 털이 모두 빠져버렸다. 베이커 부부는 고양이의 빠진 '날개' 한 쌍을 내게 주었고, 지금도 보관하고 있다. 하지만 피막(皮膜) 같은 건 없었다. 그 고양이가 날다람쥐나 다른 야생 동물의 잡종일 거라고 생각하는 사람들도 있는데, 전혀 가능성이 없는 이야기는 아니었다. 동물학자들에 따르면 담비와 집고양이의 교배를 통해서 온갖 잡종이 생겨났다고 한다. 만약 내가 고양이를 키워야 한다면, 그 녀석이 가장 적합하지 않았을까 싶다. 시인이 키우는 고양이라면, 시인의 말이 그러하듯 날개가 달리지 말아야 할 법이 없지 않은가?

가을이 되자 되강오리들이 늘 그렇듯 호수 물에 몸을 적시고 털갈이를 하기 위해서 월든 호숫가에 찾아왔다. 내가 아침잠을 깨기도 전에 오리 떼의 요란한 웃음소리가 호숫가를 가득 메웠다. 되강오리가 나타났다는 소문이 퍼질라치면, 사냥꾼들은 곧바로 행동을 개시한다. 그리고 엽총과 원뿔 모양의 탄환, 소형 쌍안경을 챙겨서 두 사람 혹은 세 사람씩 짝을 지어서 이륜마차를 타고 혹은 도보로 호수를 찾는다. 되강오리 한 마리당 사냥꾼 열 명쯤은 찾아오는 것 같다. 되강오리는 동에 번쩍 서에 번쩍하지 않기 때문에 호수의 이쪽과 반대편에 서로 배수진을 치고 기다린다. 하지만 10월이 되어 선선한 가을바람이 불기 시작하면, 나뭇잎이 연신 바스락 소리를 내고 호숫물 위로 잔물결이 일게 마련이다. 그 때문에 되강오리의 모습은 좀처럼 보이지도 그 소리가 들리지도 않는다. 그런데도 사냥꾼들은 쌍안경으로 호수 곳곳을 훑으면서 간간이 요란한 총성을 울려 숲을 완전히 뒤흔들기도 한다. 혹시라도 물결이 거세게 일어 물새들의 편에 서면, 몰려왔던 사냥꾼들은 마을과 가게 그리고 아직 끝내지 못한 일감이 있는 곳으로 돌아가는 수밖에 없다. 그런데도 사냥꾼들이 승전보를 울릴 때가 더 많았다. 아침이면 나는 물을 길러 양동이를 들고 호수로 나설 때마다 자신감으로 가득 찬 되강오리 하나가 집 근처 구석진 만을 따라 헤엄치는 모습을 볼 수 있었다. 어떤 반응을 보일지 궁금하여 배를 타고 쫓아갈라치면, 되강오리는 물속으로 쏙 들어가서 완전히 자취를 감추어버린다. 그런 날에는 오후 늦게까지 호숫가에서 오리의 모습을 보기 어렵다. 하지만 수면에 있을 때는 되강오리보다 내가 훨씬 유리했다. 그래서일까, 되강오리는 비가 오는 날에는 호수에 절대로 모습을 드러내지 않았다.

10월의 어느 고요한 오후, 나는 북쪽 호숫가를 따라서 유유히 노를 젓고 있었다. 그런 날에는 특히나 되강오리들이 박주가리의 뽀얀 솜털처럼 호수 곳곳에 떠 있게 마련이었다. 하지만 그날은 아무리 둘러보아도 호숫가에 오리의 모습이 보이지 않았다. 그러다가 갑자기 호숫가에서 물속으로 헤엄쳐 온 되강오리 한 마리가 모습을 드러냈다.

그리고 10미터가량 되는 지점에 둥둥 떠서 특유의 요란한 웃음을 터뜨리는 것이었다. 나는 열심히 노를 저었지만 녀석은 다시 물속으로 숨어버렸다. 그리고 다시 오리가 수면으로 올라왔을 때, 우리는 아까보다 훨씬 가까운 거리에 있었다. 되강오리는 다시 호수로 쏙 들어가버렸고, 이번에는 녀석의 경로를 잘못 가늠하는 바람에 다시 오리가 수면 위로 올라왔을 때가 되자 우리 사이의 거리는 200미터 가까이 멀어져버렸다. 되강오리는 한참 동안 요란한 웃음소리를 냈는데 조금 전보다 더 우스꽝스러운 상황이기는 했다. 어찌나 교활하게 머리를 쓰는지 녀석의 30미터 이내로 접근하는 자체가 힘들 지경이었다. 녀석은 물 밖으로 모습을 드러낼 때마다 고개를 좌우로 돌려서 호수와 육지 사이의 거리를 가만히 살핀 다음, 수면이 가장 넓으면서도 배에서 최대한 멀찍이 떨어진 곳으로 나올 수 있도록 거리를 가늠하는 모양이었다. 놀라울 정도로 신속하고도 민첩한 상황 판단이었다. 그렇게 나는 넓은 호수가 펼쳐진 곳까지 끌려갔고, 도무지 되강오리를 끌어낼 방법이 없었다. 나는 녀석이 무슨 생각을 하고 있는지 가늠해보려고 무던히 애썼다. 그러니까 잔잔하게 펼쳐진 월든 호수에서 벌어지는 인간과 되강오리의 한판 대결이었다. 상대편 말이 장기판 아래로 순식간에 사라지고, 그사이 상대편 말이 나타날 자리에서 가장 가까운 곳에 내 말을 가져다 놓는 것이 경기하는 방식이라고 생각하면 된다. 가끔 녀석은 전혀 예상치 못한 반대쪽에서 불쑥 모습을 드러내기도 했다. 분명히 배 아래로 가로지른 것이었다. 되강오리는 물속에서 오랫동안 숨을 참을 수 있는 데다 끈기마저 대단해서 먼 거리를 잠수한 후에도 곧바로 다시 물속으로 자취를 감추었다. 그 때문에 잔잔하게 펼쳐진 수면 아래 어디에서 물고기처럼 유유히 헤엄을 치고 있는지 도저히 알아낼 방법이 없었다. 되강오리는 호수의 제일 밑바닥까지 내려갈 수 있을 정도로 수영을 잘했고, 그만큼 오랫동안 숨을 참을 수 있었기 때문이다. 뉴욕에 있는 호수에서 송어 떼를 잡기 위해서 수심 25미터 아래 낚싯바늘을 걸어두었는데 예상치 않게 되강오리가 잡힌 적이 있었다. 월든의 호수는 뉴욕의 어떤 호수보다 수심이 깊다. 게다가 물고기들은 전혀 다른 세상에서 나타난 그 요란한 방문객이 잽싸게 헤엄을 치는 모습을 보고 얼마나 놀랐을까! 하지만 되강오리는 물 위에는 물론이고 물속에서도 어떠한 진로로 나아가야 할지 정확히 아는 모양이었고, 물속에서 훨씬 더 민첩하게 헤엄칠 수 있었다. 언젠가 되강오리가 수면 근처로 올라올 때 주변으로 잔물결이 이는 모습을 본 적이 있었는데, 녀석은 수면 위로 고개만 쑥 내밀었다가 주위를 둘러보고는 다시 물속으로 쏙 들어가버렸다. 나는 죽어라 노를 저으면서 녀석을 쫓아다니기보다 차라리 가만히 배에 앉아서 녀석이 어디서 나타날지 기다리는 편이 낫다는 것을 깨달았다. 두 눈에 힘을 주고 되강오리가 나타날 만한 방향을 쳐다보고 있다가 갑자기 등 뒤에서 요란하고 기분 나쁜 웃음소리가 들려 화들짝 놀란 것이 한두 번이 아니었기 때문이다. 그렇다면 되강오리는 무슨 이유로 그렇게 약삭빠르게 행동하면서도 수면 위로 올라와서 큰 소리로 웃으면서 자신을 드러내는 것일까? 그 새하얀 가슴팍만으로도 자기 정체를 더 여실히 드러내고 있는 것이 아닌가? 정말 어리석은 녀석이 아닐 수 없다. 되강오리가 수면 위로 올라올 때마다 첨벙대는 물살 소리가 들렸고, 그것만으로도 녀석의 현재 위치를 가늠할 수 있었다. 하지만 한 시간 가까이 그렇게 분주하게 움직이고도 되강오리는 기운이 넘쳐 보였고, 언제든 물속으로 쏙하고 들어가서 전보다 더 멀리까지 헤엄을 치곤 했다. 그렇게 유유히 수면에 올라오고 나서도 가슴을 쫙 펼친 채로 발만 열심히 움직이면서 유유히 헤엄치는 모습을 보고 있노라면 놀라지 않을 수 없었다. 되강오리의 웃음소리는 악마가 연상될 정도로 사악하게 들렸지만, 어느 면에서는 물새의 웃음소리와 비슷한 부분이 있었다. 그러다가 내가 전혀 예상치 못한 곳에서 불쑥 나타날 때면, 아까보다 더욱 섬뜩할 정도로 길고 사악한 웃음소리를 냈다. 그건 새가 아니라 늑대의 웃음소리를 연상시켰다. 마치 거대한 야생 동물이 바닥에 주둥이를 박고 울부짖는 것 같다고 할까. 그 정도로 괴상망측한 소리였다. 지금까지 월든 호숫가에서 들었던 소리 중에서도 가장 야성적이고 숲을 구석구석까지 뒤흔드는 요란한 소리이기도 했다. 나는 되강오리가 자신의 능력을 자신하고 나의 노력을 비웃는다는 결론을 내렸다. 그쯤 되자 하늘 위로 구름이 끼어 잔뜩 흐려졌지만, 월든의 호수는 어느 때보다 잔잔해서 되강오리가 철떡대는 소리를 듣지 않고도 녀석이 어디쯤 헤엄치고 있는지 가늠해볼 수 있었다. 녀석의 새하얀 가슴과 잔잔한 날씨, 고요한 수면이 모두 되강오리에게 불리한 상황이었다. 마침내 되강오리는 250미터 정도 떨어진 수면 위로 올라오면서 아주 길게 울부짖는 소리를 냈다. 마치 하늘에 있는 신에게 도움을 요청하는 것 같았다. 그와 동시에 동쪽에서 세찬 바람이 몰아치며 수면 위로 잔물결이 일었고, 뿌연 안개비가 대기를 가득 채우기 시작했다. 그 모습을 보자, 되강오리의 기도가 마침내 이루어졌고, 그를 지키는 수호신이 나에게 화를 내고 있다는 생각이 들 정도였다. 그래서 나는 출렁이는 수면 너머로 사라지는 되강오리의 모습을 가만히 쳐다보기만 했다.

　가을이 되면, 되강오리들이 사냥꾼의 시야에서 멀찍이 떨어진 채로 호수의 한가운데를 이리저리 움직이며 헤엄치는 모습을 몇 시간씩 지켜보곤 했다. 루이지애나 호수의 늪지나 어귀에서는 별 쓸모가 없을 방법이었다. 공중으로 날아올라야 할 때가 되면, 오리들은 까만 점처럼 호수 위를 빙글빙글 돌면서 꽤 높은 곳까지 날아올랐다. 그 정도 높이에 있으면 다른 호수와 강의 상황을 한눈에 볼 수 있을 것이다. 이제 오리 떼가 떠났을 거라 생각하고 있자면, 녀석들은 400미터가량 떨어진 거리에서 비스듬히 하강하여 한적한 곳으로 다시 내려앉았다. 그럼에도 나는 월든 호수 한가운데서 유유히 헤엄칠 수 있는 것 말고 되강오리에게 무슨 다른 이점이 있는지 알 수가 없었다. 어쩌면 나와 비슷한 이유로 월든의 호수를 사랑하는 건지도 모르겠다.

13

난방
(House-warming)

10월이 되면 단순히 배를 채우기 위해서가 아니라 그 아름다운 외향과 향기 때문에 더욱 소중히 느껴지는 포도송이를 따기 위해서 호숫가 풀밭으로 갔다. 넌출월귤도 잔뜩 매달려 있었지만, 그저 감탄에 어린 눈빛으로 쳐다만 보고 따지는 않았다. 농부들이 진주처럼 둥글고 붉은 넌출월귤을 갈퀴로 긁어내면, 그 자리는 엉망진창이 된다. 그들은 전리품을 무게나 가격으로 계산하여 보스턴과 뉴욕으로 팔아넘긴다. 이후 잼으로 만들어진 넌출월귤은 대도시에 있는 자연 애호가들의 미각을 만족시키는 역할을 한다. 푸주한들도 넓은 초원을 뛰노는 들소의 혀를 이런 식으로 긁어모으는데, 그 과정에서 풀밭이 엉망이 되고 시들어가는 것에 대해서는 전혀 개의치 않는다. 화려한 매자나무의 열매도 오직 눈을 즐겁게 해주는 먹을거리 중 하나였다. 하지만 땅 주인과 여행객이 미처 보지 못하고 지나친 야생 사과의 경우는 은근한 불에 끓여서 먹기 위해 얼마쯤 따서 따로 저장해두었다. 긴 겨울에 대비해서 밤도 13킬로그램 정도 저장해두었다. 가을이면 링컨 마을 부근의 끝없이 펼쳐진 밤나무 숲을 돌아다니는 게 여간 재미있는 일이 아니었다. 그 밤나무 숲은 이제 철로의 침목이 되어 고요히 잠들어 있다. 도저히 서리가 내릴 때까지 기다릴 수가 없어서, 어깨에 걸망을 메고 한 손에는 밤송이를 까기 위한 막대기를 들고 바스락거리는 가랑잎 소리와 붉은다람쥐, 그리고 어치의 요란한 소리를 들으면서 숲을 돌아다니곤 했다. 때로는 다람쥐와 어치가 먹다 남은 밤을 몰래 훔칠 때도 있었다. 녀석들이 고른 밤송이에는 씨알이 굵은 밤이 들어 있었기 때문이다. 어떤 때는 나무 위로 올라가서 가지를 흔들어 밤을 떨어뜨릴 때도 있었다. 내가 사는 집 바로 뒤에도 밤나무들이 자라고 있었는데, 그중 한 그루는 집을 완전히 뒤덮을 정도로 커서 밤꽃이 필 무렵이면 주변이 진한 밤꽃 향기로 휘감긴 거대한 꽃다발이 될 정도였다. 물론 열매는 다람쥐와 어치들 차지였다. 어치는 아침 일찍부터 무리를 지어 찾아와서 밤송이가 바닥에 떨어지기도 전에 쪼아 먹느라 바빴다. 나는 집 뒤의 밤나무는 어치들에게 양보하고 더 멀리 있는 밤나무를 찾아 나섰다. 밤은 빵을 대신할 훌륭한 양식이었다. 물론 밤 외에도 다양한 대용 식품을 찾을 수 있었다. 어느 날에는 낚시할 때 미끼로 쓸 지렁이를 찾기 위해서 땅을 파다가 아피오스 투베로사, 즉 감자콩 넝쿨을 발견한 적도 있었다. 감자콩은 원주민들의 것이자 전설적인 열매로, 앞서 언급했던 것처럼 어린 시절에 한 번 맛본 적 있었다. 워낙 오래전 일이라 그게 꿈이 아니었나 싶은 생각이 들

무렵, 다시 감자콩을 찾게 된 것이다. 예전에도 구불거리는 붉은 벨벳처럼 부드러운 꽃이 다른 식물의 줄기에 매달려 자라는 것을 본 적이 있지만, 그때만 해도 감자콩이라고는 생각조차 하지 못했다. 농지가 본격적으로 개간되면서 감자콩은 거의 멸종해버리고 말았다. 감자콩은 서리를 맞은 감자처럼 달달한 맛이 나는데, 나는 삶는 것보다 구워 먹는 것을 더 좋아한다. 이 덩이줄기 식물은 위대한 자연의 여신이 미래에 태어날 자손들을 소박하게 먹여 키우겠다는 약속인 것처럼 느껴졌다. 한때는 이 소박한 식물이 인디언 부족의 토템, 즉 인디언들이 숭배하는 작물이었으나 이제는 토실토실 살진 소들과 밀들이 넘실대는 시대인지라 그저 꽃을 피우는 덩굴 정도로 혹은 완전히 잊힌 먹을거리일 뿐이었다. 하지만 자연이 다시 이곳을 지배하게 된다면 유약하고 호사스러운 영국의 작물들은 다시 자취를 감추게 될 테고, 옥수수 역시도 인간이 제대로 지키지 않는다면 까마귀 떼에 의해 마지막 남은 한 알까지 빼앗겨 마침내 인디언의 신이 지배하는 남서쪽의 광활한 옥수수밭으로 옮겨가고 말 것이다. 본래 까마귀가 남서쪽에서 옥수수를 물고 이곳으로 가지고 왔다고 하니까 말이다. 하지만 지금은 거의 멸종 상태에 이른 감자콩은 서리를 맞거나 거친 야생의 환경 속에서도 꿋꿋이 되살아나서 다시 번성할 테고, 마침내 자신이 이곳의 토착 식물임을 입증하고 사냥으로 생존하던 부족의 소중한 식량으로서의 오래전 권위와 중요한 위치를 되찾을 것이다. 감자콩은 농업의 여신 케레스와 지혜의 여신 미네르바가 만들어서 인디언들에게 넘겨준 것이 분명하다. 이곳에서 시의 지배가 시작된다면, 감자콩의 잎과 덩굴은 인간의 예술 작품으로 다시 재현될 것이다.

9월 1일이 되자 호수 건너편에 있는 조그만 단풍나무 두세 그루가 벌써 붉게 물들기 시작했고, 그 아래로는 사시나무 세 그루의 하얀 줄기가 호숫가까지 가지를 뻗었다. 아, 나무들의 새로운 색에는 얼마나 많은 이야기가 담겨 있는가! 그리고 한 주가 지날 때마다 나무들은 저마다의 특성을 드러내면서, 거울처럼 매끈한 수면 위에 비친 자신의 모습을 한껏 뽐내기 시작했다. 화랑의 관리인은 벽에 걸린 낡은 그림을 떼어내고 한층 화려하고 눈부시고 색감이 다양한 그림들을 내걸었다.

10월이 되자 수천 마리의 말벌이 떼를 지어서 내 집에서 월동 준비를 하려는 듯 한꺼번에 몰려왔다. 곧바로 창문 안쪽과 벽 위쪽에 자리를 잡더니 가끔 방문객이 들어오는 것을 방해하기도 했다. 아침마다 말벌들이 추위에 온몸이 마비되어 옴짝달싹 못 하는 날에는 최대한 빗자루로 쓸어내기도 했다. 하지만 굳이 말벌 떼를 쫓아내려고 애를 쓰지는 않았다. 오히려 내 집을 월동을 위한 피신처로 삼아준 것이 감사했다. 게다가 내 집에 함께 살면서도 나를 괴롭힌 적도 없었다. 그렇게 겨울이 오자 말벌들은 혹독한 추위를 피해서 조그만 틈새로 사라져버렸다.

나 역시 말벌 떼처럼 11월에 월동 준비를 위해 떠나기 전에 월든 호수의 북동쪽을 자주 방문했다. 리기다소나무가 숲을 이루고 물가에 돌멩이들이 쌓여 있고 호수 위로 반사된 햇살 때문인지 난롯가처럼 따뜻했다. 일부러 불을 피우기보다는 따뜻한 햇살로 몸을 덥히는 편이 훨씬 더 몸에도 좋고 건강에도 좋을 것 같았다. 무더운 여름은 사냥꾼처럼 따뜻한 기운을 뿜어내는 깜부기불을 남겼고, 나는 여름이 남기고 간 깜부기불로 몸을 따스하게 덥혔다.

집에 굴뚝을 세울 때가 되자, 나는 석공 기술 연구를 시작했다. 중고로 구한 벽돌을 사용했기 때문에 흙손으로 말끔히 정리해야 할 필요가 있었고, 그 덕분에 벽돌과 흙손의 속성에 대해서 남들보다 훨씬 더 잘 알게 되었다. 벽돌에 붙은 모르타르는 50년이나 된 것으로 시간이 갈수록 점점 더 단단해진다고 한다. 하지만 이런 속설은 사실 여부와는 무관하게 남들이 하는 말을 쉽게 믿고 따라 하는 이들의 헛된 이야기에 불과하다. 게다가 이런 헛된 말들은 세월이 지나면서 더욱 단단하게 굳어지기에 이 말들을 떼어내기 위해서는 흙손으로 한참 긁어내야 할 것이다. 메소포타미아의 수많은 마을은 대부분 바빌론의 폐허에서 걷어낸 양질의 중고 벽돌로 지은 것이다. 그 벽돌에 붙은 모르타르는 더욱 오래된 것이니 아마도 더 단단했을 것이다. 설사 그것이 사실이라고 해도 나는 엄청난 타격을 받고도 전혀 닳지 않고 단단하게 버텨낸 강철 특유의 강인함에서 더욱 큰 감명을 받을 수 있었다. 물론 내가 사용한 벽돌에 네부카드네자르 2세[1]의 이름이 적혀 있지는 않았지만 예전에 굴뚝 벽돌로 사용했던 것이라서 벽난로에 쓸

---

1 신바빌로니아의 제2대 왕. 시리아를 빼앗아, 예루살렘을 함락하고 유대 왕국을 정복하였다. 바벨탑을 재건하는 등 왕국의 전성기를 이루었다.

벽돌을 최대한 많이 골라내어 수고와 낭비를 줄이려고 애썼다. 벽난로 주위를 덮은 벽돌 사이의 틈새는 호숫가에서 가지고 온 하얀 모래로 모르타르를 만들어 메웠다. 나는 벽난로가 집에서 가장 중요하다고 생각했기 때문에 난로를 짓는 데 가장 많은 시간을 투자했다. 어찌나 신중하게 작업을 했는지 아침 일찍부터 바닥에서 벽돌을 쌓았는데, 밤이 되어서도 높이가 10센티미터조차 되지 않아서 벽돌을 베게 삼아 자도 될 정도였다. 하지만 그것 때문에 목이 뻣뻣하게 굳은 건 아니었다. 사실 목이 뻐근해진 건 그보다도 훨씬 전의 일이었다. 당시 한 시인이 집에 찾아온 바람에 보름 가까이 숙식을 제공했는데 집이 워낙 좁아서 내가 벽돌을 베고 잘 수밖에 없었다. 집에도 칼이 두 자루나 있었지만 시인도 자기 칼을 가지고 와서 칼을 흙에 쑤셔 넣었다가 빼면서 칼날을 갈기도 했다. 게다가 시인은 요리를 거들기도 했다. 나는 굴뚝이 반듯하고 단단하게 올라가는 모습을 보며 내심 만족스러웠다. 차근차근 벽돌을 쌓은 만큼 오랫동안 견딜 수 있을 거라고 생각했다. 굴뚝은 바닥에서부터 하늘까지 높이 솟아오르는 독립적인 건축 구조물이라 집이 화재에 불타버린 후에도 굴뚝은 그대로 서 있는 경우가 많다. 그러니 굴뚝이 얼마나 중요하고 독립적인지는 더 이상 설명하지 않아도 알 것이다. 그때가 여름이 끝날 무렵이었는데, 어느새 11월에 접어들었다.

북풍이 불면서 호수 물이 차가워지기 시작했다. 하지만 호수가 완전히 차가워지려면 몇 주일은 지나야 했다. 그만큼 월든 호수의 수심은 깊었다. 집에 회반죽을 바르기 전인 어느 저녁에 처음으로 불을 지피기 시작했는데, 판자들 사이로 틈새가 많아서 굴뚝으로 연기가 잘 빠져나갔다. 그 덕분에 통풍도 잘되고 서늘한 집에서 며칠간 편하게 지낼 수 있었다. 주변으로는 옹이 가득한 갈색 판자가 둘려 있었고, 머리 위로는 껍질을 벗기지 않은 서까래가 높이 올라가 있었지만 회반죽을 바르고 나니 전보다 훨씬 안락해지기는 했어도 내 눈에는 그리 만족스럽지 못했다. 사람이 사는 집이라면 천장이 높아야 하고 그래야 저녁에 서까래 아래로 그림자가 어른거리지 않을까? 고가의 가구들이나 프레스코 벽화보다 이런 그림자들이 오히려 공상이나 상상력을 자극하는 데 도움 된다. 그저 비바람을 피하는 것에서 그치지 않고 추위를 피하는 곳으로 사용하면서 비로소 내가 이 집에 살기 시작했다고 말할 수 있을 것이다. 나는 한 쌍의 낡은 장작 받침대를 구하여 벽난로 바닥에서 장작을 살짝 띄워놓았다. 직접 만든 굴뚝 안에 시커멓게 그을음이 생기는 것을 보면서도 기분이 좋았다. 그 덕분에 만족스러운 기분으로 마음껏 불꽃을 쑤실 수 있었다. 집이 작은 편이라서 길게 울리는 메아리를 즐기기는 힘들었지만, 방이 달랑 하나뿐이고 이웃과 멀리 떨어져 있어서 실제 크기보다 커 보였다. 이곳은 집이 가질 수 있는 다양한 매력이 방 하나에 응집되어 있었다. 그 방은 부엌이자 침실이고 거실이자 응접실이었다. 그 때문에 부모와 자식, 주인과 노예가 누릴 수 있는 모든 만족감을 한 번에 만끽했다. 카토는 "한 집의 가장이라면 시골 별장에 기름과 포도주를 저장하는 지하 창고와 이를 보관할 많은 통을 가지고 있어야 한다. 그래야 힘든 시기가 닥쳐도 수월히 견딜 수 있으며, 가장으로서의 이득을 얻고 공덕과 영광을 쌓는 데 도움 된다"고 말한 바 있다. 나는 지하 창고에 감자가 든 나무통 하나와 바구미 벌레가 기어 다니는 완두콩 그리고 선반에 는 약간의 쌀과 당밀 한 단지, 그리고 호밀가루와 옥수수가루를 한 봉 지씩 보관해두고 있었다.

때로는 황금시대에 세워진, 더 크고 더 많은 사람이 북적이는 집을 꿈꾸어보기도 한다. 단단한 재료로 지어, 요란하고 싼 장식물이 없는 그런 곳 말이다. 비록 방은 하나뿐이라도 넓고 튼튼하고 원시적인 느낌이 담긴 집을 그려본다. 천장도 없고 벽에 회반죽을 칠하지 않고, 서까래가 머리 위로 하늘을 떠받치며 눈과 비를 막아주는 그런 집이 있다면 어떨까? 문지방을 넘어서자마자 옛 왕조의 사투르누스에게 엎드려 절을 하고, 왕대공과 쌍대공에게 절로 고개가 숙여지는 그런 집. 커다란 동굴 같은 집이라 지붕을 보기 위해서는 횃불을 높이 들어 올려야 한다. 이런 집에서 누군가는 벽난로 안에서 살고 누군가는 창문이 움푹 들어간 곳에서 산다. 팔걸이와 등받이가 있는 의자에 사는 사람도 있고 방 한쪽 구석에서 또 맞은편 구석에서 사는 사람도 있으며, 심지어 머리 위 서까래 위에서 거미들과 함께 사는 사람도 있다. 현관문을 열면 바로 집에 들어올 수 있어서 형식적인 인사가 필요 없고, 피로에 지친 여행객이 더 이상 걷지 않아도 몸을 씻고 식사를 하고 대화를 나누다가 잠들 수 있는 집. 거센 비바람이 몰아치는 밤에 는 누구라도 찾고 싶은 피난처이자, 집이 갖추어야 할 것은 모두 갖추고 있으나 애써 관리해야 할 것은 하나도 없는 집. 집 안의 모든 보물이 한눈에 들어오고 사람이 사용해야 할 물건들은 전부 못에 걸려 있다. 또한 그 방은 부엌과 식료품 창고, 응접실, 침실, 다락방을 겸하는 공간이다. 불룩한 나무통이나 사다리 같은 필수품, 찬장 같은 편리한 가구들도 있고, 보글보글 끓는 냄비 소리와 저녁을 요리하는 불과 빵을 굽는 화덕을 언제든 살필 수 있으며, 살아가는 데 꼭 필요한 가구가 곧 장식품인 그런 집이다. 이런 집에 살면 빨래를 밖에 널지 않아도 되고 밖에서 불을 지필 필요도 없으며 안주인이 밖에 나갈 일도 없다. 요리사가 요리를 하다가 지하실에 내려가야 할 때도 지하로 연결되는 문에서 잠시 비켜달라고 하면 되고, 그래서 바닥을 일부러 굴러보지 않고도 바닥이 단단한지 아니면 아래 지하실이 있는지도 알 수 있다. 게다가 집 내부가 새의 둥지처럼 사방이 트여 있어서, 앞문으로 걸어와 뒷문으로 나가더라도 집 안에 있는 사람 몇 정도는 만나게 되어 있다. 그런 집에 손님이 된다는 것은 언제든 그 집을 마음대로 다닐 수 있는 자유를 얻는 것이고, 집의 8분의 7은 접하지 못한 상태로 교묘히 배척당하다시피 조그만 방에 갇힌 채로 편히 지내라는 유쾌하지 않은 말을 듣지 않아도 된다. 요즘은 손님이 찾아와도 벽난로 근처에 곁을 내주는 주인이 거의 없다. 그 대신 석공을 불러서 집 안의 복도 어디쯤에 손님용 벽난로를 따로 만들어둔다. 이제 손님을 접대한다는 것은 가능하면 손님과 멀리 떨어져 있는 일종의 기술이 되어버렸다. 또한 손님에게 독을 먹여 죽이기라도 할 것처럼 음식에 대한 비밀이 늘어났다. 나는 타인의 소유지에 수없이 많이 들어갔고, 그로 말미암아 합법적인 퇴거 명령을 받을 수도 있었지만 진짜로 많은 사람의 집에 찾아간 건 아니었다. 만약 내가 묘사했던 것과 같은 집에서 왕과 왕비가 살고 있다면, 그리고 마침 내가 그쪽으로 가는 길이라면 낡은 옷을 입고도 그 왕과 왕비를 찾아가고 싶다. 하지만 현대식으로 꾸며진 궁궐에 들어가게 된다면 어떻게든 뒷걸음질을 쳐서라도 밖으로 빠져나오고 싶어서 안달할 것이다.

우리가 응접실에서 나누었던 말은 이제 모든 활력을 잃어 단순한 '잡담'으로 추락해버린 것 같다. 우리는 말이 상징하는 것과는 전혀 다른 삶을 살고 있어서, 그 은유와 비유가 음식운반용 승강기를 통해 어딘가로 멀리 보내진 것 같다. 다시 말해, 응접실이 부엌이나 일터에서 너무 멀리 떨어져 있다는 뜻이다. 저녁 식사조차도 어떤 식사의 비유에 불과하게 되어버렸다. 단지 미개인들만이 자연과 진실에 가까이 있어서 진정한 의미의 비유가 가능할 정도이다. 북서부와 아일랜드 해의 맨 섬에 살고 있는 학자들이 부엌에서 어떤 대화를 나누는 것이 적절한지 어떻게 알겠는가?

하지만 나를 찾아온 손님들 가운데 우리 집에서 꽤 오랫동안 머물며 함께 옥수수 죽을 먹을 정도로 대담했던 이들은 한둘뿐이었다. 대부분은 함께 식사해야 할 시점이 되면, 음식 때문에 집이 붕괴하기라도 하는 것처럼 서둘러 떠나버렸다. 하지만 수없이 많은 옥수수죽을 해치우고도 우리 집은 여전히 멀쩡히 서 있다.

온 세상이 얼어붙을 정도로 날씨가 추워진 후에야 벽에 회반죽을 바르기 시작했다. 이를 위해서 호수 건너편으로 가서 더 하얗고 깨끗하고 고운 모래를 배에 실어서 날랐다. 물론 필요하다면 더 멀리까지도 갈 용의가 있었다. 그때까지만 해도 내 집은 사방으로 판자만 둘린 상태였다. 윗가지를 붙일 때는 망치질 한 번만으로 못을 깊숙이 박을 수 있어서 기분이 좋았다. 이제 회반죽을 흙받기에서 벽으로 재빠르고 매끈하게 옮겨 바르는 것이 가장 큰 목표였다. 그 무렵, 번드르르한 차림으로 마을을 빈둥빈둥 돌아다니면서 일꾼들에게 온갖 간섭을 하던 한 사내의 이야기가 떠올랐다. 하루는 직접 뭔가를 보여주겠다며 소매를 걷고 흙받기를 집어 들었다. 무난하게 흙손에 회반죽을 옮기고 머리 위 윗가지를 향해 대담하게 손을 뻗었는데, 순간 흙손에 담겨 있던 회반죽이 주름 장식이 달린 셔츠의 가슴 쪽으로 쏟아져 내렸다. 나는 회반죽의 경제성과 편의성에 새삼 감탄했다. 회반죽이 냉기를 막아주고 집 안을 멋지게 마무리해주었기 때문이다. 게다가 미장이가 범하기 쉬운 다양한 실수에 대해서도 숙지하게 되었다. 또 벽돌이 습기를 얼마나 잘 흡수하는지도 깨달았다. 회반죽을 채 바르기도 전에 벽돌이 수분을 몽땅 흡수해버려서, 벽난로를 쌓으려면 여러 통의 물이 필요했기 때문이다. 바로 전해의 겨울, 콩코드 강에 가서 조개껍질을 가져다가 불에 구워 소량의 석회를 만들어본 적이 있기에 재료를 어떻게 구해야 할지는 잘 알고 있었다. 그 때문에 마음만 먹으면 3킬로미터 정도 떨어진 곳으로 가서 질 좋은 석회석을 가져다가 직접 불에 태워 석회를 만들 수도 있었다.

그러는 사이 월든 호수의 가장 그늘지고 후미진 곳에 얇은 살얼음이 얼기 시작했다. 그리고 며칠, 아니 몇 주가 지나서 호수가 완전히 얼어붙었다. 첫 번째 얼음은 워낙 단단하고 햇볕을 완전히 차단해버리는 데다 투명한 편이라 얕은 곳의 바닥을 살펴볼 절호의 기회를 제공해주기 때문에 특히나 흥미롭다. 수면 위에 있는 소금쟁이처럼 3센티미터에 불과한 얼음 위에 납작 엎드려 있으면 느긋하게 물속을 관찰할 수도 있다. 겨울에는 물살도 잔잔한 데다 강바닥도 가까워서 마치 유리를 끼운 액자를 보는 것과 같았다. 모랫바닥에는 강에 사는 생명체가 기어갔다가 되돌아온 것 같은 고랑이 많이 보인다. 하얀 석영의 조그만 알갱이로 된 물여우의 유충도 적잖이 있는 것으로 보아, 물여우들이 남긴 고랑일 수도 있지만 그렇다고 보기에는 고랑의 깊이가 깊고 넓은 편이다. 그중에서도 가장 흥미로운 연구 대상은 바로 얼음 그 자체이다. 얼음을 제대로 연구하기 위해서는 첫 번째 기회를 잘 활용해야 한다. 호수가 얼어붙은 다음 날 자세히 살펴보면, 처음에는 얼음 속에 기포가 있는 것처럼 보이지만 대부분이 얼음 아래 붙어 있는 것들이고, 계속 바닥에서 기포가 올라오고 있음을 알 수 있다. 얼음이 단단하고 투명한 상태에서는 얼음을 통해 호수의 물을 볼 수 있다. 이 기포들은 아주 작은 것부터 지름이 큰 것까지 다양한 데다 무척 맑고 선명한 편이다. 얼음 아래 기포에 내 얼굴이 비쳐 보일 정도이다. 1제곱센티미터당 이런 기포가 서른 개는 족히 될 것이다. 얼음 내부에도 원뿔 모양의 가늘고 긴 기포들이 생기는데, 얼음이 막 얼어붙었을 때는 염주의 알을 이어붙인 것처럼 줄줄이 기포가 달라붙어 있을 때도 있다. 하지만 얼음 안 기포는 얼음 아래 붙어 있는 기포에 비해서 그리 많지 않고 눈에도 잘 띄지 않는다. 때로는 얼음이 얼마나 단단한지 시험해보기 위해서 돌멩이를 던져보기도 했다. 돌멩이는 얼음을 뚫고 바닥으로 들어갔고, 주변에 하얀 기포들이 눈에 보일 정도로 생겨났다. 한번은 48시간이 지난 후에 다시 가서 보았더니, 얼음이 3센티미터 정도 더 두꺼워졌는데도 이틀 전에 생긴 기포들이 여전히 처음 같은 상태를 유지하고 있었다. 지난 이틀은 인디언 썸머, 즉 초겨울의 따뜻한 날씨가 계속되었기 때문에 녹색 호수 물과 바닥을 그대로 보여주던 얼음은 더 이상 투명하지 않았고, 어느새 희끗희끗한 잿빛을 띠고 있었다. 얼음 두께는 두 배 정도 두꺼워졌지만, 이전보다 더 단단해지지는 않았다. 기온이 상승하면서 얼음 속 기포들이 팽창하여 서로 달라붙어 규칙적인 모양새를 잃었기 때문이다. 염주 알처럼 줄줄이 달라붙었던 기포들은 은화처럼 서로 포개지거나 좁은 틈새에 끼워진 것처럼 얇은 조각의 형태를 하고 있었다. 그와 동시에 얼음 본연의 아름다운 모습은 사라졌고, 호수 바닥을 살피기도 힘들어졌다. 나는 얼음 속 기포들이 어떤 위치를 차지하고 있는지 확인해볼 요량으로 중간 정도 크기의 기포가 있는 얼음 덩어리를 꺼내서 뒤집어 살펴보았다. 기포 주위로 또 기포 아래로 얼음이 새로 얼어붙어서인지 기포는 두 얼음 사이에 끼어 있었다. 아래쪽 얼음 속에만 기포가 들어 있었는데, 위쪽 얼음과 바짝 붙어 있는 상태였다. 그 모양이 양쪽으로 툭 튀어나온 볼록 렌즈 같았고, 두께는 0.5센티미터 정도, 지름은 10센티미터 정도였다. 나는 기포 바로 아래 생긴 얼음들이 뒤집어놓은 접시처럼 고르게 녹아내리는 모습을 보고 깜짝 놀랐다. 그 얼음의 가운데 부분은 두께가 2센티미터가량, 물과 기포 사이에는 0.3센티미터가량의 얼음벽이 남아 있었는데, 그 기포들은 대부분 아래쪽으로 터져 있었고 지름이 30센티미터가량 되는 커다란 기포 아래에는 얼음이 전혀 보이지 않았다. 아마도 처음 얼음 밑에 달라붙어 있던 기포들도 이제는 얼음 속에 끼어서, 각각의 크기와 각도에 따라 볼록 렌즈의 역할을 하면서 아래 있던 얼음을 녹여버린 모양이다. 다시 말해, 이 조그만 기포들이 짝하는 소리를 내며 얼음이 갈라지도록 만드는 조그만 공기층인 셈이었다.

벽에 회반죽을 바르는 작업이 끝나기가 무섭게, 곧바로 추운 겨울이 본격적으로 시작되었다. 마치 그 순간을 학수고대하고 있었던 것처럼 매서운 겨울바람이 집 주변으로 윙윙거리며 불어닥쳤다. 온 세상이 하얀 눈으로 덮인 후에도 밤이면 기러기들이 요란한 날갯짓과 울음소리를 내면서 날아와, 그중 일부는 월든 호수에 내려앉고 다른 녀석들은 숲 위를 낮게 비행하면서 멕시코 방향을 향해 페어헤이븐으로 날아갔다. 저녁 10시나 11시쯤 마을에서 집으로 돌아올 때면, 한 무리의 기러기와 오리가 집 뒤의 조그만 연못에서 먹잇감을 찾느라 낙엽을 밟고 지나가는 소리와 우두머리들의 왝왝거리는 소리가 들리곤 했다. 1845년 12월 22일 저녁, 월든 호수는 완전히 꽁꽁 얼어붙었다. 하지만 플린트 호수와 수심이 얕은 편인 다른 호수들, 그리고 콩코드 강은 그보다 열흘이나 먼저 얼어붙었다. 1846년에는 12월 16일, 1849년에는 12월 31일, 1850년에는 12월 27일, 1852년에는 1월 5일, 그리고 1853년에는 12월 31일에 호수가 완전히 얼었다. 눈은

11월 25일부터 이미 온 세상을 뒤덮어 나는 하얀 겨울 풍경에 에워싸인 상태가 되었다. 나는 나를 감싸고 있는 껍데기 속으로 더 깊숙이 들어가, 내 집과 가슴속에 따스한 불을 피우려고 애썼다. 그때부터 밖에 나가서 할 수 있는 일이라고는 숲에서 마른 나뭇가지를 주워 품에 안거나 어깨에 짊어지고 헛간으로 옮기는 일이었다. 때로는 죽은 소나무를 양쪽 겨드랑이에 끼고 집까지 끌고 올 때도 있었다. 한때는 울창했던 숲의 낡은 울타리가 내게는 뜻밖의 횡재인 셈이었다. 토지의 경계를 주관하는 테르미누스²를 섬기기에는 너무 낡았기 때문에 나는 이 소나무 울타리를 불의 신 불카누스³에게 바쳤다. 눈밭을 돌며 사냥해 온, 아니 훔쳐 온 땔감으로 불을 피워 만든 저녁 식사는 그야말로 흥미진진했고, 그렇게 만든 빵과 고기는 꿀맛이었다! 콩코드 마을 주변에는 땔감으로 쓸 만한 온갖 종류의 삭정이와 죽은 나무들이 널려 있었다. 이런 나무들이 막 자라는 어린 나무의 성장을 방해한다고 생각하는 이들도 꽤 있는 모양이었다. 게다가 호수를 둥둥 떠다니는 유목들도 쉽게 볼 수 있었다. 한창 철로가 개설될 무렵, 아일랜드인 노동자들이 리기다소나무를 껍질도 벗기지 않고 통나무째 엮어서 뗏목을 만들었는데, 내가 여름에 발견해서 호숫가로 반쯤 끌어올려놓았다. 그렇게 2년 가까이 물을 먹고 6개월 정도 뭍에서 지냈던

---

2 로마신화에 나오는 경계를 다스리는 신으로, 농경신의 일종이다.

3 로마신화에 나오는 불과 대장장이의 신. 그리스신화의 헤파이스토스에 해당한다.

뗏목은 깊숙이 물이 먹기는 했지만 겉모양은 썩 괜찮은 편이었다. 어느 겨울날, 나는 그 뗏목에 엮인 소나무들을 하나하나 풀어서 800미터가량 되는 호수 건너로 옮기는 작업을 했다. 정확히 말하면 4.5미터 길이의 통나무를 한쪽 어깨에 얹고 반대편 끝은 얼음판 위에 대고 밀어서 옮겼다. 때로는 자작나무의 유연한 가지에 엮어서, 끝부분이 갈고리 모양인 더 길쭉한 자작나무나 오리나무 사이에 끼워서 끌어 옮길 때도 있었다. 워낙 물을 많이 먹어서인지 납덩이처럼 무거웠지만, 일단 불이 옮겨붙으면 오래 타올랐고 화력도 엄청난 편이었다. 송진이 물에 담겨 있을 때, 램프 속에서 더 오래오래 타는 것처럼 통나무도 물에 흠뻑 젖어서 오래 잘 타는 것이 아닌가 싶었다.

윌리엄 길핀[4]은 영국의 숲 경계선에서 사는 사람들에 대한 글에서 다음과 같이 말했다.

'불법 침입자들이 무단으로 숲에 들어와서 경계선 부근에 집과 울타리를 두르는 것은…… 과거 삼림법에 따르면 중대한 불법행위로 간주되었으며, 이는 들짐승과 새를 놀라게 했고 숲을 훼손할 우려가 있다고 하여 공유지 침해라는 명목하에 엄격한 처벌을 받았다.'

하지만 나는 사냥꾼이나 나무꾼보다 숲에 사는 야생 동물과 초목의 보존에 대해 지대한 관심이 있었고, 그에 대해서만큼은 삼림 공무원에게도 전혀 뒤질 것이 없다고 자부했다. 물론 나 역시도 실수로 산에 불을 낸 적이 있었지만, 숲 일부분이 타는 모습을 보며 오히려 숲

4 영국의 저술가

의 주인보다 더욱 오랜 시간 마음 아파했다. 게다가 숲의 주인이 직접 벌목하는 모습만 봐도 마음이 아팠다. 그래서 농부들이 숲을 베어낼 때는, 과거 로마인들이 햇살이 고루 비추게 하려고 루쿰 콘루카레, 즉 신성한 숲을 솎아낼 때 느꼈을 경외감, 다시 말해 그 숲이 신을 위해 바쳐진 것이라고 믿는 경외감을 다소나마 느끼기를 바랐다. 로마인들은 속죄를 위해 제물을 바치면서, "남신이든 여신이든, 이 숲을 관장하는 위대한 신이시여. 부디 저와 제 가족 그리고 후손들을 보살펴주소서"라고 기도했다.

이 새로운 시대, 새로운 나라에서도 황금보다 나무에 더욱 영구적이고 보편적인 가치가 부여되고 있다고 하니 놀라울 따름이다. 우리가 이뤄낸 다양한 발명품과 발견에도 불구하고, 그 누구도 나무 더미를 그냥 지나치지 않는다. 나무는 우리의 선조 격인 앵글로색슨족이나 노르만족에게 소중했던 만큼 우리에게도 소중한 것이다. 우리 선조들이 나무를 베어 활을 만들었다면, 우리는 나무를 베어 총의 개머리판을 만든다. 지금으로부터 30년 전, 미쇼[5]는 다음과 같이 말했다.

'뉴욕과 필라델피아에서 거래되는 연료용 땔감의 가격은 파리에서 거래되는 최상급 목재의 가격과 거의 비슷하거나 높다. 이 거대한 수도는 매년 90만 미터 이상의 목재를 필요로 하고, 주변 480킬로미

---

5 앙리 미쇼. 벨기에 태생의 프랑스 시인이자 화가이다. 제2차 세계 대전 중에 환상적인 산문시로 자신과 거대한 외계와의 싸움을 노래하였으며, 그림에도 뛰어난 재능을 보였다. 작품으로 시집《에콰도르》,《밤은 움직인다》,《시련·악마 쫓기》, 등이 있다.

터가 경작지로 둘러싸여 있는데도 그런 실정이다.'

콩코드 마을에서도 계속해서 목재의 가격이 증가하는 추세였다. 그래서 작년보다 올해 가격이 얼마나 상승하는지가 관건이라고 할 수 있다. 장사꾼들과 소매상들은 빼놓지 않고 목재 경매에 참가하고, 나무꾼들이 작업을 마치고 남긴 부스러기를 줍는 권리까지도 비싼 값으로 사들인다. 사람들은 오래전부터 땔감과 공예품의 재료를 숲에서 구했다. 뉴잉글랜드 사람은 물론이고 뉴네덜란드, 파리 시민, 켈트인, 농부와 로빈 후드, 구디 블레이크와 해리 길⁶까지 전 세계 대부분 지역의 왕족과 농부, 학자와 야만인을 가리지 않고 누구나 몸을 덥히고 음식을 조리하기 위해서는 숲에서 땔감을 얻어야 한다. 나 역시도 땔감이 없이는 살아갈 수 없을 것이다.

누구나 자신이 쌓아둔 장작더미를 애정 어린 눈길로 바라보게 마련이다. 나는 창문 앞에 장작더미를 쌓아두는 편이었는데, 장작이 높이 쌓여 있을수록 그 장작을 마련하기 위해서 즐겁게 일하던 때가 새록새록 떠오르기 때문이다. 나는 주인을 알 수 없는 낡은 도끼 한 자루를 가지고 있었다. 그래서 겨울이면 집 밖의 양지바른 곳으로 나가서 콩밭에서 캐낸 나무 그루터기를 패며 시간을 보냈다. 언젠가 밭을 갈 때, 소를 몰던 사람이 예언했던 것처럼 나를 두 번 즐겁게 해주었다. 한 번은 도끼로 그루터기를 팰 때였고 다른 한 번은 그 땔감으로 따뜻하게 불을 피울 때였다. 아마도 그루터기만큼 더 후끈하게 열기

---

6 윌리엄 워즈워스의 시에 나오는 사람들로, 장작을 두고 다툰다.

를 내주는 땔감은 없을 것이다. 나는 마을 대장장이에게 찾아가서 도끼날을 다듬으라는 충고도 들었지만, 숲에서 히커리를 주어다가 자루를 바꿔 끼워 그럭저럭 사용할 수 있도록 만들었다. 비록 날이 조금 무디기는 해도 도낏자루는 튼튼히 박혀 있었다.

송진이 많은 소나무 토막들은 그야말로 보물과도 같았다. 불길을 살리는 데 제격인 이런 땔감이 아직도 땅속에 많이 감춰져 있다는 사실을 떠올리면 흥미롭지 않을 수 없다. 과거 몇 년 동안은 헐벗은 비탈이 되어버린 언덕을 '탐사차' 자주 다녔다. 과거에는 리기다소나무가 자라던 곳이라서 송진이 많은 소나무 뿌리를 캐내기에 제격이었기 때문이다. 그런 뿌리들은 좀처럼 썩지 않았다. 최소 30~40년쯤 된 것 같은 나무 그루터기들은 겉으로는 상한 것처럼 보여도 안쪽은 아직도 멀쩡했고, 중심에서부터 10~12센티미터 정도 떨어진 껍질 부분이 흙 높이에서 고리 모양을 이루고 있었다. 도끼와 삽을 동원해서 이런 광맥을 파보면, 마치 금맥처럼 누런 송진이 고인 부분을 발견할 수 있다. 하지만 나는 눈이 오기 전, 헛간에 쌓아두었던 낙엽으로 불쏘시개를 사용했다. 나무꾼들은 숲에서 야영할 때, 히커리를 가늘게 쪼개서 불쏘시개로 사용하는데, 가끔은 나도 그 방법을 사용한다. 지평선 너머로 마을 사람들이 불을 피우면, 나 역시도 긴 굴뚝 위로 하얀 연기를 피워서 월든의 골짜기에 사는 여러 야생 동물에게 내가 깨어 있음을 알리곤 했다.

가벼운 날개가 달린 연기여, 이카로스의 새여

하늘로 날아오르며 날개를 녹이는구나.

노래하지 않는 종달새여, 새벽을 알리는 사자여

그대의 보금자리인 마을 위를 맴도는구나.

아니면 치맛자락을 올리며

한밤의 환상이 만들어낸 꿈과 희미한 형상을

서서히 떨치는 것이겠지.

밤이면 별을 감추고

낮이면 빛을 어둡게 해서 해를 가리는구나.

그대, 나의 향기여, 벽난로 위로 피어올라

신들에게 밝은 불을 용서해달라고 부탁해주려무나.

금방 베어낸 단단한 생나무는 좀처럼 사용하지 않았지만, 다른 땔감에 비해서 완벽히 내 목적에 부합했다. 겨울날 오후가 되어 산책을 나설 때면, 나는 붉은 잉걸불을 그대로 두고 나갔다. 그리고 서너 시간 후에 돌아와 보면 잉걸불은 여전히 빨갛게 타오르고 있었다. 그 때문에 내가 밖에 나가 있어도 내 집은 비어 있는 것이 아니었다. 마치 활기 넘치는 가정부를 집에 둔 것 같았다. 나는 집에서 불과 함께 지냈고, 나의 가정부는 굉장히 믿을 만한 존재였다. 그러던 어느 날, 밖에서 장작을 패다가 갑자기 집에 불이 붙었는지 확인해보고 싶은 충동에 창문가로 뛰어갔다. 불 때문에 걱정이 되었던 건 그때가 처음이었다. 그래서 나는 창문 너머로 고개를 내밀었고, 때마침 침대에 불꽃이 튄 것을 발견했다. 급히 뛰어 들어가서 불은 껐지만, 침대에 손바닥만큼 탄 자국이 남았다. 하지만 내 집은 해가 잘 들고 바람이 잘 통하지 않는 곳에 있었고, 지붕도 낮은 편이라서 추운 겨울에도 한낮에는 불을 때지 않아도 될 정도였다.

두더지들은 지하에 자리를 잡고 창고에 있던 감자를 1/3가량 먹어 치웠다. 내가 회반죽을 바른 후에 남겨둔 털과 벽지로 이미 아늑한 침대까지 마련한 모양이었다. 제아무리 야생 동물이라고 해도 아늑하고 따뜻한 공간을 좋아하는 것은 인간과 마찬가지이다. 그 덕분에 추운 겨울을 넘기고 목숨을 부지할 수 있다. 내 친구들 중에서는 내가 일부러 추위에 얼어 죽을 생각으로 숲에 들어온 것처럼 말하는 이도 있었다. 동물은 비바람을 피할 안전한 장소에 잠자리를 만들고 자신의 체온으로 잠자리를 따뜻하게 데울 따름이다. 하지만 인간은 불을 발견한 덕분에 넓은 방에 따뜻한 공기를 가두고, 체온을 빼앗기는 대신 집을 덥혀 잠자리로 만든다. 또한 거추장스럽게 옷을 걸치지 않고 벗은 채로 돌아다니며, 한겨울에도 여름처럼 살 수 있다. 또한 창문을 만들어 햇볕을 쬐고, 등불을 밝혀 낮 시간을 길게 늘이기도 한다. 이렇게 인간은 본능을 넘어서 한 걸음 두 걸음 내디뎌 예술을 위해 할애할 시간을 조금씩 남겨두는 것이다. 겨울철 밖에 나갔다가 차가운 바람을 맞아 온몸이 꽁꽁 얼어붙은 후에도, 집 안의 후끈한 공기 속에 들어오면 금세 신체의 기능을 회복하고 생명을 이어나갈 수가 있다. 아무리 호화로운 집에 산다고 해도, 이런 부분에서는 크게 다르거나 자랑할 거리가 없을 것이며 우리는 인류가 어떻게 멸망할 것인지에 대해서 예측하느라 골머리를 썩이지 않아도 된다. 만약 북쪽에서 지금보다 한층 더 매서운 광풍이 불어오면, 언제든 인류의 목숨을 이어주던 실은 끊기고 말 것이다. 그래서 1717년 2월 17일 엄청난 눈이 내렸던 '대폭설의 날'과 '혹한이 닥쳤던 금요일'을 떠올리지만, 그보다 더 추운 금요일이 오거나 더 많은 폭설이 내리는 날이면 지구상에 있는 인류가 완전히 멸망해버릴지도 모른다.

나는 숲의 주인이 아니었기에 이듬해 겨울에는 나무를 조금이라도 절약할 요량으로 조그만 요리용 화로를 사용했다. 하지만 그 조그만 화로는 벽난로만큼 온기가 오래 유지되지 않았다. 그 무렵에는 요리를 만드는 것도 더는 시적인 작업이 아니게 되었고 그저 화학적인 과정에 불과한 것이 되었다. 이제는 화로가 널리 사용되기 시작했기 때문에 과거 인디언들의 방식에 따라서 뜨거운 재 속에 감자를 넣어 구워 먹었다는 사실도 곧 잊히고 말 것이다. 화로는 공간을 많이 차지하는 데다 집 안에 온갖 냄새를 풍겼고 뜨거운 불길이 눈에 보이지 않아서, 오랜 벗을 잃은 기분마저 들었다. 뜨겁게 타오르는 불길 속에서는 얼굴이 보이게 마련이다. 노동자들은 저녁이면 뜨겁게 타오르는 불길을 보며, 낮 동안 쌓인 가치 없는 것들과 불순물을 지워내게 마련이다. 하지만 나는 더 이상 불 앞에 가만히 앉아서 불길을 쳐다볼 수가 없게 되었다. 그래서인지 내 상황과 절묘하게 들어맞는 한 시인이 썼던 시구가 머릿속에 떠올랐다.

활활 타오르는 불꽃이여,
삶을 비추는 다정하고 친밀한 동정심을 베풀어주오.

내 희망이 아니면 무엇이 그처럼 밝게 타오르겠는가?

내 운명이 아니면 무엇이 그처럼 밤 속으로 가라앉겠는가?

어찌하여 그대는 벽난로와 거실에서 추방당한 것인가?

모두의 사랑을 한 몸에 받고 환영받았던 그대가

우리 따분한 삶 속에서 흔한 빛을 내기에는

지나치게 환상적이었기 때문인가?

그대의 찬란한 불빛은 우리 마음과 영혼 속에서

신비로운 교감을 나누지 않았던가?

대담한 비밀까지도 털어놓지 않았던가?

그렇다, 이제 우리는 희미한 그림자조차 흔들리지 않는

난롯가에 앉아 있어 더할 나위 없이 안전하고 강하다.

기쁨도 슬픔도 전하지 않고

그저 발과 손을 따뜻하게 녹여줄 뿐이니.

작고 실용적인 조그만 화로 앞에서

현재라는 시간이 자리 잡고 앉아 잠들 수 있고

어두운 과거에서 걸어 나와 휘청이는 모닥불 옆에서

우리와 도란도란 이야기를 나누던 유령들을

이제는 더 이상 두려워하지 않아도 될 것이다.

14

과거의 거주민들, 그리고 겨울의 방문객들
(Former Inhabitants, and Winter Visitors)

나는 몇 차례의 요란한 눈보라를 이겨냈다. 집 바깥에서는 매서운 눈발이 몰아치고 올빼미의 울음소리마저도 어느새 멈추었지만, 나는 벽난로 앞에 앉아서 즐거운 겨울을 보낼 수 있었다. 그 몇 주의 시간 동안 숲을 산책하면서 만난 사람이라고는 가끔 땔감을 마련하기 위해 나무를 베어 썰매로 마을까지 싣고 가려는 사람들뿐이었다. 하지만 나는 자연에 완전히 매료되어 있었던 터라 깊은 눈밭을 밟아 숲에 눈길을 만들며 계속 돌아다녔다. 내가 눈을 밟고 지나가면 그 자리로 떡갈나무 잎이 바람에 실려 떨어졌고, 그 잎들은 발자국 안에서 햇볕을 흡수하여 눈을 녹이면서 걸어 다니기에 더 좋은 바닥을 만들었을 뿐만 아니라, 저녁이면 발자국이 남은 자리가 검게 변해 더할 나위 없이 좋은 길잡이 노릇을 해주었다. 사람들과의 교제를 게을리하지 않으려고 과거 이 숲에 거주했던 이들에 관한 생각을 떠올리는 것으로 대신했다. 집 근처를 가로지르는 도로에서는 마을 사람들이 웃고 떠드는 소리가 들렸고, 당시만 해도 도로와 인접한 숲은 더욱 울창했다. 예전만 해도 집 사이사이에 있던 조그만 텃밭과 주택들이 울창한 숲에 가려져 제대로 보이지 않았다고 기억하는 마을 사람이 여럿이었다. 내 기억에도 역마차가 지나갈 때면, 양쪽 길가에 소나무들과 동시에 스치는 데가 여러 곳이었고 혼자 길을 걸어서 링컨으로 가야 하는 마을 여자들은 거의 달음박질을 쳐서 다닐 정도였다. 이 길은 이웃 마을로 가야 하는 경우나 나무꾼이 이용하던 하찮은 길에 불과했지만, 과거에만 해도 지금보다 더욱 다양한 풍경을 담고 있어서 여행객들에게 즐거운 볼거리를 제공해주었다. 지금은 넓은 들판이 마을에서부터 숲까지 길게 펼쳐져 있지만, 당시만 해도 단풍이 우거진 늪지 위로 통나무를 깔아둔 길이 나 있었다. 지금도 스트래튼 농장에서 브리스터 언덕까지 길게 이어진 먼지 덮인 도로 아래 그 통나무의 흔적이 남아 있을 것이다.

지금 내가 콩을 경작하고 있는 곳에서 동쪽 편에는 카토 잉그램이라는 사람이 살았다. 그는 마을의 유지로 알려진 덩컨 잉그램의 노예였다. 그는 월든 숲에 오두막을 지어놓고 노예가 기거할 수 있도록 허락해주었다. 물론 카토는 고대 정치가인 우티켄시스[1]가 아닌 콩코드의 노예 카토를 말한다. 그는 아프리카의 기니에서 붙잡혀 온 흑인 노예로, 호두나무 옆에서 조그만 밭을 경작했던 그를 아직도 기억하는

---

1 카토 우티켄시스. 로마 공화정 말기의 정치가

사람들이 있다. 그는 훗날 노후를 대비해 호두나무를 키웠지만 결국 그보다 피부가 하얗고 젊은 투기꾼의 손에 넘어가고 말았다.

이제 카토는 좁은 집에 잠들어 있다. 그가 사용하던 오두막의 지하실은 반쯤 허물어진 채로 아직까지 남아 있지만, 주변의 울창한 소나무에 가려져서 지나가는 사람들의 눈에는 거의 띄지 않기에 그 오두막의 존재를 아는 사람은 극소수에 불과하다. 이제 지하로 가는 구덩이는 옻나무 덩굴로 완전히 뒤덮여, 미역취 중에서 가장 일찍 꽃을 피우는 솔리다고 스트릭타가 무성하게 자라고 있다.

콩밭의 한쪽 구석, 마을과 제일 인접한 곳에는 질파라는 유색인 여인이 사는 조그만 집이 있었다. 질파는 아마포를 만들어서 마을 사람들에게 팔았는데, 어찌나 목청이 큰지 노래를 부를 때마다 월든 숲에 그 노랫소리가 쩌렁쩌렁 울려 퍼질 정도였다. 1812년 미국 전쟁 때, 미군에 붙잡혔다가 풀려난 영국군 포로가 그녀의 집에 불을 질렀는데 다행히 질파는 집에 없어서 목숨을 건졌지만 그 화재로 그녀가 키우던 고양이와 개, 그리고 닭들이 모두 불타버렸다. 그때부터 질파는 힘겹게 생계를 이어갔고 정신마저 온전하지 못하게 되었다. 당시에 마을을 자주 드나들던 노인의 기억에 따르면, 언젠가 정오 무렵 질파의 집을 지나가는데 팔팔 끓는 냄비를 보며, "뼈밖에 안 남았구나. 전부 뼈뿐이야!"라고 중얼거리는 소리를 들었다고 했다. 이제 질파의 집은 떡갈나무 숲으로 변해버렸고 벽돌 몇 장밖에 볼 수 없게 되었다.

길을 따라서 조금만 더 내려가면 우측 브리스터 언덕에 브리스터 프리먼이 살고 있었다. 과거 마을의 대지주였던 커밍스의 노예였는데 '솜씨 좋은 노예'로 정평이 나 있었다. 그 언덕에는 브리스터가 직접 심고 키운 사과나무들이 아직도 무럭무럭 자라고 있다. 이제 매우 큰 나무가 되었지만, 그 사과의 맛만큼은 지금도 상큼한 야생 사과의 맛 그대로이다. 얼마 전에 링컨 마을의 오래된 공동묘지에 갔다가 브리스터의 묘비명을 읽을 기회가 있었다. 콩코드에서 퇴각하던 중에 전사한 영국군의 이름 없는 무덤들 한쪽 구석에 세워진 조그만 묘비에는 '시피오 브리스터, 스키피오 아프리카누스 유색인'이라고 적혀 있었다. 굳이 유색인이라고 적어둔 글자에는 마치 그가 탈색이라도 됐다는 느낌을 주었다. 게다가 그가 사망한 날짜까지 적혀 있었는데, 한때 이 땅에 살아 있었던 사람이라는 사실을 간접적으로 보여주는 것 같았다. 그에게는 펜다라는 다정한 아내가 있었는데, 그녀는 마을 사람들의 점괘를 봐주기를 좋아했고 언제나 좋은 이야기만을 들려두었다. 통통한 몸집에 얼굴이 둥근 펜다는 누구보다 까만 편이었고 그렇게 둥글고 까만 달은 펜다가 이곳에 살기 전에도 그 후에도 한 번도 콩코드의 하늘에 뜬 적이 없었다.

한참 더 언덕을 내려가면, 숲 근처 오솔길에 스트래튼 가족의 농가 흔적이 남아 있다. 한때 스트래튼 가의 과수원은 언덕을 온통 뒤덮을 정도로 규모가 컸지만, 오래전부터 리기다소나무의 기세에 눌려 이제는 그루터기 몇 개만 남아 있을 뿐이다. 하지만 그루터기의 깊은 뿌리에서는 여전히 새싹들이 돋아나고 있어서, 지금도 마을에서 자라는 여러 과실수의 뿌리 역할을 하고 있다.

마을 쪽으로 조금 더 가까이 가면, 숲의 가장자리 맞은편에 브리드의 집터가 나온다. 이곳은 오래된 신화에서조차 제대로 이름이 언급되지 않는 악마의 짓궂은 장난으로 유명한 곳이다. 이 악마는 뉴잉글랜드의 일상에서도 언제나 눈에 띄고 무시무시한 역할을 해왔기 때문에 다른 신화 속 등장인물들 못지않게 따로 기록해둘 가치가 있다. 그 악마는 처음에는 친구나 일꾼으로 가장해서 찾아오고 나중에는 온 가족의 목숨을 빼앗고 재산까지 손아귀에 넣어버린다. 그 악마의 이름은 바로 '뉴잉글랜드 럼주'이다. 하지만 브리드의 집터에서 벌어진 비극적인 사건에 대한 설명은 아직 시작도 하지 않았다. 한참 시간이 흘러 당시의 비극들이 어느 정도 누그러지고 파란색을 띨 때까지 기다려보기로 하자. 옛날에는 그 자리에 술집이 있었다는 소문도 있지만, 확인할 길이 없으니 그저 미심쩍은 소문에만 그치고 있다. 여행객들의 마른 목을 축여주고 말에게 시원한 물을 제공해준 우물이 있었다는 소문도 마찬가지다. 만약 소문이 사실이라면, 과거 마을 사람들은 이곳에서 만나 여러 소식을 주고받은 후에 각자 길로 떠났을 것이다.

브리드의 오두막은 오랜 세월 사람이 살지 않았지만, 12년 전만 해도 비교적 멀쩡한 상태를 유지하고 있었다. 지금 내가 사는 집과 엇비슷한 크기였다. 내 기억이 틀리지 않다면, 선거가 있던 어느 저녁 개구쟁이 꼬마들이 그 집에 불을 질렀다. 당시 나는 마을의 구석진 곳에 살고 있었고, 그날 저녁에는 대버넌트[2]의 〈곤디버트〉[3]에 온통 정

---

2 윌리엄 데버넌트. 영국의 시인이자 극작가

신을 빼앗긴 상태였다. 게다가 그해 겨울에는 유독 기면증이 심각해서 좀처럼 멍한 상태에서 헤어나지 못했다. 이러한 기면증을 유전적인 것으로 보아야 할지-예전에 삼촌 한 분이 면도를 하다가 도중에 잠들기도 하고, 안식일을 지키기 위해서 일요일마다 일부러 지하 창고에서 감자의 싹을 잘라내기도 했기 때문이다-아니면 알렉산더 차머스[4]가 엮은 영국 시집을 전부 독파하려던 욕심 때문인지는 정확히 알 수 없지만, 어쨌든 기면증 때문에 온몸의 신경이 지칠 대로 지친 상태였다. 내가 고개를 박고 책을 읽으려고 할 즈음, 화재를 알리는 요란한 종소리가 들렸다. 소방마차는 부리나케 현장으로 달려갔고, 그 앞으로는 마을의 남자들과 아이들이 잽싸게 달려가고 있었다. 나는 개울을 건너뛰어 지름길로 간 덕분에 다른 사람들보다 빨리 이동할 수 있었다. 처음에는 숲 너머 남쪽에 있는 헛간이나 가게, 주택 혹은 마을 전체에 불이 난 거라고 생각했다. 예전에도 그런 일이 있었기 때문이다. 그런데 누군가가 "베이커 씨의 농장 창고잖아!"라고 외쳤다. 그러자 다른 사람이 "아니, 코드먼 저택이야!"라고 받아쳤다. 순간 지붕이 내려앉은 듯 새로운 불길이 하늘로 치솟았다. 우리는 모두 입을 모아 외쳤다.

"콩코드 마을 주민 여러분, 불을 끄러 갑시다!"

마차는 사람들을 가득 실은 채 무서운 기세로 달려갔다. 그중에는

---

3 데버넌트의 서사시이다.

4 영국 스코틀랜드의 전기 작가·편집자·저널리스트

아무리 먼 곳이라도 화재 현장 확인을 위해 반드시 가야 하는 보험회사 직원도 타고 있었을 것이다. 그 뒤로는 소방마차가 요란하게 종을 울리며 느릿느릿 쫓아갔다. 나중에 사람들이 이야기하는 바를 들으니, 집에 불을 내고 화재 경보를 울린 녀석들도 맨 마지막에 따라왔다고 했다. 우리는 진정한 이상주의자들처럼 직감이 제시하는 증거를 무시한 채로 화재 현장으로 달려갔다. 모퉁이를 돌자 불에 타던 나무가 탁탁 소리를 내며 떨어져 내렸고, 담 너머로 후끈한 열기가 느껴졌다. 그제야 화재 현장에 도착했다는 게 실감이 났다. 화재 현장을 코앞에 두고 보니, 불길을 진압하려던 열기는 이내 잦아들었다. 처음에는 개구리 연못의 물을 퍼서라도 불이 난 곳에 부을 생각이었지만, 불길이 워낙 많이 번져버린 데다가 집도 거의 타버려서 그냥 불길이 잦아들 때까지 기다리기로 했다. 우리는 소방마차를 둘러싸고 서로 밀치면서 저마다 자신이 목격했던 화재 현장에 관해 소리치거나, 옆 사람과 낮은 목소리로 배스컴의 상점에서 있었던 화재를 비롯해 크고 작은 화재 현장의 이야기들을 언급했다. 만약 우리가 조금만 일찍 소방마차를 타고 왔더라면, 근처에 개구리 연못에 물이 가득 차 있었다면, 모든 것을 태워버린 최후의 화재를 대홍수로 만들 수도 있었으리라는 이야기도 주고받았다. 마침내 우리는 누구에게도, 무엇에도 피해를 주지 않은 채로 화재 현장에서 물러나 각자의 집과 〈곤디버트〉가 있는 곳으로 돌아갔다. 하지만 나는 〈곤디버트〉의 서문에 등장하는 구절 중에서 '인디언들이 화약이 무엇인지 모르듯 대부분의 사람은 기질(wit)이 무엇인지 알지 못한다'는 부분을 특별히 예외로 두고 싶은 심정이었다.

이튿날 저녁, 어제와 거의 비슷한 시간에 나는 우연히 어제 갔던 길을 따라 걷다가 화재 현장 부근에서 무언가 낮게 끙끙대는 소리를 들었다. 어둠을 뚫고 가까이 가보니, 어제 화재의 유일한 생존자로 알려진 아들이었다. 그는 브리드 가문의 좋은 면과 나쁜 면을 골고루 물려받은 사람으로 이번 화재와 유일하게 이해관계가 있었다. 그런데 그 아들이 지하실 벽 너머로 아직도 뿌연 연기를 내며 타오르는 벌건 불덩이를 바라보며 평소처럼 뭐라고 중얼거리고 있는 게 아닌가. 화재 현장에서 멀리 떨어진 호숫가 부근 목초지에서 일하다가 잠시 자유시간을 얻자 조상들이 살던 집이자 자신이 어린 시절을 보냈던 집으로 찾아온 것이다. 그는 땅바닥에 배를 깔고 엎드린 채로 그 속에 무슨 보물이라도 감춰진 것처럼 이리저리 시선을 돌리면서 지하실 구석구석을 살펴보았다. 하지만 지하에는 불에 타다 남은 벽돌과 잿더미 말고는 아무것도 남아 있지 않았다. 화재로 집이 전소되어 남은 것이 없자, 그저 집터만 멍하니 쳐다보고 있었다. 내가 옆에서 지켜보고 있자 어느 정도 위로가 되었는지, 어둠이 허락하는 선에서 우물이 감춰진 장소를 내게 일러주었다. 다행히 화재에도 우물은 타지 않고 그대로였다. 그리고 한참 우물을 더듬거리더니, 부친이 직접 만들었다는 방아 두레박을 찾아냈다. 그리고 묵직한 쪽에 단단히 고정된 쇠갈고리, 혹은 꺾쇠를 찾아내서 그것이 평범한 '고리'가 아님을 내게 이해시키려고 애썼다. 나는 손을 뻗어 그 갈고리를 만져보았고, 지금도 그 부근으로 산책을 다닐 때마다 한 가문의 역사가 그 갈고리 하나에 걸려 있다는 듯 유심히 고리를 살펴보고는 했다.

지금은 사방이 탁 트인 밭이 되었지만, 예전에는 우물과 라일락 군락이 자라던 곳이 바로 옆에 있다. 너팅과 르그로스가 살던 곳이다. 그렇다면 이제는 링컨 마을 쪽으로 돌아가보자.

지금까지 언급했던 집보다 훨씬 더 숲에 가까이 있고 월든 호수에서 인접한 곳에 와이먼이라는 옹기장이가 살았다. 그는 무단으로 집을 짓고 살면서 옹기를 만들어 마을 사람들에게 팔았고, 그 일을 자식들에게까지 물려주었다. 하지만 자식들은 물질적으로 풍요롭지 못했고, 지금 집이 있는 땅 역시도 주인이 눈을 감아주는 덕에 그럭저럭 살 수 있는 거였다. 가끔 보안관이 세금을 징수하기 위해 찾아왔지만 딱히 압류할 재산이 없어서 명목상 '조그만 부스러기' 하나를 압수했다고 적고 말았을 정도였다. 이는 나중에 그가 적어둔 압류 목록을 보고 우연히 알게 된 사실인데, 도저히 가지고 갈 만한 물건이 없었기 때문이다. 그러던 어느 여름, 열심히 밭에서 괭이질을 하고 있는데 마차에 옹기를 가득 싣고 가던 한 사람이 바로 옆에 멈추더니 와이먼의 아들에 관해 물었다. 오래전에 아들에게 녹로를 샀는데 요즘 어찌 지내는지 궁금한 모양이었다. 나는 성경에서 옹기장이의 진흙과 녹로에 관하여 읽은 적이 있었다. 하지만 지금 우리가 사용하는 옹기가 오래전부터 멀쩡한 상태로 지금까지 전해져왔고 조롱박처럼 나무에서 열리는 것이라고는 생각해본 적이 없었다. 그래서 내 이웃 중에서 옹기 만드는 기술을 가진 이가 있다는 사실에 내심 기쁜 마음이 들었다.

내가 월든 호숫가에 정착하기 전, 이 숲에서 마지막으로 거주했던 사람은 아일랜드 출신의 휴 코일이었다. 그는 와이먼이 살던 집에서 지냈고, 다들 그를 코일 대령이라고 불렀다. 워털루전쟁 참전 용사라는 소문도 있었는데, 만약 그가 살아 있었다면 몇 번이고 그를 찾아가서 전쟁 이야기를 들려달라고 졸랐을 것이다. 아무튼 그는 마을에서 도랑 파는 작업을 했다. 전쟁이 끝난 후, 나폴레옹은 헬레나 섬으로 코일은 월든 숲으로 흩어진 것이다. 휴 코일에 대해 아는 것들은 전부 비극적인 이야기였다. 그는 온갖 세상 경험을 한 사람답게 예의가 바르고 듣기 거북할 정도로 정중한 말투를 사용했다. 알코올 중독으로 섬망을 앓고 있어서 항상 몸을 떨린지 한여름에도 두툼한 외투를 걸치고 다녔고 얼굴은 항상 벌겋게 달아올라 있었다. 내가 월든 숲에서 살기 시작할 당시, 코일 대령은 브리스터 언덕 비탈길에 쓰러져 사망했고 그래서 그와 이웃으로 지내면서 추억할 이야깃거리가 별로 없다. 그가 숨지고 집이 헐리기 전까지, 사람들은 그 집을 흉가라고 부르면서 피해 다녔지만 나는 그 집에 직접 가보았다. 그가 입던 옷이 돌돌 말린 채로 그의 분신인 양 높은 나무 침대에 놓여 있었고 벽난로에는 깨진 담배 파이프가 놓여 있었다. 깨진 물동이는 보이지 않았다. 만약 물동이가 있었다고 해도 깨진 물동이가 죽음을 상징한다는 얘기처럼 그가 죽었다는 사실을 상징할 수는 없었을 것이다. 언젠가 그는 브리스터의 샘에 대해 들어본 적은 있지만 한 번도 가본 적이 없다고 말했기 때문이다. 바닥에는 다이아몬드, 스페이드, 하트 등의 손때 묻은 카드가 쏟아져 있었다. 그리고 유산관리인조차 잡지 못한 시커먼 닭이 한 마리 있었는데, 여우를 기다리는 것처럼 시끄럽게 소리를 내지도 않고 옆방으로 가서 조용히 잠을 청했다. 일찌감치 씨를 뿌렸지만 섬망이 심한 탓에 한 번도 김을 매지 않아서 윤곽이 희미해진 텃밭도 남아 있었다. 텃밭에는 쑥과 도깨비바늘이 높이 자라 있었는데, 도깨비바늘은 포자를 퍼뜨리려고 내 옷에 잔뜩 달라붙었다. 집 뒤쪽에는 마지막 전투에서 가지고 온 전리품으로 보이는 우드척 가죽이 펼쳐져 있었다. 하지만 코일 대령에게는 더 이상 따뜻한 모자나 장갑이 필요하지 않았다.

이제는 바닥으로 움푹 들어간 흔적과 그 아래로 지하실을 쌓은 돌덩이들만이 이곳에 집이 있었다는 사실을 보여주었다. 햇살이 비추는 풀밭 위에는 딸기와 나무딸기와 검은딸기가 자라고, 개암나무와 옻나무는 무성한 덤불을 이루고 있었다. 굴뚝이 서 있던 자리에는 리기다소나무인지 떡갈나무인지 구분하기 힘든 나무가 자라 있었고, 문간 섬돌이 있던 자리에는 검은자작나무가 달달한 향기를 뿜으며 바람에 흔들리고 있었다. 예전에는 샘물이 흐르던 자리에 우물 흔적도 남아 있었지만 이제는 바싹 말라버려서 눈물 한 방울도 흐르지 않고 잡풀만이 가득했다. 어쩌면 이곳에 살던 사람이 떠나면서 우물을 평평한 돌로 덮어 잔디로 감춰두고 언젠가 다시 찾아오려고 했는지도 모른다. 우물을 덮어두다니! 얼마나 슬픈 일이었을까! 그와 동시에 눈가에 눈물샘이 터졌을 것이다. 이제는 흔적만 남은 지하실 역시도 언젠가는 사람들이 북적이며 살았던 버려진 여우굴 같은 곳이다. 또한 서로 삶을 공유하며 자신들의 언어로 '운명과 자유의지와 절대 예지'에 대한 이야기를 나누기도 했을 것이다. 하지만 그들이 내린 결론에 대해서 내가 아는 거라고는, "카토와 브리스터가 거짓말을 했다"는 것에 불과하지만, 그 역시 유명한 철학 학파들의 역사만큼이나 교훈적이다.

문과 상인방, 문턱이 모두 없어지고 한 세대가 지난 후에도 라일락은 여전히 생기 넘치게 꽃을 피워 매년 봄 향긋한 봉오리를 피우고, 길 가던 여행객은 깊은 생각에 잠겨 꽃을 꺾는다. 어린아이들이 마당 공터에 심고 가꾼 라일락들이 이제는 외진 담벼락에 서서 새로 만들어지는 숲에 자리를 양보해야 할 신세가 되었다. 라일락은 그 집안의 유일한 생존자이자 최후의 혈통이었다. 거무스름한 피부의 아이들은 싹눈이 달랑 두 개밖에 없던 연약하고 작은 나뭇가지를 그늘에 심고, 날마다 물을 주어서 마침내 뿌리를 내리게 만들었다. 그것이 이제는 꼬마들보다 더 오랜 세월, 집 뒤쪽에서 그늘을 드리우던 집보다 더 오래, 바로 옆 텃밭과 과수원보다 더 오래 버텨서 아이들이 어른이 되어 세상을 떠난 지 반세기가 지난 후에도 처음 봄을 맞이했을 때처럼 아름다운 꽃망울을 피우고 아름다운 향기를 풍기며 외로운 여행객에게 자신의 이야기를 들려줄 거라고는 상상조차 하지 못했을 것이다. 나는 처음 라일락을 보았을 때처럼, 여전히 기품 넘치고 부드럽고 활기찬 라일락의 색감에 눈길을 돌려본다.

콩코드는 지금까지도 자신의 자리를 굳건히 지키고 있는데, 더욱 성장할 수 있었던 이 조그만 마을은 어찌하여 이렇게 몰락해버렸을까? 자연의 혜택을 입지 못해서였을까? 아니면 물의 혜택을 받지 못해서일까? 수심이 깊은 월든 호수와 시원한 브리스터의 샘물은 오랜 세월 깨끗하고 건강한 물을 마실 권리를 주었지만, 마을 사람들은 그 권리를 제대로 활용하지 못하고 오직 알코올을 희석하는 데 이용해버렸다. 이곳 사람들은 술을 무척이나 좋아했다. 차라리 바구니와 돗자리를 만들고, 마구간을 청소할 빗자루를 만들고, 옥수수를 말리고, 아마실을 잣고, 옹기를 빚으면서, 황무지를 장미꽃밭처럼 꽃피우면서 그렇게 살 수는 없었던 걸까? 그렇게 해서 후손들이 그 땅을 대대손손 물려받도록 할 수는 없었던 걸까? 땅이 척박한 것이 문제였다면 이렇게 저지대의 타락한 삶을 살지 않아도 됐을 텐데. 아쉽게도 과거 이 마을에 살던 사람들을 떠올린다고 해서 이곳의 경치가 더욱 아름답게 보이는 것도 아니다. 어쩌면 자연은 나를 최초의 정착자로 삼아, 모든 걸 다시 한 번 시작해볼 작정인지도 모른다. 그렇다면 나는 이 마을에서 가장 오래된 집에 거주하는 사람이 될 것이다.

지금 내가 사는 집터에 다른 사람이 집을 지은 적이 있는지는 잘 모르겠다. 고대의 도시가 세워졌던 자리에서 살고 싶은 마음은 없다. 그런 곳은 폐허의 잔해일 테고, 정원 자리는 공동묘지였을 테니 말이다. 그런 땅은 하얗게 바래어 저주받겠지만, 그런 일이 닥치기 전에 지구는 벌써 멸망해버리고 말 것이다. 나는 이렇게 과거를 회상하면서 숲의 새로운 거주민이 되었고, 스스로를 다독이며 깊은 잠에 빠져들었다.

겨울이 되면 내 집을 찾는 방문객들의 발길이 눈에 띄게 뜸해졌다. 눈이 높이 쌓이기라도 하면, 한두 주일 가까이는 집 근처에서 사람의 그림자도 보기 힘들었다. 하지만 나는 들쥐처럼, 아니 눈 더미에 파묻힌 채로 아무것도 먹지 못하고도 오랫동안 살아남은 소와 닭처럼 혹은 서튼 마을에 맨 처음 정착한 이들처럼 안락한 시간을 보냈다. 1717년 대폭설로 말미암아 서튼 마을에 최초로 정착한 이주민이 사는 오두막이 완전히 눈에 묻혔는데, 때마침 가장도 자리를 비운 상태였다. 그런데 굴뚝 너머로 뽀얀 연기가 피어오르는 것을 보고 인디언 하나가 눈길을 뚫고 오두막으로 들어가서 이주민 가족을 구해주었다고 한다. 하지만 내 경우에는 나를 염려해주는 인디언도 없었고, 게다가 집주인이 집에 있어서 그런 인디언이 필요하지도 않았다. 대폭설이라니! 얼마나 즐거운 단어란 말인가! 눈이 오면 농부들은 말과 소를 끌고 숲이나 늪에 갈 수 없지 않은가. 그저 집 앞에서 땔감으로 사용할 나무나 베면 될 일이다. 그리고 바닥에 쌓인 눈이 단단하게 굳으면, 늪으로 가서 나무를 베어냈다. 이듬해 봄이 되어 눈이 녹고 나면, 늪지의 나무들은 땅에서 3미터 정도 되는 높이에서 베어져 있음을 확인할 수 있다.

눈이 꽤 많이 쌓인 날, 큰 도로에서 집으로 걸어오는 800미터가량의 길은 군데군데 점이 찍힌 구불거리는 선으로 표현할 수 있다. 잠시 날씨가 풀린 일주일 동안, 나는 눈 위에 찍힌 발자국을 그대로 밟으면서 같은 보폭과 걸음으로 그 길을 오갔다. 눈이 많이 와서 달리 할 일이 없으니 이런 단조로운 일이라도 하며 시간을 보낼 수밖에 없다. 내가 지나간 발자국 위에는 하늘의 푸른색이 채워져 있는 경우가 많았다. 하지만 날씨 때문에 산책하거나 외출하는 데 방해를 받은 적은 거의 없다. 너도밤나무나 자작나무, 혹은 예전부터 알고 지낸 소나무와 약속을 지키기 위해서 높이 쌓인 눈을 뚫고 12~16킬로미터의 거리를 걸어 다니는 일이 잦았기 때문이다. 얼음과 눈의 무게 때문인지 소나무 가지들이 축 늘어지고 우듬지가 뾰족하게 변해서 얼핏 전나무처럼 보이기도 했다. 눈이 60센티미터 높이로 쌓였을 때는 제일 높은 언덕 꼭대기로 걸어 올라가는데 한 걸음 내디딜 때마다 머리 위로 와르르 눈이 떨어지곤 했다. 가끔 사냥꾼들마저 야영지로 피신할 정도로 눈이 많이 온 날에는 양손과 무릎으로 거의 기어가다시피 언덕을 올라갈 때도 있었다. 어느 날인가, 나는 스트릭스 네블로사, 즉 줄무늬올빼미 한 마리가 대낮에 백송나무 아래 죽은 가지 위에서 줄기 쪽에 바짝 붙어 앉은 모습을 유쾌한 기분으로 지켜보고 있었다. 나와의 거리는 5미터밖에 되지 않았다. 발을 디뎌 눈이 뽀드득 밟히는 소리를 내면, 그 소리는 들을 수 있지만 내 모습은 보지 못하는 것이 분명했다. 조금 더 큰 소리를 내자, 올빼미 녀석이 목을 길게 빼고 깃털을 바짝 세우면서 눈을 동그랗게 떴다. 하지만 곧바로 눈꺼풀이 내려오더니 다시 꾸벅꾸벅 졸기 시작했다. 고양이의 날개 달린 사촌이라던 올빼미가 고양이처럼 눈을 반쯤 뜨고 앉아 있는 모습을 30분 가까이 지켜보고 있자니 나도 모르게 졸음이 밀려들었다. 올빼미의 눈꺼풀 사이의 아주 좁은 틈, 그 실눈 틈새로 나와 관계를 유지하고 있었다. 그 틈새는 꿈과 현실을 이어주는 반도와 같았고, 녀석은 반쯤 감긴 눈꺼풀 너머로 단꿈을 방해하는 흐릿한 물체, 티끌처럼 눈에 거슬리는 나를 지켜보려고 애썼다. 조금 더 시간이 흐른 후, 아까보다 큰 소리를 내면서 가까이 다가가자 올빼미는 단꿈을 방해받은 것이 굉장히 짜증스럽다는 듯 나뭇가지에 앉은 채로 천천히 몸을 틀었다. 그러고는 날개를 퍼덕이더니 나뭇가지에서 날아올라 소나무 사이로 올라갔다. 날개를 펼치고 있는데도 날갯짓 소리는 전혀 들리지 않았다. 올빼미는 시각보다도 주위를 미묘하게 감지하는 감각기관의 도움을 받아서, 예민한 날개를 퍼덕이며 소나무 사이를 빠져나가 어둠 속을 지나서 평화롭게 아침이 밝을 때까지 기다릴 수 있는 공간을 찾아냈다.

철로 옆으로 길게 이어진 둑길을 걸어 초원을 가로지를 때면, 세차게 몰아치는 겨울바람을 맞아 살이 에는 추위를 느꼈다. 세찬 바람에 초원만큼 신나게 몰아칠 수 있는 곳은 없었기 때문이다. 비록 나는 이교도였지만 찬바람이 한쪽 뺨을 때리면 기꺼이 반대쪽 뺨을 내밀었다. 브리스터 언덕에서 마차 길을 따라 걸어가도 상황은 엇비슷했다. 드넓게 펼쳐진 들판에 소복이 쌓인 눈은 세찬 바람에 실려 월든으로 가는 길의 양쪽 돌담 위로 쌓였고, 바로 앞에 지나간 사람의 발자국이 30분 만에 흔적도 없이 사라질 때도 나는 늘 그랬듯 친절한 인디언처럼 마을을 향해 걸어 내려갔다. 집으로 돌아오는 길에는 북서풍이 불어 길모퉁이에 싸리 눈을 뿌려놓아서, 다시 눈 더미를 헤치면서 힘겹게 걸음을 내디뎌야 했다. 그런 날에는 토끼 발자국은 물론이고 생쥐가 남겨놓은 조그만 글자 같은 발자국조차 찾아볼 수가 없었다. 하지만 한겨울에도 따뜻한 샘물이 흘러서 앉은부채가 파란 싹을 틔우는 늪은 언제든 찾아낼 수 있었고, 다른 새보다 겨울을 잘 버티는 강인한 새들도 이따금 그 샘물 근처에 앉아서 오매불망 봄이 오기만 기다리고 있었다.

이따금 세찬 눈보라가 불어오는 날, 산책을 나갔다가 돌아오면 내 집 앞에서부터 나무꾼이 만들어놓은 깊은 발자국을 발견할 때가 있었다. 집에 들어가 보면 벽난로 위에 나무꾼이 깎은 나무토막 조각들이 산처럼 쌓여 있고, 파이프 담배 냄새가 가득 차 있었다. 어느 일요일 오후, 내가 집에 있는 사이 때마침 집으로 다가오는 누군가의 발소리가 들렸다. 머리가 명석한 농부 하나가 사교적인 대화를 나누기 위해서 저 멀리 숲에서 우리 집까지 찾아온 것이다. 그는 쉽사리 만나기 힘든 '진정한 농부' 중 하나였다. 교수의 가운 대신 작업복을 걸친 이로, 헛간 마당에 쌓인 거름을 수레에 싣는 것도 능숙했지만 그에 못지않게 교회나 국가에서 교훈을 끌어내는 데도 능숙한 사람이었다. 우리는 신경이 바짝 곤두설 정도로 추운 날, 따뜻한 불을 피워놓고 맑은 정신으로 오래전, 거칠지만 소박했던 시대에 대해서 도란도란 이야기를 나누었다. 그렇게 한참 대화를 나누다가 이야깃거리가 떨어지면, 영리한 다람쥐들이 팽개친 호두를 연신 깨물면서 치아의 강도를 시험해보았다. 다람쥐는 껍데기가 두꺼운 호두는 알맹이가 없는 경우가 많아서 그냥 내팽개치기 때문이다.

엄청난 높이까지 쌓인 눈과 거센 눈보라를 헤치고 저 멀리서 나를 찾아온 이는 바로 시인[5]이었다. 호된 추위는 농부, 사냥꾼, 군인, 신

---

5 친구 윌리엄 채닝을 이른다.

문기자 거기다 철학자까지 겁먹게 할 수 있지만 시인을 막을 수 있는 건 아무것도 없다. 시인은 순수한 사랑에 의해서 움직이기 때문이다. 누군들 시인이 오가는 것을 예측할 수 있겠는가? 의사가 곤히 잠든 시간에도 시인은 언제든 밖으로 뛰쳐나갈 준비가 되어 있다. 우리는 조그만 집에 둘러앉아서 때로는 떠들썩한 웃음소리를 내었고, 때로는 조그만 목소리로 진지한 이야기를 나누면서 오랜 겨울 침묵했던 월든의 골짜기를 조금이나마 위로해주었다. 그날 내 오두막의 분위기에 비하면 브로드웨이 극장조차 삭막하고 고요해 보일 정도였다. 우리는 일정한 간격을 두고 계속해서 떠들썩한 웃음을 터뜨렸다. 이는 조금 전에 나눈 농담 때문이거나 앞으로 나눌 농담 때문이기도 했지만, 사실 무엇 때문에 웃든 상관 없었다. 우리는 묽은 죽을 한 접시 나누어 먹으면서 철학이 필요로 하는 명석한 두뇌에 다른 이와 함께 의견을 나누는 이점까지 더하여 여러 새로운 인생론을 만들어냈다.

월든 호숫가에서 보낸 마지막 겨울, 시인 말고도 또 한 명의 귀한 방문객[6]이 찾아왔다는 사실 또한 잊을 수 없을 것이다. 그는 콩코드 마을을 지나서 눈과 비 그리고 어둠을 뚫고 우리 집 등불이 보일 때까지 걸어왔고, 그렇게 나와 함께 기나긴 겨울의 여러 밤을 함께했다. 바로 코네티컷이 우리에게 준 위대한 선물이자 마지막 남은 철학자 중 한 사람이었다. 처음에는 코네티컷에서 생산된 상품을 팔기 위해서 여기저기 돌아다녔고 나중에는 그의 표현을 옮기자면, 자신의 두

---

6 루이자 메이 올컷의 아버지인 에모스 브론슨 올컷

뇌를 팔러 다녔다. 지금도 그는 이곳저곳을 다니며 두뇌를 팔고 신을 재촉하지만, 견과류의 알맹이가 씨앗뿐이듯 그의 결실 역시도 두뇌 뿐이었다. 나는 그가 이 세상에서 가장 굳건한 신념을 가진 사람이라고 생각한다. 그는 평범한 사람들이 알고 있는 것보다 더 나은 상태를 가정하며 말하고 행동한다. 그 때문에 시대가 어떻게 변한다고 해도 그는 절대로 실망하지 않을 것이다. 그는 모든 것을 현재에 투자하지 않는다. 비록 지금은 상대적으로 무시당하고 있을지라도 언젠가 그의 시대가 오면 지금은 생각지도 못했던 법률이 시행될 것이고, 가장들과 통치자들이 모두 그를 찾아와 조언을 구할 것이다.

얼마나 눈이 멀었기에 평온함을 보지 못하는가!

그는 인간의 유일한 친구이자 인류 발전의 유일한 친구이다. 또한 《묘지기 노인》처럼 아니, 영원불멸의 존재처럼, 불굴의 인내와 신념으로 인간의 육체에 새겨진 삐뚤어진 신의 형상을 제대로 드러내기 위해 노력한다. 호의적인 지성을 가지고 어린아이와 거지, 미친 자와 학자 들을 모두 포용하며, 누구의 생각이든 기꺼이 받아들이고 거기에 살과 품위를 덧붙인다. 나는 그가 세상의 간선도로에 모든 나라의 철학자가 묵을 수 있는 거대한 숙소를 운영해야 한다고 생각한다. 숙소 앞에는 '사람은 환영하지만 동물은 사절함. 여유로움과 차분함을

7 19세기 영국의 역사소설가이자 시인이자 역사가인 월터 스콧의 소설

가지고 올바른 길을 모색하고자 하는 이들만 들어오시오'라고 적어두어야 한다. 내가 아는 한, 그는 매우 합리적이고 언제나 변함이 없는 사람이다. 어제도 오늘도 항상 똑같다. 언젠가 우리는 함께 산책하면서 대화를 나누었는데, 그 당시만큼은 속세에서 완전히 벗어난 기분이었다. 그는 세상이 만든 규제에서 완전히 자유로운 사람이었기 때문이다. 그와 함께 있으면 어디로 가든 하늘과 땅이 만나고, 어디로 가든 그의 존재 덕분에 주변 풍경이 더욱 아름답게 보였다. 머리 위로 둥글게 펼쳐진 하늘은 파란색 옷을 걸친 그에게 가장 적절한 지붕으로 그의 평온한 기운을 한눈에 보여주었다. 그 역시도 언젠가 세상을 떠나게 될 거라는 사실이 도저히 믿기지 않을 정도이다. 그가 없이는 자연도 좀처럼 견뎌내기가 쉽지 않을 것이기 때문이다.

우리는 서로 잘 건조한 생각의 판자를 하나씩 가지고 있었고, 함께 앉아 그 모양을 칼로 다듬어가면서 우리의 칼을 시험하고, 호박 소나무의 샛노란 나뭇결에 감탄을 금치 않았다. 또한 조심스럽게 물살을 가르고 발을 내딛거나 혹은 조심스럽게 줄을 잡아당겼기 때문에, 생각이라는 물고기들이 놀라서 달아나는 일도 둑에 앉아 낚시하는 사람들을 두려워하지도 않았다. 그저 서쪽 하늘에 떠 있는 구름이나 가끔 나타났다가 사라지는 양털 구름처럼 자신감 있게 물속을 헤엄쳐 다녔다. 우리는 과거의 신화를 되짚어보고, 우화를 새로 다듬어 마무리했으며, 지상에서는 그 토대를 쌓기 힘든 성들을 허공 위에 세우기도 했다. 위대한 관찰자! 위대한 예언자! 그와 함께하는 시간은 '뉴잉글랜드의 야화'를 즐기는 시간이었다. 아, 은둔자와 철학자, 그리고 앞서 언급했던 옛 정착자. 우리 세 사람이 나누는 이야기는 끝도 없이 이어져서 조그마한 내 집의 판자를 뚫고 나갈 정도였다. 지름이 3센 티미터인 원 하나당 기압 외에 몇 킬로그램의 중력이 더해졌는지는 말할 수 없지만, 그 엄청난 압력 때문에 집이 서서히 팽창했고 결국 틈새가 벌어져 부랴부랴 따분함으로 그 벌어진 틈을 메워야 했다. 하지만 그 틈새를 메우기 위한 뱃밥은 이미 충분히 마련해둔 상태였다.

그 외에도 오랫동안 기억에 남을 소중한 시간을 함께 나누었던 사람[8]이 하나 더 있었다. 우리는 주로 마을에 있는 그의 집에서 시간을 보냈지만, 가끔은 내 집에 찾아오기도 했다. 하지만 월든 호숫가에서 친분을 나눈 사람은 그 외에는 아무도 없었다.

어디에서나 그렇듯, 나 역시 찾아오지 않을 손님을 기다릴 때가 가끔은 있었다. 《비슈누 푸라나》에 다음과 같은 구절이 나온다.

'집주인은 초저녁부터 집 앞에 나와서, 젖을 짜는 데 걸리는 시간만큼 혹은 그보다 더 오랫동안 손님이 도착하기를 기다려야 한다.'

나는 방문객을 환대해야 하는 집주인의 의무를 다하기 위해 집 앞에 나가서 한 마리가 아닌 소 떼의 젖을 다 짜고도 남을 시간을 기다려보았지만, 마을에서 우리 집을 향해 걸어오는 사람은 한 명도 보지 못했다.

---

8 랠프 왈도 에머슨

15
겨울 동물들
(Winter Animals)

호수 표면이 얼고 나면 이곳저곳으로 이어지는 새로운 지름길이
생길 뿐만 아니라, 그 위에서 바라보는 풍경들도 완전히 새로운 모습
으로 바뀐다. 예전에도 플린트 호수에서 노를 저어 눈을 헤치면서 썰
매를 탔지만, 하얀 눈으로 덮인 후에 건너가 보니 오히려 넓은 배핀만
[1]처럼 느껴지는 것이었다. 새하얀 눈이 덮인 설원의 끝에는 링컨 마
을을 둘러싼 언덕들이 높이 솟아 있었지만, 예전에 그곳에 올라가본
사실조차 기억 나지 않았다. 정확히 거리를 가늠하기 힘들 정도로 멀
리 떨어진 곳에서 낚시꾼들은 늑대처럼 생긴 사냥개들과 함께 느릿
느릿 거닐고 있어서, 흡사 물개 사냥꾼이나 에스키모처럼 보였다. 뿌

---

1 그린란드와 캐나다의 배핀 섬에 둘러싸인 만. 대서양에 속하며 거의 1년 내
   내 얼어 있다.

연 안개라도 끼는 날에는 마치 전설 속 동물처럼 흐릿하게 보여서 거인인지 난쟁이인지 분간되지 않을 정도였다. 늦은 오후가 되어 링컨 마을로 강연을 하러 갈 때도, 나는 집과 강연장 사이에 도로와 집을 가로지르는 대신, 플린트 호수 쪽으로 걸어갔다. 마을로 가는 길에 있는 구스 호수에는 한 무리의 사향쥐가 살고 있었는데, 얼음보다 높이 집을 짓고 살았지만 근처를 지나갈 때는 그중 한 마리도 보지 못했다. 다른 호수들과 마찬가지로 월든 호수 또한 눈이 와도 거의 쌓이지 않거나 곳곳에 얇게 쌓일 뿐이어서, 다른 곳에 눈이 60센티미터 가까이 쌓여 마을 사람들이 큰 도로로 다닐 때도 월든 호수만은 마음만 먹으면 언제든 편히 돌아다닐 수 있는 앞마당 같았다. 나는 썰매나 스케이트를 타면서, 마을의 큰 도로에서 멀찍이 떨어지고 가끔 썰매의 방울 소리만 들리는 곳에서 마음껏 즐겼다. 묵직한 눈의 무게를 이기지 못하고 구부러진 나뭇가지와 무거운 고드름이 매달린 떡갈나무와 소나무들이 서 있는 그늘 아래를 다닐 때면, 사슴이 잘 다져놓은 마당에 서 있는 기분이 들었다.

겨울이 되면 밤은 물론이고 낮에도 저 멀리서 나는 올빼미의 울음소리를 들을 수 있었다. 꽁꽁 얼어붙은 대지를 긁으면 들릴 것 같은 소리로 월든 숲의 토속어 같은 느낌이었다. 물론 올빼미 모습을 직접 본 적은 없었지만, 매일 밤 문만 열면 올빼미 울음소리가 들려서 나도 모르게 익숙해졌다. 어떤 날에는 '후, 후, 후어, 후'라고 들렸는데, '안녕하세요'라는 소리처럼 들렸고, 어떤 날은 '후, 후'라고만 들릴 때도 있었다. 초겨울에 접어들어, 막 얼음이 얼기 시작하던 어느 저녁 9시쯤, 나는 요란하게 울어대는 기러기 소리에 깜짝 놀라서 문 쪽으로 걸어 나갔다. 그러자 숲으로 몰아치는 요란한 폭풍우 소리 같은 기러기들의 날갯짓 소리가 들렸다. 기러기들은 내 집에서 비추는 밝은 불빛 때문에 월든 호수에 착륙하는 것을 단념하고 호수를 가로질러 페어헤이븐 쪽으로 날아가고 있었다. 보아하니, 우두머리로 보이는 기러기가 다른 무리를 향해 일정한 소리로 계속 울어대는 모양이었다. 순간 바로 지척에서, 지금까지 숲에서 들었던 소리 중에서 가장 섬뜩하고 무시무시한 목소리로 울어대는 올빼미의 울음소리가 들렸다. 올빼미는 기러기의 울음소리에 맞추어 마치 대답이라도 하듯 섬뜩한 소리를 냈다. 올빼미는 허드슨 만에서 날아든 기러기 떼에게 월든 토박이의 엄청난 음역과 성량을 과시함으로써 기러기 떼를 비웃음거리로 만들고 겁을 주어 콩코드 지평선 너머로 쫓아내기로 작정한 모양이었다. 나의 평온한 저녁 시간에 우리 숲에 찾아온 이유가 무엇인가! 내가 곤히 자고 있을 줄 알았나? 너만큼 큰 소리로 울어댈 폐활량과 목청도 없는 줄 알았나? 부엉부엉, 부엉부엉, 부엉부엉! 그 소리는 지금까지 들은 동물의 소리 중에서 최악이라고 꼽을 만큼 불협화음을 자아냈다.

그뿐만 아니라 콩코드 지역 근처에 있는 나의 가까운 친구 월든 호수의 얼음이 외치는 소리도 들을 수 있었다. 마치 호수가 불면증 때문에 이리저리 뒤척거리다가, 소화불량과 악몽에 시달리는 소리 같았다. 때로는 서리가 내려 땅이 쩍하고 갈라지는 소리에 깜짝 놀라 잠에서 깰 때도 있었다. 누군가가 한 무리의 소 떼를 끌고 와서 우리 집을 두드리는 것만 같았다. 아침에 일어나서 문밖에 나가보니, 땅 한가운데에 400미터 길이에 1센티미터가 안 되는 폭으로 금이 가 있었다.

하얀 달빛이 비치는 밤이면 가끔 여우들이 자고새와 다른 새들을 찾아서 하얀 눈밭을 헤매고 다니면서 불안함을 주체하지 못하는 들개처럼 포악하게 짖는 소리가 들릴 때도 있었다. 환한 빛을 찾기 위해서 혹은 개처럼 마음 놓고 신나게 달리고 싶은 듯 보이기도 했다. 우리 인류가 그러했듯이, 동물의 세계에서도 문명화가 진행되고 있는 건 아닐까? 내 눈에는 그 여우들의 모습이 마치, 굴을 파고 살던 인류, 즉 원시인처럼 보였다. 다시 말해 자기 몸을 지키기 위해 노력하지만 언젠가는 변화를 꿈꾸는 인간의 모습과 비슷해 보였다. 때로는 여우 한 마리가 우리 집에서 새어 나오는 불빛을 보며 이끌리듯 창문가로 다가와서 요란한 저주를 퍼붓고 부리나케 달아나는 일도 있었다.

새벽에 단잠을 깨우는 것은 주로 스키우루스 허드소니쿠스, 즉 붉은다람쥐였다. 마치 나를 잠에서 깨우라고 숲에서 보내기라도 한 것처럼 지붕을 타고 다니고 담을 오르락내리락하면서 요란한 소리를 냈다. 겨울 동안 아직 여물지 않은 옥수수 13킬로그램이 든 부대를 문앞에 내놓고, 음식을 찾아온 여러 동물이 움직이는 모습을 지켜보면서 나름대로 즐거운 시간을 보냈다. 붉은 노을이 지는 시간과 한밤중이면 토끼들이 찾아와 옥수수로 만찬을 즐겼고, 붉은다람쥐들은 낮과 밤을 가리지 않고 옥수수 부대 근처로 찾아와서 내 눈을 즐겁게 만들었다. 제일 먼저 다람쥐는 떡갈나무 숲을 가로질러 옥수수 부대가 있는 쪽으로 살그머니 다가와서, 갑자기 경주라도 하는 것처럼 뒀다

리에 힘을 싣고 엄청난 속도로 강풍에 휩쓸린 낙엽처럼 눈밭을 달려
왔다가 이내 반대쪽으로 달아났다. 하지만 한 번에 3미터 이상은 도
망치지 않았다. 그러다가 온 세상이 자신을 지켜보기라도 하는 것처
럼 개구쟁이 같은 표정을 짓고 아무 이유도 없이 공중제비를 돌았다.
한적하고 인적을 찾기 힘든 숲에 있는 다람쥐조차도 춤추는 무희처
럼 자신을 바라보는 관객들을 한껏 의식하는 것 같았다. 실제로는 다
람쥐가 걷는 모습을 한 번도 본 적이 없었지만, 다람쥐는 옥수수 부
대를 향해 걸어오는 데 걸리는 시간보다 더 많은 시간을 주변을 경
계하고 멈칫대는 데 썼다. 그러다가 눈 깜짝할 사이 어린 리기다소나
무 꼭대기까지 쪼르르 달려가서는 시계태엽을 감는 듯한 소리를 내
면서 상상 속의 관객들을 나무랐다. 그렇게 혼잣말을 하고 또한 세상
을 향해 무언가 말을 건넸다. 나는 다람쥐들이 왜 그런 행동을 하는
지 이유를 알아낼 수 없었지만 그건 다람쥐 자신도 알지 못할 것이다.
마침내 다람쥐는 옥수수 부대가 있는 쪽으로 슬그머니 다가와서, 적
당한 옥수수 알갱이를 고르고 조금 전에 그랬던 것처럼 삼각형 모양
으로 폴짝거리며 뛰어다니다가 창문 앞에 쌓아둔 장작더미로 올라
갔고, 그 자리에서 내 얼굴을 빤히 쳐다보면서 오랜 시간을 보냈다.
가끔은 새 옥수수 알갱이를 집어 와서 요란하게 알갱이를 갉아 먹고
는 반쯤 남은 속대를 내동댕이치기도 했다. 나중에는 배가 좀 찼는지,
알갱이만 열심히 파먹고 남은 속대를 장난감처럼 가지고 놀았다. 그
러던 중, 장작 위에 걸쳐놓고 한 발로 잡고 있던 옥수수자루가 데굴
데굴 굴러 땅바닥에 떨어지자 다람쥐는 깜짝 놀랐는지 반쯤 장난스

러운 표정으로 바닥을 빤히 쳐다보았다. 마치 옥수수가 살아 있는지를 의심하는 것 같았다. 다람쥐는 그 옥수수를 다시 주워야 할지 아니면 새 옥수수를 가지고 와야 할지, 혹은 아예 자리를 피해야 할지 결정하지 못한 것 같았다. 그렇게 빤히 옥수수만 쳐다보다가도 어느 순간 귓가를 스치는 바람 소리에 귀를 기울이기도 했다. 그 뻔뻔한 다람쥐는 그런 식으로 아침나절에만 여러 개의 옥수수를 해치웠다. 그러다가 자기 몸집보다 훨씬 더 거대한 옥수수 하나를 양발에 쥐고는 바닥에 질질 끌면서 숲으로 민첩하게 이동했다. 그 모습은 마치 들소를 잡아서 끌고 가는 호랑이처럼 보였다. 다람쥐는 처음 우리 집에 왔을 때처럼 지그재그를 그리며 옥수수를 끌고 가면서 중간중간 멈추어 서기도 했다. 옥수수가 어찌나 큰지 자꾸 멈추어 쉬었고 연신 바닥에 떨어뜨렸지만, 수직과 수평 사이의 대각선을 그리듯 끝까지 옥수수를 끌고 이동했다. 어떠한 일이 있더라도 반드시 옥수수를 가지고 가겠다고 단단히 결심이라도 한 모양이었다. 그렇게 다람쥐는 우리 집에서 200~250미터 떨어진 소나무 꼭대기까지 이동하는 데 성공한 모양이었다. 나중에 숲 군데군데에서 옥수수 속대가 흩어져 있는 것을 발견할 수 있었다.

마침내 어치들이 사방에 모습을 드러냈다. 사실 200미터 거리에서부터 어치들이 살금살금 다가왔기 때문에 요란한 울음소리는 훨씬 전부터 감지할 수 있었다. 어치들은 이 나무 저 나무를 날아다니면서 다람쥐들이 떨어뜨리고 간 옥수수 알갱이를 부리로 물고 리기다소나무 가지에 앉아서 알갱이를 삼키려고 했다. 하지만 알갱이가 너무 커서 연신 캑캑 소리를 냈다. 그렇게 한참을 고생하다가 알갱이를 뱉어내고는 다시 부리로 알갱이를 쪼아대기 시작한다. 어치들은 숲에서 소문난 좀도둑이라서, 별로 좋아하지는 않았다. 하지만 다람쥐 역시 처음에는 주위를 살피며 부끄러운 듯 머뭇거리다가도 어느새 자기 몫을 챙겨가는 것처럼 당당하게 행동했다.

그러는 사이 박새들도 떼를 지어 날아왔다. 박새들은 다람쥐가 놓고 간 옥수수 부스러기를 물고 근처 나뭇가지로 날아가서, 발톱 아래 부스러기를 놓고 마치 나무 껍데기 속 벌레를 쪼아 먹듯 부리로 열심히 쪼아서 목구멍에 넘어갈 정도로 잘게 부수었다. 조그만 박새들은 삼삼오오 떼를 지어 날아와서, 창문가에 쌓아둔 장작더미에서 먹이를 찾거나 문가에 떨어진 음식 부스러기를 쪼아 먹었다. 박새는 풀잎에 맺힌 고드름들이 서로 부딪힐 때처럼 작고, '데이 데이 데이' 하는 혀 짧은소리를 냈다. 그러다가 날씨가 봄처럼 포근해진 날에는 여름철 숲 가장자리에서 들리는 딱새처럼 '피비' 하고 큰 소리를 내기도 했다. 그렇게 주변 분위기에 어느 정도 적응이 되자, 내가 장작더미를 품에 안고 가는 사이에 장작 위에 내려앉아서 겁도 없이 부리로 나무를 쪼아댔다. 언젠가 한번은 마을 텃밭에서 한참 김을 매고 있는데, 내 어깨에 잠시 내려앉은 적도 있었다. 그날 나는 어떤 훈장을 단 것보다도 더 우쭐한 기분을 느꼈다. 나중에는 다람쥐들과도 친해져서, 내가 발로 다람쥐의 지름길을 막고 서 있자면 내 신발 위로 서슴없이 지나가기도 했다.

하얀 눈 사이로 군데군데 땅이 드러나고 겨울이 어느새 끝자락에 접어들 무렵이 되자 남쪽 언덕 비탈과 장작더미 주변의 눈이 서서히 녹으면서 자고새들이 아침저녁으로 먹을거리를 찾아 나오기 시작했다. 그맘때는 숲속 어디를 가도 요란하게 날갯짓을 하는 자고새들을 쉽게 만날 수 있었다. 그러면 나뭇잎과 나뭇가지에 쌓여 있던 하얀 눈이 환한 햇살을 받으며 노란 금가루처럼 떨어져 내린다. 이 용감무쌍한 새는 추운 겨울을 전혀 두려워하지 않는 모양이다. 때로는 거센 바람에 쌓인 눈 더미 속에 몸을 파묻기도 했고, 알려진 대로 '때로는 푹신푹신한 눈 더미 속에 몸을 감추고 하루 이틀 정도 숨어서 지내기도' 했다. 나는 해 질 무렵이면 숲에서 나와 넓은 들판에서 야생 사과를 쪼아 먹는 자고새들을 깜짝 놀라게 만들기도 했다. 자고새는 밤만 되면 특정한 나무로 모여들었기 때문에, 머리가 비상한 사냥꾼들은 그런 나무 주변에 몰래 몸을 숨기고 기다렸다. 마을에서 한참 떨어진 숲 주변에 있는 과수원에서는 자고새들 때문에 피해가 이만저만이 아니었다. 아무튼 내 입장에서는 자고새들이 그런 식으로라도 배를 채울 수 있다는 점이 다행스럽게 느껴졌다. 자고새는 새싹과 달콤한 즙을 먹으며 살아가는 자연의 새 그 자체이기 때문이다.

어둑어둑한 겨울 아침이나 해가 짧은 겨울 오후면, 사냥개 한 무리가 추적의 본능을 참지 못하고 요란하게 짖어대며 숲을 누비고 다니는 소리가 들리기도 했다. 간간이 사냥 나팔 소리가 들리는 것으로 보아, 누군가 그 뒤를 따르고 있는 모양이었다. 최근 들어 숲이 조금씩 시끄러워지고 있지만 여우는 호수의 넓은 공터로 뛰쳐나오지 않고 약타이온²을 쫓는 사냥개의 모습도 보이지 않는다. 저녁이 되면 전리품을 뽐내듯, 썰매에 여우 꼬리를 매달고 여관으로 돌아가는 사냥꾼의 모습을 볼 수 있을지 모른다. 사냥꾼들은 꽁꽁 얼어붙은 대지에 여우가 숨어 있어야만 안전할 거라고, 혹시 밖으로 나오더라도 일직선으로 냅다 도망치면 어떤 사냥개도 잡을 수 없을 거라고 말한다. 하지만 자신을 추적하는 사냥개를 따돌린 여우는 어느 순간 사냥개가 가까이 올 때까지 멈춰서 기다리고, 다시 죽어라 도망치다가 결국 평소 자주 가던 은신처로 향하게 되는데 바로 그곳에서 사냥꾼들이 여우를 기다리고 있다. 가끔은 돌담 위를 수십 미터 가까이 달려가다가 폴짝 뛰어내려 도망치기도 한다. 게다가 호수에 들어가면 물에 젖어 냄새를 지울 수 있다는 사실도 아는 것 같다. 한 사냥꾼에게 들은 바로는 사냥개에게 쫓기던 여우가 월든 호수로 뛰어든 적도 있다고 한다. 당시 호수는 얼음이 언 상태였지만 중간중간 얼음이 녹아서 웅덩이가 생겼기 때문이다. 곧바로 사냥개들이 쫓아왔지만 호숫가에서 여우의 냄새를 놓치고는 어찌할 바를 몰라 했다. 여우는 호수 반대편까지 도망치다가 다시 제자리로 돌아왔다. 가끔은 사냥꾼 없이 사냥에 나선 개들이 내 집 주위를 지나치기도 했다. 그러면 광기에 사로잡힌 것처럼, 집주인은 신경조차 쓰지 않고 무리끼리 미친 듯이 짖어대는 것이었다. 사냥에 몰두한 사냥개들은 좀처럼 다른 데로 주의를

---

2 키타이론의 산속에서 사냥을 하다가 순결의 상징인 처녀신 아르테미스의 목욕 광경을 엿보았고, 그 분노를 사 사슴으로 변했다가 자신의 사냥개에게 물려 죽었다.

돌리지 않는다. 그리고 한자리를 빙글빙글 돌면서 근처에 남겨진 여우의 냄새를 찾으려고 애쓰는데, 그중에서도 영리한 녀석일수록 사냥감의 냄새에 집착하는 것 같았다. 언젠가 렉싱턴에서 왔다는 한 남자가 내 오두막으로 찾아와서 사냥개에 관하여 물은 적도 있었다. 자신이 키우는 커다란 사냥개 하나가 일주일 전에 사냥감을 쫓아갔는데 아직도 혼자 돌아다니고 있다는 거였다. 하지만 대답을 해봤자 도무지 믿을 것 같지가 않았다. 내가 그의 질문에 대답을 하려고 할 때마다, 그는 내 입을 막으면서, "그런데 당신은 여기서 뭐 하는 거죠?"라고 물었기 때문이다. 그러니까 그는 사냥개 한 마리를 잃은 대신 사람 하나를 찾은 꼴이었다.

월든 호수의 물이 제일 따뜻해졌을 때면, 1년에 한 번 정도 미역을 감으러 오는 나이 지긋한 사냥꾼이 하나 있었다. 그럴 때마다 나를 찾아오곤 했는데, 오래전 어느 오후에 엽총을 들고 월든 숲으로 순찰을 나갔던 때의 이야기를 들려주었다. 웨일랜드의 길을 걷다가 사냥개들이 짖는 소리를 들었는데, 개 짖는 소리가 점점 가까워지더니 갑자기 여우 한 마리가 돌담을 넘어 도로로 뛰어들었다. 그리고 곧바로 건너편 돌담으로 사라졌다. 재빨리 엽총을 겨누어 방아쇠를 당겨보았지만 여우를 맞추지는 못했다. 곧바로 늙은 사냥개 한 마리가 새끼들 세 마리를 데리고 죽어라 달려왔다. 주인도 없이 자기들끼리 사냥을 나왔는지, 곧바로 다시 숲으로 사라졌다. 그날 오후 늦은 시간, 월든 호수의 남쪽 부근 숲이 우거진 곳에서 잠시 쉬고 있는데 페어헤이븐 쪽에서 요란하게 짖는 사냥개들의 소리가 들렸다. 아까 봤던 사냥개들이 계속 여우를 쫓고 있는 모양이었다. 그렇게 개들은 서로 컹컹 짖어대기 시작했고, 한 번은 웰메도 쪽에서 또 한 번은 베이커 농장 쪽에서 사냥개들이 짖는 소리가 이어졌다. 그는 한참이 지나도록 그 자리에서 사냥개들이 짖는 소리를 감미로운 음악을 감상하듯 듣고 있었다. 바로 그때 여우가 나타났다. 여우는 느긋하면서 조용하게 재빠르면서도 차분한 걸음으로 거대한 숲을 이리저리 빠져나가서 사냥개들을 따돌렸던 것이다. 여우를 불쌍히 여긴 가랑잎들이 여우의 발소리를 숨겨준 덕분이었다. 여우는 숲 정중앙에 있는 바위로 폴짝 뛰어오르더니 고개를 꼿꼿이 세우고 귀를 바짝 세우고 주변 소리에 귀 기울였다. 바로 뒤에 사냥꾼이 있다는 사실조차 눈치채지 못했다. 잠시였지만 사냥꾼은 그런 여우에 대한 가엾은 생각이 들어서 엽총을 들지 못하고 있었다. 하지만 그 감정은 곧바로 사라졌고, 사냥꾼은 곧바로 엽총을 들어 여우를 겨누고 방아쇠를 당겼다. 탕! 요란한 총소리와 함께 여우는 바위에서 굴러떨어져 바닥으로 쓰러졌다. 사냥꾼은 그 자리에 꼼짝하지 않고 서서 사냥개들이 짖는 소리에 귀를 기울였다. 사냥개들이 점점 가까이 다가오는 소리가 들렸다. 잠시 후, 악마들이 소리를 지르는 듯한 사나운 컹컹 소리가 다가왔다. 마침내 늙은 사냥개 한 마리가 나타나더니 코를 바닥에 대고 킁킁대면서 귀신이라도 본 것처럼 허공에 대고 입질을 하더니 바위 쪽으로 달려왔다. 그런데 여우가 쓰러져 있는 모습을 보더니 놀라서 벙어리라도 된 것처럼 그 주위를 빙글빙글 도는 것이 아닌가. 곧바로 새끼들 세 마리도 나타났지만, 싸늘하게 주검이 된 여우를 보며 주위를 돌기만 했다.

사냥꾼은 한 걸음 나가서 사냥개들 사이에 섰다. 그제야 수수께끼 같은 상황이 해결되었다. 사냥꾼이 죽은 여우의 가죽을 벗기는 동안, 사냥개들은 가만히 기다렸다. 그리고 사냥꾼이 죽은 여우의 꼬리를 잘라내고 자리를 뜨자, 개들도 잠시 사냥꾼을 따라오는 것 같더니만 다시 숲으로 사라졌다. 그날 오후, 마을의 유지로 알려진 한 사람이 콩코드 사냥꾼이 머무는 오두막에 찾아와서 자신의 사냥개들의 행방에 대해 캐물었다. 벌써 일주일 째 사냥개들이 집을 나가 행방이 묘연하다는 거였다. 사냥꾼은 자신이 아는 바에 관해서 이야기하고 그날 잡은 여우 가죽을 유지에게 건넸다. 하지만 그는 여우 가죽을 거절하고 오두막에서 나왔다. 그날 밤에는 사냥개들을 찾지 못했지만, 강 건너 어느 농가에서 하룻밤을 잘 지내고 다음 날 아침 일찍 그곳을 떠났다는 소문을 들었다.

그 이야기를 들려주었던 사냥꾼은 샘 너팅이라는 사람을 똑똑히 기억하고 있었다. 너팅은 페어헤이븐 바위 근처에서 곰을 잡아, 곰 가죽을 벗겨 들고 콩코드 마을로 내려와서 럼주와 맞바꾸었던 사냥꾼이었다. 너팅은 말코손바닥사슴을 페어헤이븐 근처에서 본 적이 있다고 말했다. 그는 버고인이라는 여우 사냥개 한 마리를 데리고 다녔는데, 그는 버고인을 '버긴'이라고 부르면서 나에게 이런저런 이야기를 들려준 사냥꾼에게 자신의 여우 사냥개를 가끔 빌려주곤 했다. 콩코드 마을에서 오랜 세월 장사를 하며 살아온 늙은 상인 하나가 있는데, 그는 전직 경찰로 읍사무소 공무원과 주의원까지 지낸 적이 있었다. 그의 '거래 장부'에는 다음의 사항들이 기록되어 있었다.

'1742~1743년 1월 18일, 존 멜빈 대위, 회색 여우 한 마리, 2실링 3펜스.'

이제 회색 여우는 거의 찾아볼 수가 없었다. 1743년 2월 7일 장부에는 헤스카이어 스트래튼에게 '고양이 가죽 절반을 1실링 4.5펜스'에 거래했다고 적혀 있다. 물론 그 고양이는 살쾡이일 것이다. 스트래튼은 프랑스 전쟁에 하사관으로 참전했기 때문에 기껏 고양이를 잡아서 그걸로 돈을 벌지는 않았을 것이 분명하다. 무엇보다도 사슴 가죽은 거의 매일 팔아치운 것으로 기록되어 있었다. 콩코드 부근에서 마지막으로 발견된 사슴의 뿔을 지금까지도 간직하고 있는 사람도 있고, 자기 삼촌이 사슴 사냥에 참여했다며 당시 상황을 자세히 일러준 사람도 있었다. 이곳에는 옛날부터 사냥꾼들이 많았고, 하나같이 재미있는 사람들이었다. 그중에서 유독 마른 사냥꾼이 하나 있었는데, 내 기억이 틀리지 않다면 그는 길을 가다가도 나뭇잎을 따서 풀피리를 불곤 했다. 내 귀에는 그 풀피리 소리가 사냥 나팔 소리보다도 더 웅장하고 아름답게 들렸다.

달이 뜨는 한밤중이면, 가끔 산책을 나갔다가 숲을 배회하는 사냥개들을 마주칠 때가 있었다. 녀석들은 나를 보면 조심스럽게 자리를 피하고, 내가 지나갈 때까지 덤불 속에서 꼼짝도 하지 않고 서 있었다.

다람쥐와 들쥐 들은 내가 창고에 저장해둔 견과류를 차지하기 위해서 다투었다. 내 집 주위에 지름이 3~10센티미터에 달하는 리기다소나무가 수십 그루 가까이 서 있었는데, 지난겨울 생쥐들이 소나무를 꽤 많이 갉아 먹었다. 워낙 눈이 많이 내려서 노르웨이의 겨울만큼이나 혹독했기 때문에, 생쥐들도 먹고살 것이 없어서 소나무 껍질이라도 갉아 먹으면서 버텨야 했기 때문이다. 고리 모양으로 껍질이 완전히 벗겨졌는데도 여름이 되었을 때, 리기다소나무는 푸른 잎을 피웠고 겉보기에는 멀쩡했다. 올해 겨울에도 생쥐들이 나무를 갉아 먹는다면 분명 시름시름 앓다가 죽어버릴 것이었다. 그 조그만 생쥐도 나무를 위아래로 갉아 먹는 게 아니라, 고리 모양으로 빙 둘러서 갉아 먹는다는 점이 놀랍기만 하다. 어쩌면 리기다소나무가 워낙 빽빽하게 자라기 때문에 이를 솎아내기 위해서는 그 방법밖에 없는지도 모르겠다.

레푸스 아메리카누스, 즉 멧토끼 역시도 나와 매우 친해졌다. 그중 한 녀석은 우리 집 마루 아래 은신처를 파고 겨우내 함께 지냈다. 그러니까 마루를 사이에 두고, 우리는 한 집에서 함께 살다시피 한 것이다. 아침에 눈을 떠서 몸을 움직일라치면, 녀석은 황급히 바닥에서 일어나 머리를 마루에 쿵쿵 울리면서 나를 놀라게 했다. 해가 질 무렵이면, 멧토끼들은 내가 버린 감자 껍질을 차지하기 위해서 문 앞으로 우르르 몰려들었다. 멧토끼는 땅이랑 색이 매우 비슷해서 움직이지 않고 가만히 있으면 바닥인지 토끼인지 구분하기가 힘들었다. 가끔은 뉘엿뉘엿 해가 지는 사이, 창문 아래서 가만히 앉아 있던 멧토끼가 파드득 움직여 저만치 도망치는 모습을 볼 수 있었다. 저녁에 문을 열고 나가면, 멧토끼들이 찍찍 소리를 내면서 놀라 도망칠 때도 있었다. 멧토끼들이 가까이 있을 때면 나도 모르게 동정심이 부풀어 올랐다. 어느 날 밤, 멧토끼 한 마리가 고작 두 걸음 남짓 되는 거리에 가만히 앉아 있었다. 처음에는 나를 보고 놀라서 벌벌 떨었지만 별로 움직일 생각은 없어 보였다. 뼈만 앙상하게 남아서 마른 몸에 축 늘어진 긴 귀와 뾰족한 코, 짤막한 꼬리와 가느다란 앞발을 보니 왠지 모르게 처량해 보였다. 이제는 자연도 그 고귀한 혈통을 더는 이어가지 못하고 겨우겨우 명맥만 유지하는 것 같았다. 게다가 눈은 또 얼마나 큰지 오히려 병약해 보일 정도였고 수종이라도 걸린 것 같았다. 나는 녀석을 향해 한 걸음을 내디뎠고, 토끼는 용수철처럼 자리에서 튀어오르더니 네 다리를 우아하게 쭉쭉 뻗으며 하얀 눈밭을 질주하여 잽싸게 숲속으로 사라져버렸다. 이로써 야생 동물의 활력과 자연의 위엄을 제대로 보여준 셈이었다. 멧토끼가 유난히 날렵한 몸매를 가진데는 다 이유가 있었던 모양이다. 바로 그것이 멧토끼의 본래 모습이었다(멧토끼를 의미하는 라틴어 '레푸스Lepus'와 '레비페스levipes'는 '날렵한 발'에서 유래했다는 설도 있다).

만약 시골에서 멧토끼와 자고새가 사라진다면 어떨까? 토끼와 자고새는 지극히 소박하면서도 토속적인 동물이다. 과거부터 지금까지 인간에게 제일 잘 알려져 있으며 가장 사랑받는 동물이고, 자연의 색감과 본질 그 자체를 지닌 동물이기도 하다. 게다가 나뭇잎이나 땅과 가장 가까이 살면서 서로 밀접한 관련을 맺고 있는 동물이다. 멧토끼는 다리가 있고 자고새는 날개가 있다는 사실만이 다를 뿐이다. 멧토끼나 자고새가 불쑥 숲을 헤치고 달아나는 모습을 보더라도, 그저 나뭇잎이 바스락 소리를 내는 것처럼 지극히 자연스러운 일로 받아들이게 마련이다. 만약 우리가 사는 세상에 그 어떤 혁명적인 변화가 일어나도, 멧토끼와 자고새만큼은 대지의 동물로서 계속 번성할 것이다. 숲이 모두 잘려나가도, 새로 돋는 새싹과 덤불이 그들에게 은신처가 되어줄 것이고, 그러면 그 어느 때보다도 개체 수가 늘어날 것이 분명하다. 멧토끼 한 마리도 먹고살기 힘들 정도로 척박한 땅이라면, 그곳은 정말로 궁핍한 땅일 것이다. 비록 몇몇 아이가 잔가지 아래 덫을 놓을 때도 있고 말총으로 만든 올가미를 걸어놓는다고 해도, 우리 숲에는 멧토끼와 자고새가 넘쳐나서 어느 늪지에 가든 녀석들이 이리저리 돌아다니는 모습을 쉽게 볼 수 있다.

16

월든 호수의 겨울
(The Pond in Winter)

　고요한 겨울밤을 보낸 후, 꿈속에서 온갖 질문이 꼬리를 이어서 그에 대한 해답을 찾으려고 애쓰다가 부질없음을 깨닫고 잠에서 깼다. 그 질문들이란 '무엇을 – 어떻게 – 언제 – 어디서'에 대한 것이었다. 넓은 창문 너머로 모든 생명체가 살아가는 자연은 평온하고 흡족한 표정으로 나를 바라보았고 그렇게 새벽이 밝아왔지만 그 자연의 입술은 아무런 질문도 던지지 않았다. 나는 자연과 햇살, 즉 그 질문의 응답을 받으며 잠에서 깼다. 하얀 눈이 쌓여 어린 소나무들이 점처럼 보이는 가운데 내 집이 있는 언덕이 나를 보며, "전진!"이라고 외치는 것 같았다. 자연은 아무런 질문도 하지 않고 우리가 질문해도 아무 대답을 하지 않는다. 오래전부터 그리하기로 굳게 결심한 것처럼 말이다.

　"오, 왕자님. 우리의 눈은 우주의 경이롭고도 다채로운 모습을 바라보며 이를 영혼에 전하는 바입니다. 어두운 밤이 찾아와, 눈부신 창조물의 일부를 어둠의 장막으로 덮어버릴지라도, 다시 낮이 찾아오면 드넓게 펼쳐진 하늘의 평원까지 펼쳐진 이 위대한 작품을 다시 우리에게 드러내 보입니다."

그러고 나서 아침 일을 시작한다. 꿈에서 깼으니 제일 먼저 도끼와 양동이를 들고 물을 찾아 나선다. 날씨가 춥고 눈이 내렸다면 수맥 탐지용 막대기를 챙겨야 한다. 꽁꽁 얼어붙은 호수는 조용히 불어오는 바람에도 민감하게 반응하고, 빛과 그림자를 모두 반사하는 호수의 수면이 겨울이 되면 30센티미터 이상 두께로 얼어붙기 때문에 묵직한 마차가 지나가도 끄떡없다. 게다가 눈이 두꺼운 얼음만큼 쌓이는 날에는 호수와 평지를 구분할 수 없을 정도가 된다. 호수를 에워싼 언덕에 사는 마멋들처럼, 호수는 두꺼운 눈꺼풀을 감고 석 달 넘는 시간 그 이상을 깊은 겨울잠에 빠진다. 나는 언덕에 둘러싸인 풀밭 한가운데 서 있는 것처럼 하얀 눈이 덮인 호수 위로 올라가 30센티미터 정도로 쌓인 눈을 헤치고 들어가서, 다시 30센티미터 깊이의 얼음을 뚫어 발아래로 창문을 낸다. 나는 무릎을 바닥에 대고 앉아 호수의 물을 마시면서 아래를 내려다본다. 잔잔한 호수는 마치 물고기들이 노니는 고요한 거실처럼 펼쳐져 있고, 두꺼운 유리를 통과한 햇살이 잔잔히 비추고 바닥에는 여름처럼 밝은 빛깔의 모래가 깔려 있다. 월든 호수 아래로 해 질 녘 비추는 호박색 하늘처럼 고요하고 평온함이 깃들어 있는 모래는 근처에 사는 사람들의 차분하고 한결같은 기질을 그대로 보여주는 듯하다. 천국은 우리 머리 위에만 있는 것이 아니라 이렇게 우리 발밑에서도 찾아볼 수 있다.

온 세상이 추위로 꽁꽁 얼어붙은 이른 아침에도 사람들은 낚싯대와 간단한 도시락을 챙겨서 호수로 찾아오고, 하얀 눈으로 덮인 들판에 조그만 구멍을 내고 강꼬치고기와 농어를 잡기 위해 낚싯줄을 내린다. 낚싯대를 드리운 사람들은 마을 사람들과는 본능적으로 다른 유행을 따르고 다른 권위를 신봉하는 야성적인 인간들이다. 자칫 완전히 교류가 끊길 수 있지만 그들이 마을을 오가는 덕분에 전혀 다른 사람들이 서로 교류를 이어나갈 수 있다. 낚시꾼들은 두꺼운 외투를 입고 호숫가의 마른 나뭇잎 위에 앉아서 도시락을 먹는다. 도시에 사는 사람들이 인공적인 지식을 꿰뚫고 있는 것처럼, 낚시꾼들은 자연과 관련한 지식에 해박하다. 이는 책을 통해 배운 지식이 아니라서 실제 경험에 비해 남들에게 말하고 설명할 수 있는 것이 훨씬 적은 편이다. 실제 그들이 하는 일은 아직 세상에 널리 알려지지 않은 것들이 많다. 여기에 농어를 미끼로 강꼬치고기를 낚는 사람이 있다. 양동이를 들여다보면 여름 호수를 보는 것처럼 감탄이 절로 나온다. 아무래도 여름을 잡아두었거나 여름이 어디로 물러났는지 잘 아는 모양이다. 이렇게 추운 겨울에 그런 고기들을 어떻게 낚았을까? 그렇다. 겨울이 와 땅이 꽁꽁 얼어붙은 후에는 썩은 통나무 속에서 벌레를 잡아 이를 미끼로 농어와 강꼬치고기를 낚았던 것이다. 그 낚시꾼의 삶 자체가 박물학자의 연구보다 더욱 깊이 자연을 꿰뚫고 있으며, 그 사람 자체가 학자들의 연구 대상이다. 박물학자는 날카로운 칼로 나무껍질과 이끼를 걷어내어 곤충을 잡지만, 이 낚시꾼은 도끼로 통나무를

월든 호수 축약도

(1846년)

1인치 = 40로드(1로드는 5미터)

WALDEN POND

A reduced Plan.

(1846.)

Scale $\frac{1}{7920}$, or 40 rods to an inch.

면적 : 7만 5천 평   둘레 : 2.7킬로미터

최대 길이 : 877.5미터   최대 깊이 : 31미터

Area 61 acres, 103 rods.
Circumference 1.7 miles.
Greatest Length 175½ rods. A
Greatest Depth 102 feet.

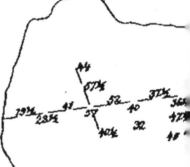

Profile of a Section by the line A.B.

A

Section C.D.

C

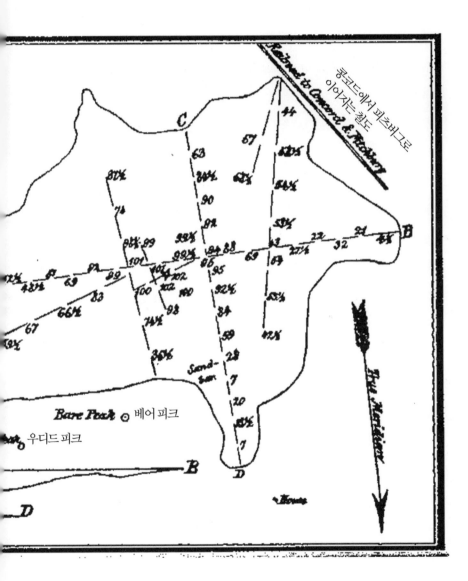

홍코드에서 피츠버그로
이어지는 철도

Bare Peak ⊙ 베어 피크

○ 우디드 피크

반 동강 낸다. 그러면 이끼와 나무껍질이 사방으로 날아가버린다. 그는 나무껍질을 벗겨서 생계를 꾸리기 때문에 충분히 낚시할 자격을 갖추고 있다. 나는 그런 사람을 통해서 자연의 법칙이 계속 이어지기를 바란다. 농어는 벌레를 먹고 강꼬치고기는 농어를 먹고 낚시꾼은 강꼬치고기를 먹는다. 그런 식으로 먹이 사슬의 틈새들이 하나둘 메워지는 것이 아닌가 싶다.

뿌연 안개가 낀 날, 월든 호수 주변을 산책하다 보면 그야말로 원시적인 방법으로 낚시를 하는 이들을 종종 볼 수 있다. 나는 그 모습을 흥미롭게 지켜보곤 했다. 그는 호숫가에서 20~25미터 간격으로 두꺼운 얼음에 구멍을 뚫은 후에 오리나무 가지를 걸쳐두고 혹시나 낚싯줄이 물속으로 끌려가지 않도록 끝에 막대기를 묶어둔다. 그리고 축 늘어진 낚싯줄은 얼음 위 30센티미터 정도 높은 곳에 있는 떡갈나무 잎에 고정한다. 만약 낚싯줄이 물속으로 끌려가면 물고기가 미끼를 물었다는 뜻이다. 호숫가를 반쯤 걷다 보면, 이렇게 오리나무 가지들이 일정한 간격을 두고 서로 연결된 모습을 간간이 볼 수 있었다.

아, 월든 호수의 강꼬치고기들! 강꼬치고기들이 차가운 얼음 위에 있는 모습이나 조그만 얼음 구멍 사이에 파놓은 움푹한 웅덩이에 담긴 모습을 보면, 마치 신화나 전설에나 나올 법한 물고기처럼 진귀한 아름다움을 발산해내는 것에 깜짝 놀랄 때가 있다. 이런 강꼬치고기들은 거리는 물론 숲에서도 쉽게 찾아볼 수 없는 진귀한 존재로, 마치 콩코드 사람들이 아라비아라는 나라를 떠올릴 때와 비슷한 이국적인 느낌을 준다. 그만큼 강꼬치고기는 눈부시고 초월적인 아름다움을 지닌 물고기로, 콩코드 거리에서 쉽게 볼 수 있는 송장 같은 대구나 해덕대구와는 전혀 다른 차원을 보여준다. 강꼬치고기는 소나무처럼 푸르지도 않고 바위처럼 회색도 아니고 하늘처럼 파란색을 띠지도 않는다. 내 눈에는 강꼬치고기가 아름다운 꽃이나 보석처럼 진귀한 색을 뿜어내는 듯 보인다. 어찌 보면 진주처럼 보이기도 하고, 월든 호수의 동물적 결정체로 보이기도 한다. 물론 강꼬치고기는 겉으로도 속으로도 모두 철저히 월든이다. 즉, 월든 호수에서 헤엄치며 살지만 물속에 갇힌 존재이고, 동물의 세계에서는 월든의 거주자로 볼 수 있다. 나는 강꼬치고기가 월든 호수에서 잡힌다는 사실이 그저 놀라울 따름이다. 수레와 마차가 덜그럭대며 지나가고 딸랑딸랑 종을 울리며 썰매가 다니는 월든의 길, 그보다 한참 더 깊은 호수 속에서 황금색과 에메랄드색을 띤 이 거대한 물고기가 헤엄치고 있다니 정말로 놀라운 일이다. 지금까지 어느 시장에서도 강꼬치고기를 파는 것을 보지 못했다. 만약 강꼬치고기가 시장에 나온다면 모든 사람의 눈길을 사로잡을 것이 분명하다. 강꼬치고기는 물 밖으로 끌려 나오는 즉시 자신의 명을 다하기도 전에 하늘의 희박한 공기 속으로 옮겨지는 인간처럼 몇 번 펄떡이며 경련하고는 곧바로 삶을 포기해버린다.

나는 오래전에 사라진 월든 호수의 바닥을 되찾고 싶은 마음에, 1846년 초반 얼음이 녹기 전에 나침반과 쇠사슬, 그리고 측심줄을 가지고 호수 바닥을 면밀히 측정했다. 월든 호수의 바닥에 대해서는 수많은 이야기가 있었지만 대부분은 근거조차 없는 추정에 불과한 것들이었다. 제대로 수심을 재보지도 않고 오랜 세월을 호수에 바닥이 없다고 떠들어대는 것이 오히려 놀라울 따름이다. 하루는 산책을 나갔다가 바닥이 없다고 알려진 호수를 두 곳이나 지나게 되었다. 어떤 사람들은 월든 호수가 지구 반대편까지 뚫려 있다고 굳게 믿는다. 한 사람은 꽁꽁 언 얼음판에 엎드려 시야를 교란하는 매개체인 물을 통해서, 그것도 물기 가득한 눈으로 호수 속을 내려다보다가 혹시 감기에 걸리면 어쩌나 두려워 서둘러 자리에서 일어나서는 호수의 바닥에서 커다란 구멍을 보았다는 성급한 결론을 내리기도 했다. 그의 말로는 '건초 한 무더기가 들어가고도 남을 만한 거대한 구멍'을 보았고, 그 구멍은 스틱스 강의 수원이자 지옥으로 향하는 입구가 분명하다고 주장했다. 또 다른 사람들은 25킬로그램에 달하는 추와 3센티미터 굵기의 밧줄을 수레에 산더미처럼 싣고 월든 호수로 찾아와서 수심을 측정하려고 했지만, 역시나 실패하고 말았다. 호수 바닥에 추가 닿았는데도 그걸 모르고 무작정 밧줄을 물속으로 풀어냈기 때문이다. 그들은 경이로움을 무조건 받아들이려는 능력을 측정에만 급급해서 쓸데없이 밧줄을 계속 풀었던 것이다. 하지만 내가 여러분에게 분명히 말할 수 있는 것은 월든 호수가 다른 호수에 비해서 수심이 깊은 것은 사실이지만, 그렇다고 속을 헤아릴 수 없을 정도로 깊지는 않다는 점이다. 어느 지점에 이르면 반드시 월든의 호수 바닥을 볼 수 있다. 나는 대구 잡이용 낚싯줄과 700그램가량의 돌멩이를 이용해 월든 호수의 수심을 쉽게 측정할 수 있었다. 돌멩이가 바닥에 닿지 않았을 때는 쉽게 물 위로 끌어당길 수 있지만, 돌멩이가 바닥에 닿고 나면 더 힘을 들여야만 줄을 잡아당길 수 있다. 그중에서 가장 수심이 깊은 곳이 31미터 정도였다. 그 후로 수위가 1.5미터 정도 상승했으니 지금은 32.5미터가량이 될 것이다. 호수의 크기가 작다는 점을 고려해 볼 때, 32.5미터의 수심은 꽤 깊은 것이었다. 상상력을 더해 단 3센티미터라도 빼서는 안 된다. 만약 모든 호수의 수심이 얕다면 어떨까? 그러면 인간의 마음에도 어떤 영향을 주지 않을까? 나는 월든의 호수가 수심이 깊고 물이 맑아서 하나의 상징이 되었다는 사실을 고맙게 생각하는 쪽이다. 인간이 무한한 존재를 믿는 동안, 앞으로도 바닥이 없는 무한한 깊이의 호수는 계속 존재할 테니까.

어느 공장의 주인은 내가 월든 호수의 수심을 측정했다는 소식을 듣고, 그것이 사실이 아닐 거라고 생각했다. 댐에 대한 자신의 지식을 바탕으로 그렇게 가파르게 모래가 물속에 쌓일 수 없다고 주장한 것이다. 하지만 아무리 넓은 호수라고 해도 사람들이 생각하는 것처럼 수심이 면적에 정확히 비례하지 않는다. 따라서 물을 모두 퍼낸다고 해도 엄청나게 깊은 골짜기가 드러나는 일은 없을 것이다. 게다가 이 호수들은 언덕 사이로 보이는 골짜기와는 다르다. 월든 호수는 그 면적에 비해서 수심이 깊지만, 이를 종단면으로 잘라낸다면 얕은 접시보다 더 깊지는 않을 것이다. 호수의 물을 전부 퍼낸다고 해도 평소 우리가 보던 초원보다 더 깊숙이 파여 있지는 않을 것이다. 윌리엄 길핀은 풍경과 관련된 부분에서는 누구보다 정확한 판단을 내렸는데, 스코틀랜드의 파인 호수에서 "수심이 100~126미터 정도이고 폭은 6.5킬로미터, 총 길이는 80킬로미터 정도 되는 염수만이다"라고 설명했다. 그리고 다음과 같이 덧붙였다.

"만약 대홍수로 인한 함몰이나 그 원인이 된 변동이 일어난 직후, 이곳에 물이 들어오기 전에 볼 수 있었다면 무시무시한 협곡을 볼 수 있었을 것이다."

부풀어 오른 산들이 하늘 높이 솟아 있고
드넓고 깊고 텅 빈 바닥은
어마어마한 물이 찬 호수가 낮게 가라앉았다.

하지만 파인 호수에서 폭이 가장 좁은 곳을 바탕으로 이를 월든 호수에 적용한다면, 호수의 종단면이 얕은 접시처럼 보이는 월든 호수에 비해 피너 호수의 수심은 1/4 정도밖에 되지 않을 것이다. 파인 호수의 물이 전부 빠져나가고 나면 얼마나 무시무시한 협곡이 드러날지에 관한 이야기는 이쯤에서 그만두기로 하자. 활짝 웃는 계곡들과 그 사이로 뻗은 옥수수밭도 물이 전부 빠져나가고 나면 그저 '무시무시한 협곡'에 불과하지만, 이 사실을 순박한 마을 사람들에게 설명하려면 지질학자의 통찰력과 앞을 내다보는 넓은 식견이 필요할 것이다. 관찰력을 타고난 사람이라면, 지평선의 나지막한 언덕이 원시시대에 호수였다는 흔적을 찾아낼 수 있을지 모르겠다. 그 이후 평원이 융기하였다고 해도 과거 그 자리가 호수였다는 역사는 좀처럼 감출 수 없을 것이다. 근처 도로에서 공사하는 일꾼들이 잘 아는 바처럼, 한바탕 소나기가 내린 후에 웅덩이를 살펴보면 움푹 파인 흔적을 쉽게 찾을 수 있다. 다시 말해, 다소간의 상상력만 더하면 우리는 자연보다 더 깊이 잠수하고 더 높이 날아오를 수 있다는 뜻이다. 그러니 바다의 깊이도 그 방대한 넓이에 비하면 그다지 깊지 않다는 사실도 언젠가 밝혀질 것이다.

나의 경우에는 꽁꽁 언 호수를 뚫고 수심을 측정했기 때문에 얼음이 얼지 않은 항구를 측량할 때보다 더욱 정확하게 호수의 바닥 모습을 살필 수 있었다. 그리고 호수의 바닥이 대체로 일정하다는 사실을 깨닫고 매우 놀랐다. 월든 호수의 가장 깊은 곳에는 태양과 바람 그리고 쟁기질의 영향을 받은 밭보다 더욱 평평한 형태의 바닥이 몇천 평 가까이 펼쳐져 있었다. 가령 임의로 선을 하나 그리고, 그 지점에서 여러 곳의 깊이를 측정해보니 반경 150미터 내에서의 차이는 30센티미터 정도에 그쳤다. 이를 통해 호수의 가운데부터 측정한다면 그 높이의 차이가 30미터당 7~10센티미터에 그칠 거라는 사실을 예측해볼 수 있다. 월든 호수처럼 바닥에 고운 모래가 깔린 호수에 깊고 위험천만한 구멍이 있을 거라고 떠들어대는 사람들이 있지만, 이런 환경에서는 물의 흐름이 잔잔하기에 그 바닥도 평평해지게 마련이다. 호수 바닥의 형태가 대체로 평평하고 근처 호수뿐만 아니라 주변 언덕들과도 대체로 일치하기 때문에, 멀리 떨어져 있는 곳의 수심도 호수 바로 맞은편을 측정함으로써 어느 정도 확인해볼 수 있다. 이러한 곳은 모래톱이 되고 평평한 여울이 되고 골짜기와 협곡은 물이나 수로가 된다.

나는 50미터를 1인치로 축소하여 월든 호수의 지도를 만들고, 백 군데 이상의 수심을 측정한 결과를 기록했다. 그리고 다음과 같은 놀라운 사실을 발견했다. 수심이 가장 깊은 곳과 가장 긴 가로선, 그리고 가장 긴 세로선이 정확하게 일치하는 것이 아닌가. 호수 한가운데 바닥은 평평하고, 호수의 윤곽선도 불규칙적이고, 가장 긴 가로선과 세로선의 길이는 제일 좁은 만까지 측정해서 그린 것인데도 이런 결과가 나온 것이다. 그래서 나는 "호수와 웅덩이뿐만 아니라 바다에서 가장 수심이 깊은 곳도 이렇게 측정할 수 있지 않을까? 그럼 이 규칙을 골짜기를 엎어놓은 것으로 보이는 산의 높이를 잴 때도 사용할 수 있지 않을까?"라고 혼자서 중얼거렸다. 다들 알다시피, 산에서 가장 높다고 하여 가장 좁은 곳은 아니지 않은가?

나는 다섯 개의 만 중에서 세 곳의 수심을 측정했고, 모두 물목 안에 모래톱이 형성되어 있으며 안쪽 부분의 수심이 더욱 깊다는 사실을 확인할 수 있었다. 따라서 만은 물이 수평으로뿐만 아니라 수직으로도 육지 쪽으로 길게 이어지며 그러고 나서 웅덩이나 조그만 호수를 만드는 경향이 있었고, 두 곳의 방향은 모래톱이 만들어진 방향과 일치했다. 해변에 위치한 항구에는 어귀마다 모래톱이 있다. 월든 호수의 만의 물목의 길이에 비해 얼마나 면적이 넓으냐에 따라서 모래톱을 지나서의 수심이 안쪽에 비해서 더욱 깊었다. 이렇게 만의 길이와 너비 그리고 주변의 특징을 파악할 수 있다면, 어떠한 호수에도 적용이 되는 하나의 공식을 만들기에 충분한 자료를 확보하게 될 것이다.

나는 이러한 경험을 토대로 어떤 호수의 수면 형태와 호숫가의 특징을 관찰함으로써 그곳에서 가장 깊은 곳을 얼마나 정확히 파악할 수 있는지 알아보기 위해서 화이트 호수의 지도를 만들기로 했다. 화이트 호수의 총면적은 4만 5천 평에 이르고 월든 호수와 마찬가지로 호수 안에 섬이 없으며, 물이 드는 곳과 나는 곳이 눈에 보이지 않는다. 가장 긴 가로선은 가장 짧은 가로선과 매우 가까이 붙어 있어, 근처에서 마주 보는 두 곳은 서로 가까운 반면 마주 보는 두 후미는 멀리 떨어진 형태였다. 그래서 나는 가장 짧은 가로선에서 그리 멀지 않은 곳, 하지만 가장 긴 세로선과 서로 교차하는 지점이 화이트 호수에서 수심이 가장 깊은 곳일 거라고 예측하고 따로 표시를 해두었다. 이후 밝혀진 바에 따르면, 실제로 화이트 호수에서 수심이 가장 깊은 곳은 내가 표시해둔 지점으로부터 30미터가량 떨어진 곳이었지만 처음 내가 예상했던 방향선에 일치했고, 그 깊이도 30센티미터가량 차이가 나는 총 18미터에 달했다. 물론 호수의 물이 흐르거나 호수 안에 섬이 있다면, 이렇게 수심을 측정하는 문제는 더욱 까다로운 작업이 될 것이다.

만약 우리가 자연의 법칙을 모두 깨우칠 수 있다면, 한 가지의 사실이나 실제 하나의 현상만 듣고도 그로 말미암은 구체적인 결과들을 모두 추론해낼 수 있어야 한다. 하지만 우리는 몇 가지 법칙만을 알고 있을 뿐이며, 우리가 추론으로 도출해낸 결과는 자연의 혼란이나 불규칙성 때문이 아니라 그 결과를 알아내는 데 꼭 필요한 요소를 알지 못하기 때문에 아무런 가치가 없는 것이 된다. 자연의 법칙과 조화라는 개념 자체가 우리가 알아낸 사례 속에만 한정되기 때문이다. 하지만 겉보기에는 모순된 것처럼 보이지만, 실제로는 서로 일치하는 수많은 자연의 법칙이 서로 조화를 이룬다는 사실이 훨씬 더 경이롭게 느껴진다. 특정한 자연의 법칙은, 여행객이 한 걸음을 옮길 때마다 산의 모습이 달라지듯이 우리의 관점에 따라 다르게 보인다. 산은 절대적으로 하나의 형태를 보이지만 어디서 보느냐에 따라서 무한개의 모습을 가진다. 산을 반으로 쪼개거나 구멍을 뚫는다고 해도, 그 전체를 완전히 파악하기란 불가능하다.

　지금까지 월든 호수를 관찰하여 알아낸 결과물은 우리가 윤리라고 부르는 것에도 똑같이 적용될 수 있다. 바로 평균의 법칙 때문이다. 두 개의 지름을 바탕으로 하는 법칙은 우리를 태양계 속의 태양으로, 또 인간의 마음으로 이끈다. 게다가 그 법칙에 따라서, 한 사람이 매일 행하는 행위들 모두와 그의 삶 속에서 일어나는 수많은 파도 사이로 가로선과 세로선을 그어보면, 그 두 개의 선이 교차하는 지점에 가장 높거나 혹은 깊은 부분이 있을 것이다. 이를 통해 그의 호수가 어느 방향으로 기울어졌는지, 그 근처 지역이나 환경이 어떠한지만 파악한다면 우리는 그 사람의 심연 속 숨겨진 바닥을 추측해낼 수 있을 것이다. 만약 그 바닥이 아킬레우스의 고향, 테살리아처럼 거친 산봉우리에 둘러싸여 있다면 그 깊은 산봉우리들이 어두운 그림자를 드리우고 있다면 그의 내면에도 그만큼 깊은 곳이 존재할 것이다. 하지만 낮고 평평한 기슭은 그 측면을 통해서 깊이가 얕음을 추측해볼 수 있다. 우리 신체 중에서 이마는 특히나 생각과 연관이 깊은 곳이기 때문에 이마가 많이 튀어나올수록 생각의 깊이가 깊다는 사실을 알 수 있다. 또한 우리 내면의 조그만 만의 물이 들고 나는 곳에는 모래톱,

즉 각자 타고난 특유의 성향이 있다. 그 만은 우리가 잠시 태풍을 피해 가는 항구이자, 그곳에 갇힌 채로 부분적으로 바다와 단절되고 육지와 만난다. 이러한 특유의 성향들은 대체로 번잡스럽지 않고 그 형태와 규모, 그리고 방향은 고대에 형성된 융기의 측, 다시 말해 바닷가의 모습에 의해서 결정된다. 이러한 모래톱이 폭풍과 조류, 해류에 의해서 서서히 커지거나 호수의 물이 빠지면서 수면 위로 그대로 드러나게 되면, 처음에는 하나의 생각으로 항구에 정박해 있던 것이 바다와 단절되고 그 호수 안에서 개별적인 호수를 만들게 되고, 결국 그 별개의 생각은 호수 안에서 독자적인 위치를 가지게 된다. 결국 바다와 단절된 호수의 물은 소금물에서 민물로 바뀌어, 염분이 없는 담수해나 사해, 혹은 늪이 된다. 우리 한 사람 한 사람이 세상에 태어났을 때, 이러한 모래톱이 어딘가에서 수면을 드러낸 것은 아닐까? 우리는 모두 능숙하지 못한 항해사여서, 우리의 생각이라는 것도 항구가 없는 해변에 조금 가까워졌다가 멀어졌다가를 반복하며, 시(詩)라는 조 그만 만의 들쑥날쑥한 부분으로 들어왔다가 나왔다가를 반복하거나 모두가 정박할 수 있는 항구로 방향을 틀어 과학이라는 드라이독[1]으로 들어간다. 이곳에서 우리의 생각은 이 세상에 어울리도록 정비될 뿐, 각자의 생각에 고유함을 더해줄 자연의 조류는 발생하지 않는다.

월든 호수의 물이 들고 나는 지점에 관하여 설명하자면, 비와 눈이

---

1 dry dock. 큰 배를 만들거나 수리할 때에 해안에 배가 출입할 수 있을 정도로 땅을 파서 만든 구조물이다.

증발하는 것 외에는 아무것도 찾아내지 못했지만 온도계와 줄을 이용한다면 물이 들고 나는 지점을 찾을 수 있을지 모른다. 물이 호수로 흘러드는 지점이 여름에는 가장 시원하고 겨울에는 가장 따뜻한 곳이기 때문이다. 1846~1847년 겨울, 얼음 장수들이 한참 월든 호수에서 작업하던 어느 날, 호숫가로 운반된 얼음덩어리들의 두께가 일정하지 않다는 이유로 호숫가에서 얼음덩어리를 쌓던 일꾼들이 퇴짜를 놓은 적이 있었다. 그로 말미암아 얼음을 자르던 일꾼들은 일부 지역에서 자른 얼음이 다른 곳의 얼음보다 5~8센티미터 정도 얇다는 사실을 알게 되었고, 바로 그 지점이 물이 들어오는 곳일 거라고 추측하게 되었다. 또 그들은 나를 얼음덩어리 위에 태우고, '물이 새는 구멍'으로 데리고 가기도 했는데 일꾼들은 호수의 물이 그 구멍을 통해서 언덕 아래를 지나 근처 풀밭까지 흐르는 거라고 생각했다. 그 구멍은 수면 아래 3미터 정도 되는 곳에 있었다. 하지만 내 생각에는 그보다 더 큰 구멍이 발견되지 않는 한, 굳이 월든 호수를 땜질할 필요는 없을 것 같다. 한 일꾼은 '물이 새는 구멍'이 또 다른 곳에서 발견된다면, 그 구멍이 풀밭과 연결되어 있다는 것을 증명할 방법을 제안하기도 했다. 그 구멍에 색을 입힌 가루나 톱밥을 넣은 후에 풀밭에 있는 샘물에 여과기를 설치하면 호수에서 흘러나온 물줄기를 따라 그 입자들이 빠져나오는 것을 확인할 수 있다는 거였다.

내가 호수의 얼음을 살피는 동안, 그 두께가 40센티미터에 달하는 두꺼운 얼음이 가벼운 바람에도 파도가 치듯이 거세게 출렁거렸다. 다들 알다시피, 얼음 위에서는 측량기를 사용할 수 없다. 그래서 눈금이 표시된 막대기를 얼음 위에 세우고, 물에 설치한 수준의(水準儀)[2]를 이용하여 관찰한 결과, 그 얼음은 호숫가에 단단히 고정된 것처럼 보였지만, 5미터 떨어진 곳에 있었으며 2센티미터가량 요동치고 있다는 걸 알 수 있었다. 아마도 호수 한가운데에서는 위아래로 출렁이는 폭이 더욱 컸을 것이다. 만약 우리 측량 도구가 더욱 정밀했다면, 지각의 파동까지도 감지해낼 수 있을지 누가 알겠는가? 수준의의 두 다리를 물에 두고 남은 한 다리를 얼음 위에 설치한 후에, 그 다리 너머의 폭을 관측하니 얼음의 작은 미동에도 호수 건너편 나무에 이르자 수십 센티미터의 차이를 보였다. 내가 수심을 측정하기 위해서 얼음에 구멍을 뚫기 시작했을 무렵에만 해도 얼음과 그 위로 두껍게 쌓인 눈 사이에 10센티미터가량의 물이 고여 있었다. 하지만 구멍을 뚫자마자 그 속으로 물이 빨려 들어가기 시작했고, 깊은 물줄기를 만들어 이틀 내내 계속 흘렀다. 마침내 그 물줄기는 사방으로 흘러나가서 얼음을 녹이며 호수의 면을 건조하는 데 제일 큰 역할은 아니라도 엄청난 역할을 했다. 물이 호수로 흘러들면서 얼음이 위로 올라 수면 위로 둥둥 떴기 때문이다. 이는 배에 들어온 물을 빼기 위해서 바닥에 구멍을 뚫는 것과 비슷한 이치였다. 이런 구멍이 다시 얼어붙고 비가 내리고 다시 매끈한 얼음이 생겨 호수 전체를 뒤덮으면, 곳곳에 거미줄 모양의 아름다운 검은 무늬가 생긴다. 얼음 속에서 피어난 장미라

---

2 수평을 유지하기 위한 수준기를 장치한 망원경. 지점의 높낮이를 측량할 때 쓴다.

고 불러도 될 만한 이 무늬는 사방에서 중심으로 흘러든 물줄기 때문에 만들어진다. 또한 호수의 얼음이 얕은 웅덩이로 뒤덮일 무렵이면, 가끔 내 그림자가 두 개로 보이기도 했다. 하나의 그림자가 다른 그림자의 머리 위에, 그러니까 하나는 얼음 위에 다른 하나는 나무나 언덕의 비탈에 서 있는 것처럼 말이다.

아직은 추위가 가시지 않은 1월이라서 눈과 얼음이 매우 단단히 얼어붙어 있다. 그런 가운데에도 잇속을 차리려는 집주인은 여름에 마실 음료를 시원하게 만들어줄 얼음을 구하기 위해 호수로 찾아온다. 아직 1월밖에 안 됐는데 벌써 7월에 느낄 더위와 갈증을 예측하다니, 게다가 두꺼운 외투와 벙어리장갑을 끼고 호수로 찾아오다니! 그런 현명한 태도는 가히 인상적이기도 하지만 반대로 애틋하기도 하다. 아마도 그는 내세의 여름에 마실 음료를 차갑게 보관해줄 보물까지 현세에 쌓아두지는 못할 것이다. 그는 꽁꽁 얼어붙은 호수의 표면을 톱으로 잘라 물고기들의 지붕을 걷어낸 후, 물고기의 서식지이자 공기인 얼음덩어리를 마치 땔감처럼 쇠사슬과 말뚝으로 단단히 묶어 수레에 싣고 시원한 겨울바람을 뚫으며 한겨울의 서늘한 지하 창고로 옮겨 여름이 올 때까지 보관해두려고 한다. 두꺼운 얼음이 도로 위로 운반되는 모습을 바라보면 마치 하늘을 고체로 만든 결정체를 보는 것 같다. 얼음을 자르는 일꾼들은 우스갯소리와 장난을 좋아하는 즐거운 사람들이다. 나를 보면 내릴톱을 내밀면서 함께 얼음을 잘라보자고 권하기도 한다. 톱으로 얼음을 자를 때는 한 사람은 위에, 다른 사람은 밑에서 함께 톱질을 하는데 그때마다 내가 아래쪽에서 톱질을 했다.

1846~1847년 겨울, 극도로 추운 지역에 사는 사람들 100여 명이 월든 호수에 들이닥쳤다. 수레에 볼품없는 농기구와 썰매, 쟁기와 파종기, 잔디를 베는 낫과 삽, 톱, 갈퀴 등을 가득 싣고서 찾아온 것이다. 그뿐만 아니라, 〈뉴잉글랜드 농민〉이나 〈경작자〉에서도 전혀 본 적 없는 양쪽으로 날이 있는 막대기까지 가지고 있었다. 겨울 호밀의 씨를 뿌리러 온 것인지 아니면 얼마 전 아이슬란드에서 도입된 다른 곡물의 씨를 뿌리러 온 것인지 전혀 알 수가 없었다. 따로 거름을 챙겨 오지 않은 것을 보고, 나처럼 땅의 힘만으로 농사를 지으려는 건가 예측할 따름이었다. 콩코드 근방의 땅은 오래 묵은 곳이라 기름질 거라고 생각했을 테니까. 그들은 자신의 고용주가 크게 농사를 짓는 부농으로 지금 가진 50만 달러의 재산을 갑절로 불리고 싶어 한다고 말했다. 그러니까 자신이 가진 달러 한 장 위에 또 다른 달러를 더하기 위해서, 이렇게 혹독한 추위가 가시지 않은 겨울에 월든 호수가 입고 있는 유일한 외투, 즉 가죽까지 벗기기 위해서 기꺼이 월든을 찾은 것이다. 인부들은 곧바로 작업에 착수했다. 마치 월든 호수를 모범적인 농장으로 만들기로 작정한 것처럼, 질서 정연하게 쟁기질을 하고 써레질을 하고, 울퉁불퉁한 곳을 고른 후에 이랑을 냈다. 나는 무슨 씨앗을 뿌리는지 자세히 살펴보려고 했다. 그런데 바로 옆에 있던 한 무리의 인부가 갑자기 처음 보는 동작으로 갈고리를 움직이더니, 한 번도 손이 닿지 않은 땅을 모래까지, 정확히 말하면 습기가 많은 곳이므로

물까지, 땅 전체를 끌어올리더니 썰매에 신고 나르기 시작했다. 처음에는 늪지대에서 이탄을 캐는 줄로 알았다. 그렇게 인부들은 기관차의 기적소리를 내면서, 극지방의 어느 지점에서 월든 호수까지 북극의 흰 멧새처럼 하루도 거르지 않고 오갔다. 하지만 월든 호수는 그냥 두고만 보지 않았고 인디언처럼 복수를 했다. 인부 하나가 마차 뒤를 따라가다가 땅이 갈라진 틈으로 미끄러지는 바람에 타르타로스[3], 즉 지옥 아래로 떨어질 뻔한 것이다. 그 일이 있는 후, 누구보다 용감무쌍하던 사람이 갑자기 풀이 죽어서 남성성이 1/9밖에 남지 않은 사람처럼 행동했고 몸의 열기마저 모두 잃은 채로 우리 집으로 피신하더니 난롯가의 뜨거운 열기의 장점을 인정하기까지 했다. 때로는 꽁꽁 얼어붙은 땅에 쟁기의 날이 부러지기도 했으며, 쟁기가 고랑에 박히는 바람에 날을 포기해야 하는 경우도 생겼다.

정확히 말하면, 아일랜드 출신의 일꾼 100명이 양키 감독관의 감독하에 날마다 얼음을 채취하기 위해서 케임브리지에서 찾아왔다. 그들은 따로 설명이 필요치 않을 정도로 널리 알려진 방법으로 얼음을 자르고, 썰매에 실어 호숫가로 운반했다. 그리고 신속하게 깔판에 올린 후에, 말의 힘으로 작동하는 갈고랑이와 도르래 장치에 실어 밀가루 통을 쌓듯이 차례차례 수레에 실었다. 그렇게 차곡차곡 쌓인 얼음덩어리들은 구름을 뚫고 하늘로 솟아오르도록 설계된 오벨리스크의 튼튼한 토대처럼 보였다. 인부들의 말을 빌리면, 날씨가 좋은 날

---

3 Tartaros. 일반적으로 지하 암흑계의 가장 밑에 있는 나락(奈落)을 의미한다.

에는 천 톤의 얼음을 채취할 수 있으며, 이는 천 2백 평에 달하는 면적에서 나오는 얼음의 양이었다. 썰매는 매번 같은 방향으로 움직였기 때문에, 땅에서 얼음까지 이어지는 '요람 구멍'이 생겼다. 말들은 얼음을 양동이처럼 움푹 파낸 통에 든 귀리를 먹었다. 인부들은 넓은 공터 한쪽에 가로세로 너비가 30~35미터 정도 달하는 정사각형 모양에 높이가 10미터 정도 될 때까지 얼음덩어리를 쌓았다. 그리고 제일 바깥 부분의 얼음 사이에 공기가 들지 않도록 건초를 군데군데 끼워 넣었다. 만약 조금이라도 바람이 얼음 사이로 새어들면, 결국 커다란 구멍이 생겨 높이 쌓아 올린 얼음덩어리가 와르르 무너져 내리기 때문이다. 처음에는 그 얼음덩어리가 쌓인 모습이 거대한 푸른 요새, 아니 발할라처럼 보였다. 하지만 인부들이 틈새에 건초를 채우고 산처럼 쌓인 얼음 위로 서리와 고드름이 덮이자 파란색 대리석으로 지은 유적지에 세월이 흘러 이끼가 쌓인 것처럼 보였다. 혹은 여름을 보내기 위해서 지은 조그만 오두막, 〈늙은 농부의 달력〉에서 흔히 볼 수 있는 노인의 겨울 거처처럼 보이기도 했다. 인부들은 높이 쌓은 얼음덩어리 중에서 25퍼센트는 목적지에 도착하기 전에 사라질 것이고, 2~3퍼센트는 열차 안에서 녹아버릴 거라고 예상했다. 하지만 예상보다 훨씬 더 많은 양의 얼음덩어리가 전혀 다른 운명을 맞았다. 얼음덩어리 속에 평소보다 공기가 많이 새어들었거나, 혹은 다른 이유로 말미암아 얼음이 제대로 보관되지 못해서 결국 시장에 내놓지도 못한 채 완전히 녹아버렸기 때문이다. 1846~1847년의 겨울에 채취한 1만 톤에 달하는 얼음덩어리는 결국 건초와 판자로 덮이는 운명을 맞았고, 7월 무렵 지붕을 걷어내고 일부를 운반하기는 했지만 나머지는 뜨거운 햇볕에 완전히 노출된 채로 여름을 견디고 다시 겨울을 맞았다. 그리고 1848년 9월이 되어서야 완전히 녹아버렸다. 그러고 보면 월든 호수가 일꾼이 캐냈던 얼음 대부분을 되찾은 셈이었다.

월든 호수의 얼음도 평소 호수의 물처럼 가까이서 보면 초록색을 띠지만, 멀리서는 아름답고 짙은 푸른빛을 띤다. 그래서 월든의 얼음 덩어리는 400미터가량 떨어진 어느 호수의 푸른 얼음이나 강의 하얀 얼음과는 분명히 구분할 수 있다. 가끔 얼음을 캐는 인부의 썰매가 마을 안으로 들어오다가 큼직한 얼음덩어리가 미끄러지기라도 한다면 일주일 가까운 시간 동안 그 자리에 놓인 채로 마을 사람들의 관심을 한 몸에 받을 것이다. 나는 월든 호수의 물이 액체 상태에서는 녹색을 띠지만, 꽁꽁 얼고 나면 같은 지점에서도 푸른색으로 보인다는 사실을 발견했다. 겨울이면 호수 주변에 고인 웅덩이에 호수의 물과 똑같은 초록색 물이 가득 고여 있다가도, 그다음 날에는 꽁꽁 얼어붙어서 푸른색으로 변하기도 한다. 물과 얼음이 푸른색을 띠는 이유는 바로 그 안에 빛과 공기가 담겨 있기 때문일 것이다. 가장 투명할 때 가장 파란빛을 띠는 법이니까. 꽁꽁 얼어붙은 얼음은 매우 흥미로운 대상이 아닐 수 없다. 프레시 호수의 얼음 창고에는 5년 전에 캐낸 얼음이 보관되어 있는데, 지금도 처음 캐냈을 때와 같은 상태를 유지하고 있다고 한다. 양동이에 물을 담아두면 금방 맛이 변하는데, 꽁꽁 얼어붙은 얼음은 그 맛이 오래도록 유지되는 이유가 무엇일까? 보통 이것을 바로 애정과 지성의 차이라고 말한다.

나는 거의 16일이라는 시간 동안, 100명에 달하는 인부가 한창 농사일로 바쁠 때의 농부들처럼 수레와 말, 온갖 농기구를 동원해서 일하는 모습을 지켜볼 수 있었다. 그 모습은 우리가 달력의 첫 장에서 보던 그림과 거의 똑같아 보였다. 창밖을 내다볼 때마다, 종달새와 추수하는 사람들에 대한 우화, 혹은 씨 뿌리는 사람들에 대한 우화가 떠오르곤 했다. 이제 그 인부들은 모두 떠났다. 앞으로 한 달 정도 지나고 나면, 나는 같은 창문을 통해서 바다처럼 초록빛을 띤 월든의 호수를 바라보게 될 것이다. 그 초록빛 수면 위로 구름과 나무들이 반사될 것이고, 월든 호수는 뽀얀 물안개를 하늘로 뿜어낼 것이다. 그러고 나면 인간이 오가던 흔적은 완전히 사라질 것이다. 얼마 전까지 100여 명에 달하는 인부들이 분주하게 움직이던 곳에서, 되강오리 한 마리가 외롭게 자맥질을 하거나 깃털을 다듬을 테고, 낚시꾼이 홀로 배를 타고 낙엽처럼 호수를 둥둥 떠다니면서 수면에 비친 자신의 모습을 바라보는 풍경을 볼지도 모르겠다.

찰스턴과 뉴올리언스, 마드라스와 뭄바이와 캘커타에서 찌는 무더위에 지친 이들은 내 우물에서 물을 길어 목을 축이게 될 것이다. 아침이 오면, 나는《바가바드 기타》⁴의 심오하고 우주 기원적인 철학으로 나의 지성을 목욕시킨다. 이 책이 발표된 이후로 신들의 시대는 지나갔고, 이 책에 비하면 지금의 세상과 문학은 너무나 하찮고 보잘

---

4 고대 인도의 힌두교 경전 중 하나. 거룩한 신의 노래라는 뜻으로, 인도의 대서사시《마하바라다》의 제6권에 들어 있다.

것없어 보인다.《바가바드 기타》에 담긴 철학은 어쩌면 현세의 이전과 연관되어 있는 것이 아닐까 싶은 생각이 들 만큼 우리의 생각과 전혀 다르고 그 숭고함이 그대로 느껴진다. 나는 책을 내려놓고 물을 길러 우물로 향한다. 세상에! 그리고 우물에서 브라흐마[5]와 비슈누[6]와 인드라[7]의 성직자인 브라만[8]의 하인을 만난다. 브라만은 갠지스의 강변에 있는 사원에 조용히 앉아서,《베다》[9]를 읽거나 빵 껍데기와 물병만 가지고 나무 아래서 지내고 있다. 나는 주인을 위해서 물 길어온 하인을 마주친 것이다. 다시 말해, 우리의 양동이들이 하나의 우물에서 뒤섞이게 된 것이다. 다시 말해, 월든 호수의 맑은 물이 갠지스강의 신성한 물과 하나가 된 것이다. 월든 호수의 물은 순풍을 타고흘러가 전설 속의 아틀란티스[10]와 헤스페리데스 섬[11]을 지나고, 한노의 항로를 따라가다가, 테르나테 섬[12]과 티도레 섬[13] 그리고 페르시아

---

5 브라만교에서 창조를 주재하는 신

6 힌두교의 세 주신(主神)의 하나. 세계의 질서를 유지하는 신으로 후에 크리슈나로 화신한다.

7 인도의 베다신화에 나오는 비와 천둥의 신

8 인도신화에 나오는 최고신. 브라흐마, 비슈누, 시바의 삼신 일체를 통해 세상을 바라본다고 한다.

9 인도 바라문교 사상의 근본 성전이며 가장 오래된 경전

10 그리스 전설에 전하는 섬. 지브롤터 해협 서쪽에 있었던 찬란한 문화를 지닌 유토피아로, 지진 때문에 멸망하였다고 한다.

11 황금의 사과나무가 있는 전설상의 섬

만 주위를 떠돌다가 인도양의 뜨거운 열대 바람에 녹아, 결국 알렉산드로스 대왕도 이름만 들어보았던 항구에 도달할 것이다.

---

12 인도네시아 몰루카 제도 중앙에 있는 작은 섬

13 인도네시아 몰루카 제도에 있는 화산섬

17

봄
(Spring)

    호수의 얼음을 캐던 인부들이 남긴 틈새들이 넓게 벌어지면 호수의 얼음이 더욱 빠르게 녹게 마련이다. 날씨가 추워도 호수의 물이 좌우로 출렁거리면서 주변의 얼음을 녹이기 때문이다. 하지만 그해 월든 호수에서는 그런 현상이 벌어지지 않았다. 월든 호수가 허름한 옷을 대신할 두툼한 새 옷을 금세 갈아입었기 때문이다. 월든 호수는 다른 곳에 비해 수심이 깊고 얼음을 녹이고 갉아 먹는 물줄기가 흐르지 않는 곳이라서, 근처 호수들만큼 빨리 얼음이 녹지 않는 편이다. 나는 겨우내 월든 호수가 얼음 옷을 벗는 모습을 한 번도 보지 못했다. 1852~1853년의 겨울도 별반 다르지 않았다. 월든 호수는 보통 4월 1일 무렵, 그러니까 플린트 호수나 페어헤이븐 호수보다 일주일에서 열흘쯤 늦게, 제일 먼저 얼음이 얼었던 북쪽 기슭과 얕은 곳부터 서서히 녹기 시작한다. 월든 호수는 일시적인 온도의 변화에 큰 영향을 받지 않아, 계절의 절대적인 변화 양상을 다른 어떤 곳보다 잘 보여 준다. 3월에 매서운 꽃샘추위가 사나흘만 계속되어도 다른 호수들은 해빙이 오랫동안 늦춰지는 반면, 월든 호수의 수온은 주위 상황에 별 영향을 받지 않고 꾸준히 상승하는 추세를 보인다. 1847년 3월 6일, 월든 호수 한복판에 온도계를 넣어보니 섭씨 0도, 즉 빙점을 가리켰고 호수 가장자리 수온은 섭씨 0.5도였다. 같은 날 플린트 호수의 한복판은 섭씨 0.3도였으며, 60미터쯤 떨어진 30센티미터 두께의 얼음 아래 물은 섭씨 2도였다. 플린트 호수에서 수심이 깊은 곳과 얕은 곳의 온도차는 3.5로 플린트 호수의 수심이 전반적으로 얕기 때문에 월든 호수보다 일찍 해빙된다는 사실을 알 수 있었다. 이 무렵 가장 얕은 곳의 얼음은 한복판의 얼음보다 몇 센티미터나 얇았다. 한겨울에는 호수 한복판의 수온이 가장 높았으며, 얼음도 가장 얇았다. 그 때문에 여름 무렵 호숫가를 거닐어본 사람이라면 누구나 알겠지만, 수심이 10센티미터 정도밖에 되지 않는 호숫가 근처는 수온이 안쪽보다 훨씬 높고, 제일 깊은 곳은 바닥 근처보다 수면의 온도가 훨씬 높은 편이다. 봄이 되면 태양이 공기와 대지의 온도를 높일 뿐만 아니라, 그 후끈한 열기가 30센티미터 이상 되는 얼음을 통과한 후에 호수 바닥으로부터 반사되어 호수를 따뜻하게 만들고 얼음 아래쪽을 서서히 녹이기도 한다. 그와 동시에 얼음 위쪽으로 직접 비추는 태양열은 서서히 표면을 울퉁불퉁하게 만들고, 얼음 속에 있는 기포들을 위아래로 팽창시켜 얼음을 흡사 벌집처럼 만든다. 그러다가 봄비가 한 번이라도 내리고 나면 얼음은 완전히 녹아서 순식간에 사라진다. 얼음도 나무처럼 일정한 결이 있어서 만약 얼음덩어리가 부서지거나 갈라지기 시작하면, 그러니까 벌집 모양으로 변하면 그 얼음덩어리가 어디에 있더라도 기포는 원래 수면이 있던 곳과 직각을 이룬다. 근처에 바위나 통나무가 떠오른 곳은 그 위에 덮인 얼음의 두께가 훨씬 얇기 때문에 반사열에 의해서 흔적도 없이 녹아버리는 경우가 많다. 케임브리지에서 나무로 만든 인공 연못에 물을 모아 얼리는 실험을 한 적이 있는데, 차가운 공기를 아래쪽부터 순환시켜 위아래를 모두 차가운 공기에 노출시켰는데도 바닥에서 반사된 태양열이 차가운 공기의 영향력을 없애버리는 바람에 물이 얼지 않았다는 이야기를 들은 적이 있다. 한겨울에 따뜻한 비가 내려 꽁꽁 얼어붙은 월든 호수를 녹이면 한가운데에는 투명한 얼음이 남는 반면 반사열로 말미암아 호수 가장자리에는 5미터 정도 폭에 달하는 두껍지만 쉽게 부서지는 얼음이 가느다란 띠처럼 형성된다. 앞서 말했던 것처럼, 얼음 안에 들어 있는 기포들은 볼록 렌즈처럼 작용하여 얼음 아래쪽을 녹게 만든다.

이렇게 월든 호수에서는 일 년 동안 벌어지는 갖가지 자연 현상은 매일매일 조금씩 눈으로 확인할 수 있다. 일반적으로 볼 때, 아침에 얕은 곳의 수온이 깊은 곳의 수온보다 빠르게 상승하지만 완전히 따뜻해지지 못하고 저녁부터 이튿날 아침까지 더 빠르게 수온이 하강한다. 하루가 일 년의 축소판인 셈이다. 밤은 겨울이고 오전과 오후는 봄과 가을, 낮은 여름이다. 얼음이 갈라지는 크고 작은 소리들은 온도의 변화를 보여준다. 1850년 2월 24일, 마침내 추운 밤이 지나고 상쾌한 아침이 찾아오자, 나는 플린트 호수에서 하루를 보낼 요량으로 집을 나섰다. 그런데 플린트 호수의 얼음을 도끼로 내려치자, 마치 징을 치거나 팽팽한 북의 가죽을 친 것처럼 요란한 소리가 울려 퍼지는 바람에 깜짝 놀랐다. 그렇게 해가 뜨고 한 시간쯤 지나자, 언덕 위에서 비추는 햇살을 받은 호수에서 우르르 소리가 들리는 것이 아닌가. 마치 곤한 잠에서 깬 사람처럼, 호수는 기지개를 켜고 하품을 하면서 점점 요란한 소리를 내기 시작했고 그렇게 서너 시간이 흘렀다. 정오 무렵이 되자, 플린트 호수도 잠시 낮잠에 빠졌다. 하지만 태양의 열기가 잦아드는 오후가 되자 호수는 다시 우르르 하는 요란한 소리를 내기 시작했다. 날씨가 적당한 날이면, 호수는 규칙적으로 저녁을 알리며 포성을 지른다. 하지만 한낮에는 얼음이 갈라지는 요란한 소리가 들리고 공기의 탄력도 줄어들기 때문에 호수의 공명효과는 거의 찾아볼 수가 없다. 그 때문에 얼음을 힘껏 내리쳐보아도 그 충격으로 물고기나 사향쥐 들이 기절할 일은 없었다. 낚시꾼들의 말에 따르면, '호수의 천둥소리'에 놀란 물고기들은 좀처럼 입질도 하지 않는다고 한다. 물론 호수가 매일 저녁 천둥소리를 내는 것도 아니고 언제 천둥소리를 낼지도 예측할 수 없다. 하지만 날씨의 변화가 극명하지 않더라도 호수는 불현듯 천둥소리를 내곤 한다. 그렇게 넓고 차갑고 두꺼운 피부를 가진 호수가 그토록 예민할 줄 누가 알았을까? 하지만 봄이 오면 파릇한 새싹이 싹트는 것처럼 호수 역시도 정해진 법칙에 따라서 천둥소리를 내야 할 시점이 오면 요란한 용트림을 내뱉는다. 이렇듯 대지는 온전히 살아 숨 쉬고 있으며, 유연한 돌기로 덮여 있다. 제아무리 넓은 호수라고 해도 온도계 속의 수은만큼 대기의 변화에 민감하게 반응한다.

월든 호숫가에서 살기로 결심한 가장 큰 이유 중 하나는 바로 봄이 오는 모습을 지켜볼 여유와 기회를 얻기 위한 것이었다. 마침내 호수의 얼음이 벌집 모양으로 변하면 나는 발뒤꿈치를 대고 얼음 위를 조심조심 걸을 수 있다. 뿌연 안개와 비, 그리고 겨울보다 한결 온화해진 햇살을 받아 차츰차츰 하얀 눈도 녹기 시작한다. 겨울에 비해 낮 시간도 눈에 띄게 길어진다. 이 정도면 더 이상 땔감을 마련하지 않아도 될 것 같다. 봄이 왔으니 이제는 불을 피울 일도 줄어들 테니까. 나는 온몸의 신경을 곤두세우고 봄이 오는 첫 징조를 알아차리려고 애쓴다. 호수로 돌아온 철새들의 노랫소리, 지금쯤 먹이가 바닥났을 줄무늬다람쥐들이 찍찍 우는 소리를 듣기 위해서 혹은 우드척이 동면을 마치고 나서 살금살금 기어 나오지는 않을까 싶어 귀를 쫑긋 세운다. 3월 13일, 꾀꼬리와 멧새, 개똥지빠귀의 노랫소리가 들린 지도 벌써 며칠이 지났지만, 월든 호수의 얼음은 여전히 30센티미터의 두께를 유지하고 있다. 점점 날씨가 따뜻해지고 있는데도 호수의 얼음은 눈에 띄게 녹거나 강에서 볼 수 있는 것처럼 조각조각 얼음이 되어 떠다니지도 않는다. 호숫가의 얼음은 2.5미터가량의 폭으로 녹아버렸지만, 한가운데 있는 얼음은 벌집 모양으로 변하고 물을 잔뜩 머금은 채로 예전 모습을 그대로 유지하고 있었다. 얼음이 15센티미터 정도 두께라서 발을 딛고 설 수도 있다. 그렇지만 따뜻한 비가 내리고 안개까지 낀다면 이튿날 저녁 무렵이면 완전히 얼음이 녹아 흔적도 없이 사라지고 말 것이다. 어느 해인가, 얼음이 완전히 녹아버리기 닷새 전쯤에 호수 한복판을 걸어서 가로질러 간 적이 있었다. 1845년 4월 1일이 되자 월든 호수의 얼음이 완전히 녹았다. 1846년에는 3월 25일, 1847년에는 4월 8일, 1851년에는 3월 28일, 1852년에는 4월 18일, 1853년에는 3월 23일, 그리고 1854년에는 4월 7일이 되자 호수 위의 얼음이 완전히 녹았다.

계절의 변화가 극심한 지역에 사는 사람에게는 강이나 호수의 얼음이 녹고 날씨가 안정되는 것과 관련한 모든 사건이 흥미롭게 마련이다. 날씨가 점점 따뜻해지면, 강 근처에 사는 사람들은 밤마다 포성처럼 요란한 소리를 듣는다. 마치 강을 옥죄고 있던 사슬이 끊어지는 것처럼 우렁찬 소리가 들리기 때문이다. 그리고 며칠이 지나면 얼음이 빠른 속도로 녹기 시작한다. 이렇게 얼음이 녹기 시작하면 진흙 속에 숨어 있던 악어들도 점차 모습을 드러낸다. 평소 알고 지내던 한 노인이 있다. 그는 자연에 지대한 관심을 가지고 있던 터라, 모든 변화 양상을 꿰뚫고 있었다. 자연이라는 한 척의 배가 건조될 때, 바닥 올리는 것에 한몫을 더하기라도 한 사람처럼 노인은 자연과 친숙했다. 이미 노년에 이른 그는 므두셀라[1]처럼 산다고 해도, 더 이상 자연에 대한 새로운 지식을 얻을 것이 없는 듯 보였다. 그런 사람조차 매 순간 변화하는 자연에 대해 찬사를 내뱉는 모습에 나도 놀라지 않을

---

1 구약성서에 나오는 인물로 에녹의 아들이며 라멕의 아버지요, 노아의 할아버지이다. 성서에 나오는 인물 중 최고령인 969년을 살았다고 한다.

수 없었다. 그는 자연과의 비밀이 하나도 없는 사람 같았다. 그 노인이 언젠가 다음과 같은 이야기를 들려주었다. 어느 봄날, 노인은 오리 사냥을 할 요량으로 어깨에 엽총을 둘러메고 배를 타고 나갔다. 강가의 나지막한 풀밭에는 아직 살얼음이 남아 있었지만 한복판의 얼음은 모두 사라져버렸기 때문에, 그가 살던 서드베리에서 페어헤이븐 호수까지는 별 방해 없이 순조롭게 이동할 수 있었다. 그런데 호수에 도착하고 나서, 대부분이 두꺼운 얼음으로 덮여 있는 모습에 깜짝 놀랐다. 유독 날씨가 포근한 날이었는데도, 오리의 모습은 전혀 보이지 않았다. 그는 호수의 섬 뒤쪽에 배를 숨겨두고, 남쪽 덤불에 몸을 숨기고 오리가 나타날 때까지 기다렸다. 근처 10미터가량 얼음이 녹아 물살이 잔잔하고 따뜻한 데다 바닥이 진흙으로 덮여 있어서 오리들이 좋아하는 환경이라 잠시 후면 오리들이 나타날 거라고 생각했기 때문이다. 그렇게 한 시간쯤 지나자, 저만치서 뭔가 울리는 듯한 나지막한 소리가 들렸다. 그런데 평소 듣던 소리와는 달리 웅장하고 인상적인 소리였다. 그뿐만 아니라 뭔가 중대한 변화를 예고하듯이 점점 소리가 커지고 울리기 시작하는 거였다. 누군가가 으르렁대는 듯했던 그 소리는 한 무리의 새가 호수에 내려앉으려고 서서히 다가오는 소리 같았고, 노인은 흥분한 나머지 엽총을 손에 쥐고 자리에서 벌떡 일어났다. 그런데 놀랍게도 노인이 들은 그 소리는 호수의 거대한 얼음덩어리가 서서히 움직이면서 호수 가장자리로 떠내려오면서 나는 소리였다. 그가 덤불에 숨어 있는 동안, 얼음판이 서서히 움직이기 시작한 모양이다. 얼음덩어리는 조금씩 가장자리가 부서지면서 움직였지만, 결국 상당한 높이까지 떠밀려 내려왔고 산산조각이 난 후에야 가장자리에 멈추어 섰다.

　마침내 따뜻한 햇볕이 수직으로 내리쬐고 포근한 봄바람이 불어와서 뿌연 안개와 비를 몰아내고 강둑에 쌓인 하얀 눈을 녹이기 시작한다. 환하게 비추는 태양은 향긋한 냄새를 풍기는 황갈색과 하얀 공기가 뒤섞여 하늘로 사라지는 모습을 보며 싱긋 미소를 짓는다. 여행객은 실개천과 개울이 만들어내는 아름다운 소리에 기운을 얻어, 발을 디딜 만한 마른 땅을 찾아서 조심스럽게 걸음을 내디딘다. 그렇게 실개천과 개울의 혈관은 추운 겨울의 피를 서서히 흘려보내기 시작한다.

　나는 마을로 가기 위해서 철로 근처를 지나가곤 했는데, 꽁꽁 얼어붙었던 모래와 진흙이 녹으면서 양쪽 비탈로 흘러내릴 때의 모습을 관찰하는 것보다 더욱 큰 즐거움을 주는 자연 현상은 없다. 철도가 발명된 이래로 철로를 드러낸 둑이 크게 증가했지만, 여기처럼 커다란 규모의 현상은 쉽게 찾아보기 힘들다. 철로가 깔린 비탈길을 마무리한 주요 자재로는 다양한 색을 띤 모래들에 진흙을 조금 섞인 것이 보통이다. 봄이 되어 서서히 추위가 가시고 겨울에도 얼음이 녹을 만큼 기온이 따뜻한 날이면 모래가 용암처럼 비탈을 따라 흘러내리곤 했다. 때로는 모래가 쌓인 눈을 뚫고 나와서 예전에는 모래가 보이지 않던 곳까지 모래밭으로 변할 때도 있었다. 조그만 모래들이 흘러내리고 서로 얽히고 뒤섞여서, 그중 절반은 물의 법칙에 따르고 나머지는 식물의 법칙에 따르면서 일종의 혼합물이 나타난다. 그 결과, 모래는 물을 따라 흘러내리다가 잎사귀나 덩굴의 형태가 되기도 하고, 조그만 가지들이 겹겹이 쌓여 30센티미터 혹은 그 이상의 덤불을 이루기도 한다. 이를 위에서 내려다보면, 톱니 모양의 이끼나 비늘 모양의 엽상체의 모습처럼 보인다. 혹은 산호나 표범의 발, 새의 발, 뇌나 허파, 창자 또는 온갖 배설물을 떠올리게 만들기도 한다. 이는 정말로 괴상망측한 식물이라, 그와 비슷한 형태와 색감을 띤 청동 장식품을 보는 것 같다. 아칸서스나 치커리, 담쟁이덩굴이나 포도덩굴 등의 잎사귀보다 더욱 오래전부터 건축에 사용되던 무늬처럼 보이기 때문에 어떤 환경에서는 미래의 지질학자들에게 풀기 힘든 수수께끼가 될 운명을 타고난 것처럼 보인다. 이러한 비탈은 마치 종유석이 대롱대롱 매달린 동굴이 환한 햇볕에 완전히 노출된 것 같은 인상을 안겨주었다. 다채로운 색감의 모래들은 갈색과 회색, 누런색과 붉은색 등 다양한 철분의 색을 띠고 있다. 비탈로 흘러내린 모래는 도랑에 이르면서 몇 개의 가닥으로 나뉘어 사방으로 퍼져나간다. 그렇게 사방으로 흩어지는 모래 줄기들은 반원통형의 본래 모습을 잃고 평평하고 넓게 퍼져나가다가 다시 하나로 더해지면서 거대한 모래밭을 만든다. 그때가 되어도 모래는 여전히 다채롭고 신비한 색감을 띠지만, 그 안에서 식물의 원래 모습을 찾아볼 수 있다. 마침내 그 모래들이 물과 만나면, 강어귀에서 흔히 볼 수 있는 모래톱이 되고 결국 식물의 모습은 바닥의 잔물결 무늬 속으로 사라진다.

높이가 6~12미터 정도 되는 철로의 비탈길은 봄날 하루 정도 이런 잎사귀 무늬로 뒤덮이게 되는데, 이러한 현상은 400미터 길이까지 한쪽이나 양쪽 비탈 모두에서 볼 수 있다. 이렇게 잎사귀 무늬가 두드러져 보이는 이유는 예상치 못한 순간에 갑자기 생겨나기 때문이다. 둑의 한쪽 편은 아무 변화가 없는데, 햇볕이 한쪽을 먼저 비춘다는 이유로 맞은편에는 한 시간 만에 잎사귀 무늬가 무성하게 만들어지는 것을 보면 이 세상을 창조한 위대한 예술가의 작업실에 서 있는 기분이 든다. 아직까지도 창조의 작업을 멈추지 않고 자신의 기운을 다해서 세상 곳곳에 새로운 예술품을 만들어내는 모습을 바라보는 기분인 것이다. 서서히 흘러내리는 모래의 형태가 동물의 내장과 비슷한 잎사귀의 형태라서 그런지 몰라도 지구의 내장에 한층 더 가까워진 기분도 든다. 우리는 모래 속에서 언제라도 식물의 잎사귀가 돋아나기를 기대한다. 이렇듯 대지가 잎사귀 모양으로 자신을 드러내는 것은 결코 놀라운 일이 아니다. 내면적으로 그런 생각을 품고 있기 때문이기도 하고, 그 법칙에 따라 잉태하기 때문이다. 우리 눈에 보이는 잎사귀들은 바로 그 법칙의 원형이다. 지구나 동물의 몸, 그 내부에 있을 때 그 원형은 물기를 가득 머금은 두꺼운 잎(엽, 葉, lobe)이다. 특히 간엽과 폐엽 그리고 지방엽에도 적용되는 것이다(그리스어로는 로보스(lobos), 라틴어로는 글로부스(globus)에서 엽(lobe)과 구(globe)가 파생되었으며 무릎(lap)과 날개를 퍼덕이는 모습(flap) 등의 단어들도 여기서 파생된 것이다). 겉으로 볼 때는 그저 얇고 메마른 잎사귀(leaf)인데 f는 b가 압축되고 말라서 된 것이다. lobe의 어근은 lb인데 부드러운 덩어리인 b(단엽을 뜻하며, 복엽일 경우 B)를 유음이 미는 형태이다. globe의 어근은 glb로 후두음 g가 목구멍에 용량을 더한다. 따라서 이는 새의 깃털과는 달리 더 바짝 마르고 얇은 잎사귀이다. 이런 과정을 통해서 땅속의 통통한 벌레가 공중을 날아다니는 나비로 변화하는 것이다. 지구 자체도 끝없이 자신을 초월하며 변화를 거듭하고, 마침내 궤도를 따라 비행하게 된다. 얼음도 섬세한 수정 같은 잎사귀에서 시작하여 수초 잎이 거울처럼 맑은 물에 새겨 놓은 틀 속에 흘러 들어가 얼어붙은 것 같다. 나무 역시 결국은 하나의 거대한 잎에 불과하며, 강은 그보다 더 큰 잎사귀이며, 그 잎사귀의 연한 부분은 강과 강 사이의 육지이고 마을과 도시는 벌레가 잎사귀 위에 낳은 조그만 알들이다.

해가 지고 나면 모래도 더 이상 흐르지 않는다. 하지만 아침이 되면 다시 모래는 흐르고 여러 갈래로 나뉘고 또 나뉠 것이다. 이러한 모습을 통해, 우리의 혈관이 어떻게 형성되는지 알 수 있다. 이런 모습을 조금 더 자세히 살펴보면, 커다란 모래 덩어리에서 물에 젖으면서 부드러워지고, 손가락 끝의 볼록한 부분처럼 서서히 떨어져 나와 천천히 길을 더듬거리면서 아래로 흘러가는 것을 볼 수 있다. 마침내 해가 하늘 높이 떠오르면서 열기와 습도가 높아지면, 그중 가장 유동적인 부분은 자연의 법칙에 따라 가장 활동이 저조한 부분에서 갈라지고, 그 흐름 속에서 구불거리는 물줄기, 혹은 동맥을 형성한다. 반대로 활동이 가장 활발한 부분도 비슷한 법칙에 따른다. 그렇게 육질이 많은 잎사귀나 가지 단계에서 다음 단계로 넘어가면서 번개처럼 조그만 은빛이 반짝이고, 때때로 모래 속으로 사라지는 모습을 볼 수 있다. 모래가 흘러가면서 신속하고도 완벽하게 조직 체계를 갖추고,

자신이 가진 최상의 재료를 사용하여 물줄기 끝을 뾰족하게 만들어 움직이는 모습을 보면 놀라지 않을 수 없다. 바로 이것이 강의 수원 아닐까. 물속에 침전된 규소질이 골격이라면 그보다 미세한 흙과 유기물은 살을 이루는 섬유질이나 세포조직이다. 그렇게 보면 인간은 해동되는 진흙 덩어리가 아닐까? 인간의 손가락 끝의 뭉툭한 부분은 응결된 물방울에 불과하다. 인간의 손가락과 발가락은 서서히 해동되는 몸통에서 아래로 흘러나온 것들이다. 이런 인간의 몸이 더 온화한 기후 속에서 어디로 얼마나 흘러나가서 어떻게 변했을지 누가 알 수 있을까? 손이란 엽과 엽맥(veins)를 지닌 종려나무 잎사귀가 아닐까? 조금 더 상상력을 발휘해보면, 인간의 귀는 머리 양쪽에서 나와 망울을 맺는 지의류, 즉 움빌리카이라일 것이다. 입술(라보르(labor)에서 파생된 것으로 추측되는 라비움(labium))은 동굴처럼 생긴 입의 위아래에서 튀어나오거나 늘어져 있다. 코는 분명 응결된 방울이거나 종유석이다. 턱은 훨씬 더 큰 방울로 얼굴 전체에서 흘러내린 것들이 응축된 것이다. 뺨은 이마에서부터 얼굴의 골짜기까지 길게 뻗은 비탈로 중간에 광대뼈에서 아래로 퍼져 내린 것이다. 식물의 잎사귀에 있는 둥근 열편들은 크고 작은 형태로 흐르는 방물이고, 잎은 열편과 같은 수만큼 여러 방향으로 흐르는 손가락과 같다. 만약 온도가 더 높아지고 더 따뜻한 환경이었다면 그 잎사귀는 더욱 멀리까지 퍼져 나갔을 것이다.

결국 언덕 비탈 하나의 모습 속에서도 자연의 모든 작용 속에 감추어진 원리들을 한눈에 볼 수 있다. 지구를 창조한 조물주는 잎사귀

하나에 대해서만 특허를 얻었을 뿐이다. 앞으로 어떤 샹폴리옹[2]이 나타나서 잎사귀에 새겨진 상형문자를 해독하고, 우리에게 새로운 시대를 열어줄 것인가? 이러한 자연 현상은 비옥하고 풍성한 포도밭보다 나에게 기운을 북돋워준다. 이는 다소 배설물 같은 특징을 가지고 있으며 지구를 반대로 뒤집어놓은 것처럼 간과 폐, 내장이 수북이 쌓인 것처럼 보이기도 한다. 하지만 이런 소소한 현상을 통해 자연에도 오장육부가 존재하고, 그런 면에서 인류의 어머니가 존재한다는 사실을 말해주는 듯하다. 이러한 현상은 꽁꽁 얼어붙은 얼음이 땅에서 서서히 밀려나면서 발생하는데, 바로 봄을 알리는 신호이다. 신화가 존재한 이후 시가 탄생하는 것처럼 이런 현상이 발생하고 나야만 꽃이 피고 봄이 도래한다. 내가 아는 한, 이러한 현상보다 더욱 확실하게 겨울의 독기와 소화불량에서 벗어나도록 해주는 것은 없다. 이를 통해 우리가 사는 지구가 아직 포대기에 싸여서 가느다란 손가락을 사방으로 뻗치고 있다는 사실을 확실히 느낄 수 있다. 매끈한 이마 위로 고불거리는 머리카락이 돋아난다. 모든 현상이 유기적이다. 이런 잎사귀 더미는 용광로에서 흐르는 찌꺼기처럼 강둑을 따라 길게 늘어서, 자연이 그 용광로 안에서 부글부글 끓어오르고 있음을 보여준다. 지구는 책장처럼 차례차례 쌓여 있어서 주로 지질학자와 고고학자의 연구 대상이 되는 죽은 역사의 한 조각에 불과한 것이 아

---

2 프랑스의 이집트 학자. 1822년에 로제타석에 새겨져 있는 이집트 상형문자를 처음으로 해독하였다.

니라, 꽃과 열매보다 먼저 파릇하게 돋아나는 나뭇잎처럼 살아 있는 시 그 자체이다. 다시 말해, 지구는 죽어서 화석이 된 대지가 아니라 살아 숨 쉬는 대지이다. 그런 위대한 지구에 비하면 모든 동물과 식물의 삶이란 그저 기생하는 것에 불과하다. 대지는 끝없이 진통을 거듭하며 우리가 벗은 허물을 무덤에서 하나둘 뱉어낸다. 우리는 땅에서 캐낸 금속을 녹여 세상에서 가장 아름다운 형태로 주조할 수 있다. 하지만 그것이 아무리 아름답다고 해도, 얼어붙은 대지가 녹아 사방으로 흘러내리면서 빚어내는 형상만큼 내 마음을 두근거리게 만들지는 못할 것이다. 비단 해빙되는 대지뿐만 아니라 지구상에 존재하는 모든 제도도 옹기장이의 손아귀에 있는 진흙처럼 언제든 그 형태가 변화할 수 있다.

오래지 않아 비탈 언덕뿐만 아니라 모든 언덕과 들판, 골짜기와 동굴 속에서 겨울잠을 자던 네발짐승들이 서서히 모습을 드러내는 것처럼, 땅속에 숨어 있던 서리가 서서히 잠에서 깨어 노래를 부르며 바다로 흘러가거나 구름 속으로 증발하여 다른 기후를 향해 이동하게 될 것이다. 온화한 설득력을 지닌 해빙의 신은 거대한 망치를 휘두르는 토르보다 더욱 강한 힘을 가졌다. 해빙의 신은 대지를 뒤덮은 얼음을 녹이지만 토르는 그저 얼음을 조각낼 뿐이기 때문이다.

대지의 얼음이 군데군데 녹고 온화한 날이 며칠 동안 계속되면서 지표면의 습기가 사라지면, 봄을 알리는 첫 번째 징후인 새싹들이 하나둘 모습을 드러낸다. 추운 겨울을 버티느라 시들어버린 식물들의 당당한 아름다움과 새싹을 비교해보는 것도 나름대로 즐거운 일이었다. 떡쑥과 미역취, 쥐손이풀 같은 가늘고 작은 꽃을 피우는 야생초들이 지난여름까지도 아름다움을 제대로 보여주지 못했던 것처럼 더욱 또렷하고 흥미로운 모습을 보인다. 황새풀과 부들, 큰고랭이, 현삼과 물레나물, 조팝나무와 피리풀 등 강한 줄기를 가진 식물들은, 봄과 함께 찾아온 새들에게 마르지 않는 곳간의 구실을 하고 혼자 남은 자연의 여신이 입은 점잖은 상복처럼 보인다. 나는 이삭 다발처럼 머리를 숙인 골풀에 유난히 눈길이 갔다. 이 풀들은 여름이면 겨울의 추억을 떠올리게 만들고, 예술가가 모방하고 싶어 하는 형상의 하나이면서 인간의 내면에 존재하는 다양한 유형과 천문학이 서로 맺고 있는 관계를 식물의 세계에서 그대로 보여주기 때문이다. 이는 그리스나 이집트의 양식보다 더욱 오래되었고, 겨울에 벌어지는 다양한 현상은 말로는 표현할 수 없는 부드러움과 쉽게 깨지는 연약함을 암시한다. 우리는 겨울을 난폭하고 무자비한 폭군으로 묘사하는 데 익숙해져 있지만, 사실 겨울은 연인처럼 다정하게 여름의 머리카락을 치장해준다.

이윽고 봄이 오자, 붉은다람쥐 두 마리가 내 집 바닥으로 찾아왔다. 책을 읽거나 글을 쓸 때면, 다람쥐들은 발밑에서 이상야릇하게 낄낄대고 찍찍댔고, 혀를 굴리며 꼴꼴거리는 소리를 낼 때도 있었다. 발로 바닥을 구르면, 녀석들은 우리에 대한 두려움이나 존경심 따위는 까맣게 잊은 것처럼 인간에게 강하게 저항이라도 하듯 더 큰 소리를 냈다. 그만둬, 치카리, 치카리! 붉은다람쥐들은 나의 요구를 무시하거나 그 힘을 전혀 알아차리지 못한 것처럼 타고난 기질을 담아 비난을 퍼부었다.

봄을 알리는 첫 참새가 나타났다! 그 어느 때보다 생동감이 넘치는 한 해가 시작되었다. 군데군데 헐벗고 축축한 들판 위로 꾀꼬리와 멧종다리, 개똥지빠귀의 방울처럼 아름다운 노랫소리가 들린다. 마치 겨울의 마지막 눈송이들이 떨어지면서 짤랑짤랑 소리를 내는 것 같다. 이런 순간에 역사와 연대기, 전통과 문자로 쓰인 계시록 따위가 무슨 소용이 있겠는가? 시냇물은 환희의 노래를 부르고 기쁘게 봄을 맞는다. 개구리 떼는 강 근처 풀밭 위를 낮게 비행하며 겨울잠에서 막 깨어난 미끈미끈한 생명체를 찾아 헤맨다. 골짜기에서는 눈이 녹아내리는 소리가 들리고, 호수에서는 단단한 얼음들이 빠르게 녹아내리고 있다. 대지는 다시 돌아온 태양을 맞이하기 위해서 내부의 열기를 발산하는 것처럼, 언덕 비탈에서는 풀들이 봄날의 불처럼 이글이글 타오르고, 이른 봄비의 재촉을 받은 풀들이 파릇파릇하게 돋는다. 하지만 그 불꽃은 노란색이 아니라 초록색을 뿜어낸다. 영원한 젊음을 상징하는 풀잎은 초록색 리본처럼 흙을 헤집고 나와 여름을 향해 가려다가 서리의 제지를 받지만, 곧바로 땅 밑에서 솟아오르는 새로운 생명력을 얻어 지난해 묵은 건초더미 사이로 푸른 새싹을 밀어낸다. 풀잎은 땅 위로 흘러나오는 실개천처럼 쑥쑥 자라난다. 풀잎과 실개천은 똑 닮아 있다. 만물이 성장하는 6월에 실개천이 바짝 마르고 나면 풀잎 자체가 실개천이 되기 때문이다. 따라서 매해 가축들은 일 년 내내 마르지 않는 초록 시내로 찾아와서 목을 축이고, 풀을 베는 농부들은 겨우내 가축들에게 먹일 먹이를 비축한다. 우리의 삶도 뿌리까지 말라붙지만, 그 초록색 잎사귀는 영원히 고개를 내민다.

월든의 호수가 빠른 속도로 녹고 있다. 북쪽과 서쪽 호숫가를 따라서 10미터 폭의 호수 물이 모습을 드러냈고, 동쪽 호숫가 끝에는 그보다 더 넓은 수면이 드러났다. 호수 한복판에도 거대한 얼음이 떨어져 나가고 있다. 덤불 속에서 멧새가 지저귀는 노랫소리가 들린다.

"올릿, 올릿, 올릿, 칩, 칩, 칩, 체 차, 체, 히스, 히스, 히스."

멧새도 월든 호수의 얼음이 깨지도록 돕고 있다. 얼음 가장자리로 보이는 곡선은 얼마나 아름다운지! 그 곡선은 호숫가의 곡선과 비슷해 보이지만 그보다 더 균형 잡힌 모습이다. 호숫가의 얼음은 최근 다녀간 꽃샘추위 때문에 유독 단단하고 물기가 흥건히 배었으며 궁전의 바닥처럼 물결무늬가 새겨져 있다. 하지만 바람은 그 얼음의 불투명한 표면을 스치면서 동쪽으로 미끄러지지만 얼음을 녹이지는 못하고 그 너머로 출렁거리는 수면에 닿는다. 리본처럼 출렁이는 물살이 햇빛 아래서 반짝이는 모습은 그야말로 장관이다. 환희와 젊음으로 가득 찬 호수의 맨 얼굴은 그 속에서 헤엄치는 물고기의 기쁨과 호숫가를 뒤덮은 모래의 즐거움을 대변하는 것 같다. 그 속에서 활기차게 헤엄치는 황어 비늘의 반짝이는 은빛 기운을 느낄 수 있다. 이 정도로 봄과 겨울의 모습이 다르다. 월든 호수는 완전히 죽었다가 되살아났다. 하지만 앞서 말했던 것처럼, 월든 호수는 올해 봄에는 유난히 느릿느릿 잠에서 깨어났다.

거센 폭풍우가 몰아치던 겨울에서 화창하고 포근한 날씨로 변하고, 어둡고 천천히 흐르던 시간이 밝고 탄력적으로 흐르는 과정은 만물이 공표하는 중대한 순간이 아닐 수 없다. 변화는 마침내 순간적으로 벌어지는 것 같다. 겨울의 무거운 구름이 여전히 하늘에 걸려 있고, 처마 아래로 진눈깨비 같은 빗방울이 뚝뚝 떨어지고 있던 찰나, 어둑한 저녁이 코앞까지 와 있을 때 갑자기 집 안으로 환한 햇살이 스며들었다. 나는 창밖으로 고개를 내밀었다. 맙소사! 어제까지만 해도 차가운 잿빛 얼음이 있던 자리가 투명한 호수로 바뀌어 여름날 오후처럼 잔잔하고 희망에 가득한 모습으로 변해 있었다. 하늘에는 아무것도 보이지 않았지만, 저 멀리 떨어진 지평선과 서로 교신이라도 하듯 월든 호수는 투명한 가슴 위로 여름의 저녁 하늘을 비추고 있었다. 저 멀리서 울새가 지저귀는 소리도 들렸다. 마치 수천 년 만에 처음 듣는 소리처럼 낯설게 느껴졌고, 앞으로 수천 년 동안 잊지 못할 것 같다. 예전과 다름없이 감미롭고 기운 넘치는 소리였다. 뉴잉글랜드의 여름날이 저물어갈 무렵, 저녁 늦은 시각의 울새 소리! 그 녀석이 앉은 나뭇가지를 찾을 수 있다면 얼마나 좋을까! 그 조그만 울새, 그 나뭇가지를! 겨우내 축 늘어져 있던 집 근처의 리기다소나무와 떡갈나무는 빗물에 씻겨 더욱 깨끗하고 기력을 되찾은 것처럼 본래의 특색을 되찾아 예전보다 더욱 꼿꼿하고 싱그러운 초록색 기운을 뿜어냈다. 더 이상 비가 내리지 않을 거라는 사실을 알 수 있었다. 숲의 가느다란 나뭇가지, 아니 집에 쌓인 장작더미만 보아도 겨울이 완전히 지나갔음을 느낄 수 있었기 때문이다. 어느새 어둠이 더욱 짙어졌고, 나는 숲을 가로질러 날아가는 기러기 떼의 소리를 듣고 깜짝 놀랐다. 남쪽의 호수로부터 느지막한 시간에 도착하여 서로 불만을 토로하고 위로해주는 지친 여행객들의 목소리 같았기 때문이다. 문 앞에 서 있어도 기러기들의 날갯짓 소리를 들을 수 있었다. 내 집으로 향하던 기러기들은 밝은 불빛을 보고 요란한 소리를 멈추더니 다시 방향을 바꾸어 호수에 내려앉았다. 나는 집으로 들어가서 문을 닫고 숲에서 맞이하는 첫 번째 봄날 저녁을 만끽했다.

아침이 되자, 나는 문가에 선 채 뿌연 안개 속에서 날아오르는 기러기 떼를 지켜보았다. 기러기들은 250미터쯤 떨어진 호수 한가운데에서 유유히 헤엄치고 있었다. 어찌나 시끌벅적 즐거워 보이는지, 마치 월든 호수가 기러기들을 즐겁게 해주려고 만들어놓은 인공 호수처럼 느껴졌다. 하지만 내가 호숫가 근처로 다가가자, 기러기들은 우두머리의 신호에 맞추어 날개를 퍼덕이며 머리 위로 푸드득 날아올랐고, 서로 대열을 정비하면서 머리 위로 빙빙 날아다녔다. 총 스물아홉 마리였다. 얼마 지나지 않아 기러기 떼는 우두머리가 토해내는 일정한 울음소리에 맞추어 캐나다 쪽으로 날아갔다. 여기보다 탁한 호수로 가면 더 편하게 아침 식사를 할 수 있을 거라고 생각하는 모양이었다. 그와 동시에 오리 떼도 호수에서 날아오르더니, 그들보다 더 요란한 소리를 내는 사촌들의 뒤를 따라서 북쪽으로 이동하기 시작했다.

그 후로 일주일 동안, 홀로 뒤떨어진 기러기 한 마리가 안개 속을 날아다니면서 친구들을 부르며 우는 소리를 들을 수 있었다. 그 소리는 숲이 감당할 수 있는 거대한 생명체의 목소리를 끌어들였다. 4월이 되자, 비둘기들이 삼삼오오 무리를 지어 하늘로 날아가는 모습을 다시 볼 수 있었다. 그리고 이어서 흰털발제비들이 밭에서 지저귀는 소리가 들렸다. 흰털발제비는 마을에서도 좀처럼 볼 수 없어서 내 집 근처까지 날아왔다면, 분명히 백인들이 나타나기 전에 속이 텅 빈 나무에서 살았던 유별난 종족의 후손일 거라는 생각이 들었다. 거의 대부분의 기후에서 거북이와 개구리는 봄의 선구자이자 전령이다. 새들이 하늘을 날며 지지배배 노래를 부르고 깃털을 푸드득 흔들고, 사방에 파릇한 새싹이 돋고 꽃을 피우고, 또 바람이 부는 것은 극과 극으로 이어지는 미세한 진동을 바로잡아 자연의 균형을 유지하기 위한 것이다.

언제든 계절이 바뀔 무렵이 되면 그 당시가 가장 아름답게 느껴지는 것처럼, 봄이 다가오는 것은 혼란스러움에서 벗어나 질서가 바로 서고 마침내 황금시대가 도래한 것 같은 기분을 느끼게 한다.

"Eurus ad Auroram, Nabathaeaque regna recessit,

Persidaque, et radiis juga subdita matutinis."

동풍은 에오스[3]와 나바타이아 왕국으로,

페르시아와 아침 해가 제일 먼저 비추는 능선으로 물러갔다.

(중략)

인간이 태어났다.

---

3 그리스신화에 나오는 새벽의 여신. 아침 해가 뜰 때에 장밋빛 손가락으로 밤의 포장을 연다고 한다. 로마신화의 아우로라에 해당한다.

만물을 창조한 조물주이자 세상의 훌륭한 근원인 신이
신성한 씨앗으로 인간을 만들었을까.
아니면 저 높은 창공을 뚫고 나와 최근에 만들어진 대지가
자신의 친족인 하늘의 씨앗을 간직하고 있었을까.

가느다란 보슬비만 한 번 지나가도 풀밭은 더욱 진한 초록색을 띠
게 마련이다. 마찬가지로 더 좋은 생각을 담으면 미래에 대한 우리의
기대도 높아진다. 우리가 항상 현재에 살면서, 그래서 조그만 이슬의
힘을 순순히 받아들이는 풀잎처럼 우리에게 닥친 모든 사건을 유익
한 방향으로 이끌어낸다면, 그리고 과거에 의무를 다하기 위해 주어
졌던 기회들을 놓친 것에 대해 속죄하며 시간을 낭비하지 않는다면,
우리는 더욱 행복해질 것이다. 벌써 봄이 찾아왔는데 우리는 여전히
겨울을 붙잡고 늑장을 부린다. 상쾌한 봄날 아침에는 모든 이가 자신
이 저지른 죄를 용서받는다. 그런 날에는 악덕조차 자취를 감춘다. 그
런 상쾌한 봄날의 태양이 뜨겁게 비추는 동안에는 가장 비열한 죄인
조차 집으로 돌아올 수 있다. 나 스스로가 순수함을 되찾고 나면 이웃
의 순수함도 느낄 수 있다. 바로 어제까지만 해도 이웃에 사는 사람
을 좀도둑이나 술주정뱅이, 바람둥이일 거라 짐작하고 그를 동정하
거나 혹은 경멸하면서 세상을 비관했을지 모른다. 하지만 밝은 태양
이 비추는 봄의 첫날 아침, 새로운 세상이 창조되는 이 순간, 당신은
묵묵히 일하고 있는 이웃을 만나, 방탕한 생활로 말미암아 지치고 퇴
색한 혈관이 기쁨으로 부풀어 오르고, 새로운 날을 찬양하며 어린아

이처럼 순수하게 봄의 기운을 만끽하는 모습을 보면서, 어제 느꼈던 이웃의 허물을 모두 잊을 것이다. 또한 그에게서 선의의 분위기를 느낄 뿐만 아니라 갓 태어난 본능처럼, 물론 헛되고 부질없는 것이라도 성스러운 향내를 밖으로 뿜어내려는 태도를 느낄 수 있을 것이다. 그렇게 한동안은 남쪽 언덕으로 저속한 농담이 울려 퍼지지 않는다. 또한 쭈글거리는 그의 껍질에서 순결하고 아름다운 새싹이 터져 나와, 어린 초목처럼 부드럽고 신선한 모습으로 다시 새로운 한 해를 시작하려는 모습을 보게 될 것이다. 그런 비열한 죄인도 주님의 품에서 기쁨을 만끽할 수 있다. 교도관은 어찌하여 감옥 문을 열지 않는가? 판사는 어찌하여 사건을 기각하지 않는가? 목사는 어찌하여 교회에 모인 신도들을 집으로 돌려보내지 않는가? 그 이유는 바로 신께서 모두를 용서하려는 아량을 베풀었다는 사실을 마음속에서 받아들이지 않기 때문이다.

헐벗은 숲에서 새싹이 움트는 것처럼, 매일 아침의 고요하고 자애로운 바람 속에서 빚어내는 선으로 돌아간다면, 우리는 미덕을 사랑하고 악덕을 미워한다는 점에서 인간 본성에 조금이나마 가까워지게 된다. 마찬가지로 우리가 행한 악행은 다시 싹을 틔우는 미덕이 미처 자라지 못하고 썩어버리게 만든다.

이렇게 미덕의 싹이 자라는 것을 계속 방해하게 되면, 저녁의 자애로운 바람조차 그 싹을 지켜줄 수가 없다. 저녁 바람이 미덕의 싹을 지켜주지 못한다면 인간의 심성은 짐승과 다를 바 없게 된다. 사람들은 짐승 같은 인간을 보며, 본래부터 선을 행할 의도가 없었다고 말하지만, 그것이 어찌 그 사람이 타고난 본성이라고 말할 수 있을까?

> 황금시대가 처음 도래했을 때
> 누구를 벌주는 이도 없고
> 법도 없었지만 누구나 성실했고 정의를 행했다.
> 형벌을 두려워할 이유도
> 위협적인 말이 새겨진 동판도
> 탄원하는 군중이 판사의 말을 두려워하지도 않았고
> 벌을 주는 자가 없어도 누구나 안전하게 살았다.
> 소나무가 잘려나가 낯선 세상으로 향하기 위해
> 바닷속으로 굴러 내려오는 일도 없었다.
> (중략)
> 그곳은 늘 따뜻한 봄이었고, 잔잔하게 부는 서풍은
> 씨앗이 없이 태어난 꽃들마저 부드럽게 어루만져주었다.

4월 29일, 나는 나인에이커코너 다리 근처에서 낚시를 즐기고 있었다. 버드나무 뿌리 사이로 사향쥐가 곳곳에 숨어 사는 곳이었다. 바로 그때 뭔가 달그락거리는 소리가 들렸다. 꼬마들이 가지고 노는 캐스터네츠에서 나는 소리와 비슷했다. 고개를 들어 하늘을 보니, 쏙독새처럼 작고 우아한 수리매 한 마리가 보였다. 수리매는 잔물결처럼 하늘 위로 치솟았다가 공중제비를 돌며 5~10미터가량 아래로 내려오기를 반복했다. 그때마다 환한 햇살 사이로 날개 아래쪽에 있는 공단 리본, 혹은 조개 속 진주처럼 뽀얀 속살이 드러나 보였다. 그 모습은 마치 아메리카 쏙독새와 똑 닮아 있었다. 문득 머릿속에 매사냥이 떠올랐고, 매의 움직임을 고상한 시와 연관시키는 이유가 무엇인지 깨닫게 되었다. 그 수리매는 쇠황조롱이라고 불러도 좋을 것 같았지만, 이름 따위는 전혀 중요치 않았다. 수리매가 하늘을 나는 모습은 지금까지 내가 보았던 것 중에서 가장 우아한 것이었다. 나비처럼 양 날개를 퍼덕이는 것도 아니고 몸집이 커다란 매처럼 무턱대고 하늘로 날아오르지도 않았다. 그저 드넓은 하늘의 들판에서 우아하게 자신의 자태를 뽐냈다. 이상야릇한 웃음소리를 내면서 계속 하늘로 올라가더니 연처럼 공중제비를 돌고 자유롭게 낙하하다가 바닥에 닿기 직전, 한 번도 땅을 밟아본 적이 없는 것처럼 다시 하늘로 비상했다. 그렇게 홀로 하늘을 나는 수리매의 모습은 마치 세상에 친구 하나 없이, 아침과 파란 하늘 말고는 어떤 친구도 필요치 않은 것 같았다. 수리매는 외롭지 않았고 오히려 발밑으로 보이는 대지를 외롭게 만들었다. 그 새를 낳은 어미 새와 친척들, 또 아비는 하늘의 어디쯤 있을까? 하늘을 나는 수리매는 언젠가 바위 틈새에서 태어났다는 사실 말고는 대지와 아무런 관계가 없어 보였다. 아니면 그가 태어난 둥지는 구름 귀퉁이에 무지개 조각과 붉은 저녁노을을 엮고, 한여름 대지의 푹신한 안개를 걷어서 바닥에 깔아놓은 그런 곳이 아니었을까? 그 수리매의 둥지는 하늘의 낭떠러지에 걸린 구름이다.

나는 그 밖에도 황금빛과 은빛 그리고 밝은 구릿빛으로 빛나는 진귀한 물고기를 여러 마리 낚을 수 있었는데 마치 줄에 꿰어진 반짝이는 보석과 같아 보였다. 아! 따뜻한 봄이 찾아온 첫날, 나는 세차게 굽이치는 계곡과 숲으로 내리쬐는 맑고 밝은 햇살을 받으면서 들판으로 나가서 덤불에서 덤불로, 나무뿌리에서 나무뿌리로 뛰어다녔다. 사람들이 말하는 것처럼, 죽은 자가 무덤에서 잠을 자는 거라면 봄의 햇살은 죽은 자를 깨우고도 남을 만한 것이었다. 인간의 영원함을 증명하는 데 이보다 더한 증거가 또 있을까? 세상 만물 모두가 그런 따스한 햇살을 받으며 살아가게 마련이다. 오, 죽음이여. 너의 독침은 어디에 있는가? 오, 무덤아. 너의 승리는 어디로 갔는가?

콩코드 마을 주변에는 아직 개간되지 않은 숲과 초지가 있었는데, 이러한 곳이 없다면 우리 삶에는 활력이 없을 것이다. 우리에게는 야생이라는 강장제가 필요하기 때문이다. 때로는 알락해오라기와 뜸부기가 숨어 있는 늪지를 건너고, 도요새가 우렁차게 우는 소리를 들어야 하며, 더욱 야성적이고 고독하게 사는 새들만 둥지를 짓고, 밍크가 배를 바닥에 대고 슬금슬금 기어 다니는 곳, 그런 곳으로 가서 바람에 살랑살랑 흔들리는 사초의 향을 맡을 필요가 있다. 우리는 모든 곳을 탐험하고 싶어 하고 알고 싶어 하지만 그와 동시에 모든 것이 신비로움에 쌓인 채로 미개척지로 남아 있기를 바란다. 또한 육지와 바다가 그 높이를 측정할 수 없는 상태로 그렇게 무한히 야성적이고 수수께끼의 상태로 남아 있기를 바란다. 자연은 아무리 알아도 충분치 않다. 자연이 지닌 무한한 활기, 광활하고 웅장한 지형, 난파선들과 표류물이 떠다니는 해안, 살아 있는 나무와 죽어가는 나무가 뒤섞여 자라는 밀림, 천둥을 몰고 오는 시커먼 구름, 3주 가까이 비를 뿌리다가 결국 홍수를 일으키는 장마까지, 이 모든 것을 보는 것만으로도 우리는 활력을 얻을 수 있다. 우리는 한계가 무너지고, 우리가 발을 내딛지 않은 곳에서 자유로이 풀을 뜯는 생명체를 가만히 바라볼 필요가 있다. 비록 우리 눈에는 구역질이 나고 기운 빠지는 장면이지만, 동물의 사체를 뜯어먹고 활력과 힘을 얻는 독수리의 모습을 보면 나도 모르게 기운이 솟는다. 언젠가 집으로 돌아오는 길에 도로변 웅덩이에 말 한 마리가 죽어 있는 모습을 보았다. 그 후로 얼마 동안 나는 웅덩이를 피해 다녔고, 하늘이 찌뿌듯하게 내려앉은 밤에는 일부러 다른 길로 돌아가야 했다. 하지만 죽은 말을 보면서, 대자연의 왕성한 식욕과 누구도 범접할 수 없는 건강을 확인하는 것으로 잠시 잠깐 불편했던 마음에 대한 보상을 받았다. 무수한 생명체가 서로 먹고 먹히며 그렇게 목숨을 부지해가는 것처럼, 생명체들로 가득한 자연을 보고 싶다. 나약한 유기체가 짓이겨져 죽더라도, 왜가리가 올챙이를 한입에 삼키고, 길가에 거북과 두꺼비 들이 깔려 죽어도, 때로는 살과 피가 비 오듯이 쏟아지더라도 생명체들로 가득하면 아무런 상관이 없을 것이다! 사고란 언제든 생길 수 있고, 그게 얼마나 하찮은 일인지 깨달아야 한다. 현명한 사람은 이러한 현상에서 세상 모든 것의 덧없음을 깨닫는다. 독이라는 것도 따지고 보면 해로운 것이 아니고 어떠한 상처도 치명적이지 않다. 동정심은 순간적인 감정에 불과하며, 동정심을 얻어내기 위한 변론은 절대로 진부함에 그쳐서는 안 된다.

5월 초가 되자, 떡갈나무와 히커리 나무, 단풍나무와 그 밖의 여러 나무가 푸른 싹을 틔우면서 주변 풍경을 더욱 밝게 만들어주었다. 특히나 구름이 낀 날에는 태양이 뿌연 안개를 뚫고 나와서 언덕 여기저기를 환하게 비추어주었다. 5월 3일인가 4일에는 월든 호수에 나온 되강오리를 볼 수 있었고, 5월 첫 주가 되자 쏙독새와 지빠귀, 갈색지빠귀와 딱새, 되새 등 갖가지 새의 울음소리를 들을 수 있었다. 개똥지빠귀의 울음소리는 실로 오랜만에 듣는 것이었다. 딱새도 어느덧 내 집에 찾아와서, 공기를 움켜쥐듯 발톱을 잔뜩 구부린 채로 재빠른 날갯짓을 하면서 현관과 창문 너머로 집 안을 들여다보았고, 내 집이 둥지를 지어도 될 만큼 괜찮은 동굴인지 살펴보았다. 그로부터 얼마 후, 리기다소나무의 노란 송홧가루가 호수뿐만 아니라 호수 주변의 바위와 썩은 나무를 온통 뒤덮었다. 그 가루를 전부 모으면 한 통을 가득 채우고도 남을 것이다. 그것이 말로만 듣던 '유황가루 소나기'였다. 칼리다사[4]의 희곡《샤쿤탈라》에서 '연꽃의 황금빛 가루로 샛노랗게 물든 실개천'이라는 구절이 나온다. 그렇게 계절은 서서히 여름을 향해 흘러갔고, 우리는 서서히 높아지는 풀밭으로 걸어갔다.

그렇게 월든 숲에서 보낸 첫해가 마무리되었다. 이듬해에도 그와 별반 다르지 않았다. 그리고 1847년 9월 6일, 마침내 나는 월든 호수를 떠났다.

---

4 4~5세기에 걸쳐 활약한 인도의 시인. 인도 문학사상 최대의 작가로 인도의 셰익스피어라 일컬어진다.

18

맺는말
(Conclusion)

의사는 몸이 아픈 사람에게 주변 공기와 풍경을 바꿔보라고 현명한 조언을 한다. 다행히도 이곳이 세상의 전부는 아니다. 뉴잉글랜드에서는 침엽수가 자라지 않고, 흉내지빠귀가 우는 소리도 듣기 힘들다. 기러기는 인간보다 훨씬 세계적인 모양이다. 캐나다에서 아침 식사를 하고 오하이오에서 점심을 먹고 남부의 강어귀에서 깃털을 다듬기 때문이다. 들소조차 어느 정도 계절과 발을 맞추면서, 콜로라도 강가 초원에서 풀을 뜯어 먹다가 옐로스톤 강가에 더 푸르고 맛있는 풀이 자라면 곧바로 자리를 옮긴다. 하지만 인간은 울타리를 허물고 농장 주위로 돌담을 쌓고 난 후부터는 우리 삶에 경계가 만들어졌고 운명이 어느 정도 결정지어졌다고 생각한다. 만약 읍사무소의 서기로 선출되면, 올여름 휴가에는 티에라 델 푸에고에 갈 수 없겠지만, 지옥 불이 타오르는 땅에는 갈 수 있을지 모른다. 우주는 우리 눈에 보이는 것보다 훨씬 더 거대하다.

하지만 우리는 호기심에 가득 찬 승객처럼, 배의 고물 난간 너머를 자주 살펴야 한다. 뱃밥을 만드는 우둔한 선원처럼 무신경하게 항해만 해서는 안 된다. 지구의 반대편은 우리와 서신을 주고받는 사람의 고향에 불과하다. 우리의 항해는 대권항법, 즉 목표 지점과 출발 지점을 최단 거리로 가는 것이며, 의사는 피부병이 생기면 달랑 약만 처방해준다. 어떤 사람은 기린을 사냥하기 위해서 남아프리카로 달려가지만, 기린은 그가 쫓아야 할 사냥감이 아니다. 만약 그가 기린을 사냥할 수 있다고 해도, 언제까지 기린을 쫓아다닐 수 있겠는가? 깍도요와 멧도요도 그에 견줄 만한 재미를 주는 사냥감이지만, 차라리 나 스스로를 향해 총을 겨누는 것이 더욱 고상한 사냥일 거라고 굳게 믿는다.

그대의 눈을 안으로 돌려라.
그러면 그대의 마음속에서 미처 발견하지 못했던
천 개의 지역을 발견할 수 있을 것이다.
그곳을 여행하라.
그리고 마음속 우주 지리학의 전문가가 되라.

아프리카는 무엇을 의미하고, 또 서부는 무엇을 의미하는 것일까? 우리 내면도 해도의 하얀 공백이 아닐까? 누군가에게 발견된 후에는 해안처럼 검은 지대였음이 알려질지도 모른다. 우리가 발견해야 하는 곳은 나일 강, 니제르 강, 미시시피 강의 수원인가? 아니면 아메리카 대륙의 북서항로인가? 이러한 것들이 진정 인류가 관심을 기울여야 할 중차대한 문제일까? 존 프랭클린[1]이 갑자기 행방불명되어 아내가 애타게 찾고 있는 유일한 사람일까? 프랭클린을 찾아 나선 헨리 그리넬[2]은 자신이 지금 어디 있는지 알고 있을까? 어쩌면 멍고 파크나 루이스와 클라크 혹은 프로비셔[3]가 되어 내면의 강과 바다를 탐험하는 것이 더 낫지 않을까? 그렇게 우리 내면의 높은 위도로 가서 탐험을 시작하라. 만약 필요하다면 기력을 북돋워줄 고기 절임을 배에 가득 싣고서 새로 발견한 대륙에는 표식 대신 빈 깡통을 산처럼 쌓아두어도 될 것이다. 그 고기 절임은 그저 고기를 오랫동안 보관하기 위해서 만들어진 것일까? 아니, 우리 내면의 신대륙과 신세계를 탐험하러 가는 콜럼버스가 되어서 무역을 하기 위한 창구가 아닌 새로운 사상을 주고받을 수 있는 새로운 항로를 개척하라. 인간은 누구나 한 왕국의 군주와 같다. 우리의 왕국에 비하면 러시아 황제 차르의 제국도 그저 얼음에서 떨어져 나간 한 조각에 불과하다. 하지만 어떤 사람

---

1 영국의 해군제독이자 북극탐험가. 1845년, 존 프랭클린이 탐험대와 그린란드 서쪽으로 간 지 2년쯤 지난 후부터 소식이 끊겼다.

2 미국의 상인이자 해운업자로서 해난구조 작업 출항을 위한 자금을 제공하였다.

3 스코틀랜드의 의사이자 식물학자이며 탐험가인 멍고 파크, 미국의 탐험가인 메리웨더 루이스와 윌리엄 클라크, 영국의 탐험가인 마티 프로비셔는 모두 미개척지를 탐험한 사람들이다.

은 자존감이 전혀 없이도 조그만 것을 위해 큰 것을 희생하여 애국자가 되기도 한다. 그들은 자신의 무덤이 되어줄 대지를 사랑하지만 흙으로 빚어진 자기 몸에 생기를 불어넣어주는 정신적인 면과는 전혀 교감하지 않는다. 애국심이란 그저 머릿속에 든 구더기에 불과하다. 거창한 행렬을 거느리고 막대한 비용을 쏟아부었던 저 남태평양 탐험대의 의미는 무엇인가? 이는 우리의 정신적인 세계 속에도 대륙과 바다가 있고 우리 모두 그런 거대한 대륙에 딸린 조그만 후미에 불과하지만, 스스로 그곳을 탐험한 적이 없다는 사실을 의미한다. 또한 정부가 제공하는 배를 타고 500명의 선원을 거느리고 추위와 폭풍우, 식인종과 싸우면서 수천 킬로미터를 항해하는 것이 나 자신의 내면에 있는 대서양과 태평양을 혈혈단신의 몸으로 탐험하는 것보다 훨씬 더 쉽다는 걸 간접적으로 인정하는 것이기도 하다.

정처 없이 떠돌다가 외딴곳에 사는
오스트레일리아 사람들을 찬찬히 살피도록 하라.
나는 신에 대해 아는 바가 더 많고
그들은 길에 대해 아는 바가 더 많다.

아프리카의 잔지바르 섬에 고양이가 몇 마리나 있는지 알아보기 위해서 반드시 지구 반 바퀴를 돌아갈 필요는 없다. 하지만 그보다 더 나은 일을 찾기 전까지는 그거라도 해야 한다. 그러면 '시머스의 구멍', 즉 지구의 내부로 통하는 부분을 발견할 수 있을지도 모르니까.

영국과 프랑스, 스페인과 포르투갈, 황금과 노예를 운반했다는 황금 해안과 노예해안 모두가 개인의 바다와 맞닿아 있다. 그곳을 통해야만 인도로 곧바로 갈 수 있다는 걸 알면서도, 아직 어떤 배도 그곳을 출발해 육지가 보이지 않는 곳으로의 모험을 떠난 사람은 없었다. 만약 여러분이 세상의 모든 언어를 배우고 모든 종족의 풍습을 따르고 싶다면, 또 어떤 탐험가보다 멀리 여행하고 온갖 풍토에 적응하고 스핑크스가 머리를 돌에 부딪치도록 만들고 싶다면, 옛 철학자의 가르침에 따라서 나 스스로를 먼저 탐험해봐야 한다. 그 때문에 우리에게는 눈과 용기가 필요하다. 자기 자신과의 싸움에서 실패하고 포기한 사람들은 결국 군대로 피신 가는 겁쟁이들이다. 지금이라도 당장 서쪽 구석을 향해 떠나라. 그 길은 미시시피 강이나 태평양에서 멈추거나 케케묵은 중국이나 일본으로 가는 길이 아니다. 여름과 겨울, 낮과 밤이 구별되지 않고 그저 해가 지고 달이 지고 지구까지 지는 곳으로 곧바로 이어지는 길이기 때문이다.

프랑스의 혁명가 미라보는 '사회의 가장 신성한 법에 정면으로 저항하기 위해서 어느 정도의 결의가 필요한지 실험하기 위해서' 노상강도가 되었다고 한다. '졸병으로 싸우는 군인에게 필요한 용기는 노상강도에 비하면 절반도 안 된다'면서 '충분히 심사숙고한 뒤 결심하는 데는 명예와 종교도 걸림돌이 되지 않는다'라고 말했다. 요즘 기준으로 보면 매우 남자다운 행동이라고 볼 수 있다. 하지만 무모한 것은 아니라도 쓸데없는 짓이었다. 조금 더 분별이 있었다면 더욱 신성한 법에 따르면서도 '사회의 가장 신성한 법'이라고 여겨지는 것에 얼마든지 '정면으로 저항'할 수 있었을 것이며, 따라서 일부러 법에 저촉되는 행동을 하지 않고도 자신의 결의를 시험해볼 수 있었을 것이다. 진정 인간다운 행동이란 사회에 반항적인 태도를 취하는 것이 아니라, 그저 자기 존재의 법칙에 순응하면서 자연스러운 마음가짐을 유지하는 것이다. 그런 태도를 가지게 되면, 우연히 저항할 기회가 오더라도 공정한 정부에 저항하는 태도로 발현되지는 않을 것이다.

나는 숲에 들어왔을 때처럼 중요한 이유로 숲을 떠나게 되었다. 앞으로 내가 살아가야 할 삶이 몇 가지 더 남았다는 것을 느꼈기 때문에 숲속에서 지내는 삶에 더 이상 시간을 할애할 수 없다고 판단했기 때문이다. 우리는 스스로도 느끼지 못하는 사이에 너무도 쉽게 어떠한 길로 들어서고, 그 길을 직접 밟아서 다지고 그 위를 걷는다. 숲으로 들어가서 일주일도 지나지 않았을 때, 문 앞에서 호수까지 내가 걸었던 길 위로 선명하게 발자국이 찍혔다. 이제 그 길을 마지막으로 밟은 지가 6년 가까이 지났는데 아직까지도 그 발자국은 선명하게 남아 있다. 아마도 다른 사람들이 그 길을 걸었을 테고, 그래서 당시 내가 다니던 길이 그대로 보존되는 데 한몫했을 것이다. 땅은 부드러워서 사람의 발이 닿으면 자국이 남는다. 마음이 드나드는 길도 마찬가지다. 그러니 세상의 도로들이 얼마나 닳고 먼지투성이겠는가! 전통과 순응은 또 얼마나 깊은 바퀴 자국을 남겼겠는가! 나는 선실에만 틀어박혀 있는 여행객이 되는 대신, 세상의 돛대 앞과 갑판에서 일하는 선원이 되고 싶었다. 그곳에서는 산등성이 사이로 비추는 달빛을 가장 잘 볼 수 있을 테니까. 이제는 다시 갑판 아래로 내려가고 싶지 않다.

나는 월든 숲에서의 실험을 통해 적어도 다음의 사실을 체득했다. 내가 꿈꾸는 바를 향해 자신감을 가지고 나아가고, 머릿속으로 상상해왔던 삶을 살기 위해 노력하다 보면 평소에는 전혀 기대하지 못했던 성공에 이를 수 있다는 것이다. 그 과정에서 어떤 것은 잊히고 또 눈에 보이지 않는 경계를 넘어갈 때도 있을 것이다. 새롭고 보편적이며 더 진보적인 법칙이 우리 주변과 내면에 자리 잡기 시작할 것이다. 과거의 낡은 법칙은 조금 더 넓게 확장되어, 다소 진보적인 의미로 우리가 처한 상황을 해석하는 데 사용될 것이고, 그렇게 더욱 높은 지위에 올라 삶을 살아가게 될 것이다. 삶이 단순해질수록 우주의 법칙 또한 간결하게 변하게 마련이다. 그 때문에 고독은 고독이 아니며, 가난은 가난이 아니고, 나약한 부분도 나약함이 아니게 된다. 공중에 성을 쌓았다고 해서 그 성이 사라질까 봐 걱정할 필요가 없다. 본래 그 성이 있어야 할 자리는 그곳이므로 이제는 그 아래 단단한 토대를 쌓으면 될 일이다.

영국인과 미국인은 알아들을 수 있도록 다시 설명해달라는, 말도 안 되는 요구를 한다. 하지만 그런 식으로는 사람은 물론이고 독버섯도 제대로 뿌리를 내리고 자랄 수 없다. 그들 입장에서는 자신이 알아들을 수 있도록 설명하는 것이 가장 중요하고, 자신이 아니면 누구도 당신을 이해할 수 없는 것처럼 행동한다. 자연을 한 가지의 방식으로만 해석하기 때문에 조류와 네발 달린 짐승, 즉 날개 달린 짐승과 네 발로 걷는 짐승을 동시에 품을 수 없는 것이다. 그런 이유로 '이랴'와 '워워'가 가장 훌륭한 영어인 줄 알고 있다. 그뿐만 아니라 우둔하게 행동해야 안전한 것으로 생각한다. 나는 나의 표현이 너무 평범하지 않을까 싶어 오히려 걱정된다. 나는 좁디좁은 일상적인 경험을 벗어나 내가 생각하는 진실에 어울리는 표현을 사용하고 싶은데 혹시라도 그렇지 못할까 봐 걱정된다. 기상천외함! 이는 우리가 얼마나 울타리 안에 갇혀 있느냐에 따라서 달라진다. 들소는 새로운 풀밭을 찾아서 다른 위도로 이동하지만, 젖을 짜야 하는 시간에 우유 통을 걷어차고 울타리를 뛰어넘어서 새끼를 쫓아가는 암소처럼 기상천외한 행동이라고 볼 수는 없다. 나는 경계를 뛰어넘어 막 잠에서 깬 사람이 그와 같이 잠에서 깨어나는 사람에게 말하듯이 내 생각을 전하고 싶다. 진실한 토대를 쌓기 위해서라면 어느 정도는 과장해도 괜찮다고 생각하기 때문이다. 한 소절의 음악을 들은 사람이라면 어느 누가 과장되게 말하는 것을 영원히 두려워하겠는가? 앞으로 다가올 미래와 가능성을 생각하면서 지나치게 명확하게 선을 긋기보다는 조금은 느슨하게 살아야 한다. 우리 언어 속에 내재된 진실은 언제든 사라질 수 있는 것이며, 남겨진 진술의 부적절한 부분을 계속해서 폭로할 것이다.

언어 속에 담긴 진실은 다른 언어로 옮겨지고 진정 기념해야 할 부분만 남는다. 우리 믿음과 경건함을 표현하는 언어는 명확하지 않지만, 뛰어난 기질을 가진 사람에게는 의미 있고 유향처럼 향기롭게 느껴진다.

무슨 이유로 항상 우리의 지각을 가장 아둔한 수준으로 낮추고 이를 상식인 양 찬양하는 것일까? 가장 일반적인 상식이란 잠자는 사람들의 의식이며 이는 코를 고는 소리로 표현된다. 가끔 우리는 보통 사람보다 1.5배쯤 머리가 좋은 사람들을 반편이처럼 취급하는 경향이 있는데 이는 머리 좋은 사람들이 가진 지혜로움을 3분의 1밖에 이해하지 못하는 이유 때문이다. 어떤 이는 아침이면 붉게 물든 하늘을 탓하기도 하는데 실제로 아침 일찍 눈을 떠본 적이 있는지 그것도 의문스럽다. 언젠가 '카비르[4]의 시에는 네 가지 의미, 즉 환상과 영혼, 지성과 《베다》의 통속적인 교리를 담고 있다고 주장하는 사람들이 있다'는 말을 들은 적이 있다. 하지만 이쪽 세상에서는 어떤 이의 주장이 한 가지 이상으로 풀이될 여지가 있으면 당연히 비판의 대상이 된다고 생각한다. 영국에서는 감자가 썩어가는 병을 고치기 위한 치료법을 찾으려고 고심하는데, 그보다 더 광범위하고 치명적으로 퍼져 있는 머리가 썩어가는 병을 치료하는 방법을 찾아내려는 노력은 왜 하지 않는 걸까?

내 글이 난해함의 경지에 이르렀다고 생각하지는 않지만 월든 호수의 얼음에서처럼 치명적인 결함이 내 글에서 발견되지 않는다면 그것만으로도 충분히 자랑스러울 것이다. 남부에서 얼음을 사러 온 사람들은 월든 호수의 얼음이 맑다는 증거로서 얼음이 푸른빛을 띠는 것인데, 마치 진흙이라도 묻은 것처럼 꺼렸고 오히려 수초 맛이 나고 겉만 하얀색인 케임브리지 호수의 얼음을 더욱 선호했다. 사람들이 좋아하는 깨끗함이란 지구를 뒤덮고 있는 안개와 같은 것이지, 그

---

4 인도의 신비주의자

너머에 있는 푸른 하늘 같은 것은 아니다.

우리 미국인과 일반적인 현대인은, 고대인 더 나아가 엘리자베스 여왕 시대의 사람과 비교해도 지적인 부분에서는 난쟁이에 불과하다고 시끄럽게 떠들어대는 사람들이 있다. 그렇게 떠들어대는 이유는 무엇인가? 죽은 개보다 살아 있는 개가 나은 법. 우리가 소인족으로 태어났다는 이유로 그중에서 가장 큰 소인이 되려고 하기보다 그냥 목이나 매달고 죽는 편이 낫다는 것인가? 그러니 남의 일에 괜히 간섭하지 말고 각자 자신의 모습을 찾기 위해서 애쓰는 편이 낫다.

우리는 왜 성공을 위해 그토록 필사적으로 움직이고 죽어라 애쓰고 있는가? 만약 동료들과 보조를 맞추지 않는 사람이 있다면 그건 분명히 다른 북소리에 귀를 기울이고 있기 때문이다. 그 북소리가 어떤 박자로 울리든, 얼마나 먼 곳에서 들리든, 개의치 말고 내 귀에 울리는 북소리에 맞추어 보조를 맞추도록 하라. 사과나무나 떡갈나무처럼 빠른 속도로 성숙해져야 할 이유는 없다. 아무리 급하다고 봄을 여름으로 바꾸려고 들어야 하겠는가? 우리에게 적합한 상황이 아직 조성되지 않았다면 이를 대신해서 취해야 할 현실은 무엇이겠는가? 우리는 공허한 현실에 부딪혀 난파되지 않을 것이다. 왜 군이 힘들여 파란 유리를 머리 위에 올리고 하늘이라고 우기려고 하는가? 설사 그것이 성공하더라도 그런 하늘은 존재하지 않는 것처럼, 우리는 그보다 훨씬 더 높은 곳에 있는 천상의 하늘을 응시할 것이다.

고대 인도의 서사시에 등장하는 가공의 도시인 쿠루에 완벽함을 추구하는 한 예술가가 살고 있었다. 어느 날 그는 지팡이를 만들어야겠다고 생각했다. 불완전한 작품을 만드는 데는 시간이 변수로 작용하지만 완벽한 작품을 만드는 데는 시간이 문제되지 않을 거라 생각했기 때문에, '평생 다른 일을 못 한다고 해도 기필코 모든 부분에서 완벽한 지팡이를 만들고야 말겠다'고 마음먹었다. 그는 재료부터가 부적합하면 완벽한 지팡이를 만들 수 없다고 생각하고 적당한 나무를 구하기 위해서 숲으로 달려갔다. 이 나무 저 나무를 살피면서 매번 마음에 들지 않는다고 말하는 사이 주변에 있던 친구들이 하나둘 떠나버렸다. 그 친구들은 각자 자신이 하는 일에 매진하다가 서서히 늙어갔지만, 그는 조금도 늙지 않았다. 하나의 목표를 향한 굳은 결의와 흔들리지 않는 열의, 진지한 태도가 본인도 모르는 사이 영원한 젊음을 주었기 때문이다. 그는 시간과 타협하지 않았기에, 시간은 그저 저만치 떨어져서 그를 정복하지 못했다는 사실에 한숨만 내쉴 뿐이었다. 마침내 모든 면에서 지팡이를 만들기에 적합한 나무를 찾아냈을 때, 쿠루는 완전히 폐허가 되어 있었다. 그는 폐허 더미 가운데 주저앉아서 나무를 깎기 시작했다. 하지만 지팡이의 형태를 제대로 갖추기도 전에 칸다하르 왕조가 멸망하였다. 그래서 지팡이 끝으로 칸다하르 왕조의 마지막 왕의 이름을 모래 위에 쓰고, 다시 작업을 시작했다. 지팡이를 매끈하게 다듬고 반짝이는 광을 낼 즈음이 되자, 칼파[5]는 더 이상 북극성이 아니었다. 마침내 지팡이 끝부분에 테를 두르고 손잡이를 보석으로 장식했을 때는 수천수만 년을 잔다는 브라

---

5 우주의 창조신 브라흐마의 하루 시간

흐마가 여러 번 잠이 들었다가 깼다가를 반복한 후였다. 그런데 내가 이런 이야기를 왜 하고 있는 걸까? 마침내 지팡이를 마지막으로 손질하고 나자, 예술가의 눈앞에서 브라흐마의 모든 창조물 가운데에서 가장 멋진 작품으로 변했고 그는 깜짝 놀라지 않을 수 없었다. 그는 지팡이를 만드는 과정에서 새로운 체계, 다시 말해 완벽하고 아름답게 균형 잡힌 세상을 만들어냈던 것이다. 그 세계에는 과거의 도시들과 왕조들은 사라졌고 그보다 더 아름답고 영광스러운 도시와 왕조가 자리를 잡았다. 그제야 예술가는 발아래 나무 부스러기들이 수북이 쌓여 있다는 사실을 깨달았다. 지금까지 흘러간 시간은 그저 환상이었고, 브라마의 머리에서 나온 한 줄기의 불꽃이 부싯깃에 떨어져 불을 붙이는 데 필요한 시간밖에 지나지 않았던 것이다. 지팡이를 만드는 데 사용했던 재료는 순수했고 그의 손기술도 순수했다. 그러니 경이로운 결과가 나오는 게 당연하지 않은가?

어떤 일을 그럴싸하게 포장한다고 해도 그 속에 담긴 진실함만큼 우리에게 도움이 되지는 않는다. 진실만이 오래 지속된다. 대부분 사람은 있어야 할 곳에 있지 않고 엉뚱한 곳에 있다. 우리는 태생적으로 유약하기 짝이 없는 존재라서 어떠한 경우를 가정해놓고 그 속에 우리를 집어넣기 때문이다. 따라서 우리는 두 가지 경우 때문에 거기서 빠져나오기 또한 두 배로 어려워진다. 분별력을 갖추고 있을 때는 사실, 즉 실제로 존재하는 상황만을 볼 수 있다. 다른 사람이 듣고 싶어 하는 말이 아니라 내가 해야 하는 말만 하라. 진실은 어떠한 거짓보다 나은 법이니까. 땜장이 톰 하이드는 교수대에 섰을 때, 마지막으로 하고 싶은 말이 있냐는 질문에 다음과 같이 답했다.

"재봉사들에게 전해주시오. 바느질하기 전 실에 매듭을 짓는 것을 잊지 말라고."

톰의 말은 지금도 회자되지만, 그의 친구가 했던 기도는 까맣게 잊혔다.

여러분의 삶이 보잘것없고 초라하다고 해도 자신에게 주어진 삶을 기꺼이 받아들여야 한다. 삶을 회피하지도 욕하지도 말라. 그 삶은 여러분만큼 엉망진창은 아니다. 최고의 부를 누릴 때, 여러분의 삶은 가장 초라해 보인다. 남의 흠만 잡는 사람은 천국에 가도 흠잡는 데 급급할 것이다. 삶이 보잘것없고 초라해도 그 삶을 사랑해야 한다. 비록 구빈원의 신세를 지고 있다고 해도 얼마든지 유쾌하고 즐겁고 멋진 시간을 보낼 수 있다. 붉은 노을은 부자가 사는 저택에도 구빈원의 창문에도 붉은 기운을 드리우는 법이니까. 봄이 오면 구빈원과 부자가 사는 저택에 쌓인 눈은 똑같이 녹게 마련이다. 차분한 마음가짐을 가진 사람은 비록 구빈원에 살더라도 궁궐에 사는 것처럼 만족스럽고 유쾌한 기분으로 지낼 수 있다. 때로는 마을의 가난한 사람들이 가장 독립적인 삶을 영위하는 것처럼 보일 때가 있다. 어쩌면 이것저것 따지지 않고 넓은 마음으로 다른 사람의 도움을 받을 수 있기 때문인지도 모르겠다. 보통 사람들은 다른 사람의 도움을 받는 것을 용납하지 못한다. 하지만 부정한 방식으로 삶을 꾸려야만 하는 상황에 처할 때가 있는데, 그런 삶이야말로 더욱 창피한 일이 아닐까. 샐비어 같은 약초를 가꾸듯 가난을 가꾸어라. 옷이든 친구든, 지나치게 새것에 집착하지 말라. 헌 옷은 뒤집어서 입고 옛 친구를 찾아가라. 세상은 변하지 않는다. 변하는 건 세상이 아니라 우리 자신이다. 옷은 팔더라도 생각은 그대로 간직하라. 여러분이 혼자이고 싶어 한다는 사실을 신께서는 알고 계실 것이다. 날마다 거미처럼 종일 다락방 구석에 처박혀 있어도, 머릿속의 생각만 그대로 간직한다면 세상은 그 어느 때보다 넓어 보일 것이다. 한 철학자는 이렇게 말했다.

"삼군의 군대에 맞서 장수를 없앨 수는 있지만, 한낱 필부의 뜻을 빼앗지는 못한다."[6]

나를 계발하려는 욕심에 이런저런 영향력에 휩쓸려 자칫 이용당하지 않도록 노력하라. 괜히 기운만 낭비하는 것이다. 겸손함은 어둠과 같아서 천상의 빛을 더욱 밝게 만든다. 가난과 비열함의 그림자가 우리 주변의 어둠을 걷어낸다.

"자, 우리 앞에 만물의 창조가 펼쳐져 있다."

크로이소스 왕[7]의 재물을 얻게 된다고 해도, 우리의 목표는 여전히 그대로일 테고 본질적으로 수단도 예전과 같을 것이다. 만약 가난 때문에 활동 범위가 제한되고, 돈이 없어서 책도 신문도 살 수 없다면 가장 의미 있고 중요한 일에만 집중하면 된다. 가장 많은 당분과 전

---

6 공자의《논어》제9편 25절

7 리디아 최후의 왕. 세력을 크게 확장하여 소아시아 연안의 그리스 여러 도시를 정복하였다. 헤로도토스의《역사》제1권에 부호로서의 그의 이야기가 기록되어 있다.

분을 만들어내는 재료만 다루면 될 일이다. 뼈다귀에 붙은 삶이 가장 맛있는 법이다. 그 덕분에 게으른 삶을 살지 않게 된다. 더 높은 차원에서 베푼다면 더 낮은 차원에서 손해를 보는 일이 없다. 분에 넘치는 부를 가진다고 해도 고작해야 사치품 말고는 얻을 것도 없다. 영혼에 꼭 필요한 것을 사는 데는 돈이 필요하지 않다.

나는 납으로 된 벽의 한 귀퉁이에 살고 있는데 그 납으로 된 벽에는 청동 합금이 조금 섞여 있다. 낮에 잠시 쉬고 있으면 밖에서 조그만 종들이 딸랑딸랑 울리는 소리가 들리곤 한다. 이것은 동시대를 사는 사람들이 만들어내는 소음이다. 나의 이웃들은 유명한 신사, 숙녀와 함께한 모험과 유명인사와 함께한 만찬 등에 대해서 끝없이 떠들어댄다. 하지만 나는 일간지에 실린 기사에 관심이 없는 것처럼 그런 이야기에도 관심이 없다. 이웃들의 관심과 대화는 대부분 옷차림과 행동거지에 관한 것이다. 하지만 거위는 아무리 잘 꾸며도 거위일 뿐이다. 그들은 캘리포니아, 텍사스, 영국과 서인도 제도에 대해 떠들어대고, 조지아 주와 매사추세츠 주의 유명인사에 관해서 이야기하지만, 그 모두가 일시적이고 무상한 것이라서 결국 나는 맘루크[8]의 노예 군인처럼 이웃의 마당에서 도망칠 궁리를 한다. 나는 본연의 자리로 돌아가기를 바란다. 남들 눈에 잘 띄는 곳에서 행렬 사이에서 우쭐대며 걷기보다는 가능하다면 우주의 건축가와 나란히 발맞춰 걷고 싶다. 불안하고 천박하고 시끌벅적한 19세기에 살기보다, 이번 세기가

---

8 9세기 중엽부터 이슬람 사회의 군인 엘리트층을 형성한 백인 노예

지나갈 때까지 조용히 서 있거나 앉아 있고 싶다. 요즘 사람들은 대체 무엇을 찬양하는 것일까? 모두 준비위원회의 일원이 되어 누군가 연설을 하기만을 기다리고 있다. 신은 하루 동안 사회를 보는 것에 불과하고, 웅변가 웹스터는 신을 대신하는 연설가일 뿐이다. 나는 차분히 마음을 정돈하고, 괜히 저울에 매달려 무게가 덜 나가도록 애쓰기보다는 나를 가장 정당하고 강하게 끌어당기는 것에 억지스럽지 않게 끌려가고 싶다. 어떤 상황을 가정하기보다, 주어진 상황을 그대로 받아들이고 싶다. 내가 갈 수 있는 유일한 길이자, 그 어떤 권력도 가로막을 수 없는 길을 가고 싶다. 튼튼하게 기초를 쌓기도 전에 아치부터 세우는 것은 내게 만족감을 주지 못한다. 살얼음판 위에서 뛰놀지 않도록 하자. 어디든 단단한 바닥은 있게 마련이다. 한 여행객이 눈앞에 보이는 늪을 보고 소년에게 그 바닥이 단단하냐고 물었다. 그러자 소년은 단단하다고 대답했다. 그런데 늪에 발을 들이자마자, 말의 뱃대끈까지 물이 차오르는 것이었다.

"바닥이 단단하다고 했잖아?"

그러자 소년이 말했다.

"네, 바닥은 단단해요. 아직 늪에 빠지려면 한참 남았는걸요. 아직 절반밖에 안 빠졌잖아요."

사회라는 늪지대도 별반 다르지 않다. 이를 깨닫기까지는 오랜 시간이 걸린다. 말과 행동은 아주 드문 경우지만 그것이 일치할 때만 유익하다. 나는 윗가지에 회반죽만 바른 벽에 대충 못질이나 하는 멍청한 사람이 되고 싶지 않다. 만약 그랬다가는 밤새 잠을 설칠 것이다.

나에게 망치를 주고 벽의 재질이 무엇인지 만져보도록 하라. 접착제를 믿으면 안 된다. 한밤중에 잠에서 깨도 내가 한 일을 후회하지 않도록, 못을 깊이 박고 끝을 잘 구부려놓아라. 그러면 뮤즈에게 영감을 달라고 기도하는 것도 부끄럽지 않을 것이다. 그래야만 신도 우리를 도울 것이다. 그렇게 정성껏 박은 못 하나하나가 우주라는 기계에 대갈못이 되는 것이다. 바로 그 일을 우리가 행하는 것이다.

사랑과 돈, 명예보다 진실을 달라. 나는 기름진 음식과 술로 가득한 식탁에 앉아서 융성한 대접을 받았지만 진실함과 성실함이라고는 찾아볼 수 없었다. 그래서 배를 채우지도 않은 채로 자리에서 일어섰다. 손님 접대는 얼음처럼 차가웠다. 달리 얼음을 준비하지 않아도 손님들을 시원하게 만들 수 있을 정도였다. 그들은 포도주가 언제 만들어졌고, 그해가 얼마나 유명한 생산연도인지 떠들어댔지만, 오히려 나는 그들이 가져본 적도 살 수도 없는 더욱 오래되고 순수하고 신선한 포도주를 떠올렸다. 부유한 생활과 저택, 정원 그리고 '흥겨움'은 내게 별로 중요치 않다. 언젠가 왕의 초대를 받은 적이 있는데, 그는 나를 커다란 응접실에서 기다리게 해놓고 손님을 접대할 능력조차 없는 사람처럼 행동했다. 내 이웃 중에서 속이 텅 빈 나무에서 사는 사람이 있었는데, 차라리 그의 태도가 더욱 왕다웠다. 진짜 왕 대신 그를 찾아가는 편이 훨씬 나았을 것이다.

한낱 부질없고 무익하고 묵은 미덕이나 실천하려고 얼마나 오랫동안 현관 앞에서 앉아 있어야 하는가? 참을성을 가지고 하루를 시작하고 감자밭에 김을 매기 위해 일꾼을 고용하고는 오후가 되면 미리 계획해두었던 기독교인의 온정과 자비를 베풀기 위해서 밖에 나가는 것과 하나 다를 게 없다. 중국인의 자만함과 지나친 자기만족에 대해 생각해보라. 우리 세대는 뛰어난 선조의 후예라는 점에 지나치게 으쓱해하고 있는 것 같다. 보스턴과 런던, 파리와 로마에서는 오랜 역사를 지닌 예술과 과학, 문학의 발전에 대해서 꽤 만족스러운 태도로 대화를 나눈다. 시중에는 철학학회의 보고서와 위인들을 찬양하는 글이 가득하다. 이는 선량한 아담이 자신의 미덕을 감상하는 것과 다를 게 없다.

"그렇다. 우리는 위대한 업적을 달성했고 신성한 노래를 불렀다. 그 업적과 노래는 절대로 사라지지 않을 것이다!"

더 정확히 말하면, 우리가 기억하는 동안은 사라지지 않을 것이다. 아시리아의 학술 모임과 위인들은 지금 어디에 있는가? 우리는 얼마나 젊고 기운이 넘치는 철학자이자 실험가인가? 나의 글을 읽은 독자들 중 자기 수명을 완전히 살아낸 사람은 하나도 없다. 우리의 삶은 인류의 인생 중에서 봄에 불과할지 모른다. 7년 동안 진드기에게 물려 고생한 사람은 있어도 17년을 산 매미를 본 사람은 없다. 우리는 지구에 살고 있지만 지구의 얇은 껍데기에 대해서 조금 알고 있을 따름이다. 지표에서 2미터 가까이 아래로 내려가본 사람도 없고, 지상으로 2미터 가까이 뛰어오른 사람도 찾아보기 힘들다. 우리는 지금 우리가 어디에 있는지조차 정확히 알지 못한다. 게다가 우리는 주어진 시간의 절반을 잠으로 소비한다. 그런데 우리 스스로가 현명하다고 생각하면서 지구 표면에 나름대로 질서를 만들어냈다. 이보다 더

야심 차고 심오한 사상가들이 어디 있겠는가! 나는 벌레가 바닥에 깔린 솔잎 사이로 기어 다니고, 내 눈에 띄지 않으려고 안간힘을 쓰는 숲의 한가운데 서 있다. 그 모습을 보니 이런 의문이 든다.

'내가 도움을 줄 수도 있는데, 왜 저렇게 겁에 질려서 나에게서 도망치려고 애쓰는 걸까?'

그제야 한낱 벌레인 나를 하늘 위에서 지켜보고 있을 위대한 은인이자 지적인 존재가 머릿속에 떠오른다.

이 세상에는 신기하고 새로운 일들이 끊임없이 벌어지고 있다. 그런데도 우리는 지독하게 따분한 삶을 살아가고 있다. 가장 문명화되었다는 나라에서 어떤 설교를 하고 있는지 생각해보면, 굳이 설명하지 않아도 알 수 있을 것이다. 기쁨과 슬픔이라는 단어들이 있기는 하나, 그저 콧소리로 노래하는 찬송가의 후렴구에 불과하며 실제로 우리가 믿고 있는 것은 지극히 평범하고 천박한 것이다. 우리는 옷차림 말고는 바꿀 수 있는 것이 없다고 믿고 있다. 대영제국은 드넓고 위대하며, 미국은 세계 최강의 국가라고 말한다. 그래서 우리 뒤에는 조수가 오르락내리락하고 있어서, 누구든 마음만 먹으면 대영제국을 나뭇잎처럼 바다에 흘려보낼 수 있다는 말을 해도 믿지 않는다. 17년을 사는 매미가 언젠가 이 땅에 나타날지 누가 알겠는가? 내가 사는 세상의 정부는 영국에서처럼 만찬 후에 포도주를 마시면서 구상해낸 정부가 아니다.

우리의 삶은 흐르는 강물과 같다. 올해는 강물의 수위가 어느 때보다 높아져서 자칫 메마른 고지대를 범람하게 만들 수도 있다. 그러면 올해는 우리 주위의 사향쥐들이 모두 물에 떠내려가는 파란만장한 한 해로 기록될 수도 있다. 지금 우리가 사는 땅은 예전부터 메마른 땅이었던 것은 아니다. 바다에서 멀리 떨어진 곳에 있는 강둑은 홍수가 난 해를 기록하는 과학이 생기기 전, 강물이 과거를 밀어낸 흔적이다. 뉴잉글랜드에 사는 사람이라면 오래전부터 전해지는 벌레 이야기를 한 번쯤 들어보았을 것이다. 사과나무로 만든 오래된 식탁 하나가 처음에는 코네티컷 주, 그리고 매사추세츠 주의 농가 부엌에 60년 가까이 놓여 있었는데, 어느 날 그 마른 나무에서 아름답고 튼튼한 벌레 하나가 기어 나왔다는 이야기이다. 벌레가 나온 나무판의 나이테를 헤아려보면, 최소 60년도 더 전에 나무가 베어지기 전에 알을 깨고 나온 벌레라는 걸 알 수 있었다. 주전자에서 열기가 뿜어 나오면서 알에서 부화한 것인지 벌레가 나오기 몇 주 전부터 식탁의 나무를 갉아 먹는 소리가 들렸다고 한다. 그 이야기를 듣고 부활과 영생에 대한 믿음이 한층 깊어지지 않을 사람이 있을까? 처음에는 푸른 생나무의 백목질(白木質) 속에 알로 존재하던 것이, 그 후로 나무에 무수한 나이테가 생길 동안, 그 속에서 죽은 듯이 오랜 시간 묻혀 지낸 것이다. 그리고 몇 년 전부터 농부의 식구들이 즐겁게 식탁에 둘러앉아 식사하는 동안 그 벌레는 나무 밖으로 나오기 위해서 나무를 갉아 먹고 있었던 것이다. 처음에는 그 소리를 듣고 농부의 식구들도 화들짝 놀랐을 것이다. 그런데 그 생명체가 어디서든 볼 수 있는 흔하디흔한 식탁, 그것도 허름하고 집들이 선물로 쉽게 주고받는 식탁에서 갑자기 기어 나와 찬란한 여름을 맞이하게 될 줄 누가 알았을까? 나는 평범한 영국인이나 미국인이 모든 것을 깨닫게 될 거라고 기대하지 않는다. 하지만 그것이 바로 다가올 시간의 특징이다. 시간이 흐른다고 해서 반드시 새벽이 찾아오는 것은 아니다. 우리의 눈을 비추는 빛은 어둠과 다를 바 없다. 눈을 뜨고 깨어 있어야만 새벽이 찾아온다. 앞으로도 수많은 새벽이 남아 있다. 태양은 아침에 떠오르는 별에 지나지 않는다.

옮긴이의 말

　불과 얼마 전까지만 해도 우리는 문명 세계로부터 잠시조차 벗어날 엄두를 내지 못했다. 아침에 눈을 뜬 직후부터 퇴근 후 침대에 누워 잠들 때까지, 초와 분을 다투며 살아왔다. 날마다 회사일과 집안일에 쫓기듯 살다가 1년에 한 번 고작 며칠 주어지는 휴가를 단비 삼아 고된 몸과 마음을 잠깐 달랬다. 그러고는 다시금 숨 가쁘게 쳇바퀴를 도는 일상 모드로 돌아갔다. 우리 모두는 이러한 인생 패턴에 묶여 있다고 해도 과언이 아니다. 그런데 2019년 후반에 터진 뜻밖의 사건 하나가 우리 일상을 뒤흔들어놓았다.

　하루 24시간, 1년 열두 달을 자의든 타의든 얽히고설킨 인간관계 속에서 타인과 뒤섞여 살아온 우리는 코로나19 사태 이후 가족을 포함한 모든 이와 적당한 거리를 유지하면서 사람들을 피해 한적한 산으로 들로 혹은 조용한 거처로 찾아가고 있다. 마스크로 얼굴을 가리고 직접 대면을 자제하며 휴대전화나 메시지, SNS로 서로의 안부를 묻는다. 물론 이전에도 복잡다단한 오늘날의 일상에 지친 이들이 고독을 온전히 누리고자 자발적으로 문명생활을 버리고 자연생활을 택했다는 이야기를 간혹 들어왔다. 국내외를 막론하고 외딴섬으로 떠나서 한 달 살기를 해보는 사람들, 주말마다 도시 근교로 나가 농작물을 재배하며 한가로이 자연을 가까이하는 사람들, 도시를 떠나 공기 좋고 물 맑은 산천으로 아예 귀농, 귀촌하는 사람들까지. 그렇다면 우리는 왜 이렇게 자발적인 고독을 갈망하며 살아가는 것인가?

헨리 데이비드 소로의 《월든》은 분주하고 각박한 삶을 살아가는 현대인들에게 실상 접하기 힘든 자연주의적인 삶을 활자로 담아낸 역작으로, 오랜 세월 전 세계 독자들의 사랑을 받아왔다. 누구나 문명과 떨어져 생활하는 것을 꿈꾸지만, 실제로 이를 행동에 옮긴다는 것이 결코 쉽지 않음을 통감하기 때문일까. 그래서 이 책은 '자연'과 접하는 삶을 한 번쯤 꿈꿔보고 그려본 독자들에게 그토록 오래도록 동경의 대상이 되었을 것이다. 2년 넘는 시간 동안, 외딴곳 호수에 오두막을 짓고 갖가지 동식물과 함께하며 무엇보다 직접 땀 흘려 농사를 지으며 자급자족하는 삶이라니, 정말로 멋지지 않은가. 문명이 가져다주는 편리를 포기하고 자연으로의 회귀를 통해 진정한 생명력을 얻고 삶의 질을 고양해나가는 작가의 모습은 누구에게나 매력적으로 느껴질 것이다.

이 작품이 쓰인 19세기 당시의 미국 사회는 물질적 성공 추구에 맞물린 이기주의 만연으로 빈부 격차가 가장 심화되었을뿐더러 문명의 발달이라는 미명하에 누구랄 것도 없이 자연 파괴를 당연시했다. 그로부터 오랜 세월이 흘러 지금 우리가 살아가는 21세기 모습도 작가가 '자연주의적인 삶'을 선택하고 월든의 호숫가로 떠났던 때와 크게 다르지 않다. 아니, 200년 가까이 지난 지금의 모습은 당시 작가가 살던 시대를 그대로 옮겨놓은 것이 아닌가 싶을 정도이다.

침대와 탁자, 책상과 의자, 솥과 냄비, 램프와 세숫대야 하나씩……. 이것들을 가지고 월든의 호숫가에서 2년을 보낼 기회가 주어진다면 여러분은 어떤 선택을 할 것인가? 아침마다 새소리를 들으며 눈을 뜨고, 먹을거리와 월동을 위해 밭을 갈고 씨를 뿌리면서 땀 흘려야 한다면? 돈을 주고 빵 사는 대신 나의 노동력과 수고를 오롯이 쏟아부어 밀을 생산하고 갈아서 직접 불에 구워내야 한다면? 낮에 찬란한 햇살을 벗 삼아 고전을 탐닉하고, 밤마다 미지의 동물들이 내는 자장가를 들으며 잠든다면? 갑작스레 퍼붓는 소나기를 보며 퇴근길 차량정체를 걱정하는 대신, 탁 트인 논밭에서 자라나는 농작물에 생명을 불어넣는 일에 온전히 몰두한다면? 이러한 상상을 실제로 만끽할 기회가 생긴다면 과연 어떨까?

《월든》은 자연과의 교감, 노동을 통한 진정한 수확의 기쁨, 생명력이 넘치는 삶, 명상과 산책, 독서, 그리고 고독에 대한 장대한 서사시라고 할 수 있다. '월든 호수는 왕관에 박힌 빛나는 보석과도 같다!'는 작가의 말처럼, 봄 여름 가을 겨울의 변화를 온몸으로 담아내는 자연 그 자체인 월든 호수의 모습 속에서 그는 혼자라 외롭고 쓸쓸한 것이 아니라, 고독이라는 좋은 친구와 함께 진정한 홀로살이를 실행에 옮겼다. 그런 작가의 발자취가 바로 이 책에 그대로 녹아 있다. 다시 말해 성실하고 단순하고 순수함으로 회귀한 인간의 모습을 진솔하게 담아낸 글이 바로《월든》인 것이다.

　문학에 관심 많던 20대 초반, 그때 우연히 접한 '영미문학강독' 강의에서 나를 가장 혼란스럽게 만든 작품을 번역가가 되어 다시 만나게 될 줄 누가 알았으랴. 그 덕분에 나는 모처럼 숨을 쉴 수 있었다. 봄부터 겨울까지 월든 호수의 변화무쌍한 모습을 날카롭고도 감각적으로 표현한 소로의 작품을 통해 우리의 인생이라는 것을 잠시나마 되돌아볼 값진 기회를 얻었음은 물론이다. 산이든 들이든 강이든 바다이든 지금 호젓한 곳 그 어딘가로 간절히 떠나고 싶다면, 일단 이 책부터 펼쳐보길 바란다. 그러고는 가장 안락하고 조용하고 편안한 장소로 가서 이 책 속 소로와 함께 '월든 호수'에서의 홀로살이를 시작해볼 것을 권하는 바이다.

정윤희

월든

Walden

초판 1쇄 발행 | 2020년 7월 7일
초판 7쇄 발행 | 2022년 11월 11일

지은이 | 헨리 데이비드 소로 **옮긴이** | 정윤희 **펴낸이** | 전영화 **펴낸곳** | 다연
주소 | 경기도 고양시 덕양구 의장로 114, 더하이브 A타워 1011호
전화 | 070-8700-8767 **팩스** | (031) 814-8769 **이메일** | dayeonbook@naver.com
본문 | 미토스 **표지** | 강희연

ⓒ 다연

ISBN 979-11-90456-19-7 (03840)

이 도서의 국립중앙도서관 출판예정도서목록(CIP)은
서지정보유통지원시스템 홈페이지(http://seoji.nl.go.kr)와
국가자료종합목록 구축시스템(http://kolis-net.nl.go.kr)에서 이용하실 수 있습니다.
(CIP제어번호 : CIP2020026233)